증편 한국구비문학대계

7-20

경상북도 청송군

이 저서는 2008년도 정부(교육과학기술부)의 재원으로 한국학중앙연구원(한국학진흥사업단)의 지원을 받아 수행된 연구임(AKS-2008-AIA-3101)

증편 한국구비문학대계
7-20
경상북도 청송군

임재해 · 조정현 · 편해문 · 박혜영

한국학중앙연구원

역락

발간사

　민간의 이야기와 백성들의 노래는 민족의 문화적 자산이다. 삶의 현장에서 이러한 이야기와 노래를 창작하고 음미해 온 것은, 어떠한 권력이나 제도도, 넉넉한 금전적 자원도, 확실한 유통 체계도 가지지 못한 평범한 사람들이었다. 이야기와 노래들은 각각의 삶의 현장에서 공동체의 경험에 부합하였으며, 사람들의 정신과 기억 속에 각인되었다. 문자라는 기록 매체를 사용하지 못하였지만, 그 이야기와 노래가 이처럼 면면히 전승될 수 있었던 것은 그것이 바로 우리 민족의 유전형질의 일부분이 되었기 때문이며, 결국 이러한 이야기와 노래가 우리 민족을 하나의 공동체로 묶어 주고 있는 것이다.

　사회와 매체 환경의 급격한 변화 가운데서 이러한 민족 공동체의 DNA는 날로 희석되어 가고 있다. 사랑방의 이야기들은 대중매체의 내러티브로 대체되어 버렸고, 생활의 현장에서 구가되던 민요들은 기계화에 밀려 버리고 말았다. 기억에만 의존하여 구전되던 이야기와 노래는 점차 잊히고 있다. 한국학중앙연구원이 1970년대 말에 개원함과 동시에, 시급하고도 중요한 연구사업으로 한국구비문학대계의 편찬 사업을 채택한 것은 바로 이러한 시대적 상황에 대한 우려와 잊혀 가는 민족적 자산에 대한 안타까움 때문이었다.

　당시 전국의 거의 모든 구비문학 연구자들이 참여하였는데, 어려운 조사 환경에서도 80여 권의 자료집과 3권의 분류집을 출판한 것은 그들의 헌신적 활동에 기인한다. 당초 10년을 계획하고 추진하였으나 여러 사정으로 5년간만 추진되었으며, 결과적으로 한반도 남쪽의 삼분의 일에 해당하는 부분만 조사하게 되었다. 그럼에도 불구하고 한국구비문학대계는 주관기관인 한국학중앙연구원의 대표 사업으로 각광 받았을 뿐 아니라, 해방 이후 한국의 국가적 문화 사업의 하나로 꼽히게 되었다.

21세기에 들어서면서 한국학중앙연구원에서는 미완성인 채로 남아 있는 구비문학대계의 마무리를 더 이상 미룰 수 없다는 생각으로 이를 증보하고 개정할 계획을 세웠다. 20년 전의 첫 조사 때보다 환경이 더 나빠졌고, 이야기와 노래를 기억하고 있는 제보자들이 점점 줄어들고 있었던 것이다. 때마침 한국학 진흥에 대한 한국 정부의 의지와 맞물려 구비문학대계의 개정 · 증보사업이 출범하게 되었다.

이번 조사사업에서도 전국의 구비문학 연구자들이 거의 다 참여하여 충분하지 않은 재정적 여건에서도 충실히 조사연구에 임해 주었다. 전국 각지의 제보자들은 우리의 취지에 동의하여 최선으로 조사에 응해 주었다. 그 결과로 조사사업의 결과물은 '구비누리'라는 이름의 데이터베이스에 탑재가 되었고, 또 조사자료의 텍스트와 음성 및 동영상까지 탑재 즉시 온라인으로 접근할 수 있는 시스템을 갖추었다. 특히 조사 단계부터 모든 과정을 디지털화함으로써 외국의 관련 학자와 기관의 선망의 대상이 되고 있다.

이제 조사사업의 결과물을 이처럼 책으로도 출판하게 된다. 당연히 1980년대의 일차 조사사업을 이어받음으로써 한편으로는 선배 연구자들의 업적을 계승하고, 한편으로는 민족문화사적으로 지고 있던 빚을 갚게 된 것이다. 이 사업의 연구책임자로서 현장조사단의 수고와 제보자의 고귀한 뜻에 감사를 표하지 않을 수 없다. 아울러 출판 기획과 편집을 담당한 한국학중앙연구원의 디지털편찬팀과 출판을 기꺼이 맡아준 역락출판사에 감사를 드린다.

2013년 10월 4일
한국구비문학대계 개정 · 증보사업 연구책임자 김병선

책머리에

구비문학조사는 늦었다고 생각하는 지금이 가장 빠른 때이다. 왜냐하면 자료의 전승 환경이 나날이 달라지고 있기 때문이다. 전승 환경이 훨씬 좋은 시기에 구비문학 자료를 진작 조사하지 못한 것이 안타깝게 여겨질수록, 지금 바로 현지조사에 착수하는 것이 최상의 대안이자 최선의 실천이다. 실제로 30여 년 전 제1차 한국구비문학대계 사업을 하면서 더 이른 시기에 조사를 했더라면 하는 아쉬움이 컸는데, 이번에 개정·증보를 위한 2차 현장조사를 다시 시작하면서 아직도 늦지 않았다는 사실을 실감했다.

구비문학 자료는 구비문학 연구와 함께 간다. 자료의 양과 질이 연구의 수준을 결정하고 연구수준에 따라 자료조사의 과학성이 결정되기 때문이다. 실제로 1차 조사사업 결과로 구비문학 연구가 눈에 띠게 성장했고, 그에 따라 조사방법도 크게 발전되었다. 그러나 연구의 수명과 유용성은 서로 반비례 관계를 이룬다. 구비문학 연구의 수명은 짧고 갈수록 빛이 바래지만, 자료의 수명은 매우 길 뿐 아니라 갈수록 그 가치는 더 빛난다. 그러므로 연구활동 못지않게 자료를 수집하고 보고하는 일이 긴요하다.

교육부에서 구비문학조사 2차 사업을 새로 시작한 것은 구비문학이 문학작품이자 전승지식으로서 귀중한 문화유산일 뿐 아니라, 미래의 문화산업 자원이라는 사실을 실감한 까닭이다. 따라서 학계뿐만 아니라 문화계의 폭넓은 구비문학 자료 활용을 위하여 조사와 보고 방법도 인터넷 체제와 디지털 방식에 맞게 전환하였다. 조사환경은 많이 나빠졌지만 조사보고는 더 바람직하게 체계화함으로써 누구든지 쉽게 접속하여 이용할 수 있는 데이터베이스를 구축했다. 그러느라 조사결과를 보고서로 간행하는 일은 상대적으로 늦어지게 되었다.

2차 조사는 1차 사업에서 조사되지 않은 시군지역과 교포들이 거주하는 외국지역까지 포함하는 중장기 계획(2008~2018년)으로 진행되고 있다. 한국학중앙연구원 어문생활연구소와 안동대학교 민속학연구소가 공동으로 조사사업을 추진하되, 현장조사 및 보고 작업은 민속학연구소에서 담당하고 데이터베이스 구축 작업은 한국학중앙연구원에서 담당한다. 가장 중요한 일은 현장에서 발품 팔며 땀내 나는 조사활동을 벌인 조사자들의 몫이다. 마을에서 주민들과 날밤을 새우면서 자료를 조사하고 채록하여 보고서를 작성한 조사위원들과 조사원 여러분들의 수고를 기리지 않을 수 없다. 조사의 중요성을 알아차리고 적극 협력해 준 이야기꾼과 소리꾼 여러분께도 고마운 말씀을 올린다.

구비문학 조사를 전국적으로 실시하여 체계적으로 갈무리하고 방대한 분량으로 보고서를 간행한 업적은 아시아에서 유일하며 세계적으로도 그 보기를 찾기 힘든 일이다. 특히 2차 사업결과는 '구비누리'로 채록한 자료와 함께 원음도 청취할 수 있는 데이터베이스를 구축해서 세계에서 처음으로 인터넷과 스마트폰으로 이용할 수 있는 디지털 체계를 마련했다. '구슬이 서 말이라도 꿰어야 보배'인 것처럼, 아무리 귀한 자료를 모아두어도 이용하지 않으면 소용이 없다. 그러므로 이 보고서가 새로운 상상력과 문화적 창조력을 발휘하는 문화자산으로 널리 활용되기를 바란다. 한류의 신바람을 부추기는 노래방이자, 문화창조의 발상을 제공하는 이야기 주머니가 바로 한국구비문학대계이다.

2013년 10월 4일
한국구비문학대계 개정·증보사업 현장조사단장 임재해

한국구비문학대계 개정·증보사업 참여자 (참여자 명단은 가나다 순)

연구책임자

김병선

공동연구원

강등학 강진옥 김익두 김헌선 나경수 박경수 박경신 송진한 신동흔
이건식 이인경 이창식 임재해 임철호 임치균 조현설 천혜숙 허남춘
황인덕 황루시

전임연구원

장노현 최원오

박사급연구원

강정식 권은영 김구한 김기옥 김월덕 노영근 서해숙 유명희 이균옥
이영식 이윤선 조정현 최명환 최자운 황경숙

연구보조원

강소전 김미라 구미진 김보라 김성식 김영선 김옥숙 김유경 김은희
김자현 문세미나 박동철 박은영 박현숙 박혜영 백계현 백은철 변남섭
서은경 서정매 송기태 송정희 시지은 신정아 안범준 오세란 오정아
유태웅 이선호 이옥희 이원영 이진영 이홍우 이화영 임세경 임 주
장호순 정아용 정혜란 조민정 편성철 편해문 한유진 허정주 황진현

주관 연구기관 : 한국학중앙연구원 어문생활사연구소
공동 연구기관 : 안동대학교 민속학연구소

일러두기

■ 『증편 한국구비문학대계』는 한국학중앙연구원과 안동대학교에서 3단계 10개년 계획으로 진행하는 "한국구비문학대계 개정·증보사업"의 조사 보고서이다.

■ 『증편 한국구비문학대계』는 시군별 조사자료를 각각 별권으로 간행하는 것을 원칙으로 한다. 서울 및 경기는 1-, 강원은 2-, 충북은 3-, 충남은 4-, 전북은 5-, 전남은 6-, 경북은 7-, 경남은 8-, 제주는 9-으로 고유번호를 정하고, -선 다음에는 1980년대 출판된 『한국구비문학대계』의 지역 번호를 이어서 일련번호를 붙인다. 이에 따라 『증편 한국구비문학대계』는 서울 및 경기는 1-10, 강원은 2-10, 충북은 3-5, 충남은 4-6, 전북은 5-8, 전남은 6-13, 경북은 7-19, 경남은 8-15, 제주는 9-4권부터 시작한다.

■ 각 권 서두에는 시군 개관을 수록해서, 해당 시·군의 역사적 유래, 사회·문화적 상황, 민속 및 구비 문학상의 특징 등을 제시한다.

■ 조사마을에 대한 설명은 읍면동 별로 모아서 가나다 순으로 수록한다. 행정상의 위치, 조사일시, 조사자 등을 밝힌 후, 마을의 역사적 유래, 사회·문화적 상황, 민속 및 구비문학상의 특징 등을 중심으로 설명하고, 마을 전경 사진을 첨부한다.

■ 제보자에 관한 설명은 읍면동 단위로 모아서 가나다 순으로 수록한다. 각 제보자의 성별, 태어난 해, 주소지, 제보일시, 조사자 등을 밝힌 후, 생애와 직업, 성격, 태도 등을 중심으로 서술하고, 제공 자료 목록과 사진을 함께 제시한다.

- 조사자료는 읍면동 단위로 모은 후 설화(FOT), 현대 구전설화(MPN), 민요(FOS), 근현대 구전민요(MFS), 무가(SRS), 기타(ETC) 순으로 수록한다. 각 조사자료는 제목, 자료코드, 조사장소, 조사일시, 조사자, 제보자, 구연상황, 줄거리(설화일 경우) 등을 먼저 밝히고, 본문을 제시한다. 자료코드는 대지역 번호, 소지역 번호, 자료 종류, 조사 연월일, 조사자 영문 이니셜, 제보자 영문 이니셜, 일련번호 등을 '_'로 구분하여 순서대로 나열한다.
- 자료 본문은 방언을 그대로 표기하되, 어려운 어휘나 구절은 ( ) 안에 풀이말을 넣고 복잡한 설명이 필요할 경우는 각주로 처리한다. 한자 병기나 조사자와 청중의 말 등도 ( ) 안에 기록한다.
- 구연이 시작된 다음에 일어난 상황 변화, 제보자의 동작과 태도, 억양 변화, 웃음 등은 [ ] 안에 기록한다.
- 잘 알아들을 수 없는 내용이 있을 경우, 청취 불능 음절수만큼 '○○○'와 같이 표시한다. 제보자의 이름 일부를 밝힐 수 없는 경우도 '홍길○'과 같이 표시한다.
- 『증편 한국구비문학대계』에 수록된 모든 자료는 웹(gubi.aks.ac.kr/web)과 모바일(mgubi.aks.ac.kr)에서 텍스트와 동기화된 실제 구연 음성파일을 들을 수 있다.

차례

2. 안덕면

▌조사마을

▌제보자

설화

● 민요

4. 청송읍

▌조사마을

▌제보자

설화

민요

5. 파천면

● 설화

청송군 개관

경상북도 동부 중앙에 위치한 군으로 동쪽은 영덕군과 포항시, 서쪽은 안동시·의성군·군위군, 남쪽은 영천시, 북쪽은 영양군과 접하고 있다. 현재 청송군의 일부(파천면)는 고구려시대에 청기현(靑己縣)이라 칭하였으나 신라에 이르러 적선(積善)이라 개칭하고 야성군(현 영덕군)의 영현이었다. 고려초에는 부이(鳧伊)라 개칭하고 그 후 운봉(雲鳳)이라 칭하다가 성종조에 청부(靑鳧)로 다시 고쳤으며 현종 9년(1018년)에 예주군(현 영덕군)의 속현이었다.

이 지역의 초기 역사에 대해서는 아직 고고학적 연구가 축적되지 않아 잘 알 수 없다. 문헌에 의하면, 이 지역은 본래 고구려의 영역으로 청기현(靑己縣 : 청송읍)·이화혜현(伊火兮縣 : 안덕면)·칠파화현(漆巴火縣 : 진보면) 등으로 구성되었다. 그 뒤 신라에 편입되어 757년(경덕왕 16) 지방제도 개편 시 각기 적선현(積善縣)·연무현(緣武縣)·진보현(眞寶縣)으로 개명되어 야성군(野城郡 : 영덕읍)·곡성군(曲城郡 : 임하면)·문소군(聞韶郡 : 의성읍)의 영현(領縣)이 되었다.

후삼국의 쟁패기에 이들 지역은 각기 유력한 호족들이 대두하여 할거하고 있었지만 주로 고려와 후백제의 각축장이 되었다. 이후 점차 고려의 세력권에 들어가게 되었다. 922년(태조 5) 진보성 장군 홍술(洪術)이, 930

년 재암성(載巖城 : 진보면) 장군 선필(善弼)이 고려에 차례로 귀부하였다. 통일 이후 점진적인 지방제도의 개편에 따라 적선현은 부이(鳧伊) 또는 운봉(雲鳳)으로 불리다가 986년(성종 5) 청부현(靑鳧縣)으로 개명되어 예주(禮州 : 영해)의 속현이 되었다. 연무현은 940년 안덕현(安德縣)으로 개명되었다가 1018년(현종 9) 안동부에 예속되었다.

진보현은 고려 초에 진안현(眞安縣)과 합해져 보성부(甫城府)가 되었고, 1018년 예주에 속하였다. 또 현재의 청송읍 송생리 지역에 송생현(松生縣)이 있어 예주에 속해 있었다고 한다. 이처럼 고려 초이래 이 지역은 독자적인 군현을 구축하고 있지 못해 지역의 이합이 빈번하게 이루어진 편이라 하겠다.

1394년(태조 3) 청부현은 보성부에 병합되었고 진보현에는 감무가 설치되었다. 같은 해 안덕현은 송생현에 병합되었고, 1418년(세종 즉위년) 소헌왕후 심씨(昭憲王后沈氏)의 본향이라 하여 청부와 진보현이 합해져 청보군(靑寶郡)으로 승격되었다. 1423년 청부현과 송생현이 합쳐지면서 새로이 청송군이 되었고 진보현은 독립하였다. 송생현에 병합되었던 안덕현은 청송군의 속현이 되었다. 이처럼 잦은 지역적 변화를 거친 뒤 1459년(세조 5) 청송도호부가 설치되어 조선 후기까지 그대로 유지되었다. 진보현은 1474년(성종 5) 고을사람 금맹함(琴孟諴)이 현감 신석동(申石同)을 능멸하였다는 이유로 폐현되었다가 4년 만에 다시 복현되었다. 안덕현도 청송부의 속현인 상태가 계속되었다.

한편, 당시 이 지역의 토질은 척박하였으며 풍속은 솔검(率儉)하였다고 한다. ≪경상도지리지≫에 의하면, 호구수는 청송부가 144호 1589인, 진보현이 78호 994인이었다고 한다. 여말선초 이래 이 지역의 대표적인 가문은 청송 심씨(靑松沈氏)로서 청송을 도호부로 승격시키는 데 많은 공헌을 하였다. 진보현에는 이씨(李氏) · 조씨(趙氏)가 가세를 떨쳤다. 임진왜란 때 의병활동을 한 심청(沈淸) · 이홍중(李弘重) 등이 이 지역 출신이다.

갑오개혁으로 1895년 전국에 23부제가 실시되자, 두 지역 모두 군이 되어 안동부에 속하였다. 다음 해 13도제가 실시되자 4등군으로 분류되어 경상북도에 속하게 되었다. 1914년 부군면의 통폐합에 따라 진보군이 폐지되었고 그 관하 4개 면이 청송군에 편입되었다. 개화기에 신교육이 보급되자 이 지역 유지들은 낙일학교(樂一學校)를 세워 인재양성에 노력하였고, 항일 의병투쟁이 전개되었을 때에는 수많은 인사들이 산남의진(山南義陣)을 비롯한 의병항쟁에 참여하였다. 그 결과 이 지역은 경상북도지방 의병투쟁의 중요한 거점이 되었다. 이러한 항일의식은 3·1운동에도 이어져 3월 26·27일에 수백 명의 군민이 만세시위운동을 전개하기도 하였다.

1973년 7월 1일 현서면의 복동·덕성동·성재동이 안덕면에 편입되었고, 1979년 5월 1일 청송면이 읍으로 승격되었다. 1983년 2월 15일 영양군 입암면 흥구동·방전동이 진보면에 편입되었으며, 1985년 12월 7일 진보면 영양군 입암면 흥구동 일부를 진보면 광덕, 방정동 일부를 시량동에 통합, 진보면 광덕동을 광덕1동과 2동으로 분동하였다. 1987년 1월 1일에는 부동면 상평동 일부가 부남면 감연동에 편입되었으며, 1989년 1월 1일 진보면 진안1리가 진안1리, 진안4리로 분리되었고, 1993년에는 군청 소재지가 지금의 자리로 옮겨졌다.

청송군은 주왕산국립공원이 자리하여 자연경관이 빼어나며, 예로부터 '청송고추'의 주산지로 널리 알려져 있다. 청송읍·부동면·부남면·현동면·현서면·안덕면·파천면·진보면 등 1개읍 7개면 86개 동리가 있다(법정리 기준, 행정리 기준은 136개). 군청소재지는 청송읍 월막리이다.

인구 및 주민 구성

매년 12.31현재(단위 : 세대, 명)

년	세대	총인구(외국인포함)			외국인		
		계	남	여	계	남	여
2001	12,811	33,568	16,635	16,933	51	12	39
2002	12,674	32,379	15,989	16,390	56	10	46
2003	12,611	31,391	15,593	15,798	78	30	48
2004	12,503	30,197	14,989	15,208	98	38	60
2005	12,542	29,406	14,542	14,864	108	40	68
2006	12,494	28,587	14,129	14,458	122	36	86
2007	12,499	27,993	13,789	14,204	131	31	100
2008	12,495	27,439	13,580	13,859	150	32	118

보현산맥의 지맥인 삼도산맥(三都山脈)이 군의 중앙부를 횡단하여 지형을 남북으로 나누는 지체구조(地體構造)를 이룬다. 동쪽은 태행산(太行山, 933m)·금은(金銀)광이(812m)·주왕산(周王山, 721m)·무포산(霧抱山, 717m)·대둔산(905m)·무장산(霧藏山, 641m) 등이 솟아 험한 산악지역을 이룬다. 중북부에 방광산(519m)·중대산(680m), 서쪽에는 사일산(649m)·연점산(鉛店山, 871m)·산지봉(産芝峰, 890m)·구무산(676m)·산두봉(719m) 등이 솟아 안동시와 의성군의 경계를 이루고 있다. 북쪽은 비봉산(飛鳳山, 671m)·고산(529m)·광덕산(484m) 등이 솟아 있다. 남쪽은 구암산(九嚴山, 807m)·면봉산(眠峰山, 1,113m)·베틀봉(930m)·보현산(普賢山, 1,124m) 등이 보현산맥을 이루어 포항시·영천시와의 경계를 이룬다.

주요 하천으로는 용전천(龍纏川)·길안천(吉安川)·보현천(普賢川)을 들 수 있다. 용전천은 부동면·부남면에서 흐르는 지류를 합하여 청송읍과 파천면을 경유하여 영양에서 안동을 흐르는 반변천(半邊川)과 합류한다. 길안천은 현서면 방각산(方覺山)에서 발원하여 북류하다가 현서면 보현산에서 발원하여 갈전리・성재리・복리를 지나 북류하는 보현천과 안덕면 명당리에서 합류한다. 더 나아가 신성리에 이르러 베틀봉・면봉산 등의 보현산맥에서 발원하여 월매리・개일리・도평리를 지나 북류하는 눌인천(訥仁川)과 다시 합류한다. 그리고 화부산(花釜山, 626m)과 연점산(鉛店山, 871m) 사이에 감입곡류를 형성하면서 관류한다. 그 뒤 안동시 중앙부를 관류하며 임하면 신덕리에 이르러 반변천으로 흘러든다. 길안천의 중하류 유역에는 충적평야가 전개되며, 이 지방의 주요 농업지대로 취락이 집중적으로 분포하고 있다.

지질은 중생대 경상계 퇴적암 가운데 신라통에 속하며, 지형은 삼면이 산악으로 중첩되어 기복이 심하다. 전체적인 지세는 북서 및 동에서 남으로 경사지며, 평야는 북서로 전개되고 토양은 대체로 비옥하다. 따라서 청송군의 생활권이나 역사적 배경은 이러한 지형・지세와 관련되어 크게 안덕(安德)・청송(青松)・진보(眞寶)로 구분된다. 기후는 한서의 차가 심한 내륙성기후를 이루며, 풍향은 겨울철에 북서풍, 여름철에 남서풍이 분다. 연평균기온 12.1℃, 1월 평균기온 -2.3℃, 8월 평균기온 23.9℃이며, 연강수량은 1.305mm이다.

2004년 현재 청송군의 토지이용은 총면적 842.49km² 중 임야가 82.2%, 경지가 10.8%, 기타가 7%로 다른 군에 비해 경지율이 낮은 반면 임야의 비중이 크다. 경지 중 논은 1,903ha로 약 23.8%를 차지하고 밭은 6,094ha로 약 76.2%를 차지하여 밭농사의 비중이 상당히 높은 편이다. 진보면 고현리에 진보저수지와 이 외에도 성덕저수지・장전저수지・구천저수지・갈평지 등의 저수지에서 농업용수를 공급하고 있다. 농가 인구는 13,603명(2004년)으로 전체 인구의 약 45.1%이며, 밭작물의 의존율이 높은 것이 특징이다.

주곡생산 외에 담배・고추・마늘・약초 등의 재배가 활발하다. 특산물은 사과・고추・표고버섯・대추・화문석(꽃돌)・옹기・청송불로주 등이

다. 사과는 주왕산 근처의 마평과수단지에서 세계적인 품질의 사과를 생산하고 있다. 청송군에서 사과 재배가 차지하는 비중은 농업 생산액의 28% 정도로 단일작목으로는 최고를 이루는 주요 작목이다. 해외로 수출되고 있는 청송꿀사과는 해발 250m 이상의 산간지로 일교차가 평균 12℃ 이상인 이상적인 기후조건에서 생산되며 맛과 당도가 뛰어나고 과즙이 많으며 신선도와 저장성이 높아 전국에서 최고의 사과로 인정받고 있다.

고추생산은 경상북도에서 제일 많으며, 진보면이 집산지로서 농촌지역으로는 특이하게 상업이 발달하였다. 청송세척태양초는 화학비료를 쓰지 않고 산풀과 퇴비등 유기질 비료를 사용하여 재배하므로 가공 시 분말이 많고 고울 뿐만 아니라, 그 맛이 담백하여 식욕촉진제로서 효능이 탁월하며 상품화 과정에서 자체개발한 고추세척기를 사용, 세척하여 1993년 전국최초로 품질인증을 획득하였으며 일반건고추, 세척고추, 세척태양초, 세절건고추가 판매되고 있다.

맑은 물 깨끗한 공기 속에서 참나무 자목으로 생산되는 청송표고버섯은 과피가 두텁고 향기가 진하며 무공해 식품으로 생표고와 건표고가 있다. 청송군 일원에서 재배되는 청송토종대추는 조상 대대로 전승·보존되어 온 토종으로서 열매가 작고 껍질이 얇으며 과육이 단단하고 향기가 독특하여 한약재 및 다류재로 널리 각광을 받고 있다. 꽃돌은 보통 원석을 절단한 후 꽃을 형태에 따라 연마하고 사포질한 뒤 광택을 내는 작업을 거치면 완성된다. 진보면 화문석 공예특산지에서는 국내 꽃돌의 80%가 생산된다. 해바라기석·국화석·장미석 등 온갖 꽃들이 돌에 새겨져 신비하다.

진보면 진안리 옹기도막은 아직도 옛날의 제작방식을 고수하는 옹기가마이다. 옹기의 원료인 진흙의 질이 좋고 땔감이 되는 소나무숲이 울창하여 약 100여 년 전에 옹기가마가 생기기 시작했으나 지금은 어렵게 명맥을 유지하고 있다. 청송불로주는 신촌약수와 달기약수를 이용해 만든 민속주이다. 한우사육은 예로부터 유명하며 현재는 비육우단지를 조성하여 적극적으로 장려하고 있다.

2004년 현재 광구수는 19개로 부동·부남·파천면에 가행광구 4개가 있고 그 외 15개는 미가행광구이다. 부동면에서는 고령토가, 부남면에서는 납석과 고령토가, 파천면에서는 석회석이 채굴된다. 조선 말기에는 대중용 백자를 굽던 청송가마가 있었으나 지금은 별로 발전하지 못하고 있다. 공업은 명주·삼베·창호지·도자기 등을 생산하는 전통적 가내공업만이 있을 뿐이다. 상업활동은 청송·진보·부남·안덕·현동·현서 등의 6개의 5일장이 공설(公設)로 열리고 있다. 주거래 품목은 고추·마늘·약초·사과 등인데 특히 고추와 약초의 거래가 활발하다. 1960년대 이후 전국적으로 퍼지고 있는 공설시장 및 정기시장의 사설화(私設化) 또는 상설화(常設化) 경향에 따라 1983년에 이르러 1개의 정기시장이 상설화되었고, 6개의 정기시장이 분포하고 있다.

교통은 국도의 31호가 남북으로 길게 뻗어 있으며, 이 외에도 안동·포항·영양·의성 등의 지방도가 각 지역으로 나 있다. 대표적 관광지는 주왕산(周王山)과 달기골의 약수탕이다. 주왕산의 절경과 약수탕의 효험만으로도 청송군은 뛰어난 관광지로서 평가받을 수 있는 명승관광지이다. 주왕산을 중심으로 한 이 지역은 일찍이 경상북도립공원으로 개발되었는데 1976년 국립공원으로 지정되었다.

주왕산은 주봉이 721m로 그리 높지 않으나 산세가 웅장하고 험준하여 석병산(石屛山)이라고도 불리는 '전설의 산'이다. 이 산에는 보현국사(普賢國師)·무학대사(無學大師)·서거정(徐居正)·김종직(金宗直) 등의 명승과 석학이 수도하던 유서 깊은 대전사·광암사(光巖寺)·연화암(蓮花庵)·백련암(白蓮庵), 기암(旗巖)·풍치절경의 학소대·급수대(汲水臺)와 같은 기암괴석이 있다. 그리고 월외(月外)·내주왕(內周王)·외주왕(外周王)·내원

계곡 등의 계곡, 주왕굴·무장굴(武藏窟)·연화굴(蓮花窟) 등의 동굴이 있다. 주왕산 국립공원 내에 있는 주산지(主山池)는 길이 100m, 넓이 50m, 수심은 7.8m로 그다지 큰 저수지는 아니지만, 저수지 속에 자생하는 약 150년생 능수버들과 왕버들 20여 수는 울창한 수림과 함께 아늑한 분위기를 자아내고 있으며, 특히 <봄, 여름, 가을, 겨울 그리고 봄>이라는 영화가 촬영되어 더욱 유명해졌다. 또한 구룡소(九龍沼) 등의 지소(池沼)가 있다.

그리고 구슬을 내뽑는 듯 맑은 물줄기를 이루는 제1·2·3폭포와 월외폭포, 주왕이 고려군을 막기 위해 쌓았다는 자하산성, 경관이 빼어난 시루봉·향로봉, 왼팔로 돌을 던져 바위에 얹으면 아들을 낳는다는 아들바위 등 30여 개의 명소가 모여 절경을 이룬다. 그 결과 이 산은 경상북도의 소금강(小金剛)이라고도 불린다. 주왕산 부근에는 달기약수탕이 있어 보건휴양지로도 적지이다. 달기약수탕(達基藥水湯)은 청송읍 부곡리 달기마을에 있는 상탕·중탕·하탕·신탕·성지탕 등으로 형성된 약수탕을 말한다. 약수는 탄산성분이 강하며 철성분이 많은 광천수로 빛과 냄새가 없고, 아무리 많이 마셔도 배탈이 나지 않는다. 빈혈·위장병·관절염·신경질환·심장병·부인병 등에 특효가 있다 하여 많은 사람들이 각처에서 모여든다.

그리고 달기약수 부근의 옻닭요리는 위장병에 좋다는 건강식으로 알려져 있다. 뿐만 아니라 천연기념물로 지정된 향나무·느티나무·왕버들 등의 식물과 산짐승, 100여종의 산새가 서식하여 동식물의 별천지를 이루고 있다. 그 외 안덕면과 현동면 사이의 신성계곡과 부동면 항리의 얼음골이 유명하다. 차고 맑은 하천, 깨끗한 자갈, 울창한 송림이 약 3km에 걸쳐 펼쳐져 있는 신성계곡에는 1619년(광해군 11) 방호 조준도가 건립한 방호정이 있다. 계곡에서 8km 가량 떨어진 고와리에는 눈으로 뒤덮인 듯한 3천여 평의 암반인 백석탄이 있다. 항리얼음골은 말 그대로 섭씨 30℃가

넘는 무더위가 찾아오면 작은 샘에서 얼음이 얼고 그 사이로 찬바람과 찬물이 나오며 가까이에는 무장산이 있다.

한편 부남면 대전리 일대에는 65만 평에 조성된 청송자연휴양림이 있다. 통나무집·산막·물놀이장·농구장·야영장·취사장·샤워장 등의 편의시설과 넓은 주차공간, 완벽한 전기·급수시설이 갖추어져 있기 때문에 어린이를 동반한 가족단위 휴식지로 적당하다. 청송 월막온천은 청송읍 월막리 소재 주왕산관광호텔 부지 내 심도 719m 깊이에서 양질의 온천수가 발견되어 2000.5월부터 본격적으로 온천 허가를 취득하였다. 그리고 매년 5월경 주왕산 일원에서 열리는 주왕산수달래제, 매년 10월경 청송사과의 우수성을 대내외에 널리 홍보하는 청송사과축제, 청송군 부동면 내룡리 얼음골의 인공폭포에서는 2004년 2월에 시작된 청송주왕산 전국빙벽등반대회가 매년 개최되고 있다.

이 지역에서는 아직 선사시대 유물·유적은 발견되지 않고 있으며, 현대의 지리적 조건과는 대조적으로 다른 시대의 유물·유적도 매우 적은 편이다. 불교문화재로는 청송읍 덕리의 보광사에는 보광사극락전(普光寺極樂殿, 경상북도 유형문화재 제184호), 부동면 상의리의 대전사보광전(大典寺寶光殿, 경상북도 유형문화재 제202호), 부동면 상의리의 대전사 보광전 석조여래삼존상(경상북도 유형문화재 제356호), 파천면 송강리의 수정사대웅전(水晶寺大雄殿, 경상북도 문화재자료 제73호), 진보면의 청송이촌리오층석탑(경상북도 문화재자료 제74호), 부동면 상의리의 대전사 명부전 지장탱화(경상북도 문화재자료 제468호)와 대전사 명부전 지장삼존 및 시왕상(경상북도 문화재자료 제469호), 대전사 주왕암 나한전후불탱화(경상북도 문화재자료 제470호) 등이 있다.

유교문화재로는 청송읍 월막리의 청송향교와 찬경루(讚慶樓, 경상북도 유형문화재 제183호)·운봉관(雲鳳館, 경상북도 유형문화재 제252호), 덕리의 만세루(萬歲樓, 경상북도 문화재자료 제72호), 진보면의 청송추현리

박씨효자려(靑松楸峴里朴氏孝子閭, 경상북도 문화재자료 제180호), 세장리의 백호서당(柏湖書堂, 경상북도 문화재자료 제181호)이 있다. 또한, 광덕리의 진보향교(眞寶鄕校, 경상북도 유형문화재 제201호), 안덕면 신성리의 금대정사(金臺精舍, 경상북도 유형문화재 제277호), 현서면의 도리추원당(道里追遠堂, 경상북도 유형문화재 제275호), 파천면 신기리의 기곡재사(岐谷齋舍, 경상북도 문화재자료 제291호) 등이 있다.

이 밖에 청송읍 청운리에 청운동성천댁(靑雲洞星川宅, 중요민속자료 제172호), 현동면 창양리에 창양동후송당(昌陽洞後松堂, 중요민속자료 제173호), 파천면 덕천리에 숭소고택(경상북도 민속자료 제63호), 중평리에 평산신씨판사공파종택(平山申氏判事公派宗宅, 경상북도 민속자료 제89호)・서벽고택(棲碧古宅, 경상북도 민속자료 제101호), 파천면 덕천리의 청송초전댁(경상북도 문화재자료 제421호), 현동면 개일리의 청송오체정(경상북도 문화재자료 제428호), 부동면 상평리의 청송덕양재(경상북도 문화재자료 제429호) 등의 가옥이 보존되고 있다.

안덕면 신석리에 방호정(方壺亭, 경상북도 민속자료 제51호), 현서면 월정리에 침류정(경상북도 문화재자료 제266호)이 있다. 파천면 송강리에는 청송한지장(靑松韓紙匠, 경상북도 무형문화재 제23호), 진보면 진안리에 청송옹기장(경상북도 무형문화재 제125호), 진보면 추현리의 청송추현상두소리(경상북도 무형문화재 제26호)가 전승되고 있다. 이 지역에는 전국에서 유명한 주왕산(周王山)이 국립공원으로 지정되어 있다. 특히 파천면 신기리 청송신기동의 느티나무(천연기념물 제192호), 관리의 청송관동의 왕버들(천연기념물 제193호), 장전리에는 청송안덕면의 향나무(천연기념물 제313호), 부남면 홍원리의 홍원리 개오동나무(천년기념물 제401호), 현서면 월정리의 청송침류정(枕流亭)향나무(경상북도 기념물 제108호) 등 오래된 나무들이 있다.

조선시대의 교육기관으로는 1404년(태종 4) 진보면 광덕리에 창건된 진보향교(眞寶鄕校)를 효시로, 청송부사로 부임한 정지아(鄭之雅)가 1426년(세종 8) 청송읍 월막리에 창건한 청송향교(靑松鄕校)가 있다. 또한 서원으로는 1602년(선조 35) 이황(李滉)을 주향하기 위해 진보면 이촌리에 세워진 봉람서원(鳳覽書院), 1699년(숙종 25) 이황·김성일(金誠一)·장현광(張顯光)을 향사하기 위하여 안덕면 장전리에 세워진 송학서원(松鶴書院), 1701년 이이(李珥)·김장생(金長生)을 봉안한 부남면 홍원리의 병암서원(屛巖書院)과 파천면 중평리의 사양서원(泗陽書院) 등이 세워졌다.

근대 교육기관으로는 최초로 1906년 청송읍에 사립 낙일학교가 개교되어 1912년 청송공립보통학교로 개칭되었으며 지금의 청송초등학교로 이어져온다. 중등 교육기관으로는 1953년 진보종합고등학교가, 1954년 청송고등학교가, 1974년 부남고등학교가, 1975년 안덕고등학교 등이 개교되었다. 2005년 4월 1일 현재 교육기관으로는 초등학교 9개교, 중학교 10개교, 고등학교 6개교가 있다.

문화시설로는 5개의 복지회관, 군민회관, 공공도서관, 문화원이 있다. 또한 청송읍 송생리에 위치하고 있는 청송민속박물관은 부지 15,120㎡(4,574평)에 1999년도에 건립된 1종 전문박물관이다. 전시방법은 내부전시와 야외전시로 이루어져 있으며 내부전시는 청송지방에서 절기별로 행하여지던 세시풍속을 자료와 모형으로 전시하고 있다. 청송야송미술관은 지역출신 한국화가로 대한민국미술대전 심사위원을 지낸 한국화가 야송(野松) 이원좌(李元佐) 화백이 소장하고 있던 한국화 및 도예작품 등 350점, 국내외 유명 화가와 조각가들의 작품 50여 점, 미술관련 서적 1만여 점을 기증받아 진보면 신촌리의 구 신촌초등학교를 현대식 미술관으로 단장하고 2005년 4월에 개관하였다.

문화행사로는 청송문화원이 주관하여 2년에 한번씩(홀수년 10월) 격년제로 가을에 청송읍내 용전천 하천변에서 열리는 청송문화제를, 짝수년 10월에는 군민체육대회를 개최하고 있다. 대표적 민속놀이로는 줄다리기를 들 수 있다. 줄다리기는 여러 마을에서 성행하고 있지만 그 중에서도 특히 청송읍 청운리의 줄다리기는 유래가 오래되고 규모가 크기로 유명하다. 정월이 가까워오면 마을의 청장년들이 농악을 치며 집집마다 다니면서 지신을 밟아주고 짚을 거두어 줄을 만든다. 시합이 대개 윗마을과 아랫마을 사이에 벌어지므로 줄도 따로 준비하는데, 윗마을이 수줄을, 아랫마을이 암줄을 만든다. 줄의 모양은 용(龍)의 형태와 같이 머리 부분이 굵고 꼬리부분은 가늘게 되어 있다.

줄다리기는 정월보름에 행하는데, 이날이 되면 우선 암줄과 수줄을 매어 놓고 시합 전에 마을의 수호신을 모신 당(堂)을 바라보며 제를 지낸다. 제가 끝나면 마을 사람들 모두가 줄을 잡고 서로 어르기를 한 뒤 본격적인 시합이 시작되며, 승부가 쉽게 나지 않을 때는 쉬었다가 하기도 한다. 이곳의 줄다리기는 수줄이 이겨야 풍년이 들고 득남한다는 믿음이 있어서 항상 수줄이 이기게 된다. 따라서 줄다리기는 한낱 힘을 겨루기 위한 것이 아니라, 협동심을 고취시키는 계기를 마련하고 풍년을 기원하는 주민들의 소망이 담긴 놀이라 할 수 있다.

마을 단위로 당제(堂祭)가 전승되고 있다. 당의 형태는 대부분 신목(神木)이며 누석단(累石壇)이나 당집으로 된 경우도 더러 있다. 당제 날짜는 마을마다 일정하지 않으나 대부분 정월 중에 행하며, 제관은 생기복덕을 보아 운세가 맞고 집안이 깨끗하며 범절 있는 남자 중에서 선택한다. 대표적인 예로 청송읍 월막리의 경우를 보면, 마을의 수호신을 모신 서낭당에서 매년 정월 당제를 올린다. 제관은 집 앞과 당에 금줄을 치고, 제수를 장만하는 우물가에도 향토를 깔고 뚜껑을 덮어 부정의 접근을 막으며 당제 이외의 일은 일체 하지 않는다. 당제는 축시(丑時)에 거행되고 제물은 통음식을 쓰는데 제사를 지낼 때 동네의 세대주 이름이 적힌 소지를 올려각 가정의 평안을 기원한다. 당제가 끝난 다음날 아침에는 마을 사람들이 모두 모여 음식을 나누어 먹으며 제관의 노고를 치하한다.

대표적 설화로는 초막골의 지명에 얽힌 '윤효자 전설'을 들 수 있다. 청송읍에서 약 2km 떨어진 지점에, 앞에는 용전천의 맑고 푸른 물이 흐르고 뒤로는 소백산맥이 병풍처럼 둘러친 초막골이라는 마을이 있다. 옛날 이 마을에 윤씨라는 효성이 지극한 사람이 살고 있었는데 아버지가 병을 얻어 몸져눕게 되자 정성을 다해 간호하였다. 그러나 보릿고개가 있던 당시는 산이나 들에 나가서도 허기를 면할 수 있는 풀조차 제대로 구하기가 어려운 때라 아들의 지극한 정성에도 불구하고 아버지는 점점 쇠약해가기만 했다.

윤효자는 아침 일찍 산에 가서 나무를 하다가도 아버지가 걱정이 되어 나뭇짐을 버려둔 채 집으로 달려오곤 했으나, 아버지의 병은 생명이 위험한 상태로 치달아갔다. 그러던 어느 날 윤효자가 이웃마을에 가서 문전걸식을 하여 양식을 구해 가지고 오는데 갑자기 그의 귀에 아버지의 신음소리가 쟁쟁하게 들려왔다. 애타게 아들을 찾는 아버지의 마음이 거기까지 미친 것이다. 결국 급히 달려온 아들을 앞에 두고 아버지는 눈을 감고 말았다. 윤효자는 아버지의 시신을 산 속 양지바른 곳에 고이 묻어 드리고 무덤 옆에 초막을 짓고 무덤을 지켰다. 그런데 상기간이 끝날 무렵 설상가상으로 어머니마저 세상을 떠나게 되어 윤효자는 부모님의 무덤 옆에서 6년간이나 초막생활을 하며 예를 다하였다. 이에 효자가 초막을 짓고 정성을 다한 뜻을 기리기 위해 마을 이름을 초막골이라 부르게 되었다.

특히 청송 지역에서는 효자와 관련된 설화가 풍부하고 다양하게 전승되고 있다. 여러 지역에 산재해 있는 '효자각' 관련 전설로부터 '쫓겨난 양자의 효도', '아들을 부모공양으로 바친 효자' 설화 등이 풍부하게 전승된다. 이 밖에도 어머니에게 고기반찬을 해 드리기 위해 밤마다 호랑이로 변하여 개를 잡아오다가 그만 아내의 실수로 영원히 호랑이가 되어버렸다는 효자에 관한 이야기, 지나치게 부를 탐하여 집안사람의 왕래까지 끊어버리는 바람에 벌을 받아 집안이 망하고 말았다는 '오층석탑의 유래' 등이 있다.

청송 지역의 특성을 드러내는 설화로는 호랑이 관련 이야기가 유난히 활발하게 전승되고 있다. 산간지역의 입지가 자연스레 호랑이 관련 설화를 전승할 수 있는 기반을 마련한 것이다. '호식 당할 팔자', '호랑이에게서 살아오는 법', '호랑이의 밤길 배웅', '호랑이와 싸우는 소를 두고 떠난 주인' 등 호랑이 관련 설화가 다양하게 전승되고 있다.

민요로는 '모심기 소리', '길쌈 노래', '베틀 노래', '시집살이 노래', '상여 소리'와 같은 안동·영덕 등 경상북도지방에서 공통적으로 불리는 농요와 민요가 전승되고 있다. 이 중 '길쌈 노래'와 '베틀 노래'는 4·4조의 4음보 율격으로 되어 있어 그 유장한 가락에 호흡을 맞춰 일의 단조로움을 이겨내기도 하였겠지만, 그 안에 아낙네들이 겪던 정과 한이 구절마다 맺혀 있어 애달픈 분위기를 자아낸다. '길쌈 노래'를 들어보면, "영해 영덕 긴 삼가리 청송 진보 관솔 가지/우리 아배 관솔 패고 우리 올배 관솔 놓고/우리 올배 동래부사 행주별감 열 삼촌에/네 이기니 내이기니(중략)/달은 벌써 다졌는데 닭은 어이 또 우는가/저 말 많은 시어머니 이네 잠을 또 깨우네/영해 영덕 긴 삼가리 너캉나캉 웬 정 많아/아침 저녁 따라다녀 새벽 길쌈 지기는 년/사발옷만 입더란다."라고 부른다. 이 밖에도 '모심기 소리'가 두루 전승되고 있으며, 유희적인 민요로서 '노래가락', '청춘가', '화투풀이', '언문 뒤풀이' 등이 여전히 불리고 있다.

한편, '상여 소리'는 선소리꾼이 메기는 선소리와 상여꾼들이 이를 받아 반복하는 후렴 부분으로 이루어져 있다. "북망산천 찾아가서 무덤 안고 통곡하니/너호너호너호 넘차 너호/너 왔구나 소리 없다 누구에게 한탄하랴/너호너호너호 넘차 너호/초로 같은 우리 인생 백발되면 황천길에/너호너호너호 넘차 너호." 이 노래는 선소리꾼의 구성진 가락과 함께 고인을 애도하는 상주(喪主)들의 울음소리가 어울려 듣는 이의 심금을 울리고 인생의 무상함을 실감하게 한다. 이 밖에 '가짜 천자문 노래', '다리 헤기 노래', '방아깨비 노래' 등의 놀이노래도 전해오고 있다.

진안2리로부터 시작된 청송군 구비문학 조사는 한 마을에 3일씩 조사를 진행함으로써 표면적 기억에 머무르는 설화가 아닌 집중적인 조사를 통한 심층적 구비문학 자료를 수집할 수 있었다. 오전 11시경부터 1시 정도까지 조사를 수행하고 분위기를 끊지 않기 위해 대부분 마을회관에서 짜장면을 시키거나 주민들이 준비해 준 점심을 함께 먹었다. 오후 2시경부터는 본격적인 조사를 해 나가면서 심층에 남아있는 자료들을 떠올리게 함으로써 온전한 설화와 민요를 조사하기 위해 노력했다.

주요 제보자의 경우 숙소인 여관에 따로 모시거나 제보자의 자택에서 집중적인 조사를 진행함으로써 집단적으로 모여 있을 때 들을 수 없었던 풍부한 설화작품을 수집할 수 있었다. 또한 인근의 이야기꾼들을 면소재지 식당으로 모셔서 뛰어난 이야기꾼들의 기억을 끌어내어 집중적인 설화 자료를 수집하기도 하였다. 특히 민요 부문에서는 실제로 장례를 치르는 현장에 참여하여 덜구 소리를 조사함으로써 현장감을 높일 수 있었다.

1. 부남면

▌조사마을

경상북도 청송군 부남면 중기리

조사일시 : 2009.7.21~23
조 사 자 : 임재해, 조정현, 편해문, 박혜영, 임주, 황진현, 신정아

중기리는 교통의 오지에 놓인 고지대 농촌마을의 전형을 잘 보여주는 마을이다. 또한 교통의 오지이기 때문에 청송과 포항을 잇는 도보 보부상인 '등금쟁이'들이 지나던 마을이다. 이 일대를 오가던 등금쟁이 중 '손돌뱅이'라는 인물이 대장이었는데 중기리에 터를 잡고 등금쟁이들의 임시숙소 및 관리소로 사용했을 정도로 보부상들의 왕래가 잦았던 마을이다.

중기리가 자리잡고 있는 부남면은 북쪽으로는 무구산, 남쪽에는 구암산(840m) 등 600m 이상의 산지로 구성된 면이다. 용전천이 면의 중앙부를 서쪽에서부터 북쪽으로 흐르고 있다. 청송부의 남쪽에 위치하므로 부남면이라 하며, 고구려 때는 청기현(靑己縣)으로 불렸고, 신라시대에 이르러 적선이라 개칭했고 야성군(현 영덕군)의 속현으로 되어 있다가 920년에 부이라 개칭하였다. 그 후 운봉이라 하고 981년에는 청부로 변경되었으며 예주현(현 영덕군)의 속현이 되었다. 1395년에 진보와 합현하였다가 1418년에 진보군으로 승격되었으며 1455년에 청송군 도호부에 속했었다가 1914년 부군면 폐합에 따라 청송군에 속하게 되었다. 부남면은 부동면, 안덕면, 현동면 및 포항시 죽장면과 접하고 청송읍에서 남으로 14km 지점에 위치하고 있다. 농경지의 71%가 밭 면적인 전작 위주 영농을 하고 있으며 사과, 고추, 특용작물이 주 소득원이다. 씨족관념과 보수적 성향이 강하지만 젊은 선도농가가 많아 고소득 작목 개발이 타지역보다 뛰어나다는 평가를 받고 있다.

중기리는 동쪽으로 영일군 죽장면 석계리와 경계에 다리방재가 있고

이곳에서부터 남서쪽으로 늘부내가 흐르고, 서쪽으로는 양숙리와 접하고 북쪽으로는 평두산과 소팃재를 사이하여 이현리와 경계하고 있다. 남쪽으로 영일군과 만나는 큰 산 사이에 자리한 전형적인 산골마을이다. 중기리는 본마, 늘부내, 경암 등 세 개 자연마을로 구성되어 있다. 본마는 청송에서 포항으로 가는 국도변에 위치하고 있고 늘부내는 본마을로 들어서 골짜기 안쪽에 위치하고 있으며, 경암 마을은 국도변 경암 인근에 자리잡고 있다.

임진왜란 때 영양 남씨가 옻밭골을 개척하였고 중기는 200여 년 전 이덕양이 개척하였다고 전해진다. 고려 현종 9년에는 송생현, 이조 세조 때는 청송도호부에 속하다가, 1914년 행정구역 폐합에 따라 안평동, 상속동, 구천동의 각 일부를 병합하여 중기리라 하였다. 1980년대에는 총 95가구가 살았는데 김해김씨 26호, 경주이씨 16호 등이 주요 성씨였고 나머지는 각성들이 거주하였다. 2009년 현재 50가구가 거주하고 있으며 이중 김해김씨가 7가구로 가장 많고 나머지는 각성바지이다. 1반인 경암에 19가구, 2반 본마에 21가구, 3반 늘부내에 10가구가 거주하고 있다.

중기리의 중요한 특징으로 등금쟁이들의 본부가 마을에 있었다는 점을 들 수 있다. 본동에는 주막도 몇 곳 있었다고 한다. 등금쟁이들의 대장격인 '손돌뱅이'라는 인물이 보부상 본부를 마을에 차려놓고 상업에 종사했으며 이들이 사망할 무렵 마을에 재산을 기탁하였다. 이후로 마을에서는 매년 음력 10월 20일에 손돌뱅이를 비롯한 등금쟁이들의 묘를 벌초하고 묘사를 지내 주었고 현재까지도 유사를 두어 매년 제사를 올린다.

현재는 주요생업으로 사과, 대추, 고추, 고랭지채소 등을 경작하고 있는데, 1960년대에는 담배, 70-80년대에는 고추, 90년대부터는 사과농사가 주를 이루었다고 한다. 또한 현재는 양배추 농사를 많이 짓고 있다. 장은 포항 쪽 청하장(1일, 6일)이 50리 거리이고, 부남장(3일, 8일)이 20리 거리여서 장을 가는 목적에 따라 선택해서 다녔다고 한다.

당제(동제)는 세 자연마을 모두 지냈었는데, 늘부내는 20여 년 전부터 지내지 않고 있으며, 본마에서는 당제를 없앴다가 다시 복원해서 인근 사찰의 스님이 제를 모시고 있는 형편이며, 경암에서는 여전히 정월대보름에 당제를 모시고 있는 상황이다.

중기리에서는 '어머니를 죽인 아기장수', '호랑이 쫓은 세로 찢어진 입', '은혜를 잊은 주인을 죽인 소', '도깨비와 빗자루', '허재비에 홀려 방아공이를 소에 태우고 온 사람', '둔갑한 여우의 구슬', '방귀쟁이 며느리', '철 없는 아내를 효부로 만든 지혜로운 남편' 등의 설화가 조사되었다. 산간지역이자 교통요지인 마을의 특성을 잘 반영하면서 호랑이나 도깨비, 여우와 관련된 이야기가 많이 전승되고 있었고, 소를 이용하여 장을 다니던 전통에 기인하여 소와 관련된 이야기들을 많이 들을 수 있었다. 또한 방귀쟁이 며느리나 효부 이야기와 같은 청송군의 일반적인 민담 역시 전승되고 있음을 알 수 있다.

민요로는 '모심기 소리', '지신밟기 소리', '화투 풀이' 등이 수집되었고, 아이들 노래로 '방아깨비 노래', '다리 혜기 노래', '높은 데서 뛰어내리기 노래', '어깨동무', '이 빠진 아이 놀리는 노래', '뽕나무 대나무 참나무' 등을 들을 수 있었다. 노래의 전통이 단절된 지 오래여서 민요를 기억하는 노인들이 거의 없었으며 단편적인 모심기 소리와 화투 풀이, 다수의 아이들 노래 등을 들을 수 있었다.

손돌뱅이 묘

경바위 전경

김남연, 여, 1934년생

주 소 지 : 경상북도 청송군 부남면 중기리
제보일시 : 2009.7.29
조 사 자 : 임재해, 조정현, 편혜문, 박혜영, 임주, 황진현, 신정아

김남연은 1934년 갑술생이다. 올해 나이
는 76세이다. 김남연은 청송 상옥에서 나고
자랐다. 이곳 부남면으로 시집을 와서 지금
까지 살고 있다.

제공 자료 목록
05_20_FOS_20090729_LJH_KNY_0001
　소꿉놀이 노래
05_20_FOS_20090729_LJH_KNY_0002
　눈에 티 빼는 노래
05_20_FOS_20090729_LJH_KNY_0003 비둘기 소리 흉내 노래

김복례, 여, 1943년생

주 소 지 : 경상북도 청송군 부남면 중기리
제보일시 : 2009.7.23
조 사 자 : 임재해, 조정현, 편혜문, 박혜영, 임주, 황진현, 신정아

김복례는 영일군 안강 지계면 안시미 마을에서 육형제 중에 막내딸로
태어났다. 택호는 안덕댁이다. 언니 두 명, 오빠 두 명, 남동생이 한 명이
다. 열여덟 살에 스물다섯 살 되는 신랑과 연분이 닿았다. 친정 부모님은
살림이 넉넉지 못한 형편에 사는 게 힘들어 입하나 던다고 막내딸을 100

리나 떨어진 부남면 중기리로 시집을 보냈
다. 시집와서 칠형제를 두었는데 딸 하나에
아들은 여섯이다. 자녀들은 대구, 안산, 서
울 등 외지로 나가서 살고, 그 중 셋은 출가
하였다. 부남에는 거의 다 밭이고 논이 없
어서 고추농사, 대추농사 등을 짓는다. 종종
마을 어귀에 있는 영주사를 찾아간다.

  안덕댁이 기억하고 있는 설화는 대부분
시집오기 전 외할머니에게 들은 것이다. 줄곧 삼을 삼고 밭 매거나 보리
방아 찧는 일거리에 치여서 또 칠형제를 낳아 키우느라 옛날이야기는 할
새도 없었다고 했다. 자식들이 한 집에 살지 않아 손주들에게 옛날이야기
를 할 일도 없다. 이야기는 계속 해야지 기억이 나는데, 굳이 할 일이 없
으니 자연스레 잊어버리게 되었다는 것이다. 요즘은 젊은 시절보다 한결
여유롭게 지내는 편이지만 경로당에 모이면 옛날이야기를 나누는 대신
주로 화투를 치며 시간을 보낸다.

제공 자료 목록
05_20_FOT_20090723_LJH_GBL_0001 도깨비와 빗자루
05_20_FOT_20090723_LJH_GBL_0002 은혜를 잊은 주인을 죽인 소
05_20_FOT_20090723_LJH_GBL_0003 어머니를 죽인 아기장수

김복생, 여, 1931년생

주 소 지 : 경상북도 청송군 부남면 중기리
제보일시 : 2009.7.29
조 사 자 : 임재해, 조정현, 편해문, 박혜영, 임주, 황진현, 신정아

  김복생은 1931년 신미생이다. 올해 나이는 79세이다. 김복생은 청송 구
천이라는 곳에서 나고 자랐다. 이곳 부남면으로 시집을 와서 지금까지 살

고 있다. 전래동요를 몇 편 기억하고 계셨는
데 특히 다리 헤기 노래가 짜임새가 있었다.

제공 자료 목록

05_20_FOS_20090729_LJH_KBS_0001 오이풀 노래

05_20_FOS_20090729_LJH_KBS_0002
안반집게 족집게

05_20_FOS_20090729_LJH_KBS_0003
다리 헤기 노래

05_20_FOS_20090729_LJH_KBS_0005
이야기해 달라고 하면

05_20_FOS_20090729_LJH_KBS_0006 못생겼다고 놀리는 노래

05_20_FOS_20090729_LJH_KBS_0007 개밥 먹고 키 크지 마라

손월희, 여, 1939년생

주 소 지 : 경상북도 청송군 부남면 중기리
제보일시 : 2009.7.29
조 사 자 : 임재해, 조정현, 편해문, 박혜영, 임주, 황진현, 신정아

손월희는 1939년 병인생이다. 올해 나이
는 71세이다. 손월희는 청송 상옥이라는 곳
에서 나고 자랐다. 이곳 부남면으로 시집을
와서 지금까지 살고 있다. 전래동요를 몇
편 기억해 내셨는데 송구를 벗기며 부르는
노래를 불렀다.

제공 자료 목록

05_20_FOS_20090729_LJH_SUH_0001
송구 벗기는 노래

05_20_FOS_20090729_LJH_SUH_0002 두껍이집 짓는 노래

05_20_FOS_20090729_LJH_SUH_0003 걸어가며 부르는 노래

정말순, 여, 1928년생

주 소 지 : 경상북도 청송군 부남면 중기리
제보일시 : 2009.7.29
조 사 자 : 임재해, 조정현, 편해문, 박혜영, 임주, 황진현, 신정아

정말순은 1928년 무진생이다. 올해 나이는 82세이다. 정말순은 청송군 상옥에서 나고 자랐다. 이곳 부남면으로 시집을 와서 지금까지 살고 있다. 전래동요를 무려 28편이나 기억하고 있는 뛰어난 창자라고 해야겠다. 지금은 자식을 다 외지로 내보내고 할아버지도 돌아가셔 혼자 살고 있다. 바로 집 앞이 경로당이라 심심함을 달래기에는 좋다고 했다.

제공 자료 목록

05_20_FOS_20090729_LJH_JMS_0001 방아깨비 노래
05_20_FOS_20090729_LJH_JMS_0002 잠자리 잡는 노래
05_20_FOS_20090729_LJH_JMS_0003 신랑방에 불켜라
05_20_FOS_20090729_LJH_JMS_0004 개 창자 끄자
05_20_FOS_20090729_LJH_JMS_0005 다리 헤기 노래 (1)
05_20_FOS_20090729_LJH_JMS_0006 다리 헤기 노래 (2)
05_20_FOS_20090729_LJH_JMS_0007 높은 데서 뛰어내리기 노래
05_20_FOS_20090729_LJH_JMS_0008 어깨동무
05_20_FOS_20090729_LJH_JMS_0009 이 빠진 아이 놀리는 노래
05_20_FOS_20090729_LJH_JMS_0010 뽕나무 대나무 참나무
05_20_FOS_20090729_LJH_JMS_0011 약 올리는 노래
05_20_FOS_20090729_LJH_JMS_0012 일러라 찔러라
05_20_FOS_20090729_LJH_JMS_0013 황새 놀리는 노래
05_20_FOS_20090729_LJH_JMS_0014 연기야 연기야
05_20_FOS_20090729_LJH_JMS_0015 비야 비야 오지 마라

05_20_FOS_20090729_LJH_JMS_0016 귀에 물 빼는 노래
05_20_FOS_20090729_LJH_JMS_0017 몸에 물터는 노래
05_20_FOS_20090729_LJH_JMS_0018 맑은 물을 기다리며 부르는 노래
05_20_FOS_20090729_LJH_JMS_0019 달팽아 나오너라
05_20_FOS_20090729_LJH_JMS_0020 가재 노래
05_20_FOS_20090729_LJH_JMS_0021 누에 올리는 노래
05_20_FOS_20090729_LJH_JMS_0022 뱀 쫓는 노래
05_20_FOS_20090729_LJH_JMS_0023 부엉이 소리
05_20_FOS_20090729_LJH_JMS_0024 꿩을 놀리는 노래
05_20_FOS_20090729_LJH_JMS_0025 가짜 천자문 노래
05_20_FOS_20090729_LJH_JMS_0026 말놀이 노래
05_20_FOS_20090729_LJH_JMS_0027 가이갸 가다가
05_20_FOS_20090729_LJH_JMS_0028 새는 새는 낭게자고

최분남, 여, 1929년생

주 소 지 : 경상북도 청송군 부남면 중기리
제보일시 : 2009.7.29
조 사 자 : 임재해, 조정현, 편해문, 박혜영, 임주, 황진현, 신정아

청송군 부남면 중기리의 이야기꾼 최분남
은 1929년 포항의 청하 유계리에서 태어났
다. 8남매의 다섯 번째 딸로 태어난 최분남
은 또 딸을 낳아 분하다며 분남으로 이름이
지어졌다고 한다. 여덟 번째 막내가 남동생
이었는데, 외동아들이 오래 살기 위해서는
외국물을 먹어야 한다는 말을 듣고 최분남
이 9살 때 가족 모두 일본으로 건너갔다.

짧게 몇 년 간다는 생각에 건너간 일본이었지만 일본에서 논농사와 고
구마 농사를 지으며 오랜 시간 머물렀다. 17살에 일본에 살던 조선 남자

와 혼인하여 일본에 살다가, 해방이 되면서 한국으로 돌아왔다. 일본에서 혼인하여 특별한 시집살이를 하지는 않았으며 그곳에서 첫 아들을 낳았다.

한국으로 돌아 온 최분남은 남편의 큰 집이 청송에 있다는 이야기를 듣고 중기리로 들어왔다. 이곳에서 아들 셋, 딸 다섯을 더 낳아 모두 9남매를 키웠다. 할아버지는 28년 전 55세 때 지병으로 세상을 떠났다. 최분남은 한국에 와서 주로 고추 농사를 지었고, 젊었을 때는 부녀회장도 역임했다.

목소리가 크고, 동네일에 적극적으로 나서는 최분남은 이야기판에서도 적극적이었다. 다른 주민들이 옆방에서 고스톱을 치는 등 이야기 조사에 별다른 관심이 없을 때에도, 최분남은 조사자들을 기다렸을 정도다. 또 옆방에서 노는 주민들을 주도하여 이야기판이 벌어진 방으로 데리고 와 함께 이야기하기도 했다.

제공 자료 목록

05_20_FOT_20090722_LJH_CBN_0001 호랑이 쫓은 세로 찢어진 입
05_20_FOT_20090722_LJH_CBN_0002 방귀쟁이 며느리
05_20_FOT_20090722_LJH_CBN_0003 며느리가 군소리해 망한 집안
05_20_FOT_20090722_LJH_CBN_0004 제사 잘 못 지내 벌 받은 집
05_20_FOT_20090722_LJH_CBN_0005 선녀와 나무꾼, 달이 된 아이
05_20_FOT_20090722_LJH_CBN_0006 고려장에 사용한 지게
05_20_FOT_20090722_LJH_CBN_0007 둔갑한 여우의 구슬
05_20_FOT_20090722_LJH_CBN_0008 문상 가서 실수한 사람

도깨비와 빗자루

자료코드 : 05_20_FOT_20090723_LJH_GBL_0001
조사장소 : 경상북도 청송군 부남면 중기리
조사일시 : 2009.7.23
조 사 자 : 임재해, 조정현, 편해문, 박혜영, 임주, 황진현, 신정아
제 보 자 : 김복례, 여, 66세
구연상황 : 선곡댁의 집 앞에 자리를 펴고 보여 앉아서 조사자가 옛날이야기를 해달라고
　　　　　 청하였다. 안덕댁이 예전에 어르신들에게 들은 이야기라면서 구연하기 시작
　　　　　 했다.
줄 거 리 : 달걸이 하는 여자가 빗자루를 깔고 앉았다. 여자의 혈흔이 묻은 빗자루가 밤
　　　　　 이 되면 도깨비로 변하였다. 붉게 번쩍거려서 사람을 놀래키는데, 날이 밝아
　　　　　 서 다시 보니 마당에 놓여 있는 빗자루였다.

　　그고 또 옛날 노인들 안 카든교(하던가) 방앗간에 방아를 찧는데, (청
중 : 이 집에 마 얘기 잘 하니더.) 옛날 어른들이 그카데. 방아를 찧는데
며느리가 인자(인제) 빗자루를 깔고 앉았어. 깔고 앉아 놔 노이까네(놓으
니까는) 인자 왜 여자들이는 그게 다달이 치는(치르는) 게 있잖아. 그게
인자 거게(거기에) 묻었어. 깔고 앉아 갖고. 묻아 놔이까(묻어 놓으니) 그
게 인자 도깨비가 됐는 거야. 밤에 불이 뻘거이(뻘겋게) 보여 갖고 그래
갖고 나가이까네(나가니까는) 불이 벌개. 뻐쩍뻐쩍거려 가지고 그거를 겁
을 내고 방에 쫓아 들어왔디만(쫓아 들어왔더니만) 낸제(나중에) 아칙에
(아침에) 자고 일나갖고(일어나서) 나가가(나가서) 떡 보이까(보니까) 빗자
루가 있드래. [제보자가 손뼉을 치면서 웃자 청중이 따라 웃는다.] 그래
노이(그렇게 놓으니) 그 어른들이 그카대(그러대).
　　"야들아, 빗자루 아무 데나 깔고 앉지 마라."

그리 인자 왜 여 옛날 옛날에는 여기 전신에 마당에 비를 이래 이래 씰었잖아(쓸었잖아). 그래 뇨노이 인자 옛날 어른들이 그카대(그러대).

"야들아 저게 마당 비도 그거."

타넘지도 모하그로(못하게) 했어 옛날 어른들이. (조사자 : 왜요?) 비를 인자 여자가 모든 것이 인제 좀 뭐 말하자면 여자가 남자들한테 대면 쫌(좀) 총망시럽자나(경망스럽잖아). 뭔 말이라도 그렇게 하이까(하니까) 인자(인제),

"그래 하지 마라."

어른들이 인자 그 비를(빗자루를) 한 쪽에 갖다가 딱 갖다 놓고 비도 안 맞추고 옛날에는 그렇게 했다 카면서(했다 하면서) 그카대(그러대).

은혜를 잊은 주인을 죽인 소

자료코드 : 05_20_FOT_20090723_LJH_GBL_0002
조사장소 : 경상북도 청송군 부남면 중기리
조사일시 : 2009.7.23
조 사 자 : 임재해, 조정현, 편해문, 박혜영, 임주, 황진현, 신정아
제 보 자 : 김복례, 여, 66세
구연상황 : 조사자가 호식당한 이야기를 알고 계신지 여쭈었더니 옛날에 그런 이야기가 있다면서 안덕댁이 구연하였다.
줄 거 리 : 어떤 사람이 소를 몰고 산에 올라가 풀을 베었다. 날이 어두워서 내려오는 길에 호랑이를 만났다. 놀란 사람이 윗도리를 하나씩 벗어서 던졌더니 호랑이는 그것을 깔고 앉았다. 소의 등에 실었던 풀을 낫으로 베어서 뿌려도 소용이 없었다. 그러자 소가 뿔로 호랑이와 대적하였다. 소의 다리 사이로 주인이 빠져 나가도록하여 목숨을 구했다. 소가 호랑이와 싸우는 와중에 혼자 도망간 주인 집에 소가 찾아왔다. 그리고는 그 사람을 뿔로 죽여 버렸다.

아버지가 그런 얘기 더러, 산에 풀 비러 쭉 인자 소를 몰고 말로 말 저저 그거 소 위에 질매(길마), 그거를 이래 얹어가 지게에 얹어가 낫을 쥐

고 그래 쥐고 인제 산에 죽 올라가가(올라가서) 저 편편한 데 가면 소를 갖다 놔 놓고 풀로 비는 거야. 산에 풀을 비가 이 단을 묶아가(묶어서) 한 그(한가득) 싣고 그래 오는 거야. 싣고 그래 오믄 점심 잡수고 그래 가가(가서) 풀을 여러 짓으로 그래 비가(베어서) 오면 참 우리 부친 옛날 얘기 하시는데, 그래가 인제 내려 오다가 놔이(오다가 보니) 참 밤이 어데까지 됐더라동 어두버서(어두워서). 그래 소가 이래 내려오고 이래 하는데 그래 인자 우리 아버지가 그카시는데(그러시는데) 참 거기서러(거기서) 범이 나타났는 거야. 범이 나타나가 이 우에 그때는 삼베 적샘(적삼) 이거든. 뭐 난닝구(런닝의 일본식 발음)를 입었나 뭐 그거 하나만 이래가(이렇게) 입고 있다갈랑 그래,

'안 된다. 이래가 웃도리를 우리 하나쓱(하나씩) 다 벗어가지고 던져보자.'

그래가 참 웃도리를 하나씩 벗어가지고 다 던져 봤어. 던져 봐도 그게 웃도리 던지를 거를 다 받아쳐 뿌고(받아쳐 버리고) 거 한 사람 윗도리를 딱 받아가 지가 깔고 앉드래요. 그래가 자 인지는 이래(이렇게) 되면 그하다. 인자 소를 질매(길마) 실었는 거를 낫으로가 비 가지고 막 다 뿌려 뿌고 알소를(알소는 사람이 소 코를 뚫어 나무도막을 낀 벗겨 놓은 형상을 의미하나 정확한 뜻을 알 수 없음) 놓고 요 코뿐지(코두레)도 다 풀어 재껴 부고 알소를 이래가 놓고 인자 그 사람이 인자 다리는(다른 이는) 다 내려 가는데 자기가 모(못) 오잖아. 길을 막아서 가지고 딴 사람은 다 보내는데 그 사람은 자꾸 길을 막는 거야. 그래 가지고 길을 막아 뿌리가(막아 버려서) 소를 그래 탁 풀어 가지고 그대로 놔두이까네, 소가 사람을 탁 차 가지고 다리 밑에다가 주인을 여 놓고 지가 뿔로가 싸우는 기야 뿔로가.

이래 싸우는데 그거 뿔로가 싸우고 그래 노이(그래 놓으니) 이래 마 이 그러믄 정신이 없지. 주인도 정신이 없고 소도 얼마나 워낙 싸워 노이 지

쳤고 이래가, 인자 소를 데리고 왔으면 되는데 그래 싸우는 도중에 이 사람이 도망을 왔어. 도망을 와가 방에 누벘으니까네(누워 있으니까) 소가 왔드래요. 소가 집을 찾아 왔는데 집을 찾아와 가지고 방문을 콱콱 이래 미드래(밀더래). 미는 거로 확 열고 그꼬 하니까네 대반(대번) 아저씨를 끄고(끌고) 나가더래. 마 뿔로가, 옷을 걸어가. 그래 따라 나가가 그래 인자 그 사람이 으 그 소가 그 사람을 죽이더래. 그마큼 내가 살려 주는데 자기 혼자 왔다고. 그거 같이 싸우고 집이 왔드라면 괜찮은데 그렇게 해가고 그래 했다 우리 그랬는데, 옛날에 밤으로 댕기면 옛날에는 참 그리 많았대요. 그다 카며(그랬다고 하며) 그래 얘기하시대.

어머니를 죽인 아기장수

자료코드 : 05_20_FOT_20090723_LJH_GBL_0003
조사장소 : 경상북도 청송군 안덕면 부남면 중기리
조사일시 : 2009.7.23
조 사 자 : 임재해, 조정현, 편해문, 박혜영, 임주, 황진현, 신정아
제 보 자 : 김복례, 여, 66세
구연상황 : 선곡댁이 우미인가를 달력에 적어 놓았는데, 이것을 읽던 중 장수에 관한 내
         용이 나왔다. 그러나 옛날에 장수가 나와서 탄로날까 봐 어머니를 죽였다는
         이야기가 있다고 하였다. 안덕댁이 맞장구치며 말을 꺼내기에 조사자가 그 이
         야기를 해 달라고 청하였다.
줄 거 리 : 옛날에 어느 부모가 아이를 낳으니 장수였다. 태어난 지 석 달도 안 된 아이
         가 밤마다 사라져서 부모가 이를 이상하게 여겼다. 사연을 알고보니 아이가
         집집마다 돌아다니며 자기 머리를 잘라서 이불단에 넣는 것이었다. 비밀이 탄
         로난 아이가 그만 그 부모를 죽였고 마침내 장수가 되었다.

참 애기가 가져 가지고 낳아 놓이 장수라. 장수가 인줄도(장수인 줄도) 모르고 부모는 있었는데 아이 밤만 되니까네 어디 가뿌고(가 버리고) 없는거야. 어디 가뿌고 없고

'이상하다. 어디 갔노?'

캤디(했드니) 그 이 머리를 지가 잘라서 [목소리를 높이며] '집집마다' 댕기며 이불단 있제(있지)? 고걸(그걸) 따가(따서) 머리를 끊어 고게다(거기다) 옇는 게라(넣는 것이라) 자기가 그래 인자 만 집이나 천 집이나 인자 지가 여코 싶은 대로 여야만 지가 뭐가 되는 거야. 장수가 되는데, 그거를 하기 힘들잖아요. 그래 저녁 먹고 잠들어 잘라 카믄(자려고 하면) 없어져뿌고(없어져 버리고) 없어져 부고 그라디(그러드니) 낸자(나중에) 보이(보니) 참 그게 그래 부모가 알았는 게라. 부모가 아이까네 그거 인척 나가고 그 부모 알 정도 되면 진짜 장수 아닌교(아닌가)? 그래가 부모를 죽여 버렸어. (조사자 : 왜 죽였어요?) 말 난다고. 내가 장수를 못 하잖아. 엄마를 놔두면 엄마가 입을 띠 뿌니까(떼어 버리니까).

"우리 아가 밤으로 으 가드라."

"가 가지고 몇 시간 만에 돌아오드라."

이래 말이 나불면(나버리면) 그게 장수가 못 되잖아. (조사자 : 모르게 해야 되는데?) 응. 모르게 해야 되는데. (조사자 : 그 아기가 모르게 해야 되는데 엄마가 말을 하면 장수가 안 되니까?) 응. 안 되까. (조사자 : 엄마를 죽여 버렸어요?) 응. (조사자 : 그래서 애기가 엄마를 죽여 버렸어요?) 응. 그래 엄마를 죽여 버렸더란다. 엄마를 죽여 뿌고 그래, 지가 그래 해갖고 장수가 됐대요. 장수가 됐대요. 어마, 그러니까 이 여자가 입살이(입버릇이) 고게 아주, 우리 이래 장수가 아니라도 이래 살면 여자가 뭔 큰일에 나서가(나서서) 얘길하면 여자 입은 너무 총망총망타고(가볍고 경망스럽다는 의미임) 얘기하잖아. 글틋이(그렇듯이) 아직 장수도 하마 그거를 다 지가 알고 하며 태어나가, 그거 태어나가 그래 석 달도 안됐는데 그래 그런 짓을 하니까, 그게 진짜 장수 아닌교? 그래가 옛날에 엄마를 죽였다. (조사자 : 장수가 나중에 큰일을 했는가?) 장수가, 그래 갖고 장수가 됐대요. 됐으이 뭐를 해도 안 했겠나?

호랑이 쫓은 세로 찢어진 입

자료코드 : 05_20_FOT_20090722_LJH_CBN_0001
조사장소 : 경상북도 청송군 부남면 중기리 640-1 마을회관
조사일시 : 2009.7.22
조 사 자 : 임재해, 조정현, 편해문, 박혜영, 임주, 황진현, 신정아
제 보 자 : 최분남, 여, 81세
구연상황 : 조사자가 마을에 호랑이에 관한 이야기가 없냐고 묻자 청중들과 호랑이에 대
　　　　　한 경험담을 주고받던 중 최분남이 구연하였다.
줄 거 리 : 여자들이 산에서 호랑이를 만났을 때는 치마를 걷어 올리고 엉덩이를 보여주
　　　　　면 살 수 있다. 이는 호랑이가 엉덩이를 보고 입이 가로로 찢어지지 않고 세
　　　　　로로 찢어져 무서워하며 도망가기 때문이다.

　(조사자 : 아이고 호랑이한테 잡혀가도 살아나는 방법이 있다면서요?)
방법이 뭐 별로('별다르게'라는 뜻임) 있나? 산에 가다가 호랑이를 만나면,
큰 짐승이(짐승을) 만날 수 있으이(있으니) 그때는. 그지요? 있으면, (청
중 : 까꾸러(거꾸로) 뒤집는다.) [양손을 허리 뒤에서 위로 올리며] 마 훌
렁 걷어 놓고, (조사자 : 훌렁 걷어 놓고.) 처매로(치마를) 걷어 놓고, 여자
가 만나면. 남자는 만나면 필요 없어. [뒤로 돌아 양손을 허리 뒤에서 위
로 올리며] 훌렁 거다(걷어) 놓고, 궁디를(엉덩이를) 훌렁 까 내놓고, 미차
를(밑을) 비면(보이면),

　"아이고 세로칙(세로로, 세로를 나타내는 방언이나 정확한 단어를 알
수 없음) 째진 아가리가(입이) 있는데, 우리는 여(여기에, 가로로 찢어진
입을 가리킨다.) 안 된대이."

　하고 마 달아나 뿐다(달아나 버린다). (청중 : 무서버라 하고 마(그만) 달
아나 뿐다.) 칙 째진 입이 어딨노? 가리(가로로, 세로를 가로로 잘 못 말
함) 째졌지. [웃음] (청중 : 그래 산에 가거든, 뭐가 뿌시럭(부

　스럭)거리거든 까꾸러(거꾸로) 기라(기어라) 안 카는교(그럽니까)? (조사
자 : 예-.) 거꾸로 마 훌렁 걷어 놓고, 암만(아무리) 기도(기어도) 거다(걷

어) 놓고 기야 되지. [웃음] (청중 : 입이 두 가지라 하이(하니) 마.) 옛날에는 주가(속바지가) 똥궁디가(엉덩이가) 확 히졌는(벌어져 있는) 주가 있거든. 옛날에는. 그거를 히뜩(넙죽) [엎드린 후 엉덩이를 들며] 이래 엎드리면 확 빈다(보인다). (조사자 : 아ー 그러면 호랑이가 놀라서 도망간다는 거구나?) 그래. 여 칙 째진 입이 어딨노? 마카(모두) 가리 째졌지.

"아이고 식겁이에이(깜짝이야). 우리는 그런 거 못 봤다."

카고(하고) 마(바로) 간단다. 그러니깐 호랭이한테 잡아 멕히지도(먹히지도) 않애(않아).

(조사자 : 그러면 여자들은 살 수 있는데 남자들은 못 사네요?) 남자들은 뭐 되나? [웃음]

방귀쟁이 며느리

자료코드 : 05_20_FOT_20090722_LJH_CBN_0002
조사장소 : 경상북도 청송군 부남면 중기1리 640-1 마을회관
조사일시 : 2009.7.22
조 사 자 : 임재해, 조정현, 편해문, 박혜영, 임주, 황진현, 신정아
제 보 자 : 최분남, 여, 81세
구연상황 : 조사 전날 조사자들이 다음날 이야기를 조사하러 오겠다고 약속을 하니 최분남이 방구쟁이 며느리 이야기를 재치 있게 했다. 조사당일 이야기판을 만들고 최분남에게 이 이야기를 청하자 여유롭게 구연을 시작했다.
줄 거 리 : 새 며느리가 날이 갈수록 말라갔다. 시부모가 며느리에게 이유를 물어보니 방귀를 끼지 못해 그런 것이라 했다. 그래서 며느리에게 방귀를 참지 말고 편하게 뀌라고 했다. 며느리는 집이 밀려날 정도로 강한 방귀를 시원하게 끼고 다시 살이 찌고 그래서 집안이 잘 되었다.

그래 매느리를(며느리를) 하나, 매느리를 봐 놓이(놓으니). 매느리를 봐 놓이, 이게 뭐 올 때는 살쪘던 매느리, 노ー란게 꼬찌꼬찌?(사람이 마르는

모습을 나타내는 의태어) 마르드라고. (청중 : 내 거 방구(방귀) 참으니 그렇더라.) 어. '아이고, 와(왜) 저래(저렇게) 마르는고? 저 매느리 와 저래 마르는고?' 한 날에는 참 시아바시(시아버지) 불러 가지고,

"야아(애야, 사람을 부르는 말, 혹은 대화의 앞뒤로 자연스럽게 붙는 의미를 가지지 않는 방언) 니가 집에 올 때는 그래(그렇게) 살이 쪄가 퉁퉁했는데, 근불에(근자에) 니가 무슨 근심이 있나? 무슨 말이, 할 말이 있나? 와 그래 마리노(마르냐)? 마 이야기해라. 약이라도 묵고(먹고) 해야 되니께."

그래 자꾸 하라 카이게네(하니까), 그제서야 인제(이제) 철이 없어도 그래 해야지 되잖아 그래. [웃으며]

"내가 방구를 못 끼가. 방구를 못 끼가 이래(이렇게) 예비니더(여윕니다)."

하이게네,

"아이고 그거를 어에(어떻게) 방구를 못 끼 가지고 예빌(여윌) 일이 있노? 끼라(뀌어라). 너도 끼라."

"내가 많이 참아가 끼게 되면 잘 못하면 이 집이 넘어갑니더."

[웃으며] 하더란다.

"집 넘어가면 다 도리가 있다."

"그래 아버님이랑 여 뒷 지둥(기둥) 붙들고, 어머님일랑 앞에 지둥 붙들고 있그라. 알라(아기) 아부지도 저쪽에 붙들어라. 다 붙들어야 되니더."

하더란다. 그래가,

"붙들지. 붙들릴(붙들) 테니깐 니는 마(그만) 끼라."

하더란다. 그래가 참 방구를 끼는데 마 집이 스르륵 뒤로 쓸래 부드란다(밀려 버리더란다). [박수치고 웃으며] 얼마나 크게 끼이 그러노? 그래가 쓸래는 거로.

"아이고 야야, 야야. 거기도, 아이고 야야. 이쪽으로 오그라(오거라). 우

리 붙들어야 되는데, 이쪽으로 오거라. 여 뒤에 와가 끼라. 뒤에."

뒤에서 한방 탁 놔 뿌이(놓아버리니) 앞으로 또 실 밀래. [웃으며]

"아이고 야야 앞으로 끼라. 앞을"

또 앞에 끼이 안 돼가 마, 그래 인자 마카 놓이께 그래도,

"느그 마음껏 끼라."

세간살이가 막 이래 넘어가고 저래 넘어가고, 며느리는 참 똥방구를 그만치(그만큼) 끼뿌이께 살이 찌고, 집은 막 편히 잘 되드라니더.

며느리가 군소리해 망한 집안

자료코드 : 05_20_FOT_20090722_LJH_CBN_0003
조사장소 : 경상북도 청송군 부남면 중기1리 640-1 마을회관
조사일시 : 2009.7.22
조 사 자 : 임재해, 조정현, 편해문, 박혜영, 임주, 황진현, 신정아
제 보 자 : 최분남, 여, 81세
구연상황 : 조사자가 며느리 뱀 된 이야기를 구연하자 최분남은 집 뒤에 있는 저수지에 들어간 뱀이 있다며 이야기를 구연했다.
줄 거 리 : 천석군 선비집의 새 며느리가 손님이 많아 접대를 하면서도 항상 군소리를 했다. 그러자 집안에서 집 지킴이로 있던 큰 뱀이 나가고 집안은 망했다.

옛날에 우리 가마소 밭 안 있나? [옆 할머니에게 동의를 구하며] 그제? 저거, 가마소(저수지의 이름) 밭. (청중 : 가마소 밭.) 그 담버래기가(담 쌓은 흔적) 우리 오니깐 우리 밭에 하나 큰 게 있는데, 밭 담부래이가 큰 거 하나 있더라고. (청중 : 거 산소 있는 밭 담부래이?) 그래 그거.

"그래 여 담부래이가 어에(어떻게) 이케(이렇게) 큰 게 있노?"

하이께(하니까),

"집터다. 집터로 끌어 모아가 담부래이가 돼가 있다."

이케. 여 집터 그래 할배가 카는데(말하는데), 저 범박간(할아버지의 명

칭) 할배가, (청중 : 우리는 옛날에 아나?) 여기 옛날에 여그(여기), 큰- 여집을 얼마나 과가(誇家, 그러나 정확한 뜻은 알 수 없다)로 크게 지어가, 얼마나 옛날에 천석꾼이라 하면 잘 살았거든. (청중 : 응 그렇지.) 아주 천석꾼 질하고(짓하고) 살았는데, 상투쟁이 영감이 아주 선배가(선비가) 살았다는 거라. 선배가 살았는데, 그 집이 마 선배가 사니께네 손님이 맨 삐지(매일 오지, 정확한 뜻은 알 수 없으나 손님이 매일 끊이지 않는다는 뜻으로 이해할 수 있음). 노다지(계속해서) 대갈고(바뀌고, 그러나 정확한 뜻은 알 수 없음) 대갈고 손님이. 왔다리 갔다리(왔다가 갔다가) 노다지 왔는데. 그래가 아들을 놔(놓아) 가지고 며느리를 딱 하나 보이께네, 손님이 오니께네 오는 족족 군소리를 하는 게라. (청중 : 못 됐다.) 오는 족족 마 손님이 귀찮애가. 그래 마 자꾸 군소리를 한다카이요. 해 주고도 군소리를 한다. (청중 : 그러면 안 돼.) 그거 때문에 그래 요새 아들도 손님 오걸랑 군소리 하지 말고 손님 대접 잘하라 이카나(이러잖아). 그래가 군소리 해서 그래,

"야들아"

시아바시가(시아버지가),

"야들아 집이, 사람이 벌신거리니(북적거리니) 좋다."

"그러믄요."

"벌신 거리니 좋은데 와(왜) 너거가(너희가) 잘해 주고도 군소리를 하노?"

참 뭐라 캤거든. 뭐라 캤는데, 그래도 안 돼. 조디를(주둥이를) 쫄쫄쫄(쉴 새 없이 입을 놀리는 모양을 나타내는 의태어) 놀래서(놀려서). 그래 한 날은 비가 실실 오는데, 마마마 집둥가리(집 기둥) 같은 배매이가(뱀이) 마 집에 있다가 슬 나가는 거라. 가마소 거게, 가마소. 그래 가지고 가마소라고 해 났단다. 이름을 지어 났단다. 우리 집 위에 큰 가마소 안 있나? (청중 : 그 집에서 큰 구리가(구렁이가) 나갔노?) 큰 대매이가(큰 뱀이) 얼

마나 큰 대매이가 용 될라 카던 대매이가, 집에, 지끼미(지킴이) 아니라? (청중 : 뿔 난다 카데 용 될라 카면.) 그래 지끼미 아이가 그래. 집 지끼미 가. 옛날에 지끼미라고 나무에 이래가 산체가(산체로) 있으면 손 못 대도록 안했나? 스르륵 나오디마는 삽지꺼리로 마 따라 서 가지고 나오디, 가마소 거로 마 쑥 들어가 뿌랬다. 가마소 옛날에 거 명주꾸리 하나 풀어도 그게 다 풀리고 적었단다. 그만치 깊었단다. 그만큼 짚었는데 자꾸 물이 찌가(끼여) 막해(막혀) 가지고 그렇다 하이. 가마소에 고마(그만) 스르륵 들어가 뿌드란다(버리더란다). 들어가고 난 뒤에 영감이 하는 소리가,

"너거는(너희는) 밥도 못 얻어먹을 형편이 될 끼다. 내가 가만 추측상이 보이(보니) 글타(그렇다)."

상투재이가 그래 그카는데,

"손님 오는 거를 내가 그래 문천(문전, 그러나 정확한 뜻은 알 수 없음) 대접을, 손님 대접을 안 하고, 그래(그렇게) 박대를 하는데 손님이 올 텍이(턱이) 있으며? 지끼미가 안 나갈 수가 있나?"

하디만은, 마 삭- 일시에 다 망하더란다. 삭 다 망하고, (청중 : 본시 찌기미 나가면 다 망한다. 잡지도 못하고.) 다 망해가 마 영감도 죽고 마, 거 며느리도 마 그만치 천석꾼 살던 게 어디 있노? 다 망해 부고 그 집이 마 다 망해 부고, 우리 오니깐 그래 담부래기만 끌어 모아 났더라. 그래가 우리가 담부래기 끌어 내이 이런 쪼가리도 있고, 온갖 쪼가리가 다 있더라 하이요. 그래가 집터라 했다. 그래 손님 오거들랑 절대로 군소리 하지 말라 한다. 철없는 사람은 군소리 할 수 있지만 그자? (청중 : 글치.)

제사 잘 못 지내 벌 받은 집

자료코드 : 05_20_FOT_20090722_LJH_CBN_0004

조사장소 : 경상북도 청송군 부남면 중기1리 640-1 마을회관

조사일시 : 2009.7.22

조 사 자 : 임재해, 조정현, 편해문, 박혜영, 임주, 황진현, 신정아

제 보 자 : 최분남, 여, 81세

구연상황 : 앞서 군소리 며느리 이야기 후 군소리를 해 벌 받은 사람들에 관한 이야기를
구연했다.

줄 거 리 : 죽은 후 귀신이 없다고 생각한 사람이 조상 제사를 지내며 군소리를 했다. 이
소리를 들은 조상이 아이를 불에 밀어 화상을 입혔다. 지나가던 선비가 이를
알고 죽을 위기에 있는 아이를 살릴 수 있는 방법을 알려 주고 조상 제사를
정성껏 다시 모시라 했다.

그래 제사나 뭐나 지내도 군소리하지 말아야 돼요. 제사도 그래 한번
지내니까네, 이놈에 제사를 지내는데 뭐 참 온갖 지랄을 다 하고 뭐 온갖
조선 욕 다 하매(다 하면서) 제사를 지내거든. 시아바지(시아버지) 제사를.

'귀신이 죽어 뿌면(죽어 버리면) 귀신이 뭘 아노(알까)?'

하지만 안 그렇대이. (청중 : 안 그럴 끼라요.) 그래 가지고, 내가 가만
들으니 참 뭐라 카면(하면) 되노? 그래 한날에는 제사를 지내는데, 제사
철상(撤床)을 딱 하고 나이께네 아가(아기가) 마, 마마, 옛날에서 불로 와
(왜) 화로에 수북이 안담아 놓나? 아가 무단히(아무런 이유 없이) 자빠져
가(넘어져서) 마 불에 디가(데어) 마 죽을 판이 됐다. 그래 가지고, (청
중 : 불에 떠밀어 넣어 뿌랬나?) 그래. 나가매('나가며', 조상이 나가며) 떠
밀어 부랬지. (청중 : 그래.) 그래가 아이고 야, 야 이 사람이 저 한날 아직
에(아침에) 아가 불에 디 노이, 제사 파자(끝이) 나도 뭐 아직에 뭐 농가
(나누어) 먹는 것도 없고, 먹는 것도 뭐 아가 불에 드가(들어가) 죽을 판이
됐는데. 영감이 하나 옛날에 이제 그걸 방역을(모자를, 그러나 정확한 뜻
은 알 수 없음) 딱 쓰고, 옛날 선비 그걸 뭐 아는 선비가 인자 턱, 밥이라
도 한때 얻어 먹을라고 딱 들어오니 그날이거든. 그래,

"이 집이 여기 장손 좀 나오너라."

카더란다(하더란다). 그래가 나가이께네(나가니까),

"어제 제사 일제제(날이지)? 엊저녁에 일제제. 오늘 파자 아닙니까?"

이카이께네(이러니까),

"개라(맞다)."

카드란다.

"그래 제사를 지내면 어른 제사를 모시면, 말수 없이 소리도 크게 안 지른다 하는데, 말수 없이 지내야 되지, 그래(그렇게) 말수 없고, 조심 있게 지내노이께네(지내니까) 밥 속에다가 머리끼가(머리카락이) 들어가 구리(구렁이) 있다 가고 안 묵고(먹고) 아를(아이를) 떠밀어 넣어 가지고, 거 그냥 놔두면 아 죽는다."

이카잖아(이러잖아).

"그러이까네 날로(날을) 받아가 제사를 다부(다시) 지내고, 내 시기는(시키는) 데로 하면 아가 산다."

이카드란다. 그래가 저 나가가 [옆에 있는 청중을 바라보며]저 옛날에 자꾸 쪼 자놓은 도찌 밥(도끼 밥, 장작을 팰 때 나오는 나무 찌꺼기) 안 있는교?

"그거 도찌 밥 저거를 불에 싸질러가 태아(태워) 가지고, 가리를(가루를) 맨들어가(만들어서) 아 불에 댔는데 전-부 참기름을 발라가, 전부 그래가 처라(붙여라)."

그러드란다. 옛날 뭐 약이 있나? (청중 : 그래.) 그래 치고 나이 아는 마 불신('거짓말' 정도로 이해할 수 있음) 듯이 낫더란다. 그래 해 놓이, 양밥을(치료법을) 해 놓이.

"낫고, 제사를 날 받아가 착실히 지내 주라."

하드란다. 착실히 지내 주이 그래 그 집이 맑더란다. 절대로 제사 지내고 귀신이 없다고. (청중 : 귀신이 와 없어요?) 그래. 주께고(이야기하고) 그러면 안돼요.

선녀와 나무꾼, 달이 된 아이

자료코드 : 05_20_FOT_20090722_LJH_CBN_0005
조사장소 : 경상북도 청송군 부남면 중기1리 640-1 마을회관
조사일시 : 2009.7.22
조 사 자 : 임재해, 조정현, 편해문, 박혜영, 임주, 황진현, 신정아
제 보 자 : 최분남, 여, 81세

구연상황 : 조사자가 시어머니 버릇을 고친 며느리 이야기를 구연해 주었다. 그 후 이런
　　　　　옛날이야기도 있다며 구연했다.
줄 거 리 : 늙도록 장가를 가지 못한 나무꾼이 주변의 도움으로 선녀의 옷을 훔쳐 선녀
　　　　　와 결혼을 하게 된다. 아이 셋을 낳을 때까지 옷을 돌려주지 말라는 말을 지
　　　　　키지 않고 아이 둘을 낳았을 때 선녀에게 옷을 보여 주었다. 그러자 선녀는
　　　　　이 옷을 가지고 아이들과 함께 하늘로 올라간다. 이를 괘심하게 여긴 나무꾼
　　　　　은 물을 끓여 하늘로 올라가는 선녀에게 뿌리자 선녀는 죽고 아이는 달이 된
　　　　　다.

　옛날에 우리 한 사람이 장개를(장가를) 못 가가, 장개를 못 가가 이게
늙어가, 마 하마 오십이 되도 장개를 못 가가, 하마 사오십(4,50)이 다 되
어 가는데 장개를 못 가. 옛날이야기다 이게. 그래 누인데(누구한테) 물으
니까네,

　"그카지(그러지) 말고, 장개를 갈라 카거들랑(그러면) 선녀들이 먹 감으
러(목욕하러), 목욕하는 움터(웅덩이) 가가(가서) 바라고(기다리고) 있으
라."

　하드란다.

　"그래 바라고 있으면 어에 장가가 가지노?"

　"거 가가고 턱 있으면, 이래 나무 밑에 이래 바라고 있으면, 선녀가 여
(여기) 무지개다리를, 무지개가 탁 서글랑(서면), 선녀가 무지개다리를 타
고 여 목욕하러 내려온단다."

　"그래 목욕하러 내려오거들랑, 최고 내 맘에 드는 처자로 옷을 감춰 놓
으라."

"옷, 벗는 옷으로, 옷을 탁 벗어 놓은데 감춰 가지고 있다가, 다 하늘에 올라가 뿌글랑(올라가 버리면) 무지개다리 타고 올라가 뿌글랑 그래 그 사람이 울고 내 옷 없다고 찾아 댕기들랑, 옷일랑 주지 말고, 딴 옷으로 구해다가 줘가 입해가(입혀서), 그래 들고 오면 자연지(자연히) 살게 된다."

이카더란다(이러더란다).

"그래가 살게 되도, 인정 좋다고 또 내, '옷 이게 당신 옷을 내가 가(가지고) 왔데이(왔다)'. 이 소리 하지 말고, 언제까지 있다, 아(아이) 서이(셋) 놓걸랑 이야기하고 주라."

하더란다. 아를 서이(셋) 놓걸랑(낳거든). 그래가, 그래 참 저,

'내가 그래야겠다.'

싶어가, 그러이께네 한날에는, 아무 날에 가 가지고 그 움터에 바라고 있으라 하데, 그래가 가가(가서) 바라고 턱- 그 풀숲에 바라고 있으니, 참 무지개가 우르르(무지개가 움직이는 모습을 나타내는 의태어) 그래싸티만은(그러더니만) 천둥이 쳐서 무지개가 탁 서는 기라. 다리를 치고, 맹 일 타카는(이렇다하는, '이쁜' 정도로 이해할 수 있음) 아가씨들이 막 목욕하러 선녀들이 내려온다 카이야. 내려와 가 그 좋은 웅다(웅덩이) 가가 목욕을 한다고 옷을 벗고 드가는데(들어가는데), 그게 보이(보니) 참 아가씨가 맘에 드는 아가씨가 있더란다. 그래가 가가(가서) 옷으로 마 가 와가(가지고 와서) 마 감차 뿌랬어(감춰 버렸어). 감차 부래 놓이 인자(이제) 시큰(실컷) 하고 나와가 무지개다리가 또 서니까 막 올라가는 기라.

"아이고 내 옷 없데이. 내 옷 없데이."

하니께네, 시간이 되니깐 다 가뿌지 어에노? 다 가고 자기는 마 못 갔데이. 못 가가 울고,

"어에꼬(어떻하지), 내 옷을 어에(어떻게) 뿌랬노(했지)."

하고 울고 이러더란다. 참 보이(보니) 복(마음이) 저래가(저려서) 주고

싶드란다. 총각이 보이.

"그래도 그래 꾹 참아라."

그래 참고 그래 옷으로 감차 부고 옷을 구해다가,

"이거라도 입으라."

"입고 내 따라오라."

하더란다. 그래,

"따라오라."

하니,

"참 반갑다."

하면서 따라오더란다. 와가 그래 살았어. 잘 살았어. 잘 인자(이제) 참 장개를 가가 잘 살았는데, 그래 살아가 아를 하나 나았디, 놓으니까 인정이 찰떡같잖아? 또 하나 낳았데이. 인제 얼마나 좋으노? 마 이야기를 한다고, 마 눕어가(누워서) 아를 둘이, 서이를 놓걸랑, 주라 했는데,

'아를 둘이 났으이 웬걸 둘이 났는데 갈노(가겠나)?'

싶어가, 마 인정이 너무 좋아가, 그래 살면,

"내가 언제 어느 여물에(시점에), 웅터에 그래 목욕하러 선녀들이 내려 왔는데, 내가 옷을 내가 치아 부랬다고(치워 버렸다고)."

그래가 그러니 하더란다.

"옷을 치아(치워) 부랬으면 어앴어요(어떻게 했어요)?"

하더란다. 그래,

"그래 아무 데 있다."

그카이(그러니),

"내가 인지(지금) 주면 보제."

하면 그카드란다(그러더란다). 그래 인정이 좋으니까,

'저게 안 가지.'

싶어 가지고 줬어. 그래 줘 비이까네(보이니까) 그래 비고 해나(행여나)

싶어가 또 치아 놨어. 치아 놓이, 그래 얼나를(아이를) 하나 놓고 둘을 낳는데, 그래 지꺼지는(자기 나름의) 또 용수(用手)가 있지. 선녀라 놓이 묘수가 다 있겠나. 그래나 놓이. 이게 이자 나무꾼이라 나무하러 가 뿌고(가버리고) 없는데, 마 이래 선녀들이 내려오는 날이 있어. 목욕하러 내려오는 날이 있어. 그래가 마 그 옷을 내가 입고는, 마 아를 하나는, 그래 마 선녀가,

"내가 옷을 찾았으니, 아가 둘인데 갈 수 있나?"

"그래 올 수 있다."

하거든?

"내가 미리 가, 하늘에 올라가, 목욕하고 올라가 가지고 큰 달뱅이를(두레박, 그러나 정확한 뜻은 알 수 없음) 하나 내루니까네(내릴테니) 그거 타고 올라오라."

하더란다. 옛날에 이야기가, 이야기라는 게 그렇지 않는교? 그래가 이놈 자슥은 턱 인자 마 나무하러 가 가지고 있다. 있는데, 가 가지고 참 가이까네, 그래 옷을 끌어안고 아 둘이를, 하나는 업고 하나는 안고. 막 달빛에 올라.

"물을 탁 비에글랑(보이거든) 탁 부어 뿌고, 거 타라."

카드란다. 그래 물을 탁- 티인데(트인 곳에) 부어 뿌고(버리고) 올라갔어. (청중 : 그래 남에 아 데리고 가면 뭐 하노? [웃으며] 놔두고 가지.) 그래도 지 아라고 들고 가지고 어야노(어떻게 하나)? 그래 들고 가. (청중 : 그 하늘이 ○○다. 왜 그게 ○○하노?) 그게 이야기라노이(이야기니까) 그렇잖아. 그래가, 그래 가지고 마 이 남자가, 될라 될라 아이고 마마 마 그거 땡겨 올리는데 마 그것도 하늘에서 마 땡기 올리고, 이야기라서 그렇지 뭐. 그래가 땡기 올린다고,

"어야꼬. 어야꼬."

난리를 지기는데(치는데). 이제 집에 오니깐 마 집도 없고, 하늘에서 집

을 내라줬어. 마카(전부) 살도록. 오니 뭐, 나무를 해가(해서) 오이(오니) 집도 없고, 아무것도 없고, 각시도 없고 뭐 다 올라가 뿌고 없어. 그러니 마 남자가 집은 없어도 그거는(살림살이는) 다 있어놔 놓이, 불로 떼가 물로 막 끓이가, 그게 마 이야기라노이 그렇지, 그거 퍼부가(퍼부어서) 어에 디가(데어서) 내려 올로? 마마마 그 물로 마마마 다 올라갈라 하는 거를 막 물로 퍼 부이 마 디가. 그래 달이 되가.

"고지구굴래."

하고, 노래를 부르고 올라가더란다. (조사자 : 무슨 노래요?) 고지구굴래. (조사자 : 구지구글래?)

"고지구굴래."

하매(벌써) 마 하늘에 마 달이 되가 올라가고, 달 벽에 사람은 흔적 없이 마 널짜 뿌고(떨어져 버리고), 올라가지도 못하고 원혼(冤魂)이 되가. (청중 : 그게 짐승이다.) 짐승이 되가 올라가 부랬다. 그러이께네 이 남자가 못됐지. 그래 놔뒀으면 올라가면 되는데, 내캉(나랑) 안 살고 갔다고. 그래 물로 끓여가 마 퍼붓다. 이야기래 노이까 그러지 거 물이 어에 올라가노? 그래가 마 못 살더란다. 지도 못 살고. 지도, 지가 거 복에, 지 연분이 아니라 안 그렇나? (청중 : 하늘에 사람캉(사람과), 장개를, 장개를 못 가고 살았으니까) 그래 턱이나 있나? (청중 : 장개를 못 가도록 살았으니깐.) 그래 그래이까네 그래 죽지 그래.

고려장에 사용한 지게

자료코드 : 05_20_FOT_20090722_LJH_CBN_0006
조사장소 : 경상북도 청송군 부남면 중기1리 640-1 마을회관
조사일시 : 2009.7.22
조 사 자 : 임재해, 조정현, 편해문, 박혜영, 임주, 황진현, 신정아

제 보 자 : 최분남, 여, 81세
구연상황 : 이야기의 흐름이 끊어져 조사자가 효자 이야기를 구연하며 마을에 전해지는
효자 이야기를 청했다. 그러자 최분남은 과거에 고려장이라는 것이 있었다며
구연을 시작했다.
줄 거 리 : 옛날 사람들은 나이 칠십이 된 늙은 사람을 산에 갖다 버렸다. 할머니를 고려
장하러 산에 가는 아버지를 따라간 아들이 아버지가 버린 지게를 다시 지고
와야 한다 했다. 그래야 나중에 아버지를 버릴 때 쓸 수 있다는 것이다. 그
소리를 들은 아버지는 할머니를 다시 모시고 왔다. 그 이후로 고려장은 없어
졌다.

옛날에는 우리가 칠십(70)에 고려장 아닌교? 고려장을 하는데, 옛날에
우리들 하마(벌써), 우리 하마 옛날에 같으면 고려장 저 산 속에 들어갔다.
다 들어가 있다. 고려장을 하고, 해 가지고 지게에다 지고 참 아들하고 인
자(이제) 고려장을 하고 오는데, 고려장 해 놓고 문디 찌아(문을 끼워, 그
러나 정확한 뜻은 알 수 없음) 놓고, 인자 거 물이 쩨쩨[1] 나오면 살았고,
고 물이 거 굴에 굴이 없으면 죽었다고. 고려장을 하고 이제 턱 오이(오
니),

"아부지요. 저 지게를 지고 가야 안 되는교?"

"지게를 왜 지고 가노? 놔둬라."

하더란다. 그래,

"아부지요, 할머니를 저 고려장을 했는데, 내가 나중에 그 지게에 아버
지도 지고 가 가지고 고려장을 해야 안 되는교? 그 지게 지고 가가."

대번(바로) 그카더란다(그러더란다). 옛날에요. 그럴 수가 있다 하이. 그
러니까네 아들 듣는 데는, 보는 데는 그러지도 못한다. 옛날에는 칠십만
먹었다고 하면은 인간 칠십 고려장이라고 마카(모두) 고려장했다. (청중 :
산사람을 어에 갖다 냈을고?) 그케(그러게). (청중 : 그래 다 파가 왔다 이
카던데. 모하고(못하고) 그 지게에 다부(다시) 지고 왔다 하던데.) 그래가

---

1) 물이 흐르는 모습을 나타내는 의태어

참, 사람을 파가 지고 와야 지가 냉중에(나중에) 안 지고 가거든? (청중 : 그러이 아가(아이가) 그라이까.) 그라이께네 할마이가 살았다. (청중 : 그라고부터는 마(그만) 고려장을 안 했다 하지?) 안 했다 하더라. 인자. (청중 : 그거를 산 사람을 갔다 넣어, 놓고 있으면 다믄(다만) 이틀이라도 살나? 답답아(답답해) 못 산다.) 그게 거 땅그짝을(땅속을, 그러나 정확한 뜻은 알 수 없음) 파고 어에(어떻게) 사노? (청중 : 그래 못 산다.) 그래 인간 칠십 고려장이라고 옛날에 마카 인간 칠십만 되면 고려장 했다. 팔십 두(82) 살까지 살 수가 없다. (청중 : 옛날에 이만치 살았나 뭐 오래 못 살았다.) 그래.

둔갑한 여우의 구슬

자료코드 : 05_20_FOT_20090722_LJH_CBN_0007
조사장소 : 경상북도 청송군 부남면 중기1리 640-1 마을회관
조사일시 : 2009.7.22
조 사 자 : 임재해, 조정현, 편해문, 박혜영, 임주, 황진현, 신정아
제 보 자 : 최분남, 여, 81세
구연상황 : 조사자가 동물담을 부탁드리자 이야기를 구연했다.
줄 거 리 : 옛날 부잣집 아들이 서당에 다녔다. 서당을 가는 길에 산을 넘는데 중간에 예쁜 여자가 나와 입안에 구슬을 넣었다 뺐다하며 끌어안고 놀았다. 산을 넘을 때마다 여자가 나타나자 이상하게 여긴 부잣집 아들이 아는 사람에게 물으니 입에 넣었다가 빼는 구슬을 삼켜야 살 수 있다고 했다. 부잣집 아들은 그 말대로 다음번에 여자가 나타났을 때는 입에 넣어 주는 구슬을 그대로 삼켰다. 그러자 여자는 둔갑여우로 변신해 죽고 부잣집 아들은 살 수 있었다.

여자가('남자'라 해야 하는 것을 잘못 이야기함) 하나 저 참, 아주 예쁜 여자가 하나, 저 재 너머에 저거 하러, 공부 하러 댕긴다고(다닌다고). 그때는 인자(이제) 공부가 어딨노? 서당에 글하고, 글 배우고, 돈 있는 사람

저 딸래미라(딸이라) 노이 댕겨도 댕기고. 처자가 댕겼다. 처자다. 한 등 넘으면, 한 등 넘을 때는 괜찮고, 또 한 등 넘을 때는 괜찮고, 시딩(세 번 째 등) 넘을 때는 참말로(정말로) 마마. 총각이 야, 그러이 참말로 만날 서 당, 글 배우러 댕긴다고 서당에 가는데, 인자 시딩 넘으러 딱 댕기면 꽃 같은 여자, 아가씨가 하나 나와가 끌어안고, 끌어안고 마마, 치부(恥部)를 내루고(내리고), 하면 어느 누가 안 봐 낼로(내겠냐)? 치부를 내루고 그때 서당 글 가르치면 어른들 알면 이게 맞아 죽거든. (청중 : 맞는다.) 그 짓 못하그러 할라 그래도, 마 끌어안고 막 뒹굴고 마 그 골짜기만 들어서면. 그래도 아이고 이상하다 싶어. 이상하다 싶어도, 구불래지(굴려지지) 어야 노(어떻하나)? 끌어 안개가(안겨서) 구불래고. 집에 오는데, 공부를 하고 집에 오면 이상하네. 한 여남번(여러 번), 한 여남번 그랬단다. 여남번 그 래가 하이께네 정신이 이상, 이상이 되더란다. (청중 : 그게 사람이 아니 다.) 이상이 되는데 한번은, 마 한번은 또 그러디만은(그러더니만) 끌어안 고, 마 구실로(구슬을) 하나 주며, 구실로 지(자기) 입에 넣었다가 총각 입 에 여(넣어) 줬다가 키스를 하는데, 여 주고, 여 줬다, 여 줬다 빼다가, 여 줬다가 빼다가, 이래디(이러더니) 이래 뿌드란다. 그래가 그래 인자(이제) 참,

‘암만 케도(아무래도) 이상하다. 저게 사람이 아니지.’

사람 같으면, 여중일색(女中一色)이라 마. 처자가.

‘사람 같으면 그럴 택이 있나?’

싶어 가지고, 이상한 사람한데 물었어. 참 알만한 사람한테 물으니께네,

“그래야 그게 사람이 아니라.”

“그게 둔갑하는 여시라(여우라).”

“그르이(그러니) 내 말대로 하라.”

카드란다(하더란다).

“내 말대로 하믄(하면) 당신이 살아나지 내 말대로 안 하면 못 산다.”

하드란다.

"얼마 안 있으면 간다."

이카드란다. 그래가,

"어야노?"

이카이께,

"어에거나(어떻게든) 그 구실을 줄 때, 입에 넣었다가 닫다가 할 때, 무조건 구실로 주글랑(주거든) 어에(어떻게) 됐던 간에 넘가라(넘겨라)."

카드란다.

"구슬을 탁 입에 주글라면, 어에 그래 용을 쓰고 구슬을 넘가라."

하드란다.

'그래 참 아이고 그래야 될따.'

'암만 생각해도 이상했다. 내 마음으로라도 이 정신이 이상하다.'

싫으고(싫고) 그래가. 어른들한테는 절대로 안 가르쳐 줬단다. (청중 : 아하. 맞아 죽을 따.) 서당에 글 가르치는 사람이 그 학생한테 반하면 되나? 그래가 이 얘기를 했는 그 사람인데 그렇게 하이 그 사람이,

"그래야 당신이 목숨을 유지를 하지 안 그러면 얼마 있으면 간다."

이카드란다. 그래가 참 이 구실을 였다가(넣었다가) 냈다가 이러이 막 둔갑을 하고 끌어안고 이러는 거를 막 구실을 막 구실로 막 한 시번째라(세 번째라) 하든가 네 번째라 하든가, 마 [양손을 앞으로 내어 끌어안듯] 이래가 막 반드시 눕어가, 여 주는 거를 꿀떡 넘가(넘겨) 뿌랬다(버렸다). 넘구이까 막 백예수(백여우) 소리를 하드란다. 그게. 아가씨가. (청중 : 예수다.) 백예수 소리를 하고 마 치구 부르고 니구 부르고(이리 구르고 저리 구르고, 그러나 정확한 뜻은 알 수 없음) 하디만(하더니만), (청중 : 그거 줘뺐다.) 예수가 꼬랑데이가(꼬리가) 막 한 발이나 되는 게 히떡(크게 넘어지는 모습을 나타내는 의태어) 자빠지더란다(넘어지더란다). (청중 : 이익- 아이고 무서버래이.) 예수다. (청중 : 그게 구슬이 넘어가 뿌래이 그렇다.)

구슬이 넘어가 뿌이까 지는 용수가(방법이) 없단 말이다. 그르이 그기 그 아바이가(아버지가, 인칭대명사로 쓰는 것으로 여기서는 방법을 알려 준 사람을 가리킴) 그이가, 옳게 가르쳐 줘 놓이, 묵어 뿌고, 그래 인자 그 사람이 집에 와가 목숨도 덤으로 하고 살아났단다. (청중 : 잘 했네. 오지게 ('지독하게'를 나타내는 방언) 홀캤다.) 오지게, 거 홀캤으면 죽었다 하이요 (하니까요). 옛날에는 그런 수가 많단다. 둔갑 예수가, 둔갑을 해가. 예수가 둔갑을 해가. (청중 : 둔갑 예수.) 그래가 참 그 총각이 그렇게 부잣집 아들이 죽을 뻔 했는 거를 살아났다 하이. (청중 : 요새도 뭐라 해봐라. 둔갑 예수 같다 한다.)

문상 가서 실수한 사람

자료코드 : 05_20_FOT_20090722_LJH_CBN_0008
조사장소 : 경상북도 청송군 부남면 중기1리 640-1 마을회관
조사일시 : 2009.7.22
조 사 자 : 임재해, 편해문, 조정현, 박혜영, 임주, 황진현, 신정아
제 보 자 : 최분남, 여, 81세
구연상황 : 앞서 '고려장에 사용한 지게' 이야기에 이어 구연하였다.
줄 거 리 : 옷을 허술하게 입은 사람이 문상을 갔다가 바닥이 벌어진 틈으로 불알이 끼 였다. 아파하던 찰나에 개가 와 불알을 물고 갔고, 상가집이 난리가 났다.

문상을 가가지고, 문상하러 가가, 그래 문 곁에 그래 안하나? 저 변소 ('빈소'를 잘못 말한 것임) 저거('위패'를 말함) 놔 놓고.

한다고 이래 마루 끝이,

[밖으로 나갔던 옥천댁이 방으로 들어옴] 실큰(실컷) 잤나?

(청중 : 몰래 자부랍네[2])

---

2) 잠이 오네.

그래 마루 끝에 문상을 하고, 인자(이제) 마루에 엎드려 절로 해야 안되나?

[엎드리며] 이래?

(청중 : 예.)

절을 하고 이제 문상을 하는데, 여 마루가 여 좀 사이가 이래 있었던 모양이래.

[양 손을 마주보게 바닥에 내리며] 요래 비었던 모양이래.

여 들면 꺼떡꺼떡(물건이 움직이는 모습을 나타내는 의태어) 이래.

그래 절 한다 그다,

"어이- 어이-."

그러니까네, 이거 뭐 불알을 그 밑에.

(조사자 : [웃으며] 응.)

[청중 웃음]

[웃으며] 옛날에, 옛날에 허술해 가지고 두루막만(두루마기만) 입고 갔어.

(조사자 : 예예.)

[엎드리며]이래가, 이래가지고 문상을 하고 나이 불알이 축 내려 앉으니, 불알을 내라주이(내려주니) 이거 뭐 세이다(사이에) 찡기나(끼여) 노이(놓으니),

"어-어-."

이런다.[웃음]

[조사자 웃음]

[청중 웃음]

그게 아프니 움직거리니 마마마 더 아프거든.

움직꺼리면(움직이면),

"어-어-."

상주가 가만 보니 희한하더란다.

울어 싸가.

'얄구져라(얄궂다). 우리 친척, 우리 저저 어른들 보고는, 그 전에 보지도 않은 어른 보고 저만치(저렇게) 서럽게 어에(어떻게) 우노(울까)?'

싶어가 그랬디, 그 강세이가(강아지가) 그 밑에 요래 눕었다가(누웠다가) 뭐가 척 떨어지는 게 천대(가죽대, 그러나 정확한 뜻은 알 수 없음) 같은 게 하나 떨어져 있어놔노이,

[청중 웃음]

이 강세이가 막 그거를 날름 막 끊어가 마.

"어어-"[웃음]

(청중 : 피가 나 어야노?)

[웃으며]보이까네 피가나. 그래 상주, 그 밑에 일하는 사람들이 보디만, 그래가 그 상주가.

(청중 : 죽잖아? 그걸 끊으면.)

불알은 끊어뿌래도(끊어버려도) 안 죽어요.

안 죽더라만.

(청중 : 어에글노(어떻게 그래)? 알나는(아기는) 꼬치(고추) 끊어뿌래니 죽드라는데.)

(조사자 : 예.)

불알은 끊어도 안 죽는단다.

(조사자 : 그래서?)

그래가 어야노(어떻하나)?

'뭐 이거 참 일 났다.'

그래가 마 어에(어떻게) 거 옷이 또 그래 허술했던동.

(청중 : 그래 뭐 거 사리마다가(속옷이) 있나? 뭐 삼베만 입고 가고 명주만 입고 가이(가니) 글치.)

그래 불알을 축 느러지니, 몸이 뭐, 움측 그래가 먹어 뿌면, 개가 마 좋아가 그냥 넘가 뿌랬어(넘겨 버렸어).

그래가 상주가 이래 나와 가지고,

"내 죽는다."

고 거만 쥐고,

"이 개새끼 때려 죽인다."

고 마 생난리를 지기고(치고) 마 후닥닥(분주하게 뛰어다니는 모습을 나타내는 의태어) 거리고, 개도 잡을라고 마,

"개 붙든다."

그리고 악을 풀라고 막 뚜드리(두들기니), 짝대기(작대기) 가지고 뚜드리니까네 개가 옳게 못 넘기고 불알이 툭 티(튀어) 나오더란다.

뚜드리니까네, 불알이 툭 티 올라 오더란다.

불알이 그냥.

그래 가지고 사람이 안 죽어.

그래 가지고 문상이고 뭐 지랄이고 뭐 다 제치고 뭐 난리가 나가지고 그 사람은 가고, 집에 간다고 모세다(모셔다) 주고 마.

소꿉놀이 노래

자료코드 : 05_20_FOS_20090729_LJH_KNY_0001
조사장소 : 경상북도 청송군 부남면 중기2리 경로당 873-1159
조사일시 : 2009.7.29
조 사 자 : 임재해, 조정현, 편해문, 박혜영, 임주, 황진현, 신정아
제 보 자 : ~, 여, 75세
구연상황 : 마을 경로당에서 자연스럽게 구연하였다. 경로당이 큰길가에 있어 녹음에 어
려움을 겪었다. 소꿉놀이하며 부르는 노래이다.

중아 중아 까까중아
니 칼 내라 내 칼 내라
송기 비껴 ○○하고
깨구리 잡아 회하고
찔레 꺾어 밥하고
코 풀어 숭늉 끓이고

[“송기 비껴 ○○하고”는 불확실하지만 “송기 벗겨 ‘떡을’하고”인 것
같다.]

눈에 티 빼는 노래

자료코드 : 05_20_FOS_20090729_LJH_KNY_0002
조사장소 : 경상북도 청송군 부남면 중기2리 경로당 873-1159
조사일시 : 2009.7.29
조 사 자 : 임재해, 조정현, 편해문, 박혜영, 임주, 황진현, 신정아
제 보 자 : 김남연, 여, 76세

구연상황 : 위와 같다. 눈에 티가 들어갔을 때 부르는 노래이다.

까치야 까치야

니 새끼 우물에 빠졌다

조래(조리)가 건지라

두베이(밥뚜껑)가 건지라

어쉐이

비둘기 소리 흉내 노래

자료코드 : 05_20_FOS_20090729_LJH_KNY_0003
조사장소 : 경상북도 청송군 부남면 중기2리 경로당 873-1159
조사일시 : 2009.7.29
조 사 자 : 임재해, 조정현, 편해문, 박혜영, 임주, 황진현, 신정아
제 보 자 : 김남연, 여, 76세
구연상황 : 위와 같다.

부꿈 부꿈 지집 부꿈

지집 죽구 자석 죽구

논밭 전지 수폐(수해) 담고

서답 빨래 누가 하노

오이풀 노래

자료코드 : 05_20_FOS_20090729_LJH_KBS_0001
조사장소 : 경상북도 청송군 부남면 중기2리 경로당 873-1159
조사일시 : 2009.7.29
조 사 자 : 임재해, 조정현, 편해문, 박혜영, 임주, 황진현, 신정아

제 보 자 : 김복생, 여, 79세
구연상황 : 위와 같다.

　　　위(오이) 내(냄새) 나나
　　　수박 내 나나

　[표준말로는 '오이풀'이라고 하는데 청송에서는 이 풀을 '지우치풀'이
라고 불렀다. 이 풀을 뜯어 손에 두들기며 부르는 노래인데 냄새를 맡아
보면 수박 냄새가 난다.]

안반집게 족집게

자료코드 : 05_20_FOS_20090729_LJH_KBS_0002
조사장소 : 경상북도 청송군 부남면 중기2리 경로당 873-1159
조사일시 : 2009.7.29
조 사 자 : 임재해, 조정현, 편해문, 박혜영, 임주, 황진현, 신정아
제 보 자 : 김복생, 여, 79세
구연상황 : 위와 같다. 두 사람이 등을 맞대고 서로 업어주면서 들었다 났다 하며 부르는
　　　　　노래이다.

　　　안반 찍게
　　　쪽 찍게

　[떡칠 때 밑에 까는 널따란 나무판을 안반이라고 한다. 쪽찍게는 족집
게를 말한 듯 하다. 둘이 등을 맞대고 있는 모양과 비슷해서 노랫말로 가
져와 쓴 듯 하다.]

다리 헤기 노래

자료코드 : 05_20_FOS_20090729_LJH_KBS_0003
조사장소 : 경상북도 청송군 부남면 중기2리 경로당 873-1159
조사일시 : 2009.7.29
조 사 자 : 임재해, 조정현, 편해문, 박혜영, 임주, 황진현, 신정아
제 보 자 : 김복생, 여, 79세
구연상황 : 위와 같다.

앵기 땡기 너그 당신 어디 갔노
산 너메 갔다 뭐 하러 갔노
새 잡으러 갔다
한 마리 도고 꿉어 먹자
두 마리 도고 쩨져 먹자
쩨질 낭게 불붙고 오록 조록 박조록
연지 새끼 물조록 닭구 새끼 꼬 꾸 대

이야기해 달라고 하면

자료코드 : 05_20_FOS_20090729_LJH_KBS_0005
조사장소 : 경상북도 청송군 부남면 중기2리 경로당 873-1159
조사일시 : 2009.7.29
조 사 자 : 임재해, 조정현, 편해문, 박혜영, 임주, 황진현, 신정아
제 보 자 : 김복생, 여, 79세
구연상황 : 위와 같다.

이 예기가 지 예기를 짊어지고
삼천구만리를 가니
해지는 소리가 둘레 뺑

[옛날에 어른들한테 이야기를 해달라고 하면 이렇게 해주었다고 한다.]

못생겼다고 놀리는 노래

자료코드 : 05_20_FOS_20090729_LJH_KBS_0006
조사장소 : 경상북도 청송군 부남면 중기2리 경로당 873-1159
조사일시 : 2009.7.29
조 사 자 : 임재해, 조정현, 편해문, 박혜영, 임주, 황진현, 신정아
제 보 자 : 김복생, 여, 79세
구연상황 : 위와 같다.

　　　울퉁불퉁 모개(모과)야
　　　아무따나(아무렇게다) 굵어라
　　　니 치장은 내 해 주꺼이

개밥 먹고 키 크지 마라

자료코드 : 05_20_FOS_20090729_LJH_KBS_0007
조사장소 : 경상북도 청송군 부남면 중기2리 경로당 873-1159
조사일시 : 2009.7.29
조 사 자 : 임재해, 조정현, 편해문, 박혜영, 임주, 황진현, 신정아
제 보 자 : 김복생, 여, 79세
구연상황 : 위와 같다.

　　　개밥 먹고 키 크지 마라

　[앉아 있는 아이 머리 위로 다리를 넘기며 이 노래를 부르면 앉아 있던 아이가 화가 많이 나서 쫓아 왔다고 한다.]

송구 벗기는 노래

자료코드 : 05_20_FOS_20090729_LJH_SUH_0001
조사장소 : 경상북도 청송군 부남면 중기2리 경로당 873-1159
조사일시 : 2009.7.29
조 사 자 : 임재해, 조정현, 편해문, 박혜영, 임주, 황진현, 신정아
제 보 자 : 손월희, 여, 71세
구연상황 : 위와 같다.

　　꿩 털이 빼자
　　달구 털이 빼자

　[봄에 소나무에 물이 오를 때 가지 껍질을 벗기며 하는 소리다. 이것을 송구라고 하는데 안에 것은 먹었다. 송구는 일종의 구황식품 구실도 했다.]

두껍이집 짓는 노래

자료코드 : 05_20_FOS_20090729_LJH_SUH_0002
조사장소 : 경상북도 청송군 부남면 중기2리 경로당 873-1159
조사일시 : 2009.7.29
조 사 자 : 임재해, 조정현, 편해문, 박혜영, 임주, 황진현, 신정아
제 보 자 : 손월희, 여, 71세
구연상황 : 위와 같다.

　　새 집 짓자
　　깐치 집 짓다

　[두껍이집을 지으며 부르는 노래이다. 청송에서는 두껍이집을 짓자고 노래하지 않고 새집이나 까치집을 짓자고 노래한다.]

걸어가며 부르는 노래

자료코드 : 05_20_FOS_20090729_LJH_SUH_0003
조사장소 : 경상북도 청송군 부남면 중기2리 경로당 873-1159
조사일시 : 2009.7.29
조 사 자 : 임재해, 조정현, 편해문, 박혜영, 임주, 황진현, 신정아
제 보 자 : 손월희, 여, 71세
구연상황 : 위와 같다. 걸어갈 때 팔을 앞뒤로 흔들며 부르는 노래이다..

　　　장아 가자
　　　저자 가자

방아깨비 노래

자료코드 : 05_20_FOS_20090729_LJH_JMS_0001
조사장소 : 경상북도 청송군 부남면 중기2리 경로당 873-1159
조사일시 : 2009.7.29
조 사 자 : 임재해, 조정현, 편해문, 박혜영, 임주, 황진현, 신정아
제 보 자 : 정말순, 여, 82세
구연상황 : 위와 같다.

　　　홍굴래야(방아깨비) 방아 찧어라
　　　싸래기 받아 떡 해 주께
　　　많이 많이 찧어라
　　　한 섬 두 섬 찧어라
　　　많이 많이 떡 해 주께

　　[방아깨비를 잡아 뒷다리를 쥐고 부르는 노래이다.]

잠자리 잡는 노래

자료코드 : 05_20_FOS_20090729_LJH_JMS_0002
조사장소 : 경상북도 청송군 부남면 중기2리 경로당 873-1159
조사일시 : 2009.7.29
조 사 자 : 임재해, 조정현, 편해문, 박혜영, 임주, 황진현, 신정아
제 보 자 : 정말순, 여, 82세
구연상황 : 위와 같다.

철뱅이(잠자리) 꽁꽁

앉을뱅이 꽁꽁

앉을 자리 앉아라

서울 가면 니 목안지(목아지) 떨어진다.

목말라 죽는다

[청송에서는 잠자리를 철뱅이라고 한다. 잠자리를 잡으며 부르는 노래
이다.]

신랑 방에 불 켜라

자료코드 : 05_20_FOS_20090729_LJH_JMS_0003
조사장소 : 경상북도 청송군 부남면 중기2리 경로당 873-1159
조사일시 : 2009.7.29
조 사 자 : 임재해, 조정현, 편해문, 박혜영, 임주, 황진현, 신정아
제 보 자 : 정말순, 여, 82세
구연상황 : 위와 같다.

신랑 방아 불 써라(켜라)

각시 방에 불 써라

[도라지꽃 속에 개미를 넣어 흔들며 부르는 노래이다. 이렇게 하면 보

라색 도라지꽃이 붉게 변한다.]

개 창자 끄자

자료코드 : 05_20_FOS_20090729_LJH_JMS_0004
조사장소 : 경상북도 청송군 부남면 중기2리 경로당 873-1159
조사일시 : 2009.7.29
조 사 자 : 임재해, 조정현, 편해문, 박혜영, 임주, 황진현, 신정아
제 보 자 : 정말순, 여, 82세
구연상황 : 위와 같다.

　　　　개　창지(창자)　끄자(끝자)

　　　　소　창지　끄자

　　　　달구　창지　끄자

　[모두 셋이 필요한 놀이를 할 때 부르는 노래이다. 두 아이가 앞뒤로 한 아이를 앞뒤로 잡고 돌아다니며 부른다.]

다리 헤기 노래 (1)

자료코드 : 05_20_FOS_20090729_LJH_JMS_0005
조사장소 : 경상북도 청송군 부남면 중기2리 경로당 873-1159
조사일시 : 2009.7.29
조 사 자 : 임재해, 조정현, 편해문, 박혜영, 임주, 황진현, 신정아
제 보 자 : 정말순, 여, 82세
구연상황 : 위와 같다.

　　　　콩 한나 팥 한나 이연 지연 물지 설지

　　　　가매 꼭지 넘어간다 들 깨 동

다리 헤기 노래 (2)

자료코드 : 05_20_FOS_20090729_LJH_JMS_0006
조사장소 : 경상북도 청송군 부남면 중기2리 경로당 873-1159
조사일시 : 2009.7.29
조 사 자 : 임재해, 조정현, 편해문, 박혜영, 임주, 황진현, 신정아
제 보 자 : 정말순, 여, 82세
구연상황 : 위와 같다.

　　　콩 한나 팥 한나 양지 동지 가락지 쑥지
　　　알롱 대롱 홍대 망태 고양 감태 불미 딱

높은 데서 뛰어내리기 노래

자료코드 : 05_20_FOS_20090729_LJH_JMS_0007
조사장소 : 경상북도 청송군 부남면 중기2리 경로당 873-1159
조사일시 : 2009.7.29
조 사 자 : 임재해, 조정현, 편해문, 박혜영, 임주, 황진현, 신정아
제 보 자 : 정말순, 여, 82세
구연상황 : 위와 같다. 아이들이 높은 곳에 올라가서 뛰어내리며 부르는 노래이다.

　　　페
　　　내 대가리 깨지 마고
　　　범 대가리 깨 주소

어깨동무

자료코드 : 05_20_FOS_20090729_LJH_JMS_0008
조사장소 : 경상북도 청송군 부남면 중기2리 경로당 873-1159
조사일시 : 2009.7.29

조 사 자 : 임재해, 조정현, 편해문, 박혜영, 임주, 황진현, 신정아
제 보 자 : 정말순, 여, 82세
구연상황 : 위와 같다.

어깨동무 차동무
아그락 딱딱 봉화야
보리가 났다 내 동무야

이 빠진 아이 놀리는 노래

자료코드 : 05_20_FOS_20090729_LJH_JMS_0009
조사장소 : 경상북도 청송군 부남면 중기2리 경로당 873-1159
조사일시 : 2009.7.29
조 사 자 : 임재해, 조정현, 편해문, 박혜영, 임주, 황진현, 신정아
제 보 자 : 정말순, 여, 82세
구연상황 : 위와 같다.

앞니 빠진 갈가지(늙은 호랑이)
뒷니 빠진 홀칭이(쟁기)
논둑 밭둑 가지 마라
깨구리 새끼 놀린다
거랑가에 가지 마라
붕어 새끼 놀린다

뽕나무 대나무 참나무

자료코드 : 05_20_FOS_20090729_LJH_JMS_0010
조사장소 : 경상북도 청송군 부남면 중기2리 경로당 873-1159

조사일시 : 2009.7.29
조 사 자 : 임재해, 조정현, 편해문, 박혜영, 임주, 황진현, 신정아
제 보 자 : 정말순, 여, 82세
구연상황 : 위와 같다.

뽕나무가 뽕을 뀌니

대나무가 대끼놈 카니

참나무가 참아라

약 올리는 노래

자료코드 : 05_20_FOS_20090729_LJH_JMS_0011
조사장소 : 경상북도 청송군 부남면 중기2리 경로당 873-1159
조사일시 : 2009.7.29
조 사 자 : 임재해, 조정현, 편해문, 박혜영, 임주, 황진현, 신정아
제 보 자 : 정말순, 여, 82세
구연상황 : 위와 같다.

저 놈의 가시나 조래도

뱃가죽은 얇아도

콩죽 팥죽 마다 카고

[친구간에 혹 다툼이 있으면 화가 난 아이가 상대 아이한테 하는 소리다.]

일러라 찔러라

자료코드 : 05_20_FOS_20090729_LJH_JMS_0012
조사장소 : 경상북도 청송군 부남면 중기2리 경로당 873-1159
조사일시 : 2009.7.29

조 사 자 : 임재해, 조정현, 편해문, 박혜영, 임주, 황진현, 신정아
제 보 자 : 정말순, 여, 82세
구연상황 : 위와 같다.

　　　일러자 찔러라 니 뱃대지 꼭꼭 찔러라

　　　너그 할아버지 뱃대지 찔러라

　[누가 놀다가 자기 엄마한테 이른다고 하면 이른다는 말을 맞받아 이런
소리를 했다고 한다.]

황새 놀리는 노래

자료코드 : 05_20_FOS_20090729_LJH_JMS_0013
조사장소 : 경상북도 청송군 부남면 중기2리 경로당 873-1159
조사일시 : 2009.7.29
조 사 자 : 임재해, 조정현, 편해문, 박혜영, 임주, 황진현, 신정아
제 보 자 : 정말순, 여, 82세
구연상황 : 위와 같다.

　　　황새야 덕새야

　　　니 목안지(목아지) 지나 내 목안지가 지지

　　　니 댕기가 곱나 내 댕기가 곱지

　[이 노래를 부르면 황새가 모가지를 길게 늘인다고 한다.]

연기야 연기야

자료코드 : 05_20_FOS_20090729_LJH_JMS_0014
조사장소 : 경상북도 청송군 부남면 중기2리 경로당 873-1159

조사일시 : 2009.7.29

조 사 자 : 임재해, 조정현, 편해문, 박혜영, 임주, 황진현, 신정아

제 보 자 : 정말순, 여, 82세

구연상황 : 위와 같다. 야외에서 불을 피울 때 연기가 자기 쪽으로 몰려오면 연기를 다른 곳으로 가라고 부르는 노래이다.

연기야 연기야

하늘에는 쌀밥 먹고

땅으는 조밥 먹고

[노래를 마치고 하늘로 올라가라고 했다고 한다.]

비야 비야 오지 마라

자료코드 : 05_20_FOS_20090729_LJH_JMS_0015

조사장소 : 경상북도 청송군 부남면 중기2리 경로당 873-1159

조사일시 : 2009.7.29

조 사 자 : 임재해, 조정현, 편해문, 박혜영, 임주, 황진현, 신정아

제 보 자 : 정말순, 여, 82세

구연상황 : 위와 같다. 갑자기 비가 내려서 비를 맞게 될 상황일 때, 비가 그치라고 하며 부르는 노래이다.

비야 비야 오지 마라

중의 질로 가거라

우리 형님 갑사 치마 어룽진다(얼룩진다)

귀에 물 빼는 노래

자료코드 : 05_20_FOS_20090729_LJH_JMS_0016

조사장소 : 경상북도 청송군 부남면 중기2리 경로당 873-1159
조사일시 : 2009.7.29
조 사 자 : 임재해, 조정현, 박혜영, 임주, 황진현, 김원구
제 보 자 : 정말순, 여, 82세
구연상황 : 위와 같다.

    한강 물이 많아
    바다 물이 많아

  [헤엄을 치면 귀에 물이 들어간다. 물 밖에 나와 뛰며 부르는 노래이
다.]

몸에 물터는 노래

자료코드 : 05_20_FOS_20090729_LJH_JMS_0017
조사장소 : 경상북도 청송군 부남면 중기2리 경로당 873-1159
조사일시 : 2009.7.29
조 사 자 : 임재해, 조정현, 편해문, 박혜영, 임주, 황진현, 신정아
제 보 자 : 정말순, 여, 82세
구연상황 : 위와 같다. 아이들이 강물에서 목욕을 하고 바깥에 나와서 몸에 묻은 물을 털
          기 위해 제자리에서 뛰며 노래이다.

    이슬이 동동
    서리가 동동
    뱀이가 동동

맑은 물을 기다리며

자료코드 : 05_20_FOS_20090729_LJH_JMS_0018

조사장소 : 경상북도 청송군 부남면 중기2리 경로당 873-1159
조사일시 : 2009.7.29
조 사 자 : 임재해, 조정현, 편해문, 박혜영, 임주, 황진현, 신정아
제 보 자 : 정말순, 여, 82세
구연상황 : 위와 같다.

　　　　꾸정물아 나가고
　　　　새물아 들오소

　[샘을 파서 물이 올라오면 침을 뱉어 먹을 수 있는 물인지 아닌지 알아
본다고 한다. 침을 뱉어 퍼지면 먹고 뭉쳐 있으면 안 먹었다고 한다.]

달팽아 나오너라

자료코드 : 05_20_FOS_20090729_LJH_JMS_0019
조사장소 : 경상북도 청송군 부남면 중기2리 경로당 873-1159
조사일시 : 2009.7.29
조 사 자 : 임재해, 조정현, 편해문, 박혜영, 임주, 황진현, 신정아
제 보 자 : 정말순, 여, 82세
구연상황 : 위와 같다.

　　　　하마(달팽이) 하마 춤춰라
　　　　너 할애비 개똥밭에 장구 친다

　[이 노래를 부르면 딱딱한 껍질 안에 있던 달팽이가 나와 더듬이를 보
였다고 한다.]

가재 노래

자료코드 : 05_20_FOS_20090729_LJH_JMS_0020
조사장소 : 경상북도 청송군 부남면 중기2리 경로당 873-1159
조사일시 : 2009.7.29
조 사 자 : 임재해, 조정현, 편해문, 박혜영, 임주, 황진현, 신정아
제 보 자 : 정말순, 여, 82세
구연상황 : 위와 같다.

> 까재(가재)야 비 온다
> 채(키)이 씨고 나오너라

누에 올리는 노래

자료코드 : 05_20_FOS_20090729_LJH_JMS_0021
조사장소 : 경상북도 청송군 부남면 중기2리 경로당 873-1159
조사일시 : 2009.7.29
조 사 자 : 임재해, 조정현, 편해문, 박혜영, 임주, 황진현, 신정아
제 보 자 : 정말순, 여, 82세
구연상황 : 위와 같다. 누에를 섶에 올리면서 고치를 단단하게 지어라고 하며 부르는 노래이다.

> 보지랑 땅땅(단단하게) 져라
> 차돌 겉이 져라
> 구실(구슬) 같이 져라

뱀 쫓는 노래

자료코드 : 05_20_FOS_20090729_LJH_JMS_0022
조사장소 : 경상북도 청송군 부남면 중기2리 경로당 873-1159

조사일시 : 2009.7.29
조 사 자 : 임재해, 조정현, 편해문, 박혜영, 임주, 황진현, 신정아
제 보 자 : 정말순, 여, 82세
구연상황 : 위와 같다. 산이나 들에서 뱀을 발견했을 때 뱀을 쫓으며 부르는 노래이다.
　　　　　뱀이 얼른 자기 집으로 가기를 바라는 뜻이 담겨 있다.

　　　뱀아 뱀아

　　　니 뒤에 칼 간다

　　　니 집에 불났다

부엉이 소리

자료코드 : 05_20_FOS_20090729_LJH_JMS_0023
조사장소 : 경상북도 청송군 부남면 중기2리 경로당 873-1159
조사일시 : 2009.7.29
조 사 자 : 임재해, 조정현, 편해문, 박혜영, 임주, 황진현, 신정아
제 보 자 : 정말순, 여, 82세
구연상황 : 위와 같다.

　　　양식 없다 부헝

　　　솥 씻어 놓고 바래라

　　　내일 모레 장이다

꿩을 놀리는 노래

자료코드 : 05_20_FOS_20090729_LJH_JMS_0024
조사장소 : 경상북도 청송군 부남면 중기2리 경로당 873-1159
조사일시 : 2009.7.29
조 사 자 : 임재해, 조정현, 편해문, 박혜영, 임주, 황진현, 신정아

제 보 자 : 정말순, 여, 82세
구연상황 : 위와 같다.

> 껄껄 장서방
>
> 니 기집 날도가
>
> 내 술 한 잔 받아 줄게

[이렇게 노래를 부르면 꿩이 껄껄 푸드득 하며 날아갔다고 한다.]

가짜 천자문 노래

자료코드 : 05_20_FOS_20090729_LJH_JMS_0025
조사장소 : 경상북도 청송군 부남면 중기2리 경로당 873-1159
조사일시 : 2009.7.29
조 사 자 : 임재해, 조정현, 편해문, 박혜영, 임주, 황진현, 신정아
제 보 자 : 정말순, 여, 82세
구연상황 : 위와 같다.

> 가마솥에 누룽지
>
> 딸딸 긁어서
>
> 선생님은 처먹고
>
> 나는 잡숫고
>
> 에락 저놈 뭐라 하노
>
> 가마솥에 누룽지
>
> 딸딸 긁어서
>
> 선생님 잡숫고
>
> 나는 처먹고
>
> 어허 그놈 잘 한다

상 줄게

말놀이 노래

자료코드 : 05_20_FOS_20090729_LJH_JMS_0026
조사장소 : 경상북도 청송군 부남면 중기2리 경로당 873-1159
조사일시 : 2009.7.29
조 사 자 : 임재해, 조정현, 편해문, 박혜영, 임주, 황진현, 신정아
제 보 자 : 정말순, 여, 82세
구연상황 : 위와 같다.

저 건네 ○○ 양반 지붕케 콩깍지가

깐는 콩깍지냐 안 깐는 콩깍지냐

가이갸 가다가

자료코드 : 05_20_FOS_20090729_LJH_JMS_0027
조사장소 : 경상북도 청송군 부남면 중기2리 경로당 873-1159
조사일시 : 2009.7.29
조 사 자 : 임재해, 조정현, 편해문, 박혜영, 임주, 황진현, 신정아
제 보 자 : 정말순, 여, 82세
구연상황 : 위와 같다.

가이갸 가다가

거이겨 거랑에

고이교 고기 잡아

구이규 국을 끓에

나이냐 나도 먹고

너이녀 너도 먹고

다이댜 다 먹었다

더이뎌 더 도가

어이여 없다

새는 새는 낭게 자고

자료코드 : 05_20_FOS_20090729_LJH_JMS_0028

조사장소 : 경상북도 청송군 부남면 중기2리 경로당 873-1159

조사일시 : 2009.7.29

조 사 자 : 임재해, 조정현, 편해문, 박혜영, 임주, 황진현, 신정아

제 보 자 : 정말순, 여, 82세

구연상황 : 위와 같다.

새는 새는 낭게 자고 쥐는 쥐는 궁게 자고

낄쭉 낄쭉 미꾸라지 궁게 속에 잠을 자고

납닥 납닥 붕어새끼 바위 밑에 잠을 자고

어제 왔는 새애기는 신랑 품에 잠을 자고

아래 왔는 늙은이는 영감 품에 잠을 자고

우리 겉은 아이들은 엄마 품에 잠 잔다

[아이 재우는 노래이다.]

2. 안덕면

증편 한국구비문학대계 ● 경상북도 청송군

▌조사마을

경상북도 청송군 안덕면 신성리

조사일시 : 2009.7.24~27

조 사 자 : 임재해, 조정현, 편해문, 박혜영, 임주, 황진현, 황진현

　신성리가 속한 안덕면은 본래 안덕현(安德縣)의 지역인데 조선 제 4대 세종 3년(1421)에 청송에 병합되어 안덕현의 소재지가 되므로 현내면(縣內面)이라 하여 당저(當底), 노하(路下), 노상(路上), 명당(明堂), 창리(倉里), 장전(長田), 삼곡(三谷), 슬곡(瑟谷), 신기(新基), 묵방(墨方), 중리(中里)의 12개리를 관할하다 1914년 군면 폐합에 따라 현북면(縣北面)의 상노래(上老萊), 하노래(下老萊), 근곡(斤谷), 감포(甘浦), 만안(萬安), 지소(紙所), 고와(高臥), 대사(大寺), 이동(泥洞), 속곡(束谷), 신성(薪城) 등의 11개 동리와 현동면(縣東面)의 우질동(牛叱洞)과 현남면(縣南面)의 복리와 안동군 길안면의 대사리 일부를 병합하여, 안덕현의 이름을 따서 안덕면이라 하였다. 이후 노래, 근곡, 지소, 고와, 신성, 명당, 장전, 감은, 문거 등 9개 동으로 개편 관할하다가 1973년 7월 1일 대통령령 제6542호에 의하여 현서면의 복동, 덕성동, 성재동을 편입하고 동을 리로 고쳤다. 동쪽은 부동면과 부남면, 현동면, 남쪽은 현서면, 서쪽은 안동시 길안면, 북쪽은 파천면에 인접하고 있다.

　면 전체 가구는 1,389세대(농가 933 비농가 456)이며 인구는 2,855명이어서 인구밀도는 33명/km²이다. 벼농사는 280.0ha에 532농가, 과수는 331.2ha에 414농가, 담배는 47.7ha에 52농가, 고추는 297.2ha에 633농가가 경작하고 있으며, 축산으로는 한우(47농가 358두), 젖소(2농가 104두), 돼지(3농가 1,313두) 등을 사육하고 있다. 자연발생유원지인 방호정 주변과 자연 백암반으로 형성된 백석탄 등 경관이 수려하여 많은 관광 행락객

이 찾고 있으며, 노래 2리에 종교단체인 한농복구회 159세대 332명이 집단거주 하고 있다. 학교는 초등학교 1개교 105명, 중학교 1개교 64명, 고등학교 1개교 53명으로 총 3개교 222명이며, 의료시설로는 보건지소 1개소, 보건진료소 3개소, 한의원 1개소, 한약방 1개소, 약국 1개소가 있다.

신성리는 동쪽으로는 근곡리와 당매기를 통해 인접하고 있으며, 서쪽으로는 재를 넘어 안동 길안면과 접하며, 서남쪽은 명당리와 이웃하고 있다. 북쪽으로 지소리와 경계하고 있다. 마을 앞은 보현천, 구현천, 장전천의 세 냇물이 합수하여 북쪽으로 흐른다. 이 맑은 물과 절경의 계곡을 따라 신성, 사천, 치곡, 진골, 세곡 등 5개 자연마을로 이루어진다.

함안조씨가 이곳에 정착하면서 울창한 산림을 베어내고 땅을 개간하였다 하여 섭(장작)재 즉 신성(薪城)이라 하게 되었다. 속골은 마을 앞에 큰 개울을 중심으로 사방에서 흘러내리는 냇물이 원류에 묶여 흐른다 해서 붙여진 이름이며, 소곡은 약 200년 전에 이경이라는 선비가 개척하였다고 한다. 골이 길고 폭이 좁다고 하여 세곡이라 하기도 한다. 본래 청송군 현북면 지역으로서 1914년 행정구역 폐합에 따라 이동, 속곡과 현내면의 명당동 일부를 병합하여 신성리라 하고 안덕면에 편입되었다.

1980년대에는 총 132가구가 살았는데 의성김씨 20호, 함안조씨 19호, 가평이씨 14호, 나머지는 각성이 거주하였다. 신성리에서는 함안조씨들이 대대로 세거해 왔다고 한다. 동성마을은 아니었지만 각성바지로 거주하는 마을에서 가장 많은 인구와 부를 유지해 왔다. 2009년 현재 속곡 56호, 섭재 17호, 사드레 16호 등 총 89호가 거주하고 있으며 함안조씨와 달성 서씨, 가평이씨 등이 주요성씨이다. 생업으로 벼, 고추, 담배, 사과 등을 경작하고 있다. 장은 도평장(5일, 10일)에 다녔는데 우시장이 함께 설 정도로 번창했지만 현재는 많이 쇠락했다고 한다.

이른 시기인 1960-70년대에 당제를 모두 없앴다고 하며 이전에는 지신밟기도 성대하게 하고 정월대보름이면 두 편으로 나뉘어 불치기(화상싸움)를 격렬하게 벌이기도 하였다. 신성리에는 유명한 경승지인 방호정이 있어 관광지로도 유명하다.

신성리에서는 '불효 남편 버릇 고친 며느리', '시아버지 제사를 모신 덕에 아들 병을 고친 며느리', '못된 며느리 효부 만든 시아버지', '시아버지 팔려다가 마음 고친 며느리', '자식 죽여 효도하려고 한 부부', '효성이 지극한 양자 부부' 등 효도와 관련된 설화가 가장 많이 조사되었고, '아들과 아버지의 우정 겨루기', '숙종대왕의 야행', '방귀쟁이 며느리' 등의 민담이 조사되었다. 함안조씨의 유가적 분위기가 마을설화의 전승방향을 효자, 효부 등에 대한 이야기로 기울게 만든 것으로 판단된다. 민요로는 '모심기 소리', '화투 풀이' 등이 수집되었으며, 다양한 형태와 사설의 모심기 소리를 들을 수 있었다.

김시중, 남, 1938년생

주 소 지 : 경상북도 청송군 안덕면 신성리
제보일시 : 2009.7.29
조 사 자 : 임재해, 조정현, 편해문, 박혜영, 임주, 황진현, 신정아

　김시중은 1938년 무인생이다. 올해 나이
는 72세이다. 김시중은 청송군 파천면 덕천
리에서 나고 자랐다. 모를 찌거나 모를 심으
면서 부르는 노래를 기억한다고 해서 찾아
뵈었으나 너무 오래전에 불렀던 노래라 한
두 마디를 넘어서지 못했다. 그래도 '지신
밟는 소리'를 기억하고 계셔 녹음을 했다.
지금도 누가 새로 집을 지으면 가끔 가서
해 주는 노래라 기억하는 것 같았다.

제공 자료 목록
05_20_FOS_20090729_LJH_KSJ_0001 지신밟기 소리

남순녀, 여, 1923년생

주 소 지 : 경상북도 청송군 안덕면 신성리
제보일시 : 2009.7.24
조 사 자 : 임재해, 조정현, 편해문, 박혜영, 임주, 황진현, 신정아

　남순녀는 1923년 계해생으로 올해 나이 87세이며 영양 남씨이다. 안동
에서 태어난 남순녀는 안동시 길안면 대사리에서 자랐다. 마을 사람들에
게 그녀는 큰골할머니로 통한다. 그녀는 17살 정월 초열흘날에 이곳 청송

군 안덕면 신성리로 시집왔다. 그러나 시집
온 지 20일 만에 그녀는 남편과 함께 일본
에 갔다고 한다. 남순녀의 남편은 그녀보다
9살이 많다. 그러나 10년 전 86세의 나이로
세상을 떠났다. 그래서 그녀는 현재 이곳
신성에서 혼자 살고 있다.

과거에는 또래끼리 모이면 으레 이야기를
돌아가면서 했다. 또한 슬하에 자식들에게
도 이야기를 자주 들려주었기 때문에 이야기를 잊어버리지 않을 수 있었
다. 그러나 요즘은 좀처럼 옛날이야기를 구연할 기회가 없고, 많은 나이
탓에 기억력이 흐려져서 이야기들이 입에서만 맴돌 뿐이라고 했다. 그러
면서도 조사자가 이야기의 대략적인 내용을 말하면 다 알고 있는 듯이 고
개를 끄덕이며 동조하거나 가끔은 조사자의 이야기를 이어가기도 했다.

그녀는 설화 17편과 경험담 1편을 구연하여 모두 19편의 자료를 제공
했다. 18편의 설화 중에서 '못된 며느리 효부 만든 시아버지', '시아버지
살찌워 팔아먹기', '고려장이 없어지게 된 이유' 등 효행과 관련된 이야기
가 많았다. 그 외에도 재치 있는 아이가 주인공으로 등장하는 '할아버지
에게는 개똥 묻은 대추'와 '아이의 재치에 당한 대감' 등도 기억하고 있
었다. '저승 다녀온 꿈'은 실제로 그녀가 경험한 것을 바탕으로 구연한 것
이다. 시집온 지 얼마 안 되서 겪었던 꿈꾸었던 이야기지만 바로 어제 꾼
꿈처럼 생생하게 구연했다.

남순녀는 87세의 고령에도 불구하고 발음이 분명해서 조사자들이 이야
기를 이해하기 수월했다. 가끔 이야기가 잘 생각나지 않을 때에는 청중들
의 도움을 받아 이야기를 이어 가기도 했다. 이야기하기를 좋아하고 뛰어
난 기억력을 지닌 남순녀는 신성리를 대표하는 훌륭한 이야기꾼이었다.

제공 자료 목록

05_20_FOT_20090724_LJH_NSN_0001 생쥐 양반 꿈 속 여행
05_20_FOT_20090724_LJH_NSN_0002 못된 며느리 효부 만든 시아버지
05_20_FOT_20090724_LJH_NSN_0003 시아버지 팔려다가 마음 고친 며느리
05_20_FOT_20090724_LJH_NSN_0004 형제간 우애는 여자하기 나름
05_20_FOT_20090724_LJH_NSN_0005 아들과 아버지의 우정 겨루기
05_20_FOT_20090724_LJH_NSN_0006 할아버지에게는 개똥 묻은 대추
05_20_FOT_20090724_LJH_NSN_0007 아이의 재치에 당한 대감
05_20_FOT_20090724_LJH_NSN_0008 첫날밤에 원한을 산 신랑
05_20_FOT_20090724_LJH_NSN_0009 집지킴이 구렁이를 죽여 망한 부자집
05_20_FOT_20090724_LJH_NSN_0010 해몽 덕에 급제한 선비
05_20_FOT_20090724_LJH_NSN_0011 걸어오다 멈춘 중리산
05_20_FOT_20090724_LJH_NSN_0012 호식할 팔자인 영천처녀
05_20_FOT_20090724_LJH_NSN_0013 둔갑한 여우 잡은 소금장수의 지팡이
05_20_FOT_20090724_LJH_NSN_0014 여자는 돌아누우면 남이다
05_20_FOT_20090724_LJH_NSN_0015 고려장이 없어지게 된 이유
05_20_MPN_20090724_LJH_NSN_0003 저승 다녀온 꿈

심분섭, 여, 1941년생

주 소 지 : 경상북도 청송군 안덕면 신성리
제보일시 : 2009.7.24
조 사 자 : 임재해, 조정현, 편해문, 박혜영, 임주,
　　　　　 황진현, 신정아

　심분섭은 1941년생으로 청송 파천면 덕천에서 태어났다. 20살 때 이곳 청송군 안덕면 신성에 함안 사씨 가문으로 시집왔다. 슬하에 6남매를 두었다. 현재는 남편과 함께 벼농사와 고추농사를 하고 있다.

　나지막하고 조곤조곤한 목소리를 소유하

고 있는 그녀는 차분하면서도 조리 있게 이야기를 구연했다. 기억력 또한 좋아서 이야기의 질이 상당히 높았다. 그러나 이야기를 즐겨하지 않는다면서 많은 종류의 이야기를 구연하진 못했다.

그녀가 제공한 설화는 '멀개미를 좁쌀로 속여 팔다가 벌 받은 딸'로 한 편뿐이지만 이야기가 재미있다. 이 이야기는 어릴 적 친척 아저씨에게 들은 것이라 한다.

제공 자료 목록
05_20_FOT_20090724_LJH_SVS_0001 멀개미를 좁쌀로 속여 팔다가 벌 받은 딸

심분식, 여, 1933년생

주 소 지 : 경상북도 청송군 안덕면 신성리
제보일시 : 2009.7.24
조 사 자 : 임재해, 조정현, 편해문, 박혜영, 임주, 황진현, 신정아

'분식'이라는 이름은 어머니가 연세가 많아서 막내라고 낳지 않으려다 낳아서 분하다는 뜻으로 지은 것이라고 한다. 자신을 낳아 놓고는 젖도 먹이지 않고 생일도 모른다면서 맏언니는 구경도 할 수 없었다고 했다. 어머니는 자신을 낳아 놓고도 금새 뽕을 따러 다닐 정도였다면서 자신의 출생과 이름에 대해서 목에 핏대가 서도록 설명했다. 목소리가 카랑카랑하고 감정의 기복이 큰 편이다. 그래서 지례댁이 이야기를 구연할 때에는 말 하나하나에 힘이 실려 있음을 느낄 수 있다.

심분식의 택호는 지례댁이다. 현덕면에서 열아홉에 시집을 왔다. 봄이면 나물을 캐서 오십 원, 삼십 원을 받고 팔아서 집안 살림을 꾸려왔다.

식구가 열둘이나 되어서 집안일이 무척 고되었다고 했다. 농사를 지으면서 마을 이장을 맡기도 했던 바깥어른이 세상을 뜬 지 이십년도 넘는다면서 더 이상 묻지 말라고 손을 내저었다. 살기에 바빠 나물을 뜯으면서 노래를 하거나 할 여유는 생각도 못할 노릇이었다면서, 식구들 뒷바라지 하느라 어릴 적 들었던 이야기도 거의 다 잊어버렸다고 했다. 민요의 경우 짧게 몇 글자 정도씩만 겨우 기억하고 있었고, 목청이 좋은 편이지만 사람들 앞에서 노래 부르기를 꺼려했다.

지례댁은 마음씨가 고약하고 어리석은 시어머니와 인자하고 자식들에게 복을 주는 시아버지에 관한 이야기를 잘 기억하고 있었다. 또한 절로 손뼉을 칠 정도로 우스운 이야기는 유난스레 잘 구연하는 편이었다. 지례댁의 설화 구연 목록은 다음과 같다.

제공 자료 목록
05_20_FOT_20090727_LJH_SBS_0001 시아버지 제사를 모신 덕에 아들 병을 고친 며
느리
05_20_FOT_20090727_LJH_SBS_0002 안사돈 앞에서 창피당한 영감
05_20_FOT_20090727_LJH_SBS_0003 바위에 선 시아버지 시체

안순학, 여, 1921년생

주 소 지 : 경상북도 청송군 안덕면 신성리
제보일시 : 2009.7.24
조 사 자 : 임재해, 조정현, 편해문, 박혜영, 임주, 황진현, 신정아

안순학은 1921년생으로 올해 나이 88세이다. 그녀는 15세까지 포항시 죽장면 영일군에서 살았다. 15살 때 이곳 청송군 안덕면 신성리로 시집왔다. 아버지는 한지 만드는 일을 하셨는데 어린 그녀를 신성리로 시집보냈다. 택호는 이촌택이다.

이촌댁은 신성리 경로당에서 나이가 가장 많은 상노인이었다. 그럼에도

불구하고 카랑카랑한 목소리와 비교적 분명한 발음으로 이야기판의 분위기를 사로잡았다. 많은 나이 탓에 기억력이 흐려져 처음부터 끝까지 구연할 수 있는 이야기가 적은 편이었다. 그러나 다른 제보자들이 이야기를 할 수 있게끔 이야기의 제목을 말해 주거나, 내용을 설명하는 조사에 적극적으로 호응하였다.

이촌댁이 '걸어오다 멈춘 영덕산'을 구연하자 청중들이 이와 비슷한 이야기를 차례대로 꺼내기 시작했다. 또한 다른 제보자들이 이야기를 구연할 때, 흥을 돋우거나 덧보태는 말로 이야기판을 더욱 풍요롭게 했다.

제공 자료 목록
05_20_FOT_20090724_LJH_ASH_0001 걸어오다 멈춘 영덕산

이종근, 남, 1939년생

주 소 지 : 경상북도 청송군 안덕면 신성리
제보일시 : 2009.7.24
조 사 자 : 임재해, 조정현, 편해문, 박혜영, 임주, 황진현, 신정아

청송군 안덕면 신성리의 노래꾼 이종근의 본관은 경주이씨로 고향은 영천이다. 약 60년 전에 먹고 살길을 찾아 청송으로 들어왔다. 그의 아버지는 청송에 들어 온지 얼마 되지 않아 이종근과 그의 동생, 그리고 어머니를 남겨두고 먹고 살길을 찾아 만주로 떠났다. 하지만 해방이 되고 한국으로 돌아오지 못하여 아버지와 소식이 끊긴지 오래다.
어린 시절 아버지가 만주로 갔기 때문에 형제는 어린 동생 한명 뿐이고, 어린 나이에 가장이 되어 홀어머니를 모시고 어렵게 살아왔다. 이러

한 집안 사정으로 인해 군대를 가지 않고 방위 생활을 했다. 30살이라는 늦은 나이에 20살이던 임귀순과 혼인하였다. 슬하에 아들 둘과 딸 하나를 두었으며 자녀들은 모두 대구에 살고 있다.

어릴 때부터 줄 곳 농사를 짓고 있는 이종근은 청송의 특산물인 사과를 재배한다. 그 밖에도 고추와 쌀 등의 농사를 짓고 있다. 이종근은 마을에서 특정 직책을 맡아보지 않았다. 스스로 배우지 못했고 능력이 없다고 겸손해 하지만 마을에 일이 있을 때 말없이 열심히 일하는 이가 바로 그다.

이종근은 71세라는 나이가 믿어지지 않을 만큼 젊은 모습을 하고 있었다. 붉은 티셔츠에 청바지를 입은 옷차림은 물론이고, 시원시원한 목청과 서글서글한 미소는 보는 사람도 기분 좋게 만드는 힘을 가지고 있었다.

마을의 노래꾼은 자신이 아니라며 노래 부르기를 주저했지만 이내 여러 가지 노래를 불러주었고, 젊은 때는 더 많은 노래를 알았지만 지금은 모두 기억하지 못하는 것을 아쉬워했다.

제공 자료 목록
05_20_FOS_20090724_LJH_LJK_0001 모심기 소리
05_20_FOS_20090724_LJH_LJK_0002 화투 풀이

이호준, 여, 1927년생

주 소 지 : 경상북도 청송군 안덕면 신성리
제보일시 : 2009.7.24
조 사 자 : 임재해, 조정현, 편해문, 박혜영, 임주, 황진현, 신정아

이호준은 1927년생으로 올해 나이 83세이며 경주 이씨이다. 그녀는 의성 사곡에서 18살 때 청송군 안덕면 신성리로 시집왔다. 택호는 사곡댁이다.

다른 제보자의 이야기를 조용하게 잘 들어 주던 이호준은 제보자가 말문이 막힐 때마다 이야기를 풀어나갈 수 있게끔 도움을 주었다. 그녀가 제공한 '새 중에서 먹쇠가 제일 세다'는 제보자가 연거푸 이야기를 구연하느라 지친 기색을 보이자 스스로 나서서 구연했다.

제보자는 연로하고 이가 성치 않아 발음이 좋지는 못했다. 그래서 제보자의 이야기를 이해하는 데 조사자들이 많은 어려움을 겪었다. 이야기를 이해하느라 제보자에게 여러 번 되물었음에도 불구하고, 웃으면서 차근차근 설명해 줄 정도로 온화한 성품이었다.

제공 자료 목록
05_20_FOT_20090724_LJH_LHJ_0001 새 중에서 먹쇠가 제일 세다

정옥분, 여, 1941년생

주 소 지 : 경상북도 청송군 안덕면 신성리
제보일시 : 2009.7.24
조 사 자 : 임재해, 조정현, 편해문, 박혜영, 임주, 황진현, 신정아

정옥분의 친정은 옥천으로 딸만 셋인 집에서 막내딸로 자랐다. 택호는 옥천댁이다. 스물세 살이 되자 삼십리 정도 떨어진 신성으로 시집왔다. 신랑은 스물 일곱으로 당시로서는 혼례를 늦게 치른 편이었다. 남편과 함께 서울에서 살림을 꾸려도 봤지만 몸이 쇠약해져서 십오년만에 다시 고향으로 돌아

왔다. 신성에서 다시 자리를 잡은 지 십년 정도 된다. 벼농사, 고추농사, 콩농사를 짓는데, 바깥어른이 관절이 좋지 않아 농사는 대부분 셋째 아들 몫이다. 수확을 해서 자식들을 나누어주고, 집안 살림에 보태어 부족하지 않을 정도로 근근히 살아오고 있다. 오남매를 낳아 키웠으며 자식들은 모두 출가하여 도시로 떠났다. 셋째 아들만이 건강이 좋지 않아서 농사를 거들면서 함께 지낸다.

옥천댁은 오전이면 으레 경로당에 가서 또래 할머니들과 화투를 즐긴다. 젊을 적 길쌈을 할 때 옛날이야기를 잘 하는 사람은 종일 이야기를 했었다면서 그 시절에 옛날이야기를 많이 들었다고 했다. 옥천댁이 구연한 이야기는 대개 친정어머니에게 직접 들었던 것이다. 이렇게 찾아 올 줄 알았으면 단단히 듣고 알아두는 건데 잊어버린 것이 많다면서, 당시 들었던 이야기를 모두 다 기억하지 못해서 내심 안타까워했다. 말이 빠르지 않아 차근차근 설명하면서 제법 긴 이야기도 막힘없이 구연하였다. 같은 이야기를 다시 청해도 마다하지 않았을 정도로 인정이 많아 조사자를 손녀처럼 따뜻하고 친절하게 대해주었다. 주위 할머니들에게 이야기 좀 해주라면서 조사자 대신 청할 정도였다.

이야기 구연 도중에 몸짓으로 마치 주인공처럼 흉내내거나 목소리를 크게 높여 청중을 집중시켰다.

제공 자료 목록
05_20_FOT_20090727_LJH_JOB_0001 구렁이로부터 처녀를 구한 등금장수
05_20_FOT_20090727_LJH_JOB_0002 시집간 딸네 놋그릇 탐내다 대우사 치른 영감
05_20_FOT_20090727_LJH_JOB_0003 방귀쟁이 며느리

정옥희, 여, 1940년생
주 소 지 : 경상북도 청송군 안덕면 신성리
제보일시 : 2009.7.24

조 사 자 : 임재해, 조정현, 편해문, 박혜영, 임주, 황진현, 신정아

　　정옥희는 1940년생으로 올해나이 70세이다. 택호는 부촌댁이다. 부촌댁은 청송군 안덕면 고아동에서 태어났고, 18살 때 이곳 신성리로 시집왔다. 그녀의 남편은 그녀보다 3살 많으며 함양 박씨이다. 그러나 2년 전에 세상을 떴다.

　　정옥희는 총 설화 4편을 제공했다. 비교적 짧은 민담들이 주를 이루었다. 그녀의 입담은 청중들의 호응을 이끌어내기 충분했다.

　　그녀는 쾌활하고 밝은 성격을 소유하고 있다. 또한 웃음이 많고 또 그 웃음을 이야기로 잘 풀어낼 수 있는 제보자 정옥희는 시종일관 적극적인 태도와 화려한 입담으로 청중을 압도하는 이야기꾼이었다.

제공 자료 목록

05_20_FOT_20090724_LJH_JOH_0001 아이의 재치에 당한 정승
05_20_FOT_20090724_LJH_JOH_0002 입맞춤으로 원수를 갚은 처자
05_20_FOT_20090724_LJH_JOH_0003 부인이 비밀을 누설하여 승천 못한 용
05_20_FOT_20090724_LJH_JOH_0004 불효 남편 버릇 고친 며느리
05_20_FOT_20090724_LJH_JOH_0005 음식을 나눠먹지 않아 구렁이 된 할머니

조우재, 남, 1939년생

주 소 지 : 경상북도 청송군 안덕면 신성리
제보일시 : 2009.7.24
조 사 자 : 임재해, 조정현, 편해문, 박혜영, 임주, 황진현, 신정아

　　조우재는 1939년 청송군 안덕면 신성리에서 태어났다. 그의 집안은 함안조씨로 원래 함안에서 살다가 청송으로 세거지를 옮기게 되어 13대째

세서하고 있다.

젊은 시절의 그는 외지에서 직장을 다니기도하고 장사를 하기도 했다. 어떤 때에는 일용직으로 일하기도 하며 많은 고생을 했다. 그가 마을에 다시 돌아 온지 10년정도 되었다.

학업은 중학교를 다니다가 중간에 그만두었다. 군에 다녀 온 뒤 27살이 되어 24살이

던 부인을 만나 혼인했다. 슬하에 아들 넷과 딸 하나가 있는데 모두 서울에서 생활하고 있다.

외지에 나갔다가 돌아 온지 얼마 되지 않았지만 마을 이장을 역임하기도 하였으며, 지금은 마을 경로당 총무를 맡아보고 있다. 다양한 이력 때문인지 성격이 활발하고, 여러 가지 일에 주도적으로 나서서 일을 처리하는 편이다.

조우재는 이가 많이 빠져 이야기를 하고 노래를 부를 때 정확한 발음을 구사하지는 못했다. 하지만 알아듣기 어려울 정도는 아니었으며 항상 밝게 웃는 모습을 보여주었다. 한국전쟁을 겪었기 때문인지 이야기 중간에 북한에 관한 이야기가 나왔을 때는 열변을 토하기도 했다.

제공 자료 목록
05_20_FOT_20090724_LJH_JWJ_0001 퇴계 낳은 명당
05_20_FOS_20090724_LJH_JWJ_0001 모심기 노래 (1)
05_20_FOS_20090724_LJH_JWJ_0002 모심기 노래 (2)

조창래, 남, 1931년생
주 소 지 : 경상북도 청송군 안덕면 신성리
제보일시 : 2009.7.24

조 사 자 : 임재해, 조정현, 편해문, 박혜영, 임주, 황진현, 신정아

청송군 안덕면 신성리의 조창래는 선비와 같은 인품을 가지고 있었다. 신성이 고향이지만 젊은 시절부터 군 생활을 오랫동안 한 조창래는 전국 각지를 돌아다니며 생활 했다. 이러한 경험을 바탕에 두어서 인지 사회 여러 분야에 박식하다. 과거 군부 정권의 박정희 대통령이나 전두환 대통령에 관한 여러 사건들에도 관심이 많았다. 뿐만 아니라 한학에 관한 학식도 높아 마을에서 많이 배운 사람으로 인식되고 있었다.

큰 키에 다부진 모습을 한 조창래는 나이에 비해 매우 활발한 모습을 보였다. 손수 운전을 하면서 여기 저기 바쁘게 다니며, 요즘에는 국학진흥원의 일을 도와주고 있다. 조사를 하는 중에도 손전화가 울리고 선약이 있었다며 다른 곳에 다녀오기도 했다.

옛 이야기를 많이 하지는 않았지만 대화를 할 때나 이야기를 들려줄 때 조리 있게 했으며, 이야기를 들으며 훌륭한 청중의 역할을 했다. 노래는 하지 못한다며 부르지 않았다.

제공 자료 목록
05_20_FOT_20090724_LJH_JCR_0001 장원급제 사위 놓친 임청각

최창줄, 남, 1936년생

주 소 지 : 경상북도 청송군 안덕면 신성리
제보일시 : 2009.7.24
조 사 자 : 임재해, 조정현, 편해문, 박혜영, 임주, 황진현, 신정아

현재 청송군 안덕면 신성1리에는 요양원이 자리 잡고 있다. 원래 신성

초등학교가 있던 자리인데 청송보현요양원이 들어선 것이다. 요양원 옆에는 신성1리 마을회관이 맞닿아 있는데, 요양원에 머무는 사람들이 마을회관에서 여가를 보내기도 한다.

최창줄은 요양원에서 머물며 마을회관에서 여가를 보내기도 하는 사람 가운데 하나다. 그의 고향은 경남 진해이며 그곳에서 큰 공장을 운영하기도 했고, 서울에서 건축 관련 회사를 운영하기도 했다. 슬하에 1남 1녀를 둔 최창줄의 부인은 젊은 시절 집을 나가 현재는 다른 삶을 살고 있다고 한다. 그의 자녀들은 모두 외국에 나가 있어 최창줄은 주변을 정리하고 이곳 요양원으로 들어 왔다.

결혼 후 부인이 떠나고 방황하던 최창줄은 영천 보현산 범룡사에 들어가 불심을 닦기도 했다. 범룡사에서 기거하던 중 한 여인을 만났는데 그 여인이 지극정성으로 기다리는 남편이 청송 교도소에 있다는 이야기를 듣고 청송교도소를 찾아가는 등 청송과의 인연을 맺었었고, 그 후 청송에 있는 요양원으로 오게 되었다.

큰 키에 온화한 얼굴을 한 최창줄은 조용한 말투로 조리있게 이야기를 이어나갔다. 경주최씨에 관한 자부심도 찾아 볼 수 있었는데, 이는 이야기로 이어지기도 했다.

제공 자료 목록
05_20_FOT_20090724_LJH_CCJ_0001 최가 하나에 삼 김가 못 당한다
05_20_FOT_20090724_LJH_CCJ_0002 숙종대왕의 야행
05_20_FOT_20090724_LJH_CCJ_0003 경주 최부자의 가훈

황경도, 남, 1928년생

주 소 지 : 경상북도 청송군 안덕면 신성리
제보일시 : 2009.7.24
조 사 자 : 임재해, 조정현, 편해문, 박혜영, 임주, 황진현, 신정아

청송군 안덕면 신성리의 황경도는 평해황
씨로 풍기가 고향이다. 증조부 때 청송으로
들어 온 황경도는 신성리에서 태어나고 자
란 토박이다. 22살이 되던 해에 17살이던
부인과 혼인한 황경도는 슬하에 아들 셋과
딸 둘을 두고 있다. 자녀들은 모두 서울, 부
산, 대구 등 외지로 나가 있다. 외동아들인
황경도는 군대를 가지 않다가 6·25 한국전
쟁이 휴전되던 해인 1953년 군에 입대했다.

농사를 짓고 살아온 황경도는 청송의 특산물인 사과를 주로 재배하였
고 논농사도 지었다. 이렇게 농사일을 하는 중에도 노인 회장을 역임했으
며, 젊은 시절에는 안덕면 의원을 지내고 농협 군 이사에도 선출 되는 등
지역 사회의 여러 가지 일을 맡아 보았다.

황경도는 풍채가 좋으며, 힘있게 이야기하는 모습이 인상깊다. 전임 노
인 회장으로서 아직까지 마을의 크고 작은 일을 잘 알고 있어 조사자들에
게 여러 가지 도움을 주었다. 본인이 많은 이야기를 하지는 않았으나 주
변에서 여러 가지 노래와 이야기를 할 수 있도록 잘 이끌어 주었다.

제공 자료 목록
05_20_FOT_20090724_LJH_HKD_0001 벌초하면 아들 낳는 묘

생쥐 양반 꿈 속 여행

자료코드 : 05_20_FOT_20090724_LJH_NSN_0001
조사장소 : 경상북도 청송군 안덕면 신성리 360-7번지 경로당
조사일시 : 2009.7.24
조 사 자 : 임재해, 조정현, 편해문, 박혜영, 임주, 황진현, 신정아
제 보 자 : 남순녀, 여, 87세
청   중 : 7인
구연상황 : 조사자가 생쥐이야기를 하자, 옆에서 이야기를 듣던 안순학이 이야기를 시작
했다. 그녀의 이야기를 듣던 제보자가 조금씩 거들었다. 이야기하던 안순학이
결말을 매듭짓자 못하자 제보자가 다시금 이야기를 구연했다.
줄 거 리 : 한 부부가 살았는데, 부인은 바느질을 하고 남편은 부인의 곁에서 자고 있었
다. 그러던 중, 자고 있던 양반의 코에서 생쥐 한 마리가 나왔다. 그 생쥐가
문지방을 넘지 못해 어려워하자 부인이 자를 놓아주어 건널 수 있게끔 해줬
다. 자 위를 걸어서 밖으로 나간 생쥐가 다시 방 안으로 들어오려고 하자, 처
마에서 떨어진 빗물이 고여서 방 안으로 들어 올 수가 없었다. 부인이 그 생
쥐를 도와 방안으로 들어올 수 있도록 했다. 그리고는 남편이 잠에서 깨어나
꿈 꾼 이야기를 부인에게 들려주었다. 꿈에서 길을 건너려 했으나 건너지 못
하자 한 여자가 다리를 나주었다고 했다. 또한 집에서 가까운 곳에 밭이 있는
데, 이곳에 돈이 한 독 묻혀있다는 것이다. 그 밭을 사서 파보니 정말로 돈이
가득 들어있는 독을 발견하고 그 부부는 부자가 되었다.

부부가 살았는데, 그래 앉아가 바느질을 하다 하이께네(하니까).

양반이 자다가 코에 생쥐가 나오디(나오더니), 문천('문지방' 말하는 듯
함)을 못 나가 가주(가지고) 나대이(나대니), 요래 [녹음기 삼각대에 파리
채 윗부분을 비스듬하게 올리며] 걸쳐, 자를 걸쳐 주이(주니) 나가 가주고.

(청중 : [의아해하는 말투로] 자로 또 어떻게 딛고 나가.)

그래, 또 고 밑에 또 못 내려가 나대니, 또 걸쳐주고 하이(하니) 갔다가

실컷 있다가 오디만은(오더니만).

고 비가 오이, 처마물이 철철 니려가이(내려가니), 고기 또 다담다담('다듬다듬'을 뜻하는 것으로 잘 알지 못하는 길을 이리저리 짐작하여 찾는 모양을 말함) 하이, 또 가이(가서) 걸쳐주이(걸쳐주니) 들어왔어.

들어와이(들어오니) 요래, [갑작스런 청중에 말에 말이 잠깐 멈추고]

(청중 : 빌겨 빌겨 다 지긴다3))

응, 깨 가지고는 인제 꿈 이야기를 하는 거야.

"그래 참 꿈이 이상하다. 그래, 내가 못 나가가(나가서) 그카이께네(그러니까). 그래, 어떤 여자가 다리를 놔 주는데, 그 다리를 건네(건너) 가지고 그래, 또 가이께네(가니까), 그 다물에4) 다물이는(가까운 곳에 있는) 밭에 가이께네, 그 밭을 힐쓰니께네('파 보니까'라는 뜻의 방언임), 돈이 한 독 들었던데, 참 꿈 희한하다." 이칸다(이런다).

그래이('그러하니'의 방언임) 그 집이가 고만, 그 밭을 샀어. 사 가지고 파이께네(파니까), 참, 돈이 한 독 들었어. 그래가 그 사람들이 그 돈을 파 가지고 부자가 됐데. 꿈을 꿔가지고.

(청중 : 사람이 여게(여기에) 와 자도 혼이 나갔다 들어왔다 한단다. 이거 그저 자는 게 아니래, 왔다 갔다 왔다 갔다.)

(청중 : 그래 우리 왜 자다보면 꿈을 꾸야잖아(꾸잖아). 그게 세 개로 돌아 댕기다가 오면.)

그래 사람이 죽으면 삼혼칠백(三魂七魄) 하는 거는 혼이 시(3) 낱인데, (청중 : 그래 그래.) 혼 하나는 집에 있고, 하나는 공중에 놀고.

(청중 : 이얘기 한 마디씩 다 해 드립시다.)

하나는 공중에 놀고, 하나는 집을 지키고, 하나는 무덤에 가 있고, 그래 삼혼칠백이야.

---

3) '지껄이다'의 방언임.
4) '근처, 부근, 가까운 곳'이란 뜻임.

못된 며느리 효부 만든 시아버지

자료코드 : 05_20_FOT_20090724_LJH_NSN_0002
조사장소 : 경상북도 청송군 안덕면 신성리 360-7번지 경로당
조사일시 : 2009.7.24
조 사 자 : 임재해, 조정현, 편해문, 박혜영, 임주, 황진현, 신정아
제 보 자 : 남순녀, 여, 87세
청   중 : 7인
구연상황 : 조사자가 제보자로터 동물담을 유도하자, 기억나지 않는다고 했다. 대신에 이
          이야기를 들려주었다.
줄 거 리 : 옛날에 가난한 가족이 있었다. 한 날 시아버지가 잔칫집에 가려고 하니 옷이
          없어서, 며느리 방에 들어가 한 벌뿐인 아들의 명주저고리를 입고 갔다. 물
          길러서 돌아오는 길에 그 모습을 본 며느리가 화가 나서 시아버지를 뒤쫓았
          다. 시아버지가 잔칫집 사랑방에 들어가는 것을 보고 신랑 명주바지저고리를
          빼앗으려고 그 주위를 살폈다. 그 모습을 본 주위 사람들이 며느리가 누구인
          지 묻자, 시아버지는 자신의 며느리인데 워낙 효부인지라 내가 물을 건너서
          잘 도착했을까 확인하려고 이곳까지 왔다고 말했다. 그 말을 들은 사람들이
          효부에게 큰상을 내리도록 명하였다. 며느리는 영문도 모르고 많은 사람들에
          게 이끌려 방안에 앉고 큰상을 받고서야 자신의 불효를 깨달았다. 그 이후에
          는 시아버지를 잘 모시는 효부가 되었다.

참 가난하고 몬(못) 살아가지고, 옷도 하나 빈드리(번지르르) 하이(하니),
참, 남의 기일에 갈라(가려고) 케도(해도) 갈아입을 게 없잖아.

(청중 : 그때 시절에는 그랬거든.)

이런데, 며느리가 물 길러 간 세에(사이에), 시아바님이(시아버님이) 며
늘(며느리) 방에 들가(들어가) 가주고, 아들 명주가주저고리를(명주바지저
고리를) 입고. 물 이고 며느리 오다가 보이(보니), 시아바시가(시아버지가)
고만, 신랑 바지저고리를 입고, 두러매기를(두루마기를) 입고, 고만 남의
잔치에 고만 가 뿌렸거든(버렸거든).

말하자면 여기서 저 건네 동네 같은 데 가는데, 물 나들러(나루로, 강이
나 내, 또는 좁은 바닷목에서 배가 건너다니는 일정한 곳을 뜻함) 건네가

(건너가) 가거든.

그래 가는데, 물뻐지기를(물바가지를) 가져 와아(와서) 얼릉(얼른) 가가(가서) 니라(내려) 놓고, 그 시아바시를 뿌뜨러(붙들어) 가주고, 옷을 빼실라고(빼앗으려고), 니라 놓고 뺏을라고 따라 가이(가니), 아, 하매('벌써'를 뜻하는 방언임) 저기 가는데. 물뻐지기(물바가지) 니라 놓고 따라 갈라(가려고) 카면(하면), 따라 내나?

그래가, 따라 따라 가다 가이께네(가니까), 인제 잔칫집에 노인이 고만 들가가(들어가), 사랑방에 가 앉아 뿌거든(버리거든). 앉아 뿌이(버리니), 바지저고리, 신랑 바지저고리로 명주 바지저고리를 단벌인데, 그거를 입고 가 뿌려가, 몬 빼사(빼앗아) 가주고, 우딸5) 밖에서(밖에서) [목을 쭉 빼서 이리저리 훑어보며] 이래가, 유찌부이(유심히) 들따(드려다) 보고, 이쪽에 와, 여기 이래가 들따 보고. 인제 이라는데(이러는데).

그래, 사랑에서(舍廊에서),

"대체 저 골목에는 어떤 신부녀가(新婦女가) 와 가주(가지고), 자꾸 저래 이쪽 와에(와서) 들따 보고, 저쪽 가에(가서) 들따 보노(보냐)?"

인제 사랑서 모두 그카고(그러고), 주인장도 그카고 하이, 이 노인이 머라(뭐라) 카는(하는) 게 아니라,

(청중 : 그거는 시아바이가 새로 키웠잖아.)

"아, 이 사람아, 이 사람아. 그게 우리 며느리일세. 우리 며느린데, 내가 물 건네오이(건너오니), 혹시 다리에 미끄러버(미끄러져) 빠질라, 또 무사히 도착했나, 그래 볼라고(보려고) 왔다. 또 우리 며느리 효부래 가지고, 그래, 날 참 무사히 도착했나 싶어, 그래 볼라고, 그래 와 여(와서) 찌부찌부6) 한다." 이카이(이러니),

"허허, 참 어디 세상 그런 며느리를 봤노?"고,

---

5) 정확한 뜻은 알 수 없으나, 문맥상 '울타리'를 뜻함.
6) 뜻을 알 수 없으나, 시아버지를 보려고 온 행동을 의미하는 듯함.

그래, 그카이께네(그러니까). 안에,

"야들아(얘들아), 저 큰 상 하나 채려가(차려가), 저 밖에 저 부인 불러 들라라(들려라). 불러 들라가 큰 상 하나 채려 드려라. 저런 효부로 참 어디 있노? 시아바시 그 물에 빠졌시까(빠졌을까), 참, 집이(집에) 무사히 도착 해시까(했을까), 염려 되가(되어) 와여(와서) 저래 들따 보이, 참 그런 부인이 없다." 고, 이래 노이(놓으니).

그래 참, 우–(사람들이 몰려가는 소리를 묘사함) 나와 가지고, 마, 어뜰로(뜻을 알 수 없으나, 문맥상으로 안방 또는 방을 뜻함) 드가거든. 드가가 가주고 뜨신(따뜻한) 데 안차(앉혀) 놓고, 아! 큰 상을 채려가 마주 들고 들어오네.

갖다 노이, 뭐 시집 온 것도 아이고(아니고) 큰상을 받으이(받으니) 같잖지도 안 하나? 그래 가주고, 이래 있으니께네(있으니까), 모두,

"하이고, 이런 데 있냐?" 고,

"이런 효부 같은, 참 이런 효부가 어딨노(어디 있냐)? 세상에 이런 효부 며느리 본 집이는 얼매나 좋으노(좋으냐)?"

막 이카거든(이러거든).

그 소리를 가만 들으니, '아! 내 부모를 내가 심기면(섬기면), 내가 이래 남한테 칭찬받고 대우 받는구나.' 이게 고만, 칵(찰라에 깨우친 모습을 뜻함) 깨달래(깨달아) 뿌거든. 이거 몰라 가주 효부 질, 효자 질, 몬 하는 게 많거든.

그래 가주고 인제, 깨달래 가주고, 그래, 그 큰 상을 받아가 먹골로(먹고서는), 인제 주는 거를 먹고 나오이(나오니), 막 전송을 해주고, 이래 참 왔다고.

온 뒤에, 그래, 그 질로(길로) 그 며느리가 시아바이한테 어떻크로(어떻게나) 잘 하는지. 고만, 마, 저, 그렇게 잘 할 수가 없어.

그래이(그래서) 효부가 났어. 그것도, 부모가 온 효자가 되야(되어야) 자

식이 반 효자 난다 카거든.

시아버지 팔려다가 마음 고친 며느리

자료코드 : 05_20_FOT_20090724_LJH_NSN_0003
조사장소 : 경상북도 청송군 안덕면 신성리 360-7번지 경로당
조사일시 : 2009.7.24
조 사 자 : 임재해, 조정현, 편해문, 박혜영, 임주, 황진현, 신정아
제 보 자 : 남순녀, 여, 87세
청   중 : 7인
구연상황 : '못된 며느리 효부 만든 시아버지' 이야기가 끝나자, 연달아 이야기를 구연했다.
줄 거 리 : 며느리가 홀시아버지에게 먹을 것도 안 주고 불효를 저지르니, 효부 남편이 꾀를 내었다. 장에 나가보니 노인을 사고파는데, 그 값을 높게 쳐준다는 것이었다. 그러니 아버지도 잘 먹여서 장에 내다팔면, 편안하게 살 수 있을 것이라고 부인에게 말했다. 그 말을 들은 부인이 시아버지를 잘 먹였다. 식사를 잘하고부터 시아버지가 살이 붙고 힘이 나서 며느리 일들을 거들어 주었다. 얼마 뒤, 남편이 부인에게 아버지를 시장에 내다 팔자고 했다. 그러자 부인이 펄쩍 뛰면서 "그럼, 누가 내 일을 도와 주냐?"며 시아버지를 못 팔도록 했다. 그래서 효부가 되었다.

  시아바시가(시아버지가) 홀로 있는데, 인제 며느리가 그 시아바시를 이 식사를 올케(올바르게) 대접을 안 했어.

  안 해 노이(놓으니), 배가 고프니 뭘 하노. 배가 고프이(고프니) 허리힘이 없어 아무것도 못하는 거야. 이리니께네(이러니까) 암것도(아무 것도) 못 한다고, 밉다고 영영 못 미기는(먹이는) 기라.

  못 미기이, 이 노인이 영영 비셔지는(말라가는 모습을 뜻함) 거라. 이리니 아들은 효잔데, 암만 아부지(아버지) 잘 해주라 케도(해도), 안 되고 안 되고 하이(하니). 한 날은 장에 가 가주고(가지고), 밤 한 말 사고, 쌀 한

가마니 받고, 반찬 고기반찬 사고 해 가지고, 한 짐 해지고 가여(가서), 쿵
-덩(무거운 짐을 내려놓는 소리임) 니루만(내리더니만),

"휴우." 카말로(하면서) 니루이(내리니),

"아이고, 뭘 이렇게 사 가(가지고) 오는교(옵니까)?" 이카이(이러니),

"아이고, 아버지가. 오늘 장에 가 보이(보니), 하도 신기한 일이 있어서.
내 울아버지(우리 아버지), 저게, 잘 미길라고(먹이려고) 쌀 받고, 밤 사고,
고기 사고 해가 왔는데, 아들도(애들도) 하나 주지 마고(말고), 어야든동
(어떻게 해서든) 이 밤 쌀마가(삶아가) 아버지 드리고, 이 쌀밥하고 이 고
기반찬하고 아버지 혼자만 드려라. 드리믄(드리면), 아버지 살만 찌믄(찌
면) 팔만(팔면), 우리는 손에 물 안 옇고(넣고) 가만 앉아 편케(편안하게)
앉아 먹고 산다. 오늘 장에 가이, 노인, 얼매나(얼마나) 비싸든지. 울아버
지 살찌와(살찌워서) 팔만, 아, 돈 많이 받아 우리 편케 산다."

그래 노이(놓으니), 그 소리를 고제(그대로) 듣고, 참 아들 하나 안 주고,
다 해가 미기니, 이 노인 배가 부르니 힘이 나고 살이 찌거든. 며느리 방
아 찌이께네(찧으니까) 방아도 거들어 쩌주고 가이(가니), 울켜도('소여물'
을 뜻함) 씨리('모조리'를 뜻하는 방언임) 여(넣어) 주고, 마당쓰러지('마당
청소하는 일'을 뜻함) 해 주고, 손물쓰러지('설거지'를 뜻함) 해 주고, 뭐
뭐 다 하거든.

아이고- 얼매나 수훌허노(수월하노). 그러구로(그렇게) 그카다(그러다
가), 그거 인제 다 먹어 가이, 아바시가 살이 찌고, 고만 일을 막 자꾸 하
거든.

"아이고, 오늘 장이제(장이지)?"

"네, 오늘이 장이씨더(장입니다)."

"장에 가야 될때(되겠다)."

"왜요? 뭐 하러 갈라고요(가려고요)?" 카이(하니),

"아버지 인제 살이 저 만침(만큼) 쪘으이(쪘으니), 인제는 가면 우리 먹

을 팔자 곤치지 싶으다(싶다). 오늘 장에 가야 아버지 팔고, 우리 그 돈 가(가지고) 편안히 앉자 먹고 살면 안 되나?"

[화들짝 놀라며] "아이고, 안 됩니다. 그라만(그러면) 손물써러지 누가 하고, 마당써러지 누가하고, 방아 찧으면 누가 거들어 주고, 아를 누가 봐 주는교? 안 됩니더(됩니다)."

고만 못 팔그로(팔도록) 하고, 그 시아바이를 그렇게 거둘더란다('거두 더란다'라는 말로 시아버지를 잘 보살폈다는 뜻임).

그래가 효부가 났어. 그래, 부모가 온 효자 되야 자슥이(자식이) 반 효 자 난다 카는(하는) 거래. 그런 일도 있어.

형제간 우애는 여자하기 나름

자료코드 : 05_20_FOT_20090724_LJH_NSN_0004
조사장소 : 경상북도 청송군 안덕면 신성리 360-7번지 경로당
조사일시 : 2009.7.24
조 사 자 : 임재해, 조정현, 편해문, 박혜영, 임주, 황진현, 신정아
제 보 자 : 남순녀, 여, 87세
청   중 : 7인
구연상황 : 조사자가 동서지간에 관한 이야기를 제보자에게 묻자, 제보자가 이야기를 구
연했다.
줄 거 리 : 우애 좋은 삼형제가 있었다. 장가를 가서 부인을 얻었는데, 동서끼리도 사이
가 좋았다. 이들의 우애가 소문이 나자, 맏며느리가 삼형제의 우애를 시험 해
보자고 했다. 며느리들이 세 형제 사이를 이간질하자, 곧 우애가 나빠졌다. 결
국 삼형제의 우애는 여자들이 만든다는 것이 밝혀졌다.

아들이 삼형젠데, 인제 삼형젠데 삼동서 삼형제니께네(삼형제니까), 여 섯이 아이가(아니가). 참 우애가 그리 할(좋을) 수가 없는 거야. 하도 우애 가 있으이(있으니), 입 가진 사람은 저 집 형제간 우애, 저 집 동서간 우

애거든.

그카는데(그러는데), 맏동서가 한번 고만 코지를[7] 틀어뿌렀는(틀어버린) 거라.

"이 사람들아, 이 집 형제간에 이케(이렇게) 우애 있다 하이(하니), 우리 우애 얼매나(얼마나) 있나, 한 번 연습해 보자. 내가 떡을 해 먹고, 밥을 해 먹고, 뭘 해 먹고 하만(하면), 다 불러 가주고, 시집식구 다 모여 맛있는 거 하마(다 같이 모여 먹는 것을 말함) 먹고 했는데. 그래, 우리 한 번 형제간 우애 얼매나 있노(있나), 우리 연습해보자." 카믄(하니).

큰집이서 먼저 고만, 떡 하고, 뭐 하고, 맛있는 거 해가(해서) 먹으면, 적은 집(작은 집, 따로 살림하는 아들이나 아우, 작은아버지의 집을 뜻함) 식구가 와도,

"오나?"

소리도 안 하고, 히뜩[8] 갔다 봐가 마, 암말도 안 하고 먹고, 치아(치워) 뿌고(버리고). 오만(오면) 마, [손으로 종이컵을 밀면서] 갖다(가져다) 간('전부'를 뜻함) 미가(미뤄) 뿌고(버리고) 이라이께네(이러니까).

한번 그라이(그러니) 속상(속상해서를 뜻함) 가 가주고,

"함(한 번) 큰집에 가이(가니), 그렇고 그렇더라." 그카이(그러니).

큰집식구가 또 적은(작은) 집에 가이, 또 그 집이 또 역시나 그라거든(그러거든).

"오나?"

소리도,

"가나?"

소리도.

고만, 먹다가도 지사[9] 간 비가(비워) 뿌고. 마, 먹고 치아 뿌고. 또 그

---

7) 정확한 뜻은 알 수 없으나, 문맥상 꾀를 내는 것을 말함.
8) '언뜻 휘돌아보는 모양'을 뜻하는 말로, 보고도 못 본 척하는 것을 뜻함.

끄틈('끄트머리'란 뜻으로 삼형제 중에서 막내를 뜻함) 집에 가이께네(가니까), 둘(큰집과 작은집을 말함) 집에 다 가이, 또 둘 집이 또 형제들이 가이께네, 또 글타(그렇더라).

또 그 집에 가이까(가니까), 이 집에 가이 그라고(그러고), 저 집에 가이 그라고. 하만('벌써'를 뜻하는 방언임), 뭐, 얼매(얼마) 안 가가(가서) 그라이. 고만에,

"[참았던 화를 버럭 내며] 이놈의 자슥(자식), 니는 니 해 먹고, 뭐, 나는 내 해먹고."

카만(하면서), 마 쥐뜯고(쥐어뜯고) 형제간에 싸우거든. 싸우이(싸우니), 동서들은 이제 딱 짜고 해 나 노이(놓으니), 귀경하고(구경하고) 있는 거야.

실컷 그카다가(그러다가), 그래, 또 형제간에 모다(모아) 놓고,

"[한심하다는 듯이] 당신 형제간에 그케(그렇게) 우애 있다고 소문나디(소문나더니), 요새는 왜 서로 쥐뜯고 아구싸움을로(말싸움을 뜻함) 왜 그래 하노."

뭐, 동서도 고만 마, 신랑캉(신랑을) 같이 흉을 한다, 인제. [신이 나서 웃으며] 그거 인제, 찝어불럴라고(집어내려고), 이카고(이러고). 동서끼리는 알골랑(알고는) 그라고(그러고), 형제간에는 모르고 인제, 그래 인제 조용히 밖에 이카다가. 그래가 인제,

"왜 그래 우애가 끊어지노? 가, 갑재이(갑자기). 참, 별일이다. 우째가(어째서) 그런공(그런고)?"

이케(이렇게) 쌋데(말하는데). 맏동서가 또 한 번은 인제, 오만(많은 종류의 여러 가지를 이르는 말임) 음식 다 해 놓고, 먹으며, 적은(작은) 집에도 온나(오너라), 적은(작은) 집에도 온나 카만(해서), 와 가지고, 또, 우-(여러 사람이 모여 앉은 모양을 뜻함) 앉아가, 마. 아니, 및(몇) 번 안 해 먹으이

9) '자기 자신이야'의 뜻임.

(먹으니), 옛날, 고마 그게(우애를 뜻함) 돌아오는 게라.

자, 이거 누구 때문에 우애 있노? 여자가 집에서 우애를 내야 돼.

(청중 : [당연하다는 듯이] 어느 집이나 다 그런데, 뭐.)

집이, 누희(누구) 집이라도, 대소가나(당내간을 뜻함) 이웃 간에나, 융기 끊어지고 싸움을 하는 거는, 내가 나빠 가지고, 남 싸우는 거야.

아들과 아버지의 우정 겨루기

자료코드 : 05_20_FOT_20090724_LJH_NSN_0005
조사장소 : 경상북도 청송군 안덕면 신성리 360-7번지 경로당
조사일시 : 2009.7.24
조 사 자 : 임재해, 조정현, 편해문, 박혜영, 임주, 황진현, 신정아
제 보 자 : 남순녀, 여, 87세
청   중 : 7인
구연상황 : 조사자가 아들과 아버지 우애내기 이야기를 권하자, 제보자가 구연하기 시작했다.
줄 거 리 : 친구와 어울려 술 먹기 좋아하는 아들 버릇을 고치기 위해, 아버지와 아들이 우정겨루기를 했다. 자신이 술을 먹고 잘못하여 사람을 죽였다는 거짓말을 친구에게 해서 누구 친구가 더 자신을 잘 이해하고 도와주는지 확인하기로 했다. 늦은 밤, 아들 친구집에 먼저 가서 자신의 처지를 말하고 도움을 청하자 매몰차게 거절을 당했다. 그 후 아버지 친구집에 가서 사람을 죽였으니 도와달라고 도움을 청하자, 아버지 친구는 흔쾌히 도움을 주겠다고 했다. 이것을 보고 감동한 아들이 그동안의 나쁜 버릇을 고쳤다.

아들이 하도 하도 술로 먹고 가정을 곧 파탄을 시키는 거야. 그래 가주고,

"[억울하다는 듯이] 아, 친구가 맟(몇) 인데, 내가 절친한 친구가 및 인데."

하도 그카(그래), 그래 노이(놓으니). 아바시가(아버지가),

"야야, 니가 꼭 절친한 친구가 맟이고?" 카이(하니),

"및이 및치시다(몇입니다)."

"그래, 니 친구 내 친구, 오늘 우리 친구 연십하러(연습하러) 가자."

그래, 그래가 인제 돼지를 한 마리를 잡았는 거야. 잡아 가주(가지고) 송장 같이 묶가(묶어) 가, 밤에 아들로 지앴는(지웠는) 거라. 그래, 아들로 지애 가지고,

"그래, 니 친구 집이, 제일 절친한 친구 집에 가자."

그래, 그 가 가주고는(가지고는),

"니 드가가(들어가서) 니 친구 불러내라. 불러내 가주고 어야든동(어떻게 해서든지) 이거를 (돼지를 잡아서 송장같이 묶은 것을 말함) 사람을 술로 먹고, 술로 한잔 먹고 하다가 보이(보니), 이거 우에(어떻게) 내가 잘못해가 사람을 죽였으이, 자네만 알고 내만 알고, 이거이(이거를) 처리하자고. 가(가서) 여(여기) 사과하고, 그래가 여 부르고 온나(오너라)."

이래 노니(놓으니), 가여(가서) 기침을 하고는, 자는 밤중에 가 가주고 기침을 하니께(하니까),

"누고(누구고)?"

"이 사람아, 낼세(나 일세)."

"[짜증내는 목소리로] 밤에, 이 밤에 오밤중에 왜 오노?"

"오늘, 자네 알다시피 내가 술을 좋아 하잖아." 이리이께네(이러니까),

"술로 먹고 어야다(어떻게 하다) 보니, 내가 사람을 하나 살해를 해 뿌러가(버려가), 자네만 알고 내만 알고 우에 쫌 같이 도와주게. 내 혼자 감당을 몬(못) 하이." 카이께네(하니까).

"[갑자기 큰 목소리로] 헉! 그 참, 그 사람 미쳤나? 내가 왜 그거. [입속으로 웅얼거리며] 거기 대들어가[10] 해? 니가 죽인 거, 니가 처리해라."

고만 드가(들어가) 뿌거든(버리거든).

---

10) '거들어가'라는 뜻으로 시체를 처리하는데 도움 주는 것을 말함.

"그 니 친구. 그래, 이 친구가 최고 친한 친구가?" 그카이(그러니),

"예"

"그래, 내 친구 집에 가자."

가 가주고, 삽지꺼리에('삽직거리'는 집 앞, 작은 골목길을 뜻함) 가(가서) 기침을 하고, [무언가 생각났다는 듯이] 아, 옛날에 인제 자(字)이라고, [더듬거리며] 매암(명함, 여기서는 이름을 뜻함) 말고 자이라고 또 있거든.

인제 이래 자를 부리며(부르며),

"이 사람 자는가?"

"[반가운 사람을 반기듯이] 아, 이 사람아. 이 밤중엔 웬일인고?"

"글쎄, 내가 자네 좀 만낼(만날) 일이 있어 왔네."

"아이, 들어오게."

"마, 디가고(들어가고) 말고, 자네 좀 잠시 나오게. 그래, 미안타만(미안하지만) 좀 나오게." 카이,

이제 나와 가꼬(가지고) 해.

"왜 그카노? 밤중에. 이리 들어오라 카이, 들어 오도(오지도) 안 하고."

"내가 [망설이는 것을 표현하기 위해 뜸을 들이며] 이 술로, 오늘 우예뜬(어쨌든) 술로 한잔 먹고, 우야다(어떻게) 보이 내가 사람을 하나 죽였네. 죽여 가지고 내가 어예(어떻게) 할 수가 없어, 내 자식 놈을 지애 가주고 왔는데 자네하고 내 하고만 알고, 좀 처리 좀 도와주게." 카이,

"[당연하다는 듯이] 아, 그러면 가자. 이 사람아."

고만 유언장을(뜻을 알 수 없으나 문맥상 시체를 뜻함) 찾아가 나섰거든. 나서이께네(나서니까),

"그래, 이 사람아. 그먼(그러면) 드가가(들어가서) 담배라도 한 통(대) 푸고(피고) 하세, 사뭇 방에 드가세."

이카믄(이러면서) 같이 드가가 담배 한 대 푸코,

"우리나('우리'를 잘 못 발음함) 술 한 잔 먹고 하세."

술 한 잔 먹고.

"그래, [안심시키듯이] 다림이(다름이) 아닐세. 내 자슥(자식) 님이(놈이) 이리 이리 해 가주고, 내가 친구시험 볼라고(보려고) 했는데, 자슥놈의 집에 가이(가니) 이 이 이렇고, 지 절친한 친구 집에 가이 이렇고. 내 친구 집에 와 가주고 인제, 자네가 이러이(이러니) 참 고맙다."

[감격스러운 어조로] 거기서 아들이 그걸 보고 감동을 해 가주고, 곤쳤어(고쳤어). 그거 그럴 뜻 안 하나?

(조사자 : 아ー 그래서 버릇을 고쳤구나.)

응, 그래 가주고 인제 그 아들로 버릇을 곤쳤어.

할아버지에게는 개똥 묻은 대추

자료코드 : 05_20_FOT_20090724_LJH_NSN_0006
조사장소 : 경상북도 청송군 안덕면 신성리 360-7번지 경로당
조사일시 : 2009.7.24
조 사 자 : 임재해, 조정현, 편해문, 박혜영, 임주, 황진현, 신정아
제 보 자 : 남순녀, 여, 87세
청   중 : 7인
구연상황 : 조사자가 아들 두형제가 아버지한테는 큰 대추를 주고 할아버지한테는 작은 대추를 주었다는 이야기를 하자, 제보자가 이야기를 구연했다.
줄 거 리 : 어느 날 아들이 대추를 들고 오더니 큰 대추를 할아버지에게 주고, 작은 대추를 아버지에 주었다. 그것을 보고 아버지가 아들의 깊은 마음에 감동을 했다. 얼마 뒤, 아들이 또 다시 대추를 가져왔다. 이번에는 큰 대추를 아버지에게 주고 작은 대추를 할아버지에게 주었다. 아버지가 아들에게 그 이유를 묻자, 할아버지께 드렸던 큰 대추와 작은 대추는 개똥에 떨어진 것이라고 아들이 답했다.

손자가 가여(가서) 대추를 주아가(주워가) 오는데.

그래, 처음에 대추를 굵다란 거 주아가 오디(오더니) 만은 저 할배한테

(할아버지한테) 주고, 그 다음에 작은 거는 저 아버지를 주거든.

"[감탄스런 목소리로] 그래, 야 이놈이, 그래도 굵은 거 할배 갖다 주고, 작은 거는 날(나를) 주는 거 보이(보니) 저는 됐다."

이랬는데, 그 뒤에 가이(가니), 또 대추를 주아(주워) 오디, 작은 거는 저거 할배 주고, 굵은 거는 저 아버지 주는 게라.

"굵은 거 할배 드리지, 잔거를(작은 대추를 말함) 왜 날 주노?" 이카이(이러니),

"굵은 거 그거 먼저, 개똥에 널찐(떨어진) 거 할배 줬고요, 잔거는 개똥에 안 널찐 거 아버지 주구요. 요번에는 잔 게(것이) 개똥에 널찐 게고, 이거는 개똥에 널찐 거 아이씨더(아닙니다)."

이카(이래) 마, 주아다가(주어다가) 저 아버지는 개똥에 안 널찐 거 주고, 저거 할배는 개똥에 널찐 거 주더란다.

(조사자 : 아이고- 참, 아가 재치 있다. 그지요?)

어.

아이의 재치에 당한 대감

자료코드 : 05_20_FOT_20090724_LJH_NSN_0007
조사장소 : 경상북도 청송군 안덕면 신성리 360-7번지 경로당
조사일시 : 2009.7.24
조 사 자 : 임재해, 조정현, 편해문, 박혜영, 임주, 황진현, 신정아
제 보 자 : 남순녀, 여, 87세
청   중 : 7인
구연상황 : 아이의 뛰어난 지혜에 어른들이 속는 이야기를 조사자가 청하자, 제보자가 이
        야기를 시작했다.
줄 거 리 : 아이네 집에 감나무가 있었는데, 그 감나무가 자라서 가지가 옆집 대감의 담
        을 넘어가게 되었다. 고약한 양반이 자신의 마당에 들어온 감나무 가지는 자
        기네 것이라고 주장했다. 그러자 다섯 살쯤 되는 아이가 주먹으로 대감의 방

문을 뚫어서 주먹이 대감의 방안에 들어 가도록했다. 대감의 방에 들어간 자신의 주먹이 누구의 것이냐며 대감에게 따져 묻자, 아이의 지혜에 당황한 대감이 할 말을 잃었다.

옛날에 그거 저게, 감낭굴(감나무를) 이래, 담 산간에 이래 숨거(심어) 가주고 있시면(있으면), 이쪽에도 그늘지고 이쪽에도 가잖아.

가지가 이래 나가이(나가니). 이 대감집이서 나간 가지는, 이쪽에 감 숭군 집이 못 따 묵는 거라. 내 마당에 넘은 고(거) 내 해(한) 라고. 다 따 묵어(먹어) 뿌고(버리고) 완전히. 이 아가 댓살(다섯 살쯤 된 아이를 뜻함) 먹은 게, 보이(보니) 속상한다 말다(말이다).

"왜 우리 감 따가 가는교(갑니까)?" 카이(하니),

"우리집에 있는 거는 우리 감이고, 너그(너희) 집 인 건 너거 감인데."

"그래요?"

고만 그 집에 가가(가서) 대감 있는 방에 가, 주먹을 쥐가 [팔을 앞으로 쭉 뻗으며] 문꿍게[11] 확 쑤셔 뿐 거라(버린 거야).

"[화내는 목소리로] 야, 이놈아! 어느 놈이 여(여기) 주먹을 들는노(들여 놓노)!"

"[따지듯이] 대감요."

"왜?"

"이 주먹이 누(누구) 주먹인교(주먹입니까)?"

"[더욱 화내는 목소리로] 니 주먹이지."

"대감 이거 내 주먹인교? 대감 주먹 아인교(아닙니까)?"

[조사자와 청중 웃는다]

"[따지는 목소리로] 대감은 왜 감남굴(감나무) 왜, 그러면 대감 마당에 안 온 걸 대감이 핼라(하려고) 카는데(하는데)? 대감 방에 있는 주먹이 대감 주먹이지, 내 주먹인교?"

---

11) '문창살에'을 뜻하는 것으로 전통가옥에 사용되던 문을 뜻함.

고만 충치가('말문'을 뜻함) 맥혀가(막혀가) 말도 못 하더란다.

[모든 사람이 함께 웃는다]

(조사자 : 아가 참 영리하네요.)

어, 그 말이 맞잖아.

(조사자 : 맞아요.)

첫날밤에 원한을 산 신랑

자료코드 : 05_20_FOT_20090724_LJH_NSN_0008
조사장소 : 경상북도 청송군 안덕면 신성리 360-7번지 경로당
조사일시 : 2009.7.24
조 사 자 : 임재해, 조정현, 편해문, 박혜영, 임주, 황진현, 신정아
제 보 자 : 남순녀, 여, 87세
청   중 : 7인
구연상황 : 조사자가 첫날밤에 소박맞은 며느리 이야기를 하자, 이야기를 구연했다.
줄 거 리 : 첫날밤에 창 밖에서 칼이 번쩍거리는 것을 본 신랑이, 자신을 죽이려는 신부의 숨겨둔 정부(情夫) 짓으로 착각하고 날이 밝자마자 신부를 떠나버렸다. 신랑을 기다리던 신부는 죽어서 구렁이가 되었다. 그러던 어느 날 신랑이 용한 점쟁이가 있다는 소식을 듣고 점을 보았다. 점쟁이가 첫날밤에 소박하고 온 신부가 그 한(恨)으로 죽어서 구렁이가 되었으니, 그 구렁이의 한(恨)을 풀어 주기 위해 그 구렁이와 아무 말 없이 하룻밤을 자야지만 살 수 있다고 했다. 그렇지 못하면 얼마 못가 죽는 것이다. 구렁이를 찾아간 신랑이 점쟁이가 시키는 대로 아무 말 없이 구렁이와 하룻밤 잤다. 그러자 신부의 한(恨)이 풀려서 그 구렁이가 재로 변했다.

첫날 저녁에 소박한 거 그거는.

첫날 저녁에 인제. 참 첫날밤을 채워, 채렸는데(차렸는데). 저 창문에 칼이 왔다 갔다 하거든. 칼이 번뜩 거며(거리며) 왔다 갔다 하이께네(하니까). '이거 틀림없이 이거, 사람이 친한 사람이(결혼하기 숨겨둔 신부의 정부(情

夫)를 뜻함) 있어 가주고, 날 죽일라고 저란다.' 싶어 가주고, 고만, 첫날밤 자고 고만 갔뿌렸어(가버렸어). (조사자 : 신랑이?) 신랑이 갔뿌렸어.

(청중 : 자비라[12], 뭐로?)

첫, 첫날밤 그게(창문 밖에 칼을 들고 있는 정체모를 인물을 말함) 있으니, 그래이께네(그러니까) 인제.

(청중 : 세우지도 안 했지, 뭐.)

아이라(아니라). 밤으로 인제 밤을 그 첫날밤을 그래, 그 그 칼이 왔다 갔다 하이께네 인제.

(청중 : 놀래가고.)

날 죽일까 싶어가 그카다마(그러다가), 동방이 트이께네(트니까) 고마 갔뿌렸는 거라.

가 가주고 마, 발걸음을 안 하이(하니). 이 신부가, 고마 신랑을 기다리다 기다리다가 고만 참. [잠시 생각을 하며] 자기 이거 참, 비단 짜는 틀일랑(틀이랑) 채려(차려) 놓고 있는데, 고만 이 신부가 죽어 뿌렸어(버렸어). 저, 죽지 않앴고(않았고) 마, 구렁이가 됐뿌렸어(되어 버렸어).

(조사자 : 구렁이가 되 버렸어······)

구렁이가 되 가지고 있는데, 죽어 가주(가지고) 구렁이가 되가 있다, 그 구렁이가 똬리를 틀고, 참 그래 가이(가니) 있는데. 이 신랑이 한번 어디 가다 가이께네(가니까), 한군데, 점 한다고 막 사람이 수북이 모여가 나디(나대니).

"모여 여기 뭐하노?" 카이(하니),

"점한다." 카는 그래.

"점쟁이가 희한하게 쪽찝이 같이, 참, 쪽찝개 같이 아눈(아는) 점쟁이가 와가 점한다." 이카이께네(이러니까),

---

12) 자객을 말함.

"그래, 그렇게 영근 사람이 있나?" 이카이(이러니),

"그래, 있다." 이카이.

"그러면 당신도 한번 해보라고, 희한하게 신기하게 안다." 이카이께네.

그래, 돈을 주고랑(주고서) 하이께네(하니까),

"당신이 첫날밤에 소박하고 나왔네? 나왔는데, 당신이 얼매(얼마) 안 가만 당신 죽는다." 고,

"죽을 챔이(참이니), 어서 그 신부 찾아가라." 고.

"가 가주고, 가여(가서) 문을 열고 입도 띠지 마고(말고), 드가만(들어가면) 구렁이가(구렁이가) 마, 똬게를(똬리를) 틀고 있을 챔이니께네(참이니까), 암말 마고 드가(들어가), 그 구렁이 덥썩(덥석) 안으라고. 안고 고마 탁 누버가(누워서) 자뿌라(자버려라)."

카더란다(하더란다). 구렁이를 끌어안고 자뿌라 카드란다.

그래가 참말로 가이께네(가니까), 역시나 이래 앉았는 게, 참, '구렁이가 바로 되 가주고 앉았다' 싶으(싶어) 이래. 그래가, 끌어안고 한숨을 자뿌고 일나이께네(일어나니까). 깨이께네(깨니까), 사르르 녹아지고 고만 잿봉지(재) 같이 되가 있는 거라, 녹아지고 잿봉지가 되가 있는데.

그날 저녁에 그 안 그랬시면(그랬으면) 이 사람이. 그, 그 사람이 고만마 한(恨)이 되가, 한에 맺혀 가가(맺혀가) 구렁이가 되가 이 사람을 죽일 껜데(건데). 그래 가주고(그래서) 그 한을 풀고 살았다 카는 그런 얘기.

집지킴이 구렁이를 죽여 망한 부자집

자료코드 : 05_20_FOT_20090724_LJH_NSN_0009
조사장소 : 경상북도 청송군 안덕면 신성리 360-7번지 경로당
조사일시 : 2009.7.24
조 사 자 : 임재해, 조정현, 편해문, 박혜영, 임주, 황진현, 신정아

제 보 자 : 남순녀, 여, 87세

청   중 : 7인

구연상황 : 조사자가 집지킴이로 자주 나타나는 구렁이에 대해서 알고 있냐고 묻자, 제보
자가 안다고 답했다. 그와 관련된 구렁이 이야기가 있냐고 제보자에게 물어보
자, 곧 이야기를 시작했다.

줄 거 리 : 옛날에 한 부잣집에 땔감으로 쓰기 위해 나무를 해놓았는데, 오래된 땔감나무
밑에서 비단을 깔아놓고 살고 있던 구렁이를 발견하였다. 그것을 본 부자가
구렁이를 불에 태워 죽이자, 그 집이 망해버렸다. 그 구렁이가 바로 그 집의
집지킴이었던 것이다.

구렁이는 이 옛날에 부잣집이 남그를(나무를) 해 가지고, 한 쪽 머리를
덜 떼고, 또 갖다 재이고 또 같다 재이면 및(몇) 년을 묵어 빠지거든. 묵
어 빠져 벌게가(벌레가) 먹어가 썩고 하거든.

그런데 그 나무를 빼러 가이께네(가니까), 그 남그를 그리 그거 나무를
거짐(거의) 때 가이께네, 그 인제 묵은 남귀(나무) 나올 꺼 아이가(아니가).
그 나뭇단을 쓱 빼이께네(빼니까), 오만 비단을 다 갖다 깔아놓고, 구렁이
가(구렁이가) 마, 한 쌍에 마 똬게를(똬리를) 틀고 마, 이래가 있는 거야.

그것들을 보고 와 가주고, 그 소깝삐까리13) 무서버 인제 빼로(빼러) 몬
(못) 가이(가니), 성냥을 가주고 가 여 불 질러 뿔라고(버리려고), 와가(와
서) 성냥을 가주(가지고) 가 가지고, 불 찌를라고(지르려고) 가이께네, 구
렁이가 없어져 뿌렸는(버렸는) 거라.

그런데 [잠시 생각하며] 그, 그 집에가 망해 뿌렸지(버렸지), 뭐. 그 그
없어 지잖네(지잖아), 참 구렁이가 거기 있는데도 불로 질러 뿌이(버리니)
구렁이가 타 죽었뿌렸는(죽어버린) 거라. 타 죽어 뿌이께네 고만 그 집이
죽어 망해 뿌렸지(버렸지), 뭐.

그게 그 집지킴이야.

---

13) '소나무 줄기 등 나뭇단 더미' 또는 '땔감 둥치'를 뜻하는 방언임.

해몽 덕에 급제한 선비

자료코드 : 05_20_FOT_20090724_LJH_NSN_0010
조사장소 : 경상북도 청송군 안덕면 신성리 360-7번지 경로당
조사일시 : 2009.7.24
조 사 자 : 임재해, 조정현, 편해문, 박혜영, 임주, 황진현, 신정아
제 보 자 : 남순녀, 여, 87세
청   중 : 7인

구연상황 : 조사자가 가난한 집의 부인이 살기 힘들어 집을 나가자, 얼마 후 남편이 과거
　　　　　에 합격했다던 이야기를 했다. 그 이야기를 듣던 제보자가 과거에 관련된 이
　　　　　야기를 자연스럽게 구연했다.

줄 거 리 : 과거준비를 하던 한 선비가 어느 날 꿈을 꾸었는데, 병 모가지가 똑 떨어지는
　　　　　꿈이었다. 그 꿈을 해석하기위해 해몽하는 사람을 찾아갔다. 그러나 해몽하는
　　　　　사람은 없고, 그 집 딸만 있었다. 딸이 자신도 해몽을 할 수 있으니 이야기를
　　　　　해보라고 했다. 선비가 그 꿈 이야기를 하니, 해몽가의 딸이 그 꿈은 과거에
　　　　　서 떨어질 꿈이니 과거보러 가지 말라고 했다. 며칠 뒤, 다시 한 번 해몽가의
　　　　　집에 찾아갔다. 이번에는 원래 만나려했던 아버지에게 꿈 이야기를 들려주었
　　　　　다. 그러자 자신의 딸이 해몽을 잘 못 했다며, 그 꿈은 암행어사가 될 꿈이라
　　　　　고 했다. 결국 그 선비는 암행어사가 되었다.

　　과거 보러 갈라고 그라는데(그러는데), 한날 저녁에 자고 나이(나니) 꿈
이 이상한 거야.

　　꿈이 이상해 가주고(가지고), 참 꿈이 좋아야 되는데 꿈이 고만 하매(벌
써) 자고 나이께네(나니까) 꿈을 꾸는데. 병을 이래 쥐이께네(쥐니까), 병
모가지가 똑 떨어져(떨어져) 뿌는(버리는) 거라.

　　그래 가주고 인제, 그 해, [말을 더듬거리며] 그 꿈 해석하는 사람이 인
제 있거든. 내외(內外)가 있는데. 거기 인제 해석하러 가이께네(가니까),
딸아가14) 열아홉 살 먹은 기(게) 있고, 그 어마이(어머니) 아바이는(아버지
는) 없는 거라.

　　"어디 갔노?" 카이,

---

14) '계집아이'란 뜻으로 해몽가의 딸자식을 일컫는 말임.

"그래, 아무데 갔는데, 인제 내일 이래야 온다." 이래(이렇게) 카고(하고), 그래,

"그래, 어에(어떻게) 왔는교?" 카이,

"그래, 너 아부지한테(아버지한테) 내가 꿈 해석 하러왔다." 이카이(이러니),

"이얘기만 하소, 내 갈켜줌시더(가리켜주겠습니다). 나도 합니더(합니다)."

[청중, 제보자 이야기를 알고 있다는 듯이 웃는다]

"니가 어애 하노?" 하이,

"날 갈채(가르쳐) 주소. 갈채주면 내 해석해 줍니더(줍니다)." 카이,

"그래, 글타('그렇다'란 뜻으로 꿈 이야기를 했다는 뜻임)." 이카이께네(이렇게 말하니까).

"가지 마소. 가야 그렇게 할라(하려) 카면(하면) 모가지 똑 떨어집니더."
딸아가 이케뿌는(이래버린) 거라. 아, 그거 기분 얼매나(얼마나) 나쁘노.
안 그래도 모가지가 떨어졌는데. 그래 가주고 가만 있다가 안 되가주
인제, 또 그 이튿날 인제 또 갔는 거야. 가 가주고(가서는),

"어제 내가 오이(오니), 자네를 못 만냈는데(만났는데), 내가 꿈이 이래
해 가지고 꿈 해석하러 오이, 자네 딸이, 그래, [잠시 생각하는 듯이]
음…… 갈채만(가르쳐만) 주면 해석 해 준다 케가주(해 가지고) 이얘기를
하이, 날카게(정확한 뜻은 알 수 없으나 문맥상 '나더러'로 해석됨.), 가지
마라, 가면 모가지 떨어진다." 이카이께네(이러니까),

"내가 그 소리를 듣고 잠이 안 와 가주고 글타(그렇다)." 그래, 그카이
(그러니).

"에이꼬, 몬된(못된) 년. 지 뭐 안다고 그카노(그러노)? 가소. 빨게(빨리)
가소. 가만 병 모간지 있으면 모간지를 들고 흔들 거 아인교(아닙니까)?
가만(가면) 목이 없으니께네(없으니까) 암행어사를 나옵니더, 가소." 카더

란다.

　고만 가(가서) 암행어사 됐어.

　[제보자의 이야기를 듣고 조사자 웃는다]

　그래, 그래 해석을 잘해 주라 카는 거야.

　꿈은 몬 뭐도 해석 잘해 주라 카는 거.

　(청중 : 말이 없잖아, 아(안) 있나? 꿈은 몬 뭐도 해석을 잘하라고.)

걸어오다 멈춘 중리산

자료코드 : 05_20_FOT_20090724_LJH_NSN_0011
조사장소 : 경상북도 청송군 안덕면 신성리 360-7번지 경로당
조사일시 : 2009.7.24
조 사 자 : 임재해, 조정현, 편해문, 박혜영, 임주, 황진현, 신정아
제 보 자 : 남순녀, 여, 87세
청　　중 : 7인
구연상황 : 안순학이 걸어오다 멈춘 영덕산 이야기를 하자, 이야기를 듣던 제보자가 자신
　　　　　도 그와 비슷한 이야기를 안다면서 자연스럽게 이야기를 시작했다.
줄 거 리 : 모녀간 혹은 고부간에 어디를 가는데 산이 지나가는 걸 보고, "산이 지나간
　　　　　다."라고 말했더니 산이 그 자리에 멈춰섰다. 그 산이 바로 안동의 중리산이
　　　　　다.

　말에는 나도 듣기로, 여(여기) 안동 대사(안동시 길안면 대사리를 말함)
카는데(하는데), 그 산이 이름이 중리산이라고 있어. (조사자 : 중기산?)
[강조하며] 중리산. 중리산이라고 있는데, 그 산이 그래 가지고.

　[잠시 생각하며] 뭐, 모녀간에라 카더(하데), 고부간에라 카다(하데) 있
다 가이께네(가니까). 산이 쭈적쭈적('뚜벅뚜벅'을 잘못 말함) 걸어 오이
(오니),

　"아이고, 저 산이 걸어 옵니데이(옵니다)." 카이께네(하니까),

"산이 어예(어떻게) 걸어 오노?"

카고(하고) 보이께네(보니까), 오다가 탁 멈춰버렸어.

　(청중 : 고 자리에 마, 고자리에 막 [손뼉을 치며] 탁.)

　그저 또 갈모(비가 올 때 갓 위에 덮어 쓰던 고깔과 비슷하게 생긴 물건을 말함) 같이 요래, [두 손을 모아 산 모양을 만들며] 마늘모양 같이 끝이 요래 보만(보면), 요래 서가 있다마다.

호식할 팔자인 영천처녀

자료코드 : 05_20_FOT_20090724_LJH_NSN_0012
조사장소 : 경상북도 청송군 안덕면 신성리 360-7번지 경로당
조사일시 : 2009.7.24
조 사 자 : 임재해, 조정현, 편해문, 박혜영, 임주, 황진현, 신정아
제 보 자 : 남순녀, 여, 87세
청　　중 : 7인
구연상황 : 조사자가 호랑이에 대한 이야기를 청하자, 한 청중이 호식당할 팔자가 있다며 이야기를 이어갔다. 그 이야기를 듣던 제보자가 영천사람에게 들었다며 호식당한 영천처녀에 대해 구연했다.
줄 거 리 : 영천에서 한 처녀가 저녁에 머리를 감고, 빗질을 하고 옷을 갈아입고 밖에 나갔다. 그리고는 소식이 없었다. 몇몇 사람이서 삼일동안 그 처녀를 찾았는데, 결국 호랑이한테 잡아먹혀서 집 근처 돌 위에서 그녀의 두골만 발견되었다. 이를 두고 사람들은 영천처녀가 호식당할 팔자였기 때문이라고 한다.

　영천서 그랬어.

　영천서 그거 처자가 저녁 먹고 머리를 주줄 깜아(감아) 빗골랑(빗고서),

　(청중 : 그라몬 깜은 놈만 온다 하더라.)

　옷을 싹 갈아입고 나갔는데, 나가고 고만 처자가 안 들어와.

　아무리 찾아도 없고 밎밎이를('몇몇이서'란 뜻으로 몇 사람을 뜻함) 삼일 만에 가여(가서) 찾았는데, 멀지 않아 가 가지고, 다 먹어 뿌고(버리고),

요 두골만 남가(남겨) 가주고 돌 위에 딱 얹어(얹어) 가주(가지고) 반들 반들 하이 해 났더란다.

영천서 그랬잖아.

(청중 : 이래가 집을 이래 보고 서 있어.)

(청중 : 궁케, 호석(虎食) 할 팔자라노이 그렇다 카이(하니). 이 사람이……)

영천서 그랬다고 그 말이 있어. 영천 사람이 그래 얘기해.

둔갑한 여우 잡은 소금장수의 지팡이

자료코드 : 05_20_FOT_20090724_LJH_NSN_0013
조사장소 : 경상북도 청송군 안덕면 신성리 360-7번지 경로당
조사일시 : 2009.7.24
조 사 자 : 임재해, 조정현, 편해문, 박혜영, 임주, 황진현, 신정아
제 보 자 : 남순녀, 여, 87세
청   중 : 7인
구연상황 : 여우가 구슬을 먹고 사람이 되어서 총각을 홀린 이야기를 조사자가 하자, 그 이야기를 듣던 청중들이 그것이 바로 구미호라며 그에 대한 이야기를 시작했다. 이야기를 듣던 제보자가 자연스럽게 이야기를 구연했다.
줄 거 리 : 길을 가다가 둔갑하는 여우를 본 소금쟁이가 그 여우를 뒤쫓았다. 여우가 한 잔칫집에 들어가는데 이미 오랫동안 사람행색을 해온 터라, 그 집안사람의 일원이 되어있었다. 여우가 신행 온 새색시 방에 들어가는 것을 보고, 소금쟁이가 사람을 시켜 여우로 둔갑한 여자를 문 밖으로 나오도록 했다. 둔갑한 여우를 지게 작대기로 때렸더니 그만 그 여자가 여우로 변해서 죽었다. 새색시를 살린 소금쟁이에게 집안에서 큰 재산을 주었다. 그 소문을 들은 한 사람이 소금쟁이에게 그 지게작대기를 비싼 값에 샀다. 그 작대기로 신방에 들어가려는 사람을 때려죽여서 큰 부자가 되려던 사람은 애꿎은 사람을 죽여서 그만, 그 집이 망해버렸다.

길로 가다 가이께네(가니까), 그 등금쟁이가, (조사자 : 등금쟁이가.) 등금쟁이가 뭔고 알아요? (조사자 : 등짐장수 아니에요?) [고개를 저으며] 소금장사. (조사자 : 아, 소금장수.)

응, 가다 가이께네(가니까). 목다래가[15], 저 인제, 이래가 쉬다 가이께네, 개골에서('개울' 또는 '골짜기'란 뜻임). 뭐가 헤 그래 싸, 뭐가 이카노(이러는가) 싶어가, 가만 보이께네(보니까).

예수가(여우가) 한 마리가 인두골로(사람 두골을 말함) 가지고, 삭삭삭삭삭 긁다가(긁다가) 요래 써 보디, 또 삭삭삭삭삭 글거(긁어) 요래 써보고, [배시시 웃으며] 헤헤- 그러고. 자꾸 그래 싸.

'그러이(그래서) 이상하다.' 싶어 가주고(가지고),

그래, [잠시 생각에 잠긴 듯] 그거를 인제 보이(보니) 예수가 인제 그 둔갑을 하는 거라. 인두골로 쓰이께네(쓰니까), 여자가, 색시가 나오고. 벗어 뿌이(버리니) 예수고.

그래 가주골랑(가지고), 그래 이 사람이 인제 갔다. 가이께네(가니까), 그 여자가 인제 자꾸 가는 거라. 가는데 따라 가이(가니), 잔칫집에 드가는(들어가는) 게라. 잔칫집이 드가는데 보이(보니), 뭘 잔칫집에 가이(가니),

"아이고, 아지매(아주머니의 방언 표현임) 오나? 고모 오나? 뭐 오나?" 카만(하면서), 막 모두 나와 반갑게 맞아 드리거든. 이게 하마(벌써) 둔갑을 해가, 하마 변해 가주고, 마카 사람이 그렇게 보이는 거거든.

그래가 그카만(그러더니만) 막 벙으로(방으로) 드가(들어) 가 이래는데(이라는데), 그 집이 인제 잔치하는데, 신행이 오는 거야. 신행이 오는데, 그래 인제 그 신부 앉았는 방에 인제 드가가주(들어가서) 앉았는데. 그래, 가만 보이께네(보니까), '저게 틀림없이 저 색시를 해꼬지(해코지) 하게나

---

15) 뜻을 알 수 없으나 사람의 목을 지칭하는 듯함.

(하거나), 그 가정을 무슨 큰 바탕을(문제를) 이룰 꺼 같애.' 이래 가주고,

"[부탁하는 말투로] 그래, 저 내 들어올 때 앞에 드가던(들어가던) 그 새딕이가(새댁이) 누군동, 여 좀 나오면 고(참) 좋겠다." 고,

"쫌(좀) 불러내줄 수 없나? 날 만내자고(만나자고) 좀 불러내 돌라." 이 카이(이러니).

"그래, 나오라." 카이,

"누가 날 찾노?" 카믄(하면서) 나와가 그래,

나왔는 거라. 다짜고짜 없이 고만 이 사람이 소금짐 고둔('괴어둔'이란 뜻으로 기울어지거나 쓰러지지 않도록 아래를 받쳐 안정시키는 뜻임) 지게짝지를(지겟작대기를) 마, 가주고 훌비쳤뿐는거라.(후려쳐버렸다). 마, 대게(세게) 대대로(여러 대를 이어서 계속하여) 헐비치이께네(후려쳐버리니까), 이놈이 아프이께네(아프니까), 고만 디게(많이) 맞아 노이께네(놓으니까), 고만 히뜩(맥없이 넘어지거나 동그라지는 모양을 말함) 자빠졌뿐는(자빠져버리는) 게라. 자빠지이(자빠지니) 꼬리를 쭉 뻗히고, 예순게라.

그래 노이(놓으니) 이 사람들이 한 살림을 태췄어(떼 췄어). 그 사람 아이면(아니면) 그 집이 망할 챔인데(참인데).

그랬는데, 이 소리를 듣고 어떤 사람이,

"그 짝지, 그래 내한테 팔으라." 카거든(하거든). 팔으라 카이,

"그래, 얼매나(얼마나) 줄라노(줄래)?" 카이,

"마, 돌라카는(달라하는) 대로 주꾸마(주겠다)." 카거든.

그래, 이 사람이 인제. 참, 자기 받을 만침(만큼) 받고 짝지를 췄버렸어(줘버렸어). 췄버려(줘버려) 노이((놓으니) 남의 잔치에 가 가주고, 색시 하나 드가노이(들어가니), 저 인제 사람 하나, 색시 드가는데(들어가는데) 따라 드갔거든(들어갔거든). 드가(들어가) 신부방에 앉는다 말다(말이다).

그래가 그 사람을 불러내가, 그러이 그 짝지가 신기하잖아, 뚜드러(두들 겨) 패이(패니) 예수를 잡았으이. 불러내 돌라 케가(해가) 불러내 주이(주

니), 뚜드러(두들겨) 패 뿌이(버리니) 고만 남의 색시를 죽어 뿌렸는(버렸던) 거라.

그래가 이 사람 망해 뿌렸어.

[모두들 재밌어하며 웃는다]

짝대기 좋아한 줄 알고.

(조사자 : 그 괜히 괜히 엄한 색시는 잡았네요?)

그래, 마. 그 짝지가 인제 그란 줄 알고.

(청중 : 그래, 사람이 그 방면에 그만침(그만큼) 어리석다고, 어리석다마다.)

그게 욕심이 많으면 신물(神物) 끊는다고.

(조사자 : 아, 욕심이 많으면……)

욕심이 많으면 신물로 끊는다고. 다른 이 그라이(그러니), 나도 그래가 부자 되 보자 싶어 가주고. 그라이 그게 욕심이 많애가(많아서) 지 신물을 끊었뿌렸는(끊어버린) 거라.

(조사자 : 그, 놀부 심보네.)

응, 그 지 복을 다부('도리어'라는 뜻의 방언임) 감해 버렸는 거라.

여자는 돌아누우면 남이다

자료코드 : 05_20_FOT_20090724_LJH_NSN_0014
조사장소 : 경상북도 청송군 안덕면 신성리 360-7번지 경로당
조사일시 : 2009.7.24
조 사 자 : 임재해, 조정현, 편해문, 박혜영, 임주, 황진현, 신정아
제 보 자 : 남순녀, 여, 87세
청   중 : 7인
구연상황 : 제보자의 이야기를 듣던 안숙학이 돌아누우면 남이라는 소리를 했다. 조사자
        는 묏자리에 관련된 이야기를 제보자에게 청했다. 안순학과 조사자의 이야기

를 듣더니, 제보자는 이 이야기를 구연했다.

줄 거 리 : 지관(地官)을 하던 영감이 병에 걸려 누웠는데, 누워있으면서도 남의 묘 자리를 보러 다녔다. 그것을 본 아들이 본인의 묘 자리는 왜 안 찾느냐고 물으니 아버지는 외인(外人)이 있어 이야기를 못하겠다고 했다. 그 외인(外人)이 바로 아들의 어머니였던 것이다. 어머니를 밖으로 내보내서야 아버지가 말을 했다. 자신이 죽으면 목만 끊어서 동네우물에 넣으라는 것이었다. 그러면 자신은 학이 되어 하늘로 등천(登天)할 것이고, 아들네도 잘 될 것이라고 했다. 쫓겨났던 어머니가 아버지와 아들의 대화를 문 밖에서 몰래 엿들었다. 아버지가 죽자, 아들은 아버지의 말대로 목을 끊어 마을우물에 넣었다. 우물물이 붉게 변하고 굽이치니 마을에 큰 소동이 났다. 그러자 어머니가 아들과 남편의 이야기를 마을사람들에게 말해버렸다. 우물물을 퍼내니, 학이 되어 날아갈 찰라인데, 날개가 완성되지 못해서 등천(登天)하지 못하고 그만 그 학이 죽어버렸다. 아버지와 아들의 말을 누설한 어머니 때문에 그 집은 결국 망해버렸다. 그래서 여자는 돌아누우면 남이라고 한다.

영감이 아파 가쥬(가지고) 누버(누워) 가지고 있는데, 그 영감이 풍수야('지관(地官)'을 뜻함), 미(묘) 터 잡는 풍순데. 아파 누벘는데(누웠는데), 맨날 남의 묘 터를 보러 댕깄는데(다니는데).

아들네가,

"[간절하게] 아부지요, 남의 터 다 잡았는데, 아버지는 세상 뜨면 가실 자리를 마련 안 하고 어얄라(어쩌려고) 카는교(합니까)?" 카이께네(하니까).

[주위를 두리번두리번 거리며] 이래 이래 살피디(살피더니),

"글쎄, 외인이('外人'이란 한집안 식구 밖의 사람을 지칭하는 말로서 시집온 여성을 지칭하기도 함) 있어(있어서) 말 못 할따(하겠다)."

외인이라 하는 거야, 할마이를(할머니를).

(청중 : 그래, 여자를 외인이라 케(해).)

할마이가(할머니를).

"외인이 있어 말 못 할따." 그러이(그러니),

"[의아한 듯이] 외인이 여기 누가 있는교(있습니까)? 아무 이도 없고, 뭐 엄마하고 뭐, 우리 식구뿐인데. 뭐 누가 있는교?" 카이(하니),

"그래, 외인이 있다. 외인이 있어 말 몬(못) 한다(못한다)." 이카이께네 (이렇게 말하니),

가만히 생각하이(생각하니), 이 할마이 하나 뿐 인거라. 이놈의 할마이 가 고마 간병이 들어 뿌려(버려) 가지고, 나가 가지고 고만, 문 뱉에(밖에) 가여(가서), 인제 숨어가 들었다.

"그래, 아버지 인제 이야기하소. 외인케야(외인이라고 해야) 어머니 뿐 인데 엄마가 나가고 없으니께네, 이얘기 하이소." 카이,

"그래 아무데, 내가 죽거들랑(죽으면), 내 목만 끊어가지고, 이 하천 어 디 갖다 묻던지, 목만 끊어가 어느 우물에 갖다 옇어라(넣어라)." 이랬는 데,

"그래 가지고, 갖다 옇으만 내가 삼일 만에 학이 되어 올라간다. 득천 해가(등천(登天)해서) 올라간다. 그라만(그러면) 너그가(너희가) 잘 되이께 네(되니까) 그래라." 이래.

아, 요놈의 할매가 그 소리를 들었뿌렀는(들어버린) 거라.

그래 가주고, 고만, 참, 영감 죽었는 거, 목을 끊어가지고, 물에 갖다 우 물에 옇어 뿌니께네(버리니까). 이 물이 벌거지며(붉어지며) 마, 물이 구불 이(굽이) 치거든, 마. 고만 마, 마실사람이(마을사람이) 물 뜨러가이(뜨러가 니) 물이 벌겋게(불그스름하게) 구불이 치이께네((치니까).

"이 깨끗한 물이 왜 갑재이(갑자기), 이 물이 왜이래 괴어오르고 벌거지 고 이러노?"

고만, 동네 소동이 치니. 요놈의 할매가 쫓아 가가(가서),

"우리 영감 모간지를(모가지를) 끊어가 갖다 옇어 뿌려가지고,

그래 가지고 그렇다." 이카이,

퍼 내니께네(내니까), 하미(벌써) 귀가 생기고 학이 되 가지고. 지금 [아

쉬운 어조로] 불과 곧 날아갈 판인데, 고래 가지고 몬 날아 가거든.

(청중 : 다 생겼는데 날개가 좀 적다 카더란다.)

그래 가지고 고만,

몬, 고 시간이 미우(매우) 불안해 가 가주고(가지고), 걸려(들켜) 뿌려가지고. 그래 가지고, 그 할마이 때문에 고만, 득천16)을 몬 해뿌렸어. 그래가 망했뿌렸어(망해버렸어).

(청중 : 그래, 그 집 망했지, 망했단다.)

그래 가주고, 여자는 돌아 누우면 남이라 카는 게라. 열 자석(자식) 놓고 돌아 누우면 남이라 카는 거라. 그래, 몬 '믿는다는 거야.

고려장이 없어지게 된 이유

자료코드 : 05_20_FOT_20090724_LJH_NSN_0015
조사장소 : 경상북도 청송군 안덕면 신성리 360-7번지 경로당
조사일시 : 2009.7.24
조 사 자 : 임재해, 조정현, 편해문, 박혜영, 임주, 황진현, 신정아
제 보 자 : 남순녀, 여, 87세
청   중 : 7인
구연상황 : 조사자가 고려장이 없어진 이유에 대해 묻자, 제보자가 구연했다.
줄 거 리 : 할아버지가 죽을 때가 되자, 아버지가 할아버지를 지게에 짊어지고 고려장 하
         려고 집을 나섰다. 그것을 본 아이가 아버지를 뒤쫓았다. 할아버지를 고려장
         하고, 할아버지를 태워왔던 지게도 함께 버렸다. 그러자 아이가 그 지게를 다
         시 짊어졌다. 아버지가 아이에게 그 지게는 버릴 것이라고 말했다. 아버지의
         말을 들은 아이가 말하기를 아버지도 늙으면 이 지게에 태워서 고려장을 하
         겠다고 했다. 그 말을 들은 아버지가 할아버지를 다시 집으로 모셔왔다.

인제 아바시가(아버지가) 죽을 때 되이께네(되니까), 아들이 인제 지고

---

16) '등천(登天)'의 잘못임.

(아버지를 짊어지고 간다는 것을 뜻함) 가 가지고. 지고 가는데, 이 아가
(아이가) 저그(자기) 할배를(할아버지를) 지고 가이께네(가니까), 이 손자가
인제 따라갈 꺼 아이가(아니냐)? 아바이(아버지) 뒤에.

따라 가이(가니), 암만 못 오그로(오도록) 해도 기어이 따라 오더란다.
따라 와 가주고, 그래, 그, 아 저그 할배를 고려장하고 지게를 내 삐리뿌
고(버려버리고) 가이, 지게를 가이('다시'를 잘못 말함) 지고 나서는 거라.

나서이(나서니),

"지게 내 삐려라(버려라). 그 지게는 안 가(가져) 간다." 이카이께네(이
렇게 말하니까),

"아버지도 할배되만 내가 이 지게 가지고 엎어다 내 삘꺼라(버릴 꺼
라)."고.

"고려장 해 뿔꺼라(버릴 꺼라)." 카이(하니),

"그래? 그먼(그러면) 할배 파내가 간다."

그래가 할배를 파내가 왔어. 그래 고려장이 없어졌어. 그 아가 그케(그
렇게) 가지고(하니까).

(조사자 : 아가 되게 영특하네요?)

응! 그래 고려장이 없었다고 그 말이 있지, 뭐.

멀개미를 좁쌀로 속여 팔다가 벌 받은 딸

자료코드 : 05_20_FOT_20090724_LJH_SVS_0001
조사장소 : 경상북도 청송군 안덕면 신성리 360-7번지 경로당
조사일시 : 2009.7.24
조 사 자 : 임재해, 조정현, 편해문, 박혜영, 임주, 황진현, 신정아
제 보 자 : 심분섭, 여, 68세
구연상황 : 조사자가 청중들에게 이야기를 청하자 제보자는 소문내면 안 된다면서 조용
한 목소리로 이야기를 시작했다.

줄 거 리 : 길을 가다가 병에 걸린 불쌍한 처녀를 보았다. 처녀의 아버지는 돌아가셨고 남의집살이를 하고 있다고 했다. 처녀의 처지가 왜 그런지 물어보았다. 알고 보니, 소 같이 생긴 산이 있었는데 소 인중 쯤 되는 곳에다가 아버지의 묘를 썼다는 것이다. 처녀의 처지가 불쌍해서 제보자의 먼 친척이 여아의 아버지 묘를 옮겨주었다. 그랬더니 처녀의 병은 깨끗이 나았다. 하지만 여전이 남의 집살이를 하며 가난하게 살고 있었다. 묘를 옮겼는데도 가난한 이유가 무엇인 지 궁금했다. 그러던 어느 날 중에게 그 이유를 물으니, 과거에 처녀의 아버 지가 좁쌀을 팔았는데 좁쌀의 색과 같은 멀개미를 한 되 섞어 팔았기 때문이 라고 했다. 그 벌로 처녀의 처지가 그렇다는 것이다.

대사가('대소가'는 집안의 큰집과 작은집을 아울러 이르는 말임.) 인제 질로(길로) 이래이(이렇게) 가다 가이께네(가니까). 어떤 처 처녀가, 아가씨 가 열댓 살 먹었는 게, [불쌍하다는 듯이] 하미(벌써) 꼴도 비고('마르다' 의 방언임.) 뭐, 손(孫)도 끊케고(끊기고), 뭐 인간이고 말고(행색이 비루하 다는 말임.) 하거든. 그래가,

"야야, 너 어디 사노?"

카이(하니),

"내, 남우(남의) 집 산다."

카거든(하거든).

"꼴무 ○○ 그래, 산다."

카이(그러니),

"너 그래, 아버지 있나?"

"없다."

카거든.

"그래, 묘를 어디 썼노?"

카이,

"그래, 어떤 산소에 썼다."

카이께네(하니까), [숨을 몰아쉬며] 그래가 그 사람이, [탄식하며]

"아이고- 산소에 썼는데. 썼는데 그거를(산소) 산이, 산소가 관상이 소 관상이라."

케(해). 소. 소 관상인데, 저기 여게(여기) [자신의 인중을 만지며] 코, 코밑에 묘를 썼어. 터, 자리, 고게(거기) 써, 써 났어. 그리미(그러니까) 이 놈의 코밑에 써 놔노이(놓으니), 이놈의 파리가 마마 벌이야(벌도) 마, 자꾸 달라(달려) 드는 기라. 그래가 그 아가 보이(보니) 아무래도 저기, 풍, 풍병(風病)이라. 그래가(그래서), 그래 가주고,

"고 묘를 잘못 써가 글타(그렇다)."

카이께. 그래, 이 사람이,

"그래가(그렇게 해서는) 안 된다. 그거 저기 묘를 뭐, 으에(어떻게) 내가 놈이라도(임금을 받는 일꾼을 말함) 해 가주고 묘를 파가(파서) 딴 데 써야 될따."

카메(하며). 그래 마, 참, 묘 파 가지고 인제 여러 개(여러 명의 사람들을 말함) 가 가지고, 지(자기) 돈 주고 놈이 해가 가가(가서), 묘를 파 가주(가지고) 딴 데 썼어. 여기, [이마를 짚으며] 여게(여기에) 이매에다가(이마에다가), 제일 좋은 데 인제, 이래이 썼거든. 써 놔노이(놓으니), 그래가 [웃으며] 그래가 묘를 써 놔노이 아가(아이가) 병은 곤쳤는데(고쳤는데), 맹('역시, 마찬가지'를 뜻하는 방언임.) 가난해. 맹 그래, 남의 집에 있어. 그래, 그, 그래가 한번은 그래가 물었어. 절에 가 가주(가서) 그 남자가 절에 가 가주고,

"그래, 나는 그래도 활인(活人)한다고 한번 그래, 그랬는데. 애를 먹고 그랬는데, 맹 그렇더라, 가난하다."

카니께네(하니까), 그는 뭐 이래 중, [잠시 생각하며] 저기 그거 중이 뭐 이래 이래 시주를 하디만은(하더니 만은), [탄식하는 말투로]

"하하, 그 부모가 죄를 지어가 그렇다."

케(해), 부모가.

"어떤 죄를 졌노(지었나)?"

카이, 좁쌀을 글때는(그때는) 살고 팔고 먹었다 케. 그치(같이) 살 때는 옛날에. 좁쌀로(좁쌀을) 한 말 팔았는데, 멀개미를(개미의 한 종류인 듯함) 한 되 섞어가 팔았다 카는 기라(거라).

"그래, 그 죄로 안 된다."

카는 기라. 끝이라, 끝. 그래가, 그래가 참,

"그렇구나."

카는 거라. 그러이 좁쌀을 그놈의 밥을 해, 어떤 사람이 받아가(받아서) 가주 가이(가지고 가니) 밥을 해 노이(해 놓으니), 밥을 해 노이 전다지 ('전부, 모두'를 뜻하는 방언임.) 뭐 뭐, 이를 몬(못) 씹는 기라(거라). 그래, 다 내삐렀거든(내버렸거든). 그래 가주고(가지고) 내삐려 뿌고(버리고). 죄를 받았다, 그놈이. [좁쌀에 멀개미 섞어 판 사람]

"그놈이 지 죄를 안, 지 안 받으면 새끼라도 받는다."

카고 뭐. 이를 갈아 묵어(먹어) 고래(그렇게) 자꾸 묵고, 밥을 모(못) 해 먹거든. 그래가 그래, 그래가 그 죄를, 그래 죄가 안 많을라? 좁쌀을 그, 저게 멀개미하고 색깔이가 똑같단 말이다. 같애노이(같아 놓으니) 섞어 놔 노이(놓으니), 그 [우물쭈물 거리며] 먹으니, 전다지 멀개미니께네(멀개미 니까). 죄가 안 되나? 그게? 그래, 그래(그렇게) 죄를……. 죄가 없다 케도 (해도) 죄를 있다 카데(하데). (조사자 : 다른 사람한테 그래 속이면…….) 죄가 없다 카이, 죄가 있어, 사람이. 죄를 지으면. (조사자 : 다른 사람한테 좁쌀을 팔 때, 그기다가(거기다가) 뭘 섞어가(섞어서) 판 거예요?) 멀, 멀 개미. (조사자 : 멀개미를 섞어가 파니까, 아가(아이가) 죄를 받아 가지고, 묘자리에.) [즐겁게 웃으며] 그렇다 카는 그렇다 카는 그런, 그런 게 있었 다 카이. 그런 말이 있어.

시아버지 제사를 모신 덕에 아들 병을 고친 며느리

자료코드 : 05_20_FOT_20090727_LJH_SBS_0001

조사장소 : 경상북도 청송군 안덕면 신성1리 360-7

조사일시 : 2009.7.27

조 사 자 : 임재해, 조정현, 편해문, 박혜영, 임주, 황진현, 신정아

제 보 자 : 심분식, 여, 77세

구연상황 : 마을회관에 할머니들이 모여 매우 소란스럽고 분주했다. 조사자가 제사를 정
　　　　　성껏 잘 지내서 복을 받은 이야기가 있느냐고 묻자 제보자가 앞의 이야기에
　　　　　이어서 구연하였다.

줄 거 리 : 옛날 어느 과객이 사는데 시아버지 제사에 밥을 할 게 없어서 웃달가지로 밥
　　　　　을 지었다. 시어머니가 이를 탓하여 손자를 불구덩이에 떠밀어 버렸다. 어느
　　　　　날 과객의 꿈에 한 영감이 나와서 손자가 할머니가 밀어서 어쩌면 좋으냐며
　　　　　걱정하는 것이었다. 영감이 어디 가면 약이 있는데 그것을 못 해 준다며 안타
　　　　　까워하였다. 꿈에서 깬 과객이 산에서 내려와 어젯밤 제사를 지낸 집이 있는
　　　　　지 수소문 하였다. 그 집을 찾아가니 마침 어린 아이가 어제 불구덩이에 빠져
　　　　　화상을 입었다고 하였다. 과객은 간밤 꿈에 나타난 영감이 현몽한 대로 어디
　　　　　에 가면 청태가 있는데 그것을 구해서 붙이면 낫는다 하였다. 과객의 말대로
　　　　　따르니 아이는 완치되어 훗날 큰 사람이 되었다. 대통령이 되었다고도 하고
　　　　　선비가 되었다고도 한다.

　그라고 또, 옛날에 어떤 과객이 살았는데 저게(저기) 시아머님 제사를
지내야 되는데, 시아버님은 죽고 없고, 시어머님 제산데 이놈의 밥을 할
라카이(하려니까) 밥을 할 게 없는 게라. 할 게 없고 남자들은 천날만날
(늘 그렇다는 뜻) 선비라고 놀고 있으이(있으니), 밥을 할라 카이 밥 질 게
없는 게라 낭기(나무) 없어가(없어서), 웃달가지(소깝과 같은 소나무 가지
를 칭하는 말)를 뜯어다가 밥을 지어서 메밥을 지었어. 져 가지고 인자 참
제사를 지낸다고 딱 갖다 놓고 있으니께네, 그 할배도 오고 할매도 왔는
데 할매가 고마, 더러븐(더러운)년 웃달가재이 뜯어가(뜯어서) 밥하고 구
렁이 갖다가 식기에 담았다고 머리끄대이(머리끄댕이) 갖다가 구렁이라
카면(하면),

"이 망할 년"

카며, 손자를 불에다 떠밀어 [목소리를 높이며] 다 디 빠졌뿌렸는 거라 (빠져 버렸는 거라). 그래가(그래서) 이 과객이 [숨을 크게 내쉬듯이] 오다 가 오다 저물어가(날이 저물어) 어느 미에(묘에) 가이, 꿈에 이 과객의 꿈에,

"아이고! 밀지 말라 카이 우리 손자가 저 디 빠졌는데."

할마이가 밀었는데, 영감이 같이 먹으러 갔다가, 영감이 와가(와서),

"그 그라면 안 되는데 [탄식하듯이] 저거를 어야꼬! 저거를 어야꼬!"

카며 꿈에 나타나가 그래 과객 꿈에 오다가 미에(묘에) 자는데 어느 산 록(문맥상 깊은 산속을 의미함) 뒤를 오다가 자는데,

"그 어데(어디) 가면 어데 가면 약이 있는데 그거를 몬(못)해 주네!"

카다가(하다가) 깨이(깨니) 꿈이라. 꿈인데 보이 태산 줄기에 참 그 과 객이 잤는 게라. 그리 또 인자 니리왔다(내려왔다).

"어제 간밤에 여 제사 지낸 집이 [마을회관에 찾아온 사람들이 할머니 들께 인사하자 제보자가 잠시 말을 멈추었다가 다시 이야기를 계속한다.] 누(누구) 집이고?"

카고 드가이,

"그래 엊저녁에 제사를 지냈는데 아가(아이가) 불에 빠지가(빠져서) 타 뎄다(데였다)."

카미(하며) 그카거든(그러거든).

"아 그래? 요 어데 어데 거랑('도랑'을 의미하는 경상도 방언) 가면 동 지섣달 청태(靑苔)가 있으이, 청태를 뜯어가(뜯어서) 오면은, 내 시키는 대 로 해라. 청태가 있으니 청태를 갖다가 붙이면 가가(개가) 흠(흉) 안 지고 잘 날 게라."

그래 현몽을 듣고 와가 갈쳐 주이(가르쳐 주니) 그래 그 아가 참 잘 되 가 참 대통령질 하더란다. 그래 그랬어. [제보자가 이야기를 마치자마자 조사자들의 반응을 보고는 즐겁게 웃는다.] (청중 : 최고다!) (조사자 : 할머

니 웃가지로 밥을 했다매?) 웃달가지를 뜯어가. (조사자 : 웃달가지가 뭐예요?) 옛날에는 요새는 담 이제. 옛날에는 소깝을 갖다가 웃달로 했다고. 요새 부루코 담인데 옛날에는 소깝 담을 했는 거를 그게 웃달가지 덤 그걸 뜯어다 밥을 해노이,

"이 망할 년이 구렁이 들었다. 뭐 들었다."

카면 손자 떠 밀어 뿌따(밀어 버렸다) 이게라. 그랬어 할매 못 됐제. 그래 할배가 후에가,

"어데 가면 약이 있는데, 어데 가면 약이 있는데."

카면 그래가 과객한테 얘길 해가 손자 살려가 참 선비질도 하고 잘 살았다 안 카나(하나). 그랬다 안 카나.

안사돈 앞에서 창피당한 영감

자료코드 : 05_20_FOT_20090727_LJH_SBS_0002
조사장소 : 경상북도 청송군 안덕면 신성1리 360-7
조사일시 : 2009.7.27
조 사 자 : 임재해, 조정현, 편해문, 박혜영, 임주, 황진현, 신정아
제 보 자 : 심분식, 여, 77세
구연상황 : 앞서 사돈댁에서 창피당한 영감에 대하여 제보한 옥천댁이 지례댁에게 이야기를 청한다. '모시적삼 반적삼'을 하면 된다고 하자 지례댁이 차근차근 하려니 잊어버린 것 같다면서 난감을 표정을 짓다가 이야기를 시작한다.
줄 거 리 : 딸이 혼례를 치르는 날 저녁 상객을 간 아버지가 술에 취했다. 화장실을 갔다가 그만 바지를 더럽혀 안사돈 방에 들어가 안사돈의 속옷을 입었다. 배별상을 받고 인사를 하고 말을 타려고 하니 속옷 틈으로 부랄이 보였다. 주위에서 바깥사돈이 우습다며 수군거리니, 그 딸이 자신이 시집가서 잘 살으라고 아버지가 일부러 우사(愚事)를 치른 것이라고 하였다. 그렇게 대처하여 딸은 이후로도 잘 살았다고 한다.

옛날에 한 집에 대감이 살았는데 딸로 치울라(문맥상 '시집보낸다'는

의미임.) 카이(하니) 몬(못) 치와 크다란(커다란, 문맥상 다 자라서 장성했다는 의미임.) 딸로 치왔어. 치와가 시집을 보내는데, 참 요각('상객'을 말하며 혼인 때에 가족 중에서 신랑이나 신부를 데리고 가는 사람을 뜻함)을 가 가지고, 사람 수북 있는데 그날 저녁에 술로 많이 먹고 참 화장실을 가야 되는데 가가(가서) 참, [또박또박 힘주어서 말하며] 바질 다 베려 버렸어. 베려 뿌이 안사돈 방에 들어가 안사돈 속옷으로 다 뒤에는(문맥상 바지 또는 아랫도리를 뜻함) 그래 입었어.

입고 나와 가지고 아직에(아침에) 인자(인제) 어야노 카면(어찌하나 하면) 인자 베벨상(拜別床)17)을 먹골랑(먹고는) 인사를 하고 베벨상 먹고 인자 딸하고 인사를 하고 오는데 요래 오그리고(구부리고) 딱 앉았다가, 옛날에는 말을 탔거든. 말을 타니께네, 그리 다 먹골랑 울골랑(문맥상 오그린 채로 나온다는 뜻) 나오걸랑(나오거든), 참 말을 탈라 카이(타려고 하니) 안사돈 속곳으로 [강조하면서] 이라이 [웃으면서 양다리를 벌리고 한쪽 다리를 들면서 시늉을 한다.], 부랄이 꼬치(고추)가 다 나오는 거라. 덜렁 달려 있거든.

"아이고 우야꼬! [손뼉을 치며] 저 집 바깥사돈 저래 위스븐데(우스운데) 부랄 다 나왔다!"

카만 수군 수군 수군 그끄든(그러거든). 그카이(그러니) 딸이 하는 말이, [길게 한숨 쉬듯이]

"참, 우리 아버지는 내가 뭐해 가지고 시집가 잘 살라고, 우리 아버지가 우사(愚事)를 시키야 (시켜야) 잘 산다 카만(산다고 하더라만) 그래가 우리 아버지가 우사를 시킸는데 그 우사가 아니니께네 마카(마구) 여렇기(요렇게) 그걸 좀 해돌라(했다)."

이래가 딸이 그래 잘 살더라니더(살더랍니다). 그 뿐이라 나는.

---

17) 배별상은 시댁에 달을 맡기고 하직할 때 차려지는 상을 뜻함.

바위에 선 시아버지 시체

자료코드 : 05_20_FOT_20090727_LJH_SBS_0003
조사장소 : 경상북도 청송군 안덕면 신성1리 360-7
조사일시 : 2009.7.24
조 사 자 : 임재해, 조정현, 편해문, 박혜영, 임주, 황진현, 신정아
제 보 자 : 심분식, 여, 77세
구연상황 : 마을회관에 할머니들이 모여 매우 소란스럽고 분주한 상황에서 어떤 이야기
　　　　　를 해 줘야 하는지에 대해 옥신각신 논한다. 제보자가 이야기를 시작하자 "그
　　　　　래 그런 얘기를 해야 한다."며 구연자를 주목한다.
줄 거 리 : 시아버지가 돌아가시자 엄동설한에 묘를 쓸 데가 없었다. 어느 과객이 오더니
　　　　　아버지 시체를 지고 굴려 버리라고 하였다. 눈 쌓인 태산을 올라가 그 말대로
　　　　　따르니 큰 바위 위에 시체가 섰다. 파내도 꿈쩍도 하지 않아 그대로 두었다.
　　　　　그 후로 집안이 잘 되고 자손이 번창하였다. 몇 년의 세월이 흘러 하루는 반
　　　　　쯤 묻혀 있고 반은 서 있는 아버지의 시신을 이상하게 여긴 자식들이 시신을
　　　　　파내고 바위를 들어냈다. 그 바위 아래에 금붕어가 살고 있었는데, 시신이 서
　　　　　있던 바위를 들어내자 모두 죽어 버리고 그 후로 집안이 몰락하였다.

옛날에 어느 사람이, 한 사람이 살았는데, (청중 : 맞어, 그 그런 얘기를
옳게 해야 된다.) 저게 살았는데 참 이 집 아가(며늘아이가) 못 살어 [안타
깝다는 듯한 말투로 다시 한 번 강조해서 말한다.] 못 살어. 시아바시로
(시아버지를) 공경을, 공경을 하다가 암만해도 안 되는 게라. 못 살리는
게라. 그래 죽어 뿌렸어(죽어 버렸어). 그래 어느 풍수가 오디만은(오더니
마는) 엄동설한에 눈은 작슥이(문맥상 가득 쌓였다는 의미이나 정확한 뜻
은 알 수 없음) 됐는데 어디 갖다 묻을 데가 없는 거라. 그래가

"어야꼬 어야꼬!"

두 영감할마이가 앉아가 자꾸 고민을 하고 있다 카이. 어느 과객이 하
나 오디마는(오더니만)

"아, 길에 나(나가서) 선다."

이카는 거라(이러는 거라).

"길에 어예(어떻게) 나서노?"

카이,

"이 아버지 시체를 지고 걸음대로 가 가지고(가서) 굴려 뿌리라(굴려 버려라)."

카는 거야. 큰 웅구디에(웅덩이에) 가 가지고 풍수, 풍순지 과객인지 와 가지고 꾸부리 뿌고(구부려 버리고) 가는 게라. 그래가 가다가다 눈 구덩이에 태산을, 태산을 올라가다 보니, (청중 : 옛날에는 눈도 많이 왔어. 구부지도 못하고 태산을 가이 갈 길이 없잖아.) 가다,

"에라 모르겠다!"

굴렀뿟는게라(굴려버린 거야). 굴려 뿌이 개골창('개울'이란 의미로 경상도 방언임.) 가 가지고 떡 섰는 게라 시체가.

'이상하다 우리 아버지가 이 눈구덩이에 방구(바위)에 왜 섰는가?'

싶어가,

"가다가다 구불렀거든 그 자리에 미를(묘를) 쓰라."

캤는 거라(했는 거라) 이 사람이. 그래가,

'이상하다, 이상하다'

카멀랑(하면서) 그래가 가다갈랑 니리가이(내려가니) 아버지 섰는 자리에 방구에 동그랗게 아버지가 바딱(벌떡) 섰어.

'이상하다 아버지가 왜 여기 섰는고?'

흙을 갖다 암만(아무리) 파도 안 되잖아. 모두 파다 모두 파가 안 되가 놔두고 갔다가 그걸 그대로 놔뒀으면 그 집에 잘살 낀데, 그래가 하다하다 몇 터 위에는 첨에는 잘됐는데 막 집이 참 정승, 판사 나고 자식들이 그렇게 잘됐는데 인지,

'우리 아버지가 반은 묻고 반은 놔됐는데 가 보자.'

카멀랑 가이(가니) 방구에 맨 반은 묻혔고 반은 있는 게라.

'우리 아버지가 왜 이런데…….'

아버지를 조아내고(문맥상 주워서 들어낸다는 의미임.) 방구를 띠어(떼어) 내이 금붕어가 마 죽어 뿌랬는 거라. 금붕어가 죽어 뿌이 고대로 놔 났으면 고 집이가 잘 됐는데 그 돌맹이를 제쳐 뿌이(젖혀 버리니) 금붕어가 죽어 뿌이(죽어 버리니) 그 집이 쫄딱 망해 버렸어. 그래 되뿌렸다 카이. 그건 내가 얘기 들어서 그래 망했다 카이. (조사자 : 그 바위 밑에 금붕어가 살고 있었던 거에요?) 살고 있는 데다가 인자 풍수가,

"어데라도 구부거든(굴리거든) 시체가 서거든 거 묻어 놔라."

반은 묻고 반은 놔두고 몇십 년 후에 가이 자기네가 그리 잘 되이 몇십 년 후에,

"가 보자 우리 아버지가 반은 묻고 반은 있는데 왜 이런가?"

싶어 다 제껴 뿌이 금붕어가 바글바글 거린다. 방구를 들어내 뿌이 금붕어가 다 죽어 버리고 이 집이 다 망해 버렸어. 그래가 그 집이 망했다 카이 그랬어.

걸어오다 멈춘 영덕산

자료코드 : 05_20_FOT_20090724_LJH_ASH_0001
조사장소 : 경상북도 청송군 안덕면 신성리 360-7번지 경로당
조사일시 : 2009.7.24
조 사 자 : 임재해, 조정현, 편해문, 박혜영, 임주, 황진현, 신정아
제 보 자 : 안순학, 여, 88세
청   중 : 7인
구연상황 : 조사자가 이 지역에 산이 떠내려 오거나, 당나무가 걸어 들어왔다는 이야기가 있느냐고 물었다. 청중들이 산은 떠내려 오는 것이 아니라 걸어오는 것이라고 답했다. 그러던 중 제보자가 걸어 들어온 영덕산 이야기를 시작했다.
줄 거 리 : 아줌마들이 빨래를 하다가 산이 걸어오는 걸 보고, "산이 걸어온다." 말하니 걸어오던 산이 그 자리에 멈췄다. 그 산이 지금의 영덕산이다.

산이 영덕에 산이 이러(이래) 참 마,

아줌마들 빨래를 하다 보이께(보니까) 산이 꾸벅꾸벅('뚜벅뚜벅'을 잘못 말함) 걸어오더란다. 마, 가만있었으면 될 낀데(건데).

그, 그 산이 걸어오니까 그 아줌마들이 빨래를 하다가,

"[놀란 듯이] 아이고, 저 산이 걸어온데이(걸어온다)." 이카이께네(이렇게 하니까),

마, 여자 말을 고 듣고, 산이 고마 고 자리에 섰더란다, 안 오고. 안 그 켔으면(그랬으면) 걸어 오껜데(올 건데), 가만 두고 봤으면 되껜데(될 건데). 오다가 고만 주척해가(주춤해서) 그 산이 지금 있다 카데(하데)? 영덕에. 걸어오다가 주춤했는 산이.

(조사자 : 그 산이 아직 있데요?)

잉(응), 안쥐(아직도) 있다는데.

(청중 : 그 전설이 될때(되었다), 그때.)

응? 그것도 전설이 택이지(셈이지).

(청중 : 예, 전설 되었어.)

그래가 빨래를 하다가 여(여기) 아낙네들 수북이 앉아가 빨래를 하디(하더니), 이래 걸어보이(뜻을 알 수 없으나 문맥상 '걸어들어 오니'를 잘못 말한 듯함) 산이 꾸벅꾸벅(뚜벅뚜벅) 걸어오더란다.

"아이, 저 산 걸어온데."

카이 마, 그 자리 서 뿌딴다(버렸단다).

(청중 : 암(아무) 말도 안하면 그게,)

가만히 있었으면,

(청중 : 어디가(어디로) 더 걸어 가는데,)

응, 가만히 있었으면 고(그 산이) 났다 카이.

(청중 : 그걸 보고 입 떼뿌러(떼버려) 가지고 고만, 산이 지(그) 자리에 멀촤(멈춰) 뿌렀는 거라.) 멀촤 뿌렀다 카이께네(하니까). 안 그랬으면 그

산 걸어온다 카이.

새 중에서 먹쇠가 제일 세다

자료코드 : 05_20_FOT_20090724_LJH_LHJ_0001
조사장소 : 경상북도 청송군 안덕면 신성리 360-7번지 경로당
조사일시 : 2009.7.24
조 사 자 : 임재해, 조정현, 편해문, 박혜영, 임주, 황진현, 신정아
제 보 자 : 이호준, 여, 83세
청   중 : 7인
구연상황 : 이야기를 듣던 제보자가 자신도 이야기를 하나 하겠다며 나섰다. 제보자의 이
          야기를 조사자들이 잘 이해하지 못하자, 곁에서 이 이야기를 듣고 있던 남순
          녀가 다시 한 번 이야기를 구연했다.
줄 거 리 : 시아버지가 세 며느리에게 "새 중에 무슨 새가 제일 세냐?"고 물어보았다. 첫
          째는 파랑새, 둘째는 밀새, 셋째는 먹쇠라고 답했다. 먹쇠란 무엇이든 먹을 수
          있기 때문에, 그것이 젤 세다는 것이다. 시아버지가 막내며느리를 칭찬했다.

　　[손가락으로 조사자들을 한 사람씩 가리키며] 이 사람은 내가 맏며느리
되고, 저 사람은 둘째 되고, 저 사람은 막내 되이(되니), 그래, 내가 얘길
하마. [재밌는 듯이 웃으며] 요새, 오새는(요새는) 그런 걸 잘 알란둥(아는
지) 모르지. 옛날에 그거를 모르이(모르니).

　　[혼자 입속말을 하며] 뭐 야, 며느리 서이를(셋을) 앉혀 놓고,

　　"야들아(애들아) 야들아, 먹쇠가('무슨 새가 제일 세노?' 를 잘못 질문한
것임) 뭐가 제일로 씨오(세냐)?" 이카거든(이렇게 하거든).

　　(조사자 : "뭐라구요?")

　　[강조하며] 먹쇠, 요새도 밥 해먹는 거 먹쇠.

　　그래, 맏며느리가,

　　"아바님요(아버님요), 파랑새가 제일 안 큰교(큽니까)?" 이카이(이러니).

"니도 글러('글렀다'를 뜻함) 먹었다."

그래, 둘째 며느리 앉혀 놓고, 그카이(그렇게 하니),

"아바님요, 아바님요."

가만 생각하디(생각하더니),

"밀새가(어떤 물체를 편편하게 하기위한 도구를 말함) 제일 안 좋은교(좋습니까)?" 이카거든.

"그래, 그것도 글러 먹었다." 이카이(그렇게 말하니),

막내이(막내며느리), 쪼매난 막내이 고 앉았다가 그카이께,

"아바님요, 먹쇠 같아요." 긍까,

"그래, 먹쇠. 니가 내 며느리다." 이카더란다(이렇게 말하더란다).

먹쇠가 젤(제일) 씨단다.

(조사자 : 아- 먹새가 제일 씨다구요?)

어. 너거(너희) 밥 해먹는 먹쇠가 제일 씨단다. [재미있다는 듯 웃으며]

(조사자 : 먹새가 밥을 해 먹는 다구요?)

응, 긍게(그러니까).

그게 인제 먹쇠거든. [횡설수설하며] 먹쇠, 먹쇠가 맹 제일로 뭐가 먹쇠가 제일 크노? 카이, 인제 파랑새도 크고, 또 밀새도 크고 하이, 이거 제일 크다 사푸(싶고) 고카이(하니까), 고마 그 마카(모두) 글러 먹고 저 저 사람 말하는 게.

(조사자 : [청중들의 웅성거리며 말하는 소리를 듣다가] 할머니 파랑새랑 다음은 먹쇠. 그 다음엔 또 무슨 새예요?)

먹쇠가 제일 안 크니껴(큽니까)?

(조사자 : 제일 처음에 무슨 새죠?) (청중 : 파랑새.) (조사자 : 둘째는 뭐라 그랬어요?) 둘째는 밀새. (조사자 : 밀새?) 밀새라 있거든. (조사자 : 아, 밀새.)

그카이께네(그렇게 하니까), 마카 글러 먹었다고 카더란다(하더란다). 글

로 먹고, 막내이가 아주 딱,

"아바님요, 아바님요. 먹쇠가 제일 안 씨요?"

"아이고, 그거 내 며느리다." 카더란다. [즐거운 듯이 웃으며]

(청중 : "그래, 야들아. 새 중에 무슨 새가 제일 크노?")

(조사자 : 할머니 잠깐만, 할머니 처음부터 다시.)

(청중 : "그래, 야들아. 새 중에 무슨 새가 최고 크노?") 캉께(물으니),

(청중 : "예, [잠시 생각을 하며] 한 사람은 황새, 한 사람은 덕새다(새의 한 종류임). 한사람은 먹-쇠.") 케뿌이(하니),

(청중 : 먹쇠가 최고 크거든.)

(청중 : 이 먹는 거 그거보다 더 큰 게 없거든.)

(청중 : 이 운게는18) 못 먹는 게 없고, 안 드가는(들어가는) 게 없거든.)

(청중 : 최고 큰 거야.)

구렁이로부터 처녀를 구한 등금장수

자료코드 : 05_20_FOT_20090727_LJH_JOB_0001
조사장소 : 경상북도 청송군 안덕면 신성1리 360-7
조사일시 : 2009.7.27
조 사 자 : 임재해, 조정현, 편해문, 박혜영, 임주, 황진현, 신정아
제 보 자 : 정옥분, 여, 69세
구연상황 : 사흘 전 마을회관에서 들었던 이야기는 할머니들이 너무 웃다 보니 주위가
시끄러워 잡음 때문에 녹음이 잘 되지 않았다. 주요제보자를 따로 모시고 재
조사를 하였다. 먼저 사정을 말씀드리고 조사자가 다시 구렁이에 대한 이야기
를 해달라고 청하자 제보자가 기억을 되살려 구연하기 시작했다.
줄 거 리 : 소금장수가 어느날 길을 가다 해가 저물어 묵을 곳을 찾았다. 초가집에 들어
서니 얼굴에 병이 깃들어 누렇게 뜬 처자가 홀로 살고 있었다. 처자가 이불을
들추어 뭐라고 말하더니 이내 허락하였다. 그리하여 소금장수는 아랫방에서

---

18) 정확한 뜻은 알 수 없지만 먹쇠를 가리키는 것으로 보임.

묵게 되었다. 소금장수가 처자에게 혼자 사는 연유를 물어도 그녀는 대답하지 않고 밥상만 차려줄 뿐이었다. 그러는 사이에 소금장수가 몰래 처자의 방에 들어가 이불을 들추어 보니 구렁이 한 마리가 있었다. 놀란 소금장수는 일단 처자가 차려준 밥을 먹었다. 그는 자신이 떠나고 나면 처자가 구렁이에게 진기를 모두 빨아먹혀 죽을 것 같아 걱정이 되었다. 그래서 처자가 물을 기르러 간 사이 구렁이를 잡아 동강 내어 가마솥에 삶아서 그 진액을 병에 담아 처자에게 먹였다. 그랬더니 처자의 병이 나은 듯 했다. 마침내 소금장수가 떠나려 하니 처자가 구렁이가 다시 올까 염려된다며 같이 살자고 청하여 둘은 부부의 연을 맺고 살았다.

이 저게, 저게 그 소금장사가 요새 가상(문맥상 '처럼'이라는 의미임.) 말하자면 옛날에는 어디 차가 없어 가지고 등에 등에 지고, 와 지게 담아지고 지고 골골마다 댕기매(다니면서) 소금 팔았다꼬(팔았다고). 그래가,

"소금 사소! 소금 사소!"

옛날에는 등금이라 등금, 등, 등금쟁인데. 그래가,

"소금 사소! 소금 사소!"

카미(하며) 장사로 [코맹맹이 소리로 길게 빼면서] 온 데로 댕기매 장사를 하다 보이까네(하다 보니까는) 응, 고마 해가 저물어 가지고 갈 곳이 없어. 옛날에 어, 저게 어른들은 마카 장사해도 마 마카 저기 뭐고 응, 촌에 가 가지고 누구 집에

"하룻밤 자고 갑시다."

카만(하면). 사랑어른들 있으면 인자 뭐고 밖어른(바깥어른) 있으면 밖어른한테 가요. 하룻밤 자고, 자고 밥 얻어먹고 그래 장사를 나가고 이래 했거든. 그래 가지고 그래,

"하룻밤 자고 갑시다."

카며 온 데로(온사방으로) 댕기다(다니다) 보이까네(보니까는) 그래 어느 꼴짝에(골짜기에) 거시 초가집이 한 집이 딱 있거든. 그래가 저 초가집에 가 가지고 그래,

"이 집 주인 계십니까?"

카이까네(하니까는) 그래 방안에 더러 뭐 파리 목소리로,

"에에."

카메 소리 나거든.

'그래 여기 뭐가 살길래 이런 소리 나는공?'

싶어가 그래 저 또 인제 한 마디,

"여 사람 계십니까?"

카니까네. 그래 방더러(방에서)

"에 에."

카거든. 그래 마당 안에 들어가이까네(들어가니까) 그 처자가 문을 이래 이래 여드란다(열더란다). [손으로 문 여는 시늉을 한다.] 그래 처자가 얼굴이 더 '노란' 게 그래 저 여인, 저 처자가 무슨 금사마우(정확한 뜻은 알 수 없으나 문맥상 어렵고 곤란한 처지에 놓인 듯이 병색이 완연하여 누렇게 뜬 모습을 말함)을 덮어 썼는가 싶어 가지고. (조사자 : 근사마우?) 응. 옛날에는 환(患)을 덮어 씨거나(쓰거나) 어옛거나(어쨌거나) 하면 처자고 총각이고, 마카(마구) 노란 게 마 형편없거든. 죽기 아니면 살기고 그리 살아 있는 기라. 그래 가지고.

"그래 저기 뭐고, 오늘 해는 저물었는데 하룻밤 자고 갑시다."

이카니께네,

"하이고, 여게는 잘라 캐도(자려고 해도) 내 혼자뿐인데 우리 아랫방에 가 가주고(가 가지고) 하룻밤 자고 가소."

이카든(이러거든). 그래,

"고맙다."

카고(하고) 얼른 인자 아랫방에 거 가 잘라고 들어서니께네.

"그래, 그래 아가씨는 그래 어짠(어쩐) 일로 그래 혼차(혼자) 들어 이래 독가촌(獨家村)에 이래(이렇게) 혼자 사노?"

이라니까,

"나는 야차고(정확한 뜻을 알 수 없음.) 참말로 이래 참 산다."

이카고(이러고), 그래 참 그카고(그러고) 나니까네(나니까는) 그 아가씨가 인자 저기 뭐고 한참 되 가지고 이래 이불 이불 요래 들치다만(들추더니) 뭐라고 뭐라고 주께걸랑(말하더니) 고래(그렇게) 탁 덮어놓고

"그래 아랫방에 손님 왔다."고,

"그래 왔었나?" 카고,

"그 먼길 오시느라 수고했다."

카고, 그리 저기 그카고 그리 손님 맞이해 가지고 얘기하고(손님을 맞이하고는 이불을 들추어 그 사실을 얘기하고)

"그리 아가씨는 무슨 환(患)을 덮어쓰고 이래 참 골짝(골짜기)에 이래 사노?" 이카니(이러니),

"나는 그런 일이 있다."

고 비밀로 하고 안 갈채(가르쳐) 주거든. 그래 안 갈채 주니. 그래 그 아가씨가 인자,

"아이고 모처럼 참말로 손님이 오셨는데 저기 밥을 해 드려야 되지."

카멀랑(하면서) 이카거든(일어서거든). 그래 밥하, 밥을 하러 갔는 새 그 저기 뭐고 응 등금쟁이가 저기 방에 방에 뭐 이불 이래 들쎠 보디(들추어 보니) [징그럽다는 표정을 지으면서 또박또박] 구리가(구렁이가) 맥반석 같은 기(거) 막 둘레빤('둘레바늘' 대바늘뜨기에서, 소매나 목둘레 따위를 돌려 뜨는 데 쓰는 바늘을 말함) 같은 기 이래 막 이불 푹 덮어쓰고 누버(누워) 자거든. 하이고 들쎠 보고 [갑자기 큰 목소리로 외치듯이] '깜짝' 놀래 가지고 덮어놨다 덮어놔. 이래 저 그래 그 아가씨가 밥을 한 상을 촥 채려 조밥에다가 뭐 뭐 된장찌개 주고 밥을 해 가지고 한 그릇 주는 거 저물도록 굶고 댕기매(다니면서) 밥을 해 주이(해 주니) 맛있게 잘 먹었다 잘 먹어. 그래 밥을 먹골랑(먹고는) 가만 생각해 보이께네, 도저히

이래(이렇게) 놔두고 그 저래(저렇게) 놔두고 가면 그 아가씨 죽자 배, 뱀이 다 빨아먹으면 진기(津氣)다 빨아먹으면 그 아가씬 죽을 판이라. 그런데 그 옛날에는 응 뭐고 무슨 얼라 배 가지고 애기 배 가지고도, 요새는 뭐 참말로 얼마나 편하게 이래 사니까 그렇지. 옛날 사람들이는 밭 매로(매러) 가거나 어디 가면 오줌 겉은(같은) 거도 조심해가 누고(누구든지) 응? 뭐 뭐라도 조심하라 안 카나?(하지 않나?) 그런데 그러니까 그 아가씨 모친이 더러 뭐 무슨 환을 덮어서 가지고 그런 아가씨를 낳았지 그래. 아가씨는 얼마나 인물 좋고 그런데 그래 거시기 희끈해(허옇다는 의미로 쓰인 말) 그래가,

'아 이 아가씨는 이래 놔뒀다간 안 되겠다.'

싫어가 그 아가씨 응 뭐 물 길으러 갔다카다 어디 가뿐(가 버린) 새 고마(그만) 그 뱀이로 (뱀을) 마 동강동강 똥쳐 넣으니까네(잘라 넣으니까는) 옛날에는 응 뭐고 저거 요새는 양푼이 같은 게 있지만 양푼이가 있나? 그 때는 뭐고? 버지기, 버지기 크다란(커다란) 버지기 있고 또 옹가지 있고 이렇다. 이런데 그래 마 버지기에다 큰 거를 버지기 반 버지기나 되거든. 그걸 동갈동갈 다 똥쳐(동강내어) 담으니까네 반 버지기. 그 반 버지기 되는 거를 그거를 인자 이 넘(놈) 손수로(손수레) 가 가지고 이 이래, 저 부적에 나가 가지고 큰 가마 부적에 버지기에다가 물을 한 버지기 붓고 한 버지기 반이나 부었다카다 '폭' 달궈 노이(달여 놓으니) 이 물이 보안 게(뽀얗다는 의미) 뭐 뭐 뭐 그크든(그렇거든). 그거를 병에다가 담아 놓골랑(놓고는) 저기 그 아가씨를 다 멕였어.다 믹여(먹여) 놓이까네 그래 그 아가씨 그 다 먹고 나이까네 그, 아가씨가 뽀또그리한(보얗고 동글동글한 생김새를 의미함) 마 얼굴이가 마 보스그리한(화색이 돌아 붉으스름 해진 모양을 뜻함) 게 새 인물이 나. 그래 놨더니 그 아가씨가 어뜨카면(어떻게 되었냐면) 그 저게 뭐고 응, 뱀이가 저기 뭐고, 나 가지고(나타나 가지고) 저기 꽁지에(꼬리에) 꽁지에 인자(이제) 이 뒤 오줌 누는 항문에다

가 꽁지를 대 가지고 있고, 이 입수구리는(입은) 저기 뭐고 지 말 한마디 한마디 다 듣고 요 요래가(이렇게) 처자 입에 더러 뭐 뭐라도 먹으면 고거를 다 받아먹고 이 놈 뱀이가 굵은 판이라.

그러니까 그 처자가 그 그 인연을 그 저 뭐고 저거 등금장사 아니랬으면(아니었으면) 죽는 길이라(목숨이라). 그래 그래 가지고 그리 참말로 그 저게 등금쟁이가 그래 하리(하루) 있어도 그 뭐고 뱀이 짧는(고았는) 거 다 못다 먹어. 근 사흘이나 같이 있었다 카드라(있었다 하드라). 그걸 다 믹여코(먹여 가지고) 이 장사가 갈라 카이까네(가려고 하니까) 이 그카더란다(그러더란다).

"아이고 이런 인연이 또 어디 있으매(있으며) 이래 가 뿌면(가 버리면) 다시 두 번 다시 만내기가 힘드는데 그래 저게 뭐고 가만(가면) 안 된다."

고.

"가지 말고 내하고 같이 사자(살자)."

고. 처자가 같이 사.

"나는 온 데로 온 조선팔방 다니며 장사해 가지고 벌어먹는 사람이 아무 거도 음 저기 가진 거도 없고 이러기 때문에 나는 가야 된다."

고 이카이(이러니).

"어예든지(어쨌든지) 우리 둘이 마음 맞으면 사이 같이 사자."

고, 그러니께 그 인연이거든. 지 살려 준 인연이거든. 그래 마음 가니 그 쫍은(좁은) 소견(所見, 어떤 일이나 사물을 살펴보고 가지게 되는 생각이나 의견)에 저게,

"아저씨 가 뿌면(가 버리면) 응 환생을 해 가지고 응 구렁이가 다부 달, 달려 들어오면 나는 어예 살겠노? 같이 사자."고.

"아고, 나는 그런 게 아니고 나는 간다."고. 암만 그캐도(그래도) 그래 그 처자한테 못 이겼지. 그래 가지고 그 아저씨가 새로 환생해 가지고 그 아가씨하고 잘 살고. 그래 참말로 잘 살아 가지고 후손 받아 가지고 잘돼

가지고 살고. 인자 그 뭐고 그 아가씨는 그 사람하고 그래 백년해로(百年偕老) 해 가지고 잘 사드란다(살드란다). 그 그 뭐 별로 질진(길진) 안 해. 그래 그거를 그거를 다부(다시) 들을라고 그래 이까지(여기까지) 왔나? (조사자 : 예. 할머니 며칠 전에 들었을 때는 그 처자가 또 이불을 들치고 뭐라 뭐라 뭐라 쭈께는데?) 이불 들씨고(들추고) 그래 그 아가씨가,

"내가 뱄에(밖에) 갔다 올 챔에(참에) 이니께네 그래 가만 있그래(있거라)."

카고(하고) 인제 뭐라도 그카고(그렇게 말하고) 가야 되지. 안 카고 가면 처자 찾느라고 온 땅바닥 나와 가지고 마 설설 매기(다니기) 때문에 안 돼. 그래 그 얘기야. 그래 그카고,

"그 아랫방 가가(가서) 손님 왔는데 저녁을 해 드려야 될때(되겠다)."

카밀랑 그래 가지고 그, 그 사이에 아저씨가 와가 들셔 보이까 구렁이가 있어. [헛기침 하듯이]

'아하, 이게 놔둬가(놔두면) 안되겠다. 그 구렁이를 잡아 가지고 참 샘켜(삼켜) 없애야 저 아가씨가 살겠다.'

싶어가 그 구렁이를 인자 삶아 가지고 그 아가씨를 다 믹이코(먹이고) 난 뒤에 갈라 카이까네(가려고 하니까는) 그 아가씨 못 가그로(가도록) 해가 그랬잖아. (조사자 : 할머니 집 지켜 주는 구렁이랑 그 구렁이랑 다른 구렁이에요? 그런 거는 달라요?) 집 지킴이는 아니지. 그거는 하매(아마) 아가씨가 하매 전생에 죄를 짓고 낳게나, 그게 하매 저 아가씨를 내가 잡아 먹어야겠다 카는 그 마음을 먹고 생겨 가지고 그래 애를 믹였지(먹였지). (조사자 : 못된 구렁이네요.) 응. 그랬잖아.

시집간 딸네 놋그릇 탐내다 창피 당한 영감

자료코드 : 05_20_FOT_20090727_LJH_JOB_0002
조사장소 : 경상북도 청송군 안덕면 신성1리 360-7
조사일시 : 2009.7.27
조 사 자 : 임재해, 조정현, 편해문, 박혜영, 임주, 황진현, 신정아
제 보 자 : 정옥분, 여, 69세
구연상황 : 사흘 전 마을회관에서 들었던 이야기는 할머니들이 너무 웃다보니 주위가 시
　　　　　끄럽고 산만해서 녹음이 잘 되지 않았다. 사정을 말씀드리고 조사자가 다시
　　　　　사돈집에 가서 실수한 이야기가 재미났었다고 하자 제보자가 이에 응수하면
　　　　　서 기억을 되살려 냈다. 놋그릇을 도둑해 왔던 이야기라면서 구연하기 시작했
　　　　　다.
줄 거 리 : 옛날 어느 영감이 딸을 시집보내느라 도포를 차려입고 사돈집에 갔다. 술을
　　　　　먹고 저녁에 딸이 어떻게 사는지 궁금하여 집안을 둘러보았다. 놋그릇을 눈여
　　　　　겨보고 짚으로 닦아보니 번들거리는 것이 탐이 났다. 술에 취한 영감이 놋그
　　　　　릇을 짊어지다가 바지에 물똥을 싸고 말았다. 바지를 벗어 부뚜막에 걸쳐놓으
　　　　　니 부랄이 훤히 보일 지경이었다. 그런데도 영감은 놋그릇을 쥐고 일어섰다
　　　　　주저앉기를 반복하였다. 마침 조반을 차리러 나오던 안사돈이 이 광경을 보고
　　　　　며느리에게 말해 주었다. 시집간 딸이 황급히 아버지를 찾아와 말하기를, ‘아
　　　　　버지가 첫 딸 시집보내고 대우사(大愚事)를 하면 딸이 잘 산다.’하여 이런 것
　　　　　이라고 하였다. 그리하여 시어머니도 그 심중을 이해하고 사돈을 흉보지 않았
　　　　　고, 그 딸도 큰 자식을 낳고 잘 살았다.

　아 길. 저게 뭐고 옛날에 저기 뭐고 놋그릇, 놋그릇 도둑해 왔는 그 얘
기 했든갑다. (조사자 : 그건 뭔데요? 그 얘기 해 주세요.) 그거, 그거 저기
그, 그 영감이. (조사자 : 어떤 영감이요?) 그 저게 뭐고, 딸을 요새 뭐고
응? 엄마 아버지가 맹(맨) 예식장 관리하고 절 받고 저거 안 했나? 그제?
그래하듯이. 옛날 딸 키와 가지고(키워 가지고) 우선 상각(上客, ‘상객’은
혼인 때에 가족 중에서 신랑이나 신부를 데리고 가는 사람을 뜻함)을 갔
거든. 상각을 그러면 딸 앞세워 가지고, 상각 저 한복을 입고 이래(이렇게)
가면 옛날 어른들은 저기 저거 뭐고 그 그거 뭐 도, 누런 도폭(도포) 그

넘(옷) 입고 인자 갔다. 갔는데 그 도포자락에 여 인자 뭐고 그날도 이제 마 이 촌에 들어 술을 얼그리하게(얼큰하게) 먹골랑(먹고는) 곧 잠이 와가 지고 잘 판인데. 저녁에 그래 저기 뭐고 응 이, 백에(밖에) 나가면 와(왜) 초롱불 초롱불이 이런 불이 아니고 초롱 요런 불을 외불을 요래 써놓고 이래 있는데, 그래 껌꺼무리한데(어둡고 거무스름 하다는 뜻) 정지에 뻔히 들여다 보이께네(보니까는), [깊은 숨을 내쉬면서]

'하이고 우리 딸이 어예 사는가?'

싶어 가지고 그 인자(인제) 그 집에 인자 좀 둘러본다고 둘러봤지. 그래 둘러 보이께네, 그 뭐 뭐 옷 소구리(소쿠리)에, 진(긴) 정지에다가 요래(요 렇게) 대문도 없이 꺼적대기(거적대기) 이래 들여 세워 놓고 이래 사는 집 에 이래 들바다(들여다) 보이께네 요새 말처럼 말하믄(말로 하면) 기맹[19] 라 카지만 옛날에 저기 뭐고 놋그릇, 놋그릇을 옛날에 큰, 큰 저게(일) 친 다카면(치룬다 하면) 마 놋그릇을 저게 뭐 짚수세(짚으로 만든 수세미)로 해 가지고 마카(마구) 번들번들번들하게 닦고 그래 놓거든 그래 놨는데 그 기맹이 번들번들번들 그 영감이 그 집 저기 뭐고 밖사돈 어른이 그 기 맹이(기메가) 마 탐이 났단 말이다. 그래 가지고, [목소리를 낮추며 소곤 거리듯이]

'어이구 저 기맹 저거 저게 보화 덩거린데, 저 저거 한 짐 지고 가면 우리 잘살 건데.'

이기 딸은 잘사는가 못사는가 그거 안 치고

'내가 저놈 한 짐 지고 가면 내가 부자될 건데.'

싶어가(싶어서). 그 놈을 한 짐 걸머지고 이 보이께네 마 똥을 눠 가지 고 마 저게 뭐고 마 술이 취해 가지고 똥을 마 저기 똥도 물똥을 눠 가지 고 이래 가지고 그 바지는 마 벗어 가지고 뭐 어디 담 구녕에(구멍에) 여

---

19) 기명, 집안 살림살이에 필요한 온갖 그릇.

부렸다 카다(넣었버렸다 하던가) 어예불고(어찌해 버리고) 그 위, 위에 걸옷만 이 이거 두루막(두루마기) 같은 거 이 이런 거 펄럭펄럭 안 있나? 있는데. 이리 이리 이리 휘시니께네(휘날리니까) 부랄이 다 뵜는데(보이는데). 그래, 그래 인자[웃으면서]그 얘긴가 부다(보다). 그래 가지고 저게 저게 참 그때사 머 술이 채가고(취해 가지고) 그게 아나? 그래 가지고 벗어 가지고 여 뿌고(넣어 버리고) 인자 뭐 뭐로가 주 마래 저게 마카 마지기에 거기 기명을 여었다(넣었다) 카드라(하더라). [다리통을 양 손으로 쥘 듯이 가리키며] 여 가지고(넣어 가지고) 여게 이 짝(쪽) 가랑이(다리) 저 짝 다리 마카(마구) 매 가지고 여, 여기 허리는 엄청 크거든. 인제 거 쑤셔 넣어 가지고 한 짐 걸머졌다 카드라(하드라). 한 짐 걸머지고 일날라 일나설라(일어서려) 카이까네(하니께네) 티군 내지고 티군 내려친다네. 그 안, 안사돈 어른이, 안사돈 어른 그지, 그럼 뭐뭐 그럼 딸애 시어마시지(시어머니지) 그리 새벽 조반 하러, 끓이러 나오다 보이까네 [큰 일이 벌어졌다는 듯이 목소리를 높이며] 아이고 어제 아래 참 엊, 엊저녁에 으, 선왔는(문맥상 '만나러 온'이라는 의미이나 정확한 뜻은 알 수 없음.) 어른이 그 지경 하고 있거든.

"아이고! 세상 천지에!"

그래 가지고 저기 뭐고 미늘이한테(며느리한테) 가가(가서),

"아이고! 야야 야야, 저기 사돈어른이 저기 뭐고 우리 기명을 한긋(한껏) 걸머지고 저래가 일나서다(일어서다) 저래가 술이 취해 가지고 넘어져 잔대."

그래 딸이 들으이(들으니) 같잖시럽거든(같잖거든).

"아이고 우야꼬! 우리 아버지가 '참말로' 저게 뭐고 응? 딸 저게 뭐고 잘되는 기(게) 뭐가 그리 원이래 가지고(간절히 소원하는 바여서) 그래 대우사(大愚事, 크게 어리석고 우스운 일을 뜻함)를 그래 하시노? 고만 놔두시지."

"그래 내가 시집올 물에(무렵에) 그래 어떤 과객한 어른이 한 분 가시 맬랑(가시며는) 어야든지(어쨌든지) 저 딸 치우믄(시집보내고) 뭐 대우사를 (크게 창피를 당함) 해야 그래 참 저기 뭐고 딸이 잘 산다 카매."

그칸(그러니깐)

"그거 뭐시로(뭣이냐)? 그라지 마라(그러지 마라)! 그라지 마라!"

캤더니(했더니),

"왜 그라시노?"

카며 손을 [손뼉을 치며] 탁 치며 그카거든(그러거든).

"아이고! 야야! 그거 그 우사해도 괜찮다."

"우리 잘 살면 그게 최고 좋지."

카매(하며) 그거를 그렇지 뭐고 마카 물가심하고(문맥상 행구어내듯이 털어버린다는 의미임.) 그래 밖어른 다 안 다채고(다치고) 그래 안어른들 하고 그래 쉬쉬하고 마 치와 뿌고(치워 버리고) 그래 가지고 과객 편에 말 타고 올라가다 보이(올라가다 보니) 응? 저기 저거 뭐고 아랫도리 다 벗고 위, 위에 도포만 입었는 거 이래 타고 올리께네, 참 옛날 어른이나 지금 사람들이나 지금 사람들도 글치(그렇지) 뭐 뭐 시키면 부랄이 더덜러덩 덜렁 카제(하지). 그게 시엄이가(수염이) 나가(나서) 덜렁덜렁 하제 뭐 얼 매나 뭐 뭐 요담에 이제 한 이십 살 넘으면 얼마나 굵겠노. 그래니(그러니) '덜렁하니' 뷔고(보이고) 그래 대우사를 하고 그래 해, 그 딸이 그지 (그렇게) 큰(훌륭한) 자슥을(자식을) 놓고(낳고) 잘 사드란다(살드란다) 카 이. 그래 가지고 그 얘기다. [이야기가 끝나자 조사자들이 알았다는 듯이 호응한다.] (조사자 : 할머니 진짜 재미있게 하신다.) 그 얘기뿐이다. (조사 자 : 할머니가 웃을 수밖에 없다.) 그 그러기 때문에 아래 위서가(우스워) 언느(어느) 나부랭이가 얘기 안 되지. (조사자 : 할머니 우사가 뭐에요? 우 사가 뭐에요?) 응? 뭐가? (조사자 : 대우사, 대우사라 그랬잖아요? 우사를 해야 잘 산다.) 우사하는 기(게) 남한테 무안 얻어먹고 이 아가씨 있는데 내가 뭔 얘기하면 이 아가씨 잘 주겠는(말했는) 거를 글씨 못 주겠다 카고 그래 우사를 시켜 불드란다(시켜 버리더란다). (조사자 : 욕보이는 거네요?) 그래 욕보이는 거지. 그 옛날 얘기 글타.

방귀쟁이 며느리

자료코드 : 05_20_FOT_20090727_LJH_JOB_0003
조사장소 : 경상북도 청송군 안덕면 신성1리 360-7
조사일시 : 2009.7.27
조 사 자 : 임재해, 조정현, 편혜문, 박혜영, 임주, 황진현, 신정아
제 보 자 : 정옥분, 여, 69세
구연상황 : 옥천댁 할머니가 우스운 이야기를 많이 아는 할머니를 불러오겠다고 하는 찰나에 지례댁이 등장한다. 마침 방귀 얘기가 생각난다며 구연을 시작했다.
줄 거 리 : 갓 시집온 색시가 자꾸 마르니 시아버님이 무슨 영문인지를 물었다. 그랬더니 색시가 자신의 소원을 들어 달라고 청하였다. 시아버님 그러겠다고 하니 며느리는 시부모님에게 집 기둥을 붙잡으라고 한다. 색시가 방귀를 여러 차례 뀌니 집이 넘어갈 정도로 흔들렸다. 방귀를 원없이 크게 뀌어서 며느리는 소원을 풀고 온 식구가 잘 살았다고 한다.

옛날에 시집을 딱 가이께네, [탄식하듯이] 아이고! 마 마, 처자가 마 색시가 마 꼬질꼬질하게 노랗게 말러. 그래 시아바이가 이캤단다(이랬단다).

"아이고! 야야, 야야, 니 왜 그래 마르노?"

이카니까네(이러니까는),

"예? 내 얘기 들으면 희한한 얘기하지요."

이카거든.

"뭔 얘기하노? 얘기 해봐라."

"아버, 아버님하고 어머님하고 내 원을 헐러(들어) 줄라니껴(주실 겁니까)?"

이카거든.

"아이고 헐어 주고 말고 니 복실복실하게 살이나 찌고 응? 잘, 잘하면 뭐 뭔 얘긴들 몬(못) 들을까 봐."

그래 저 며느리가,

"그면요 아버님, 아버님으는 뒷기둥 붙잡고 어머님은 앞기둥 붙잡으소(붙잡으세요)."

이카이,

"그래, 오야(오냐)!"

카매 앞에 나가가 앞기둥 붙잡고 뒤에 뒷기둥 붙잡고,

"야야! 다 붙잡았다!"

이카니까네,

"그래 저기, 그 그면 내 저기 뭐고 일 시작니데(시작합니다)."

카거든.

"그래 오냐 일 시작혀라."

[청중과 구연자 모두 깔깔거리고 웃는다.] 그래 마 똥을 [깜짝 놀래키려는 듯이 큰 목소리를 내며] '티닥딱' 뀌니까네 집이 [큰 목소리로 양손을 뒤집으면서] 휘덕덕 앞으로 내자빠지거든 이래. 그래 가지고 또,

"야야야야, 너무 넘어진다 저기 거, 언간이(어지간히) 뀌라."

이카이,

"그 그면 뒤에 저 뭐고 아버님은 기둥 옳게 붙잡으세."

"오야! 붙잡았다."

마 마 뒤에 [목청을 높이며] '투닥딱' 그래 [청중이 제보자의 큰 목소리와 몸을 휘청거리는 것을 보고 웃음]. 그래 가지고 뒷기둥 붙잡으니까네 그래 시아버지가 이카잖아(이러잖아).

"야야! 야야! 똥 언간이(어지간히) 뀌라. 니 똥 인자 뭐 그캐(그렇게) 안 뀌면 인자 몬(못) 살라."

"아이구! 인제 똥을 저기 뭐고 한참 뀌부러가(뀌어서) 인자 한 며칠 살아내니더."

[제보자가 손뼉을 치며 웃는다.] 그래 가지고 방구를[갑자기 목청을 크게 높이면서 온 몸을 휘청거리며] 탕탕 뀌고 고로고(그러고) 나니까 속이 시원해 가지고, 그 시집을 잘 살고 그 시어마이하고 그래 잘 살더란다. 그 얘기다.

아이의 재치에 당한 정승

자료코드 : 05_20_FOT_20090724_LJH_JOH_0001
조사장소 : 경상북도 청송군 안덕면 신성리 360-7번지 경로당
조사일시 : 2009.7.24
조 사 자 : 임재해, 조정현, 편혜문, 박혜영, 임주, 황진현, 신정아
제 보 자 : 정옥희, 여, 70세
구연상황 : 조사자가 청중들에게 이야기를 청하자 제보자가 이야기를 시작했다.
줄 거 리 : 배나무 가지가 자라서 옆집 정승네로 넘어갔다. 그러자 정승이 넘어온 배나무 가지의 배를 몽땅 따 먹었다. 그것을 본 배나무네 집 아이가 정승 방에 있는 방 창문을 주먹으로 뚫어 버렸다. 그리고는 정승에게 방 창문을 뚫은 이 팔이 누구 것인지 물었다. 정승이 네 팔에 붙은 것이니, 네 것이라고 말하자 아이가 말했다. 배나무 역시 뿌리는 우리 집에 있는데, 왜 당신네들은 넘어간 배나무 가지가 자신들의 것인 양 마음대로 따 먹느냐고 따졌다. 아이의 재치에 놀란 정승이 아이네 배나무에 달린 배를 다시는 따 먹지 않았다.

옛날에 저 뭐고, 배나무 뿌레기는(뿌레기는 뿌리의 방언임.) 여(여기) 있는데, 배는 저(저기) 집에 정승네 따 먹거든. 그래가, 일곱 살 먹었는 게, 그 일곱 살 먹었는 게 [뭘 안다는 듯이 청중들이 웃으며] 가 가주고(가서), 방창구에(방 창문은 방에 난 창문을 말하는 듯함) 여 마, 손을 탁 잡아(집어) 넣어가,

"이거 내 팔이가, 니 팔이가?"

카거든(하거든).

"야 이놈아, 니한테(너한테) 붙은 게(붙은 것이니) 니 팔이지." [말을 더듬으며]

"우 우 우 우리 배나무는 뿌레기는 우리 집에 있는데, 배는 왜 너거(너희가) 따 먹노(따 먹느냐)?"

일곱 살 먹은 기 그카이(그러니),

"아, 그래 인제 다음부터 너거 따 먹어라."

그래가 인제 그 배나무를 찾더란다. [이야기가 재미있다는 듯이 청중들 웃으며] (조사자 : 되게 재미나네요, 할머니. 재미나네요, 이거.) [청중들 즐겁게 웃으며] (조사자 : 할머니, 이 얘기 어디서 들었어요? 몇 살 때?) (청중 : 옛날에 들었겠지.) (조사자 : 옛날에?) 옛날에 그 그거를 배나무 뿌레기는 여 있는데, 배는 저 집(집에서) 따 먹으니께네(따 먹으니까), 그리(그래서) 이 아가(아이가) 방창코에 손을 탁 잡아 옇어(넣어) 가지고,

"이거 내 팔이가 니 팔이가?"

카이(하니),

"니한테 붙으니(붙었으니) 니 팔이지."

카이.

"그래, 우리 집의 배나무 뿌레기는 우리 집에 있는데, 배는 왜 너거(너희가) 따 먹노(먹느냐)?"

그래가(그렇게 해서) 배나무 찾더라네.

입맞춤으로 원수를 갚은 처자

자료코드 : 05_20_FOT_20090724_LJH_JOH_0002
조사장소 : 경상북도 청송군 안덕면 신성1리 360-7
조사일시 : 2009.7.24

조 사 자 : 임재해, 조정현, 편해문, 박혜영, 임주, 황진현, 신정아
제 보 자 : 정옥희, 여, 70세
구연상황 : 마을회관에 할머니들이 모여 매우 소란스럽고 분주한 상황에서 할머니 한 분
이 말문을 트자 '옛날에'라며 이야기를 꺼내기 시작했다. 워낙 웅성웅성거리
는 분위기였기 때문에 방에 둘러앉은 할머니들이 제보자에게 집중할 수 있도
록 보조 조사자가 제보자에게 시작 하시라고 요청하자 다시 처음부터 구연하
였다.
줄 거 리 : 한 새댁이 길을 가다가 어떤 남자에게 겁탈을 당했다. 분한 새댁은 남자에게
잠깐 만났어도 부부나 마찬가지이니 혀를 내어 입을 맞추자고 하였다. 이 말
을 듣고 남자가 혀를 내어놓으니 새댁이 그의 혀를 물어뜯었고, 남자는 피를
토하고 죽어 버렸다. 분한 새댁이 입을 맞추어 원수를 갚았던 것이다.

옛날에 차도 없고 인제 새댁이가 인자 길로 이래(이렇게) 갔는 게라(간
거야). 산으로 길로 가다 보이(가다 보니) 어뜬(어떤) 놈아 어들뻐들한(문
맥상 어리석고 뻔뻔하다는 의미이나 정확한 듯은 알 수 없음) 놈이 마 달
려들어가 마 마 달겨들어 마 일을 치르는 게라(문맥상 외간 사내가 새댁
을 겁탈한다는 의미). 그래 마 당하고 나니께네(나니까는) 남자한테 이길
수도 없고 마 당하고 나니께네 분한 기라.

"그래, 당신하고 내하고(나하고) 잠시 잠깐 만나도(만나도) 부부이께네
(부부이니까) 우리가 혀로(혀를) 내가(내밀어) 입을 맞추자."

(청중 : [손뼉을 치고 헛기침을 하며] 허허허허허.) 그래가 마,

"그라자."

이 여자가 마 하도 분해가 안 되는 기라. 혀를 내 노이(놓으니) 마 고마
혜로(혀로) 마 물고 막 뜯어버렸어. 그래가 고마 이 남자가 죽었는데 남에
집 일꾼인데 하도 안 오이까(오니까) 그래 가 보이께네(가 보니까는) 산에
가 보이 막 피가 많이 흘러가(흘러 가지고) 죽었더란다. 여자한테 물어 뜯
겨가 혀를. 여자가 당하고 나이(당하고 나니) 분하거든 그러니께네,

"당신하고 내하고 잠시 만나도 부부이께네, 우리 혜(혀) 내 가지고(내밀
어서) 입을 맞추자."

이래 되거든. [청중이 이야기를 듣다가 웅성웅성 거리면서] (청중 : 원수 갚을라 그라는지.) 그래가(그래서) 인제 혜를 내 가지고 입을 맞추는데 (맞췄는데) 마 혀를 물어 뜯어버렸어 여자가. (청중 : 죽었단다.) 그리니께 네 막 피를 토하고 마 죽어 버렸어.

부인이 비밀을 누설하여 승천 못한 용

자료코드 : 05_20_FOT_20090724_LJH_JOH_0003
조사장소 : 경상북도 청송군 안덕면 신성1리 360-7
조사일시 : 2009.7.24
조 사 자 : 임재해, 조정현, 편해문, 박혜영, 임주, 황진현, 신정아
제 보 자 : 정옥희, 여, 70세
구연상황 : 조사자가 용마가 났거나 용이 승천했다는 이야기가 있느냐고 질문하자 제보자가 구연하기 시작했다.
줄 거 리 : 홀아버지를 모시고 살던 아들이 재 넘어오던 할머니에게 함께 살기를 청했다. 그러다가 아버지가 세상을 떴는데, 아버지가 자신의 목을 끊어 바가지를 덮어 염을 하라고 유언을 하였다. 이 말을 부인이 엿듣게 되었다. 아버지의 목을 끊어 명주수건에 싸서 우물에 넣으니 물이 붉어졌다 파래졌다 하였다. 용이 승천하려던 찰나 그의 부인이 마을 사람들에게 이 비밀을 말해 버렸다. 마을 사람들이 우물물을 퍼내자 용이 승천하지 못하였다.

옛날에 옛날에 인제 아들이 아바시가(아버지가) 혼자 있으니께네. 그래 인자 재로 이래 [소리를 길게 빼면서] 넘어가다 놔이(넘어가다 보니) 어떤 할머니가 하나 니려(내려) 오는 거라. 그래 마,

"할머니 마 우리 집에 가 같이 사자(살자)."

이래 됐어. 그래 할머니가 같이 산다꼬(산다고) 인제 그 집에 갔는 게라. 그래 사다가 인제, 사다가 인제 그 자기 아바시가 죽었는데, 그래 이제 그,

"머리로 끊어 가지고 명주수건에 싸 가지고 우물에 갖다 여라."

이래 됐는 게라.

"내가 죽으믄 목을 끊어가, 그래가 이제 바가지를 덮어가 염을 해라."

그래 시게(시켜) 놓고 인제, 그래 이 할마이가 밖에서 인제 들었거든 들어가, 그래가 인제 참말로 죽었는데 목을 끊아가(끊어서) 명주수건에 사 가지고(싸 가지고) 우물에다 갖다 옇어(넣었어). 그래 갖다 여이께네(넣으니까는) 물이 변경이 돼 가지고 우물에 물이 마 뻘거졌다(붉어졌다) 시퍼러졌다 못 먹게 되는 거라 물이. 그래가 인제, 그래가 인제 그, 할마이가 들어 뿌리가(들어 버려서) 인제 아버님하고 어머님 하곤데, 어마이는 인제 남이라 카거든(하거든). 그래 들어 뿌러가 그래가 마 마 물이 시퍼러졌다 뻘거졌다 변경 되이께네, 고마(그만) 그 용이 되가 인제 하늘 올라가야 그 집이 인제 득천을 올라가야 그 집이 인제 성공을 하는데, 고마 이 할마이가 마 들은 대로 다 주께(말해) 버렸다. 다 주께 뿌러가 그래가 물을 마 동네 사람이 달려들어가 다 퍼내 뿌리니께, 용이 되가 올라갈라고 며칠만 있음 올라갈라 카는데, [입을 축이면서] 그래 인제 용이 인자 고마 그 용이 고마 모(못) 올라가고 물을 다 퍼내 뿌이께네(퍼내 버리니까는) 죽어 뿌렀는(죽어버린) 거래. 그래 됐다 카대(하대).

불효 남편 버릇 고친 며느리

자료코드 : 05_20_FOT_20090724_LJH_JOH_0004
조사장소 : 경상북도 청송군 안덕면 신성1리 360-7
조사일시 : 2009.7.24
조 사 자 : 임재해, 조정현, 편해문, 박혜영, 임주, 황진현, 신정아
제 보 자 : 정옥희, 여, 70세
구연상황 : 마을회관에 할머니들이 모여 매우 소란스럽고 분주한 상황에서 할머니 한 분
         이 말문을 트자 조사자가 주의를 집중시켰다. 조사자가 '할머니 이야기 시작
         하신다.'고 말하며 이목을 끌자 곧바로 구연하기 시작했다.

줄 거 리 : 옛날 어느 집에 아들 내외가 아버지를 모시고 살고 있었다. 아들은 아버지가 돈을 달라고 하니 주지 않고, 아내가 머리를 단장하게 돈을 달라니 주었다. 그러자 그날 저녁 아내가 보따리를 쌌다. 남편이 영문을 묻자 아내는 남편이 아버지에 대한 행동을 나무랐다. 며느리를 잘 들인 덕분에 불효자였던 아들은 집안어른을 잘 모시게 되었다.

옛날에 며늘로(며느리를) 봤는데(들였는데) 인제 시아버님이 계시는데 거 인제 아들이 인제 선생질하는데 학교 가는 걸로,

"야야 돈 만 원만 도(줘)."

카이께네(하니께네)

"없다"

카만 안 주거든. 그래 마누래가(마누라가) 인제,

"내 오늘 머리하러 가니더(갑니다) 돈 주소."

카이(하니) 주그든(주거든). 그래가 인제 저녁에 마, 저녁에 마 두 말도 안하고 막 보따리를 싸는 거라.

"그래 그 왜 그라노?"

카이, [목소리를 높이면서]

"당신이 부모도 모르고 어이? 돈 만 원 돌라 카는데(달라 하는데) 안 주고 내 머리 한다 카이(한다 하니) 돈 줬잖아. 당신 겉은(같은) 남자하고 살아 가지고는 [청중이 웃는다.] 자식 낳아 봐도 맨 그럴 거니께네(그럴 거니까는 내가 갈란다. 몬(못) 산다."

카면, [청중이 웃으면서 맞는 말이라는 듯 동조한다.] (청중 : 아이구 그래 잘 했다!) [목소리에 힘을 실어]

"다신 안 그럴꾸마(그러겠다)."

카고 마 손이야 발이야 빌거든.

"아이고, 그래, 그래 한번 이제 한번 속아 보지."

카고 인제, 그래 있었거든. 그래 이제 그 다음부터는 인제 아바시(아버

지)는 돈 돌라(달라) 소리 안 해도 주고, (청중 : 음, 잘 됐지.) [웅성웅성
거리면서 청중이 며느리 잘 됐다고 칭찬한다.] 그래 인제 남편 질빵(성격,
그러나 정확한 뜻은 알 수 없음) 뜯어고쳐 가지고 그래가(그래서) 어른한
테 잘하고 그래 하더란다.

음식을 나눠먹지 않아 구렁이 된 할머니

자료코드 : 05_20_FOT_20090724_LJH_JOH_0005
조사장소 : 경상북도 청송군 안덕면 신성리 360-7번지 경로당
조사일시 : 2009.7.24
조 사 자 : 임재해, 조정현, 편해문, 박혜영, 임주, 황진현, 신정아
제 보 자 : 정옥희, 여, 70세
청   중 : 16인
구연상황 : 조사자가 지네 또는 구렁이처녀에게 제사지냈던 이야기가 있냐고 묻자, 제보
         자가 자연스럽게 구연했다.
줄 거 리 : 할머니 셋이 살았다. 그 중에서 두 할머니는 음식도 나눠 먹으면서 사이좋게
         지냈다. 한 할머니는 음식도 나눠먹지 않고 혼자 살았다. 음식을 나눠먹은 두
         할머니는 신선이 되어 모셔졌지만, 그렇지 않은 할머니는 구렁이가 되었다.

옛날에,
(청중 : 또 나온다.)
할마이가(할머니가) 인제 서이 살았는데. (청중 : 어머, 이야기 잘한다.)
두 할마이는 인제, 뭐 호박도 삶아가 막 콩가루 무쳐가 농가(나누어) 먹고,
왜 이라는데(이러는데).
한 할마이는 마, 절대로 안 농가 먹고 이래가(이래서), 죽어가(죽어서)
구렁이 되 가지고. 그래가 방우(바위를 뜻하는 방언임), 바위 트머리[20]에
그(거기) 드가라(들어가라) 캐노이(해놓으니), 마, 피가 터지고 마, 그거 글

---
20) 정확한 뜻을 알 수 없지만 '틈새'를 지칭하는 듯함.

터란다(그렇더란다). 그 두 할마이는 이제 신성당에(神仙堂에) 가이(가서) 앉았고.

　(조사자 : 아, 두 할머니는 신선당에 앉았고?)

　예, 신성당에 가이 앉았는데. 한 할마이는 하도 안 낭궈(나누어) 먹어가, [갑자기 들어온 청중들로 웅성거리며 이야기를 잠시 멈추고]

　그래가 구렁이가 되 가지고.

퇴계 낳은 명당

자료코드 : 05_20_FOT_20090724_LJH_JWJ_0001
조사장소 : 경상북도 청송군 부남면 신성리 360-7 경로당
조사일시 : 2009.7.24
조 사 자 : 임재해, 편해문, 조정현, 박혜영, 임주, 황진현, 신정아
제 보 자 : 조우재, 남, 71세
청　　중 : 10인
구연상황 : 앞에서 훌륭한 인물에 관한 이야기를 하던 중 조사자가 퇴계선생을 낳은 명당 이야기를 아느냐고 운을 떼자, 조우재가 이야기를 구연하기 시작했다.
줄 거 리 : 퇴계선생의 선조는 아전을 하던 지방 관리였는데, 새로 내려온 사또가 명당을 찾아 달걀을 묻어 명당인지 알아보고자 했다. 퇴계선생의 선조는 일부러 삶은 달걀을 명당자리에 묻어 명당이 아니라 거짓을 고했다. 후에 그 자리에 차지 했으나 조상이 누워있지 않고 다시 밖으로 나왔다. 일이 잘 못 되었음을 안 퇴계선생의 선조는 그 사또를 찾아가 잘못을 빌고 연유를 물었다. 명당에 맞지 않는 사람이 누웠기 때문이니 자신의 관복을 내어준 사또 덕분에 퇴계선생의 선조는 그 자리에 묘를 쓸 수 있었고 퇴계선생을 낳을 수 있었다.

　근데 인제 카듯이(말하듯이) 퇴계선생 선조가, 그거는 뭐 참 고조분지 증조분지 누군지는 몰래도, 그 당시에는 인제(이제) 사또가 내려오면은, 우리 요새는 봐도 역이라 해도 아주 혈통 좋고 이런 데로 여기는데, 진성 이씨가 아전 집이고 역으로 되어 있었다 하이(하니). 양반이 아니고.

그래 가지고 그 참 그 어른들이 내려와서 가지고,

"여기 좋은 명산이 있다는데 한번 그거를 찾아보자."

이래 가지고, 와가지고 이제 명산을 인제 강남 거 가 가지고 잡아놨어.

그래 가지고 인제 퇴계선생 선조있는데(선조에게),

"오늘 이 여 달걀을 가주(가지고) 가 가지고 묻어 놓고, 마을에 몇 이(명) 사람을 해 가지고 한번 지켜 보라." 했는 거야.

그래 이 양반이 참말로 그 양반 보다 더 알았던 모양이지. 삶은 계란을 거기 갔다가 떡 묻어놓고 나니까, 새벽녘이 되면 하마 틀림없이 닭이 울 때가 됐는데, 그래 와 가지고 참 아는 사람한테 와 가지고,

"닭이 안 웁니다." 하이까(하니까),

"그래? 그러면 가 가지고 파가 오라."

고, 하이까 삶은 계란이 형체가 엉케(엉켜) 가지고 그냥 됐거든.

그래 가지고 자기가 그냥 그대로 사다가(살다가) 아깨(아까) 여기 탕건 바위라고 [창밖을 가리키며]요 밑에 내려가면 제사 지내고 천석 밭이 있는데, 그래 가지고 일로(이 일로) 해 가지고('인해' 또는 '때문에'로 이해할 수 있다.) 아들을 장개(장가) 보내고 그렇게 된 거야.

그때 내가 성씨는 누군지는 몰라도, 보내고 나니까네 이 양반이 시집을 떡 가니까네 시집가가지고 떡국을 주는데 물기가 하나도 없고 빡빡한 떡국, 떡국만 주는 거야.

"여봐라―." 하는 거래.

이거를 받디(받더니) 만은.

"국시하고, ○○하고는 물기가 있어야 하는데, 물기 없이 그걸 어에 먹노?"

마 대반(바로) 그카는(그러는) 거야. 아이고 저희들은 인제 ○○○○이다 싶으면 그래요.

그래 가지고 인제 그 양반이 인제 참말 여기 들어와서 임신을 떡 하게

됐는데, 그래 임신을 하게 되면 보통 여기 친정으로 와가지고 아들 놓거든? 그러이(그러니) 여기도 많이 알았는 모양이지. 우리 집에 와 가지고 아(아이를) 놓게 되면 모든 생을 다 빼가버리니,

"니는 가라." 하고.

아까 여기 이야기처럼.

그래가 쫓아 뿌랬다는기라.

그래 가지고 그 어른이 참말로 퇴계 어른이 다시 그래 됐다. 그러는 전설이 있어.

(조사자 : 예예.)

그 이야기도 있고, 감나무 밑에 묘를 떡 드러눕고 나니까네 사체가 자꾸 우로(위로) 올라오고 거기 못 눕어(누워) 계시더라 카는 거라. 그래 가지고 이 양반이 가 가지고,

"그때 사실상 내가 그때 아무래도 묘도 탐나고 그런 짓을 했으니, 잘못 됐습니다. 이거 어떻 하면 되겠냐?"

하이까네, 자기 헌 관복을 줘 가지고 그래가 또 했다 카고(하고). 안 그러면 곡식 중에 최고 큰 곡식 그 짚을 가지고 엮어 가지고 싸 가지고 참 거기 갔다 세워 놨다 하고. 그래가 써 놓고 나니께네 거기서 내려오는 사람이 참 하늘이 왔던 동 무슨 참 덕을 봤던 동.

"야 이제 큰 놈이 누웠구나."

하고 그러고부터는 그게 잘됐다는 그런 말도 있고.

장원급제 사위 놓친 임청각

자료코드 : 05_20_FOT_20090724_LJH_JCR_0001
조사장소 : 경상북도 청송군 안덕면 신성리 360-7 경로당
조사일시 : 2009.7.24

조 사 자 : 임재해, 조정현, 편해문, 박혜영, 임주, 황진현, 신정아
제 보 자 : 조창래, 남, 79세
구연상황 : 최창줄의 숙종대왕의 야행 이야기가 끝나고 조사자가 또 다른 인물 이야기를
　　　　　청하자 조창래가 임청각을 알고 있냐며 이야기를 시작했다.
줄 거 리 : 임청각으로 모임을 가는 아버지를 몰래 따라가 임청각의 감을 따 먹던 아이
　　　　　가 임청각 하인들에게 잡혔다. 임청각의 주인은 아이를 사위 삼고자 했으나
　　　　　안주인은 남루한 복장을 보고 사위 삼기를 거부했다. 후에 아이는 과거에 급
　　　　　제를 하고 일부러 자신을 사위 삼지 않았던 임청각 앞으로 지나가 임청각의
　　　　　부러움을 샀다.

　그 웃대(윗대) 어른이 저 임청각 그 집에 모임이 있어 가지고 인제, 갔
다 이거야. 가는데 그 아들이 따라갈라(따라가려고) 그러는 게라(거야). 어
른 따라가이께네 뭐 배도 고프고 거(거기에) 가면 잘 얻어먹고 하이께네
따라갈라 하이 그래, 하도(너무) 옷도 남루하고 뭐 그래 놓이께네,
　"너는 오지 마라."
　그랬는 거래. 오지 말라 하이(하니) 그래 어른이 오지 마라 하이 갈 수
도 없고 그래 멀찌감치 뒤에 인제(이제) 숨어 따라갔거든. 그래 가을이
랬던 모양이라. 그래 임청각 거기 가이까네 감나무가 크다란(커다란) 게
있는데, 감나무에 감이 주렁주렁 달래 벌겋거든. 뭐 배가 고프이, 먹고 싶
은 생각이 나는 기라(거야). 마(그만) 올라가 따 먹은 기라. 올라가 따니까
그 임청각 그 집에 종들이 또 얼마나 많겠노? 그 집에. 종들이 와 가지고,
나무에 아(아이가) 올라가 가지고 감을 따 먹으이까, 이놈의 막 호통을 막
치는 그라 종들이. 그러니까 떠들썩하단 말이야. 그러이(그러니) 임청각
주인이 나와가 이래(이렇게) 보이(보니), 왠 아가 내려오는데 보이께네 아
이(아니) 뭐 옷은 남루해도 정말 참 모양이 범상치 않하거든(않거든). 그래
내려오라고 하고, 아를 저, 하인들한테 가라 그러고.
　"니 어데서 왔노?"
　하니,

"삼산서 왔다."

그러거든. 그러이 마침 그 친구가, 그 어른이 그 사랑에 앉아 있는 거라. 이래 보이 자기 아라. [웃음] 그때 니 안 갔다? [웃으며]응. 그래 가지고 그 임청각 어른 그 집이 참 부인한테 가 가지고,

"우리 자를 우리 사위 삼자."

하이까네, 그 안어른이 보이까네,

"옷도 남루하고 안 되겠다."

이거야. 그래 참 호의를, 퇴짜를 났다 이 말이야. 그래 가지고 이 어른이 참 서울 가 가지고 과거 해 가지고 이제 일부러 그 집 앞으로 마 그 과거에 들면 옛날에 꽹과리 치고 난리 아니가 이제? 그 집 앞으로, 임청각 앞으로 지나가거든? 지나가니께네, 그것도 지나가면은 또 옛날이나 지금이나 구경꾼이 많이 딸려. 그런데 그 집 마나님도 이제 나와 가지고 구경을 하고 있으이께네 참 부럽거든.

"저거는 뉘(누구) 집 아들인데, 참 등과(登科)를 해 가지고 오노."

하이께네, 그 임청각 주인 하는 이야기가,

"야 이 사람아 그 아무개 누군지 모르는가?"

이카거든(이러거든). [웃으며] 그 아문 데(아무 때에) 내 이야기하던 삼산 그 사람 아들일세. 그래 사위로 못 데리고 와 후회했다는 그런 이야기가 있어.

최가 하나에 삼 김가 못 당한다

자료코드 : 05_20_FOT_20090724_LJH_CCJ_0001
조사장소 : 경상북도 청송군 안덕면 신성리 360-7 경로당
조사일시 : 2009.7.24
조 사 자 : 임재해, 조정현, 편해문, 박혜영, 임주, 황진현, 신정아

제 보 자 : 최창줄, 남, 74세

구연상황 : 최부자 이야기 후 청중들이 최씨가 앉은 자리에는 풀도 나지 않는다는 이야 기를 했다. 그러자 최창줄이 그 것은 최가가 나빠서 그러는 것이 아니라며 이 이야기를 구연했다.

줄 거 리 : 한 마을에 최씨 한 집과 김씨 세 집이 살았는데 김씨 세 집이 최씨를 핍박했 다. 이에 최씨가 꾀를 내어 관 속에 들어가 못을 살짝 박아 두고 김씨들에게 거짓으로 죽음을 알렸다. 김씨들은 최씨가 잘 죽었다며 매장하려 했다. 그때 최씨가 관에서 나오자 김씨들은 놀라 기절해 죽었다. 그래서 '최가 하나에 삼 김가 못 당한다.'는 말이 생겼다.

근데 원래 그 최씨가 모질어서 그런 게 아니라, 최씨 한 가구가 살고 김씨 세 가구가 사는데 어떻게 김씨 세 가구서 최씨 한 가구를 핍박을 하 니까. 내외간에 의논을 했는 기야(거야).

"내가 죽었다 하고 관을 하나 짜라."

이래 가지고 관을 짜 가지고, 안 죽은 사람을 못을 설 박아 가지고 관 을 딱 넣어서 인자(이제) 자기 마누라 보고 시긴 거야(시킨 거야).

"김씨들 집에 가서 내가 죽었다 하면 어짜는가(어쩌는가) 한번 보자."

그니까 김씨들 집에 쫓아가서,

"아이고 우리 남편이 죽었다."

"아이고 최씨 그놈 잘- 죽었다."

그러면서 와 가지고 인자 삽을 들고 묘를 딱 쓰는데 흙을, 삽을 몇 삽 탁 뜨니까,

"애끼 이놈들! 김가 놈들!"

하면서 벌떡 일어나니까, 그래 서이가 기절해서 죽었뿌랬어. 그래 죽은, '최가 하나에 삼 김가 셋이 못 당한다.'

하는 말이 나왔는데, 사실 다 사건에는 원인이 있고, 다 무슨 피치 못 할 그 아픔이 있었기 때문에 그런 일이 있었던 모양이래. 그래서 우리 최 가들이 뭐 그리 악한 일 하는 거 같진 않고.

숙종대왕의 야행

자료코드 : 05_20_FOT_20090724_LJH_CCJ_0002
조사장소 : 경상북도 청송군 안덕면 신성리 360-7 경로당
조사일시 : 2009.7.24
조 사 자 : 임재해, 조정현, 편해문, 박혜영, 임주, 황진현, 신정아
제 보 자 : 최창줄, 남, 74세
구연상황 : 퇴계 이야기가 끝나고 조사자가 인물에 관한 이야기를 청하자 최창줄은 숙종
대왕에 관한 이야기를 알고 있다며 구연했다.
줄 거 리 : 숙종이 하루는 야행을 나갔는데 청계천에 거지들이 자고 있었다. 숙종은 거지
들 사이에 끼여 잠을 청했다. 그런데 한 풍채가 좋은 거지가 오줌을 누려고
일어나 자신들 틈에 낯선 이를 발견하고 숙종에게 베개를 양보했다. 또 한 가
난한 부부는 이불 하나를 두고 서로에게 덮어 주려고 했다. 숙종은 이 부부의
집 앞에 엽전 한 꾸러미를 두고 궁으로 돌아왔다. 궁에 돌아온 숙종은 청계천
에서 자신에게 베개를 양보한 거지를 찾아 자신의 심복으로 삼았다.

그게 인제 숙종이 저 민정(民情)을 살피니라고, 이제 자기 수행하는 종
하나만 데리고, 옛날 그 저 궁에서 나오면 신설동, 청량리, 백이동까지는
전부 논밭이었는데, 그래 수행을 쭉 해 가는데, 청계천 바닥을 떡 가다 보
니까 거지들이 물가에서 잠을 자고 있단 말이요. 그래 놓으니 인자(이제),

'이놈들이 무슨 이야기를 하나?'

하고, 거지 속에 인자 나올 때는 변장을 했으니께, 검정도 좀 바르고
마 좀 이래 두루마기 입고 거지 속에 떡 누웠는데, 한잠 자다 보니까 한
거러지가(거지가) 청계천 가에다가 소변을 보는데 이놈의 오줌 줄기가 어
떻게 세 났던지 물 내려가는 소리가 잘잘잘(물이 떨어지는 소리를 나타내
는 의태어) 나는데, 그래 이놈이 턱 오줌을 누고 오다 보니까 어떤 보지도
못한 거지가 하나 자기 옆에 하나 누웠거든.

"아이고 이 할배(할아버지) 거지는 어데서(어디서) 세수도 못 했나?"

하고 말이야, 그래 베개도 없이 누워 있으니까 자기가 뻤던, 거지에 배
낭을 숙종 임금 머리에 딱 받쳐 주는데, 그래 딱 이제 날이 딱 새서 인자

임금이 싹 나왔는데, 그래 저 차돌베개를 벴는데, 그래 거지 보따리라도 그 폭신폭신한 보따리니까 그래도 대준 그 고마움이 말이야 숙종에게 있었던 거야. 임금에게는 있었는 거야. 그래 거기서 인제 그런 거를 보고, 청량리 쪽을, 가는데, 조그마한 오막살이에서 창문에 말이지, 무엇이 왔다가 왔다 갔다 하는 거야. 나풀나풀(이불이 날아가는 모습을 나타내는 의태어) 하는 게라(거야).

"여봐라 너 저 창가에 가서 저 창가에 왔다 갔다 하는 게 뭔지 한번 보고 오너라."

그랬거든. 막상 가 보니까 두 부부가 사는데 조그마한 사리째를(사리나무를) 갖고 울타리라고 쳐가 놓고 초저녁에 불을 땠는지 안 땠는지, 냉방에서 두 부부가 애기랑 서이가(셋이서) 자는데, 그래도 자기는 남자라고 웃묵에(윗목에) 눕고, 찬 데 눕고, 아랫목에 애기하고 마누라를 아랫목에 눕혔는데, 마누라가 서방 생각을 해서 담요 쪼가리 하나를 덮고 자는 거를 차주는 거야. 차주면, 나는 남잔데, 응? 애기하고 마누라가 덮으라고 또 다시 차주고. 이게 밤새도록 왔다 갔다 하는 거야. 이 광경을 보고 그 숙종에게 그대로 고하니,

"여봐라 저 문 앞에다가 엽전 한 꾸러미를 놓고 오너라."

하면서 숙종이 야행을 마치고 궁으로 들어와서 그 다음 날 가만히 그래, 저 지금으로 같으면 남대문 경찰서, 서대문 경찰서 뭐 이런 거를 옛날에 거 남포도청 뭐 이런 시절에 인자 이야기다 보니까, 그래 좌포청 우포청에 연락해서,

"청계천 바닥에 가면은 걸인들이 몇 있을 테니 불문곡직(不問曲直)하고 잡아들여라."

이래 가지고 숙종이 엄명을 내렸부랬는 거라. 임금이. 그러니까 막 그냥 좌포청, 우포청에서 이놈들이 막 우르르 몰려가서 막 거지들 잠자고 있는 거, 세수도 안 한 거, 눈 비비는 거는 막 끌려왔는 기라. 그래 다, 근

데 그 속에서 인자 그날 자기에게, 안, 자기가 알고 있는 그 거지를 찾는 거야. 이래 한 놈 한 놈 인자 호구조사를 하다시피 하는데,

"너 이름이 뭐냐?"

그래,

"내 이름은 김대원이라."

"근데 너는 어찌하여 거지가 됐느냐?"

하니, 그 자기 과거 내력을 쫙 이야기하는 거야. 근데 이 참 뭐 덩치도 좋고 인물도 잘 생겼는데, 그래 숙종이 그날부터 인자 자기의 가장 아끼는 가까운 곳에서 일을 보게끔, 뭐 궁에 끌려가서 목욕탕에 목욕을 씻겨서 뭐 때 빼고 이러니까, 뭐 인물도 좋고 풍채고 뭐 그래서 인자 나중에 암행 같은 큰 중임을 맡기고 말이지. 이래 숙종이 장희빈 때문에 본처를 유배까지 보내고 이래서, 본처를 나중에 장희빈 때문에 그 저 귀향을 시켜서, 장희빈은 또 장희빈 대로 저 그런 또 말로가 거시기 했지만, 본처가 아주 좋은 분이었어. 숙종은 알고 보면 좋은 참 좋은 성정을 했는 분이래. 우리가 역사로 볼 때는.

경주 최부자의 가훈

자료코드 : 05_20_FOT_20090724_LJH_CCJ_0003
조사장소 : 경상북도 청송군 부남면 신성리 360-7 경로당
조사일시 : 2009.7.24
조 사 자 : 임재해, 편해문, 조정현, 박혜영, 임주, 황진현, 신정아
제 보 자 : 최창줄, 남, 74세
청   중 : 10인
구연상황 : 점심식사 후 이야기를 듣기 시작했다. 최근 마을로 들어 온 최창줄 어른이 선
          대인 경주 최부자 이야기를 구연했다.
줄 거 리 : 경주에 최부자가 있었다. 최부자는 돈이 참 많은 사람인데 근방 15리 안 사람

들이 굶지 않게 하고, 자녀들에게는 욕심이 생기지 않게 진사 계급까지만 하도록 했다.

우리 저 최부자 이야기 하나 해주까요?

(조사자 : 그러시죠. 그러시죠.)

경주에 최부자라고 하나 있었는데 이분이 참 돈이 많았어요. 그래서 십오(15)리 밖에 근처에 있는 불쌍한 사람들 양식을 노놔(나눠) 주고, 대구에 있는 계명대학을 지은 그 경주 최부자 이야긴데.

이 분의 자손들에게는,

"진사 계급만 올라가고, 더 하지 마라."

왜 그렇게 아버지가 자식들에게 통제를 했나하면, 계급이 자꾸 올라가면 욕심이 생긴다 말이래. 욕심이 생기면 죄를 짓게 돼. 그래서 자기 아들들은 진사까지만 하고 하지 마라. 이래서 그래 계명대학이고 이런 대학을 설립하고 좋은 일을 하시다가 돌아가셨기 때문에,

지금도 우리 조상이지만은 최부자의 그 아름다운 미담의 이야기는 아는 사람은 알고 모르는 사람은⋯⋯.

벌초하면 아들 낳는 묘

자료코드 : 05_20_FOT_20090724_LJH_HKD_0001
조사장소 : 경상북도 청송군 안덕면 신성리 360-7 경로당
조사일시 : 2009.7.24
조 사 자 : 임재해, 조정현, 편해문, 박혜영, 임주, 황진현, 신정아
제 보 자 : 황경도, 남, 82세
구연상황 : 여러 노래를 들은 후 이야기를 구연해 주시길 청했다. 마을의 이름난 장소가 있느냐는 질문에 명산이 있다며 이야기를 구연했다.
줄 거 리 : 마을에 있는 염전산에는 임씨 성을 가진 여자의 묘가 있다. 비석이 훼손되어 누구의 묘인지 정확히 모른다. 과거 후손이 묘를 찾으러 와서 주민들을 낮추

어 부르는 실수를 저질렀다. 주민은 괘씸한 마음에 후손에게 묘 위치를 가르쳐 주지 않았다. 마을에서는 후손이 찾아오지 않는 이 묘를 벌초해 주면 아들을 낳게 해 주는 영험 있는 묘로 여겨진다.

그래 맹(똑같이) 염전산 산하인데, 아깨(아까) 그저 일본 놈들 왜 팠다 안 카다? 혈을 끊었는데, 거(그) 위에 들어가, 거대로(그대로) 한 오백야드 (500yard) 올라가면요, 터가 좋아요. 터가 좋은데, 묘는 [양손으로 작은 묘를 그리며]요만한 비석이 있었는데 임씨 묘라. 임씨 묘 여장이라. 여장인데 말로는 우리 동네 들어, 뭐 지금 하면은 고인된 백 수십 살 된 어른부터 전설이 나왔는데, 그 묘에 자손들이 검판사가 나오고 많이 이래 나왔다고 하던데, 그 자손이 묘 찾으러 한번 왔어요.(청중 : 진골, 진보라.) 예. 진골 카는데(그러는데), 신성 2동 카는데, 거 왔는데 그때 말을 타고 왔어. 말을 타고 와가지고, 그거 일본 놈 시대일 꺼라. 일본놈 시대 때, 말을 타고,

"여봐라–."

하면서 그래 가지고,

"여봐라. 여(여기) 작살목치가 어데고(어디냐)?"

하며, 작살하면 고개가 거라(거기라) 거 묘 터 있는 그 이름이 작살등이라, 작살등. 그래, 그래 가지고,

"여봐라–."

하이께네, 그거 그때 듣기를 또 누가 들었나 하면은 조씨에 할아버지가 들었어. 용남이 조부가 들었거든. 대구 간 용남이 조부가 듣고는,

'나도 조간데 함안조씨인데 나도 그면, 니는 어데로(어디에서) 들어 왔는 놈이 말 타고 와 가지고 여봐라 하이까네 대꾸 해줄 터가(턱이) 있나?'

"우리는 모른다." 하고, 그 어른 구연히(당연히) 다 알지. 그 묘까지 다 알아요. 모른다 카이(모른다 하니) 그걸 못 찾고 돌아가 뿌따(돌아가 버렸다) 하는 그 전설이 있고, 그 묘에 지금 벌초를 지금도 했어요. 올라가면.

어떤 사람이 하든지, (조사자 : 아~ 누가하는지는 모르고?) 거기 벌초를 하면은 아들 못 놓는 사람, 아들 놓는다고 하고. 우리 동네도 내가 알기로 세 사람이 낳았는데, 아들 못 낳다가 그 벌초를 하고 아들을 다 낳어요. 내 조형부텀도(조형부터도) 아들 사무(계속) 못 놓고 하다가 그 벌초를 한 삼년하고 대번(바로) 아들 놨어. 그 우리 동네도 젊은 사람이 또 있고. 내가 볼 때는 서너 사람이 그래 아들 놨는데, 터가 참 그만침(그만큼) 좋은디(좋은데) 지금도 터가 좋아요. (조사자 : 예. 거기에 근데 원래 누가 문힌 건지는 모르는 거네요?) 모르지. 그 자손이 누군지. 그저 그 비석에 이름이 있었어. [양손으로 작은 묘를 그리며] 요만침(요만큼) 있었는데, 여장인데, 여잔데 성은 임씨라. 수풀 임(林)자. 지금도 벌초를 하고 있다 하이(하니). 그게 희한한 게 터가, 그만침(그만큼) 유명해요. (청중 : 진골서 말을 타고 와서 '여봐라' 하이께네, 거서(거기서) 안 그랬으면 갈케줬을(가르쳐 주었을) 텐데, '여봐라' 그래서 안 갈케준 거래.)

저승 다녀온 꿈

자료코드 : 05_20_MPN_20090724_LJH_NSN_0003
조사장소 : 경상북도 청송군 안덕면 신성리 360-7번지 경로당
조사일시 : 2009.7.24
조 사 자 : 임재해, 조정현, 편해문, 박혜영, 임주, 황진현, 신정아
제 보 자 : 남순녀, 여, 87세
구연상황 : 앞에서 제보자가 재미있는 이야기를 부탁하니, 이야기를 못한다면서 뒤로 물
러나 있었다. 그러던 중에 조사자가 저승 다녀온 꿈을 아느냐고 청중들에게
물었다. 그러자 남순녀가 시집올 무렵 자신이 실제로 경험한 일이라며 정확한
기억력을 가지고 이야기를 구연했다.
줄 거 리 : 시집간 지 20일 만에 일본으로 가서 그해 5월에 그녀는 무척 아팠다. 식음을
전폐하던 중 긴 시간 꿈을 꾸었는데 그것이 저승에 다녀온 꿈이었다.

　　내가 내가 아파 가주고(가지고), 아파 가주고 내가, 참 죽었다 깼거든.
열두 시간 만에 깨났다고. 그래도 아무 일도 없이 내 혼자 들어와. 오후
다섯 시에 그래 가주고, 아침 다섯 시에 깨났거든(깨어났거든). (조사자 :
그 할머니는 그때 다섯 시 이후에 어디 가셨어요?) 그때, 일반 병실에.
(조사자 : 아니 아니, 그 죽었다고 딱 그러는 순간에 어디 가셨어요?) [강
한 어조로] 갔지. (조사자 : 어딜 가셨어요?) 어딘동(어딘지) 모르지. 파(마
구)- 댕기며(다니며) 구경하고, 꽃밭으로, 짐승 있는 데로, 사람 있는 데
로, 다 댕겨왔지(다녀왔지). (조사자 : 아, 고 그, 그 이야기, 그 여 구경한
이야기 좀 해 주세요. 저희는 안 가 봤으니까 모르잖아요.) 아이(아니), 그
게 저승인지 이승인지 알지는 몬(못)하지. 고거 이 얘기 해 돌라(주라) 카
면(하면) 고건 내 영글게 할 수 있어. (조사자 : 예, 그거 한 번 더 해 주
세요.)

내가 그때 나이 얼매고(얼마고) 카만, 열에 열 일곱에 내가 초열흘날 시집와가 참, 나는 칠신도행(신행)도 안 가고, 시집와가 이, 저기 스무날 만에 일본 드가(들어가) 뿌렸거든(버렸거든). 드가 가주고, 드가던 그 해, 열일곱살 먹던 해, 오월 달에 아파 가지고. 인제 저녁때 다섯 시 되 가주(가지고), 저 밀창문을('미닫이 창문'을 뜻함) 환-하게 열어 놓고 누벘는데(누웠는데). 아파가 한 미칠간(며칠간) 아무것도 못 먹고 있었어, 나 혼차를(혼자를) 그마이(그만큼). 있었는데, 뭐, 밖으로 집에 아(안) 있고 하이(하니), 뭐. 그래가, 아파 가주고 누벘다가(누웠다가) 물이 먹고 잽으니(싶으니), 물로(물을) 떠먹으러 나갈 수 있나? 미칠을(며칠을) 암(아무) 것도 안 먹고 누버(누어) 가주 이래이(이렇게) 깼는데. 그래, 웃쿨짝이(윗목 쪽에) 인제 저거 웃거래이(윗목에) 저기 저래 있는데, 발로 이래 뻗쳤는데(뻗쳤는데) 누벘는데, 발 끄틍에(끝에) 키 큰 사람하고 적은 사람하고, 딱 차이가 요렇게 나는 사람이 여자가. 뽀-하케(뽀-얗게) 얼굴도 안 비고(보이고)마, 뽀-하이 요랬는데, 팔은 여기 시작하(시작해), 하얀 헝겊 쪼까리(헝겊 쪼가리) 다 감아 가주고, [손으로 발을 가리키며] 딱 내 발치(누울 때 발이 가는 쪽을 뜻함), 요래 가주 댕긴(다니는) 거래. 요래가(요렇게) 서 가지고, 니라다(내려다) 날만(나를) 니라다(내려다) 보고 있는데, 이 문을 확 열어놓고 있는데, 국방색 옥을('옷'을 잘못 말함), 옷을, 왜 군인들 국방색 옷 푸리하며(푸르스름하고) 누리한(누르스름한) 거 아(안) 있나? 그런 옷을 입고, 쇠방망이를 전신에 요런 거 하나쓱(하나씩) 다 들고 들어와, 모지리(모조리). 마, 비빽게(빽빽하게) 들어오는 거라. 방으로 하나(한 가득) 들어오디만은(오더니만), 날로(나를) 마, 패는 게라(거라). 마, 등허리를 마, 얼매나(얼마나) 들고 패는지, 아파 가지고,

"아야, 아야."

고, 소리를 지르고. 고 옆방에 사람이 있었거든. 사람을 옆방에 사람 여(넣어) 났는데, 그래, 우리가 독집을(따로 떨어져 독립되어 있는 집채를 말

함) 얻어 가이(가지고), 옆방에 사람을 하나 여 났는데. 얼라들(아이들) 밥그릇 사기그릇, [손으로 밥그릇의 모양을 만들면서] 요새도 여기 있지, 왜? 요런 거를, 들고 우리 정지에서('부엌'을 뜻하는 방언임.) 밥해 가주고, 가져가 먹고 한께(하니까), 들고 왔다 갔다 하는데.

"새득이요(새댁이요), 새득이요."

불러도 대답을 안 하거든. 그래 또 오디(오더니), 양푼이 사게(사기, 사기그릇을 뜻함) 양푼이를(양푼을) 이만 한 걸, 또 들고 왔다 갔다 하는 거라. 그래도 내가 불러도 대답을 안 해. 나는 하미(벌써) 여, 가우가(가위를) 눌려가 말이 안 나오고 손발만 뚜드렸뜬(두드렸던)가 봐. 그런데, 그런 쇠방망이를 가주와 그래 패는데, 마지막에는 확 대장승 같은 큰 사람이 하나, 쇠방망이를 막, 그거는 막 굵기가 이것만 한 거를 마, 들고 들어오디(들어오더니). 뒤꿈치를 마 질끈('바짝 힘을 주어 사이를 눌러 붙이는 모양'으로 여기서는 뒤꿈치를 사정없이 때렸다는 것을 뜻함) 때려 졌뿐는(쳐 버리는) 거라. 때려 져 뿌이께네(버리니까) 깜빡 갔뿌렀는(가버린) 거라. 가는데 뽀한(뽀얀) 소복 했는(입은) 여자가, 키가 나직한 여자가, 낯이 똘망해. 오디만은(오더니만은),

"가자."

카는(하는) 기라(거라). 따라갔어. 가이께네(가니까), [손에 쥐고 있던 파리채로 크게 손을 휘저으며] 산이 이래 가지고 산이 벽 끝이 이런데, 싸리하고('갈대'를 뜻하는 것으로 경상도 방언임.) 속새하고('억새'를 뜻하는 것으로 경상도 방언으로 사용됨.) 뿌인(뿐인) 게라. 바닥에는 까만 자갈이 차부른이(차분히) 깔렸는데, 산이 요래 된다 깼는데(했는데), 이놈 붙뜰고(붙들고) 올라가다, 이게 쭉(축, 물건 따위가 아래로 늘어지거나 처진 모양을 나타냄.) 쩌지니(처지니), 여기 올라갔던 게 여기 내려와 뿌고(와버리고), 여(여기) 올라갔던 게 여기 내려와 뿌고. 그 산을 넘어 넘어 인제 올라갔는 거야. 그 너메(너머에) 가이께, 또 그런 거라. 거 가 가징(가지고),

또, 그 또 미끄러지(미끄러지니) 사문('사뭇'을 잘못 이야기 한 것으로 거리낌 없이 마구 내려갔음을 말함) 니려갔어(내려갔어). 그래 가이께네, 그 인제 여자가 날로(나보고) 가자 카는 여자가, 사모('사뭇'을 잘못 이야기 한 것으로 거리낌 없이 마구 데려감을 뜻함) 앞을 끄는 거라. 그래 인제 이래 가이, 어디 어두컴컴한데 드가는(들어가는) 데, 문을 열고, 또 열고, 열고 또 열고, 또 열고 자꾸 열고 드가는 거래. 드가이께네(들어가니까), 마, 그 적세는(쪽에는) 마 세상이 깨끗하고 참 밝어, 청명하게. 밝은데 거가 가지고 가이, 마, 이 전답이나('田畓이나'란 뜻으로 논밭을 가리킴.) 벽 상이('壁上이'란 뜻으로 벽면의 위쪽 부분을 말함) 모래사장인 거야.

이런데 둘레둘레(여러 사람이나 물건이 주위에 둥그렇게 둘러 있는 모양을 뜻함) 막, 잔디가 또 이래 막, 시퍼렇게 있는데. 소는 소대로, 양은 양대로, 닭은 닭대로, 개는 개대로, 마카(모두 또는 전부란 뜻으로 사용되는 방언임.) 이래고(이렇고). 아는(아이는) 아들(아이들), 딸아는(계집아이는) 딸아, 머스마는(사내아이는) 머스마, 남자는 남자, 여자는 여자, 중치는('중간치는' 중년 나이의 어른이나 중간 지위의 신분인 사람을 일컫는 말임.) 중치, 상치는(나이 많은 어른이나 신분이 높은 사람을 일컬음.) 상치, 하치는(같은 부류의 사람이나 사물 가운데서 신분이나 품질이 가장 낮은 사람이나 물건을 가리킴.) 하치. 층층이로 이랬는데, 방이 이래 늘래(늘어져) 방이 축(쭉) 나가며 있는데, 분통 같은('粉桶같은'은 분을 담는 통으로 뽀얗고 하얗다는 것을 뜻함) 방이 뽀-한데, 똑같은 사람들이 한 방 쓱(씩), 처자는 처자대로 한 방, 총각은 총각대로 한 방, 깔랠라는('깐얼라는' 아이를 뜻하는 경상도 방언임.) 깔랠라 대로 한 방. 그 집을 칸칸이 다 문을 열어 비여(보여) 주는 거 보골랑(보고서는), 그래, 돌아 나왔는(나왔던) 거라.

"돌아 인제, 가자."

케가(해서) 돌아 나오이(나오니), 걸가에(개울가에) 이 물로 건네(건너)

가라 카고(하고), 고만 여자는 없어져 뿔는(버린) 거라. 그래 가주고, 그 물로(물을) 건낼라(건너려고) 카이(하니), 돌기(돌이) 막 요래 가 있는데, 요게, 물이 요래 찰찰, [손에 들고 있던 파리채로 물 흐르는 모양을 보여 주면서] 물이 요, 물이 요래 찰찰 넘은데(넘는데), 디디만(디디면) 마, 건궁(뜻을 알 수 없으나, 문맥상으로 물에 훌러덩 빠지려 하는 것을 나타내는 듯함) 자빠질 거 같애. 그래 가지고, (조사자 : 뭐가 자빠질 거 같아요?) 내가 그 물로 건내만(건너면), 돌을 디디만 마, 미끄래지만(미끄러지면) 걸려 자빠질 꺼 같은 거야. (조사자 : 아, 할머니가?) 응, 그래. 그 물로 몬 건내가, 올라갔다 내려갔다 하다 하이, 황소가 한 마리 오디만(오더니만) 떠 바뜰라고(받들라고) 대드는 거야. 그래가(그래서) 그 황소를 피해 가지고, 자꾸 올라가다 가인께네(가니까), 큰 쪽이(속이) 깊은 덴데, 남귀(나무) 마, 큰 남귀 이래 철철(나무까지 물이 차서 출렁거리는 것을 묘사함) 들려져가(물이 불어나 나뭇가지가 떠오른 것을 말함) 물에 막, 가지가 이래 담기는 거라. 이놈을 붙들고 올라가는 거라. 올라가 가지고, 이 가지 붙들고, 이 가지 붙들고, 이래가 자꾸 가여(가서). 저 쪽 너메 가이, 남귀가 고만 뚝 떨어져 뿌러(버려), 고만, 그 가여 [손뼉을 치며] 물에 툭 널쩌(떨어져) 버렸어. 고래(그렇게) 깼는(깨어난) 거라. (조사자 : 아-)

고래이(그렇게) 인제 깨이께네(깨니까), 아침 여, 그칼(그럴) 때 내가, 시계가 딱 요기 있었는데, 책상시계 요기 있었는데, 딱 다섯 시랐어(시랬어). 그런데 아, 아침에 눈을 뜨고 보니, 또 다섯 시라. 그래 가지고 그쪽 방에 사람한테,

"새딕이요(새댁이요), 이게 아침인교 저녁인교?"

카이,

"아침이라."

카는 게라.

"그래, 그러면 새딕이 어제 밥그릇 [손으로 밥그릇 크기를 만들며] 요

런 거 들고 댕겼나(다녔나)?”

캉께(하니까),

“댕겼다.”

“그러면, 사기그릇 양푼이 이런 거 들고 댕겼냐?”

카이,

“댕겼다.”

“그러면 내 부리는(부르는) 거 들었나?”

카이께네(하니까),

“뭐, 어어- 카며(하며) 손발만 자꾸 흔들더라.”

이라는(이러는) 게라. 그래가 내가 깼지. 그래 가주고, 그거, 내가 고래, 내 꿈인지 뭔지 모르지만은 저녁 다섯 시에 시작, 아침 다섯 시에 깨났다. (조사자 : 아- 저승을 다녀오셨네. 하, 할머니 아까 꽃밭도 지나갔다 그러셨지 않았어요? 꽃밭은 어떻게 생겼어요?) 꽃밭은 맹('역시'라는 뜻의 방언임.) 이래 막 잔디같이 이래가 있는데, 꽃도 색색이 무득 무득이('무더기 무더기'란 뜻으로 꽃 무더기가 여기저기 많이 있는 모양을 뜻함) 있어. 무득 무득이 색색이 뭐, 세상이 깨끗(깨끗하고) 그럴 수가 없어. (조사자 : 혹시 할머니, 그 쇠방망이 치는 사람을 강림도령이라 그러지 않아요? 왜 저승처사 강림도정이, 도령이 사람을 데리러 오는데 쇠방맹이를(쇠방망이를) 이렇게 치잖아요.) 하여튼 쇠방망이 요런 걸 모조리 들고 와서 실컷 뚜들어(두들겨) 패고, 그 사람 나가고 나이(나니), 키 큰 게 하나 들어오디(들어오더니), 뒤꼭지를('뒤통수의 한가운데'를 뜻하는 말임.) 탁 때려 뿌이(버리니), 고마, 꼼짝을 없어. (조사자 : 그, 할, 응, 이름은 모르시고? 강림처사라고 혹시 해요? 그런 거를?) 어, 그런 말은 없고. (청중 : 이름은 모르지.) 말은 없고, (조사자 : 그냥 고렇게 생긴 사람이?) 무조건 와가 고래 하기만 했지, 내가 누구라 카는 거는 없어. (조사자 : 그 키 큰 사람이 갓도 썼어요?) 안 썼어. (조사자 : 안 썼어요?) 군복 같이 그래, 그런 거만 입고. (조사자 : 군복 같은 것만 입고?) 응. (조사자 : 그 여자는 뭐, 머리, 머리도 풀르고(풀고) 막 이랬어요? 아니면 쪽쪘어요?) 아마 비녀 지르고, 맹, 요래 우리들 옛날 노인들처럼 비녀 찌르고, 아루위에(아래위로) 소복 막 뽀하케(뽀얗게) 입고. (조사자 : 곱게 생겼어요?) 응, 낯이 동글납작하이 고래, 그래 생겼어. (조사자 : 할머니, 별천지를 갔다 오셨네.) (조사자 : 할머니 저희요) 그래가 냔주에(나중에) 내가, 아프고 일나가(일어나가) 나가여(나가서), 꿈, 그거를 이 얘기를 하이.

"완전히 저승 갔다 왔고, 그럴 쩍에는(적에는) 사람이 있었으면 죽었다고 혼동을 했다."

이캐(이래). (조사자 : 저승 갔다 오셨네. 맞다, 갔다 오셨네.)

지신밟기 소리

자료코드 : 05_20_FOS_20090729_LJH_KSJ_0001
조사장소 : 경상북도 청송군 안덕면 명당 1리 332-1
조사일시 : 2009.7.30
조 사 자 : 임재해, 조정현, 편해문, 박혜영, 임주, 황진현
제 보 자 : 김시중, 남, 72세
구연상황 : 제보자 집에서 노래를 들으려고 했으나 제보자가 밖에서 만나자고 해서 동네
　　　　　술집에서 친구 한 분과 함께 민요를 들었다.

어리어차 지신어

지신지신 밟으세

이집 짓는 대목아

어느 대목이 지었노

둥글 박자 박대목

버들 유자 유대목

김대목이 지었네

이집 짓고 삼년 후로

아들을 놓거든

국회의원이 되여 주소

딸을야 놓거든

남의 눈에 꽃이 되소

구석 구석 니 구석

방 구석도 니 구석

정지 구석도 니 구석

마구 구석도 니 구석

소라고 미게그던(먹이거든)

황우가 되어 주고

개라고 미게그던

청삽살이 되어 주고

닭이라고 미게그던

횡계(큰) 장닭이 되어 주소

나갈 때는 빈 바리

들올 때는 온 바라

바리바리 실어다가

노자비까리(노적가리) 채려 주소

잡구 잡신은 물알로

만복은 이집으로

모심기 소리

자료코드 : 05_20_FOS_20090724_LJH_LJK_0001
조사장소 : 경상북도 청송군 안덕면 신성리 360-7 경로당
조사일시 : 2009.7.24
조 사 자 : 임재해, 조정현, 편해문, 박혜영, 임주, 황진현
제 보 자 : 이종근, 남, 71세
구연상황 : 앞의 노래가 제대로 되지 않았다며 조우재 어른과 함께 다시 불렀다.

찔레야 꽃은 장개(장가)가고 석류꽃은 요각 가네

만인간아 웃지 마소 귀동자 보러 장개간다

(청중 : 그렇지)

모수야(모시야) 적삼에 방서방네 분통 같은 저 젖 보소

많이 보면 병이 나고 손톱만치(손톱만큼) 보고 가소

이제 그만하시더 자꾸 하면 뭐. [웃음] (조사자 : 아-. 아주 잘하십니다.)

화투 풀이

자료코드 : 05_20_FOS_20090724_LJH_LJK_0002
조사장소 : 경상북도 청송군 안덕면 신성리 360-7 경로당
조사일시 : 2009.7.24
조 사 자 : 임재해, 조정현, 편해문, 박혜영, 임주, 황진현
제 보 자 : 이종근, 남, 71세
구연상황 : 모심기 노래 후 다른 노래를 더 해 달라는 부탁에 화투 풀이 노래를 불렀다.

정월이라 속속한 마음

이월 매조에 흩어 주고

삼월 사쿠라21) 탈난 마음

사월 흑사리에 거둬 두고

오월 난초 넓은 날이

유월 목단에 춤을 추고

칠월 칠돼지 홀로 나와

팔월 공산에 쳐다보고

구월 국화 맺은 꽃에

시월 단풍에 흐르는데

---

21) 벗꽃, 'おう'를 우리말로 표현한 것이다.

모심기 소리 (1)

자료코드 : 05_20_FOS_20090724_LJH_JWJ_0001
조사장소 : 경상북도 청송군 안덕면 신성리 360-7 경로당
조사일시 : 2009.7.24
조 사 자 : 임재해, 조정현, 편해문, 박혜영, 임주, 황진현
제 보 자 : 조우재, 남, 71세
구연상황 : 앞 노래에 이어 나도 하나 한다며 노래를 했다.

소주 놓고 약주 놓고 처녀 한량이 황금 같네

[웃으며] 이거 목이 쉬어가 안 되네.

우리도야 돈을 모아 처녀 술집에 놀러 가세
남창남창 저 물 끝에 무정하다 우리 오빠
나도 죽어 저승 가면 낭군님부터 섬길란다

모심기 소리 (2)

자료코드 : 05_20_FOS_20090724_LJH_JWJ_0002
조사장소 : 경상북도 청송군 안덕면 신성리 360-7 경로당
조사일시 : 2009.7.24
조 사 자 : 임재해, 조정현, 편해문, 박혜영, 임주, 황진현
제 보 자 : 조우재, 남, 71세
구연상황 : 다시 노래를 하겠다며 부르기 시작했다.

함창남창 저 물 끝에 무정하다 우리 오빠
나는 죽어 뱀이가(뱀이) 되고 오빠가 죽으면 개골이(개구리) 되지
오월이라 단오날이 미나리꽝에서 만나 보자
해 다지고 저 저문 날에 골골마다 연기나네
우리야 님은 어디를 가고 연기낼 줄을 왜 모르나

늦어 온다 늦어 오네 점심참이 늦어 오네
삼대독자 귀동자애 젖을 쫓다가 늦어 오네

[웃으며] 야 잘 안 되네. (조사자 : 아 좋습니다. 좋습니다.)

3. 진보면

▌조사마을

경상북도 청송군 진보면 진안리

조사일시 : 2009.1.14~16
조 사 자 : 임재해, 조정현, 편해문, 박혜영, 임주, 황진현

진안2리는 진보면의 소재지에 위치한 마을이다. 이번 청송군 구비문학 조사에서는 각 면에 1개 마을 이상씩 조사하고자 계획했으며, 각 면의 대표성 및 전체 조사 마을의 다양성을 확보하기 위해 노력하였다. 진안2리는 면소재지 마을의 성격을 대변하는 곳이자, 처음 조사를 시작할 때 보다 많은 제보자를 확보하면서 청송 지역의 일반적인 구비문학 경향을 파악하기 위해 선정하였다.

진안2리가 자리 잡고 있는 진보면은 신라 경덕왕 때 칠파화현에서 진보현으로 개명되었다고 한다. 군지에도 있고 대동여지도에도 나오는 것으로 알고 있다고 마을 노인들은 증언한다. 이후 1841년에 진보현이 청송부에 편입되었다. 조선 시대에는 현재 마을 이름인 진안과 같이 진안현이라고도 했다.

진보면은 청송군에서 가장 큰 면이다. 전체 인구의 약 삼분의 일을 차지한다. 20년 전까지만 해도 울릉군보다는 인구가 많았다고 한다. 지난 대통령 선거 때도 청송군 유권자 27,000명 중에 9000명이 진보면 주민일 정도로 비중이 크다. 진안마을은 총 4개 리로 구성되어 있는데, 진안1리만 밀양 박씨들이 중심을 이루며 세거하고 나머지 2,3,4리는 각성바지로 구성되어 있다. 진안2리는 진보면의 중앙이고 소재지 마을이다. 그렇지만 아직까지도 농촌이라고 할 수 있다. 총 220여 가구 중 농업과 상업에 종사하는 가구가 반반 정도씩 되기 때문이다. 농사는 주로 벼농사를 하고 밭이 적은 편이다. 밭에는 고추나 콩 등을 경작하며 네 가구에서 사과와

배 과수원을 경영한다.

진안2리에서는 현재까지도 동제를 지내고 있다. 4개 리 중 2리만 지내고 있는데 면사무소 바로 뒤에 있는 당목에 동제를 지낸다. 따로 부르는 이름은 없고 당나무라고 한다. 동제는 대체로 '동고사'라고 표현하며, 제일은 정월 열나흗날 자정이다. 제관은 동고사 지내기 1주일 전에 2명을 뽑는다. 동회관에 모여서 마을회의에서 선정하는데, 작년 제관은 권태만 씨 등이 맡았다. 제관은 상주가 되거나 당내에 그런 일이 있으면 안 되고 깨끗한 사람을 선정한다. 동장과 선정된 제관 2명이 제를 주관한다.

동고사를 지내고 나서는 바로 동총회를 개최하였다. 음복도 하고 1년 운영 결산, 사업계획 등 마을일을 닦는다. 지신밟기도 성행했는데, 본래는 자연마을별로 따로 신명나게 놀았다고 한다. 하지만 요즘에는 마을 단위로 하는 게 아니고 진안동 소재지에서 활동하는 부녀회와 상의해서 보름 전후로 지신밟기를 하여 기금을 조성한다. 대략 보름을 전후해서 논다. 풍물을 치며 놀 때 춤추는 사람이 많았다. 탈은 안 써도 그 당시에는 남자가 여장을 하기도 하고, 고깔도 쓰고 재미있게 놀았다.

명절 중에서 특히 단오날은 청년들이 주관해서 단오절 놀이라든가 운동회를 개최한다. 그네 대회, 씨름 대회도 하고 진보면 소속 25개 동들이 대항해서 하루를 즐긴다. 노인들이 많이 참여할 수 있도록 노인들만의 경기도 준비해서 진행하고 있다. 현대화된 세시로서 단오를 기반으로 하고 있음이 주목된다. 또한 진보면 소재지 큰줄땡기기가 있었다. 1960년대까지 했는데 큰길을 중심으로 동서로 편을 나누어 줄을 당겼다. 그리고 추석 때 쌀이 생산되지 않는 사정으로 인해 중구 때 차례를 지냈다.

정월 대보름에는 농사의 풍년을 기원하는 보리타작 놀이도 성행했고, 화산의 화기를 누르기 위한 횃싸움도 전승되었다. 이기는 편에 화재가 나지 않는다고 생각하여 승벽이 대단했다고 한다. 봄이 되면 여성들은 화전, 남성들은 천렵을 즐겼다.

진안 마을에는 태조 이성계의 영
정을 모셨던 영당이 있다. 예전에
바람에 날려 온 영정이 있었는데 마
을에서 잘 모셨지만 사라지고 말았
다. 현재 영정은 없지만 영당을 새
롭게 축조하여 모시고 있다. 또한
500년 역사를 자랑하는 '우향계'가
있어 양촌 권근 선생으로부터 이어
오는 범 안동문화권의 문중간 연대
를 도모해 왔다고 한다. 안동권씨들
이 주민 구성의 상당 부분을 차지하
고 있어 자기 문중에 대한 자부심이
강하다.

진안2리 당나무

주요 제보자 추가 조사 현장

권태용, 남, 1934년생

주 소 지 : 경상북도 청송군 진보면 진안리
제보일시 : 2009.1.14
조 사 자 : 임재해, 조정현, 편해문, 박혜영, 임주, 황진현

권태용 어른은 갑술년(1934) 1월 27일 신
남 광덕에서 태어났다. 어린 시절 청송감호
소가 있는 양정마을로 이사를 갔다. 살기는
양정마을에서 살았지만 대소가가 광덕에 많
이 있어서 광덕에서 유년시절을 더 많이 보
냈다고 한다.

광덕은 안동권씨 집성촌이어서 문중을 중
심으로 한 사랑채 문화가 상당히 잘 전승되
었다. 그래서 어릴 때부터 많은 이야기를 들을 수 있었다. 부친은 권수홍
이며 백부는 권수국이다. 특히 백부님이 광덕에서도 학식이 있고 연배가
있던 분이라 백부님의 사랑에서 많은 이야기들을 접할 수 있었다. 잔심부
름을 많이 하면서 오는 손님들마다 하던 얘기를 재미있게 들었고 그것을
잘 기억하고 있다. 권수국 백부가 60대 초반이었던 12-13세 때 들은 이
야기가 가장 기억에 남는다고 한다.

큰집(종가)은 따로 있었지만 연배나 학문이 높아 백부 댁에는 손님이
끊이지 않았다고 한다. 그때만 해도 농촌에서 영위할 수 있는 여가생활
대부분이 모여서 이야기하는 것이었기 때문에 많은 이야기를 접할 수 있
었다.

학교는 초등학교만 졸업했으며 주로 농사일을 했다. 군에 갔다 온 것 외

에는 타지 생활을 거의 하지 않았다. 1955년부터 57년까지 군에 복무했다. 농사를 지으며 살다가 1965년부터 1980년까지 한국전력 안동영업소 진보 출장소에 근무했다. 아들 삼형제를 두었는데 맏이는 서울에서 회사 다니고, 둘째는 교통사고로 죽었고 막내는 LG에 근무하다가 캐나다에 가 있다.

권태용 어른은 170cm 정도의 키에 마른 편이다. 얼굴이 갸름하고 안경을 꼈으며 눈매가 날카로워 총기가 묻어난다. 목소리는 약간 허스키한 편이지만 듣기에 좋다. 이야기를 구연하는 솜씨가 뛰어나고 자기 주장도 분명해서 주제가 분명한 이야기들을 많이 해 주셨다. 특히 선악에 대한 구분, 효와 불효에 대한 잣대가 분명해서 재미있는 이야기이면서 동시에 교훈적인 이야기를 다수 구연했다.

제공 자료 목록

05_20_FOT_20090114_LJH_GTY_0001 부인을 길들여 효부 만들기
05_20_FOT_20090114_LJH_GTY_0002 파양했던 양자 부부의 효심
05_20_FOT_20090114_LJH_GTY_0003 처남댁에서 상주 노릇한 사람
05_20_FOT_20090114_LJH_GTY_0004 경주 최부자집의 네 가지 가훈
05_20_FOT_20090114_LJH_GTY_0005 돈 자랑하다 망신한 청송 심부자

박분조, 여, 1936년생

주 소 지 : 경상북도 청송군 진보면 진안리
제보일시 : 2009.1.15
조 사 자 : 임재해, 조정현, 편해문, 박혜영, 임주, 황진현

박분조는 1936년 병자생이다. 올해 나이가 74세이다. 박분조는 경북 청송군 부남면에서 경북 청송군 청송읍 진안4리로 시집을 왔다. 짧은 민요 몇 개를 불렀다.

경로당에서 여러 할머니들이 함께 계신

자리에서 녹음했다. 노랫말이 해학적이라 다들 박수를 치고 화기애애한 분위기에서 녹음했다.

제공 자료 목록

05_20_FOS_20090226_LJH_PBJ_0044 앞산아 뒷산아
05_20_FOS_20090226_LJH_PBJ_0045 시집살이 노래
05_20_FOS_20090226_LJH_PBJ_0046 삼삼기 노래

박삼재, 남, 1933년생

주 소 지 : 경상북도 청송군 진보면 진안리
제보일시 : 2009.1.15
조 사 자 : 임재해, 조정현, 편해문, 박혜영, 임주, 황진현

박삼재는 1933년 계유생이다. 올해 나이가 77세이다. 박삼재는 경북 청송군 청송읍 진안에서 나고 자랐다. 청송에서 만나본 남성 창자 가운데서는 기억력이 좋은 편이라고 할 수 있는데 언문 뒤풀이를 거의 완벽하게 불러 좌중의 박수를 받았다. 모심기 노래도 한두 마디 불렀으나 마무리를 짓지 못하고 힘겨워 하여 중단하였다. 노인회관에서 구연했다. 남성 창자가 언문 뒤풀이를 거의 완벽하게 구연하자 함께 있던 할머니들이 큰 박수를 치며 환호하는 분위기였다.

제공 자료 목록

05_20_FOS_20090224_LJH_PSJ_0031 언문 뒤풀이
05_20_FOS_20090224_LJH_PSJ_0032 부모님 은혜

방분을, 여, 1925년생

주 소 지 : 경상북도 청송군 진보면 진안리
제보일시 : 2009.1.15
조 사 자 : 임재해, 조정현, 편해문, 박혜영, 임주, 황진현

청송군 진안2리의 재주꾼 방분을은 1925
년 음력 정월 초사흘에 경상북도 청송군 신
보면 신촌동 개경리에서 태어났다. 17살이
되던 1941년 3월 자신보다 다섯 살이 많던
이명덕에게 시집을 왔다. 현재 자녀들은 모
두 출가했다. 몇 해 전 남편이 죽고 난 후
맏딸의 집에서 생활하고 있다. 맏딸의 집이
이곳 진안2리에 있어서 진안에서 생활하는

것이다. 자녀는 모두 네 명으로 맏이부터 셋째까지가 딸이고, 막내가 아
들이다.

방분을은 작은 키에 몸도 왜소하다. 하지만 강단 있는 모습으로 항상
유쾌하고 활기찬 모습이다. 그래서 이야기를 구연하거나 노래를 부를 때
도 큰소리로 힘 있게 한다. 나이가 많아 귀가 잘 들리지 않고 발음도 정
확하지는 못하지만 크고 자신 있게 이야기한다. 진안2리 마을회관에서 소
소한 일을 도맡아 보고 있어, 무슨 일을 해야 한다 싶으면 가장 먼저 일
어나서 일처리를 한다.

방분을은 이야기보다 노래를 많이 했다. 이야기를 구연할 때 유쾌한 성
격과 큰 목소리로 짧은 이야기와 짧은 노래를 강하게 하는데, 하나의 이
야기나 노래를 할 때마다 "아이고 숨찬다.", "아이고 힘들다."를 연발한
다. 이야기나 노래를 할 때 몸짓도 매우 크고 활발했다. 높은 연세 때문에
짧은 노래를 해도 그렇게 힘들어 하지만, 워낙 밝고 유쾌한 모습으로 해
그러한 모습이 나쁘게 보이지 않는다.

이야기의 흐름이 깨어지거나 노래를 부르는 사람이 없으면, "누구도 한
마디 해라.", "무슨 맥도 한 마디 해라." 라고 하면서 이야기와 노래를 많
이 할 수 있도록 한다. 그래도 하는 사람이 없으면 직접 이야기와 노래를
하기도 한다.

이야기를 듣는 조사자들에 대한 태도도 아주 긍정적이었다. 오랜 시간 조사를 한 조사자들을 친절하게 대해 주는 것은 물론이고, 조사자들에게 식사를 대접하기 위해 분주하게 돌아다니기도 했다.

제공 자료 목록

05_20_FOS_20090115_LJH_BBE_0001 창부 타령
05_20_FOS_20090115_LJH_BBE_0002 사랑가
05_20_FOS_20090115_LJH_BBE_0003 달 타령
05_20_FOS_20090115_LJH_BBE_0004 생금 생금 생가락지 (1)
05_20_FOS_20090115_LJH_BBE_0005 정선 아라리 (1)
05_20_FOS_20090115_LJH_BBE_0006 노랫가락
05_20_FOS_20090115_LJH_BBE_0007 생금 생금 생가락지 (2)
05_20_FOS_20090115_LJH_BBE_0008 정선 아라리 (2)

신영구, 남, 1962년생

신영구는 1962년 임인생이다. 올해 47세이다. 신영구는 고향이 경북 청송군 청송읍이다. 선대 어른이 1997년에 경상북도 시도무형문화재 26호로 지정된 청송추현상두소리 보존회 기능보유자였다. 지금은 선대 어른이 작고하시고 뒤를 이어 보존회를 꾸리고 있다. 특히 청송추현상두소리는 여는 상여 소리와 달리 출상 전날 하는 대도둠 소리가 남다른데 인위적인 상황에서 녹음이 불가능하기 때문에 보존회에서 행상 소리와 덜구 소리를 녹음하는 것으로 정리를 해야 했다.

1997년에 경상북도 시도무형문화재 26호로 지정된 청송추현상두소리 보존회관에서 구연했다. 앞소리를 메기시던 분은 작고하시고 그 아들인 신영구씨가 앞소리를 대신했다. 상여가 실제로 나갈 때나 산에 올라 덜구

를 찧을 때 부르는 소리에 견주면 보존회관 실내에서 하는 소리는 그 흥이나 역동감이 덜한 것이 사실이었다. 특히 청송추현상두소리는 출상 전날 하는 대도둠소리가 남다른데 따로 녹음하지는 못했다.

제공 자료 목록
05_20_FOS_20090226_LJH_SYG_0047_s01 행상 소리
05_20_FOS_20090226_LJH_SYG_0047_s02 덜구 소리

이순녀, 여, 1928년생

주 소 지 : 경상북도 청송군 진보면 진안리
제보일시 : 2009.1.15
조 사 자 : 임재해, 조정현, 편해문, 박혜영, 임주, 황진현

이순녀는 1928년 무진생이다. 올해 나이는 82세이다. 이순녀는 경북 풍기군 금계리에서 경북 청송군 청송읍 진안3리로 시집을 왔다. 다른 노래는 기억을 못했고 다만 삼삼기를 젊은 시절 많이 했기 때문에 삼삼기노래를 하나 불렀고 부모님 은혜라는 가사를 하나 더 불렀다. 노인회관에서 구연했다. 삼삼기 노래 가사에 늘 나오는 청송에서 조사를 해서인지 둘러앉은 할머니 대부분이 조금씩은 알고 있어 귀 기울여 듣는 분위기였다.

제공 자료 목록
05_20_FOS_20090224_LJH_YSN_0030 삼 삼기 노래

이차놈, 여, 1930년생

주 소 지 : 경상북도 청송군 진보면 진안리
제보일시 : 2009.1.15
조 사 자 : 임재해, 조정현, 편해문, 박혜영, 임주, 황진현

청송군 진안2리 이야기꾼 이차놈은 1930
년생으로 경상북도 안동시 길안면 용계동에
서 태어나고 자라서 택호도 용계댁이라고
한다. 아들이 나기를 바라는 마음에 이름을
'차놈'이라 지었는데, 예쁜 이름도 많은데
이런 이름을 지어주었다며 '차놈'이라는 이
름을 꺼려하는 모습도 보였다. 17살에 진보
로 시집을 와서 산해동과 부곡에서 생활을

하다가 진안2리로 왔다. 산해동에서 1년가량 살았을 때에는 워낙 깊은 산
골이라서 밤에는 무서워 화장실도 가기 힘들 정도였다고 한다. 너무 무서
워 이사 나온 곳이 부곡이었다. 부곡에서 여러 해를 보내고 난 후 정착한
곳이 현재 살고 있는 진안2리다.

이차놈의 남편은 큰길을 닦을 때 산을 무너뜨리는 남포 일을 해서 남
들과 달리 농사를 짓지는 않았다. 자녀들은 모두 출가해 혼자 생활하고
있다. 자녀는 모두 네 명으로 큰 아들과 셋째 딸은 대구에 살고 있다. 둘
째 딸은 구미, 막내아들은 중국에서 살고 있다.

어릴 때부터 이야기와 노래를 많이 듣고 자랐기 때문에 이야기와 노래
를 두루 많이 알게 되었다. 목청이 좋아 어릴 때는 자신이 빠지면 이야기
판과 노래판이 제대로 되지 않았다고 한다. 기억력도 좋아 현재까지 많은
이야기와 노래를 기억하고 있다.

이차놈은 작지 않은 키에 풍채도 좋은 데다가 목소리도 우렁차서 할머
니들 사이에 대장과 같은 역할을 한다. 그리고 마을과 관련된 여러 가지

일이 있으면 나서서 돕고 해결하기 위해 매번 앞장서고 있다.

이차놈은 이야기를 구연할 때 활달한 성격과 다르게 차분한 말투로 이야기한다. 하지만 웃음이 많아 이야기의 재미있는 부분이나 한 편의 이야기를 구연하고 나면 항상 웃으며 이야기를 끝맺고 한다. 다른 사람이 이야기를 구연할 때에도 적극적으로 개입하며 잘 웃어서 훌륭한 청중으로서의 역할도 한다.

이야기를 듣는 조사자들에 대한 태도도 아주 긍정적이었다. 오랜 시간임에도 조사자들을 친절하게 대해 주는 것은 물론이고, 조사가 끝나고 헤어질 때는 조사자들 덕분에 잘 놀았다며 고마움을 표시했다. 그리고 다른 할머니들께서 많이 참여할 수 있도록 자신이 직접 이번 조사의 취지를 할머니들에게 설명해 주는 열의를 보이기도 했다.

제공 자료 목록

05_20_FOT_20090115_LJH_LCN_0001 친정아버지 실수를 변명한 딸의 재치
05_20_FOT_20090115_LJH_LCN_0002 목화 따러 가다 만난 소장수
05_20_FOT_20090115_LJH_LCN_0003 소 판 돈 노리는 시숙
05_20_FOT_20090115_LJH_LCN_0004 며느리 몰래 팥죽 먹기
05_20_FOT_20090115_LJH_LCN_0005 호랑이보다 무서운 곶갬이
05_20_FOT_20090115_LJH_LCN_0006 무덤 파다 살린 질부
05_20_FOT_20090115_LJH_LCN_0007 다섯 딸의 선택
05_20_FOT_20090115_LJH_LCN_0008 남자 코에서 나온 쥐
05_20_FOT_20090115_LJH_LCN_0009 집안을 망하게 한 여자
05_20_FOT_20090115_LJH_LCN_0010 마음에 안 드는 세 며느리
05_20_FOT_20090115_LJH_LCN_0011 우렁이 각시
05_20_FOT_20090115_LJH_LCN_0012 형제간 우애는 여자 하기 나름
05_20_FOS_20090115_LJH_LCN_0001 영감아
05_20_FOS_20090115_LJH_LCN_0002 어랑 타령
05_20_FOS_20090115_LJH_LCN_0003 앞산아 뒷산아
05_20_FOS_20090115_LJH_LCN_0004 포름 포름 봄배추는
05_20_FOS_20090115_LJH_LCN_0007 노랫가락
05_20_FOS_20090115_LJH_LCN_0008 검둥개야 짖지 마라

이철우, 남, 1932년생

주 소 지 : 경상북도 청송군 진보면 진안리
제보일시 : 2009.1.15
조 사 자 : 임재해, 조정현, 편해문, 박혜영, 임주, 황진현

이철우는 1932년 임신생이다. 올해 나이
가 75세이다. 이철우는 경북 영양군 석보에
서 태어났으나 경북 청송군 진보면 진안에
거주하기도 했다. 이번 청송 민요조사에서
의식요에 관한한 최고의 앞소리꾼이라고 불
러도 손색이 없을 만큼 신명이나 문서 그리
고 소리까지 탁월한 창자였다. 특히 교회에
서 소임을 맡고 있을 정도로 신앙생활도 헌
신적이지만 우리 민속에 관한 관심이 아주 높아 앞서도 많은 연구자들이
녹음을 하러 자주 들렀던 인근에 이름이 높은 소리꾼이다. 지금은 청송추
현상두소리 보존회 전수장학생으로 활동을 하고 있다. 남다른 것은 자신
의 문서를 모두 정리하여 구비하고 있다는 것이다.

　제보자의 집에서 구연했다. 제보자는 남달리 민요에 관심이 많아 두루
많은 민요를 잘 알고 있었다. 뿐만 아니라 상여 소리나 덜구 소리의 노랫
말에 기독교적인 세계관을 담은 사설을 빈번히 가져다 쓴다는 남다른 점
이 돋보인다. 처음에는 집에서 이런 노래를 부르는 것이 맞지 않다고 하
다가 신명이 오르자 끝까지 노래를 불러주었다.

제공 자료 목록
05_20_FOS_20090301_LJH_YCU_0049 지신밟기 소리

임영조, 남, 1933년생

주 소 지 : 경상북도 청송군 진보면 진안리
제보일시 : 2009.1.15
조 사 자 : 임재해, 조정현, 편해문, 박혜영, 임주, 황진현

임영조는 1933년 계유생이다. 올해 나이
는 77세이다. 임영조는 고향이 경북 청송군
청송읍 진보이다. 이번 청송군 민요 조사에
서 모심기 노래를 가장 완벽하게 다양한 사
설과 함께 부른 매우 드문 창자라고 해야겠
다. 차분히 기억을 더듬으며 모심기 노래를
한 마디 한 마디 이어가는 모습이 매우 인
상적이었고 잘 못 불러 미안하다고 하시며

겸손해 하실 정도로 매우 소박한 인상을 주는 분이었다. 잠시 기억이 나
지 않아 노래가 끊어지면 조사자 이렇게 시작하는 모심기 노래가 있지 않
느냐고 첫 마디만 일러드리면 바로 바로 노래를 이어갈 만큼 뛰어난 창자
라고 할 수 있다.

노인회관에서 구연했다. 청송에서 들었던 모심기 노래 가운데 단연 최
고라고 할 수 있을 정도의 문서와 가창력을 보여준 노래였다. 그래서 그
런지 좌중에 모인 할머니 할아버지들이 모두 다 넋을 놓고 들을 정도로
큰 관심을 보이는 가운데 노래를 불렀다. 노래가 끝난 뒤에 큰 박수를 받
았다.

제공 자료 목록
05_20_FOS_20090224_LJH_YYJ_0033 모심기 노래

부인을 길들여 효부 만들기

자료코드 : 05_20_FOT_20090114_LJH_GTY_0001
조사장소 : 경상북도 청송군 진보면 진안2리 노인정
조사일시 : 2009.1.14
조 사 자 : 임재해, 조정현, 편해문, 박혜영, 임주, 황진현
제 보 자 : 권태용, 남, 76세
구연상황 : 앞에서 지명 유래와 관련하여 용초맥이에 대한 설명을 하다가 조사자가 효자
　　　　　나 열녀 이야기가 있는지 물어보니 권태용 어른이 고담 이야기를 하나 하겠
　　　　　다면서 이야기를 꺼냈다.
줄 거 리 : 시부모를 모시는 일에 소홀한 며느리가 있었는데 남편이 그 버릇을 고치려고
　　　　　나이 많은 노인이 시장에서 비싼 값에 팔린다고 속여 시부모를 잘 대접하도
　　　　　록 했는데, 시부모가 대접을 잘 받으니 집안일을 잘 도와주게 되었다. 나중에
　　　　　남편이 시부모를 장에 팔자고 하니 이제는 며느리가 아쉬워져서 시부모님 없
　　　　　이는 못 살겠다며 잘 공경하고 살았다는 이야기이다.

　옛날에 어떤 아주 산촌에서 말시더, 산촌에서 참 인가가 흔하지 않한
데, 그 인제 부부가 인제 자녀들 키우고 사는데, 인제 어른이, 자기 어른
이, 사랑어른이 계시는데, 안어른은 안 계시고. 그러이까 자기 부인이 가
만히 일상생활 하는데, 근데 지(자기) 딸린 자석만(자식만) 거두고, 자기
식구, 자기 부부간 인제 관심을 두고 어른을 관심을 안 둔단 말입니다. 관
심을 안 두고 어른 대접을 할 줄을 모르고, 그러이께네 그 아들이 가만
보이 자기 부인이 그러이, 자 뭐라 캐도 해 가주고 말 들을 수도 없고. 그
래서 인제 어떤 궁리를 했느냐 하면은, 한번은 시장에 장을 보러 가 가주
고, 근데 옛날쯤에는 부인들은 시장 가는 법이 없고 인제 남자들만 시장
가이께네. 시장 갔다 와 가주고, 자기 부인보고 뭐라 카냐 하면은,

　"야 이람아 오늘 시장 갔더니 참 내 희한한 구경을 했네."

카거든. 그래 인제 자기 부인이,

"뭔 구경을 했는데?"

카이,

"노인 나 많은(나이 많은), 나 많은 노인 살찐 노인이 값이 그케 많이 가더라."

이래그던. [웃음]

"나 많은 노인이 시장에 갔다 내놓이 뭐 값이 얼매나 비싸든동, 우리도 우리 아부지 살찌워 가지고 다음 장날에 갔다 팔자."

이래이(이러니), 가마이 부인이 생각해 보니 그 돈이 생긴다 카니 꿀두르하단(마음이 동한단) 말이지. 그래 그제서는 그 말을 고지(곧이) 듣고, 이제사 뭐 노인을 자꾸 뭐 음식을, 좋은 걸 자꾸 대접했단 말입니다. 허이(그러니) 나 많은 어른이 음식을 잘 잡수이께네 근력이 돌아오이, 자 뭐 손자도 좀 붙들어 주고 소 인제 소죽도 끓여 가주고(끓여서) 퍼대 주고, 뭐 오만 가정의 일을 뭐, 마당도 씰어 주구(쓸어 주고), 인제 근력이 좋으이 뭐, 건강이 좋아지니께네 말이지. 그래 인제 자꾸 이 가정을 도와주니께네. 인제 그럴 수 없이 거 부인도 인제 좋아하고 좋다고 여기고 있는데, 그 다음에 또 얼매 후에 시장 갔다 와가주고 뭐라 카냐 하면, 자기 부인 보고,

[웃음 섞인 말투로] "이 사람아 자네 고만 저 우리 아부지 저만침(저만큼) 살쪘으니 오늘 자아(장에) 가 값이 많더라, 갖다 팔자!"

카이, 그래 그 부인이 뭐라 카냐믄, [큰 목소리로]

"에이고 택도 없다!"

카거든. 택도 없다고 말이지.

"아버님 아니면 지금 얼라들 누가 붙들어 줄 이도 없고, 꾸정물도, 소죽도 끓여 줄 이도 없고 내 일을 얼매나 많이 거들어 주는데, 아버지 없시믄, 아버님 없으면 안 된다."

카고. 그래 가주고 남자가 거 저개 수단을 부려 가지고 그 부인이 자기 어른을 보양했다 카는 그런 얘기가 있어요.

파양했던 양자 부부의 효심

자료코드 : 05_20_FOT_20090114_LJH_GTY_0002
조사장소 : 경상북도 청송군 진보면 진안2리 노인정
조사일시 : 2009.1.14
조 사 자 : 임재해, 조정현, 편해문, 박혜영, 임주, 황진현
제 보 자 : 권태용, 남, 76세
구연상황 : 효자 이야기가 끝난 후 요즘은 정말 효자가 없다면서 살아 있어도 산 고려장 이나 마찬가지라는 의견들이 할아버지들 사이에서 터져 나왔다. 조사자가 다 시 한번 효자나 열녀 이야기가 또 있느냐고 질문했을 때 권태용 어른이 다시 이야기를 시작하였다.
줄 거 리 : 어떤 노부부가 아들이 없어 양자를 들였다. 그런데 세 딸들의 재산 욕심에 넘 어가 딸들 집을 전전하게 되었다. 결국 눈칫밥이 먹기 싫어 영감 할머니가 문 전걸식을 하면서 방랑하게 되었는데, 어느 날 동냥하러 간 집이 바로 예전에 자신들이 양자로 들였던 집이었다. 파양되었던 부부는 노부부를 반갑게 맞이 하고 같이 살자고 했다. 그러던 어느 날 아이를 보다가 잠든 사이에 실수로 아이를 깔려 죽이는 일이 생겼다. 그런데도 양자 내외는 모른 척 하고 아이를 묻으러 갔는데 하늘의 조화로 무지개가 비치며 아이는 살아나고 행복하게 잘 살았다는 이야기이다.

옛날에 인제 딸을, 사람이 딸을, 옛날 얘기래요. 딸을 삼형제를 놓고(낳 고) 아들이 없었단 말이지. 아들이 없으니까 그래 인제 둘 부부가 나 많은 (나이 많은) 노인이 부부가, 자 이제 딸은 저 서이(셋이) 시집가 뿌면 우리 를 뭐 공양할 사람이 없으이 양자를 하나 두자. 양자를 하나 청한다, 그래 인제 촌수 먼데도 인제 돈을 쫌 많이 주고 억지로 인제 양자를 빌려 왔단 말이지. 양자를 참 들여왔는데. 그래 인제 딸이 인제 서이, 서이가 들어 마카(모두) 출가를 한 뒤에. 가만 보니게 친정집 재산은 많은데 양자 아들

이 엉뚱 데서 인제 와 가지고 그 자기 집 어른들, 자기들 시집가도 저 어른 부모네들 재산을 관리하고 있으니 심술이 났단 말이지, 거 심술이 나 가지고, 그래 집에 와서 인제 아바이 어마이한테 그 뭐라꼬 딸이 삼형제가 모여가 의논하기를,

"자 아버지 엄마 우리 삼형제가 한 집에 한 달석 거 뫼셔도 일 년에 세 번, 네 번석만 돌아가면 되는데, 그 저게 양자 거 먼데 촌수도 없는데 양자 해 가지고 거 좋은 재산 다 주지 마고 파양해 뿌고 그걸 인제 재산 우리 서인테(세 형제한테) 논가다고(나누어 주세요)."

그래 그 뭐 가마이 딸이 삼형제가 와서 그쿠(그렇게) 얘기하는 거 보이 뭐 부모한테 잘해 주고 나사이(나서니), 그것도 그럴상해 가주고 고마 둘이 영감 할마이가 딸내미한테 반해 가주고 고마 그 인제 아들 본 양자 했든 거 파양해 뿌고. 파양해 뿌이 이 사람 인제 지는 또 자기 나름대로 어디 인제 벌어먹으러 가 뿌고 없고. 그래 인제 딸을 인제 집에 맏딸부터 인제 차례차례로 한 집에 가서 인제 한 달석 있기로 하고 인제 딸이 삼형제가 의논해 놓으니. 거 맏딸네 집에 인제 처음 한 달 있다가 또 한 달 되이 또 두째딸네 가 있고. 가이 뭐 처음엔 아주 대접을 잘한단 말이지 살림을 그만치 맡아 났으이, 그 인제 대접을 잘하이. 그 두 번째 인제 셋째 딸 있는데 그래 또 한 바쿠 두 바쿠 도다가(돌다가). 거 1년쯤 다 되갈라 카이께네 이늠 인제 맏딸네 인제 한 달쯤 있으이,

"아부지요 인제 한 달 다 됐니더."

그 다음 인제,

"두 분 이제 아무것인테 갈 때 됐니더."

그카거든. 그래 맹 갈 때 됐다니 가니, 가는 겐지 알고 가기는 가는데, 또 거기 가두 있어 보이께네. 또 두째 딸 역시,

"아이구 아버지 내일이면 한 달이시더 고 다음 셋째 아무것이한테 가야 되니더."

이랜단 말이지. 그래 또 둘 영감 할마이 또 그리 갔다. 또 거 가이 막내이 딸도 또 인제 달이 다 되이께네,

"이제 언니한테 갈 차례시더."

서로 인제 자꾸 인제 날짜만 채우믄 빨리 돌아가도록 이거만 기다린단 말이지. 그러이 그 효심 카는 건 하나두 없구 말하자면 인제 재산에만 눈이 어두운, 인제 이런 실정이랬는데. 가마이 인제 한 해 두 해 지내이께네 점점 더 진해져 가지고 그 그적서는(그때에 이르러서는) 부모를 좀 귀찮게 여긴단 말이지. 그래 그 영감이 자기 부인보고 인제, [화난 표정과 말투로]

"사실이 이렇고 이러이께네 우리가 딸네들인테 눈칫밥 얻어먹을 일이 뭐 있노? 우리 둘이 영감 할마이 괴나리봇짐 짊어지고 댕기며 동냥밥 얻어먹어도 여기에 있는 것보다 마음이 편다. 편하니께네 가자!"

그래 고만 간다 온다 말도 없이 둘 영감 할마이 돈푼이나 쪼매 준비해 놓은 거 인제 참 주머니에 봉채(주머니에) 옇어 가주고 그래 인제 참 문전걸식을 하고 댕기는 판이라. 방방곡곡 댕기면서. 댕기며 노다가 인제 어디 때 되믄 누 집에 가서,

"밥 한 술 주소 주소."

카고 얻어먹는데. 그래 그래 가다가 인제 어느 한 집에, 한 동네 가니께네. 몇 해 전에 파양했는 사람 그 집에 인제 밥 얻어먹으러 가게 됐어. 가이께네 그 양자했는, 파양했는 그 며느리가 마구 버선발로 쫓아 나와 가주구,

"아버님 어머님 울 집에 왠 일이니껴?"

하고 인사를 하고, 참 큰절을 하고 말이지 뭐 영접을 해서 방에다가 뫼시구 음식을 있는 거 없는 거 갖다 대접한단 말이지. 그래 그 부모네가, 영감 할마이가 가만 생각하이께네 음식해 준 게 얻어먹으이께 뼈가 저리게 아프단 말이제. 그만치 착한 사람을 양자 받았다가 딸네들한테 쏯아

가지고 파양해서 쫓아 버렸으이. 거 가이께 대접을 그만치 하이 음식을 얻어먹는 게 참 뼈가 아플 정도, 아픈데. 그래가 인제 그리하고 인제 갈라 카이께네 그 먼지 서서 갈라 카이께네 둘 내외가 한사 절대 하고 붙드는 데,

"우리가 뭐 밥은 기양(그냥) 먹고 있으이께네 어머님 아버님 조석 모(못) 해 주든 안 하이께네 딴 데 가믄 안 되이께네 계시라."

카고 게(계속) 붙들어 논다 말이지. 그리(그러니) 인제 하도 배기지 못해 참 거처(눌러앉아) 있는데. 그리 인제 그 양자했던 아들은 전부 품팔이 하러 어디 댕기고, 또 며느리는 또 맹 누 집에 바느질 삯품, 삯바느질 하러 댕기고 뭐 길쌈도 해 주고 한참도 집에 안 있고. 그래 어른들 집 지키고 있으이 아기 봐주고 인제 그래 좋다고. 아기가 난 직에(이후에) 불과 이제 한참 안즉(아직) 돌도 안 지난 게 있었는데. 그 며느리가 또 효부래. 효부래 가지고, 효부질 하는데.

"그 어머님 아버님 노시다가 시장커든 인제 뭐 술을 뜨사 가주고(덥혀서), 걸러 가주고 옛날 인제 뭐 밀주해 가주구 걸러 가주고 따뜻한 솥에 여 놨으이 시장커든 그걸 잡수소."

카고 이래, 그래 했는데. 그 술을 인제 노인이 참 얼라 보고 이래 있다가, 그래 한잔, 시장하니까 한잔 먹고 주기가 들어 가지고 잠이 들었는데. 그 인제 돌도 안 지난 그 아를(아기를) 고마 다리 밑에 여 가지고(넣어서) 눌러 뿌렸네. 그래 고마 아가(아기가) 그만 숨이 가 뿌린 기야. 가만이 자다 깜짝 해는 다 빠져 가는데 깜짝 깨 보이께네, 세상에 참 이런 참혹한 일이 없단 말이지. 그래 가주고 숨도 못 쉬고 인제 다리도 들도 안 하고 가만이 눌러 놓고 자는 것 같이 있는데, 이따이 며느리가 이웃집 일하고 오드니만,

"아버님 얼라 보시는데 욕보셨제요?"

문 앞에 한번 들어오면서 인사를 하믄서,

"술은 뜨사났는 거 잡쌌니껴?"

카믄서 들어오드니만, 문 열고 들따보이, 인제 시어른이 인제 얼라 위에 다리를 얹어 놓고 있단 말이지. 가마이 들따보드니, 어른 잠들언 줄, 아니 참 어른 잠들었다 싶어 가주고 잠 깨까 싶어 가주고, 다리를 곱게 들어 옮겨 놔놓고 아를 주아내 보니(꺼내 보니) 아는 하마(이미) 숨이 가쁘고 없단 말이지. 기침 없이 끌어안고 나가 가주고, 그래 기침 없이 안고 나가니. 거 노인이 가마이 생각해 보이, [진심으로 가슴이 아픈 듯한 표정과 말투로] 뼈가 녹는 것같이 마음이 아프단 말이지. 그래서 인제 속으로 참 어쩔 줄 모르고 있는데. 그래 인제 자기 남편이 들에 일하고 이래 오이께네, 삽짝거리 쫓아나가 가지고 귀에다 대고 뭐라 뭐라 뭐라 얘기하이께네, 거 자기 남편이 고개를 끄떡끄떡 그믄서, 그래 인제 둘이 수의해 가주고, 아를 인제, 어른 조석상도 저녁상을 채려놔 놓고 채려서 갓다 드리고는 아를 안고 인제 삽하고 가주고 갓다 산에 묻으러 가.

그래 산에 묻으러 갔다가 거 아가 참 인제 살아왔어요. 그래 하관해 가주고 꽉 구댕일 파구 인제 묻으라 카다이(하다 보니) 각중에(갑자기) 천둥을 하고 마구 소낙비가 들이짜더이만(들이치더니만), 무지개가 쫙 뻗쳐 가지고, 그래 아 입에다가 무지개가 뻗쳐와 가주고 아가 살아났다 인제. 이건 옛날 얘기 인제 전부 그런 쪽으로 우리 쪼매날 때 들은 얘기다만. 그래서 인제 살아 가지고 아를 안고 여서 인제 아가 살아있으이 인제 젖을 물려 가지고 둘 영감 할마이, 참 둘 내외가 참 아를 안고 집에 오이. 그적서는 이 노인이 가만 생각해 보이, 세상에 그럴 수 없이 반가울 게 없다. 아이 아무것이가 내 여 술 한잔 먹고 정신없이 누웠디만 너가 디려갔더라 카고 인제 이래 인제 모른 체 인제 한단 말이지.

"예야(예예) 아무것이 여 디려왔니더."

카니 이 노인이 기가 맥혀 한단 말이지 보이께네. (청중 : 고맙긴 하지.) 인제 그런 얘기 있어 가지고 참말로 인제 그 사람이 인제 바로 효자각 인

제 강효자, 강효자 이야기다 카고 인제 쪼매날 때 들은 얘기, 인제 연유는
다는 모르고 그런 유래 얘기 들은 거지. 한 다서여섯 살 먹었을 때 들은
얘기래.

처남댁에서 상주 노릇한 사람

자료코드 : 05_20_FOT_20090114_LJH_GTY_0003
조사장소 : 경상북도 청송군 진보면 진안2리 노인정
조사일시 : 2009.1.14
조 사 자 : 임재해, 조정현, 편해문, 박혜영, 임주, 황진현
제 보 자 : 권태용, 남, 76세
구연상황 : 권태용 어른의 이야기에 조사자가 정말 재미있는 얘기라면서 두 번째 효자
　　　　　이야기가 끝난 후 비슷한 이야기라면서 처남댁 몽상 입어 준 이야기를 해 주
　　　　　었다.
줄 거 리 : 처남댁 신랑다루기를 하는 중에 실수로 아이를 밟아 죽이게 되었는데, 처남댁
　　　　　에서 아무런 동요 없이 조용히 넘어가주게 되었다. 이에 감복한 주인공이 나
　　　　　중에 처남이 죽었을 때 예전에 자신이 죽인 아들을 대신해서 아들 상복을 입
　　　　　고 상례를 치렀다는 이야기이다.

옛날에 보통 인제 장개 가 가주고 다 묵신행 했다 말입니다. 금방 요새
겉이 결혼식장이 아이고 가정집에서 참 서동부서(壻東婦西) 해 가주고 꼬
꼬재배 하지 않습니까? 그래해 가주고 그 이튿날 인제 첫날밤 지내고 그
이튿날 인제 새신랑 장난치는 거 있잖아요. (조사자 : 예, 달아매기 하는
거.) 그래 달아매기, 그래 장난치는 거. 장난친다고 그래. 그래 장난치고
하는 도중에. 그 처남의 댁이 나이 미리 인제 참 아를(아이를) 하나 놔놓
은 게 어린 게 안죽(아직) 첫돌도 안 지낸 거 아랫목에 이래 누워 있었는
데. 장난치고 왔다 갔다 쫓아댕기다가 고마 밟아뿌려 가주고 아가 고마
죽어 뿌렸단 말이지. (청중 : 처남 댁 가가주고?) 처질이지 뭐. 자기한테

인제 뭐 처질 되지 뭐. 처남의 댁 아들 얼라 돌도 안 지낸 있는 거. 거 한참 사정없이 쫓아대이다 밟아뿌려 가주고 고마 그래 인제. 그래 그 처남댁이 기침 없이 인제 아를 참 군소리 한마디 안 하고 아를 들따(들어다) 자기만 둘 내외만 알고 아를 인제 간수를 하고, 산에 갖다 이제 묻어 뿌고 그래서. 그 아무런 표도 하나 안 내고 있었는데. 그래 가주고 자기도 인제 그걸 자기 처남댁이 말은 못하고 그런 줄 얘기는 안 하고 사무 있다가, 그 처남댁이 죽은 뒤에 그래 구제복을(부모가 돌아가셨을 때 입는 상복) 한단 말이제. 구제복을 하이까 주위가,

"여 예법에 없는 걸 왜 이래 하느냐?"

그래 옛날 인제 참 대상가집에서는 예법에 벗어난 짓은 하나두 안 하는 그런 시긴데. 그래 하이께네. 자기가 인제 그적사 포설을 다 하는데,

"사실 여사여사하고 이런 일이 있는데, 내가 그 아이 복을(상복을) 대신으로 입어 준다."

그래서 그 사유를 알았다 그런 얘기에요. 얘기 자체는 근본적인 건 뭐냐 하면은, 사람이 인제 착하게, 착하게 옳게 지내면은 자연지 인제 자연으로 복이 온다 그런 쪽으로 해석할 수 있겠지.

경주 최부자집의 네 가지 가훈

자료코드 : 05_20_FOT_20090114_LJH_GTY_0004
조사장소 : 경상북도 청송군 진보면 진안2리 노인정
조사일시 : 2009.1.14
조 사 자 : 임재해, 조정현, 편해문, 박혜영, 임주, 황진현
제 보 자 : 권태용, 남, 76세
구연상황 : 어린 시절 광덕에서 부자집 닭서리, 땅콩서리 등을 하면서 즐거웠던 얘기들을 한창 하다가 조사자가 고담 한마디 하면 제보자도 하겠다고 했다. 조사자가 아버지를 장인어른 앞에서 골린 얘기를 하자 그 비슷한 얘기를 하겠다며 경

주 최부자 얘기를 시작했다.

줄 거 리 : 경주 최부자네 집이 오랫동안 명예와 부를 지킬 수 있었던 원인으로 가훈이
훌륭했는데 첫째, 살림은 만석 이상 하지 않고 둘째, 며느리는 치마가 낡아
한 버지기가 되도록 입고 셋째, 벼슬은 진사 이상 하지 않고 넷째, 백 리 이
내에 굶는 사람이 없도록 할 것 등이다. 이 네 가지 가훈을 지켜 오면서 9대
진사, 12대 만석을 할 수 있었다고 소개하고 있다.

경주 최부자, (조사자 : 경주 최부자?) 예, 경주 최부자가 구대(9代) 진
사, 십이대(12代) 만석 했잖습니까? 구대 진사 십이대 만석 하는데. 그 유
래 얘기, 들은 얘기시더만. 그 집 가훈이, 첫째, 인제 살림은 만석 이상 하
지 말 것, 둘째가 인제 며느리, 참 새로 들어오는 며느리가 치마 한 가지
를 한 버지기 되도록 입을 것, 셋째는, 벼슬은 진사 이상 하지 말 것, 벼
슬은 진사 이상 하지 말 것, 넷째는 자기 집 주위에 백 리 이내에 굶는
사람이 없도록 할 것, 또 다섯째가 처음에 만석 이상 하지 말라는 게 첫
째요? 다섯째가 어섬섬하게(아리송하게) 버떡(금방) 생각이 안 나네.

구대 진사 십이대 만석을 했으이께네 십이대 카믄 한대 삼십 년 쳐도
근 사백년 아닙니까? 근 사백 년 역사에 만석을 참 만석부자를 했고, 구
대를 진사를 했으이, 진사를 아홉 분이나 했으이께네, 보통, 왜 인제 벼슬
은 진사 이상 못하게 했냐 카믄은 사화에(士禍에) 안 몰리기 위해서. 진사
이상 하고 벼슬 높게 하믄 뭐 오만 사화에, 그런 사화에 안 걸릴라고
진사 이상 벼슬을 안 했고. 살림은 왜 인제 또 만석 이상 안 하이께네 그
유래가 또 무슨, 뭣 때문에 그랬 됐냐 카믄은. 최진사네 토지 부치는 사람
은 그래 인제 저 집에는 논이 만 두락 겉으믄은 한 마지기에 한 섬석 받
아두 만석이 되지 않습니까? 이만 두락 겉으믄 반섬석 받아도 또 만섬 된
다 말입니다. 그래 인제 토지가 많으믄 많을수록 인제 경작하는 사람이
곡슥(곡식) 갖다 주는 게 적다 말입니다. 적으이께네 거 경작하는 사람이
전부가, 들에 가 모숨기 하고,

"고시네! 올해도 최부자 논 사도록 해 주소, 고시네! 올해도 최부자 논 사도록 해 주소."

그래. 그러이께네 그 수많은 사람이 토지가 몇 만 두락을 부치는데, 그르이 많으이께네. 수많은 사람이, 토지 붙이는 사람이 전부 덕담을 그래 해주고, 그 집에는 어옛든 잘 되도록 모두 축원해 주는 판이라. 그래서 인제 그래 구대 진사 십이대 만석. 새 며느리 들어오믄 치매 한 가지가 한버지기 되도록 입으라 카는 거는, 뚜덕뚜덕 기워 입으라 카는 거, 검소하게 살아라 이거야. 헌 옷을 가 갖고 있는 헝겊을 또 떨어지믄 또 대 가지구 기워 입고 기워 입고 하믄 거 뚜껍해지이께네, 치매(치마) 한 개가 한버지기 된다 이거야. 그마치 검소하게 살아라 카는. 그런 경주 최부자네 얘기, 그래 그런 얘기 전설적으로 들은 얘기래.

돈 자랑하다 망신한 청송 심부자

자료코드 : 05_20_FOT_20090114_LJH_GTY_0005
조사장소 : 경상북도 청송군 진보면 진안2리 노인정
조사일시 : 2009.1.14
조 사 자 : 임재해, 조정현, 편해문, 박혜영, 임주, 황진현
제 보 자 : 권태용, 남, 76세
구연상황 : 앞서 경주 최부자 얘기를 끝내고 자연스레 청송 심부자 이야기로 이어졌다.
줄 거 리 : 청송 덕천의 심부자가 돈 자랑을 한다고 사돈집인 경주 최부자집에 근사한 기화장(명아주 지팡이)을 들고 가는데, 최부자가 돈 자랑하는 사돈을 골리려고 청지기를 시켜 부지깽이를 만들어 버린다. 이를 보고 화를 내는 심부자에게 최부자는 고방에 있는 한 묶음의 기화장을 꺼내서 고르라고 하면서 돈 자랑하는 사돈을 망신주었다는 이야기이다.

덕천에 인제, 청송 덕천 카는 데 심부자네가 인제 최부자네하고 어느 때인가 혼사를 했는데. 그래 심부자가 인제 자기 딴에는 아주 참 돈 있는

자랑을 좀 한다고. 기화장을(본래는 신식 단장(短杖) 지팡이를 가리키는 개화장(開化杖)인데, 민간에서는 의미가 확장되어 좋은 지팡이를 가리키는 말로 사용되고 있음을 알 수 있다. 제보자는 도투라지(명아주)로 만든다고 밝히고 있어 전통적으로 유명했던 명아주 지팡이를 뜻하는 용어로 사용하고 있다.) 말씨더(말입니다.). 기화장 카는 게, (조사자 : 지팡이요?) 어 지팡이. 기화장을 맨드는 데는 거 뭐로 도투라지 나무. 도투라지 나무를 그게 인제 잘 키워 가주고 칠을 잘해 가주구 멋지게 인제 맨들어 참, 번쩍번쩍 거더록(거리도록) 하는 게 그게 기화장이랬는데. 그걸 인제 자기가 돈이, 심부자 돈이 있으니께네 좀 돈을 많이 인제 참 줘 가주고, 그걸 키우라고 공을 들여 기화장을 잘 맨들어 가지고. 거를 짚고 인제 경주 최부자집 사가에 인제 그 뭐 참 말하자믄 초청이 있었든가 뭐 인제 가는데, 기화장을 짚고 갔단 말이지.

가서 문 앞에 서워 놓고(세워 놓고) 이제 사돈끼리 앉아 설설 얘기를 하는데. 자기 기화장 슬슬 자랑을 좀 했단 말이지. 자랑을 해 놓이, 경주 최부자 사돈이 가마이 듣고 보니 거 썩은 기화장 갖고 자랑한다 싶어 가주고. 그래 사돈 방에 있는데 마당 실실 나가 가주고 청지기 인제 불 옇고 하는 청지기한테 귀에 대고 가마이,

"니 가마이 모른 채 하고 저 사돈 기화장 갖다 부지깽이 맨들어 뿌러라."

[일동 웃음] 그래 부지깽이 만들어 뿌라 카이, 이건 그만 참 주인이, 주인이 시키이께네 청지기 뭐 시키는 대로 안 할 수 없고. 그래 고마 군불 하는데 부지깽이, 기화장을, 그 비싼 그 좋은 걸 고마 부지깽이를 해 가주고 끄트머리 다 끄스러 가주고 내놔 뿌고. 자고 나가주고, 심부자가 자고 나가자구, 인제 거 참 중한 지팡이 기화장이 어디 있노 싶어 이래 두리 살펴보니 고마 부지깽이가 돼가 있단 말이지. [점점 큰 소리로] 고마 홰를(화를) 내 가주고, 사가고 뭐 각중에 홰를 내 가주고,

"이 어느 놈이!"

거 맹(마찬가지로) 인제 종들 드나드는 거 잘못했다 싶어 가주고.

"이 어느 놈이 남의 중한 기화장을 이래 군불 내는 데 부지깽이 했나?"

고 막 홰를 내고 나싸이께네. 이래 사돈이 이래 문을 열고 방에서 내다 보고,

"사돈 이제 지만(그만) 하소."

하고, 인제,

"방으로 들어오소."

청지기 불러,

[웃음이 섞인 말투로]

"아무것아 니 저 고방에 가 가주고 기화장 좀 갖다 놔라."

그카이께네 인제 가드니만은 기화장을, 그보다 더 좋은 기화장을, 번들 번들한 거 한 장단을 갖다 마당에 펴 놓은단 말이지. [웃음]

"사돈 거 마음에 드는 거 하나 골리소."

[일동 웃음] 그래 고마 돈 있는 자랑 하다가 그래 인제 봉변당한다 카는 얘기다. [일동 웃음] (조사자 : 안동 저쪽에서는 뭐 감기 걸리면은 뭐, 애 이놈 감기야 청송 심부자집으로 가라구 그랬어요?) 우리도 그리 했어, 우리도 클 때도 맹 그랬어. [격하게 웃으며] [웃음이 섞인 말투로]

"패이야 칭이야 객구야 저 덕천 심부자네 맏며느리 머리 쥐고 절렁절 렁 흔들마 먹을 거 생긴다."

이캤다고. [웃음] 이게 참 우스운 얘기야 이게. [웃음]

호랑이보다 무서운 여자 엉덩이

자료코드 : 05_20_FOT_20090115_LJH_BBE_0001

조사장소 : 경상북도 청송군 진보면 진안2리 노인정
조사일시 : 2009.1.15
조 사 자 : 임재해, 조정현, 편해문, 박혜영, 임주, 황진현, 김원구
제 보 자 : 방분을, 여, 85세
구연상황 : 곳갬이 이야기를 들은 방분을 할머니가 다른 호랑이 이야기도 있다며 이야기
　　　　　구연을 했다.
줄 거 리 : 호랑이에 물려 갈 팔자를 가진 여자가 있었다. 후에 시집을 가서 산에 올라갔
　　　　　는데, 그곳에서 호랑이를 만났다. 호랑이가 여자를 잡아먹으려고 하는 절체절
　　　　　명의 순간 자신의 엉덩이를 보여 줬다. 여자의 엉덩이를 본 호랑이는 가로로
　　　　　찢어진 입은 많이 보았지만 세로로 찢어진 입은 본 적이 없어 무서워 도망을
　　　　　갔다.

　　예전에 호랭이가(호랑이가) 물어 갈 팔자래. 그래 가지고 예전에, 산에
이제 올라갔다. 시집가 가지고 이제 갔다. 가이께네 호랑이가 나서는 거
래. [웃으며] 길게는 안 하니데이 내가. 그래가 가이께네, 호랑이가 한 마
리 잡아먹을라고 있드란다. 그래 가지고 이놈의 치마를 훌~ 벗어 가지고,
[엎드려 엉덩이를 보이며] 이놈의 자슥 날 잡아 먹을라고. [엎드린 상태로
뒤를 바라보며] 그래 뒤를 이래. 궁디(엉덩이)를 이래 보여 주이께네 말이
래. (청중 : 앉아 가지고 해 앉아 가지고.) 그래 그 궁디를 보이께네 말이
래. 이래 하이께네. 그 구녕이(구멍이) 하매, 얼마나 무섭니껴? [청중 웃
음] 그러니께 고마 자(잡아) 먹혔거든?('안 잡아 먹혔거든'이라고 해야 할
것을 잘 못 말했다.) 그래 가지고 못 잡아먹고 갔다니더. [웃음]

친정아버지 실수를 변명한 딸의 재치

자료코드 : 05_20_FOT_20090115_LJH_LCN_0001
조사장소 : 경상북도 청송군 진보면 진안2리 노인정
조사일시 : 2009.1.15
조 사 자 : 임재해, 조정현, 편해문, 박혜영, 임주, 황진현

제 보 자 : 이차놈, 여, 80세

구연상황 : 사전에 연락을 드리고 할머니들께서 모여 계시는 노인회관으로 갔다. 조사의
취지를 말씀 드리고 시집살이한 이야기나 사돈집에서 실수한 이야기를 부탁
드리자 구연해 주셨다.

줄 거 리 : 어떤 모자란 사람의 딸이 시집을 가게 되었다. 사돈집에 가 실수할까 걱정되
어 동생이 이것저것 주의를 주었다. 그럼에도 여러 가지 실수를 저지르고, 밤
에는 바지에 똥을 싸기에 이른다. 이를 숨기기 위해 옆에서 자던 사돈집 손자
의 바지를 훔쳐 입고 아침에 몰래 떠나려고 한다. 하지만 바지가 작아 말에서
떨어지게 되어 웃음거리가 된다. 이에 딸이 달려 나와 사돈집에서 큰 웃음거
리가 되면 딸이 잘 산다고 했던 말을 아직도 기억하고 이렇게 나를 위해 웃
음거리가 되느냐고 눈물짓는다. 사돈집에서는 딸과 사돈집을 위해 몸을 아끼
지 않은 사돈을 위해 좋은 옷을 새로 맞춰 입힌 후 돌려보냈다.

사돈네 집에 들어가 가지고 저기 뭐 실수한 이야기, 저기에 실수한 이
야기, 똥 쌌는 이야기 한번 할까? (청중 : [웃으며] 그래 해라. 아이고-) 옛
날에 사돈네 집에 가 가지고, 가는데, (청중 : 잘한다.) 이 사람이 조금 좀
약간 모지랐던가 봐(모자랐던가 봐, 지능이 떨어진다는 말이다.), 그런데
그래도 사돈은 봐야 되거든? 자식이 있으니께네. 그래 가지고 사돈을 보
는데, 인제 가 가지고 보면은, 저게, 동상이(동생동) 있다가 형님이 영글지
않으니께네,

"내가 감시더(가겠습니다), 상가손으로 내가 감시더."

옛날에는 왜 마당에서 했잖아요? (조사자 : 그렇지요.) 요새 같이 식당에
안가고? 그러니께네,

"그놈의 자슥, 내 자슥 일에 내가 가지 니가 왜 가노?"

그카는 기라. 그라이께네, 그럼 형님이 가시라고 말이야. 그래,

"가다가 비가 오거덜랑, 비가 오거들랑 갓을 접어 여으시오(넣으시오)."

이카이께네,

"알았다."

하며 갔거든요? 가다니께네, 그래 어데 어데 가다이께네, 비가 고마 또 닥또닥 몇 방울 띠꼈어(떨어졌어). 띠껴부이 갓을 접어 넣으라 하이께네, 벗어 가지고 자두 밑에 뽀끔(든든히) 찡가 부랬어(끼워 넣었어). 찡가 가지고 바짝 뻐져부이께네(부서지니까) 뭐가 있나? 아무것도 없는 게라. 다 뻐져뿌이께네 못 쓰는 거라. 가 가주고 이제 상가손에 가마인제 이래 섰~ 다. 섰는데, 그래 옛날에 왜 상가손에 이래 가면 부채로 입을 가루찬아요 (가리잖아요)? (조사자 : 예, 예-) 입을 가라 가지고 이래 있거든요? 그래 이래 가라 가지고 있으니께네, 뭐 담 넘어에, 울 넘에 뭐 저 밤이 늦도록 젊은 새댁들이 보고는, 전부 막 저 [웃으며] 대반 손이가 저 큰 손이가 어 에 가지고 입을 가라 가지고 있는가? '입이 없는겠다.' 카며, 마구 저거끼 리 쩌이쩌이 하느라고(놀리느라고) 자꾸 그러거든? 그르이께네 고마 이 남자가 속이 잔뜩 상했다. 이게 고마 부채를 착 내밀면서,

"이게 내 입이 아니고 너거 어마씨(어머니) 뭐가?"

하면서 이캐 부랬는 거라. 그래 부이 망발을 하마 해 부랬지요? [웃으며] 해 부골랑 이제, 그래 형님 이제 가시거들랑 상을 착 차려 가지고 드릴 모양이니께, 드리거들랑, 차려 놓거들랑 자꾸 많이 잡수면 안 되니께네, 새손으로는 뭐라도 조금 아껴서 잡수고, 삼가를 하라 말이야. 이래 하라고 시켜놔 놓으니께네, 고마 노다지(무조건) 굶었다. 고마네. 먹을라니께네 겁이나. 동생이 그캤으니께네, 들다 보이 먹고 접기는 먹고 접은데, 먹을라 하이, 많이 먹어 버리면 또 욕거리 될까봐. 뭐라 카는강 접기도 하고 마, 겁도 나고, 생전에 그런 거를 안 보다 보니께네. 그래 이래 있었는데, 있다니께네, 고마 못 먹었어. 못 먹고,

"왜 이렇게 안 잡수냐고?"

이러니께네, 고마 입도 안 띠고,

"안 먹는다고."

이러고, 드러내 버리고, 이제 저녁에 이제, 자게 되었어요. 상가손이가,

자게 되었는데, 잘라고 이제 방에 사랑방에 가 이래 누워 있으니께네, 배가 고파가 소리가 쪽 쪽 나는 기라. 하마 배가 고파서. 그래 아무 때나 자꾸 먹던 사람이 상가손을 가 가지고, 못 먹었으니께네. 배가 쪽 쪽 고마 맛있는 거 봐도 먹지도 못했지 마. 이러니께네, 그러이께네, 고마 배가 쪽 소리 나이께네, '옳다 요럴 때는 고요하니께네 부엌에 한번 가만히 한번 나가 본다.' 고, 막 큰일하고, 다들 자고 이라이, 부엌에 한번 나가서 본다고 이래 살피니께네, 뭐 단지에 뭔동, 어두부이(어두우니) 요새같이 불이 있나? 그때는 불도 없었잖아? 그러니께네 이래 찍어 가지고 먹어 보니께네 뭐, 뭐 별개 다 있거든? 뭐 이래 집어 먹다 보이, 뭐 이래 집어 먹다 보이께네, 그 뭐 풍덩한 게 그냥 그냥 넘기다가 물 마시고 그걸 또 집어 먹고, 배고 고프니 자꾸. 생콩가루를 고마 자꾸 퍼 먹어 부랬어 고마. [웃음] 거서 마 생콩가루를 지끈 퍼 먹고 물을 한 그릇 퍼 마셔 부랬는거라. 퍼마셔부고는, 그래 인제 이래, 방에 가 이래 누워 있으니께네, 하마 배가 우글우글(배탈이 난 것을 나타내는 의성어) 하는 그래요. 굶었는데, 찬 데다가 생콩가루를 퍼 먹어 놨으니께네, 그 놈이 배가 안굼지는(탈이 안 나고는) 못 배기거든? 우글우글 하디만은, 고마 참 매라분 기라(마려운 거야). 가 가지고 인제, 가다가 고마, 운짐따라('웅진달다' 조급하다는 뜻임) 가지고 고만, 그 상가손 옷에다가 싸 부랬다 고마. 가지꺼 아주. 싸 부랬어 고마. 나가다가 울다리 밑에서 싸 부랬는 기라. 벗도 못하고, 싸 부랬는 기라. 푸덕덕 싸부니께네 뭐 매란이 있니껴? 그래 부이 뭐. 그래 인제, 옷을 벗었어. 벗어 가지고, 이제 개가 그 집에 한 마리 큰 게 한 마리 꽁지 설렁설렁 치고 이제 들어오거든. 들어오니께네, 옛날에 개가 똥 먹고 컸잖아요? 그래 놔 놓으니께네, 워리 워리 그면서 가마히 그래 부른다. 부르니께네 요 개가 좋다고 쫓아오는 기라. 살랑 큰 게 오디마는 이래 막 좋다고 핧아가, 핧아 먹디만은, 고마 준을('속바지' 그러나 정확한 뜻은 알 수 없음) 고마 덮어 씌워 버리고 가 뿌는 기라 고마. 남에 준을 이래 덮어

씌고 가 뿌래.[웃음] 덮어씌고 가 뿌니께네, 이 망한 놈의 준도 빼앗기 뿌고, 이거 바지가 있어야 가든지 오든지 하지? 그러니 뭐 어디 이래 씻을 수가 있나? 뭐 어앨 수가 있노? 운짐달아 가지고 고마. 대충 고마 저래 가지고 들어가 가지고, 사돈네 방에서 자는데, 댕기 보이(다녀 보니) 뭐 하이튼 옷을 벗어 놓고 자는 사람이 없거든요? 뭐 누해라도(누구꺼라도) 입어 볼라그이, 그르이 홀딱 벗고 앉아 있으이 뭐가 되노? 그래가 이제 보이깐 쪼매난 아가(아이가) 요만한 학생 아가 인제 할바이(할아버지) 곁에 잔다고 고 와 자던가 봐. 가가 인제 옷을 벗어 놓고 팬티 바람으로 자는 그라. 고걸 끼 입으이 드가나 그게? [인상을 쓰며] 억지로- 삐잡아 가지고(단단히 잡아 가지고) 막 요래 끼, 요 뒷집 절박식으로(절박하게) 착~하다가, 요래 엉치에(엉덩이에) 걸어 가지고, 도포는 입어야 되고, 도포는 입고, [다리를 모으며] 요래 쪼그려 가지고 앉아 있으니께네, 아침에 나오디만은 애가,

"할아버지 내 옷 없다. 옷 없다."

막 자꾸 바지 없다고, 없다고 내놓으라는 거야. 옛날에는 한복이잖니꺼? 애라도? 그래 놔 놓으니, 없다그이께네, 할바이는 하마(벌써) 눈치를 알아 가지고, 어애할 수가 있나? 그래가 고마,

"아이구 야야 저 방에 가봐라"

그러니께네, [다른 할머니가 방에 들어 왔다.] 얼러 오소(어서 오세요). 그래 가지고 자꾸 그러다가 나중에 이제, 옷을 자꾸 쥐어뜯는다. 애가. 지 옷이라고. 새손 옷을 자꾸 쥐어뜯는다.

"할아버지 내 옷. 옷." 하매 자꾸 지어뜯으니께네, 얼마나 민망스럽니껴 그래? 그러니게네 고마, 어쩔 수 없이 그래 있다가, 아침에 인제 또 뭐 한 숟가락 되나 안 되나? 인제 한 숟가락씩 때워 붙이고, 인제, 떠날 판이라요. 그래,

"말 갖다 대라."

하이께네 말을 갖다 대는데, [두 다리를 모으며] 요래 오므리고, 요래가 지고 오무려가 가지고, 도포를 입어놔놓으이, 요개 뭐 옷이 쪼매한 거래 놔 놓이께네, 다리나 벌릴 수 있겠어요? 그게? (청중 : 거리가 쩌러버(짧아) 가지고 꼼짝도 못 할다.) 어. 그래 가지고 말을 갔다가 이제 청에 떡 갔다 댄다. 대놓고, 가야 되는데, 말을 탈라고 하니께네 어이가 없는 게라. 이게 다리가 안 벌어져 가지고. 옷이 고래 놔 놓이. 그래 가지고 고마 타기는 타야 되는데, 이래 가지고 억지로 고마 이래가 고마, 어에 가지고 [웃으며] 지끈 고마 올려탄다고, 올리는데 고마, 히떡 나가 자빠져 부렸는 기라(넘어졌는거야). [청중 웃음] 나가 자빠져 부니께네, 고마 만동 웃음을 다 해부랬지. 고마 그래 부이께네, 마당에 나가 자빠지이. 그러이 그 딸이 나와 가지고 하는 말이, 딸이 큰 사람이라요. 나와가지 하는 말이,

"아이고 아부지요. 딸이 못 살면 어때 가지고, 응? 옛날에 쪼맨할 때, 저 쪼맨할 때 어디가 물으니께네, 우리 아버지가 날 시집보내 놓고, 상가 손을 가지고, 대(大) 우세를 해야 날 잘 산다고 하시든 그 말이 안 잊어버리고 어에 그래 생각했냐?"고 말이야.

"나는 이래 가지고 부끄러워 가지고 어에 사느냐?"

고 막 대성통곡을 하는 기라. 그르이 그 사돈네들이 얼마나 좋노? 까지꺼 뭐 대우세를 하든지 말든지 간에. (청중 : 잘 산다그이.) 잘 산다그이 좋다. [웃음] 그래가 고마네,

"야야 고마 그 좀 멈차라."

해 놓고는, 옷 한 벌 빨리 해 놓으라는 거야. 옷을 막 멋지게 한 벌 얻어 입고, 해 가지고, 그래 가지고 가이 잘 살드라니더. [웃음] (조사자 : 아이고~ [웃음]) (청중 : 아이고 잘한다.) (조사자 : 아이고, 이야기 뭐 아주 훌륭하게 잘 하십니다.) [웃음]

목화 따러 가다 만난 소장수

자료코드 : 05_20_FOT_20090115_LJH_LCN_0002
조사장소 : 경상북도 청송군 진보면 진안2리 노인정
조사일시 : 2009.1.15
조 사 자 : 임재해, 조정현, 편해문, 박혜영, 임주, 황진현
제 보 자 : 이차놈, 여, 80세
구연상황 : 조사자가 먼저 어제 다른 마을에서 조사 한 '며느리가 장모 되고 시아버지가
사위 된 이야기'를 들려주었다. 그러자 아주 재미있고, 신기한 이야기라며 좋
아했다. 그리고 옛날에 목화 따러 가는 이야기라며 들려 주었다.
줄 거 리 : 두 며느리가 있었다. 하루는 목화를 따러 가는데, 첫째는 집안일을 하고 뒤
따라가겠다고 해 둘째가 먼저 가게 되었다. 목화밭으로 가기 위해 고개를 넘
어가는데, 소 장수가 앞에 와 자신과 한참만 놀아 주면 자신이 가진 소를 한
마리 주겠노라 했다. 이 말에 혹한 둘째 며느리는 소 장수와 놀아나게 되었
다. 놀고 난후 둘째 며느리에게 소를 줘야하는 소장수는 소를 건네주기 아까
워 꾀를 내게 된다. 이제 소를 주고 가라고 하는 둘째 며느리를 두고 소장수
는 갑자기 배가 아프다며 배를 잡고 구르기 시작한다. 이에 놀란 둘째 며느리
는 이제 곧 첫째 며느리가 올 시간도 얼마 남지 않았고 해서 소를 주지 않아
도 좋으니 어서 갈 길을 가라고 재촉한다. 이에 소장수는 마지못한 척 배를
잡고 소를 끌고 가 버린다. 그렇게 둘째 며느리는 잠깐의 욕심에 몸도 잃고
소도 받지 못한다.

옛날에 목화, 목화 따러 가는 이야기 한번 할게요. (조사자 : 네, 네-)
옛날에 목화라 하면 명(명주) 아니껴? 명. (조사자 : 그렇지요.) 예~ 목화
솜. 그거 따러 이제 가야 되는데, 동서끼리가 가야 되거든요. 동서끼리
저~ 막 등을 넘고 재를 넘고, 굉장히 멀리 가야 되는 게라. 밭이 멀리 있
어 가지고, 산중에서. 그래가 이제 천천히 이래 간다. 이래 가는데,

"새댁이 먼저 좀 앞에 가게. 가면은 내가 집에서 할 것 일 좀 해 놓고,
그래 점심 준비를 좀 해 놓고, 뒤로 따라 갈꾸마. 먼저 가면은 내가 뒤를
따라 갈꾸마. 먼저 가 목화 좀 따라."

이라이께네, 안개는 자부로(자욱) 한데, 인제, 혼자 인제 끝임 없이, 인

제 산중에 가자면 얼마나 그게해요(무서워요)? 그래 인제 간다. 자꾸 인제 혼자 가다이께네(가다가 보니), 어느 조그마한 고개를 하나 넘어 가지고, 아직 큰 고개도 못 넘었는데, 고개를 하나 넘어 가지고, 길바닥 같은데 이 래 가다 보니께네, 웬 소장사가 하나, 소를, 큰- 소를 몰고, 큰- 소를, 소 장사가 인제 오면서 하는 말이,

"아줌마, 아줌마 어디 가느냐?"

고 하니께네,

"목화 따러 간다."

고, 하이께네,

"당신은 뭐하는 사람인데 길이나 가지 왜 그런 거를 묻느냐?"

고 이카니께네,

"나는 소장사라고, 소장사로 돈도 많-이 있는 사람이고, 그러이께네 아 줌마가, 그런 짓 하지 말고, 목화 따러 가자면 개골 개골에(계곡 골짜기들) 등등이(등성이들) 넘으면서 애먹지 말고, 내하고 한참만 저거 해 주면, 내 가, 응, 소를 이 한 마리 그냥 줄꾸마."

줄꾸마 하이 여자가 가만 생각하이, 없는 도둑의 마음이 고마 콱 드는 기라. 딴 건 아무것도 생각도 안하고. 그래 드니께네 여자가 가만 생각을, 먹먹하게(묵묵하게) 있디만은,

"맘에 없느냐? 없으면 내가 가고."

하이께네,

"아니 그게 아니고, 조금 있어 보라."면서 이래 진정을 해 가지고, 시키 더니, 여자가 그게 쉬워요? 그래 할라면 참말로? 그래가 인제 이래 있다 보니께네, 이 어에, 여자가 마음이 고마 그 소 한 마리에 고마, 그 옛날에 는 소 한 마리하면 보통 재산이, 한 재산이거든요? (조사자 : 한 살림이죠.) 한 살림이랬어요. 그래 노이께네, '애나 까짓 모르겠다. 한번, 저래 뿌고, 내 소나 한 마리 얻어 가지고, 가자 고마.' [청중 웃음] '까지 꺼 싫다 하

면 내대로 어디 가져가가 여 초가삼간 하나 사 가지고 내 살면 된다.' 이
래 가지고 고마 큰 맘 먹고, 일이 얼마나 고드러(고생스러워) 빠지니 맹
그도 맘을 그래 먹었지, 먹기는. 그랬는데, 그래가 거서 이제, 안구찌고
('안고서', 그러나 정확한 뜻은 알 수 없음) 고마 놀았뿌랬는 기라. 놀아
뿌고, 소는 매 놓고, 놀아 뿌랬는데, 다 놀고 나니께네, 소는 이제 소장사
가 줘야 된단 말이래. 그 여자를. 지가 줘라 했으니 줘야 되는 기래. 줘야
되는데, 못 주는 거라.

줘라 하이 소 줘 버리면 지는 어애노? [웃음] 소 한 마리 팔러 왔는데,
그래 가지고 고만에, 거기서 고만 논띠에서(논두렁에서) 일어나 가지고 고
만, 마구 남자가 배 아파 죽는다고, 막 또굴또굴또굴또굴(굴러가는 모습을
나타내는 의태어) 막 구부는(뒹구는) 기라 마구. 마구 구부니깐 이 여자가,

"왜 이러냐고 말이야? 소는 날 줘야 될 꺼 아니라?"

"소고 말고, 나는 여서 당신 앞에서 내가 죽는다고 말이야. 죽으니께네
그 책임을 져라."

이르이, 동서는 이제 곧 오게 됐다. 하마 그러다 보이께네, 하마(벌써)
시간이 그래 그래 흘러부랬는 기라. 그르이 동서가 곧 재를 넘어오게 되
었는데, 어떻하노? 큰일 났거든 이게? 암만 생각해도. 그르이께네,

"배 아프더라도 소를 몰고 빨리 가란 말이야." [웃음]

빨리 가라 그러니께네, 남자가 이게 은근히 막 배는 안 아픈데, 배가
아프다 그지만, 우부러지고(배를 잡고) 막, 소 킹가리를('고삐', 그러나 정
확한 뜻은 알 수 없음) 몰고,

"내 억지로라도 가 볼꾸마."

카면서 막,

"당신을 생각해서 내 간다."

하면서, 막,

"이랴 이랴"

하면서 끌고 막- 넘어가거든요. 그래 넘어가다 쪼매 넘어 가니께네, 동서가,

"새댁 아직도 여기 있나?"

그러드라니더.

"아니 여기 가다 좀 쉬어 간다고 여기 앉았디 형님 하마 오셨니껴?"

하이, 그래 가지고, 그 목화를 따면서 여자가 생각하이께네, 얼마나 한심하겠어요? 그 몸은 빼앗기 뿌고, 그래 가지고 동서한테 그 이야기도 못하고, 그날 저녁에 와 가지고, 집 안에 이제 신랑하고, 참 방에 잘라고 하니께네 면목이 없드라는 거야. 그래 여자가, 남자가 있다가,

"이 사람아 생전 안 그러더니 오늘 저녁에는 왜 이래 사람을 자꾸 위대접을('푸대접', 그러나 정확한 뜻은 알 수 없음) 하느냐?"

그러니께네,

"나를 오늘 저녁, 내일 저녁, 이틀 저녁만 좀 시간을 좀 달라는 그라."

좀 마음을 저거 해 보그라. 그래 가지고, 그거 만큼, 그래 가지고 사는데, 거다가 또 어에 어느 사람 임신이 됐는지 임신은 됐다니더. 되어 가지고 낳으니 아들이고, 그래도 뭐 그 남자 앞으로, 엮어 살기는 살았다는데, 그게, 얼마나 그 여자가 평~생 고민을, 그거를 하고 살다가 결국에는, 거 뭐 뭐 옛날에 뭔 병이로? 빼짝 말라 죽는 병? (청중 : 폐병이지 뭐.) 그게 걸려가 죽었다니더 고만에. 아를 하나 놓고. 그 여자 맘이라 하는 거는, 남자들 같잖고, 훅 터는 게 아니고, 꼼꼼하기 때문에, 그게 맘으로 고만 고렇게 고렇게 먹고 살다 보니께네, 병이 되버렸어 고마. 그 남자한테 말도 못하고, 소도 못 얻고. [청중 웃음] 그래 가지고, 그런 그것도 있었어요. 옛날에요. 이야기가요. 그것도 이야기가 있었어요. 그것도 우리 쪼매할 때 이야기 들었는 거래요. [웃음] (청중 : 총기가 있다. 그걸 안 잊어 뿌고.) (조사자 : 아이 정말 총명이 좋으십니다.) (청중 : 그 소를 얻어도 소 감당을 어에 하노? 가 가지고 뭐라 하노?) 그 지는, 자기는, 그때 생각으

로는, 우뚝하는 마음에. (청중 : 우선을 그랬지만 말이래. 내중에(나중에) 뒷일은 어쩌노? 옛날에.) [웃음] 지사 주웠다 하던지. 뭐 어디 가니깐 있 드라 하던지, 무슨 맹 변명을 댈라고 했지만 그게 안됐지만은, 여자들 속 에는 맹 그래 생각하고 했지 하기는. 그랬는데, (청중 : 우선 소 준다 그이 (준다고 하니) 좋아 가지고.) [웃음] 그 소 한 마리가 고마 그래 돼부랬지. [웃음]

소 판 돈 노리는 시숙

자료코드 : 05_20_FOT_20090115_LJH_LCN_0003
조사장소 : 경상북도 청송군 진보면 진안2리 노인정
조사일시 : 2009.1.15
조 사 자 : 임재해, 조정현, 편해문, 박혜영, 임주, 황진현
제 보 자 : 이차놈, 여, 80세
구연상황 : 제보자의 '목화 따러 가다 만난 소장수' 이야기 후 조사자가 '사돈 간에 소 바꾸고 사돈집으로 간 이야기'를 들려 주자 또 다른 소 이야기가 생각났다며 구연해 주셨다.
줄 거 리 : 두 형제 내외가 가까이에 살고 있었다. 동생이 군대를 가게 되어, 혼자 기다 리게 된 아랫동서는 그동안 기르던 소를 팔아 생계를 유지하게 된다. 하지만 그날 밤 혼자 자고 있던 아랫동서 방에 한 사람이 몰래 들어와 그 돈을 뺏으 려고 문틈으로 손을 집어넣어 문고리를 열려고 한다. 이에 놀란 아랫동서는 옆에 있던 칼로 그 손을 찧게 되고, 도둑은 놀라 도망을 간다. 간밤에 도둑이 든 사실을 알리기 위해 고개를 넘어 큰집으로 간 아랫동서는 손을 싸매고 누 워있는 시숙을 보게 되지만 윗동서는 소여물을 썰다가 작두에 손을 찧었다고 한다. 그리고 솝을 끓이는 아주 큰 가마솥 안을 들여다보라며 아랫동서를 부 른다. 윗동서의 말에 따라 가마솥 안을 들여다보던 아랫동서는 윗동서가 뒤에 서 밀어 솥에 빠져 죽게 된다. 아랫동서를 죽인 큰집 식구들은 아랫동서를 화 장실 옆 잿간에 묻어 두는데, 그날 휴가를 나온 동생이 집에 가니 안사람이 없어 큰집으로 찾아온다. 시치미를 떼고 동생을 돌려보내려던 참에 화장실을 갔던 동생이 잿간에서 안사람의 옷고름을 보게 된다. 모든 사실을 알게 된 동

생은 큰집 식구들은 감옥에 보내고 혼자서 살게 된다.

소 이야기 하니깐 소 이야기 또 한마디 할게요. (청중 : [웃으며] 이제 널('이야기판', 이야기할 분위가가 되었다는 의미로 쓰었다.) 됐다.) 소가, 아이, 소가, 인제 큰집이 시숙하고 동서하고 살고, 이 아랫동서는 인제, 둘 내외가 요래 살다가, 요 등 하나 넘어서 살다갈랑, 그래 이제 신랑이 군대에 가 버렸어요. 군대에 가부이 혼자 있을 꺼 아니라? 혼자 있으이께 네, 아들은 군대, 아 신랑은, 신랑은 인제, 군대에 가 뿌고, 있래 있다이께 네, 소를 한 마리 큰 거를 메겼는데, 메겨 가지고, 이게 여자가 소를 혼자 그 큰 거를 다 못 먹이니께네,(못 키우니까) 이거를 팔아가, 판다고, 팔아 가 돈을 어떻게 한다고, 소를 갔다가 팔았어요. 팔았는데, 장날에 인제 소를 몰고 가 가지고, 팔아 가지고 집에 갖다 놓고 있다니께네, 저녁에 도둑 놈이 왔어. 돈 도둑 키러. 왔는데, 저 문고리에다가 칼을 하나 이래 놓고, 겁이 나 가지고, 혼자 있으니께네 칼을 하나 놓고, 거기 인제 잤는 거야. 문을 걸어 놓고 잤는데, 문을 땡기다가(당기다가) 안 되니께네, 이 문고리, 안에 옛날에는 종이 가지고 문 발랐잖아? 옛날 종이에? 문 발랐는 종이에, 손을 쑥 넣어 가지고 문고리 벗기려고, 떨그럭 떨걱 하는데다 고마 여자 가 손을 고마 콱 쪼아 버렸어(찍어 버렸어). 칼로 고마 쫘 부랬는 기라. 쫘 부이 고마 피가 뚝뚝뚝뚝 그르이 글고 빼 부랬는 기라(도망가 버렸는 거야). 돈이고 마고 손을 쫬는데, 아파 죽겠는데 저거 집에 가야 되는 기 라. 그래 가 가지고 인제, 하이께네, 아침에 인제 그거 이야기 할라고 큰 집에 이제 갔어. 큰집에 가가지고는, 인제 이야기를 인제 한다.

"그래 어제 소를 팔아 놓고 그랬는데요."

시숙한테, 이제 동서한테 이야기 할라고 가이께네, 시숙이 방에 이불을 푹- 덮어쓰고, 들 누워 있는 거야. (청중 : [웃으며] 도둑놈이 시숙이다.) 그래가,

"아주버님이 왜 누워 계시냐?"

고 하이께네, 동서가 영— 기색이 안 좋게 해 가지고, 그래 저기에,

"어제 저녁에 여물 썰인다고 나가디만은, 소여물 썰인다고 나가디만은, 짝두에 손을 좀 쪼아 부랬더라. 그래 가지고 저래 동여 가지고 있다."

이래 거짓말, 변명을 하는 기라. 근데 솥에 다가는 뭐 정지에는(부엌에는) 마구, 큰— 단지는 뭐 큰—거를 하나 놓고, 거기에 큰 솥에 솜을 끓이는 솥이니깐 크지요? 그르이께네, 거기에 물을 상상상(물 끓이는 소리를 나타내는 의성어) 끓이는데, 뭘 끓이는 동 모르지 뭐요. 동서는 그거를 생각도 못하고. 그래 가지고 있다 보니께네,

"아이고, 새댁 여기 단지에 좀 들다보래? 이 안에 뭐를 빠잤는데 못 건진다."

못 건진다 카이께네, 그르이 동서가 들여다보라 하면 들여다보는 거 아니껴? 그래 까꾸로 들다보고서는, 이래 파낼려고 손을 자꾸 이래 하는데, 이게 솥에 물이 쩔쩔 끓는 거를 그 물을 다 거기에 퍼여 버렸어. 그기다가.(거기다가) 동서를 까꾸러 쳐여 뿌골랑(쳐 넣어 버리고). 단지에 퍼여 뿌고, 밀어 여뿌고 고마 물을 갔다 퍼여버리니깐 거는 뭐 죽지 어에 살아내니껴? 죽어 뿌지. (청중 : 거 둘이 똑같다.) 그리고 삶겨 죽어 부랬다. 삶겨 죽으면 운짐이 달아 가지고 어앨 수가 있나? 고마 이 영장을(시체를) 꺼내가지고는 고마, 둘이 꺼내 가지고, 옛날에 저기 왜 화장실 옆에, 겨를, 저 저 재를, 재를 쳐 가지고 이래 옆에 놓지요? 왜요? (조사자 : 잿간. 예 잿간이요.) 거기다가 파 재껴 가지고, 우선 파기 쉬우니께네, 거기 파고 우선에 자여 묻어 뿌랬는 기라. 묻어 놓고, 있다니께네, 하필 그날 신랑이 휴가를 왔어. (청중 : 시동상이구만.) 응. 그 집에는 시동상이고, 죽은 사람은 신랑이야. (청중 : 그렇지 신랑이지.) 휴가를 왔는데, 오니께, 집에 오니께 사람도 없고, 소도 없고, 아무것도 없는 거야. 없으니께네, 우리 집에 여기 안 왔더냐고 하면서 오니께네, 아이고 여 안 왔드라고 말이야.

"어제 저 소 팔러 갔는데 왜 없노?"

"왜 없노? 여기 안 왔더라."

이카거든. 이 아무리 그래도 눈치가 다 틀릴 꺼라(다를 꺼야). (청중 : 아무래도 좀 다르지. 죄 짓도 안 다를 수가 있나?) 사람을 죽여 놨으니, 이런데, 이 가만히 생각해 보이께네, 그 사람이 어디 갈 사람도 아니고, 어디 그거 할 사람도 아닌데, 이상하다 싶어 가지고, 오줌이 매러(마려워) 가지고, 화장실에 가서 오줌을 누고는랑, 나온다고 나오다니께네, 옛날에 왜 [명치 부분을 가리키며] 여 한복에 자주고름? 자주고름 달고 있었지요 왜요? 그런데, 뭐 잿 틈에 이래, 나오다 보이께네 자주고름이 하나 요만큼 나와 가지고, 덜 묻혀 가지고, 운짐달아 가지고, 묻다 보이께네, 덜 묻여 가지고, 바람이 부니깐 그게 팔랑 팔랑 팔랑 그러는 게라. 그래 가지고, 내 가다 가만히 생각하이께네,

'내 그 고름이 그거 천상에 내 그전에 보던 우리 마누라 고름 같다.'

싶어 가지고, 그래 가 가지고, 땡기니께네요. 땡겨나오더라니더. 자기 여자가. 그러이 글쎄, 그래 가지고 이걸, 시숙이, 동상이 그거 어떻겠노 그거? 그래 가지고서는 그거 뭐 동서고 뭐고, 뭐 그거는 암만 옛날이라도 그거는, 안 가고 안 되지요?(교도소에 가야 한다는 말이다.) 안 가고 안 되는 게 아니라 그거는 맹 다 보내 뿌고, 그 참 이 남자도 이제 여자도 잃어뿌고, 그래 살기는 살드라니더만은 그래 그런 그거도 있었어요. 옛날에요. 그것도 있었어요.

소 팔아 가지고, 그거 소 돈 도둑 키러 가. (청중 : 시숙이 도둑질 왔구만?) 응. 시숙이. 도둑질하러 간 것도 시숙이고.) 시숙이래. (청중 : 부엌에 가서 물 끓인 것도 그 집 사람이니까 짰구만은, 뭐.) 짰어. (청중 : 안그면 짰으니껜 그렇지.) 그러이 이만치 끊어 가지고 있으니께네. (청중 : 저걸 죽여야 돈도 우리가 할 게고.) 안 그러면 그게 파벌에 이제 소문나면 저는 맹 결국에는 안 되는 거야. (청중 : 여자가 맹 올께니께네 물 끓였구만.)

그러이 뭐, 그래 가지고 끓였는가 봐. (청중 : 세상이 참. 세상에 그놈의 돈이 참.) 소가 뭐 일내, 소도. [웃음] (조사자 : 그래 가지고 다 보냈다 그 러는 거는 감옥소 다 보냈다는?) 예. 감옥소 다 갔지요. 다 가고, 집이 옛 날에 안 되드라니데. (청중 : 안 되지 그게 될 수가 있나?) 남자는 군대 가 서 고마 지대로 살고, 그래 그래 망해 버렸다. 집이 망해 버렸다.

며느리 몰래 팥죽 먹기

자료코드 : 05_20_FOT_20090115_LJH_LCN_0004
조사장소 : 경상북도 청송군 진보면 진안2리 노인정
조사일시 : 2009.1.15
조 사 자 : 임재해, 조정현, 편해문, 박혜영, 임주, 황진현
제 보 자 : 이차놈, 여, 80세
구연상황 : 1시간여 계속된 조사 후 간단하게 차를 마시며 조사자가 '효부가 된 며느리' 이야기를 들려주자 이런 며느리 이야기도 있다며 구연해 주셨다.
줄 거 리 : 팥죽을 쑬 때가 되어, 한 솥 가득 팥죽을 쑤어 놓고 물을 이러 갔다. 그때 사랑방에 있던 홀아비 시아버지가 이 팥죽이 먹고 싶어 몰래 나와 바가지에 팥 죽을 담아 뒷마당으로 갔다. 시아버지가 뒷마당에서 몰래 팥죽을 먹고 있을 때, 물을 이고 돌아온 며느리도 이 팥죽이 먹고 싶어 몰래 한바가지를 떠 뒷 마당으로 왔다. 뒷마당에 가니 이미 시아버지가 팥죽을 먹고 있었다. 몰래 팥 죽을 먹으려던 며느리는 이를 들키지 않기 위해 바가지를 시아버지에게 내밀 며 한 그릇 더 잡수라고 말한다. 이에 깜짝 놀란 시아버지는 콩죽 같은 땀이 팥죽같이 흐른다며 먹지 않았다.

　옛날에는 먹고사는 게 괴로버 가지고요. 그래 가지고도, 그런 그게 많 았어요. 옛날에도 며느리, 팥죽을 이제, 팥죽 때 되가 팥죽을 쒔는데, 한~ 가득 솥에 써 놓고, 굴떡굴떡굴떡(무엇이 끓는 소리를 나타내는 의성어) 끓그러 놓고는, 이제, 그게 이제 뜸 질 단에(동안에), 이제 더 끓는 단에 물 이러 갔어. 물 이러 가니께네, 시아바이 사랑에서 가만-히, 이제 호부

래비(홀아비) 시아바이이야. 있으이 그게 막 입에 드가는 거 같은 거야. 그 게 먹고 싶어 가지고. 옛날에 배를 골았으니 맹 그런 게 있지. 왜 그래 그 쿠르(그렇게) 먹고 잡노?(먹고 싶나?) 그래 가지골랑, 바가치에(바가지에) 인제 좀 떠 가지고 뒤안에 가 가지고, 인제 뒤안에 옛날 뒤안에, 뭐 집 똥 치운 것도 묶어 놓고, 뭐 이래 해 놨잖아요? 옛날 집이? 예- 그 상간에(사 이에) 가 가지고, 가이 이제 막 퍼먹는 기라. 거서, 뒤안에 가 가지고. 거 서 며느리 안 오지 싶어 가지고. 물 이러 갔으이께네, 물 이가(이어 와서) 맹(어차피) 부엌에 부어 놓고 가지 싶어 가지고. 그래가 인제 거 가 가지 고, 이제, 한 바가치 퍼 가지고, 뜨거분 걸 막 얼마나 쩔쩔 끓노? 그런 걸 마 갖다가 먹는다. 퍼 먹다니께네, 며느리 물 여다 놓고, 지도(자신도) 시 아바이 몰래 한 그릇 먹을라고 뒤안에, [웃음] 맞받아 가부랬는 기래. 시 아바이 먹는 데 해필 거 떠가지고 또 거 갔다(그곳에 갔다). [웃음] 가 가 지고, [웃으며] 거 짚덩치미가 한적지이께네(한적하니까), 가이께네, 시아 바이가, 팥죽을, 먹고 있는 게라. 먹고 있는 게라. 고만에 운짐이 달아 가 지고(조급해져서), (청중 : 뭐라그노?) 머라 카는가 하면,

“아바님 더 잡수소.”

하는 기라. [웃음]

“아바님 더 잡수소.”

하니께네, 시아바이가 이 먹던 걸 놀래 가지고, [두 손을 머리에 올리 며]머리에 덮어 써부랬어 고마. 바가치를 머리에 덮어써 부니께네, 이게 막 [두 손을 떨며] 더더더덜(사람이 가늘게 떠는 모습을 나타내는 의태어) 떠는 거야. 이걸 덮어쓰고. (청중 : 머리로 먹어 부랬네.) 덮어쓰니께네,

“야야~ 팥죽인 동 뭔 동, 콩죽 같은 땀이 팥죽 같이 흘러내린다.”

[웃음]

“이제는 안 먹을란다.”

카드라. [웃음] (청중 : 그 며느리가 그만치 가져가서) 그릇 치워 버리드

라니더. [웃음] (청중 : 더 받으라 그러이께네.) 그르이 며느리는, (청중 : 아바님, 더 잡수요 소리했으이.) 며느리는, 지 옳은 대접을 했제? 시아바지한테 더 잡수소 했으니께네. 시아바이는 뭐 뭐 덮어써 버리고, 운짐달아 어에 덮어써 부이께네,

"야야~ 콩죽 같은 땀이 팥죽같이 막 흘러내린다. 안 먹을란다. 이제 다 먹었다."

하드란다. [웃음] 옛날에 거 먹는 게 그케, 그렇게 괴로웠어요. (조사자 : 아이고 그 이야기 참 재미있습니다.) 그게 그래. (조사자 : 이야 이야기 참 잘하시네.)

호랑이보다 무서운 곶갬이

자료코드 : 05_20_FOT_20090115_LJH_LCN_0005
조사장소 : 경상북도 청송군 진보면 진안2리 노인정
조사일시 : 2009.1.15
조 사 자 : 임재해, 조정현, 편해문, 박혜영, 임주, 황진현
제 보 자 : 이차놈, 여, 80세
구연상황 : 호랑이에 대한 이야기를 하다가 호랑이와 곶감에 대한 이야기를 아시느냐고 여쭈어 보았다. 이차놈 할머니는 호랑이보다 곶감이 더 무섭다는 이야기를 손녀가 초등학교 다닐 때 들려준 적 있다며 이야기를 구연했다.
줄 거 리 : 아이가 자꾸 우니 할머니가 아이에게 곶감 줄 테니 울지 말라고 이야기했다. 아이는 달콤한 먹을거리를 준다는 말에 울음을 그쳤다. 그때 이 집에 해코지 하러 왔던 호랑이가 자신이 왔는데도 무서워하지 않는 아이가 곶감을 준다고 하니 울음을 멈추는 것을 보고, 자신보다 더 무서운 것이 오나 보다 싶어 도망을 갔다.

자꾸 아가(아이가) 우니께네, 니도 울지 마래이. 우이께네 옛날에 할매들이(할머니들이) 카는데, 우이께네 그래,

"곶감 주면 우지 마라, 곶감 주면 우지 않는다. 곶감 주꾸마(줄게), 곶감

주꾸마."

하이께네 호랭이가(호랑이가) 그 집에 해코지 할라고 오다가 보이께네, 자꾸 왠 할매가 애를 놓고,

"곶감 주마, 곶감 줄까? 곶감 줄까?"

이카니께네 아가 그치드라는 게라. 그치니께네 이 호랭이가 가만히 생각해 보이, 이 호랭이가 가만히 생각해 보이,

'곶감이 얼마나 무서부니께네, 내가 봐도 겁을 안내고, 곶감 줄꾸마 하이께네 애가 덜컥 그쳐 뿌노?'

이래 가지고 곶감이 호랭이보다 더 무섭다고 호랭이가 도망을 가드라니더. 그러니깐 곶감 그것도 곶감 줄꾸마 그래 달개는(달래는) 게, 애가 먹는 거 준다고, 그치니께네, 호랭이가 지(자신이) 왔는 거는 겁 안 내고, 곶감 줄게 하니깐 아가 그치니께 곶감이, 얼마나 무서분 게 오니께네, 내 오는 거는 겁을 안내고, 곶감 준다하이 아가 그치노? 그르이,

"여기는, 이 집에는 본래(다시) 못 올따."

하면서 가 뿌드라니더. 그것도 그게 이야기가 되요. 호랑이보다 곶감이 더 무서버요. [웃음]

무덤 파다 살린 질부

자료코드 : 05_20_FOT_20090115_LJH_LCN_0006
조사장소 : 경상북도 청송군 진보면 진안2리 노인정
조사일시 : 2009.1.15
조 사 자 : 임재해, 조정현, 편해문, 박혜영, 임주, 황진현
제 보 자 : 이차놈, 여, 80세
구연상황 : 권순남 할머니의 이야기에 이어서 경주에 있는 개 무덤에 관광 다녀 온 이야기를 나누었다. 할머니들이 이야기 하는 것을 주저하는 듯 해, 이야기는 자주 할수록 좋은 것이라고 말하자 이차놈 할머니가 이야기를 하나만 더 한다며

이야기를 시작했다.

줄 거 리 : 옛날에 대감집으로 시집간 부잣집 며느리가 있었다. 시집이 무서워 밥도 함부로 먹지 못하던 며느리는 몰래 부엌에서 누룽지를 먹다가 시어머니가 나오는 것을 보고 놀라 얼른 삼키다 목에 걸려 죽었다. 갓 시집 온 며느리가 그렇게 죽자 대감집에서는 며느리가 가지고 왔던 패물을 모두 넣어서 함께 묻어 준다. 하지만 가난했던 대감의 동생이 이 패물이 탐나 무덤을 파고 이 폐물을 얻고자 했다. 무덤을 파니 관이 나오고 이 관을 열기 위해 관을 내려칠 때, 며느리의 목에 걸려 있던 누룽지가 내려가며 며느리가 살아나게 된다. 며느리는 자신을 살려 준 시삼촌에게 고마움을 표하지만 대감의 동생은 귀신인 줄 알고 도망을 친다. 시집으로 돌아간 며느리는 자신이 어떻게 살아 돌아왔는지 대감에게 알리고 대감은 그 정황을 파악한다. 대감은 동생을 불러 나쁜 마음을 가졌던 것을 알고 있지만 이해하고, 자신의 재산의 반을 나누어 주며 우애 있게 잘 살았다.

옛날에 또 인제, 그때 아주 좋은 참 양반에 대감네 집에 며느리를 봤거든요? 봐 놔 놓으니께네, 이 며느리 저거 집에다가 포시랍게(곱게), 포시랍게 살던 집이, 시집을 오니께네, 시어마이 이 보이께네 겁이 나 가지고 밥을 옳게 못 먹는 거라. 무서버 가지고. 그래가 부엌에 이제, 밥은 인제 앞치마를 둘러 해 입고, 퍼 가지고 들루고(밥을 해서 방으로 들인다는 말이다.), 누룽지를(누룽지를) 끌그니께네, 옛날에 불 넣어 가지고 밥 하이께네, 누룽지가 있거든.

끌그니께네 [두 손을 모으며] 요만치 되는 거를 끌거 가지고, 시어마이 인제 밖에 나오기 전에, 버뜩(빨리) 입에 넣어 가지고 먹어 뿔라고, 고걸 먹어 뿔라꼬. 요만치 끌거 가지고 인제 먹는데, 막 입에 넣어 가지고, 씹을라고, 그다이께네(그러다 보니) 시어마이가 나오는 기라. 나오이께네 뭐 어앨(어쩔) 수가 있나? 고마 그냥 꿀떡 감켜 뿄어. 뱉을 수도 없고, 꿀떡 감키다가 걸려 가지고 죽어 뿄어. 여기 [목을 가리키며] 걸려 가지고 물도 마시지도 못하고, 사람이 각중에(갑자기) 밥 퍼 들루던 게 히뜩 자빠져 뿌니께네 얼마나 저래되노?(놀라겠어?) 새 새댁이가. 그래가, "이거 왠일이고? 마 앉아 있어가 마 각중에 고마 난리가 나네."라고 하디만은 그때는 옛날에 패물이 전부 은 아니니껴? 금이 아니고 은이. 뭐 은반지에다 쌍반지에다 뭐 은비녀에다 뭐 그렇게 부자집이다 보이께네, 여기 손가락이 마구 번들번들 하도록 해 가지고 이제 받아 가지고 시집을 왔는 기라. 왔는데 너무 불쌍해 가지고, 금방 왔다가 그래 죽어 부이께네, 고걸 그래 하나도 안 빼고 고양(그대로) 묻었어요. 그 패물 지 다 가지고 가라고. 고양 해 가지고 장사를 지냈는데, 장사를 지내고 나니께네 이 시삼촌이 못살았어요. 시삼촌이. 그래 형제간이라도 큰집은 그렇게 잘살아도, 이 형은 잘살아도 동상은 그래 못살았던 가봐. 가면 밤에 가만 질부를 묻어 놓고 집에 가 생각하이, 그 패물이 탐이 나 가지고 잠이 안 오는 게라.

'나는 이꾸(이렇게) 못사는데, 그거 몇 나만(개) 빼와도 우리가 좀 살 수 있는데, 그 아까운 걸 왜 없애? 그냥 땅에 묻어 놓노?'

이래 싶어 가지골랑. 가만 자다가 밤에 고마 광이를(괭이를) 하나 들고 갔어 고마. 혼자. 가 가지고 파 가지고 인제 빼올라고, [웃으며] 빼올라가 가이(가니까) 인제 판다. 파이께네 그 밤새도록 판다. 파다이께네 그 밤새도록 판다. 파다이께네 어느쯤 되가 파다이께네, 널이 이제 쿵 소리가 나거든요? 쿵 소리가 나는데, 널을 마구 뚜드려 깨야, (청중 : 인제 웃장을 (덮개를) 떼야지.) 인제 웃장을 띠야 되거든? 웃장을 띨리고, 뚜드리다 보이께네, 이 체증이 내려가 뿌랬어 여자가. [웃으며] 죽었은 체증이 내려가 부랬는거야. 내려가 뿌래 가지고 고마 깨아 부랬어. [웃으며] 깨아 부랬어. 살아 부랬어. 그르이 이게 새댁이 퍼떡 일어나면서 하는 말이, 고마 이 남자가 정신이 하나도 없거든. 벌떡 일어나 앉으이께네, "에이고 삼촌 오셨니껴?"면서 일나는 기라. (청중 : 삼촌이 은인이 됐다.)

"삼촌여 저캉(저와) 같이 가시더."

카며 일나는 기라. 이 마 삼촌인 동 뭔 동, 질부인 동 뭔 동 뭐 광이는 내비려 부고(버려 버리고) 마 내 죽자고, 귀신인지 알고. 막 후들러(급하

게) 빼고(도망쳐) 온다. 집으로 마구 오다보이께네, 자꾸 따라오면서,

"삼촌요 같이 가시더(갑시다). 삼촌요 같이 가시더."

하면서 자꾸 이쪽으로 오는 기라. 오늘 내 죽었다 싶어 가지고, 인제는 돈 인 동 뭘 동 뭐 패물이고 뭐고 내 죽었다. 그래가 인제 막 여자는 죽기 살기로 따라오고, 남자는 또 죽기 살기로 도망을 온다. 오다 보이께네 남자는 고마 저거 집에 가 뿌랬어. 겁이 나 가 딴 데 갈 수는 없고, 저거 집에 가 가 뭐 고마 콱- 까꿀러(거꾸로) 덮어쓰고, 이불을 푹 덮어쓰고, 까꿀러 뭐 정신이 하나 없이, 덮어쓰고 누웠는 기라. 엎드렸는 기라. 뭐 잠이 올라. 엎드려 가지고 헐떡거리면서 엎드렸다이께네. 이 여자가 딴 데는 못 가고 저거 시집에 왔어요. 와 가지고 그래 대문을 잠궈 놓은 거를 뚜드린 거라.

"아버님 문 좀 열어 주세요. 문 좀 열어 주세요."

이러이 이 영감이 가마 자다 들으이께네 뭐가 죽었는 새댁이 자꾸 문 열어 달라고,

"아버님 문 좀 열어 주세요."

하이, 귀신이 왔는 줄 알고, 귀신인지 알고, 막 문을 못 열어 주는 그라. 금방 갔다 묻어 놨으이 안 그래요 그래? 그래 가지골랑 이걸 어앨 지를 몰라. 가만히 문 앞에 앉아가 생각하이, 자꾸 문을 뚜들기는 기라. 그래 뚜들기이, 이 시아바이가 견디다 못해 문을 걸이채, 문채, 거 집이 [두 팔로 크게 그리며] 이마이 있었던가 봐. 그래가 걸이 대문이 있었는데 거 있었나 봐. 그래 놓이 하도 그러이께네 이게 귀신이라 생신이라, 이거 갔다 묻은 거는 분명한데. 어찌 되 가지고, 이 목소리도 이케르(이렇게) 딱, 금방 저거 한 거 없고, 그러이께네, 귀신이라 그면, 날 잡으러 왔으면, 일타꼬(이렇게) 안 잡아 가지는 안 할 게고, 내가 무슨 잘못을 했는지, 열기는 열어 본다고 마 열었단다. 여니께네(열어주니) 쫓아 들어오면서는 시아바이 방에 쫓아 들어가 가지고, 굴복을 해 가지고,

"아버님 저 왔습니다."

카면서 절을 하는 기라. 가만히 보이께네, 암만(아무리) 눈을 닦고 봐도 며느리고, 씻고 봐도 며느리고, 정신 차리고 봐도 며느리고, 며느리는 며느리인 기라. 이래 가지골랑, 이 시아바이가 앉아가 가만 생각해 보이, 이게 어떻게 해 가지고 이렇게 됐는지, 이게 생각에 이상하거든? 아무리 생각해도. 그쿠르(그렇게) 덜구를(무덤다지기를) 찧고, 갔다 넣어 났는 게, 어에 되 가지고 나와 가지고 이래 되노 싶어 가지고. 그래 인제 며느리 앉혀 놓고,

"야이 새사람이 그게 아니고, 아가, 뭐가 어에 되 가지고 니가 이래 왔노? 왔는 이유를 좀 가르쳐 다고."

하이께네 그래,

"아버님 그게 아니고요. 적은 아버님이 저를 살렸습니다."

이카는 거야.

"적은 아버님이 살렸다? 적은 아버님이 너를 어에 살렸노?"

적은 아버님이 저를, 묘를 파 주드라는 거라. 파줘 가지고, 저가 깨났다는 게라. 깨났다카며, 그르이 그 얼마나 고맙니껴? 거 막 죽었는 사람을 살려 났으이. 그 뭐 그래가 그 동상을 밤중에 막 불러 내랐는 거라. 내리이, 이 시삼촌, 동상이, 형인데 오는데 오줌을 설설 싸고 내려오는 기라. 겁이 나 가지고. 뫼를 파 났으이, 이게 뭐 어이되고 이래. 마 겁이 나가 앉아가 설설 메는데,

"아우, 그러지 말고, 정신 차려 가지고 가만 점잖이 앉아 있으란 말이야. 고마운 짓을 했으이께네 니는 참 착한 일을 했단 말이야. 그르이 께네, 니가, 내가 니 말을 안 해도 나는 그 용건만큼은 안다."

이 패물 때문에 판지는 알거든요. 사람 파 재끼러 가지는 안 했단 말이 시더. 그러이께네, 그 용건은 이 용건은 아이께네(아니니까).

"그래 저기에 내 재산을 반 농거 주께(나누어 줄게), 농거 줘 가지고,

이 우리 새아기하고, 유쾌히 인제 평상을 우리가 참말로 더 찰지게 잘 살
자.”

이래 가지고, 그 재산을 동상 반 넘겨주고, 그렇게 잘 살드라니더. 그게
잘 살게 되있잖니껴? 그래요. 그래 가지고 시삼촌이 질부를 살려 가지고.
[웃음]

다섯 딸의 선택

자료코드 : 05_20_FOT_20090115_LJH_LCN_0007
조사장소 : 경상북도 청송군 진보면 진안2리 노인정
조사일시 : 2009.1.15
조 사 자 : 임재해, 조정현, 편해문, 박혜영, 임주, 황진현
제 보 자 : 이차놈, 여, 80세
구연상황 : 이박하가 세 며느리를 시험한 시아버지 이야기를 하자 이차놈이 그 이야기는
　　　　　 그게 아니라며 다시 구연했다.
줄 거 리 : 딸을 다섯 둔 아버지가 하루는 딸들을 시험했다. 새 중에 어떤 새가 제일이냐
　　　　　 는 아버지의 물음에 다른 딸들은 황새다, 뱁새다 했지만 막내딸은 먹는 것,
　　　　　 먹쇠(솥뚜껑)가 제일이라 대답해 아버지의 인정을 받는다. 딸들을 시험해 본
　　　　　 후 이제 시집을 보내기 위해 총각들을 불러 모았다. 그런데 가장 좋은 곳에
　　　　　 시집가야 할 현명한 딸이 가장 행색이 남루한 사람에게 시집을 가겠다고 했
　　　　　 다. 실망한 아버지는 괘씸한 마음을 막내딸을 큰 바위 밑에 살게 했고, 바위
　　　　　 밑에 살던 막내딸은 어느 날 신랑이 밖으로 나가 멋진 모습으로 변해 들어와
　　　　　 과거에 급재해 막내딸의 선택이 틀리지 않았음을 보여 주었다.

딸을 다섯이나 낳는데, 이 얘기가 그 얘기 아니다. 딸을 다섯이나 낳는
데, 낳아 가지고 인제(이제) 다 클 꺼 아이라(아니라) 마카(전부) 키와(키
워) 놓으면? 다 커서 시집도 보내야 되고 이런데, 딸을 다섯을 갔다 놓고,
아바이가(아버지가) 가만 앉아 생각하이까네,

‘저놈 것들을 뭐를 한번 저거를(‘마음’을 나타낸다.) 떠본다.’

고 물어봤는 기라. 인제 차차 맏이부터 불러 놓고,

"뭔 새가 제일 낫노?"

하이께네, [밖에 서성거리시던 할머니를 이야기 듣던 할머니가 안으로 불렀다.] (청중 : 할매 여 오소.)

"뭐 뱁새가 좋고, 황새가 좋고, [웃으며]뭐 새가 좋고."

자꾸 이래 지끼다갈랑(이야기하다가), 인제 제일 참말로 막내이가,

"먹새('솥뚜껑'을 의미하는 '먹쇠'를 먹새라 말한 것으로 먹을 것 또는 집안일이 가장 중요하다고 말한 것이다.)가 최고라."

그러는 기라. 먹새가 최고라 하이께네,

"그래 니는, 니가 최고다."

막내이가(막내가) 그이께네, 뭐 또,

"시집을 니는 어디로 갈라노?"

하이께네, 그 남자들이 다- 희한하게 다섯이(5)를 갖다 놓으이 남자들이 다 잘났는데, 그 먹새가 최고라 카는 아가씨가, 막내이가 그게 마구 얼고(흠나고) 박색(薄色) 같고 막 진짜로 생긴 게 참 화상(畫像), 막말로 문디(문둥이)겉이(같이) 생겼는데 그 사람한테 간다는 거야, 이 사람이('막내딸'을 뜻한다.) 최고 잘 보내야 되는데, 먹새라 해서 잘 보내야 되는데 딴 거는('막내딸 외에 딸'을 뜻한다.) 다 그런('좋은 혹은 마음에 드는'을 뜻한다.) 사람들한테 가는데 이 사람은 제일 그런 사람한테 간다는 기라. 그래 아바이가 그거는 안 되거등.

"야 이 마한년아 니는 먹새 아이래(아니라) 뭐 암(아무) 거를 좋다 케도(그래도) 니는 그놈한테 가면 니는 평사(평생) 고생하고 니는 그런 데가 죽는다. 니는 안 된다."

하면서 카이(그러니), 안 돼요. 기여이(기어이) 거기 간다요. 거기 가야 된대요. 그래가 고만에 시집을 보내 가지고, 뭐 집도 없었던 동 뭐 이래 저 건네(건너) 보면은 방구가(바위가) 크-다한 방구가 우멍-하게(오목하

게) [양손을 이용해 윗쪽으로 반원을 그리며]이래 생겼는데, 그 방구 밑에 이래 하는데 거기 고마(그만) 둘이 보내 뿌랬어(버렸어).

"너거 둘이 거가 살아라. 니는 고생길로 들었으니 고생을 시큰 해 봐라."

고 막 거 보내 놔놓이께네, 이 여자가 기침(기척) 없이 사는 기라. 기침 없이 사는데 그 남자하고 뭐 요쟁이(요행히) 자고 살고 막 하는 게라. 하 디만은 한 날에는 남자가 자다가이께네(자다가 보니) 남자가 없어요. 없어 가지고,

'이거 어데(어디) 가 뿌고(가고) 밤에 없고, 내 혼자 무서버(무서워) 어에노(어떡하지)?'

싶어 가지고 있다이께네(있다 보니), 남자가 나가디만은 어디 가야(갔다) 새벽에 들어오는데 금새마를('탈'과 같이 얼굴에 쓰는 것.) 싹- 벗고요, 그게 뭐 썼던가 봐. 싹 벗고 막 그래 미인(美人), 미인이래 칼(할) 수가 없이 남자가, 좋은 남자가 달 덩거리(덩어리) 겉은 게 막 들어오더란 게요. 들오디만은 뭐 고마 진사, 급자, 어사출두가 다 하고 이 남자가 다 따 부렀어('합격'했다는 말이다.). 다 따 가지고 이 여자하고 그 오동색주야 그 면 최고 이래 가지고 다 저거하고 자기 가(家)에 이래고 가지고 살더라니더. 그래 그거 지 복이래. 그 여자가. (청중 : 지복이다.) 지복이래. 그 남자한테 그 문디 겉은 거 한테 갈라 하이 어에되노? 그래 갈라 그면. (청중 : 맞아.) 집안이 막 난리가 나고 이랬는데, 기어이 거 간다는 기라.

간다케 가지고 가여, 몇 개월 살다가 고마 거 방구 밑에 살다가랑 그래 벼슬을 해 가지고, 그래 올케(옳게) 되 가지고 그래 살더라는 그래 사는 그거래. 그 이야기가 그 이야기래. 인제 메느리(며느리) 셋이가 아니고 딸을 오형제를 그래 했어. 그래 해 가지고 큰 사람이 됐다니더 그게. 될라카이 그케(그렇게) 잘 되더라니더(되더랍니다). (조사자 : 금새마를 벗었다는데? 금새마는 뭐 얼굴에?) 예 인제 뭐 인제, 뭐 인제 탈겉이, 인제 여

말하자면 요새 탈 쓰잖니껴? 그거매로(그것처럼) 옛날에는 인제 이걸 쓰였다가 벗개는 게 있는가 봐. 그래 그 큰 사람이 되이까네 고마 그걸 배깨 부고(벗겨 버리고). 그케 잘 났는 사람이 달 겉은 게 막 나오더란다. 나와 가지고 아바이가 얼매나(얼마나) 좋겠노? 미안코(미안하고) 좋을 깨래(좋을 꺼야) 그거. [웃음]

남자 코에서 나온 쥐

자료코드 : 05_20_FOT_20090115_LJH_LCN_0008
조사장소 : 경상북도 청송군 진보면 진안2리 노인정
조사일시 : 2009.1.15
조 사 자 : 임재해, 조정현, 편해문, 박혜영, 임주, 황진현
제 보 자 : 이차놈, 여, 80세
구연상황 : 똥 끼는 며느리 이야기를 듣고 그 이야기와 관련해 조사자가 똥도 쓸데가 있다는 이야기를 들려주었다. 그러자 옛날에 이런 이야기도 있다며 다음 이야기를 구연해 주었다.
줄 거 리 : 한 부부가 살고 있었다. 하루는 부인이 늦은 밤 바느질을 하는데, 옆에서 잠을 자던 남편의 코에서 쥐가 한 마리 나왔다. 문가에서 서성거리는 쥐를 보고 나가고 싶어 하는 것 같아 부인이 문을 열어 줬다. 문이 열리자 쥐는 밖으로 나갔고, 부인의 도움을 받아 큰 바위가 있는 곳까지 가 바위 밑으로 들어갔다. 잠시 후 다시 나온 쥐가 왔던 길을 되돌아 갈 때도 부인의 도움을 받게 되고, 집으로 돌아 온 쥐는 다시 남편의 콧속으로 들어갔다. 이윽고 깨어난 남편은 꿈에서 금은보화가 있는 곳을 다녀왔다고 말하고 부인은 쥐가 다녀온 장소가 그곳임을 알게 된다. 부부는 다음 날 그 바위에 가서 정성을 들인 후 그 밑에서 엽전이 담긴 항아리를 발견해 큰 부자가 된다.

옛날에 거 저게 꿈을 꾸는데, 저녁에 여자가 남자를 재(재워) 놓고, 여재 놓고, 옛날에는 재봉틀이 없으니 바느질을 했거든? 바느질을 이래 꼬매다 보이께네, 남자는 여 자는데, 바느질을 한다꼬 하다 꼬매다 보이께네, 밤이 이슥(깊으니) 하이까네, 영감, 신랑, 영감이 아이고, 신랑이지 뭐.

신랑 코에서, 생쥐가 똑 [손가락 두 개를 잡으며] 요만한 게 쏙 나오더라는 게라. 나오디만은, 고 나갈 때가 없어 가지고, 앙곰앙곰앙곰하는데(작은 물체가 움직이는 모습을 타나내는 의태어) 이케 가만히 보이까네, 장다지(계속) 드갔다 나갔다 문철에(문가에) 왔다 갔다 하더란 게라. 이라이, 이게 여자가 숨이(생각이) 깊은 여자이께네 글치, 큰 사람이 될라이께네 글치, 문을 요래 약간 비서(열어) 줬어. 나갈라 이러나 싶어 가지고. 약간 비서 주이까네, 살짝 나가더라는 거라. 나가는 걸 보고,

'저게 어디 가느라고 저래 가노? 거서 나와서 저래 가노?'

싶어 가지고, 뒤를 밟았는 게라. 뒤를 밟아 가지고 이래 가이까네, 그래 가다가 시큰(마음껏) 가다 보이까네, 도랑이, 봇도랑이('논두렁 옆 작은 물줄기', 그러나 정확한 뜻은 알 수 없음) [양손을 앞에서 길게 내리며] 요래 하나 있더라는 기라. 있는데, 그걸 못 건너 가지고, 마구 요 생쥐가 [손가락 두 개를 잡으며] 요만한 게 올라갔다 내려갔다 올라갔다 내려갔다 막 생벼락을(생난리를) 치는 게라. 못 건내 가지고. 그래 가지골랑 인제, 여자가 있다, 거 인제 낭그를(나무를) 뭐 [두 손바닥이 마주보게 가슴 앞으로 내 밀며] 요런 거를 하나 지푸래이를(지푸라기를) 하나 끊어 가지고 [방 바닥에 무엇을 놓은 시늉을 하며] 요래 놔줬다는 게요. 놔 놓이까네, 그거를 타고 건네가더래요. 건네가는 거를 보고 여자도 인제 거 건네가 가지고 같이 따라갔다. 인제 사무(계속) 따라갔어. 따라가이, 어딘가 시큰(한참) 가다 보이까네, 묵밭같이 이런 밭이 있는데, 무척 큰 밭이 하나 있는데, 거 돌무데이가 하나 있더라니더. 하나 있는데 고 밑에 고마 쏙 드가부드라는 게라(들어가 버렸는 거야).

드가 부이 참 거 드가 부이 나오지도 안 하고, 저 신랑 코에서 나왔는 긴데 뭔 동 생각도 안 나고, 뭐 왜 이러노 싶어 가지고 거 시큰 바래코 한참을 서 있다이까네, 시큰 있디만은 거 기 나오더라는 기라. 기 나오디만은 또 앞에서 오던 대로 또 살망살망('사뿐사뿐', 가볍게 걸어오는 모습

을 나타내는 의태어) 오드라는 기라. 오는데 거기서 따라서 왔어. 따라오 이께네, 또 맹(똑같은) 가던 길로 고 봇도랑을 건너올라꼬, 또 막 올라갔 다 내려갔다 올라갔다 내려갔다 막 작달을(난리를) 지기니까. 그걸 또 요 래 좌 가지골랑 또 이래 옆에 도랑을 걸쳐 줬어. 걸쳐 주이까네 곧 의심 없이 또 건네 오더라는 거라. 건네오디만은 그래 또 집이, 저 집으로 사무 (계속) 오더라는 기라. 그래 오는데 인제 곧 쪽 따라 가지고 오이께네, 따 라오이께네 집 방으로 또 들어갈라고. 밖에 와이(와서) 또 막 요리요리 그 면서 방에 못 들어가 가지고 마구 헤매는데, 그래 가, 문을 빼시기(살짝) [손에 문고리를 잡은 듯 살짝 주먹 쥐고 얼굴 앞에서 문을 여는 시늉을 하며] 요래 열어 줬어. 열어 주이께네, 그래 방을 쪽 드가디만은 여자가 앉아 가만히 보이께네, 마 또리또리또리(사방을 살펴보는 모습을 나타내 는 의태어) 살피디만은 남자 콧구녕에 쏙 드가더라는 기라. 드가디만은 쫌 있다 남자가,

"아구- 잘 잤다."

하면서 기지개를 쑥 지고, 일나면서,

"내 참 오늘 꿈 하나 좋은 거 꿔 났다."

이카드라는 기라.

"당신이 꿈을 좋은 거 뭐 자는 사람이 무슨 꿈을 어떻게 꿨노?"

하이께네, 그래 남자가 하는 말이,

"내가 어디어디 간다고 가다 보이까네, 못 나가 가지고 문을 못 열어 가지고, 애를, 애를 쓰이께네, 어떤 아줌마가 문을 열어 주더라."

는 기라. 열어 줘서 나갔는데 나가 가지고 어디어디 가 가지골랑 따라 오는 거는 모르고,

"어디어디 가 가지골랑 또 강이 하나 큰 강이 있어 가지고."

그 봇도랑을 강이라 그드라는 기라.

"큰 강이 하나 있어 가지고 그 강을 못 건네 가지고, 내가 숱한 애를,

애를 썼는데, 그 아줌마가 어디 있다가 나와 가지고 다리를 놔 주더라."

는 말이야. 다리를 놔 줘 가지고 그 다리를 건너 가지고 가이께네,

"어디, 어디 가다 보이 그 아무대가 거 왜 묵밭이 큰 거 하나 있지?"

"예. 있지요."

하이까네,

"그 돌무치가 큰 거 하나 있제?"

"있다."

하이까네,

"그 안에 드가 보이까네, 큰 황금보화가 막 그득히 있는데, 그게 거기에 황금보화가 들어 있더라."

는 말이야. 이카이께네 여자가 있다가, 가마 아차 싶은 게라. 자기가 그래 따라가 가지고 다 봤으이까네. 이 꿈도 허사가 아니란 데, 싶어 가지골랑 그래 고날 가 가지고 인제 뭐 쫌 해 가지 가요. 거가 인제 절을 하고, 기도를, 저거를 했는가 봐. 정신을(정성을) 들였는가 봐. 들이골랑, 그 이틑날 가 가지고 허이께네, 옛날에 왜? 아주 옛날에 우리 엽전, 마카(모두) 엽전 돈 왜 있었잖니껴? [엄지와 검지로 원을 만들면서] 이만한 거? (조사자 : 예.) (청중 : 엽전 돈이다.) 그거를 큰- 독을 하나 묻어 놨는데, 그걸파 재끼께네 속에, 독을 하나 묻어 놨는데, 그 독에 가득히 한 독 넣어 가지고, 뚜껑을 딱 덮어 놨더라니더.

그걸 파내가 가지고 와 가지고 이 집에서 벼락부자가 되 가지고요. 그렇게 잘 살더라니더. 그르이 여자도 큰 사람이 있어요. 여자도 올망졸망(침착하지 못한) 한 거 같으면, 그깟 그 문 닫아 뿌고, 바느질하고 열어 주지도 안하고, 가 뿌던 동 말던 동 하면, 남자는 죽어 뿔께고, 죽어뿔 께고 찾아오지도 못할 테고, 이럴 껜데, 큰 사람이니께네, 사무 따라가 가지고 그걸 다 저걸 해 가지고 와야 그 해가와 사드라니더. 그르이(그러니) 그게 참 역사가 희한해요. 내 그거 보면.

집안을 망하게 한 여자

자료코드 : 05_20_FOT_20090115_LJH_LCN_0009

조사장소 : 경상북도 청송군 진보면 진안2리 노인정

조사일시 : 2009.1.15

조 사 자 : 임재해, 조정현, 편해문, 박혜영, 임주, 황진현

제 보 자 : 이차놈, 여, 80세

구연상황 : 앞선 이야기에서 여자가 훌륭해서 집안이 잘되었다고 말했다. 그리고 여자가
　　　　　잘못해 집안이 망하는 이야기를 구연해 주며 여자가 중요하다고 말했다.

줄 거 리 : 옛날 효성이 깊은 사람이 있었다. 한번은 어머니가 아프셔서 백계를 아홉 마
　　　　　리 잡아서 먹으면 병이 나을 수 있다고 했다. 그래서 아들은 매일 밤 도술을
　　　　　써서 호랑이로 변신해 매일 한 마리씩 백계를 잡아 와 어머니에게 드렸다. 그
　　　　　런데 매일 밤 몰래 혼자 나갔다가 오면 백계를 구해 오는 남편이 이상해 부
　　　　　인은 남편 몰래 따라 나온다. 남편이 몰래 호랑이로 변신하는 모습을 보게 된
　　　　　부인은 남편이 변신할 때 쓴 종이를 찾아 째서 버린다. 마지막 날, 마지막 백
　　　　　계를 잡아 온 아들은 변신할 때 사용했던 종이를 찾지만 찾을 수 없고, 결국
　　　　　닭이 울어 다시 사람으로 변신하지 못했다. 백계를 먹지 못한 어머니도 구할
　　　　　수 없었다.

　　저게 여자가 옳찮으면 집구석이 망해요. (청중 : 글케(그러게).) 망구는데
(망하게 하는데), 옛날에 백계(白鷄)가, 백계를 어마이가 아파 가지고, 그
거를 아홉 마리를 백계를 잡아먹에야, 어마이를(어머니를) 살린다. 이카이
께네 아들이 효성이 배채(받혀) 가지고, 백계를 아홉 마리 어디 가서 훔쳐
서 멕에야 되는 기라. 어마이를. 백계를. 아홉 마리 훔쳐서 멕에야 되는데,
어디가 백계를? 요새 사(요즘에야) 백계가 쌨더만(많더라만) 옛날에는 백
계도 없었어요. 별로 없었어요. '그 백계를 아홉 마리 어디가 구하노?' 이
래가. (청중 : 그래 요새도 잘산다 그러드라.) 그래 잘산다 그제? 그래가
인제 [웃음] 이 어마이를 살린다고 어에할(어찌할) 도리가 없고 해 가지
고, 고마 나가 가지고, 뭐를 인제 그걸 글을 써 가지고, 써 가지고 막 위
에 뭐 그거 뭐로 그거 해 뿌이께네, 득수를(도술을) 해 부이께네, 호랑이
가 되뿌랬는 게라.

그래 가지고 밤중 되면 마누라하고 자다가 나와 가지고, 곱게(조용히) 나가 가지고, 밖에 나가 가지고, 뭐라 뭐라 뭐라 주끼면(이야기하면), 고만에 자기가 고마 득수를 한번 막 까꿀로 막(거꾸로) 넘고는 고마 [앞에 있는 A4 종이를 접어서 보이며] 요 쪼가리를 뭐 요런 쪼가리를 뭐 요런 저런, 쪼가리를 하나 써가, 담군게(담 사이에) 요래 찡가(끼워) 놓고, 자기는 인제 호랭이가(호랑이가) 되가 나가는 기라. 나가이 호랭이가 되야, 어디가 백계를 잡아 오제. 사람은 어데 가(어디 가서) 백계를 잡아 오노? 물어 오거든. 그래가 여덟 마리를 잡아가 멕엤는데, 어마이로 한 마리만 더 잡아다 멕에면 사는 게라 어마이를. 살리는 게라. 효성도 뻗챘고 이라는데, 요놈의 여자를 못 만내 가지고(여자를 잘못 만나서), 여덟 마리를 잡아 놓고, 아홉 마리째 이제 고날 저녁에 마지막 나갔는데, 요 여자가 아무리 생각해도 이상하다는 게라.

똑 밤중 되면 요래 나가 가지고, 어데 있다가 백계를 한 마리씩을 가져와가 갔다 오고, 사람이 되가 드오고. 이라이께네 이게 무슨 이상한 일이다. 오늘 저녁에 내가 저거를 한번 해 본다. 점을 한번 뽑아보는 게라. 여자가 뽑아 보는데, 남자가 나간 뒤에 곱게 나가 가지고 한 쪽으로 가 가지고 보이께네, 남자가 뭐뭐뭐 지끼디만, 글을 요래 써 가지고는 착착 접쳐 가지고, 담군게 뽀끔(단단히) 찡가(끼워) 놓고, 고마 득수를 막 넘디만은 호랭이가 되 가지고 고마 가더라는 게라. 갔는 거 보고 그 마한 놈의 여자가 고마 고 쪼가리를 들고 나와 부랬어. 고년 마한 년이제 글쎄? 그 이 여자 못 만나면 집구석 망혼다 그이까네. 다, 그 다 됐는 거를 그래 가지고 쪼가리를 가지고 가서 쭐쭐 째 가지고 내빼래 부랬어 고마. 쭐쭐 째가 내배래부이, (청중 : 없으면 그대로 사람이 될 수가 있나?) 못 되지요. 그게.

그래 가지고 가요. 백계 한 마리 탁 갔다 물어다 놓고, 물어다 놓고, 떡 하니 그걸 담군게에 가여, 시간은 다 되 가지. 하마 밤중이 넘으니께네.

얼른 저거를 해야 자기가 득수를 넘는다는 말이야. 찾으니깐 없는 게라. 암만 혜매도 못 찾아 가마 보이까네. 못 찾디만은 고마 닭이 울어 뿐다. (조사자 : 닭이 울어.) 닭이 울어 뿐다. 날이 새이 닭이 울어 뿐다. 그 닭도 원수다 싶어 가지고, 닭이 울어 부이까네, 고마 고마, 호래이가 되 가지고, 눈물을 또닥 또닥(눈물이 떨어지는 모습을 나타내는 의태어) 띠기고,(떨어 뜨리고) 고마 어마이도 못 살리고, 지도 호랭이가 되 가지고, 산에 올라가고, 집구석을 그래 망하 뿌래드라니더.

마음에 안 드는 세 며느리

자료코드 : 05_20_FOT_20090115_LJH_LCN_0010
조사장소 : 경상북도 청송군 진보면 진안2리 노인정
조사일시 : 2009.1.15
조 사 자 : 임재해, 조정현, 편해문, 박혜영, 임주, 황진현
제 보 자 : 이차놈, 여, 80세
구연상황 : 이박하 할머니 이야기 후 방분을 할머니가 매자구 이야기를 했다. 하지만 줄거리가 되지 않고 기억이 나지 않는다며 이야기를 중단하자, 이차놈 할머니가 그 이야기는 이런 이야기라며 구연했다.
줄 거 리 : 첫 번째 며느리가 일을 똑바로 못해 쫓아내고 새 며느리를 봤다. 그런데 두 번째, 세 번째 본 며느리들은 첫 번째 며느리보다 오히려 더 못한 며느리들만 들어왔다. 그래서 시어머니는 오히려 첫 번째 며느리가 좋았다며 찾았다.

(조사자 : 며느리를 봐 놓으니까요?) 메느리를(며느리를) 처음에 봐 노이, 마구(모두) 할 줄을 몰래 가지고, 오케(바르게) 모하고(못하고) 하이께네, 또 하나 더 봤거든. 더 봐 놓으이, 두 번째 봐 놓으이, 바늘 실이 [손가락 사이를 벌리며] 요만큼 오도록 꾸매는 거라(꿰매는 거야). 드문, 드문 저문 저 꾸매거든. 이러이 이게 뭐 다 삐져나오고 되도 안하는 게라. 고래도 처음에 와 놓는 거는 그래도, 두 번째 봐 놓은 거도 또또 고매이

고(마찬가지고). 그래가 세 번째는, 메느리 또 하나 쫓아 부고, 세 번째 또 봤다. 봐 놓으니께네, 이 저게, 고마 요거는 또 마구(심하게) [고개를 숙이고 손으로 바느질 하듯이] 요래 박아 가지고, 쪼매 박아 놨다가 또 땄다가, 또 박아놨다가, 땄다가, 박았다가, 종일 밤새도록 해도 [검지를 보이며] 요만침(요만큼) 못하고 계속 땄다가 박았다가 하이께네, 시어마이가 뿔이(화가) 났단 말이라. 팔자야 싶어 가지고.

"매자구야 따자구야 우리 쭝쭝이 어디 가도?"

하드란다. 우리 쭝쭝이 쭝쭈 그던게, 그게 지서로(차라리) 낫단 말이야. 쭝쭝 훑는 거는 그래도 홑바느질 걸래라도 있지만은, 이 천날 만날 따다가, 꼬맸다가 따다 해 부이 암거도 안 되그든요. 그러이,

"매자구야 따자구야 우리 쭝쭝이가 어디 가도?"

어디 가든지. 그게 응, 쭝쭝이가 아숩더라니더. 옛날에 메느리 셋 보이께네. (청중 : 쭝덕 쭝덕 해도 어여 해내지만은, 이거는 그래 따다보면-.) 길게 하는 거는 해라도, 걸래라도 있지만은, 요거는 땄다가 뺐다가, 땄다가 뺐다가 자꾸하이, 생전에 옷을 못 입잖아. 그래 그게 인제 그거래 인제 하는 말이 그게래요.

"매자구야 따자구야 우리 쭝쭝이 어디 갔노?"

하는 게. (조사자 : 예.)

우렁이 각시

자료코드 : 05_20_FOT_20090115_LJH_LCN_0011
조사장소 : 경상북도 청송군 진보면 진안2리 노인정
조사일시 : 2009.1.15
조 사 자 : 임재해, 조정현, 편해문, 박혜영, 임주, 황진현
제 보 자 : 이차놈, 여, 80세

구연상황 : 방분을 할머니가 띠띠 이야기라며 우렁이 이야기를 했다. 그러자 이차놈 할머니가 그 이야기는 그렇게 하는 것이 아니라며 다시 이야기를 구연했다.

줄 거 리 : 더벅머리 총각이 파밭을 일구며 혼자 살고 있었다. 하루는 파밭을 일구며 노래를 하는데 노래에 대한 대답이 들려온다. 잘못 들었나 보다 하고 집으로 돌아간 총각은 방에 차려진 음식을 보고 놀라지만 이내 맛있게 먹는다. 그렇게 노래에 대한 대답이 들리고 방에 맛있는 음식이 차려져 있는 것이 며칠 동안 계속 되었다. 하루는 총각이 일을 일찍 끝내고 집으로 일찍 돌아갔는데 어떤 처녀가 음식상을 차리고 있었다. 이를 놓치지 않고 잘 붙잡은 총각은 음식상을 차렸던 우렁 각시와 함께 잘 살았다고 한다.

그게 그 이야기래. 할매(할머니) 하는 이야기가 그게 아니고. 이 노총각이 더벅머리처럼 수건을 지끈(단단히) 둘러매고, 지게를 하나 지다 놓고 혼자 가 가지고 아무도 없고 지 혼자 사는데, 오막살이 꼭 뭐 겉은(같은) 집에다가 인제 혼자 사는데. 파밭을 가야 쫘야 뭐 그거라도 먹고 산단 말이야. 안 그라면 먹고 살 일이 없잖니껴 옛날에는. 그러이께네 그거를 자꾸 쪼이 돌도 나오고, 흙도 나오고, 뭐 이래 나오고 하는데, 파내면서는, 혼자 이제 잡담 소리를 했는가 봐.

"이 파밭을 이클(이렇게) 쫘서, 누캉 내캉(누가 나와) 먹고 살꼬?"

하면서는 노래를 했는 기라. (조사자 : 예.) 그래 노래를 하이까네, 어데서(어디에서) 뭐 허구에서(허공에서) 나오는 거치(것처럼),

"니캉 내캉(너랑 나랑) 먹고 살제."

하는 기라.

'이상하다. 어데서 이런 소리가 나오노?'

이카골랑, 그래 점드륵(종일) 그 쫘 가지고, 쫘 놓고 이제 집에 가이까네, 밥을 막 해 차래 놨는데, 아무것도 없는데, 진주상을(잘 차려 놓은 밥상) 차래 가지고 밥뿌재('밥상 덮개', 그러나 정확한 뜻은 알 수 없음) 딱 덮어 놓고 아무것도 없더라는 기라.

'이상하다. 이게 뭐가 어데서 뭐를 뭐 나라에서 뭘 나를 상금을 내라

줬나? 뭐 어데서 해다 놨노? 희한하다.'

그래가 배를 고프이 먹기는 먹었는 게라. 뭐 먹고 맞아 죽든 뭐 굶어 죽든 먹기는 먹었는 기라. 실큰(배부르게) 다 먹고 인제, 그 이튿날 잘 자 골랑, 또 인제 가 가지고 또 쫓는다. 또 가 쪼면서, 또 인제 그카는 기라. 먹어 났으이 힘이 더 있지 뭐.

"이 파밭을 이래 쫘서 누캉 내캉 먹고 살꼬?"

카면서 막 이래 쪼는 기라. 쪼이 어디서 거미 소리만춤(소리만큼) 또 카 는 기라.

"니캉 내캉 먹고 살제."

하는 게라. 그래가 이상하다 싶어가, 그래가 인제 참 며칠로(며칠을) 그 랬다는 기라. 며칠로. 그래 한번에는 그래 하더가는, 한번에는 조금 일찍 이 왔다는 기라. 조금 일찍이 오이께네, 세상에 그 인제 말따나 거 뭐니 껴? (조사자 : 우렁이?) 우렁이가 그게 아가씨가 돼 가지고요. 아가씨가 돼 가지고 나와 가지고, 앞 치매를 착 끈 매골랑, 고와 가지고 해 가지고 들 루는데(밥상을 차려 방으로 들이는데) 고마(그만) 총각이 들어와 부랬어요. (청중 : 아하.) 들어가 끌안아 부랬어(끌어안아 버렸어) 고만에. 끌안아 가 지고 그게 배필이 돼 가지고요, 그 파밭도 참 쪼지만도, 그렇게 그렇게, 잘 살더라니더. 그 아가씨를 끌안아 받아 가지고요. 그것도 쪼는 것도 그 것도 사람 살 때가 돼 있는가 봐. (청중 : 다 살게 되어 있다.) 더벅머리 총 각이 막 그크러(그렇게) 일해 가지고도 그래 그래도, 수건을 풀고 고마 총 각이 그쿠러(그렇게) 잘나고 그더란다.

형제간 우애는 여자 하기 나름

자료코드 : 05_20_FOT_20090115_LJH_LCN_0012

조사장소 : 경상북도 청송군 진보면 진안2리 노인정
조사일시 : 2009.1.15
조 사 자 : 임재해, 조정현, 편해문, 박혜영, 임주, 황진현
제 보 자 : 이차놈, 여, 80세
구연상황 : 형제간에 우애 있는 이야기를 아냐고 운을 떼우자, 그 이야기는 이런 이야기
라며 구연했다.
줄 거 리 : 우애가 좋은 4형제가 있었다. 하루는 남편들이 부인들에게 형제간에 우애가
있는 이유는 남자들이 잘하기 때문이라고 했다. 이에 여자들이 형제간에 우애
가 좋은 이유가 여자들 때문이라고 했지만 남자들은 말을 듣지 않았다. 그래
서 부인들끼리 꾀를 짰다. 한 집에서 떡을 만들어 놓고 먹다가 다른 집에 아
이들이 오면 주지 않고 숨겼다. 그렇게 한 집, 한 집 돌아가면서 떡을 해 놓
고 주지 않으니 아이들의 말이 남자들에게 전해지고, 이로 인해 형제간의 우
애에 금이 가고 급기야 서로 싸우기에 이르렀다. 이때 여자들이 나서서 그간
에 자초지종을 말해 주고, 형제간의 우애는 여자에게 달렸다고 말해 준다.

동서가 이제 오동세나, 사동세나(다섯 동서나 네 동서가) 뭐 이래 살잖
니껴? (조사자 : 예, 예-) 살면은, 아들이 또 맹(똑같이) 서로 마카(같이) 놀
거 아니라? 낳아 가지고, 낳으면 큰집도 갔다가 적은 집에도 갔다가 뭐
덩거리져(덩어리져) 왔다 갔다 하잖니껴? 그래하면 아들이 인제, 남자들은
뭐라그노 하면은,

"너가(너희가) 잘해 가지고."

안어른보고,

"너가 잘해 가지고 인정이 있나? 우리가 잘해 가지고 인정이 있지."

남자들은 이카는 거래. 남자들은 저가 잘해 가지고 근다는 거라. 여자
들이,

"오야(알았다) 보자 그면 너가 잘해 가지고 인정이 있는강. 우리가 트면
은(돌아서면은) 너는 인정 있기는 글렀다."

하이 남자들이,

"시끄럽다. 여자들이 뭐 안다꼬. 우리가 인정이 좋으이(좋으니) 형제들

이 인정이 좋으이, 인정이 있지. 우리 인정이 너가 못 띤다(뗀다)."

'못 띠는 동 보자.'

이래 속으로 이래 먹고는, 여자들이 동서들끼리 짰어. 짜 가지고,

"새득,(새댁) 오늘 저녁에는 새득네 떡을 해라."

인제 한 집에 인제 떡을 하고, 씨개다(시켰다).

"씨개 놓으면은, 우리 아들이 가거들랑 떡 주지 마라. 먹다 치워 뿌고, 주지 마라. 주지 말고, 마카(모두) 그냥 앉았다, 가그러 해라."

이카거등. 그리 떡을 인제 뭐 좀 해 가지고, 디딜방아를 찧는 게 얼마나 하노? 옛날에 뭐. (청중 : 그케.) 해 가지고, 소쿠리 쩌 놓고, 앉아 이래 먹는 척 앉았다니께네, 아들이 [손을 머리가에 올리며] 요런 게 조롱조롱 ○○○ 같은 게 조롱조롱 오는 게라. 오이께네, 고마 숙모가 고마 똘똘 말아 가지고, 자 치워 뿌고.

"너 뭐 하러 왔노?"

카는 기라. 고마 뭐 이래 뻐이(빤히) 들다보고 뭐, 메란 없지 뭐. 그래 있다가 고마(곧) 간다. 가 가지고, 고마 쪼맨한 거는 먹고 싶어 가지고 찔찔 울고, 큰 것들은 또 울지는 안 하고 그냥 가고.

"너 왜 그래 오노?"

하이,

"뭐 저 건네 아무 것 집에 가이께네, 숙모가 뭐 떡 먹다 치워 뿌고 안 주더라."

이카거든. 그카이께네, 이 남자들 가만 생각하이, 마카 속상한 기라. 저 그(자기) 새끼들이 막 그래가 오이께네.

"글터나(그렇더냐)?"

하이,

"글터라."

그래.

"야야 그러지 말고, 내중(나중에) 우리도 또 떡 해라."

남자가 이카는 기라.

"우리 하라 그면(그러면) 하지 뭐."

하면서, 여자가 또 한 집이 하는 기라. 해 가지고, 또 이 집 아들이 마카 또 이제 간다. 가이께네 또 이제 먹다 뭉쳐 치워 뿐다. 이리, 다섯 집이고 몇 집이고 간에, 고마 모조리 이제 한 번씩 다 해 가지고는, 마카 그래 뿌이께네, 고만에 형제간에 싸움이 붙어 가지고,

"니가 옳으이, 내가 옳으이."

쥐 뜯고 말이여. 쥐 뜯고 싸워 가지고, (청중 : [웃으며] 정을 잘 쌓았네.) 그래 가지고 난리가 나는 게라. 그러면,

"너는 왜 저거 뭐로, 떡 해 가지고 왜 우리 아들 안 주고 너만 먹고, 떡 소쿠리 왜 치왔노? 응? 그르이 우리도 맹 그라지 어에노."

그러이 마구 이게 덤불 싸움이 되 가지고. [웃음] 여자들이 가만 생각하이 안 되그던요. 그래 놓으께네, 이래 오디,

"당신네가 아무리 궁내가(마음이) 너르고(넓고), 남자고 대장부 남자고 하다 케도(그렇다 해도), 속 쫍은 여자만 못하다. 아무리 글타 케도 우리가 당신네 정 띨라 카면, 하루아침에 다 띠 불 수 있다. 그리께네 여자들을 그래 하지 말고 살아라."

(청중 : 그래 언제든지 여자가 좋아야 돼.) 여자가 잘 들어와야 되거든요. 그래 가지고 그걸 이제. (청중 : 며느리도 글코 뭐 마카 그래. 여자라는 게.) 응. 그래 가지고 그 조카들하고 마카 내중에는, 참 오케(제대로) 떡을 해 놓고, 마카 하우시리(우애 있게) 먹고, 인제 앞으로 이제 정 띤다 카는 게 이제, 그래 인제 여자들이한테 달랬다 카는 그거래요. 그게 인제 아무리, 여자들이 뭐 속에 있고 없고 뭐, 여자들이 쫍어, 쫍니 뭐 어떠니 해도 여자 잘못 들면 집구석이 안돼요. 아무(어느) 집구석이라도요.

앞산아 뒷산아

자료코드 : 05_20_FOS_20090226_LJH_PBJ_0044
조사장소 : 경상북도 청송군 진보면 진안 4리 경로당
조사일시 : 2009.2.26
조 사 자 : 임재해, 조정현, 편해문, 박혜영, 임주, 황진현
제 보 자 : 박분조, 여, 74세
구연상황 : 경로당에서 여러 할머니들이 함께 계신 자리에서 녹음했다. 노랫말이 해학적
이라 다들 박수를 치고 화기애애한 분위기에서 녹음했다.

앞산아 뒷산아 왜 무너졌노 큰 질가(큰 길이) 될라꼬 무너졌지
큰 질가 가새는 뽀플라가 섰고 ○○○○○○○○○○
○○○○○○○ 운전수 안고 운전수 무릎팍에 기생이 놀고
기생의 손목에 금시계 걸리고 금시계 속에는 세월도 간다

시집살이 노래

자료코드 : 05_20_FOS_20090226_LJH_PBJ_0045
조사장소 : 경상북도 청송군 진보면 진안 4리 경로당
조사일시 : 2009.2.26
조 사 자 : 임재해, 조정현, 편해문, 박혜영, 임주, 황진현
제 보 자 : 박분조, 여, 74세
구연상황 : 경로당에서 여러 할머니들이 함께 계신 자리에서 녹음했다. 청중 대부분이 조
금은 알고 있는 노래라 그런지 더러 따라하는 분들이 있었다.

형님 형님 사촌 형님
시집살이 어떻든고

아이고 야야 그 말 마라

외(오이)씨 같은 쌀을 앉혀

앵두 같은 팥을 앉혀

응굴둥굴 수박 식기

밥 담기도 어렵더라

삼삼기 노래

자료코드 : 05_20_FOS_20090226_LJH_PBJ_0046
조사장소 : 경상북도 청송군 진보면 진안 4리 경로당
조사일시 : 2009.2.26
조 사 자 : 임재해, 조정현, 편해문, 박혜영, 임주, 황진현
제 보 자 : 박분조, 여, 74세
구연상황 : 경로당에서 구연하였다. 삼 삼기 노래에 늘 나오는 청송에서 조사를 해서인지 둘러앉은 할머니 대부분이 조금씩은 알고 있어 귀 기울여 듣는 분위기였다.

영해 영덕 진삼가리

울티 한점 뻗쳐 놓고

치비비고 내비비고

밤새도록 삼은 삼이

한 발일래 반 발일래

언문 뒤풀이

자료코드 : 05_20_FOS_20090224_LJH_PSJ_0031
조사장소 : 경상북도 청송군 진보면 진안 3리 노인회관
조사일시 : 2009.2.24
조 사 자 : 임재해, 조정현, 편해문, 박혜영, 임주, 황진현

제 보 자 : 박삼재, 남, 77세
구연상황 : 노인회관에서 구연했다. 남성 창자가 언문 뒤풀이를 거의 완벽하게 구연하자
함께 있던 할머니들이 큰 박수를 치며 환호하는 분위기였다.

가갸거겨 가이 없는 이내 몸이 거이 없이 되었구나

고교구규 고생하던 우리 낭군 구관하기(불쌍하기) 짝이 없네

나냐너녀 날아가는 원앙새야 너와 나와 짝을 짓자

노뇨누뉴 노세 노세 젊어 노새 늙어지면 못 노나니

다댜더뎌 다정하던 우리 낭군 구관하게 짝이 없네

마먀머며 마자마자 마자더니 임에 생각 목이 매네

모묘무뮤 모지도다 모지도다 한양 낭군 모지도다

보뵤부뷰 보고지고 보고지고 한양 낭군 보고 지고

바뱌버벼 밥을 먹어도 임의 생각

보뵤부뷰 보고지고 보고지고 한양 낭군 보고 지고

사샤서셔 사시 행차 바쁜 길에 중간 참이 늦어가네

소쇼수슈 소설 단풍 찬바람에 울고 가는 저 기럭아 이내 소식 전
해 가소

아야어여 아두다수 하는 소리 인적 없이 떨어지네

오요우유 오동 목판 거문고를 새 줄 메어 타노나니

백학이 벌써 제 짐작하고 우줄우줄 춤을 춘다

자쟈조쥬 자주 종종 보시던 님 소식조차 돈절하네

조죠주쥬 조별 낭군 내 낭군은 가신 후로 못 오시나

차챠처쳐 차라리 이내 몸이 죽었으면 이런 꼴을 아니볼 걸

초쵸츄추 초당 안에 깊이 든 잠 학의 소리 놀라 깨니

그 학 소리 간 곳 없고 흐르나니 물소리라

부모님 은혜

자료코드 : 05_20_FOS_20090224_LJH_PSJ_0032
조사장소 : 경상북도 청송군 진보면 진안 3리 노인회관
조사일시 : 2009.2.24
조 사 자 : 임재해, 조정현, 편해문, 박혜영, 임주, 황진현
제 보 자 : 박삼재, 남, 77세
구연상황 : 노인회관에서 구연했다. 오랫동안 부르지 않아서인지 본인도 잘 모르는 노랫
말이 가끔 나왔다. 그래서 그런지 함께 듣던 할머니들의 귀 기울여 듣는 모습
도 조금은 덜 진진한 분위기에서 구연되었다.

이산 저산 장작산에 쉬민 대민 쉬대삿갓

모시 용달 여름살이 주치 용달 관음수건

언에서상 글을 배와 단동단동 ○○○○

귀귀동동 뛰워내라 어내 눈이 번쩍하먼

주침강을 건너 주마 학봉 안에 숨은 꽃이

두시같이 피었더라 한 가지 꺾어다가

책상 우에 얹어 놓고 비시근해(잠시 잠깐) 잠이 들어

연작시리 꿈을 꾸니 기댈래 비가 와

홀리산에 눈이 와 백두산이 짚으다

짚은 골로 높으다 아락지 다락지 올○당 초록에

박잎에 놀러 가세 박잎 겉은 우리 엄마

속잎 겉은 나를 두고 엄마대로 가셨는가

동춘아 먹 갈아라 부모자로 씨자(쓰자) 하니

편지 한 장 쓸라 하니

눈물이 나서 대동강이 되고

한숨은 쇠어서 동남풍이 되었더라

창부 타령

자료코드 : 05_20_FOS_20090115_LJH_BBE_0001

조사장소 : 경상북도 청송군 진보면 진안2리

조사일시 : 2009.1.15

조 사 자 : 임재해, 조정현, 편해문, 박혜영, 임주, 황진현

제 보 자 : 방분을, 여, 85세

구연상황 : 이야기를 서로 주고받다가 잠시 쉬는 시간을 가졌다. 잠시 쉬며 음료를 마시
는데 청중들이 제보자에게 노래 한 자락 하라고 권하자 구송했다.

노자 노자 젊어서 놀어

늙어지며는 못 노니라

화무(花無)는 십일홍(十日紅)이요

달도 차면 지고 나니

일생 일장 춘몽인데

아니 놀지는 못하리라

아니 쓰지는 못하리라

이 장단에 못 노면은

어떤 장단에 지랄하노

[노래를 끝마치고]

아이고 좋다~

아따 좋다~

아이고 숨차라.

사랑가

자료코드 : 05_20_FOS_20090115_LJH_BBE_0002

조사장소 : 경상북도 청송군 진보면 진안2리

조사일시 : 2009.1.15
조 사 자 : 임재해, 조정현, 편해문, 박혜영, 임주, 황진현
제 보 자 : 방분을, 여, 85세
구연상황 : 청중들이 트로트를 한곡 부르고 난 후, 조사자가 아이 달래는 노래를 모르시
　　　　　냐고 물었다. 그런 노래도 많이 했지만 이제는 다 잊었다며 노래하기를 꺼려
　　　　　했다. 그러던 중 방분을 할머니께서 마이크를 잡고 구송했다.

[앉아서 어깨춤을 추며]

　　　어허둥둥둥 내 사랑아

　　　이 사랑은 놔뒀다가

　　　어따 사랑할꼬

　　　어허둥둥 내 사랑아

　　　논을 살까 밭을 살까

　　　어허둥둥둥 내 사랑아

　　　이리 봐도 내 사랑아

　　　저리 봐도 내 사랑아

　　　어떻게 다 봐도 내 사랑이다

　　아이고 아이고 숨차라

　　아이고 숨찼다

　　아이고 숨찼데이

달 타령

자료코드 : 05_20_FOS_20090115_LJH_BBE_0003
조사장소 : 경상북도 청송군 진보면 진안2리
조사일시 : 2009.1.15
조 사 자 : 임재해, 조정현, 편해문, 박혜영, 임주, 황진현

제 보 자 : 방분을, 여, 85세
구연상황 : 앞의 노래에 이어서 구송했다.

달아 달아 밝은 달아
이태백이에 노던 달아

[흥이 나서 추임새를 넣으며]

이~히~
저기 저기 저달 속에
계수나무를 밝혀서요.
이~히~
옥도끼를 다듬어요.
금도끼로를 찍어내요.
양친 부모 모셔다가
천년만년을 살고나 보자

아이고 숨차레이.

생금 생금 생가락지 (1)

자료코드 : 05_20_FOS_20090115_LJH_BBE_0004
조사장소 : 경상북도 청송군 진보면 진안2리
조사일시 : 2009.1.15
조 사 자 : 임재해, 조정현, 편해문, 박혜영, 임주, 황진현
제 보 자 : 방분을, 여, 85세
구연상황 : 조사자가 생금 생금 생가락지를 아느냐고 묻자 구송해 주었다.

생금 생금 생가락지

호박질로 닦어내어

금도끼로 닦어내어

양친 부모 모세다가(모셔다가)

천년만년 살고 싶다

정선 아라리 (1)

자료코드 : 05_20_FOS_20090115_LJH_BBE_0005
조사장소 : 경상북도 청송군 진보면 진안2리
조사일시 : 2009.1.15
조 사 자 : 임재해, 조정현, 편해문, 박혜영, 임주, 황진현
제 보 자 : 방분을, 여, 85세
구연상황 : 이차놈 할머니의 보급대 노래가 끝나고 방분을 할머니의 노래가 이어졌다. 잘
모르는 노래라도 일단 다 불러 주신다며 목청을 높이셨다.

정센 읍내 물레바는(물레방아는) 사는 창창 도는데

우리 집이 저 문뒤는(문딩이는) 왜날 안고 도노

아리 아리랑 쓰리 쓰리랑 아라리요

호~ 넘어간다!

　[웃음]

노랫가락

자료코드 : 05_20_FOS_20090115_LJH_BBE_0006
조사장소 : 경상북도 청송군 진보면 진안2리
조사일시 : 2009.1.15
조 사 자 : 임재해, 조정현, 편해문, 박혜영, 임주, 황진현

제 보 자 : 방분을, 여, 85세

구연상황 : 방분을 할머니께서 주방에서 일을 하다가 방으로 들어왔다. "술 받아 놓고 왜
다들 노래를 하지 않느냐?"며 노래를 불러 주셨다.

꽃이사 곱다마는 꽃이름이나 짓고 가세

꺾으면 유정하고 못 꺾으며는 단잠 자리

생금 생금 생가락지 (2)

자료코드 : 05_20_FOS_20090115_LJH_BBE_0007

조사장소 : 경상북도 청송군 진보면 진안2리

조사일시 : 2009.1.15

조 사 자 : 임재해, 조정현, 편해문, 박혜영, 임주, 황진현

제 보 자 : 방분을, 여, 85세

구연상황 : 앞의 노래에 이어 구송했다.

생금 생금 생가락지

호박질로 닦어내어

금동으로 기위내어

양친 부모 모셔다가

천년만년 살고 지러(살고 싶다)

정선 아라리 (2)

자료코드 : 05_20_FOS_20090115_LJH_BBE_0008

조사장소 : 경상북도 청송군 진보면 진안2리

조사일시 : 2009.1.15

조 사 자 : 임재해, 조정현, 편해문, 박혜영, 임주, 황진현

제 보 자 : 방분을, 여, 85세

구연상황 : 신귀순 할머니 노래가 끝나고 방분을 할머니가 다시 짧은 노래 하나를 구송
했다.

가을철인지 봄철인지 나는 몰랐더니
뒷동산 행낭춤저러 날과주네(무슨 뜻인지 정확한 뜻은 알 수 없음)

삼 삼기 노래

자료코드 : 05_20_FOS_20090224_LJH_BBW_0034
조사장소 : 경상북도 청송군 진보면 진안 2동 마을회관
조사일시 : 2009.2.24
조 사 자 : 임재해, 조정현, 편해문, 박혜영, 임주, 황진현
제 보 자 : 방분을, 여, 85세
구연상황 : 마을회관에서 구연하였다. 삼 삼기 노래 가사에 늘 나오는 청송에서 조사를
해서인지 둘러앉은 할머니 대부분이 조금씩은 알고 있어 귀 기울여 듣는 분
위기였다.

강릉 삼척 진(긴)삼가리
진보 청송 뻗쳐 놓고
하룻밤을 삼을 삼이
한 발이고 반 발일레
한 날일랑 날을 하고
반 발일랑 씨를 하고

부음이 왔네

자료코드 : 05_20_FOS_20090224_LJH_BBW_0035
조사장소 : 경상북도 청송군 진보면 진안2리 마을회관
조사일시 : 2009.2.24

조 사 자 : 임재해, 조정현, 편해문, 박혜영, 임주, 황진현
제 보 자 : 방분을, 여, 85세
구연상황 : 마을회관에서 구연했다. 조사자 역시 처음 듣는 노래라 관심이 컸고 청중 또
한 오랜만에 듣는 줄거리가 있는 긴 민요라 관심 있게 지켜보았다. 특히나 노
랫말이 아주 해학적이고 과장이 심해 듣는 내내 청중을 즐겁게 만들었다.

붐(부고)이 왔네 붐이 왔네

어디서여 붐이 왔노

영해 영덕 붐이 왔네

누가 죽어 붐이 왔노

시누 죽어 붐이 왔네

에따 고년 잘 죽었다

지랑물에(기름에) 뽁을 년아

꼬치갈에(고추가루에) 지질 년아

그 끝에야 남았는 거

남대문에 걸어 놓이

올로 가는 까마구가

다 뜯어먹고 남은는 거

이승 저승 던져 놓니(던져 놓으니)

쥐는(죄는) 쥐는 남었단다

칭칭이 노래

자료코드 : 05_20_FOS_20090224_LJH_BBW_0036
조사장소 : 경상북도 청송군 진보면 진안2리 마을회관
조사일시 : 2009.2.24
조 사 자 : 임재해, 조정현, 편해문, 박혜영, 임주, 황진현
제 보 자 : 방분을, 여, 85세

구연상황 : 마을회관에서 구연했다. 경상북도에 칭칭이 소리는 아주 대중적인 유흥민요
라 그런지 제보자가 앞소리를 메기자 청중들의 뒷소리가 자연스럽게 이어져
오랜만에 민요의 맛을 느낄 수 있는 분위기가 되었다.

치야칭칭나네	노자 노자 젊어서 노자
치야칭칭나네	칭칭 소리 다매기라네
치야칭칭나네	동네 사람 듣기 좋다
치야칭칭나네	거랑돌(냇가에 있는 돌)이 떡 겉으면
치야칭칭나네	거랑물이 술 겉으면
치야칭칭나네	먹고 놀고 뛰고 노자
치야칭칭나네	동네 사람 모였이소
치야칭칭나네	아니 놀고 무엇 하나
치야칭칭나네	한분 아차 죽어지면
치야칭칭나네	어느 사람 날 찾아 오노
치야칭칭나네	친구도야 씰 데(쓸 곳) 없다
치야칭칭나네	영감도야 씨잘 데 없다
치야칭칭나네	요만할 적에 놀아 보자
치야칭칭나네	한분 아차 죽어지면
치야칭칭나네	어느 사람 날 찾으러 오나
치야칭칭나네	먹고 노자 씨고 노자
치야칭칭나네	한분 아차 죽어지면
치야칭칭나네	어느 사람 날 찾아 오노
치야칭칭나네	거덜거리고 놀아 보자
치야칭칭나네	

달아 달아

자료코드 : 05_20_FOS_20090224_LJH_BBW_0037
조사장소 : 경상북도 청송군 진보면 진안 2동 마을회관
조사일시 : 2009.2.24
조 사 자 : 임재해, 조정현, 편해문, 박혜영, 임주, 황진현
제 보 자 : 방분을, 여, 85세
구연상황 : 마을회관에서 구연하였다.

> 달아 달아 밝은 달아
>
> 이태백이 노든 달아
>
> 저기 저기 저 달 속에
>
> 계수나무 박혔어여
>
> 옥도끼로 따듬어여
>
> 금도끼로 찍어내여
>
> 양친부모 모새다가
>
> 천년만년 살고져

어화둥둥 내 사랑

자료코드 : 05_20_FOS_20090224_LJH_BBW_0038
조사장소 : 경상북도 청송군 진보면 진안 2동 마을회관
조사일시 : 2009.2.24
조 사 자 : 임재해, 조정현, 편해문, 박혜영, 임주, 황진현
제 보 자 : 방분을, 여, 85세
구연상황 : 마을회관에서 여러 사람이 모인 가운데 구연했다. 누구라도 더러 많이 부르던
　　　　　민요라 그런지 여기저기서 제보자가 노래 부르는 도중에 끼어드는 분들이 많
　　　　　았다.

> 어허둥둥둥 내 사렁아(내 사랑아)

이라 봐도 내 사령 저리 봐도 내 사령

이 군디를 놔뒀다가 논을 살까 밭을 살까

어허둥둥둥둥 내 사령

행상 소리와 덜구 소리

자료코드 : 05_20_FOS_20090226_LJH_SYG_0047
조사장소 : 경상북도 청송군 진보면 추현리 77
조사일시 : 2009.2.26
조 사 자 : 임재해, 조정현, 편해문, 박혜영, 임주, 황진현
제보자 1 : 신영구, 남, 47세(앞소리)
제보자 2 : 조국재, 남, 47세(뒷소리)
제보자 3 : 권오철, 남, 41세(뒷소리)
제보자 4 : 김정철, 남, 41세(뒷소리)
구연상황 : 1997년에 경상북도 시도무형문화재 26호로 지정된 청송추현 상두 소리 보
존회관에서 구연했다. 앞소리를 메기시던 분은 작고하시고 그 아들인 신영구
씨가 앞소리를 대신했다. 상여가 실제로 나갈 때나 산에 올라 덜구를 찧을 때
부르는 소리에 견주면 보존회관 실내에서 하는 소리는 그 흥이나 역동감이
덜한 것이 사실이었다. 특히 청송추현 상두 소리는 출상 전날 하는 대도둠 소
리가 남다른데 따로 녹음하지는 못했다.

05_20_FOS_20090226_LJH_SYG_0047_s01 행상 소리

너호 너호 너화 넘차 너호

　너호 너호 너화 넘차 너호

저승길이 멀다더니 너화 넘차 너호

　너호 너호 너화 넘차 너호

대문 밖이 화적일세 너화 넘차 너호

　너호 너호 너화 넘차 너호

백세항주 하실 것을 너화 넘차 너호

너호 너호 너화 넘차 너호
태산같이 믿었거늘 너화 넘차 너호
　너호 너호 너화 넘차 너호
백세항주 못하시고이 너화 넘차 너호
　너호 너호 너화 넘차 너호
북망산천 웬 말인고 너화 넘차 너호
　너호 너호 너화 넘차 너호
아이구 답답 내 못 간대이 너화 넘차 너호
　너호 너호 너화 넘차 너호
대궐 같은 나의 집을 너화 넘차 너호
　너호 너호 너화 넘차 너호
원앙겉이 비워두고 너화 넘차 너호
　너호 너호 너화 넘차 너호
원통해서 우이 갈꼬 너화 넘차 너호
　너호 너호 너화 넘차 너호
맏상주야 들어 봐래이 너화 넘차 너호
　너호 너호 너화 넘차 너호
문전옥답 좋은 경치 너화 넘차 너호
　너호 너호 너화 넘차 너호
너에게야 맏기고서이 너화 넘차 너호
　너호 너호 너화 넘차 너호
미련 없이 나는 간대이 너화 넘차 너호
　너호 너호 너화 넘차 너호
우이 갈꼬 우이 갈꼬 너화 넘차 너호
　너호 너호 너화 넘차 너호
까막까치 우는 곳에 너화 넘차 너호

너호 너호 너화 넘차 너호
심심해서 우이 갈꼬 너화 넘차 너호
　너호 너호 너화 넘차 너호
친구 벗이 많다한들 너화 넘차 너호
　너호 너호 너화 넘차 너호
어느 누가 동행할로 너화 넘차 너호
　너호 너호 너화 넘차 너호
명사십리 해당화야 너화 넘차 너호
　너호 너호 너화 넘차 너호
꽃 진다고 서러 마래이 너화 넘차 너호
　너호 너호 너화 넘차 너호
명년 삼월 다시 오면 너화 넘차 너호
　너호 너호 너화 넘차 너호
니는 다시 피련마는 너화 넘차 너호
　너호 너호 너화 넘차 너호
이내 몸은 오늘 가면 너화 넘차 너호
　너호 너호 너화 넘차 너호
영결종천 그만이대이 너화 넘차 너호
　너호 너호 너화 넘차 너호
우리 상주 이리 온나 너화 넘차 너호
　너호 너호 너화 넘차 너호
이제 가면 언제 볼노 너화 넘차 너호
　너호 너호 너화 넘차 너호
딸아 딸아 우리 딸아 너화 넘차 너호
　너호 너호 너화 넘차 너호
많이 많이 울어 다게이 너화 넘차 너호

너호 너호 너화 넘차 너호

오늘 보면 그만이대이 너화 넘차 너호

　너호 너호 너화 넘차 너호

가는 길에 만나 보세이 너화 넘차 너호

　너호 너호 너화 넘차 너호

스물 너이 동군님요 너화 넘차 너호

　너호 너호 너화 넘차 너호

아무래도 잘도 해요 너화 넘차 너호

　너호 너호 너화 넘차 너호

그만하고 쉬어 가요

　너호 너호 너화 넘차 너호

너화 넘차 너호

　너화 넘차 너호

자 놓고-

05_20_FOS_20090226_LJH_SYG_0047_s02 덜구 소리

　오호 덜구여

덜구꾼은 여덟인데

　오호 덜구여

나까진 아홉이래이

　오호 덜구여

덜구꾼요 들어 보소

　오호 덜구여

먼 데 사람 듣기 좋게

　오호 덜구여

젙에 사람 보기 좋게

오호 덜구여

가닥나게(갈라지게) 하지 말고이

　오호 덜구여

쿵덕쿵덕 찧여 주소이

　오호 덜구여

어이구 어이구 망혼이여

　오호 덜구여

백세항수 하실 줄을

　오호 덜구여

태산겉이 믿었다니

　오호 덜구여

칠십 연기 미만하여

　오호 덜구여

지하 고향 그리워서이

　오호 덜구여

무주 청산 무덤 될 줄

　오호 덜구여

어떤 누가 알았든고이

　오호 덜구여

아이고 아이고 망혼이여

　오호 덜구여

적막공산 ○○○○

　오호 덜구여

적막공산 홀로 누워

　오호 덜구여

송죽으로 울을 삼고이

오호 덜구여

까막까치 벗이 되어

오호 덜구여

적막이도 누웠으면

오호 덜구여

어느 자석 찾아오며

오호 덜구여

어느 일가 찾아오노이

오호 덜구여

어느 친구 찾아올꼬

오호 덜구여

억수장마 비가 오면

오호 덜구여

어느 누가 덮어 주며

오호 덜구여

동지섣달 눈이 오면

오호 덜구여

어느 누가 쓸어 줄 노이

오호 덜구여

곰곰이도 생각하니

오호 덜구여

구곡간장 다 녹는대이

오호 덜구여

아이구 아이구 망혼이여

오호 덜구여

우리 자석 찾아보재이

오호 덜구여

일가친척 찾아보재이

오호 덜구여

보고 싶고 보고 싶고

오호 덜구여

우리 상주 보고 싶대이

오호 덜구여

아들 아들 내 아들애이

오호 덜구여

자석 길러 섧은 맘을

오호 덜구여

어느 누가 슬퍼할까

오호 덜구여

인간세상 ○○대중

오호 덜구여

이팔청춘 들어 보소

오호 덜구여

부모공덕 다 하자면

오호 덜구여

○○보다 높은 은혜이

오호 덜구여

하해보다 깊은 은혜이

오호 덜구여

가슴 속에 못을 박고

오호 덜구여

흐르는 게 눈물이라이

오호 덜구여

백발북망 올 줄 알면

오호 덜구여

만리 밖에 성을 쌓걸

오호 덜구여

북망산천 막는 사람

오호 덜구여

이 세상에 없었던가이

오호 덜구여

○○가서 찾아네여이

오호 덜구여

주역팔괘 풀어 볼까이

오호 덜구여

제갈공명 같은 이도이

오호 덜구여

북망산천 못 막았고이

오호 덜구여

역발산 기개새도

오호 덜구여

북망산천 못 막았고이

오호 덜구여

만리장성 진시황도이

오호 덜구여

북망산천 못 막았대이

오호 덜구여

백만거부 이병철도이

오호 덜구여

황금으로 못 막았고이

오호 덜구여

인생일장 춘몽인대이

오호 덜구여

없는 금전 한을 마세이

오호 덜구여

영웅이면 아니 죽고

오호 덜구여

호걸인들 안 죽을까

오호 덜구여

호걸도야 쓸데없대이

오호 덜구여

영웅도야 쓸데없다

오호 덜구여

덜구꾼요 들어 보소

오호 덜구여

요번 채는 그만두고

오호 덜구여

다음 차례 찔을 때에

오호 덜구여

우리 상주 찾아보고이

오호 덜구여

우리 사우(사위) 찾아보고이

오호 덜구여

우리 손자 찾아보고이

오호 덜구여

백관짜리 찾아보재이

　오호 덜구여

그만하고 치웁시대이

　오호 덜구여

오호 덜구야

　오호 덜구야

에히용아

　에히용아

잘도 한다

　잘도 한다

삼 삼기 노래

자료코드 : 05_20_FOS_20090224_LJH_YSN_0030
조사장소 : 경상북도 청송군 진보면 진안3리 노인회관
조사일시 : 2009.2.24
조 사 자 : 임재해, 조정현, 편해문, 박혜영, 임주, 황진현
제 보 자 : 이순녀, 여, 82세
구연상황 : 노인회관에서 구연했다. 삼 삼기 노래 가사에 늘 나오는 청송에서 조사를 해
　　　　　서인지 둘러앉은 할머니 대부분이 조금씩은 알고 있어 귀 기울여 듣는 분위
　　　　　기였다.

진보 청송 진삼가래
이방 구방 토영나무
진게다리 걸어 놓고
영해 영덕 뻗쳐 놓고

비 비치고 나리 치고

영감아

자료코드 : 05_20_FOS_20090115_LJH_LCN_0001
조사장소 : 경상북도 청송군 진보면 진안2리
조사일시 : 2009.1.15
조 사 자 : 임재해, 조정현, 편해문, 박혜영, 임주, 황진현
제 보 자 : 이차놈, 여, 80세
구연상황 : 방분을 할머니가 먼저 노래를 부르자, "그 노래는 그렇게 하는 것이 아니다."
고 하며 노래를 불러 주었다. 방분을 할머니가 부른 노래와 이차놈 할머니의
가사가 달랐는데, 먼저 부른 것이 1절이라며, 방분을 할머니가 불렀던 2절도
다시 구송했다.

[작게 손뼉 치며]

영감아 영감아 우리 영감아
독소래기(독수리) 그늘에
얼어 죽은 영감아

영감아 영감아 우리 영감아
멧돼지 뒷다리에
차여 죽은 영감아
우리 영감아

어랑 타령

자료코드 : 05_20_FOS_20090115_LJH_LCN_0002
조사장소 : 경상북도 청송군 진보면 진안2리
조사일시 : 2009.1.15
조 사 자 : 임재해, 조정현, 편해문, 박혜영, 임주, 황진현
제 보 자 : 이차놈, 여, 80세
구연상황 : 옛날에 남자들이 군대에 갔을 때 부르던 노래인데, 어릴 때 부르던 노래라며
　　　　　구송했다.

　　독소래기(독수리) 한 마리 등뜨자(나타났다는 의미지만 정확한 뜻
은 알 수 없음)

　　삐아리(병아리) 간 곳이 없고요

　　배급대 통장이 나오니

　　낭군님 간 곳이 없구나

　　어령어령어야 어야대야 내 사랑아

앞산아 뒷산아

자료코드 : 05_20_FOS_20090115_LJH_LCN_0003
조사장소 : 경상북도 청송군 진보면 진안2리
조사일시 : 2009.1.15
조 사 자 : 임재해, 조정현, 편해문, 박혜영, 임주, 황진현
제 보 자 : 이차놈, 여, 80세
구연상황 : 제보자가 먼저 "앞산아 뒷산아 왜 무너졌노? 하는 노래는 옛날 노래가 아니
　　　　　냐?"고 물으며 구송했다.

　　앞산아 뒷산아 왜 무너졌노

　　신장로(신작로) 될라꼬 무너졌다

　　신장로 가에는 포푸라가 섰고

신작로 복판에 자동차 간다

자동차 안에는 운전수 있고

운전수 무르팍에 기생이 논다

기생년 손목에 금시계 달고

금시계 속에는 세월이 간다

포름 포름 봄배추는

자료코드 : 05_20_FOS_20090115_LJH_LCN_0004

조사장소 : 경상북도 청송군 진보면 진안2리

조사일시 : 2009.1.15

조 사 자 : 임재해, 조정현, 편혜문, 박혜영, 임주, 황진현

제 보 자 : 이차놈, 여, 80세

구연상황 : 청중들이 "포름 포름 봄배추"는 모르냐며 운을 떼우자, "이 노래도 옛날 노래냐?"며 구송했다. 다른 이야기를 하다가 다른 청중들이 다시 "포름 포름 봄배추"를 해 달라 부탁하자 한 번 더 구송했다.

포름 포름 봄배차는(봄배추는)

찬 이슬 오기만을 기다린다

옥에 갇힌 춘향이는

이도령 오기만 기다린다

얼씨구나 좋다 지화자 좋네

요러큼 좋다가(이렇게 좋다가) 딸 놓겠네

노랫가락

자료코드 : 05_20_FOS_20090115_LJH_LCN_0007

조사장소 : 경상북도 청송군 진보면 진안2리

조사일시 : 2009.1.15

조 사 자 : 임재해, 조정현, 편해문, 박혜영, 임주, 황진현

제 보 자 : 이차놈, 여, 80세

구연상황 : 조사자가 '나비야 청산가자'를 아느냐고 묻자 구송했다.

나비야 청산을 가자 호랑나비야 너도 가자

가다가 날 저물거들랑 꽃잎 속에 앉아 보세

그 꽃이 푸대접하거든 잎에 나마 자고 오소

이거? [웃음]

검둥개야 짓지 마라

자료코드 : 05_20_FOS_20090115_LJH_LCN_0008

조사장소 : 경상북도 청송군 진보면 진안2리

조사일시 : 2009.1.15

조 사 자 : 임재해, 조정현, 편해문, 박혜영, 임주, 황진현

제 보 자 : 이차놈, 여, 80세

구연상황 : 조사자가 '검둥개야'를 아느냐고 하자 구송했다.

개야걸이 검둥아 개야

저기 저 밥을 너 먹어라

그 밥이 먹기 싫어서 너를 주나

아닌 밤중 오신 님 보고

짓지 마라고 너를 준다

닭아 닭아 우지 마라

뭐라그도? (청중 : 금싸래기 받아 주마, 금싸래기)

그네 뛰는 노래

자료코드 : 05_20_FOS_20090115_LJH_LCN_0009
조사장소 : 경상북도 청송군 진보면 진안2리
조사일시 : 2009.1.15
조 사 자 : 임재해, 조정현, 편해문, 박혜영, 임주, 황진현
제 보 자 : 이차놈, 여, 80세
구연상황 : 앞의 노래를 끝내자, 청중들이 노래를 더 하라고 부추겼다. 제보자는 자기만
　　　　　 시키지 말라고 말하면서 그네 뛰면서 하는 노래가 생각났는지 구송했다.

수천강 세모시 낭게 양세새실로 그네를 메고

임이 뛰면 내가 밀고 내가 뛰면은 임이 민다

임아 임아 줄 잡지 마라 줄 떨어지면은 정 떨어진다

[웃음]

지신밟기 소리

자료코드 : 05_20_FOS_20090301_LJH_YCU_0049
조사장소 : 경상북도 청송군 진보면 진안리 54번지
조사일시 : 2009.3.1
조 사 자 : 임재해, 조정현, 편해문, 박혜영, 임주, 황진현
제 보 자 : 이철우, 남, 78세
구연상황 : 제보자의 집에서 구연했다. 제보자는 현재 교회에서 소임을 맡고 있을 정도로
　　　　　 신실한 분이신데 남달리 민요에 관심이 많아 두루 많은 민요를 잘 알고 있었
　　　　　 다. 처음에는 방에서 이런 노래를 부르는 것이 맞지 않다고 하시다가 신명이
　　　　　 오르자 끝까지 노래를 불러 주셨다. 문서를 따로 가지고 계실 정도로 민요에
　　　　　 대한 애정이 대단하셨다.

어리 지신아 눌리세 　　　　　 어리 지신아 눌리세

어리 지신아 눌리세 　　　　　 어리 지신아 눌리세

와가 백 칸을 지을 적에	지신아 지신아 눌리세
일월산 나리 터전에	지신아 지신아 눌리세
석보 제일의 집터 위에	지신아 지신아 눌리세
좌향 놓고 안배 놀제	지신아 지신아 눌리세
임자 계축 간이 간묘	지신아 지신아 눌리세
곤신정유 신술○○	지신아 지신아 눌리세
득수 득좌 어떻든고	지신아 지신아 눌리세
사대국법 법을 보니	지신아 지신아 눌리세
대과할 일 수두룩하고	지신아 지신아 눌리세
천하제일에 집터 위에	지신아 지신아 눌리세
오행으로 주초를 박고	지신아 지신아 눌리세
인의예지에 기둥을 세워	지신아 지신아 눌리세
팔조목에 고루를 얹고	지신아 지신아 눌리세
삼강령에 대강을 얹어	지신아 지신아 눌리세
안채에는 목숨 수자여	지신아 지신아 눌리세
사랑채는 복복 자라	지신아 지신아 눌리세
행랑채는 창성 창자	지신아 지신아 눌리세
수복창령에 집을 세워	지신아 지신아 눌리세
천년 기와에 만년 우리라	지신아 지신아 눌리세
이집 지은 대목은	지신아 지신아 눌리세
어느 대목에 지었는고	지신아 지신아 눌리세
오얏 이자 이 대목	지신아 지신아 눌리세
지신아 지신아 눌리세	지신아 지신아 눌리세
오방지신아 눌리세	지신아 지신아 눌리세
사방지신아 눌리세	지신아 지신아 눌리세
안방 구석도 네 구석	지신아 지신아 눌리세

상방 구석도 네 구석	지신아 지신아 눌리세
정지 구석도 네 구석	지신아 지신아 눌리세
이 집 성주님 들어 보소	지신아 지신아 눌리세
이 집 조왕님 들어 보소	지신아 지신아 눌리세
이 집 삼신님 들어 보소	지신아 지신아 눌리세
오만 잡신은 물알로	지신아 지신아 눌리세
오만 축복은 이 집으로	지신아 지신아 눌리세
들어오고 들어오소	지신아 지신아 눌리세
주인 주인 들어 보소	지신아 지신아 눌리세
입춘하니 대길이요	지신아 지신아 눌리세
개문하니 만복래라	지신아 지신아 눌리세
소지하니 황금출	지신아 지신아 눌리세
이집 짓고 입택하여	지신아 지신아 눌리세
아들 형제 딸 형제	지신아 지신아 눌리세
수복 받고 잘 사이소	지신아 지신아 눌리세
부모님은 천년수 하고	지신아 지신아 눌리세
아들 손자 만년수 하소	지신아 지신아 눌리세
사방 팔방 돌아가며	지신아 지신아 눌리세
구석 구석을 눌리세	지신아 지신아 눌리세
소구리 명당에 집을 지어	지신아 지신아 눌리세
아들이 나면 효자가 나고	지신아 지신아 눌리세
며늘이 나면 효부가 나고	지신아 지신아 눌리세
딸이 나면 열녀가 나고	지신아 지신아 눌리세
소가 나면 황소가 나고	지신아 지신아 눌리세
개가 나면 청삽살	지신아 지신아 눌리세
닭이 나면 황개 장닭	지신아 지신아 눌리세

말이 나면 용마로다	지신아 지신아 눌리세
어떤 명당을 골랐는가	지신아 지신아 눌리세
고이 공지에 명당터 안에	지신아 지신아 눌리세
신당 터 안에 집터를 골라	지신아 지신아 눌리세
그 집 명당에 나린 터전	지신아 지신아 눌리세
나리 명단에 ○○터전	지신아 지신아 눌리세
자손 봉이가 비쳤으니	지신아 지신아 눌리세
자손 번성도 하려니와	지신아 지신아 눌리세
노적 봉이가 비쳤으니	지신아 지신아 눌리세
거부 장사도 날 자리요	지신아 지신아 눌리세
사모에다 핑경(풍경)을 달아	지신아 지신아 눌리세
동남풍이 불어오니	지신아 지신아 눌리세
핑경 소리가 요란하다	지신아 지신아 눌리세
이 집 주인 양반 들어 보소	지신아 지신아 눌리세
먼 데 출입을 하시거든	지신아 지신아 눌리세
먼 데 살로 막아 주고	지신아 지신아 눌리세
관청 출입을 하시거든	지신아 지신아 눌리세
관청살로 막아주고	지신아 지신아 눌리세
들에 나려 용왕살	지신아 지신아 눌리세
집에 들면 집안살	지신아 지신아 눌리세
산에 올라 산신살	지신아 지신아 눌리세
지신아 지신아 눌리세	지신아 지신아 눌리세
막아 주고 막아 주소	지신아 지신아 눌리세
밟아 주고 밟아 주세	지신아 지신아 눌리세
눌려 주고 눌려 주소	지신아 지신아 눌리세
사방 구석을 밟아 주소	지신아 지신아 눌리세

마당 구석도 밟아 주소	지신아 지신아 눌리세
정월이라 드는 살은	지신아 지신아 눌리세
이월 무방수 막아 주고	지신아 지신아 눌리세
이월 달에 드는 살은	지신아 지신아 눌리세
삼월 삼진에 막아 주고	지신아 지신아 눌리세
삼월이라 드는 살은	지신아 지신아 눌리세
사월 초파일 막아 내고	지신아 지신아 눌리세
사월이라 드는 살은	지신아 지신아 눌리세
오월 단오에 막아 내고	지신아 지신아 눌리세
오월이라 드는 살은	지신아 지신아 눌리세
유월 유두에 막아 내고	지신아 지신아 눌리세
유월이라 드는 살은	지신아 지신아 눌리세
칠월 칠석에 막아 내고	지신아 지신아 눌리세
칠월이라 드는 살은	지신아 지신아 눌리세
팔월 보름에 막아 내고	지신아 지신아 눌리세
팔월이라 드는 살은	지신아 지신아 눌리세
구월 중구에 막아 내고	지신아 지신아 눌리세
구월이라 드는 살은	지신아 지신아 눌리세
시월 상달에 막아 내고	지신아 지신아 눌리세
시월이라 드는 살은	지신아 지신아 눌리세
동지섣달에 막아 내자	지신아 지신아 눌리세
지신아 지신아 눌리세	지신아 지신아 눌리세
지신아 지신아 눌리세	

모심기 노래

자료코드 : 05_20_FOS_20090224_LJH_YYJ_0033
조사장소 : 경상북도 청송군 진보면 진안 3리 노인회관
조사일시 : 2009.2.24
조 사 자 : 임재해, 조정현, 편해문, 박혜영, 임주, 황진현
제 보 자 : 임영조, 남, 77세
구연상황 : 노인회관에서 구연했다. 청송에서 들었던 모심기 노래 가운데 단연 최고라고
할 수 있을 정도의 문서와 가창력을 보여준 노래였다. 그래서 그런지 좌중에
모인 할머니 할아버지들이 모두 다 넋을 놓고 들을 정도로 큰 관심을 보이는
가운데 노래를 불렀다. 노래가 끝난 뒤에 큰 박수를 받았다.

낭창 낭창 벼리 끝에이 무정하도다 저 홀아바

나도 죽어 환생을 하면 서방님부터 섬기리라

해 다 진다 해 다 진다 양산 뒤뜰에 해 다 진다

오늘이 해가 다 겼는가 골게 곳에 연기 나네

우리야 임은 어디를 가고 저녁할 줄 모르는고

샛별은 같은 점심 바꼬(머리에 이는 광주리) 반달만큼 떠 나오네

그해야 무신 반달인고 그믐 초성이(초생이) 반달이지

상주야 함창아 공갈못에 연밥 따는 저 큰아가

연밥아 줄밥은 내따 줌세 백년 기약을 나캉 하세

서 마지기 이 논배미 장기판이 다 되였네

그게야 무신 장기인고 신선놀음이 장기이지

새야 새야 파랑새야 니 어디 가서 자고 오노

수양아 청청 버들 숲에 이리 흔들 저리 흔들 자고 왔네

초롱아 초롱아 영사초롱 임의 방에 불 밝혀라

임도 눕고 나도 눕고 초롱불은 누가 끄리

해 다 진다 해 다 진다 양산 뒤뜰에 해 다 진다

방실방실 웃는 님을 못 다 보고 해 다 진다

해 다 지고 저 저문 날에 어떤 수자가 울고 가노

그 수자가 그 아니라 백년 짝을 잃고 가네

해 다 지고 저 저문 날에 어떤 행상이 떠나가노

이태백이 본처 죽은 이별 행상이 떠나가네

머리야 길고 잘난 색시 밀양 포개로 넘나드네

오면가면 지고 대장부 간장을 다 녹인다

해 다 지고 저 저문 날에 어떤

물꼬는 와장창 헝헐어 놓고 쥔네 양반은 어델 갔소

문에야 대전복 손에 들고 첩의 방에 놀러 갔네

서울이라야 유다락에 금비둘기 알을 놓아

그 알 저 알을 나를 주면 금년 과게(과거)는 내가 하리

파랑아 부채야 청사도포 꽃을 보고 지나가네

꽃이사야 좋다만은 남의 꽃에 손을 대랴

유월이라 새벽달이 처녀 둘이가 난질(놀러) 가네

석자 수건을 목에 걸고 총각 둘이도 뒤 따르네

새야 새야 파랑새야 녹두낭게 앉지 마라

녹두꽃이 떨어지면 청포 장수가 울고 가네

모시야 적삼아 반적삼에 연지분통 저젖 보게

많이 보면은 병날 게고 손톱만큼만 보고 가게

4. 청송읍

증편 한국구비문학대계 ● 경상북도 청송군

경상북도 청송군 청송읍 교리

조사일시 : 2009.1.17~19

조 사 자 : 임재해, 조정현, 편해문, 박혜영, 김원구, 임주, 황진현, 김원구

교리는 청송읍에 속해 있지만 전형적인 산간마을이다. 청송읍내와 가까우면서도 주왕산 자락에 자리 잡고 있어 산촌의 특성이 두드러진다. 마을 주민들은 맨 처음에 옥씨가 와서 살고, 다음에 수원 백씨가 살고 있는 중에 김녕 김씨가 들어왔다고 한다. 현재 김녕 김씨의 동성마을로 자리잡고 있으며 순흥 안씨 한 집이 함께 거주하고 있다. 마을에 처음 입향한 김녕 김씨 선조는 김확이다. 현재 마을 가운데 있는 정자가 바로 김확의 것이다. 임진왜란 때 난을 피해서 왔다고 하며 그대로 여기 정착했다고 한다.

교리는 본래 한천, 한실, 대곡 마을로 불려졌지만 일제강점기를 거치면서 다릿골이란 지명에서 교리로 개칭되었다. 여전히 한실, 향촌, 남가실, 다릿골 등의 자연마을 이름이 사용되고 있다. 한실은 한천, 대곡이라고도 했다. 많이 거주할 때는 60호가 넘었지만 현재는 22호가 살고 있다. 순흥 안씨 한 집 빼고는 모두 김녕 김문이다. 30여 년 전까지만 해도 토끼길밖에 없었다고 한다. 구루마도 다닐 수 없어 정말 살기 힘들었다고 하며, 대부분의 노인들은 자기 자식들은 이런 오지에서 살게 할 수 없다고 생각해서 모두 대도시로 보낸 경우가 많았다.

교리에는 특별한 자랑거리로 교동 팔경이 전하고 있다. 석고봉, 병풍바위, 반월대, 처마바우, 청암산, 노적봉 천지, 수련동 바우, 흘레바우 등이다. 노적봉 천지에서는 무제, 즉 기우제를 지냈다고 한다. 대개 마을 단위에서 팔경을 가지고 있는 경우는 많지 않은 것을 볼 때, 교리의 역사적 깊이가 꽤 축적되어 있음을 짐작할 수 있다. 풍수지리적으로 못혈이라고

하는데 입구만 막으면 연못이 되기 때문이다. 또는 소굴레형이라고도 하고 피난곳이라고 일컫기도 한다.

주요 생업으로는 벼농사가 중심을 이루고 있다. 일제강점기부터 양잠과 담배를 꽤 했었지만 현재는 거의 하지 않고 있으며 과수원이 조금씩 늘어가고 있는 상황이다.

마을 동신과 관련해서 현몽을 통해 마을신을 모셨다고 한다. 현몽을 해서 가르쳐준 대로 탑 속을 보니 방울이 있었다고 한다. 그때부터 마을 동신으로 모셨으며 이 탑은 세 번 옮겨 다녔다고 한다. 마을 정자 앞 소나무 있는 곳에 있다가 마을 입구 쪽으로 나갔다. 그리고 다시 현몽을 통해 입구라서 춥다는 언질을 듣고 다시 마을 안쪽 천지에 모셨다고 한다. 주왕산의 당마에 숫당이 있고 천지에 모신 교리의 당이 암당(내당)이어서 부부관계라고 한다.

10년 전부터 정월 열나흗날 밤에 지내던 당제를 15일 아침으로 지내고 있다. 예전에는 제관을 정월 초사흗날 선정했지만 현재는 이장과 당제를 주관하는 유사가 간단히 술잔만 붓는 식으로 모시고 있다. 동신이 영험해서 당 근처에 있는 나무를 꺾으면 죽는다고 하고, 새가 와서 제물에 입을 대면 그 자리에서 죽는다고 증언한다. 또한 제아무리 날렵한 포수가 와도 당 근처에서는 호랑이나 돼지를 잡을 수 없었다고 한다.

정월 대보름 이후부터는 풍물도 잡히고 줄당기기도 했다. 음지마와 양지마로 나뉘어서 외줄로 당겼다고 한다. 줄 두께는 두손 손아귀에 꽉 찰 정도였다. 그때까지만 해도 60여 호가 넘었기 때문에 활기가 있었다고 전한다. 또한 환장대도 세워서 농사의 풍년을 기원했다. 보리타작도 했고 지신밟기도 드셌다고 한다. 남자가 색시 분장을 하기도 하고 박바가지를 가지고 탈도 만들기도 했다. 주로 탈을 쓰고 곱새춤을 추었다고 한다.

노적봉 천지와 수련동 바위에서 기우제를 지냈다. 생닭을 잡아서 피를 뿌리고 축문을 읽는 방식이었는데 기우제를 지낸 뒤 3일 안으로 반드시

비가 왔다고 한다. 장은 4일 9일로 청송장을 다녔으며 편도 2시간 정도 걸렸다고 한다. 교리에서는 산촌의 특성이 드러나는 자연물 전설, 동신과 관련한 영험담, 호랑이 이야기 등이 수집되었다.

교리 할머니 방 조사 현장

교리 할아버지 방 조사 현장

권삼춘, 여, 1934년생

주 소 지 : 경상북도 청송군 청송읍 교리
제보일시 : 2009.2.24
조 사 자 : 임재해, 조정현, 편해문, 박혜영, 김원구, 임주, 황진현

　권삼춘은 1934년 갑술생이다. 올해 나이
는 76세이다. 권삼춘은 경북 청송군 진보면
에서 경북 청송군 청송읍 교리로 시집을 왔
다. 인생이란 것이 헛되다는 내용을 담고
있는 허사가를 필사한 공책을 가지고 와서
노래를 불렀다. 노인정에서 구연하였다. 여
럿이 지켜보는 가운데 가사의 일종인 허사
가를 불렀다. 따로 적어놓을 정도로 아끼는
노래가 분명했다. 모든 것이 헛된 일이라는 내용을 담고 있어 나이 많으
신 할머니들께서 고개를 끄덕이셨다. '허사가'를 구연했다.

제공 자료 목록
05_20_FOS_20090221_LJH_KSC_0021 허사가

김동희, 여, 1933년생

주 소 지 : 경상북도 청송군 청송읍 월막2리
제보일시 : 2009.2.19
조 사 자 : 임재해, 조정현, 편해문, 박혜영, 김원구, 임주, 황진현

　김동희는 1933년 계유생이다. 올해 나이는 77세이다. 김동희는 일본에
서 태어나서 시집을 지금 살고 있는 경상북도 청송군 덕천면 222번지로

왔다고 한다. 특히 본인이 손수 쓴 베틀가
필사본을 소중히 간직하고 있어 베틀가의
전체 내용을 담을 수 있었다. 마을 경로당에
서 구연하였다. 청송은 경상북도의 대부분
지역이 그런 것처럼 길쌈을 많이 하는 고장
답게 경로당에 가면 듣기 쉬운 노래 가운데
하나가 베틀 노래였다. 그러나 이제는 베틀
노래도 듣기 어려운 노래가 되어가고 있다.

다행히 김동희 할머니가 옛날에 붓으로 적어 놓은 두루마리 베틀가가 있
어 녹음하는 데 큰 도움이 되었다.

제공 자료 목록
05_20_FOS_20090219_LJH_KDH_0011 베틀 노래

김배천, 남, 1933년생

주 소 지 : 경상북도 청송군 청송읍 교리
제보일시 : 2009.1.17-19
조 사 자 : 임재해, 조정현, 편해문, 박혜영, 김원구, 임주, 황진현

교리 이야기꾼 김배천(金培仟)은 1933년
4월 8일(음) 부친 김진환(金振煥)과 모친 탁
순이(卓順伊) 사이에서 2남 2녀의 장남으로
출생하였다. 둘째는 남자이고 셋째와 넷째
는 여자이다. 김배천은 김녕김씨(金寧金氏)
충정공파(忠貞公派) 28세손(世孫)이다. 임진
왜란을 피해 마을로 들어 온 김확(金確) 이
래로 지금까지 교리에 살고 있는 토박이다.

김배천은 1953년 7월에서 1954년 1월까지 제주도에서 군 생활을 한 것을 빼고는 교리를 떠난 적이 없다. 연로하신 부모님 때문에 의가사제대(依家事除隊)하여 남들에 보다 짧은 18개월 군 생활을 하였다.

김배천은 1957년 23살 때 3살 연하인 이말순(李末順)과 혼인을 하여 2남 2녀를 두었다. 어려서부터 부친을 도와 농사를 지었고, 집안 형편이 그렇게 부유한 편이 아니었다. 현재는 부인과 함께 논 5마지기에서 쌀농사와 밭 4마지기에서 고추농사를 하면서 살고 있다.

김배천은 배우고자 하는 욕심이 대단했다. 8살에 송하국민학교에 입학하여 6년 과정을 마치고 바로 청송중학교에 입학한다. 30리 길을 매일 같이 왕복을 해야했지만 공부에 대한 재미에 단 하루도 힘든 날이 없었다고 한다. 하지만 집안 농사일 때문에 중학교에 다니는 동안 1/3정도는 결석할 수밖에 없었다.

남동생은 혼인을 하여 대구로 나갔고, 두 여동생도 혼인을 하여 교리를 떠났다. 김배천도 젊었을 때 돈을 벌기 위해 도시로 나가는 다른 젊은이들처럼 타지로 나가고 싶었다. 하지만 장남으로서 연로한 부모님을 모셔야 하는 자신의 역할 때문에 교리에 남아있을 수밖에 없었다. 이야기 구연을 하는 종종 '사람은 나면 서울로, 말은 나면 제주로'라는 식의 말을 자주 했다. 이것은 자신이 피치 못할 사정으로 도시로 나가지 못한 것에 대한 아쉬움이 아직도 남아 있는 것으로 볼 수 있다.

김배천은 10년 전부터 청송 지역에 축제가 있을 때마다 '짚풀문화'를 주제로 참여하고 있다. 짚과 풀을 이용해 멍석이나 짚신, 바구니 등을 만들어 전시 판매한다. 또한 사람들이 직접 만들어 볼 수 있게 체험학습 지도도 하고 있다.

키는 168cm 정도이고 몸무게는 52kg 정도로 왜소한 편이다. 발음이 매우 정확하고 이야기를 정연하게 구연했다. 김배천이 어렸을 때 교리에는 농한기에 마을 사람들이 모여 짚신을 삼는 등 소일을 하면서 노는 초당방이 4곳 있었다. 이곳에서 일을 하는 가운데 중간중간 이야기가 구연이 되었다. 김배천은 이곳에서 많은 이야기를 들었다. 그는 낙천적이고 매사에 적극적인 성격이다. 많은 사람 앞에서 이야기를 하거나 노래를 부르는 것을 좋아한다. '이야기는 내가 해도 거짓말, 재미있는 거짓말'이라면서 6편의 설화와 마을에 대한 이야기를 개관을 자세하게 구연하였다.

제공 자료 목록
05_20_FOT_20090118_LJH_KBC_0001 국상을 막은 퇴계 선생
05_20_FOT_20090118_LJH_KBC_0002 명당 차지하여 태어난 퇴계 선생
05_20_FOT_20090118_LJH_KBC_0003 시아버지 슬기로 효부 된 며느리
05_20_FOT_20090118_LJH_KBC_0004 쌀뜨물 덮어쓰고 물 쌌다는 김삿갓
05_20_FOT_20090118_LJH_KBC_0005 옥쇄를 찾아준 괴짜 과객
05_20_FOT_20090118_LJH_KBC_0006 정승 사위가 된 선비

김배희, 남, 1943년생

주 소 지 : 경상북도 청송군 청송읍 교리
제보일시 : 2009.1.17-19
조 사 자 : 임재해, 조정현, 편해문, 박혜영, 김원구, 임주, 황진현

교리 이야기꾼 김배희(金培熙)는 1943년 12월 10일(음) 부친 김동섭(金東燮)과 모친 김점귀(金點貴) 사이에서 4남 3녀의 장남으로 출생하였다. 김배희는 김녕김씨(金寧金氏) 충정공파(忠貞公派) 28세손(世孫)이다. 임진왜란을 피해 마을로 들어 온 김확(金碻) 이래로 지금까지 교리에 살고 있는 토박이다. 김배희는 1963년 12월에서 1965년 6월까지 경기도 파주에서 군 생활을 한 것을 빼고는 교리를 떠난 적이 없다.

어려서부터 학자인 부친에게 한학을 배우고 8살에는 송하국민학교에 입학하여 6년 과정을 마쳤다. 그 후 중학교로 진학하지 않고 부친에게 계속적으로 한학을 배웠다. 어머니께서는 마을 사람들과 유람을 다녀오면 바로 가사집을 만들어 내고, 마을에 혼례가 있을 때마다 혼서지를 도맡아 만들었다. 그만큼 여자로서 선비였다고 한다.

부친은 25세부터 마을에서 서당을 열어 학생들을 가르쳤다. 김배희가 20살 되던 해 쯤, 부친이 국사편찬위원으로 임명되어 홀로 서울로 상경하게 된다. 그래서 10년 동안 따로 지내게 되는데, 이때부터 본격적으로 농사를 시작한다. 그 후 서울에서 내려 온 후에도 계속 학생들을 가르치는 일을 했다. 이것이 작지만 또 다른 수입원이 되었다. 1972년 4월에 5살 연하인 김영자(金嶺子)와 혼인을 하여 3남을 두었다. 당시는 농사일도 적었고 수확량이 많지 않아서 집에 먹을 정도만 겨우 생산되었다.

김배희의 동생들은 서울, 대구로 하여 마을을 떠났지만 장남으로 부모를 모셔야 하기에 마을에 떠나지 못했다. 현재는 농사일을 하면서 부인, 막내아들과 함께 살고 있다. 김배희는 부친을 따라 어려서부터 유림에 출입 시작하여, 지금 청송향교 유도회, 박약회, 담수회 등 여러 곳에서 활발한 활동을 하고 있다.

키는 168cm 정도이고 몸집은 왜소한 편이다. 목소리는 크지 않으나 조금 날카로운 편이고 발음은 매우 정확했다. 담배는 피지 않으며 술은 분위기에 따라 종종 마신다. 성격은 본인 스스로 부끄럼이 많고 내성적이라고 한다. 이러한 그의 성격은 조사 당시에 잘 나타났다. 처음에는 이야기판에 참여를 하지 않았으나, 분위기가 뜨거워지자 적극적인 참여를 하기 시작하여 설화 5편을 구연하였다.

김배희는 어려서부터 백모와 조모에게 이야기를 많이 들었다. 이야기를 들으면 무슨 뜻인지 모르는 것도 많았지만 마냥 즐거웠다고 한다. 아직도 백모의 무릎을 베고 호롱불 밑에서 이야기를 듣다 잠들곤 했던 어린 시절이 종종 떠오른다고 한다.

제공 자료 목록

05_20_FOT_20090118_LJH_KBH_0001 남의 복 뺏으려다 실패한 과객
05_20_FOT_20090118_LJH_KBH_0002 되로 주고 말로 받은 나그네
05_20_FOT_20090118_LJH_KBH_0003 문장으로 친구를 쫓아낸 김삿갓
05_20_FOT_20090118_LJH_KBH_0004 효성에 감복하여 아들로 나타난 동삼
05_20_FOT_20090118_LJH_KBH_0005 고려장 유래

김필한, 여, 1933년생

주 소 지 : 경상북도 청송군 청송읍 월막2리
제보일시 : 2009.2.19
조 사 자 : 임재해, 조정현, 편해문, 박혜영, 김원구, 임주, 황진현

김필한은 1933년 계유생이다. 연세는 올
해 77세이다. 김필한은 경상북도 영양군 입
암면 방전동이란 곳에서 태어나 청송으로
시집을 와 지금은 경상북도 청송군 덕천면
153번지에 살고 있다. 한 동네 사는 이노이
할머니가 환갑 노래를 불렀더니 사위 노래
와 장모 노래도 있다고 하시며 한 곡 불러
주셨는데 함께 있던 동네 분들의 박수를 많

이 받았다. 마을 경로당에서 구연하였다. 참 특이한 노래도 다 있구나 싶
을 정도로 남다른 노래였다. 특히나 모이신 동네 분들이 모두 경청할 만
한 노래인지라 즐겁게 부르고 듣는 분위기였다.

제공 자료 목록

05_20_FOS_20090219_LJH_KPH_0007 사위 노래
05_20_FOS_20090219_LJH_KPH_0008 장모 노래

박태조, 여, 1938년생

주 소 지 : 경상북도 청송군 청송읍 월막2리
제보일시 : 2009.2.19
조 사 자 : 임재해, 조정현, 편해문, 박혜영, 임주, 황진현, 김원구

박태조는 1938년 무인년에 태어났고 올해 나이가 72이다. 박태조는 고향이 경북 영천 고경면이란 곳이다. 시집을 청송으로 와서 지금껏 경북 청송군 덕천1동 263번지에 거주하고 있다. 가사의 일종이라고 할 수 있는 해방가를 잘 불렀다. 박태조는 경북 청송군 덕천면의 토박이이다. 어렵사리 서사민요의 하나인 진주낭군 노래를 끝까지 불렀다. 다른 서사민요도 아느냐고 물었더니 더러 알았으나 이제는 오래되어 기억이 나지 않는다고 했다. 서사민요와 같이 긴 노래는 이제 조사하기가 쉽지 않음을 시사하는 듯 했다. 마을 경로당에서 구연하였다. 청중들이 많은 가운데 노래를 불렀는데 여러 마을 사람들이 귀를 귀 기울여 들었다. 해방이 되었지만 남편은 돌아오지 못하는 상황이 청중의 가슴에 와 닿는 듯 했다. '해방가', '진주낭군'을 구연하였다.

제공 자료 목록
05_20_FOS_20090219_LJH_PTJ_0004 진주 낭군
05_20_FOS_20090219_LJH_PTJ_0010 해방가

손순년, 여, 1944년생

주 소 지 : 경상북도 청송군 청송읍 월막2리
제보일시 : 2009.2.19
조 사 자 : 임재해, 조정현, 편해문, 박혜영, 김원구, 임주, 황진현

손순년은 1944년 갑신생이다. 올해 나이는 66세이다. 손순년은 고향이 경북 영덕군 지품면 기사 2동인데 경북 청송으로 시집을 와서 월막리 176번지에 살고 있다. 처녀 총각들이 지나가며 연애를 거는 다소 선정적인 노래를 태연히 불러 좌중을 크게 웃게 만들었다. 마을 경로당에서 구연하였다. 참 특이한 노래도 다 있구나 싶을 정도로 남다른 노래였다. 특히나 모이신 동네 분들이 모두 경청할 만한 노래인지라 즐겁게 부르고 듣는 분위기였다.

제공 자료 목록

05_20_FOS_20090219_LJH_SSN_0009 연애 노래

이노이, 여, 1928년생

주 소 지 : 경상북도 청송군 청송읍 교리
제보일시 : 2009.2.19
조 사 자 : 임재해, 조정현, 편해문, 박혜영, 김원구, 임주, 황진현

이노이는 1928년 무진생이다. 올해 연세는 82이다. 이노이는 본디 고향이 경상북도 청송군 파천면 지경동이고 지금도 이 동네 178번지에 거주하고 있다. 작고 소박하지만 본인이 환갑을 맞으면 부른다는 환갑 노래와 청송에서 누가 지었는지는 잘 모르는 청송가를 불렀다. 마을 경로당에서 구연하였다. 참 특이한 노래도 다 있구나 싶을 정도

로 남다른 노래였다. 특히나 모이신 동네 분들이 모두 경청할 만한 노래인지라 즐겁게 부르고 듣는 분위기였다. '환갑 노래', '청송가'를 구연하였다.

제공 자료 목록
05_20_FOS_20090219_LJH_INI_0005 환갑 노래
05_20_FOS_20090219_LJH_INI_0006 청송가

이능호, 남, 1938년생

주 소 지 : 경상북도 청송군 청송읍 송생리
제보일시 : 2009.2.21
조 사 자 : 임재해, 조정현, 편해문, 박혜영, 김원구, 임주, 황진현

이능호는 1938년 무인생이다. 올해 나이는 72세이다. 이능호는 경북 청송군 청송읍 송생리에서 나가 자랐다. 특히 앞소리에 능해 앞소리가 필요한 민요는 거의 다 구연할 수 있었으나 나이가 많고 건강이 썩 좋지 않아 토막 토막 기억을 해 녹음에 어려움을 겪었다. 몇 년 전에만 만났더라고 일노래 특히 남성들이 풀을 썰거나 주춧돌을 놓거  나 망깨를 박을 때 했던 소리들을 온전히 녹음할 수 있었을 텐데 하는 아쉬움이 큰 청자였다. 다행이 몇 가지 노래를 녹음할 수 있어 그나마 다행이라고 해야겠다. 마을회관에 들렀더니 할아버지 한분이 들어오셔서 혹시 모심기 노래를 할 줄 아시냐고 했더니 안다고 하서 안으로 모셔 술을 대접하며 노래를 들을 수 있었다. 술을 좋아하시는 듯 했다. 목소리가 조금 탁해지셔서 그렇지 옛날에는 참 소리가 듣기 좋았다고 할머니들이 말씀

하셨다.

제공 자료 목록

05_20_FOS_20090221_LJH_YNH_0001 풀 써는 소리
05_20_FOS_20090221_LJH_YNH_0002 모심기 노래
05_20_FOS_20090221_LJH_YNH_0003 칭칭이 노래
05_20_FOS_20090221_LJH_YNH_0004 망깨 노래

이말순, 여, 1936년생

주 소 지 : 경상북도 청송군 청송읍 교리
제보일시 : 2009.2.21
조 사 자 : 임재해, 조정현, 편해문, 박혜영, 김원구, 임주, 황진현

　이말순은 1936년 병자생이다. 올해 나이
는 74세이다. 이말순은 경북 청송군 청송읍
월외리라는 곳에서 태어나 청송읍 교리로
시집을 와 지금껏 살고 있다. 다양한 노래
를 구연할 줄 알았는데 특히 베틀가 같은
경우는 남달리 애정이 많아 안동 같은 곳에
두루 다니면서 나름대로 정리를 하신 필사
본을 가지고 있을 정도로 애착이 대단했다.
이 밖에도, 진주낭군, 모심기 노래까지 불러주어 좌중을 놀라게 했다. 노
인정에서 구연하였다. 여럿이 지켜보는 가운데 오랫동안 부르지 않았던
베틀가를 끊어질 듯 끊어질 듯 이어가며 불러 큰 박수를 받았다.

제공 자료 목록

05_20_FOS_20090221_LJH_YMS_0020 베틀가
05_20_FOS_20090221_LJH_YMS_0022 진주 낭군
05_20_FOS_20090221_LJH_YMS_0023 모심기 소리

05_20_FOS_20090221_LJH_YMS_0024 두껍이집 짓는 노래
05_20_FOS_20090221_LJH_YMS_0025 방아깨비 노래

정영, 여, 1928년생

주 소 지 : 경상북도 청송군 청송읍 교리
제보일시 : 2009.1.17~19
조 사 자 : 임재해, 조정현, 편혜문, 박혜영, 김원구, 임주, 황진현

정영은 안동시 임동면 고천리 고래골에서
태어났다. 어린 시절에는 집안 살림이 넉넉
하지 못해 학교를 다니지 못했다. 17살에
혼인하여 1년을 친정에서 지내다가 18살이
되는 해에 교리에 왔다. 교리에서 20여 년
을 살다가 안동시 용상동에서 9년을 살았고,
다시 청송읍 송생리 뒤뜰에서 14년을 살았
다. 그 후에는 경주에서 8년을 살았다. 그는
거의 31년 동안 외지생활을 한 셈이다

어린 시절에는 부모님과 친오빠에게 이야기를 많이 들었고, 혼인을 하
고 나서는 남편과 또래 아낙들에게 이야기를 많이 들었다. 그리고 13년
전 교리에 정착하기 전까지 만난 여러 지역사람들에게 다양한 이야기를
들었다. 그래서 이야기를 하나씩 구연할 때마다 "이 이야기는 어느 골에
사는 장서방에게 들었다.", "안동에 사는 사람에게 들었다."며 이야기의
출처를 덧붙이는 것이 특징적이다.

설화 6편과 민요 1편을 구연하여 모두 7편의 자료를 제공하였다. '구렁
이를 업어와 부자 된 안동 사람', '황걸래를 낳았다고 착각한 아낙', '복방
귀 뀌는 며느리' 등의 민담을 주로 구연하였다.

첫 번째 조사에서 이야기판이 마무리 될 즈음 등장하여 서슴없이 이야

기를 구연하였다. 그는 치아가 고르지 않았지만 나이에 비해 명쾌한 발음을 구사하고 목소리가 밝은데다가, 재치있는 입담으로 청중들의 이목을 집중시켰다. 1월 23일 두 번째 조사를 할 때에는 노인정 할아버지 방에서 이야기판이 벌어졌었다. 이야기판이 벌어지기 전까지 옆방에서 화투를 치던 그는 조사자들을 보자마자 할아버지 방으로 자리를 옮겨 이야기판을 주도해 나갔다. 이야기판에서 다른 구연자의 이야기는 적극적으로 호응해 주고, 그 내용이 빈약하다 싶으면 이야기의 살을 덧붙여 주기도 했다. 그는 이야기판에서 탁월한 이야기꾼이면서 적극적인 청중의 능력을 두루 갖춘 인물이라고 할 수 있다.

제공 자료 목록
05_20_FOT_20090117_LJH_JYY_0001 차돌이 복을 나눠 가진 사람
05_20_FOT_20090117_LJH_JYY_0002 선비에게 시집간 처녀
05_20_FOT_20090123_LJH_JYY_0001 구렁이 업어와 부자 된 안동사람
05_20_FOT_20090123_LJH_JYY_0002 성공한 전 남편 만나 기절해 죽은 부인
05_20_FOT_20090123_LJH_JYY_0003 황걸래를 낳았다고 착각한 새댁
05_20_FOT_20090123_LJH_JYY_0004 복방귀 뀌는 며느리
05_20_FOS_20090118_LJH_JYY_0001 시집살이 노래

조용술, 여, 1927년생

주 소 지 : 경상북도 청송군 청송읍 교리
제보일시 : 2009.1.17~19
조 사 자 : 임재해, 조정현, 편해문, 박혜영, 김원구, 임주, 황진현

　　교리의 이야기꾼 조용술은 청송군 부남면 화장리에서 태어났다. 17살에 혼인하여 지금까지 교리에서 살고 있다.
　　어린 시절부터 이야기를 많이 듣고 자랐다. 같은 마을에 파천면 덕천리에서 술집을 하다가 시집 온 아주머니가 살았는데, 삼을 삼을 때에도 마을 사람들은 이야기를 듣기 위해 모두 그 아주머니의 집으로 모여들 정도

였다. 그때 들었던 이야기들이 얼마나 재미
있었는지 지금까지도 잊어버리지 않고 다른
사람들에게 구연해준다.

　한 번은 이야기를 잘해 다른 사람 주머니
에서 돈이 나오게 했던 일도 있었다. 대구에
사는 큰딸 집을 찾았을 때 사람들 앞에서
이야기를 하려고 하자, 누군가가 "돈도 안
되는 이야기를 왜 자꾸 하냐."고 핀잔을 주
었다. 그래도 묵묵하게 이야기를 이어나갔더니, 나중에는 청중들이 그의
이야기를 듣기 위해 주머니에서 돈을 꺼내 놓았다고 한다.

　그는 설화 6편과 민요 2편을 구연하여 모두 8편의 자료를 제공하였다.
처음에는 이야기하기를 망설였지만, 곧 이야기하는 것을 즐기며 자발적으
로 구연하였다. 그는 '이야기 주머니 이야기' 등의 민담을 주로 구연하였
다.

　이야기를 구연하는 것만으로 숨이 가빠했지만 그는 이야기하는 것을
멈추지 않았다. 오히려 이렇게 이야기를 할 줄 알았으면 이야기 거리를
생각해 두었을 것이라며 아쉬워했다. 청중들은 그를 두고 "이야기를 많이
아는 어른"이라고 말하며 구연을 부추겼다. 그리고 이야기를 구연할 때마
다 손뼉을 치며 즐거워했다.

　그는 조사자 일행에게 다음 기회에 한 번 더 이야기보따리를 풀겠노라
고 약속했었다. 1월 23일 추가 조사차 교리를 다시 찾았을 때, 마을 주민
들에게 그가 설을 쇠기 위해 대구에 갔다는 소식을 들었다. 그리고 조사
자 일행이 다녀간 이후, 우리에게 미처 들려주지 못한 이야기가 있다며
무릎을 치고 안타까워했다고 한다.

제공 자료 목록

05_20_FOT_20090117_LJH_JYS_0001 남편 살린 아낙네

05_20_FOT_20090117_LJH_JYS_0002 시아버지의 잘못을 덮은 효부

05_20_FOT_20090117_LJH_JYS_0003 어머니를 죽인 딸네 부부

05_20_FOT_20090117_LJH_JYS_0004 봉사 삼형제 덕분에 목숨건진 진사

05_20_FOT_20090117_LJH_JYS_0005 이야기주머니 이야기

05_20_FOT_20090117_LJH_JYS_0006 고려장이 사라진 이유

05_20_FOS_20090117_LJH_JYS_0001 백발가

05_20_FOS_20090117_LJH_JYS_0002 첩의 노래

국상을 막은 퇴계 선생

자료코드 : 05_20_FOT_20090118_LJH_KBC_0001
조사장소 : 경상북도 청송군 청송읍 교리 노인정
조사일시 : 2009.1.17
조 사 자 : 임재해, 조정현, 편해문, 박혜영, 임주, 황진현, 김원구
제 보 자 : 김배천, 남, 76세
구연상황 : 조사자는 두 편의 김삿갓 이야기가 끝난 후, 정만서나 방학중 그리고 장자못 전설을 아느냐고 물었다. 그러나 제보자들은 그런 이야기는 모른다고 한다. 이에 진보와 연관이 있는 퇴계 이황 이야기는 아느냐고 묻자 바로 이 이야기를 구연하였다.
줄 거 리 : 퇴계 선생이 천기를 보니 국상이 날 것 같아, 퇴계 선생이 타고 다니는 소반 말반인 말을 타고 임금 있는 곳을 도착했다. 마침 임금이 밥을 먹으려고 하자 퇴계 선생이 중지를 시키고 개를 불러다 그 밥을 먹이니 죽었다. 그래서 퇴계 선생이 국상을 막게 되었다.

　　퇴계 선생이 타고 댕기는 말이, 말이 아니라 특이라 카는 게 있었답니다. 소반 말반. 특이라 카는 게 있었답니다. 이걸 퇴계 선생이 타고 다녔는데, 한 번에 자고 일라(일어나) 가지고 천기를 보이, 국상(國喪)이 날 꺼 같단 말이야. 임금이, 국상이 날 꺼 같단 말이야. '아- 이거 이거 안 될따.' 싶어 가지걸랑 그 특이다 카는 말을 타고 참 올라갔는 게라. 그러이 마이 거짓말이제 서울이 어데고? 아무리 말이 빠르다 캐도(해도) 되나. 막상- 임금 있는데 도착해 가지고 드가이(들어가니) 임금이 밥상을 받아가 있는 게라. 밥상을 받아가 있는데,

　　"중지하라."

　　카고 마 쫓아 가가 드갔는 게라. 드가 가지고 밥을 한 숟가락 떠 가지걸랑 개를 불러다 주이, 고 자리에서 톡 고대로 이래 섰다 카는 이런 이

야기가 있어요. (조사자 : 예-) 그 인제 암살 시킬라꼬 맹(마찬가지로) 신하들도 요새 뭐뭐 암살하는 거 맹 총가지고 하나, 그런 거 가지고 하나, 그런 사실이 맹 있었거든. 있었는데. (조사자 : 예-) 그런 국상을 한 번 막았다 카는 이런 이야기가.

명당 차지하여 태어난 퇴계 선생

자료코드 : 05_20_FOT_20090118_LJH_KBC_0002
조사장소 : 경상북도 청송군 청송읍 교리 노인정
조사일시 : 2009.1.17
조 사 자 : 임재해, 조정현, 편해문, 박혜영, 임주, 황진현, 김원구
제 보 자 : 김배천, 남, 76세
구연상황 : 퇴계의 선조가 진보 쪽에 명당을 얻게 되어 퇴계가 태어났다는 전설을 들어 본적이 있는가 하는 조사자의 질문에 곧바로 이야기를 구연하였다.
줄 거 리 : 퇴계의 선조인 진성 이씨들이 예전에는 아전으로 있었을 때, 고을원이 그 해 부임을 와서 명당을 발견하게 되었다. 고을원이 아전에게 계란을 묻으라고 명했는데 진성 이씨도 그 명당이 탐이나 썩은 계란을 명당에다 묻고 와서 고하기를 장닭이 나와서 울어야 하는데 암탉이 나왔다고 하니 고을원은 그 땅은 명당이 아닌 줄 알았다. 그 후 진성 이씨들이 그 땅에 조상을 묻었다. 그런데 묻었던 신체가 다음날만 되면 자꾸 나와 어쩔 수 없이 고을 원에게 사실을 토로했다. 그것을 들은 고을원은 내 터가 아니고 니 터라며 관복을 챙겨주었다. 그 관복을 입히자 신체가 더 이상 밖으로 나오지 않았다. 그 이유는 톳잽이가 자꾸 밤마다 터 정리를 한 것이었다. 관복을 확인한 톳잽이들이 더 이상 신체에 손을 대지 않았고, 그 후 퇴계 선생이 태어났다.

진성 이씨네들이, 맹(마찬가지로) 진보 진- 진보서 인제 성한다카는 진성 이씨들이 참 뭐시기를 퇴계 선생 선조 아닙니까. 진성 관향이 진성인데. 전보에 아전들로 있었답니다. 그 얘기를 들어볼 때는, 아전으로 있었는데, 그래 인제 아전 카면은(하면은) 원 밑에 인제 따라 댕기는 호의하고 인제 따라 댕기는 이런 뭐시기 랬는데, 옛날에 그래 인제, 고을 원이 청송

부임을 해 가지고, 옛날에는 인제 그 관동 아랜가 뭐 하여튼 신기 어댄가
고- 진보를 질러 댕기는 길을 있었어요. 이쪽을 가매(가만히) 보다가, 이
쪽으로 가면 길이 멀고, 고 산울 나무 해 가지고 새탁 앞인가 이래 가지
고 이래 고래 질러 댕기는, 진보까지 질러 댕기는 길이 있었는데, 그 골은
행차가 인제 그리 가마- 지나다 보이, 산세가 참 묘한 게라. 강낭 그 묘
가. 그래 이 아전한테 시켰어. 그 인제,

"계란을 갖다 묻어라."

이런 이야기를 했는데, 이 뭐 다 아시지예. 그래 인제,

"시키는 대로 가가(가서) 묻었습니다."

된 게라. 자꾸 가면 고마 썩 계란을 갖다가 묻어 버렸는 게라. 썩 계란
을 갖다가 묻었는 거야. 묻으이 그래 인제 불러다가,

"결과가 어떻드노?"

카이, 암탉이 나와 가지고 장닭이 나와 가지고 회를 치고 울며는 원도
참 알았는데,

"암탉이 나와-나와-나오이, 그 사실 이렇다 할- 이렇습디다."(아전이
원님에게 거짓말로 고하는 것이다.)

카이,

"하하 그 자리를 안 되는구나."

카면서 그래 인제 그- 진성 이씨 참 그 선- 감나무 그 분이 자기 조상
을 갖다가 인제 묻었는 게라. 묻어 놓이, 고마 그냥, 묘가 그냥 안 있고,
오늘 묻었다 카면 밤 자고 가보이, 신체(身體)가 튀나왔고. 갖다 묻어 노
이, 또 밤 자고 가보이 또 신체가 튀나오고 말이야. 하 이걸 어예 해야 될
꼬 싶은 게라. 이래 가지고 원 있는데 고마 실지대로 솔직하게 항복을 했
는 거야.

"사실 원님 내가 이거 죽을 죄를 지었습니다. 이만저만하면 만한 하는
데 이렇습니다."

카이. 원님 가만- 생각하디.

"그래 내 터가 아니구나. 너거(너희) 터다."

관복을 주드라요.

"이걸 입혀 가지고, 묻으면은 괜찮을 거라."

아이고 이야기가 또 대번 거든데, 이거 뭐가 이런 짓을 하노 싶어가지 걸랑 숙식을 했는 거라. 톳잽이(도깨비)가 내려 와 가지고 우싸우싸 그러 면 마 파대 가지고, [청중들이 웃는다.] 뭐- 갖다 묻어 놓이, 또 톳잽이가 내려와 가지고 우싸우싸 그러면 파 가지고 내려와. 그래 가지고. [모두가 웃는다.] (청중 : 그게 소인의 터가 아니라는 거지. 그게 대인 터라는 거 지.) 고 하이 이게 내 터가 아니구나. 너거 터라는 거라. 써라. 관복을 주 는 거 갖다가 입혀 가지고 묻어 놓이, 그 정색이 났나. 톳잽이가 보디,

"아 이거이거 아니다."

모하더라.

시아버지 슬기로 효부 된 며느리

자료코드 : 05_20_FOT_20090118_LJH_KBC_0003
조사장소 : 경상북도 청송군 청송읍 교리 노인정
조사일시 : 2009.1.17
조 사 자 : 임재해, 조정현, 편해문, 박혜영, 임주, 황진현, 김원구
제 보 자 : 김배천, 남, 76세
구연상황 : 조사자가 효자 이야기를 아느냐고 묻자, 제보자는 효자는 부모가 반효자를 만 든다고 운을 떼며 구연했다.
줄 거 리 : 옛날에 못된 며느리가 살고 있었다. 며느리는 시아버지의 옷을 옷장에 개어 넣어 버리고 헌옷만 입혔다. 어느 날 시아버지의 모임이 있었는데 행색이 변 변치 않아 모임 장소에 그냥 나가자니 걱정이 되었다. 약속시간이 되었는데 마침 며느리가 외출하고 집에 없자 시아버지는 농을 열어 새 옷을 꺼내 입고 모임 장소에 나갔다. 강만 건너면 모임 장소인지라 다리를 건너고 있는데, 며

느리가 헌옷을 안고 시아버지를 쫓아왔다. 시아버지 친구들은 뒤에서 옷을 안고 손짓하는 사람은 누구냐고 물으니, 시아버지는 며느리라고 답한다. 친구들은 왜 그러냐고 물으니, 시아버지가 하는 말이 지금 입은 옷 보다 더 좋은 옷이 있는데 그것을 입고 가라고 난리라며 대답을 했다. 친구들은 효부가 따로 없다고 칭찬을 늘어놓았고, 효부상을 내렸다. 그 후 며느리는 시아버지에게 악한 행동을 하지 못했다.

아주 메느리 악한 게 있었는데, 머 빨래 해 가지고 시어른 옷장 많으면 마 개 여 가지고 마 헌옷 입혀 가지고 만날 마- 치와-(치아), 추와 고로 맨들고 말이지.('춥도록 만들고 말이지'라고 해야하는 데 제보자가 잘못 말한듯하다.) 이래 핸- 아주 악한 며느리가 있었는데, 그래 이 시어른이 모듬이(모임이) 있었단 말이야. 한 날에는, 선비들이 한 번 모- 장소에 모여 가지고 한 번 회포를 하자- 카는 이런 모임이 있었는데, 그게 가기는 가야되는데, 옷이 추와(추워) 보이(보이니까), '이 차림을 해 가지고 내가 어예 가꼬.' 싶은 걱정이 되는 기라. 마침 며느리가 고마 저- 자꾸 나가고 없는 거야. 시간은 됐는데, 나가고 없어 가지고 특히 기회가 됐다 싶어 가지고, 고마 농을 열골라(열어서) 그 옷을 마 며느리 허락 없이 고마 좌(주위) 입고 마 단장을- 이관 단장(의관단장)을 해 가지골랑 나가가 간다. 문나서 나가 가지골랑 강을 건네야 되는데, 저 건네는 그 근방에 친구들이 모여 가지고 그 분 나올까봐. 그 친구 나올까봐 모여 가지고 이래 마 모여 있는데, 이 어른이 팔십을 해 가지골랑 강을 건낸다. 건너 치며 건너자 이, 이 며느리 말이지 헌옷을 끌어안고 그 뺏어 뿌고 이거 입혀가 보낼라꼬. 헌옷을 끌어안고 나와 가지고 물에 어른 시어른을 마 부리는 게라. 손짓해 가지고 마 부리는 게라. 뭐 시어른은 고마 마 손짓해 뿌고 뭐 건네가 가뿐다. 그래가 친구네들이 가마- 묻는다. 그 사유를.

"이 사람아 그 저- 손짓하고 옷을 안고 나와 가지고 저- 누구로?"

이카이,

"우리집 며느릴세."

"왜 그라노?"

이카이,

"내 이 옷이 새거지만은 이 보다 더 나은 옷이 있네. 그거 갈아입고 가라꼬, 저쿠로(저렇게) 몸부림 치고 부른다."

카이. 그 친구네들 가마 생각해 보이, 그런 효자가- 효부가 없는 게라. 그 참말로 그- 그런 효부가 없거든. 그래 그 모듬석에 가 가지고 공개를 했는 게라.

"사실 이러이러한 사실 오늘 우리가 직접 눈으로 보고 느껴 가지고 이래 하이, 가마 놔도가(두어서) 될라?"

이카이 그 노인- 요새 말하면 노인회- 그 선비들 모있는 데서 안을 세워 가지고, 그런 효부가 어딨노 말이지. 카고 효부상을 줬는 게라. [웃으며] 효부상을 줬는 게라. 효부상을 줘 놓이, 그 뭐 상을 받았제. 효부는 됐제. 하이(하니). 악하게는 모하드란다(못하더란다). [모두가 웃는다.]

쌀뜨물 덮어쓰고 물 쌌다는 김삿갓

자료코드 : 05_20_FOT_20090118_LJH_KBC_0004
조사장소 : 경상북도 청송군 청송읍 교리 노인정
조사일시 : 2009.1.17
조 사 자 : 임재해, 조정현, 편해문, 박혜영, 임주, 황진현, 김원구
제 보 자 : 김배천, 남, 76세
구연상황 : 제보자는 김삿갓 이야기를 들은 후 봉이 김선달 역시 훌륭한 인물이라 치켜세웠다. 하지만 구연한 이야기의 주인공은 김삿갓이다.
줄 거 리 : 김삿갓이 한 동네를 지나고 있었다. 한 집을 지나고 있었는데 그 집의 주인이 울타리 밖으로 버리는 쌀뜨물을 덮어 써 버린다. 이에 김삿갓이 누런 쌀뜨물을 여자의 소변 내지 음부의 물로 비유해 귀한 물을 싼다고 말한다. 이에 주인 여자는 "내 물이 좋긴 좋다. 나가자마자 아-소리가 나노."라면서 김삿갓의

말에 대응한다.

　길을 가다가 동네 들어가서 지나가서, 그 동네를 지나가는데, 우리 밑으로- 옛말에 인제 대략 집을 울 가직 인제 그 울타리 해놓고 사는 집이 많잖습니까. 이런데, 집이 높았는 게라. 그 밑으로 이래 지나갔다니께네. 그 집 주인이 구정물을 가지고 마- 그 수추곡을 말이지, 출 부어 부이께네(부으니까). (청중 : 쌀뜨물.) 쌀뜨물. 출(물을 쏟는 소리를 나타낸 의성어이다.) 부어부이께네(부어버리니까). 김삿갓이 그리 지나가다 마 덮어 써 뿌렸다.

　"에이, 귀한 물 디 싼다."('되게 싼다'는 말도 굉장하다는 것을 의미한다.)

　이카이. 그 김삿갓이가 봉변당하는 기라. 뭐 꼼짝 있시면 뭐뭐- 물이 디싼다 그러나. 참 당하는 게 어떻게 당하냐 하면, 그 주인 아줌마가 뭐라 카는가 이래.

　"이런 내 물이 좋긴 좋다. 나가자마자 아-(아이) 소리가 나노?"

　[모두가 웃는다.]

옥쇄를 찾아준 괴짜 과객

자료코드 : 05_20_FOT_20090118_LJH_KBC_0005
조사장소 : 경상북도 청송군 청송읍 교리 노인정
조사일시 : 2009.1.17
조 사 자 : 임재해, 조정현, 편혜문, 박혜영, 임주, 황진현, 김원구
제 보 자 : 김배천, 남, 76세
구연상황 : 마을로 들어가는 길이 얼어 있어서 약속 시간보다 조금 늦게 노인정에 도착했다. 노인회 총회를 지낸 어제와 달리 오늘은 마을 회관이 한산했다. 답사가 시작될 때는 6명의 남자 어르신만 있었으나, 마칠 때는 모두 9명이었다. 마을에 대한 전반적인 이야기를 듣고 본격적인 답사를 시작하였다. 이야기를 들려

달라는 조사자의 질문에 제보자는 어제 안어른들이 이야기를 다해 할 것이 없다고 했다. 그러다가 옛날이야기에는 거짓말 아니면 없다는 말로 운을 띄우고는 이야기를 시작하였다.

줄 거 리 : 옛날 과객이 떠돌다가 어느 집에 하루 신세를 지게 되었다. 그런데 그 집의 귀한 손이 두창이라는 병에 걸렸다. 손님은 아침상을 받게 되었는데 첫 술을 떨어뜨리고 말았다. 첫 술은 본래 안 먹는 것이라 떨어진 밥알을 주인 몰래 만지작거렸다. 아침상을 물리고 과객은 아들을 보겠노라 청하여 그 밥알을 두창에 붙였더니 씻은 듯이 나았다. 그 소문이 임금에게까지 들어가 과객은 임금에게까지 불려 갔다. 임금은 과객에게 옥쇄를 잃어버렸으니 그것을 찾으라고 명했다. 과객은 임금에게 석달 열흘의 기한을 얻어 산 속에 집을 지어 지냈다. 돌팔이 해결사라는 말은 못하고 고민하고 있다가 우연히 대나무가 바람에 흔들리는 것을 보고 "우걱이 아니면 찌그덩이지."라고 중얼거리니, 임금의 옥쇄를 훔쳤던 우걱이와 찌그덩이 놀래서 스스로 나타나 옥쇄를 돌려주었다.

이래 카이 내가 하나 하지. 딴 게 아니고, 옛날에 거짓말 아니면 얘기 없습니다. 옛날 얘기는. 거짓말 뭐 얘기 하나도 없다. 참 어떤 사람이 살았는데, 살았는데. 이 분이 어데(어디) 뭐 옛날 과객 카는 거 이래 댕기고 있었거든요. 그래 인제- 어디 인제 가다가 날이 저물어 가지고 참 불이 빵 한데(밝은데) 한 집이 드(들어)갔다. 드가이(들어가니) 인제 주인이 알뢰하잔('아뢴다는 뜻이다.') 보인다. 이래 인제 저녁을 얻어먹고 있다이-. 안에서 난리가 나는 거라- 그 집에서, '이건 뭔 살인고.' 싶어 가지고, 이 놈우 거 앉았다. 앉아 있으이, 그러니 그 귀한 손이 무슨 병이 들었노 하며는 머리에- 머리에 이런 뭐 옛날에 뭐 등창이나 뭐- 뭐 뭔 창이니 카는 뭐- 이런 병과 마찬가지로, 두창이라카는 병이 났는데, 그러이 이 분이 가마- 들어보이, 그래- 싶어 가지고 그래 인제 자고, 생각을 하고 인제 그 집에서 위하고, 아침이 상이 들어오는데 받아 가지고 이래 먹는다. 이런 첫회 밥상을 받아 가지고 먹다가 보이까네(보니까), 고마 숟가락- 첫 숟가락이 고마 다 마- 떨어졌뿐다. 입에 안 드가고. '여- 고의타(고약하다).' 싶어 가지고 글라- 그래 인제 그 밥을- 뭐 옛날 참 이야기에 첫

숟가락 떨어진 거는 안 먹는다 카는(하는) 이런 말이 있어요. 전에 내려오
는 것이. 그래 인제 그거 밥숟가락을 주인 모르게 인제 주인 볼라 주물적
주물적 자꾸 만진다. 그러이 이래 만지다 보이- 밥이다 보이 손에 묻고
이래 하이-. 옛날에 뭐 이래 도배도 안하고 흙벽 아닙니까. 고 마- 이래
문대(문질러) 가지고 또 만지고- 문대가 만지고- 마 자꾸 만진다. 그래
만져 가지고 그래 인제 아침을 먹고, 그 정선은- 주인 있는 데 그,

"내가 그 환자를 볼 수가 없습니까?"

이래 그 청한다. 청하니,

"그 되지."

"그러면 한번 드가 봅시다."

카걸랑(그랬거든), 드가 인제, 그 인제 그 참 아-들(아이들) 만딴아. 인
제 약으로 인제 사용 할까 싶어 가지걸랑 머리 두창에 고마 발라버렸다.
그래 가지고 고마 그 하루 대접 받고, 뭐 자기 볼일을 봐야 되니, 나서이
(나서니) 그 주인이 잡는 거라, 손을.

"왠일입니까? 내가 볼일이 바쁜데 가야 된다."

아이 쉽게 말하면,

"어른이 무슨 약을 썼는지. 약 씬(쓴) 뒤로는 진통이 없, 쉽게 말하면
진통이 없고 요동을 안 치고, 일타(이렇다.)."

카면서,

"암만캐도(아무래도) 살아나지 싶을타."

카는. 이래 가지고, 이래 가지고 붙들어 가지걸랑, 앉채가걸랑(앉혀 가
지고는), 며칠만 대접을 하고 아들을 이래 맨들었다. 그래 이 분이 과객이
되 가지고 인제 또 인제 저기 또 갔다가 여기도 갔다가 이래 댕기면, 그
런- 그것뿐만 아니라, 딴 뭐시도(뭐라도) 인제- 하이 뭐-뭐- 효력이 나타
나고, 흔적이 나타나이, 이 소문이 고마 이거 쉽게 말하자면 요새 말하면
은, 인제 임금이 그 뭐- 요새 말로 청와대 까지도 마 소문이 이래 올라가

가지고 모야가 그쿠로(그렇게) 용하다하는데, 소문이 퍼져 뿌렸다. 그래 임금이 그 소- 뭐 어예 됐느냐 하며는, 그 옛날에 옥쇄 카는 거 있지 안 있습니까? (조사자 : 예-) 뭐 요새는 임금의 도장이라. 관이라. 군에 말하 면 군관이고, 면에 말하면 면관이고. 옥쇄 카는 게 도장인데, 그걸 잃어버 렸다. 잃어뿌고 나서이(나서는), 저가야 물어도 안 되고, 이래 물어도 안 되고, 도저히 찾을 길이 없는 게라. 이 소문을 가만- 듣고 나서이,

"어디 어디 모야가 용하다."

이런 소문을 듣고 나서이 명령을 내루는(내리는) 거라.

"잡아 올려라."

명령을 내루이 이건 뭐 집에 있다가 고마 과거급제고 뭐뭐- 임금이 명 령이다 보이 뭐 꼼짝 모하고 뭐- 잡혀갔다. 가 가지고,

"그래 경이 그렇게 용하다 그러는데, 근데 내 옥쇄를 잃어버렸는데, 찾 을 참인데, 찾아라."

이카는- 임금의 명령이다 보이 뭐- 어야노, 그래 숩(쉽)게 말하자면 인 제 임금님이 삼일, 참 석달 열흘 멀미를(말미를) 돌라 카는 게라.

"멀미를('말미를', 잘못 말한 것으로 보인다.) 주며는 내가 찾아내겠습 니다."

이카는. (청중 : 하하하) 거짓말 아니면 옛날 얘기가 없어. 그게 인제 뭐 로 카면 숩게(쉽게) 말하면 낙반벽상 붙어가꼬 관에 밥이 떨어졌이, 낙반 벽상토(落盤壁上土) 카는 게 그 기 약이라. (청중 : 그게 동의보감에도 나 와 있다고 하더라.) 돌박에다가 이래 문대 가지고 이래- 그게 이제 약 명 이 낙반벽상토 카는 그 약 명이라. (청중 : 그 흙이 약이라.) 그래 인제 그 카이 멀미를 주지. 그 멀미를 주는 데는 개 담도 안- 소리 안 나는데 한 가한 산에 어떠한 고요한 그 산 볼떼기에다가 집을 져 가지고, 집을 져 가지고 날 그 멀미를 주소. 카이 그럼 뭐 나라명이다 보이 뭐 관에서는 뭐- 문제도 아니지 뭐-. 뭐 갑가지 마 집을 때려 져 가지고,

"거 가 있거라."

카골랑(그러거든). 그래 가지고 뭐 갖다 주는 밥 먹고 늘 있으이 편기는 편하나 마 걱정이 된다. '이 일을 어얄꼬(어쩔까)' 싶으단 말이야. 그래 석 달 열흘이 거진 인제- 석달이 지나고 한 열흘 남았는 게라. 열흘 남았는데 그래 애가 바짝 쩐다(탄다). 잠도 안 오고. 죽을 판이지- 죽는 게라. 뭐- 어떤 명이로. 그 하면 말할 것도 없고- 이래 하이- 한 날 저녁에는 자다가 보이 마 바람이 마마- 불기 시작하는데 마- 난리가 나거든. 뭐 요새 뭐 태풍카는 식으로 마마- 나이, 그 심신산곡에 혼자 이래 있으이, 낭기(나무) 우거져 가지고 마 형편이 우거졌는데, 뭐가 찌끄등찌끄등 하면서 소리가 나는 게라. 그러이 인제 그 복잡한데 나무가 크다 보이 서로 인제 이래- 어불리(어울려) 가지고, 이게 인제 찌끄등찌끄등 하면서 소리가 나는 게라. 가만- 듣다가 고마 자기도 생각 외에,

"그 안에는 우걱이 아니면 찌끄덩이지 뭐-."

이래 말이 나와 뿌는(버리는) 게라. 지 자다가. [청중들이 웃는다] (청중 : 우걱이 아니면 찌그걱이 그 맞다.) 그러이 그 우걱이 아니면 찌끄덩이가 석달 열흘을 거게다 몸을 두고 있으이, 틀림없이 들키는 거는 틀림없는데, 가이 가 수질('숨어있었다는 뜻으로 이해된다.'))을 했는 게라. 밤마다. 수질을 했는 게라. 뭐 어예 가지고 그 아를 내는고 싶어가 수질가 마- 하고 있따이, 그까 일은 우걱이 아니면 찌끄덩이다.

"네가 튈라고(도망치려고) 그러는구나."

마 이래- 고마 문을 여그(열고) 쫓아 드가 가지고, 마- 스님 날 살려 돌라카면(달라하면) 마- 꿇어 앉아 가지고 소약마다 빈다. 그 정선은 마- 딱 싫어서,

"이놈 진작 그 말 지 항복하는 거지."

카면서, [제보자가 웃으면서]

"그래 사연 여하를 이야기해라."

이카이,

"그래서요 참 어이어이 돼 가지고 내가 참 훔쳐가 와 가지고 아무 연못에 던져 뿌렸습니다."

이칸다. 이카이,

"알았다."

그 정선은 고마마 성공했다. 이래 있다이 마 석달 열흘 되 가지고 초청을 하네. 그 내려가이

"찾았나?"

카면서 이카이,

"예. 알았습니다."

"어예노? 뭐 어떻단 말이노?"

카이,

"그 아무아무 연못을 물을 푸며는은(퍼내면은) 그게 있을 겁니다."

그러이 나라 힘이다 보이 마 과연 퍼특(빨리) 퍼뿌이(퍼내니) 옥쇄가 참 거기 들어 앉았는 게라. 이래 가지고 인제 참 성공을 해 가지고 살았다는 이런 이야기가 있어.

정승 사위가 된 선비

자료코드 : 05_20_FOT_20090118_LJH_KBC_0006
조사장소 : 경상북도 청송군 청송읍 교리 노인정
조사일시 : 2009.1.17
조 사 자 : 임재해, 조정현, 편해문, 박혜영, 임주, 황진현, 김원구
제 보 자 : 김배천, 남, 76세
구연상황 : 장군, 선비, 왕, 부자가 된 이야기를 해 달라는 조사자의 질문에 제보자가 '거짓말 아니면 이야기를 못합니다.'라고 운을 떼며 이야기를 구연하였다. 이야기 내내 여자의 정체에 대해서 궁금해 했다. 이야기가 끝난 다음 정승의 딸이

촌 정승의 딸인지, 서울 정승의 딸인지에 대한 논의가 있었다. 그리고 사람은 자고로 서울로 가야한다는 말로 이야기를 마쳤다.

줄 거 리 : 옛날에 산골에서 글만 삼 년째 배운 선비가 골짜기에서 글만 배울 것이 아니라 밖으로 나가봐야겠다고 생각하여 서울로 상경을 하게 되었다. 한참 길을 가고 있는데, 선비 뒤에 어떤 처녀가 계속 따라왔다. 날이 저물어 어느 동네의 정승집에 하루를 묵게 되었는데 따라오던 처녀도 곧 그 집으로 따라들어왔다. 하루를 묵고 다시 길을 떠나려고 하니 정승이 며칠 더 쉬었다 가라고 선비를 붙잡았다. 그 이유가 정승의 집에 딸이 혼인할 날이 얼마 남지 않았는데 선비를 따라온 처녀의 바느질 솜씨가 너무 좋아 처녀의 일이 끝날 때 까지 처녀의 남편인줄 착각한 정승이 선비를 잡아두는 것이었다. 그런 연유가 있는 줄도 모르는 선비는 정승이 붙잡으니 거절하지도 못하고 며칠 더 신세를 지게 되었는데, 갑자기 영문도 모른 채 관가에 붙잡히게 되었다. 그 이유가 바느질을 해준 처녀가 야밤에 혼수를 몽땅 훔쳐서 달아났는데, 처녀의 남편인줄 아는 선비를 정승이 신고를 했다. 그런데 곤장을 맞고 취조를 받아도 선비가 강한 부정을 하자 고을 원은 정승을 불러 죄가 없는게 맞는 것 같다며 선비를 풀어 주라고 했다. 서울로 상경한 선비는 서울에 있는 정승의 집에 하루를 묵게 되었는데 자신에게 죄를 덮어씌운 처녀가 서울 정승의 딸이었다. 처녀가 아버지에게 하는 말이 선비가 자신의 배필이 맞는지 몇 가지 시험을 했더니 모두 통과했다고 했다. 처녀의 아버지는 마침 그 해 과거의 출제관이라 선비에게 과거를 보라고 하여 과거에 합격을 하여 처녀와 선비가 부부가되어 잘 살았다.

옛날에는 집이 등 너매(넘어) 하나 있고, 이 너매 하나있고, 있어도 여개(여기) 집하고 이 집하고 이웃거치(이웃같이) 댕겼어요. 이웃거치 댕겼는데, 그래 이래 이런 골짝에 살았는데, 아가 아들이 하나 있었는데, 모가 엄마가 어옛든 교육을 시켜야 된다 카는 이런 정신- 분이 됐는거라.('이런 정신을 가진 분'이라는 말이다.) 엄마가. 이래 가지고 자기 아들을 이너매- 선비있는 데 글 배우러 늘 가라꼬 인제- 보내는 거라. 이래 인제 야가 선비인테 가 가지고 글을 삼 년째 배웠어. 배우고 이래 있으이, 그래 이 아-가 가마-(가만히) 생각해보이 글은 어느 정도 배울만큼 자기 자신에도 그 참 생각이 드는데, 망구에 뭐 골짜기다 보이께네 용백('글을 배워도 쓸 곳이 없다는 뜻이다.')이 없는 거야. 뭐뭐- 첩첩산중에 들어앉아 있으이 금덩거린들 빛이 나나- 숨게(쉽게) 말하면, 파내야 빛이 나는 격과 마찬가지로, 이래 되이, 그래 인제 자기 엄마 있는데 졸랐는 거라. 엄마, 엄마 돈이 얼매 있는동 쪼매 있는동 몰다마는 있는 데로 날 돌라 카는 거라. 아들이,

"니가 돈에 머하노?"

그 모는 품살이를, 바느질을 해 가지고 주든지, 반을 져주든지 이래 품품이 모아 논 돈 이 좀 있었어. (청중 : 반합품) 반한품 매고, 바느질- 바느질 하는 이런 저런 거 먹- 그래가 먹고 살고, 이래 있었는데. 기어이 조르는 거라. 그럼 야,

"돈 내 이거 뿌이다."

톡 털어 가지고 마- 아들 주이, 이 아가 그 돈 받은 즉시 고마 배동골을 가서 나서는 거라. 여 골짜기 들어 앉아 있으이 뭐뭐- 맥이 있어야 어떻하고, 나사는거라(나서는거야). 나사 가지고, 길을 나서간다. 서울로 마 생각을 하고 인제- 나사가는 길이라. 이래 가지고 한참 가다가보이, 뒤를 보이, 어떤 아가씨가 말이지 처녀가 뒤를 딸른(따른) 거라.

"뭐 지는 지 가고 나는 내가 가지."

카골랑(그러면서) 간다. 이 십리 가도 뒤를 딸고(따르고), 이십리 가도 뒤를 딸바(따라). 백리 가도 뒤를 딸른(따른) 거라. 그 먼 멀쯤에 내가 여기 쉬며는 저쯤 가 가지고 쉬고, 또 뒤를 딸고 이랬다꼬. '이거 고이타(이상하다)' 이래 싶어가 가다보이, 날이 저물어 버렸는 거라. 날이 저물어 가지고 참 이 사람 말따나 이골에 떡- 동네에 들어서며는 그래도 밥 한 술 얻어먹어도 집보고 기와집- 고래등 거튼(같은) 기와집도 있고, 초가도 있고, 뭐 이래된 집도 있고 이런데, 그 인제 보이 한 모티에(모둥이에) 고래등 거튼 기와집이 있는 기라. 그 집에 떡- 가 가지고 기침을 하이, 그 주인이 나오디만도 아뢰라 하는 기라.

그 옛날에는 우리도 안죽까지(아직까지) 촌에 사는 이런 정신으로써 지나가는 과객이든 밥 한술 줍니다. 도시에 가면 밥을 한술 안 줘요. 그런 인심- 농촌 이랬는데, 드가야(들어가야) 아뢰라 해 가지고 모시는 게라. 모시는 거라. 그래 가지골랑 인제- 있다. 있으이 내다보이께네 따라오던 그 아가씨도 말이지 그 집에 또 들어오는 게라. 그 고이타. 이래 사뭇 내 뒤를 밟디마는도 내 우해가고(어떻게 가고) 갈라 카는 집까지 또 이 모양이노 싶단 말이야. (청중 : 그 집 딸이다.) 그러이 자기는 자기고, 나는 나다. 보이 뭐-할 수도 없고. 남자는 사랑방 손님이 되고, 여자는 안으로 손님이 되고, 이래 참 하룻밤을 잤어. 자고 있다이, 저녁에 안주인이 나와 가지고. 그 사랑- 그 집이 정승의 집이라. 숩게(쉽게) 말하면. 정승의 집이라. 불러내디만도 뭐 쑥떡쑥떡 하디마는도.

"그래."

카고 들어오디마는, 뭘고 싶어가 이래 가지고 뭐 뜨신데 자골랑(자는데) 아침에 일라이(일어나니) 몬 간다고 폴폴 뛰는 게라. 주인이. 노인이.

"그 어예라 난 내 갈 길이 바쁜데, 이라면 안 됩니다."

이라이,

"이게 아니라."

카고. 며칠이라도 여 유예라 카면, 앉혀 놓고 마마- 참 대접을 하고 이런데, 근데 그 안에 그 처자가 머냐 카며는. 옛날에 인제 그 집 딸이 시집 보낼라꼬 인제 날 받아 놓고 그 뭐 시집 갈 옷 준비라든지. 모든 것을 이불이라던지 이런 뭐시기를 하고 있는데, 그래 인제 그 뒤봤던 처녀가 거-드가 가지고 이래 보이,

"뭐 내가 좀 거드면 안 되니껴?"

카걸랑.

"그걸 거- 뭐 정 우리도 바쁜데, 같이 하자."

고. 마 이래하이 훌륭한 게라 고마 그 처녀가. 환하단 말이야. 마 그 모

여 가지고 하는 거 보다, 마 바느질 솜씨고 뭐고-마 말할 것도 없는 거라. 그래 가지고 인제 그 처녀인테 다 맽겨 가지고(맡겨 가지고) 딸 행구를 말이지 딱 갖춘은 이런 솜씨꾼이다 보이, 그러이 그 안으로는 내외간인 줄 알 꺼다. 사랑주인하고 따라 들어오까네, 부부간인 줄 알고 꼭 붙들어 가지고 이래 가지고 하는 게라. 그 뭐 그런 줄 모르지 뭐. 남자는. 그래 인제 며칠 유하고 있다이께네 한 날에는 고마마- 이- 그 저게 남자를 과-관에다가 신고를 했기라. 요새 말할 것 같으며는. 왜냐하며는 그 딸 치울라꼬 했는 혼수를 이 처자가 고마 몽땅 다 훔쳐 가지고 마 달아났뿌는게라. 야밤도주 해 뿌렀는거라(버린 것이다). 이러이 이노무 새끼 말이지 너거 부부간에 짰는 거 아니라- 말이지. 숩게 말하면. 짰는 거 아니라 카고 마- 신고를 해 가지고, 뭔 영문인도 모르지 뭐 이 사람은. 그 관가에 붙들려가 가지고 마 두들겨 맞고,

"항복해라. 나무 집에 말이지 너거 내외가 수작해 가지고 말이지, 이래가 되겠느냐."

고 초소를 들이받는다.

"나는 죽어도 그런 사실 없습니다. 죽어도 그런 사실 없습니다."

카고 뭐 바른대로 하이, 되나. 형편이 없이 고마 마마- 이래 하는데, 끝까지 항의를 하고 하이. 그 숩게 말하자면 고을원이 말이지, 옛날에 고을원이 요새 말하면 군수지마는 본인 죄인을 앞에 불러다 놓고 그 실지 대로 너그 짰는 거 아니라? 이카이(이러니). 아니라는 게라. 사실대로 내가 집이 나가 가지고 올 때에 뒤에 따라오디마는도 형편이 일타 카면, 실질대로(실제대로) 하이 고을원이 가만 생각해 보이, 이건 뭐 마 맞는 실정이거든. 이래 가지고 다부(바로) 그 주인, 정승을 불러다가 사실 이만저만 하고 이런 판결로써 이래 되는데 애매하단 말이지. 다부 돈을 말이야 초소를 받고 뭐 죄 없는 걸 그래 놨으이 이놈 말이지 생사람을 잡아도 유망부덕이제. 그래 되나, 카면 다부 돈을 주라 칸다. 그러이 뭐뭐- 고을원 명

령이다 보이,

"예"

카골랑 뭐 돈 마 한보따리 마 다부 얻어 가지고 그래 인제, (청중 : 골탕이 들었다 그거.) 숩게 말하자면 골탕이 들었지. [모두가 웃는다.] 초소를 그래 받았다 보이. (청중 : 거짓말 같다.) 거짓말 아니면 얘기가 없다카이. (청중 : 세월 몸서리난다.) 그래 가지고 서울 장안에 도착해 가지골랑 거리에 참 댕기다 보이 그 처자를 만냈네. 그 따라 뒤-봤던 처자를 만냈는 게라. (청중 : 얼굴도 봤던 갑다. 그러면.) 그러이 뭐- 여가 쉴 때는 요쯤 쉬고, 같이 몇몇일 서울까지 일행이 됐다보이 보믄 알지. 하하하. [모두가 웃는다.] 다 알지. 그래 만내 가지고 우리집에 가자. 그러는 거라. (청중 : 처녀가?) 처녀가. 서울 정승의 딸이라. 서울 정승의 딸이라.

"가자."

그러는게라. 그러 뭐 갔다. 가가 가이. 뭐 대접도 잘하고 고마- 그 자기 그 딸이 자기 아버지 있는데, 뭔 이야기를 했느냐 하며는,

"내가 이 조선 천지에 배필을 구할라꼬, 아무리 돌아댕겨도 없더라."

는 게라.

"저 분이 딱 보이 내 배필이 틀림없습니다. 아버지. 내가 저게 시집가겠다."

카고, 뭐 처자가 이래 다 된다. 그 아바이가 가마- 생각을 해보이, 그래? 가만있어- 총각을 불러다 놓고, 숩게 말해서 시험을 보이 말이지. 대강 인제 테스트(test)를 해보이께네 뭐- 글도 뭐 선비고, 뭐 강골도 괜찮고, 사람이 멋찌단 말이야. 그럼 뭐 아 말대로 하지. 하골랑. 그래 임시에 인제 과거 보는 거 찬스가 됐는 거라. 그러이 인제 그 정승이 문제 그 출제관이라. [청중들이 웃는다] 출제관이라. 출제관이라. 그래 가지고 참 뭐 어떻게 어떻게 고마 이 시험에 문제가 나가이, 이렇타 고마 대라꼬 마- 해줘놓골랑 그 좀 있다가 인제 광고지를 공고를 붙이고 과거를 붙이는데

가 가지고, 시험을 보니까. 그냥 뭐 누패따그르지(눕혔다고 그런다.) 뭐 뭐-. 고마 참 정승-그 판사 합격 해 가지골랑, 그래 인제 부부가 되 가지고 잘 살았다 카는 이런 얘기가.

남의 복 뺏으려다 실패한 과객

자료코드 : 05_20_FOT_20090118_LJH_KBH_0001
조사장소 : 경상북도 청송군 청송읍 교리 노인정
조사일시 : 2009.1.18
조 사 자 : 임재해, 조정현, 편해문, 박혜영, 임주, 황진현, 김원구
제 보 자 : 김배희, 남, 76세
구연상황 : 다른 제보자의 과객 이야기에 이어 바로 제보자의 또 다른 과객 이야기가 시작된다.
줄 거 리 : 옛날에 한 과객이 어느 동네 큰 부잣집에 찾아가서 하루 신세를 지게 되었다. 그런데 아무리 봐도 부잣집 사람들의 관상을 봐도 그 누구도 부자가 될 상을 가진 사람은 아무도 없었다. 이상하다고 생각하던 차에 그 집 개를 보게 되었는데, 개가 부자를 만들어준 관상을 가지고 있었다. 그래서 과객이 꾀를 내어 꾀병을 냈다. 과객은 이 병은 약보다 개 한마리를 고아 먹으면 낫는다고 말했다. 그 복덩어리 개를 먹으면 그 복은 자신 것 이라고 생각한 과객의 꾀였다. 아무것도 모르는 부잣집 주인이 복덩어리 개를 솥에다가 끓였다. 과객은 그 솥이 다 끓을 때까지 앞에서 기다렸는데, 솥이 다 끓었을 때쯤 그 집 안주인이 바가지를 들고 나타났다. 자신들이 키운 동물을 남을 먼저 줄 일이 없다고 하면서 솥에 국물을 떴다. 그때 복덩이가 함께 나왔다. 그 과객은 그 솥에 먹을 것이 없어 그 길로 부잣집을 나왔다.

과객이 있었는데, 그 과객하면 옛날에는 그 뭐 이래 저게 아주 초라하게 해 가지고 담봇짐 싸 가지고, 짊어지고 말이지 이렇게 댕기고. 어느 동네 큰 부자를 찾아 다녔지. 그 동네 드가면 큰 부잣집을 찾아 가지고 갔는데, 그래 인제 부잣집을 어떤 그- 일몰이 들라- 그니까 부잣집에 가서 거 참 기침을 하니까, 옛날에는 손을 다 맞게 되었던 모양이래요. 그래서

들어오라 그런다. 드가이(들어가니) 가만 보이 상을 보니까 말이지, 그 집 식구들은 전체 부자들 상이 아니라. 이상하게 부자들 상은 한 상도 없는 데, 그 집에 부자거든. 그 사람 관상쟁이를 했던 모양이라. 그 옛날 과객들 모르는 사람 없었지. 그래 김삿갓 같이 전부 아는 분들이 말이야- 과객질 하고 댕겼지. 그래 가마- 아무리 살펴도 말이- 그 부자들 상은 아닌데, 그 부자라는 아주 큰 부자라- 그 집에. 그런데 자기가 가서 자꾸 살피는 게지. 어떻게 해서 이 집에 말이지 상은 부자 상이 아닌데, 부자가 됐느냐- 하는 식으로 하데. 그래 있다 개가 한 마리가 말이지 그 가르마(가르면) 탁 타진 게 한 마리 탁 들어 거든. 가마-(가만히) 보이께네 그 개 덕에 먹고 사는 게라. [청중들이 웃는다.] 그 집이. 하이 가마 보이 저 개가 말이지, 부자들 개라. 그 개 덕에 짐승 덕에 먹고 산다. 그래서 인제 이 영감이 꾀를 냈지. 고마 아파 죽는다는 게라. 내가 말이지 요까지고 나무 주우러 가서 아프고 하니까. 그럼 뭐 부자는 부자니까 뭐 있는 대로 뭐 약을 해보고 말이지 해도 아무 약을 먹어도 안 되고,

"그 자기가 내 저 개를 먹어야 된다."

는 식으로 했겠지. 뭐 그런- 그 저 그걸 줬겠지. 주니까 뭐 부잣집에서 그 개 한 마리를 아무것도 생각을 안 하거든. 그래서 그 개를 먹었고- 개를 잡아와 가지고 참 그걸 한 모양이라. 해 가지고 솥에다가 말이지 끓이거든. 삶거든. 개를 삶으니까, 그저 복덩거리가 올라갔다- 내려갔다- 올라갔다- 내려갔다- 할 꺼 아니야. 그 복덩거리 개를 잡아 났으이- 그래서 자기는 그거만 들 봐다 본다. 그 복덩어리를 먹으면 자기가 부자 되는 게라. 그러니까 문을 열어 놓고 인제 그것만 들 봐다 보고 인제 다 끓도록, 꼭 도록 인제 그것만 보고 있는데, 뭐 째째한 말이 안주인 있잖아요. 안주인이 뭐 곤장곤장 그면 나오디(나오더니), 바가지를 하나 딱 들고 나오는 거라. 나와 가지고,

"우리 미여 가지고 남 먼저 줄 일이 왜 있냐."

가 복덩거리를 폭 떠 가지고 가쁘는(가버리는) 게라. 딱 뜨니까, 뜬다는 게 복덩거리를 거 마 뜨여 뿌렸어. 뜨여 가지고 가져가 버렸는데, 그러이 이 영감이 가마히(가만히) 보이 이 복덩어리 올라왔다— 내려갔다 하는 걸 말이지. 그거만 하다가 복덩거리를 떠 가지고 가쁘이(가버리니) 먹을 일이 없지. 복덩어리를 가가 버렸으니까. 고 삐져 가지고 안 먹고 고마 그래 참 도로 오고— 거 참 복은 말이지— 남의 복은 끌로 파도 안 되고. 옛날에 그 래서 수지가 생기고, 주인이 먼저 주인이 집엘 떠놓고 준다는 게 그런 옛 날에 속담에 그래서 그렇다는 그런 이야기를 들었어. 사람은 복은 없어도, 짐승 복에 먹다가 그래— 그래 가지고 인제 이 사람 먼저 줬으면 그럴 깬 데,

"뭐 우리가 믹여(먹여) 가지고 남부터 줄 일이 왜 있느냐."

카고 주인이 와서 떠가 가쁘이(가버리니), 복을 또 떠가 가쁘떠래(가버 렸더래).

되로 주고 말로 받은 나그네

자료코드 : 05_20_FOT_20090118_LJH_KBH_0002
조사장소 : 경상북도 청송군 청송읍 교리 노인정
조사일시 : 2009.1.18
조 사 자 : 임재해, 조정현, 편해문, 박혜영, 임주, 황진현, 김원구
제 보 자 : 김배희, 남, 76세
구연상황 : 재미있는 이야기를 해 달라는 제보자의 말에 이야기라는 것은 한번 시작하면 은 여러 가지를 해야 한다고 한다. 신식 이야기라면서 이야기를 구연한다.
줄 거 리 : 옛날 나그네가 강을 건너려고 나루터를 살피니 여자가 사공인 배 한척이 세 워져 있었다. 배를 탄 나그네는 여사공에게 당신의 배를 탔으니 내 마누라라 며 농을 던졌다. 기분이 상한 여사공은 나그네가 배에서 내리니 당신이 내 뱃 속에서 나갔으니 아들이라며 '아들놈아 잘가라'고 인사를 했다.

그래서 어떤 참 나그네가 길을 가다가- 가다보니까 그 강이 하나 있거든. 그래 강을 건너야 되는데, 가마-(가만히) 보니까 어데 살피니까 나루터에 배가 한 대 있는데, 가마 사공이 여자 사공이라. 그래 그 나그네가 댕기다가 근데 옛날 나그네 쯤 되면 좀 지저부졌던(지저분했던) 모양이지. 그래 인제 배를 타고 딴 사람은 하나도 없고 인제 자기 혼자지. 배를 타고 떡 건너가는데, 이 가마- 타이 남자라 그런 게는 또 여자 보이께네 무신(무슨) 좀 이 뭐- 쫌 이런 농도 하고 싶고, 했던 모양이지.

"당신은 내 마누라 같고 이래."

했거든. 사공보고, 여사공을 보고,

"내가 왜 당신 마누라냐."

꼬 말이지, 바짝 세우니께네,

"내가 당신 배를 탔으니까. 당신 내 마누라 아니냐."

마 이러거든. 그러이 아이쿠 꼼짝없이 당하는 거지. 그래 가지고 고마 이를 빡빡 갈면서 인제 뭐 그- 당해 가지고 그런데, 배를 인제 그 저짜 선착장에 인자 갖다 댔다. 대고, 내려라보이 내룰 꺼 아이래. 내려가. 저짝 보는 뱃머리를 돌려놓고,

"아 이놈아 아들놈 잘가거라."

그러거든. 그래 아들놈 잘가거라 그러니께,

"내가 왜 니 아들이냐?"

고 소리치니까,

"니 내 뱃속에서 나갔으니까, 니는 내 아들이다."

고런고런 고것도 있더라꼬. 고런 거는 금방금방 요래 좀.

문장으로 친구를 쫓아낸 김삿갓

자료코드 : 05_20_FOT_20090118_LJH_KBH_0003
조사장소 : 경상북도 청송군 청송읍 교리 노인정
조사일시 : 2009.1.18
조 사 자 : 임재해, 조정현, 편해문, 박혜영, 임주, 황진현, 김원구
제 보 자 : 김배희, 남, 76세
구연상황 : 다른 제보자의 김삿갓 이야기에, 자신도 아는 김삿갓 이야기가 있다며 구연을
　　　　　시작했다.
줄 거 리 : 어느날 김삿갓 집에 친구가 방문을 했는데 부인이 인양(人良)보기를 하오리까
　　　　　라고 물었다. 그 말은 즉 지금 상을 올릴까 하는 말이다. 김삿갓이 친구가 나
　　　　　가면이라는 뜻으로 월월(月月)이 산산(山山)이라 했다. 그것을 듣고 있던 친구
　　　　　가 우습다며 정구죽천(丁口竹天)하도다 하며 집을 나갔다고 한다.

　그러니까, 김삿갓이 이래 어떤 사람이 찾아갔을 꺼 아이래. 친구가. 친
구가 찾아갔겠지. 참 김삿갓하고는 친한 친구가 찾아갔는데, 김삿갓 부인
이 문 밖에 와서 머라 카는 게 아니라 그래,

　"인양(人良)보기를 하오리까?"

　카거든. 그래 인냥보기를 하오리까− 카이 옛날 선비 같으면 다 알아먹
지마는, 뭐 그렇지 못했동 인제 김삿갓만 하고 자기 하고만 통하는 내외
간에 통하는 언어를 썼던 모양이라. 인양보기를 하오리까. 카면 사람 인
(人)자, 어질 양(良)자, 그래 저기 전 복(覆)자, 웃 상(上)자. 고래 인양보기
를 하오리까. 인제 밥상을 올리까? 이런 식이지. 그래 인제 김삿갓 말이
가만 보이 옛날에 없이 사니까, 저 아마 저 친구가 가는 뒤에는 그 그래,

　"월월(月月)이 산산(山山)거든."

　캤거든. 그래 달월자 두나치(두개라는 말의 뜻으로 '두낱'에 준하는 말
이다), 월월(月月)이 산산거든− 카이께네, 가마이(가만히) 이 손이가− 친구
가 가만 들어보이 이게 참 우습단 말이래. 그래 전,

　"정구죽천(丁口竹天) 하도다."

카고 고마 자기가 일어서 나갔지. 그래 전부 가히 참 친구가 아니고, 가히 우숩다 카고 나갔지. 그래 정구주죽(丁口竹天) 카면 곰배 정(丁)자, 입 구(口)자, 그러면 올 가자거든. 가, 죽천 카면 대나무 죽(竹)자, 하늘 천(天)자, 웃음 소(笑)자. 그러면 지금- 맹 그런 식으로 그것도 나온 대로 그런 그게 있더라고.

효성에 감복하여 아들로 나타난 동삼

자료코드 : 05_20_FOT_20090118_LJH_KBH_0004
조사장소 : 경상북도 청송군 청송읍 교리 노인정
조사일시 : 2009.1.17
조 사 자 : 임재해, 조정현, 편해문, 박혜영, 임주, 황진현, 김원구
제 보 자 : 김배희, 남, 76세
구연상황 : 김정섭 씨가 효자 이야기를 다 구연하지 못하자, 김배희 씨가 받아서 이야기를 다시 구연하였다.
줄 거 리 : 옛날에 가난한 효자가 살고 있었다. 없는 살림에 아프신 어머니에게 드릴 반찬을 자신의 아들이 다 먹어 버렸다. 어머니는 그 반찬을 드시질 않았다. 효자 부부는 생각 끝에 아이는 새로 낳을 수 있지만 부모님은 새로 얻을 수 없다고 하여 아들을 없애기로 했다. 아들이 서당에 다녀오는 시간에 맞춰 솥에 물을 끓이고 그 솥에 아들을 넣을 계획을 세운 효자 부부는 아들이 서당에서 돌아오자 솥에 넣고 뚜껑을 닫았다. 그런데 잠시 후 솥에 들어가 있어야 할 아들이 다시 서당에 다녀왔다며 인사를 했다. 기이하게 여긴 부부가 솥을 보니 두 부부의 효심에 감동한 산삼이 아이로 변신해서 집에 들어온 것이었다. 그래서 편찮으신 어머니에게 산삼 대접할 수 있었다.

책을 끼고 서당에 가뿌고, (가버리고,)두 내외 해 가지고 어른 반찬을 없애이(먹어버리니) 아-(아이는) 새로 노으면(놓으면) 자식이 있고, 부모는 한 번 가면 다시 없기 때민에(때문에), 아를 없애뿌고(죽여 버리고) 우리가 인제 뭐시기('아이를 죽이는 것에 대해 연구를 해보자'는 뜻으로 이해할

수 있다.) 하자. 이래 되 가지고 고마– 아– 없애는 방법, 인제 그걸 인제 둘 내외서 연구를 하는 게라. 그 어예 사로 없어질로. 그리 가마– 생각을 뭐– 그 뚜드려 패가 죽일 수도 없고, 가마 생각해 보이께네 참 뭐시기 해 가지고, 솥에다가 마(막) 가마에다가 물로 붓고 아– 오면 인제 뭐 솥에 좌 (주어) 삶을 라꼬, 그래 가마솥에다가 물을 폴폴 끼리 나이께네(놓으니까), (청중 : 서당 댕기고.) 서당 댕기는 사람은 책을 끼고 온다고, 그래.

"엄마."

카고 와이(오니)께네,

"와야 여 올라 오너라 여그(여기)– 안 그래도 니 오도록 기다린다."

카고. 그 여자가 좀 축에 올라서가 문 열고 드가는 데, 그래 축에 올라선 놈을 가마솥 뭐시 뚜껑을 열고 그 밀어여뿌고(밀어 넣어 버리고) 뚜껑을 딱 닫아 뿌렸다. 닫아뿌이(닫아버리니) 인제 그 작전 성공했지. 뭐 아 없애뿌렸지(죽여 버렸지). 없애뿌렸으이께네 그래 가지고 인제 한참 뭐시기 해 가지고 인제 없애뿌렀다 둘 내외가 흔쾌하게 있는데, 그래 그카다가 또 그기 인제 보이께네, 또 자기 아들 또 오는 게라. 이 뭐 아를 여 삶았는데 아가 또 오이께네, 깜짝 놀랜 게라. 봐 가지고. 그래 가지고,

"야 아무것이야 니 어데 갔노?"

카이께네.

"엄마 내 서당 갔다."

이래. 이래보이 참말이가 뭐 제로 돈다('부부의 작전대로 일이 잘 진행 되어 가고 있다'고 이해하면 될 것이다.) 카디만 호명에 아가 참 지 아가 (자기 아이가) 맞는 게라. 그래 가지고 아를 참 어옐(어떻게 할)수가 없어 가. 그 참 뭐 생명을 어옐수는(어떻게 할 수는) 없는가보다 카고 그래 인 제 자기 어른은, 참 맹 모친한테 봐 가지고 몹쓸 병이 들려 가지고 인자 그러이 약 구할라꼬 맹 그런 제도가 됐는데, 반찬도 문제지마는– 그 솥을 여이께네(넣으니까) 뭐 물이 뽀한 게 막 머 히한(신기)하거든. 참 뭔지도

모르고 아 삶았는 물이라고 해 가지고 그 놈을 떠다가, (청중 : 그 동삼(童
蔘)이래.) 그래 인제 자기 모친 대접- 정성이 효도 그만침(그만큼) 지극하
이께네, 그 기 인제 동삼이 화를 해 가지고 인제 그 약 대주라고, 그 기
인자 참 그 지발로 걸어와 가지고 인제 이 그러이께네 자식이는 봐가 효
도가 되고, 손자는 그대로 맹 자라 가지고 뭐 하고. (청중 : 효심이 뻗어
가지고) 효심이 뻐쳐가- 자기- 모친이는 그거 먹고, 그거 몹쓸 병 그 다
낫고, 그게 내 참 하하하. [모두 다 웃는다.] 그 카던데. 그거 누가 봤나.
뭐 봐 가지고- 하하하 이야기. 가면 인제 있다 카듯이(하듯이). 그카드라
꼬 얘기가.

고려장 유래

자료코드 : 05_20_FOT_20090118_LJH_KBH_0005
조사장소 : 경상북도 청송군 청송읍 교리 노인정
조사일시 : 2009.1.18
조 사 자 : 임재해, 조정현, 편해문, 박혜영, 임주, 황진현, 김원구
제 보 자 : 김배희, 남, 76세
구연상황 : 두 편의 효자 이야기가 구연된 후 "그럼 말 한마디만 더하고 치웁시다." 라고
하면서 불효자 이야기를 구연했다.
줄 거 리 : 옛날 고려장이 있었을 때의 일이다. 늙은 어머니를 모신 집에서 어머니를 지
게에 짊어지고 길을 떠나는데 손자가 함께 길을 나섰다. 지게 위에 있는 늙은
어머니는 자꾸 나뭇잎을 뜯어서 땅에다 뿌렸다. 아들이 왜 그러냐고 물으니
다시 집으로 돌아갈 때 길을 잃어버리지 말라고 굽이굽이 마다 나뭇잎을 뜯
어다 길에 뿌려 주었다. 깊은 산중에 도착하자 아들이 늙으신 어머니를 버리
고 지게도 버리고 다시 돌아가려고 하자 손자가 지게를 챙겼다. 아들은 그 지
게는 필요 없으니 그냥 가자고 하니, 늙은 할머니의 손자가 말하기를 나중에
아버지도 갖다 버리려면 저 지게를 다시 집에 두어야 한다고 말했다. 그 말에
아들은 어머니를 다시 집으로 모셔왔다.

그래 인제 가마보니, 때는 멀꺼도(먹을 것도) 별로 없는데다가 노인들 모실라(모시려고) 그러이까(그러니까) 좀 힘이 드니까. 어떻게 그렇게 참 악했던지. 거 참 그- 참 처분을 할라꼬. 부모를 말이지. 그런 식으로 해 가지고, 한 날에는 밤에 고마 그 때 쯤은 뭐 그게 어데 없앨라 그래도 힘이 드니까. 고려장- 아까 고려장 이야기 식으로 어디 갔다 내삐리는(내다 버리는) 수밖에 없거든. 그래서 고마 지게에다 짊어지고, 그 -인제 가는 판이지. 가니까, 고 인제 손자가 하나 있었다. 자기 아들이 하나 있었겠지. 자기 모를 인제 어디다 내삐릴라꼬(내다 버릴려고), 지게를 지고 인제 그 인제 가는데, 손자가 고(거기) 따라오더라.

"오지 마라."

그래도 자꾸 따라오는 거지. 그래서 가이까 어마씨는(어머니도) 지게 짊어지고 가면서 그 나뭇잎을 자꾸 뜯어 가지고 놓거든.

"그걸 왜 그러냐?"

카이까, 인제 자기 갈 때 길 찾아가라꼬. 자식을 그만침(그만큼) 생각하는 게지. 그래 지게 올라타고 가면서도 자꾸 나뭇잎을 뜯어놓고, 뜯어놓고 굽이 마다 뜯어놔주는 거라. 뜯어놓고 근다고(그런다고). 가서 인제 저 어데 산중에 몬 찾아올 정도 되는데 가서 내비렸겠지. 내비러뿌고(내버려 버리고), 지게도 뭐 거 내비러뿌고(내다버리고) 그러니까 아-가(아이가) 그 손자가 들바다(드려다) 보고, 지게를 가가자 그러거든. 그러니까 그러고.

"지게 필요 없다. 언능 가자."

이러니까,

"나도 아부지 갖다 내빌라 그러면(내버릴라면) 저 지게를 갖다 놔야 되는데."

그 손자가 보고 그러니까 그 어마시를 다부(바로)-, 다부 지고 참 집에 모시고 오더래. 자기는 가기 싫어 가지고. 그런 전설이 있더라꼬.

차돌이 복을 나눠 가진 사람

자료코드 : 05_20_FOT_20090117_LJH_JYY_0001
조사장소 : 경상북도 청송군 청송읍 교리 경로당
조사일시 : 2009.1.17
조 사 자 : 임재해, 조정현, 편해문, 박혜영, 김원구, 임주, 황진현
제 보 자 : 정영, 여, 82세
청   중 : 11인
구연상황 : 제보자는 읍에 갔다가 뒤늦게 이야기판에 끼어들었다. 청중들이 정영에게 이
        야기를 하나 해보라고 권하자, 스스럼없이 이야기를 구연했다.
줄 거 리 : 옛날에 복이 없는 사람이 살았다. 매일 낙엽을 모아서 그것을 팔아먹고 살았
        는데, 워낙 복이 없는 사람이라 열심히 낙엽을 모아 놓아도 하늘이 낙엽을 모
        두 가져가버렸다. 하루는 열심히 일을 해도 자신의 형편이 왜 나아지지 않는
        지 궁금해서 모아놓은 낙엽더미 안에 숨어 있었다. 그래서 그 사람은 하늘에
        있는 옥황상제를 만나게 되었다. 옥황상제는 그 사람의 복이 집혀져 있어서
        복이 없는 것이라고 말했다. 그 사람이 자기에게도 복을 나누어 달라며 울자,
        옥황상제는 너는 차돌이 복을 나누어 가질 수 있을 것이라고 말했다. 그 말을
        듣고 다시 하늘에서 내려와 살던 어느 날, 임신을 한 거지가 하룻밤 자기를
        청했다. 재워줄 곳은 없고 처마 밑에서 자라고 했더니, 다음 날 아이를 낳은
        것이다. 거지는 아이가 차가운 곳에서 태어났다고 해서 이름을 차돌이라고 지
        었다. 갑자기 하늘에서 옥황상제의 말이 떠올라 차돌이와 어미를 방에 들이고
        함께 살자고 했다. 차돌이가 자랄수록 집안 형편도 나아졌다. 나중에 차돌이
        어미는 주인이 은혜를 베풀어서 자신과 차돌이가 태어날 수 있다며 재산의
        반을 나누어 주었다.

  예전에요, 하도(너무) 하도 못살았어.

  못살아 가주고(가지고), 이놈의 뭐, 아-무리해도 안 된다.

  안 되 가주(되어 가지고) 갈비를(낙엽을) 한 짐 끌어 가주고 석 점 끌어
가 살아도, 또 맹(마찬가지로) 고정수(낙엽을 한 짐을 끌던, 세 짐을 끌던
간에 옥황상제가 가져가 버려서 똑같다는 말임). 또 한 짐, 넉- 짐을 끌어
놨다. 끌어 놔도 또 그래 마진도 한 짐도 없고.(마진이 한 짐만 남았다는
것을 잘못 말한 것으로 보인다.)

꼭 그래 일 년 간 뭐가 이래고 있어 가주고, 갈비똥침에('갈비를 담은 짐의 깊숙이'라는 의미로 이해하면 될 것이다.) 들어가 있었다니더(있었더래요). 있으이께네, 거 밤에 뭐가 [두 손을 모아 위로 올리며] 덜-렁 그마(그러며) 하늘로 올라간데이.

그래 옥황선녀한테 갔다. 그래 가 가주(가 가지고),

"왜 그래 남의 갈비 끌어놓은 거 왜 하나님 왜 자꾸 이러느냐?" 카이(하니),

"니는 암만해도 복이 가-진데(그것 밖에 안 되는데), [오른손을 들어 먼 곳을 가르치며] 저(저기) 보라고, 저 위에 니 이름 쓰앴는(쓰였는) 거를."

그 사람 쓰앴는(쓰인) 복이 [두 손바닥을 마주치며] 딱 집어('집혀져 있다'는 말로 복이 없다는 의미임) 졌드라이더(졌더래요).

"집어졌으니, 더 하도(하지도) 마라." 꼬,

"더해봐야 맹 복이 고대로 있으이께 안 된다." 꼬,

그래 고마(그만) 운다-.

"어예든지(어떻게든지), 참 맥여(먹여) 살려달라고, 좋도록 해달라고, 복을 좀 농가(나누어) 달라." 카이,

"복이 가진데 어예(어떻게) 농가 주는가? 주느냐?"
카디(하더니), 글타며(그렇다며) 하는 말이,

"차돌이 복에는, 차돌이 복에나 쪼매-, 쫌 그래, 차돌이 복에 좀 먹고 살 겉다(같다)." 이카거든?

"그래 차돌이는 언제 오느냐?" 그이(그러니),

"그 우연히 올 수도 있다." 카더란다.

그래 가주(그렇게 해 가지고) 참 옥황상제님이 [모은 손을 머리위에서 내리며] 내라준다(내려준다). 참 갈비 석 짐 밲에(밖에) 못 끈다고, 끌어봐야 하늘로 올라 가부고(가버리고. 가랑잎 끄는 일을 해봐야 소용이 없다는 말이다.)

그래 사다이(살다보니), 하루는 거지가 마구 참, 배를 만석을 해 가주고 들어오는 거야. 들어와 가주고,

"어예든지 오늘 저녁에 여 좀 자고 가시더(갑시다)." 카이,

"아이고-, 우리가 방이 두 낱이고(두 개고), 뭐 정지 뭣 같은 데 못 잔 다." 카이,

그래 뭐라 카노(하는가) 하이(하니),

"추막(처마) 밑에라도 자고 가시더." 칸다(한다).

"그래 그럼 자라." 꼬,

자디(자더니) 고마 추막 밑에 자다가, [웃음 섞인 목소리로] 애기를, 몸을 풀었어요. 그래, 뭐 그래, 고만 몸을 풀어 가주고, 그래 낳이, 애기가 아들이래. 이 엄마, 엄마가,

"[두 팔을 안으로 모으며] 이거 차븐(차가운) 걸 어예꼬(어떻게 할고), 이 차븐 걸 어예꼬, 이 차븐 데 낳았는 걸 차돌이라고 져야겠다(지어야겠다). 이름." 이카거든?

그케(그렇게) 방-에서 '아차' 싶었어 주인이. '아이고-, 차돌이 복에 좀 먹고 살다 카디(하더니), 차돌이가 왔구나.' 고-만에 여 들어 오라꼬(오라고) 일 난다.

방에 불을 [앞으로 무엇인가를 넣듯이] 뜨끈뜨끈-하게 여 놓고, 마구.

(청중 : 거, 아가(아이가) 복아래 가주고.)

응, 그 아 복이래 가주고. 응, 차돌이. 그래 가주고 마구 뭐 미역 사고, 없어도 미역 사고 얼-매나 잘해 준다.

그 후로 쪼매큼(조금씩) 형편이 나아진데이. 그래가 마 이거 차돌이 사무(계속) 데리고 있을라 칸다. 그래 그래, 차돌이도 참 크고, 뭐 장성하고, 이 집은 자-꾸 나아진다. 나아지이(나아지니) 겉다이(같더니), 차돌이가 하는 소리가 그칸다(모친이 하는 말인데, 제보자가 잘못 말했다.).

거 모친이,

"내가, 애기를 쫓아냈으면 어디 가서 낳아 가주고, 애기고 내고 못 살겐데(살 것인데). 이 집이가 받아줘 가주고, 애기를 잘 키우고 했으이께네, 그래 차돌이 복을 내가 좀 농가(나누어) 주꾸마(줄게)." 그카드란다.(그렇게 말하더란다.)

그 재산이 [두 손을 모아 점점 위로 올리며] 자-꾸 일어 가주고(생겨 가지고), 일으니까 [모으고 있던 한 손을 옆으로 내밀며] 반-을 주드라이더(주더래요). 의형제를 맺고. 그래 가주고 둘 집이 잘- 살더라니더.

(청중 : [박수를 치며] 참 잘하네.)

그래 가주고 차돌이 때문에, 그래 남을 도와주면 우연히 그래 생긴다니더. (조사자 : 아이고-, 도와주면서 살아야겠네.) 예, 도와주머. (청중 : 베풀고 살아야 좋지요.) 그래, 베풀어야만 된단다.

[손을 가슴에 얹고] 암만 내가 복이 없어도, 베푸머(베풀면) 자-연히 남의 덕이 온다니더.

선비에게 시집간 처녀

자료코드 : 05_20_FOT_20090117_LJH_JYY_0002
조사장소 : 경상북도 청송군 청송읍 교리 노인정
조사일시 : 2009.1.17
조 사 자 : 임재해, 조정현, 편해문, 박혜영, 김원구, 임주, 황진현
제 보 자 : 정영, 여, 82세
청   중 : 11인
구연상황 : 앞의 이야기에 이어서, 조사자가 이야기를 하나 더 해달라고 요청하자 구연을 했다.
줄 거 리 : 아낙네 혼자 딸을 데리고 사는데, 과거에 급제한 선비 사위를 보게 해달라고 공을 들였다. 그것을 지켜본 한 중이 처녀가 탐이나 불상 뒤에 숨어 부처가 말하는 것처럼 하여, 자신에게 딸을 시집보내라고 했다. 아낙네는 그 중을 찾아가 사위가 되어달라고 부탁했다. 중은 못이기는 척 혼인을 승낙했다. 그리

고 궤짝 안에 아낙네의 딸을 넣고 지게에 짊어지고 이모 집으로 향했다. 이모 집에 가는 길에 해가 저물자 중은 주막에서 하룻밤 묵어가야겠다고 했다. 그런데 주막에서 처녀가 든 궤짝을 방안에 들이지 못하게 했다. 중은 궤짝을 밖에 두고 방에서 잠을 자는데, 갑자기 과거 급제한 선비가 주막에 도착하여 방을 비워야 했다. 중은 엉겁결에 방을 비우느라 처녀가 든 궤짝을 잊어버리고 다른 곳으로 가버렸다. 궤짝 안에 든 처녀는 바깥 정황을 모르고 혼자 주절거리며 이야기를 했는데, 그 소리를 들은 선비가 궤짝을 열어 처녀를 발견한다. 그리고 궤짝에서 처녀를 꺼내고 곰 한 마리를 넣어 두었다. 다음 날 새벽 중이 다시 주막을 찾아와 궤짝을 짊어지고 이모 집으로 갔다. 중은 이모에게 처녀를 데려왔다며 혼례를 올려달라고 했다. 이모가 처녀를 보기위해 궤짝을 열자 갑자기 곰이 튀어나와 이모의 얼굴을 할퀴었다. 그리고 그 처녀는 결국 궤짝에서 자신을 꺼내준 선비와 혼인하게 되었다.

예전에요, 한 사람이 살았는데. 아-를(아이를), 딸을 하나 낳고, 남편이 고마(그만), 없다. 없어 가주고, 가머(가면) 만날 절에 댕긴다.

"이 딸은- 어예든지(어떻게든지) [두 손을 모아 빌고 머리를 조아리며] 과거 선비한테 가, 가그러, 시집가게 해달라."
고, 엄마가 만-날(매일) 부처님한테 빈다.

이래 비이께, 이 중놈이 가-마(가만히), 중이 들어보이, 천만번 처자는 좋고, 모녀간인데. 만날 뭐, 뭐 칸다(한다). 그래, 그래가 빈다. 그래가 자꾸 비이께네,

"내가 마, 저거 부처 뒤에 가서 이얘기 해가 내가 장개(장가) 가야 될다." 고.

그래, 그래 가주고, 그래 한 번에는 참 부처 뒤에 가서, 부처 뚜둥뚜둥(부처가 말하기 전에 나는 소리인 듯함) 한다.

"그래 정성이 지극다(지극하다)." 꼬,

"지극하니, 저-, [한 손을 위로 들었다 내리며] 저- 밖에 그거 집에 중놈이 있는데, 중이 있는데 거기 장개를, 시집을 보내머, 과거 선비 한다." 칸다.

어마이가 들어보이 부처가 말하는데, 어예(어떻게) 할 수가 없는 거야. 그래 부처가 말하이께(말하니까) 할 수 없어. 그래 막 거차는('거침없이'라는 뜻으로 말한 듯하다.) 간다. 모녀가 가 가주고, [손을 비비며] 막 빈-다.

"어예든지(어떻게든지), 스님이 어예든지, 우리 사우 보그러(보도록) 해달라." 카이.

마-구 마-구 배척을 하거든, 배척을 하거든.

"이 소인이 어예 대인한테 장개를 갈수가 있느냐?" 고.

중으는(중은) 본래 장개를 옛날부터 못 갔다니더.

"못 가는데, 갈 수 없다." 칸다.

그카이(그렇게 하니), 하는 소리가, 그카는 거야.

"그래 부처님이 그카시는데(그렇게 말하시는데) 어예느냐." 고.

"[손으로 입을 가리고 웃으며] 부처님이 카는데 어예느냐." 고, 이카거든.

"그 뭐, 그러면 그래지요(그러지요)." 칸다.

그래 가주 인제 그칸다.

(청중 : 뒤에서 중이 말했네.)

[청중에게 손짓을 하며] 예, 중이 뒤에서 웅- 카고 그래노이, 그래 그칸다.

"이, 중이 여기서 행례(行禮)를 하도 못하고, 내가 뭐 [손으로 네모를 그리며] 하꼬(はこ, '상자'라는 뜻임)을 하나 짜 가주고, 처자를 여-(넣어) 가주고, 우리 이모가 가가 한다(이모댁으로 가서 혼인을 하자는 말이다.)." 칸다.

그래 거 뭐 구차없지('할 수 없다'는 뜻임) 뭐. 그래 해야 과거 선비한테 가지.

이래 가주 인제, [손으로 네모를 그리며] 이래- 하꼬를 짜 가주고 [어깨에 무엇을 메는 시늉을 하며] 둘러미고(둘러메고) 자-꾸 간다. 가머(가면서) 이얘기를 하이, 얼마나 잘 하노? 처자한테 이야기를 하고, 그래 마좋-다고 이야기 한다.

"우리 이모가 가면, 거기 가면 날 결혼을 씨게(시켜) 주께이(줄테니), 거 가자." 칸다.

삽지거리에('사립문 밖의 골목어귀'를 뜻하는 방언이다.) 들어오며, 마구 좋아서요.

"이모 아지매(아줌마), 이모야!" 꼬 덮어쓴다.(끌어안으며 좋아한다는 말이다.)

"왜?" 카이.

"내가 처자하나 데려오이께네, 나를 행례하게 해달라고 내일." 이칸다.

"야이야-, 니가 어예 처자를 데루오노(데려오느냐)?" 카이,

"처자가 참- 좋은 처자가 왔다고."

그래 턱- 내룻는다(내린다).

[잠시 생각에 잠기는 듯 눈을 감았다. 그리고 손뼉을 치며] 아이고- 내가 이야기가 틀렸다.

아! 그래 과거 선비, 그래가 지고 간다. 지고 가다가 고마 길이 저물었어요. 길을 저물어 가주고, [두 손을 앞으로 뻗혀 어떤 형상을 표현하는 듯하며] 어떤 중, 저거 예전 주막 안 있니께? 거 들어가가 자자 칸다. 자자카이,

"그래 뭐 저문데 안 된다." 카이,

"아이고, 저물어도 뭐 거 좀 자고 가자." 칸다.

[한 손을 앞으로 내밀며] 이놈의 또 그거를 또 못 지고 들어 오그러(오도록) 한다.

"아이고-, [두 손을 앞으로 내어 흔들며] 이거는 안지고 가면 안 된다 칸데이(한다)."

(청중 : 그 사람 들었는 거를 들어가지요.)

그래 그래 뭐 [한 손을 뻗쳐 손목을 흔들며] 저-끔 저- 저, 저 넘애(넘어) 갖다 놔두고 오시라고, 밖에 넘가(넘겨) 놓으라 칸다.

그래 농가(원래는 '나누다'는 말이지만, 여기에서는 '넘겨'라는 뜻으로 사용됨.) 놓고 잔다. 자머(자면서) 늘- 처자가 이야기를 하네,

"오늘이 오는데 욕 봤고, 좋다고." 이래이(이러니).

아이고-, 한참 자고 나이께네(나니까) [양팔을 벌리며]과거 선비 들어왔다고, 막 방 비우라고 일 난다. 그래 옛날에 거, 과거 선비 들어오는데 뭐 되니껴(됩니까)? 주막 집 방 안 비었다, [한 손을 들어 내저으며]고마 막 나가라꼬 정신없다. 고마 홀 쫓게 나오는데, 고마, 궤를 잊어부고 나왔다.

[청중 모두 웃는다.]

그래, 귀인을 고마(그만) 잊어부고(잊어버리고) 왔다. 잊어부고 와 놓이(놓으니), 밤에 잠이 오나 혼자 있으이.

"아이고, [양 손을 앞으로 뻗히며] 저거- 케을('궤를' 이라고 해야 하는데 잘못 말한 듯함) 놔두고 와가(와서) 어쩌느냐." 고.

그래 새벽에 붐 하며 갔다(날이 새자마자 갔다는 말이다.).

그래 궤를 놔두고 가놓이, [한 손을 앞으로 내밀며] 그래 쫓게 간 줄 모르고, 이얘기 글치. 거서 과거 선비가 자다보이, [한 손을 귀에 갖다 대며] 마구 뭐 '거거거걸-'(주절거리며 이야기하는 소리를 나타내는 의성어.) 주끼는(지껄이는) 소리가 나.

"아휴, 어데 저런 소리가 나느냐?" 고.

"여봐라, [한 손을 앞으로 내저으며] 저 오시랍(사립문 정도로 이해하면 될 듯하다.) 문 좀 열어봐라." 카이,

열어봤다. 열어보이,

"궤가 하나 있니더." 카이,

"그래, 궤 문을 한번 열어봐라."

열어보이 달덩이 같은 처자가 얼매가 좋은 처자가 있거든. 그래 고마, 고마,

"여 데루(데려) 오라." 칸다.

과거 선비가,

"데루오라(데려오라)." 칸다.

[양 손바닥을 위로 향하고 아래에서 위로 팔을 올리며] 곰을 하나 집어 여뿌랬다고(넣어버렸다 그만.) 마. 집어, 문을 [손바닥을 마주치며] 탁 잠 귀놓고 있다이께네, 새벽되이 뭐 일 난다('사건이 생겼다'는 말로서, 사건이 생긴 것처럼 바쁘게 군다는 뜻임)

아지매한테 그 궤 달라고. 그래 가주고 움진달아가주('움진달다'는 상황이 조급하여 마음이 조마조마하다는 뜻의 방언이다.), 거 고마 참 잊어부고 가. 궤를 준다.

주이(주니), 뭐 무쭐하잖을리껴(무겁지 않겠어요, '무쭐하다'는 무겁다는 뜻의 경상도 방언이다.). [양팔을 몇 번씩 올리며] 지고 간다. 지고 가며 ○○○○ 계속 이야기한다.

"처자, 처자, 참 내가 어제, 참, 당황 결에 쫓겨 나오느라고 못, 참 데루와(데려와) 가주고 많이 미안타."

카이, 근데 뭐 곰이 말할 줄 아나? 뭐,

"웅--웅웅--(곰 울음소리를 나타내는 의성어.)."

[청중 모두 웃음]

[한 손으로 입을 가리며] 그 또 그칸다.

"처자, 처자, 내가 할 이야기 많아서, 내가 참 엉겁결에 뭐 가주 나올 수도 없고, 내 밤새도록 잠을 못 잤다." 꼬,

"그르이께네 너무 화내지 마라." 카이께네, 뭐,

"웅웅우--." 이래근다(이렇게 그런다).

그래 가지고 이모각까지('이모 집까지'를 잘못 말한 듯하다.) 갔어요.

가 가주 참 이모 아지매(아줌마) 일 난다(놀라거나 즐거워서 어쩔 줄 몰라 한다는 것이다.).

"그래 처자 데루 왔다." 고 칸다.

"니가 어예가 처자를 데루 왔냐." 카이,

"언제, 이모 한번 열어봐라. 처자가 참 좋다." 카이.

그르이 이모 열어본다. 할매가, 참 이모가,

"에-고, 참 아가씨가 어떤 아가씨가 있노."

카이, 이래 문을 여이께(열어보니까), [한 손으로 얼굴을 때리는 시늉을 하며] 곰이 고마 낯을 썩 허벼(할퀴어) 뜯어 부래(버려). 이모 낯을 썩 허벼 뜯어부이께네,

(청중 : 억지로 꾸며해도(꾸며도) 안 된다.)

그래 허벼 뜯어 부이(버리니), 고마 이모가 식겁을 하고 문을 열어보고,

"[양 손으로 상자를 여는 시늉을 하고 놀라며] 아이고-, 야이야, 뭐가 이르노(이렇지)." 카머.

[손뼉을 한 번 치고] 그르이(그러니) 곰이요, [한 손을 들어 먼 곳을 가르치며] 뒷산에 가뿌드라니더(가버리더래요). [한 손을 몇 번씩 내저으며] 그르이 처자는 과거 선비한테 갔다 카이께네.

(청중 : 선비한테 시집 가버렸어.)

그래, 시집 가버렸어. 억지로는 안 되고.

(청중 : 곰을 거 좌(주어) 여났구나(넣어 놓았구나).)

그르이 공을 드리니까, 이 처자는 맹 과거 선비한테 가는 거야. 그래 이야기 그르이더(그러데요).

구렁이 업어와 부자 된 안동 사람

자료코드 : 05_20_FOT_20090123_LJH_JYY_0001
조사장소 : 경상북도 청송군 청송읍 교리 노인정
조사일시 : 2009.1.23
조 사 자 : 임재해, 조정현, 편해문, 박혜영, 임주, 황진현, 김원구
제 보 자 : 정영, 여, 82세
구연상황 : 한 청중이 자신은 이야기를 많이 알고 있지만 민망한 내용이라면서 구연하는
　　　　　것을 꺼리자, 제보자가 먼저 이야기 하나를 하겠다고 나서서 구연했다. 이야
　　　　　기 끝에는 제보자가 이 이야기를 누구에게서 들었는지 밝히고 있다.
줄 거 리 : 담배를 지게에 져다 파는 가난한 사람이 살았다. 그 사람은 다른 장사꾼들보
　　　　　다 멀리 살아서 매번 담배를 팔지 못하고 돌아왔다. 하루는 담배를 팔러 가는
　　　　　길에 담배를 다 팔고 돌아오는 장사꾼들을 만났다. 어차피 팔러가더라도 팔지
　　　　　못하고 돌아올 것이라는 생각에 그날따라 짐을 메고서 곧장 집으로 갔다. 짐
　　　　　을 바깥에 내놓으려니 마음이 찜찜해서 방안에 짐을 풀었다. 짐을 풀었더니
　　　　　구렁이 한 마리가 짐 속에 들어가 있었다. 담배장수는 목욕재계하고 아내에게
　　　　　시켜 밥을 차린 후 제를 올리자, 구렁이는 흔적도 없이 사라졌다. 그 후에 담
　　　　　배장수는 서서히 부자가 되었다.

　　예전에 한 사람이 있었는데, 아-주 가난했어. 가난해가주, 만날(매일)
어디 인제 뭐, 쌀 짐이나 지고 이래 댕기고, 이래가 벌어 먹는데, 길으는
(길은) 멀고, 딴 가지키(무슨 뜻인지 정확히 알 수 없음) 사람은 미리 가가
주(가 가지고) 마마,(마구 마구) 안동 사람이라 그게 바로. 안동 사람인데,
현실, 이애기가 옛날 이야기가 아니고. 그래 막 담뱃짐을 예전에, [두 손
으로 무엇인가를 모으듯이] 담배 해가주고 져다 파는 거야.(담배를 가져다
파는 일이라는 말이다.) 져다 파는데, 그걸 지고 가는데, 이 사람이 머다
보이,(멀다 보니,) 젤 늦게 갔다. 젤 가난한 사람이가, 그래 가가주고, 뭐
하나 남가 놓은 거, 무겁기는 쇳디(쇳덩이) 같이 무겁다. 그런 거 지고 가
다보이 하마,(벌써,) 다리는,(다른 사람들은,) [오른손으로 먼 곳을 가르치
며]

　　"다 받치고 온다."

칸다. 뭐런끝이('뭐 이런 끝이'라는 말인 듯하다.) 없다만, 나는 거 가주 가도 되도(되지도) 안 해놓이 인제.

"내 집에 가주 가봐야 될다."

고.

"아무래도 뭐 히얀하다고(희한하다고), 이케(이렇게) 무거울 리가 없다."

카는 거야. 집에 가주 갔다. 집에 가가주 담뱃짐을 갖다 놓고, 그래 뭐 추막('처마'라는 뜻의 경상도 방언이다.)에서 풀라고 가마 보이께네, 조금 아무래도 마음이 그래,

"방에 들라야(들여야) 될따."

꼬. 방에 들라 놓고, 풀어 이래- 보이께, [양팔을 앞으로 아름을 만들며] 구-랭이가(구렁이가) 막 이-런 게 참말 이 사람 말따나 거 들어 앉았는 게래? 그래가주,

"아이고, 참 희얀하다."

고, 여 아무래도. 거 장을 거 방을 갖다 또 담뱃짐을 풀고, 거 댁네 앞에 마, 낯 씻고 밥하라꼬, 막, 응. 쌀을 한 식기를 밥을 하고, 깨끗게 해 갖고 놓고, 참 도포를 입고 절을 하고. 참 그랬어. 그래고 나이께, [양손으로 사례를 치며] 고마 막 간 곳이 없는기 그게 고마. 구렝이가 간 곳이 없더만은. 그 후로는 뭐 자꾸 전다이('전부, 몽땅'을 뜻하는 방언이다. 전다지라고도 한다.) 이놈의 담뱃점 가면 담배주러 가머, 개가운게 남고(자기는 먼 곳에 살아서 매번 팔지 못하고, 가까운 사람 것은 팔려서 이문을 남긴다는 말이다.). 이놈의 뭐 한 짝 짐으로 가면 두 짐 찌였고 이러는 거야.(짐 한 짝을 매고 가서 보면 두 짝이 매여져 있다는 말이다.) [양 손바닥을 보여주며] 그래가 자꾸 놈의 부자가, 부자가 되는 거예요. 그래 가주고 그렇게 잘 사다라니더.(살았더래요.)

그래, 그거 멀리 이야기도 아이고, 안동 사람이 했는데, 안동서 현시(실제로) 그랬다니더. 그래 그랬다니더. (조사자 : 그 구렝이가 복대-이(복덩

이)구나.) 응, 그게 복디-래.(복덩이야.) 이게 없는 사람이 그케, 그케 저 재 넘애서(재를 넘어서,), 밤중에 댕기니께네. 니는, 근(勤)하니, 먹고 잘 살아라카며. 그래 글트라이더. 그케 하이, 그래 부자가 됐더라니더. (조사 자 : 아이고, 재미있네요.) 그 재밌제? (조사자 : 이거 안동 사람 이야기, 책 에 나오지도 않는데.) 그래, 그 이야기 했는데, 그 내 누구한테 이야기 들 은 것도 아니고, 우리가 안동, 거 자두골카는 데 가서 좀 살았거든? 거 갈 저이 형님 사우, 장서방이라꼬, 젤 맞딸 있어. 그 장서방이 이야기를 그래 해. 안동 사람이 그랬다고. 응, 그래 이야길 했어. 안동장씨, 그 양반이 그 래 이야기 하더라. 그래 이야기가, 그, 사람이 고생 끝에 영화가 있고, 그 래 그이께 먹고 산다 카는. 그래 지킴이가 들어와 가주고. 지킴이가 들어 와, 그래 자꾸 차-차 차-차 되더라니더.

성공한 전 남편 만나 기절한 부인

자료코드 : 05_20_FOT_20090123_LJH_JYY_0002
조사장소 : 경상북도 청송군 청송읍 교리 노인정
조사일시 : 2009.1.23
조 사 자 : 임재해, 조정현, 편해문, 박혜영, 임주, 황진현, 김원구
제 보 자 : 정영, 여, 82세
구연상황 : 어른들이 서로 구연을 미루자, 제보자가 이야기를 하나 해주겠다며 구연을 했
        다.
줄 거 리 : 옛날에 가난한 선비가 살았다. 선비는 집안 살림에 관심을 두지 않고 글만 읽
        었고 그의 부인이 어렵게 입에 풀칠을 하며 살았다. 어느 날 부인이 남의 방
        아를 찧어 주러 나가며 선비에게 비가 오면 널어놓은 보리를 걷으라고 부탁
        했다. 부인이 일을 마치고 집에 돌아오니 빗물에 보리가 모두 씻겨 내려가고
        있었다. 부인은 이런 집에 살아서 뭐하겠냐며 그 선비 집에서 도망을 나갔다.
        나중에 선비는 과거에 급제하여 정승이 되었다. 정승이 되어 길을 지나는데
        한 아낙네가 피 훑는 모습을 보고, 군졸을 시켜 아낙네를 데리고 오라고 했
        다. 아낙네를 데리고 와서 보니 전에 도망간 전 부인이었다. 전 부인은 선비

를 알아보고 그 자리에서 기절해서 죽고 말았다.

별건 아니고, 옛날에요. 참 시집을 갔어. 아주 참말로 양반의 집에 시집을 가이께네, 이 양반이가, 가장(家長)이가 [두 손에 책을 쥔 것처럼 팔을 뻗히며]천날 만날 글만 보는 거야. 책만 이르고,(읽고,) 맨날 들다보다 책만 보지 뭐. 본래 옆에 껄 뭐, 집이 암만(아무리) 뭐 어째도 그 걱정을 모른다. (청중 : 우리나라 선비는 마카(모두) 그래.) 예, 이래가주 댁네는 뭐, 마 암거도(아무 것도) 안하이 나무도 없제, 사는 게 불인경('불인견'이라는 말로서, 目不忍見을 말하는 것이다. 목불인견은 눈앞에 벌어진 상황 따위를 눈뜨고는 차마 볼 수 없다는 뜻이다.)이다. 이래가 남의 집에 보리방아 쩌주고(찧어 주고,) 뭐 이래 보리를 갖다가 보리쌀을 갖다가 넣어 가주고 먹고, 이예고(이러고) 카는데, 그래 한 날은 가면서 이야기를 했단 말이래.

"오늘은 내가 이래 보리쌀을 넣어놓고 가이, 비가 혹시 올동,(올지,) 그래 덮어가주 들라놓으라."

고, 이야기, 이야기하고 갔디만(갔더니만) 전드로(종일) 보리방아 쩌주고, 뭐 보리쌀, 겉보리 뭐 쪼맨큼(조금) 얻어가주고 온다. 오이께네, 그게 고만 떠내려 가부랬다. 비에. 떠내려가이 이 댁이 얼매나 속이 상노?(상하냐?) 안 그래도 때거리가(끼니를 때울 거리가) 없어, 입에 뭐 풀칠을 할, 없는데, 그것도 떠내려가 보내 부랬다.

"에이, 내 이런 집구석에 만날 살아봐야 할 수 없어."

고생만 하고, 헌 신짝이도 못 얻어 신고, 만날 앞만 붙들고 ○○고 댕긴다. 속상해, 짚신이라도 삼아주니꺼?(그런 선비가 짚신을 삼아주겠냐는 말이다.) 글쎄, 선비가. 그래 고만 시집을 감차(감춰) 어디 갔부랬다.(가버렸다.) (청중 : 선비 놔두고?) 응, 선비 놔두고 참, 선비한테 살적에도,(사는 동안에도,) [한 손으로 먼 곳을 가르치며] 만날 저, 저- 거래('바깥'이라는 뜻의 경상도 방언이다.) 들에 가서 어데 저거 피만, 저거는 남의 나락 숨으는데,(심는데,) 피만 훑어 가이,(가니,) 그거는 암말도 안한다. 그거 훑어다 쪄가주 밥해 먹고 이제 이래 산다. 보리방아 뭐, 남 방아 쪄주고 뭐 반품들어오는 거('남들이 먹지 못하는 것'이라는 말이다.) 그런 거 해먹고. 뭐, 여자 거게 풀칠해주는 거 그거 먹고 글만 배운다.(부인이 해주는 것만 먹고 글공부만 한다는 말이다.) 거-마, 속이 상해,

"내까지 사면 뭐하노?"

꼬, [한 손을 앞으로 내밀며] 갔부랬다.(가버렸다.) 고마 도망을 갔다. 도망을 가이, 이놈의 팔자가 만날 그 모양이래. 또 거 가도 맹 그 모양이래 가주고, 이놈의 팔자, 그래가 거 가서도 만날 천날 피 훑는다. 뭐, 여보다 별로 안 나은 거라. 그거라도 훑어가주 쪄서 [손으로 숟가락질을 하는 듯하며] 먹어야, 살, 풀칠을 해야 거만 눈을. (청중 : 거기 가도 날이 안 서는 구나.) 예, 눈에 뭘 비지, 아무 것도 안 먹으면 사니껴? 그 모양이래. 이 가장으는, 막- 어예든지(어떻게 든지) 열심으로 참 글을 배워가주 가이, [한 손의 손바닥을 위로하여 아래에서 위로 올리며] 옛날 저 서울에 과거하러 가니더. 뭐 석달 열흘을 갔다 카다, 말을 타고, 막 이렇게 가는 거야. 가가주 참 큰 과거 해가주 왔어.(과거 합격을 해서 왔다는 말이다.) 과거를 해가주 군졸을 데리고, 말을 타고 참, 뭐 말씀 그때 했그던.

이래 내려오다 보이께네, 거 참 댁이가, 뭐, 긴게 맨게 넓은 들에, 그 피를 훑는데, 뭐 먹을 것도 없고, [허리춤을 잡아당기며] 이 옷으는 허리가 붙었고, 다 쫄가마이(형편없는 옷을 말하는 듯한데, 정확한 뜻은 알 수 없음) 그거 입고 그 [한 손은 반대쪽 겨드랑이를 향하고 한 손은 손바닥을 아래로 하여 아래를 훑는 시늉을 하며] 피 훑니라고 정신이 없다. 그래, 이 가장이 한참 정승을 해가 내려오다 보이, 그래, 하도 가여워서 보이, 이역댁이라.(전 부인이라는 말이다.) 그래가주고,

"저기 긴게 맨게 넓은 들에, 저 피, 저 피 훑는 저 부인이아. 잠시라도 좀 쉬어 가지고 있으라."

카거든. [한 손을 앞으로 내저으며] 그래 군졸을 보냈다.

"저, 여봐라. 저 있는 부인을 여 메셔온나.(모셔 오너라.)"

그래 그 군졸이, 뭐 그만큼 높으고 잘 사, 잘해 가주고 오이, 마구 말간 말 타고, 옛날 그래 걸어왔다카데.(과거합격을 하고 높은 사람이 되면 군졸을 앞세우고 말을 타고 내려왔다고 하더라는 말이다.) (청중 : 글체(그렇지) 과거되고.) 그래가주 인제, 거 가 부인을 델고(데리고) 왔다. 데루 오이, 신도 짝대(그만큼 형편없는 신이라는 뜻으로 한 말이다.) 같은 거 신고, 참 옷이, 뭐 남루해. 그래가 재피, [양손을 왼쪽 허리춤에 두고 고개를 올려다 보며] 재피(제보자는 '피'를 재피라고 말했다.) 자루를 쥐고 이래 딱 처다보이께,(처다보니까,) 자기 남편이래. [무릎을 치며] 고마 남편이고 카이, 고마 기절해가 죽었어요. 기절해 죽으이께, 거 남편이 참 가여운거야. 그 뭐 돈 푼이라도 줄라고 했던 게, 마 기절해 죽어부이까.(죽어버리니까.) 그래 가장이 그래 말을 하더라이데.

"차타라, 차타라 둘 껄.('차라리'를 잘못 말한 것이다.)"

그래 죽으이까 보기 싫드라이더. 그래 [한 손을 가슴에 대며]그런 이, 누기라도 사람이, 참 나쁜, 저거 힘든 일이 있고, 참, 사다가 일평생 사다 별으별 요새 다 있으이, 참고 사면,(살면은,) 그래 좋은 일이 나선다니더.('생긴다'는 말이다.) (청중 : 이얘기는 괜찮았다.) 이얘기 잘 했는교?

황걸래를 낳았다고 착각한 새댁

자료코드 : 05_20_FOT_20090123_LJH_JYY_0003
조사장소 : 경상북도 청송군 청송읍 교리 노인정
조사일시 : 2009.1.23
조 사 자 : 임재해, 조정현, 편해문, 박혜영, 임주, 황진현, 김원구
제 보 자 : 정영, 여, 82세

구연상황 : 김정석 어른의 이야기에 이어, 제보자가 구연을 했다.
줄 거 리 : 아이를 못 낳은 새댁이 공을 들이러 가다가 오줌을 누었다. 새댁이 오줌을 누
자, 내려오는 오줌이 뜨거워서 날아가는 황걸래를 붙잡았다. 새댁은 자신이
오줌을 눌 때 황걸래를 낳았다고 착각했던 것이다. 새댁은 황걸래를 찬찬히
들여다보며 머리가 이마가 벗어진 것처럼 보인다며 증조부를 닮았다고 하고,
날개를 보고서는 증조부가 두루마기를 입은 것 같다고 했다. 또 긴 다리를 보
며 걸음을 잘 걷겠다며 좋아했다. 그러다가 황걸래를 손에서 놓쳐버렸다. 그
러자 새댁은 자식은 낳아봐야 자기 살 궁리만 하고 달아나버린다며 한탄했다.

이야기 또 함시더.(하겠습니다.) (청중 : 인제 된다. 또 안다 카고.(이제
이야기를 스스로 안다고 하며 구연을 잘 한다는 말이다.)) [웃으며] 이거
뭐 과자야 자꾸 줘놓이께네.(김정석 어른이 이제 이야기를 잘한다고 하자,
제보자는 웃으며 조사자들이 과자를 주었기 때문이라고 둘러댔다.) 예전
에요. 애기를 못 낳았어. 애기를 못 낳고, 만고(아무리) 공(功)을 들여도 안
돼. 그래, 어디가서 참말로 공을 들이러 가다, 고마 참, 이 아주버니 말마
따나 소변이 매라웠어.(마려웠어.) 그 논 뚝 밑에 보다이,('보다니까'라는
말인데, 여기에서는 볼일을 본다는 의미이다.) 누고 나이께네, 참 황걸래
가(메뚜기 과의 곤충을 말한다.) 한 마리 마……. 고만(그만) 나온데이. [과
자를 하나 입에 넣으며]응. 맹('마찬가지'라는 뜻의 경상도 방언이다.) 그
얘기. 그래가 마, 붙들었다. 아고- 마, 아 못 낳아가 원이 됐다. [웃고 손
뼉을 치며] 지(자기가) 낳았다.(실제로 낳은 것이 아니라, 자신이 낳았다고
착각하는 것이다.)

"내 낳았다."

꼬. 원(怨)이 됐어 아를 못 낳아. 이래 보이 이마빼이(이마빡) 홀떡 버졌
지.(벗겨졌지.) 황걸래가요, [한 손은 손바닥을 보이고, 한 손으로 손바닥
을 치면서]이래 툭- 쳤는 겉으이더.

"에이고, 이마 좀 보이, 증조부 닮았다."

증조부 닮았다 카고, 에이고, 뭘 훑어보이 또,

"증조부 뭐 도포입은 겉다.(것 같다.)"

(청중 : 나락를 피이께?(날개를 피니까?)) 응, 글코.(그렇고.) [양 팔을 앞으로 피고] 이거 마 다리가 멀쑥한 거야. "에이고, 다리보이께네, 마래톤(marathon) 잘할다. 다리 긴 거 보이."

이카거든? (조사자 : 뜀박질 잘할다, 그거죠?) 그래.

"걸음 잘 걸을다."

카머 좋아 가주고, 에이- 낳았다고. (청중 : 그 걸음 잘 걸어도 파이로. (걸음을 잘 걷는 것도 이야기에서 문제가 되느냐는 말이다.)) 그거도 유죄로 못 삼거든. [양 팔을 앞으로 피고 있다가 위로 갑자기 올리며] 고 폴짝 뛰다 났분데이.('놓아 버린다'는 말인데, '놓쳐 버린다'는 말로 이해하는 것이 적절하다.) 사뭐(계속) 붙어있나 뭐? 뭐가 펄떡 뛰다 나부고, 하도 속이 상해 그칸다.

"에이고, 요새 자슥으는 낳아 놓으면 고마……."

(청중 : 금방 날아, 달아나 분다.(달아나 버린다.))

"낳아 놓으만, 저 살 궁리하고 달아나 분다."

카거든. [손뼉을 치며] 애기를 못 낳아 가주고 하도 원이 되가주고, 그칸단다.(그렇게 한단다.)

"요새 자슥은 낳아 놓으면, 지 살, 지 살 궁리하고 고마 달아나 분다."

(청중 : 거 인제 되네.) [청중들 웃는다.] (청중 : 거짓말 참 잘한다.) 아이고, 여보소. 애기는 못 낳아가 원은 되고, 거거 그래도 내가 여서 났으이. (청중 : 그 때 증조부 닮아, 증조부 보지도 안 했지, 그때.) 보니까 이마빼이 훌떡 벗어진 증조부 닮았지. (청중 : 거-, 거짓말 되잖아?) 어휴, 내사, 애기를 못 낳는 사람은 그만츰(그만큼) 원이 된다. 원이 된다.

복방귀 뀌는 며느리

자료코드 : 05_20_FOT_20090123_LJH_JYY_0004
조사장소 : 경상북도 청송군 청송읍 교리 노인정
조사일시 : 2009.1.23
조 사 자 : 임재해, 조정현, 편해문, 박혜영, 임주, 황진현, 김원구
제 보 자 : 정영, 여, 82세
구연상황 : 조사자가 방귀쟁이 며느리 이야기를 아느냐고 묻자, 대충 알고 있다며 구연했
　　　　　다. 청중 가운데 '이야기는 거짓말'이라고 말하면서, 구연자를 '거짓말쟁이'라
　　　　　놀리기도 하고 이야기를 참 잘한다며 칭찬해주기도 했다.
줄 거 리 : 한 집에 며느리를 맞았는데, 시간이 갈수록 며느리가 말라갔다. 걱정이 된 시
　　　　　어른이 자초지종을 묻자, 며느리는 방귀를 마음껏 뀌지 못해 말라가는 것이라
　　　　　고 대답했다. 이러다가 며느리가 죽겠다고 생각한 시어른은 며느리에게 방귀
　　　　　를 마음껏 뀌라고 했다. 며느리는 가족들에게 기둥을 잡으라고 시키고서 방귀
　　　　　를 마음껏 뀠다. 방귀를 뀌자 배가 떨어져 쌓이고, 대추가 떨어져 쌓였다. 시
　　　　　어른은 며느리 방귀가 복방귀라고 하며 앞으로 마음껏 방귀를 뀌라고 했다.
　　　　　그 후로 그 집은 부자가 되었다.

　　옛날에, 한 가정이 있었어요. (청중 : 이거 잘해야 돼, 텔레비전에 막 나
온데이.(조사자가 캠코더로 동영상을 담는 모습을 보고 하는 말이다.) 텔
레비전에 나오면 상(賞) 줄라는 동. (청중 : 텔레비전에 나오이께네 잘 해
야돼, 인물 없으면(못 생겼다는 의미이다.) 안 되고.) 인물 뭐 이가 있나,
인물 본래 없는 인물. 옛날에 한 가정이 살았어요. 한 가정이 살아가주고
참 아들을 하나 낳아 가주고, 참 잘 키아(키워) 가주고, 공부도 많이 씨겠
는데.(시켰는데.) 며느리 하나 봐놓이께네, 마, 며느리가 막 빼-짝 말라,
처음에 올 때는 안 그런데. 그런데 시아버지가 참, 시어른이가 불러놓, 며
느리 불러다놓고,

　　"야이야-, 야이야-, 니는 왜 그리(그렇게) 여 오서,(여기 오고나서,) 내
집에 오고는, 시집오고는 어예 그쿠로(그렇게) 마르냐."

　　고,

"그 북실북실하던 게.(보기 좋게 살이 있었다는 모습을 나타내는 의태어)"

하이께,

"빵구를, 똥을 마음대로 못 뀌가주고……(뀌어 가지고…….)"

[웃으며] 그래.

"이케 될 동 몰따만은.(이렇게 말해도 되는지 모르겠지만.)"

그카는거야. 그래 가주고 마른다 카거든.

"그래 야이야-, 그거 똥을 못 뀌가주 마르면, 니 마음대로 뀌라."

칸다. 그래 뭐, 그 뭐,

"저 그림, 기둥, 마카 네 기둥, 다 모두 붙드소."

카드란다. 그래 막카 머,

"야-야, 이쪽 새사람이 똥을 못 뀌가주 이케 마른다는데, 잘못하면 죽을 겉다.(것 같다.) 거 똥을 뀌야되지 어예노?"

카머, [두 팔을 아래에서 위로 아름을 만들어 보이며] 모두 네 기둥 붙들고 마구 이래가주고 있다. 똥을 한 못 뺑-!(방귀 뀌는 소리를 나타내는 의성어.) 뀌이께. 고마 뭐 짝대기 하나 들고 뀌이께, [두 손을 모으고 아래에서 위로 확 올리면서]고마 마구 배낭기(배나무) 가가(가서) 떨어져가 배가 마구 와르르르- 으러진데이.(으스러진다, 배가 떨어진다는 말이다.)

"아이고-."

며느리가, 시아바이가 보디,

"야! 그 방구 쓸따!('쓸모가 있겠다'는 말이다.) 니 뀌라!"

그이까,

"그 방구, 못 쓸 방구 아이따!"

그칸다.(방귀가 쓸모가 있다는 말이다.) 또 뭐, 또 한 번은 대개 뀌고 접다카는(싶다하는) 거라. [두 손바닥을 앞으로 내보이며] 거 또 모두 기둥 뿔드고 마고 잘 됐다. 또 뭐 짝대기를 하나 쥐고 얼-마나 크게 뀌부이,(뀌어버리니,) 대추낭기가(대추나무가) 대추를 마구 후자들어부래('심하게 때린다'는 뜻으로, 심하게 흔들었다는 말이다.) [두 손을 내저으며] 고마 막 벌겋게 없는다. 이르이,(이러니,)

"하이고!"

시어마이도 좋다칸데이.

"아, 야-야-, 니 방구 쓸따."

(청중 : 니 방구 쓸따?) 그래.

"니 방구 쓸따. 뭐 괜찮다 마, 니 뀌고절(뀌고 싶은) 대로 뀌고, 니 뀔 적에는 우리를, 저거 자꾸 만날, 기둥이나 네 군데 붙들고, 그래, 그래 뀌라."

며느리 방구, 복방구라 카드라이더. 방구를 카드라이더. 그래 그 집이가 잘 되드라이더, 그 며느리 들어오고. (청중 : 방구를 뀌이, 며느리도 안 마르고 인제 잘 된다.) 며느리도 안 마르고, 돈이 자꾸 생기는데. 뭐 어디라도 배낭기고 뚜드리면 전다지(전부다) 돈 아니라, 그래 고마, 거 감낭기(감나무).

남편 살린 아낙네

자료코드 : 05_20_FOT_20090117_LJH_JYS_0001
조사장소 : 경상북도 청송군 청송읍 교리 노인정
조사일시 : 2009.1.17
조 사 자 : 임재해, 조정현, 편해문, 박혜영, 김원구, 임주, 황진현
제 보 자 : 조용술, 여, 83세
청   중 : 11명
구연상황 : 청중들이 이야기를 하나 해보라고 권하자, 제보자가 구연을 시작했다.
줄 거 리 : 아낙네가 중에게 시주를 하니, 중이 아낙네에게 오늘 과부가 될 팔자라고 말했다. 아낙네가 중에게 과부가 안 될 수 있는 방편을 묻자, 12시에 지붕에 올

라가 옷을 벌거벗고 춤을 추며 고함을 치라고 일러주었다. 알고 보니 어떤 일 때문에 남편이 사형을 당하게 되었는데, 그 사람들이 남편을 데리고 집으로 오는 길이었다. 아낙네는 중이 12시에 옷을 벗고 지붕 위를 뛰어다니며 고함을 쳐댔다. 그때 마침 남편을 사형에 처하는 사람들이 저 멀리에서 점심을 먹고 쉬고 있었다. 그 가운데 한 사람이 오줌을 누러 나왔다가 지붕 위에서 미친 짓을 하는 아낙네를 발견했다. 사람들이 모두 미친 짓을 하는 아낙네를 구경하러 나왔는데, 사람들이 나오자마자 그 곳의 바위가 무너져 모두 죽었다. 그래서 뒤에 묶여 있던 남편은 목숨을 구할 수 있었다.

옛날에, 옛날 이야기, 옛날, 저기, 뭐고.

중이, 중이 와 가주고, 시주하러 왔는데. 시주, 떡을('쌀'을 잘못 말 한 것이다.) 참 쌀을 한 식(식기) 퍼주이(퍼주니). 이래 여자를 쳐다보골랑(쳐다보고는), 삿갓을 벗골랑(벗고는).

"당신 열두시에, 당신 열두시에 과부된다." 케(해), 그래가,

"과부 되면, 방패('방편'을 잘못 말한 것이다.)가 없나?" 카이(하니),

"방편이 있기는 있어도 어렵다." 카네.

"[한 손을 앞으로 내저으며] 암만 어려워도 남편이 죽는다 카는데, 그래 해야 된다." 카머,

"[양팔을 흔들며] 그래 인제, 열두시가 되거들랑, 빨-거(발-가) 벗고 지붕카-('지붕칸'이라는 말로, 경상도 지방에서는 지붕을 지붕칸이라고 말하기도 한다.) 올라가 가주고, 네 귀를(귀퉁이를) 쫓아 댕기며, 마구 괌을(고함을) 지대고(질러대고), 춤을 추고 그래라." 카걸랑(하거든).

"그래, 그래지요." 카머.

그래 열두시 되가, 지붕카 올라가 가주고, 참 빨거벗고 올라가 가주고, [양팔을 들어올려 흔들며] 마구 네 귀를 쫓아 댕기고 괌을 지대이. 그 남편이, 인제 모두 사형, ○○○○ 사형하러 왔거든.(남편을 사형하러 왔다는 말이다.)

사형하러 가가주, 점심 먹골랑, [양손을 앞으로 쳐들고 바위 형상을 나

타내며] 방구(바위) 이래- 뭐 해가 있는데, 거 마카(모두) 쉬다가. 한 사람이 오줌누러 나가이(나가니), [한 손들 들어 휘저으며] 지붕카 거 여자가 거 참 그래, 괌을 질대거든(질러대거든).

"아이- 이사람, 자네 절단났다('큰일났다'는 뜻임) 자네 여자 미쳤다. 저 지붕, 나와봐라."

카이께, 그래 마카 방구 밑에 있던 사람, 다 우르르- 나오제(나오지). [양손을 들고 있다가 떨어뜨리며] 방구 척- 무너져부래(무너져버려). 안 그랬으면 다 죽으껜데.[22] [웃으며] 그러더라이더.

시아버지의 잘못을 덮은 효부

자료코드 : 05_20_FOT_20090117_LJH_JYS_0002
조사장소 : 경상북도 청송군 청송읍 교리 노인정
조사일시 : 2009.1.17
조 사 자 : 임재해, 조정현, 편해문, 박혜영, 김원구, 임주, 황진현
제 보 자 : 조용술, 여, 83세
청   중 : 11인
구연상황 : 청중들이 이야기를 하나 하라고 권유하자, 조용술이 이야기 하겠다면서 구연을 시작했다. 구연을 하던 중간 중간 숨이 가빠지기도 했으나, 이야기하는 것을 상당히 즐기는 모습이었다.
줄 거 리 : 한 과객이 강가에서 쉬다가, 한 집에 남자가 들어가 절을 하는 광경을 보았다. 과객은 그 집으로 찾아가서 남자에게 그 연유를 물었다. 두 내외가 들에 일하러 나간 사이, 치매에 걸린 아버지가 어린 손자를 닭인 줄 알고 솥에 넣어 죽인 것이다. 그것을 먼저 발견한 부인은 아이를 잃어버린 슬픔을 참고 솥에서 아이를 꺼내 조용히 뒷산에 묻었다. 시아버지의 잘못을 감추기 위해 아이를 잃어버린 슬픔을 참은 며느리는 나중에 효부상을 탔다.

과객이 봇짐을 짊어지골랑,('골랑'은 제보자 특유의 어미임) [오른손을

---

22) 아낙네가 그렇게 하지 않았다면 남편이 죽었을 것이라는 말이다.

앞으로 내저으며]저 길을 걷다, 옛날에는 차가 없으이.

거 갱벌(강변) 가에 걷다골랑, 인제 더버가(더워서) 이래- 갱벌가에 봇짐 풀어놓고, 이래- 쉬다가이(쉬다가). 그래 남편이 하나, 하마 참, 남자가, 지게를 짊어지고 드가디만은(들어가더니 만은) 벗어놓고. 대문 안에서 [손을 들어 절을 하는 몸짓을 하며] 자-꾸 절을 하거든?

그래, '저 놈의 집에 아무, 무슨 일이 있다.' 싶어가. 추적-추적- 내려와가, 그 집에 참, 그 집에 찾아갔다. 찾아가 물으이께네,

"그래, 내가 [손을 저 멀리 가르치며] 갱변 가에 들어보이(들어가 보니), 당신이 그래, 대문 안에 자-꾸 절을, 들에 갔다 오디(오더니) 절을 하도(하니)? 왜 그랬노?" 카이께네(하니까),

"그래, 그럴 일이 있다." 카이께,

"갈채(가르쳐) 달라." 카이께.

그이까(그러니까) 둘 내외 인제 들에 일하러 갔는데, 아가 머시마가(사내아이가) 여- 서너살 먹은, 마다-('마당에' 라는 말이다.) 쫄쫄 쫓아 댕기는데, 영감이, 시아바이가 노-망이 들래가, 그 아를 저기 닭이라고, 솥에다 안쳐 놓골랑, 좌(주어) 여가(넣어) 안쳐 놓고. 그래 저, 오이께네(오니까), 여자가 오이(오니).

"아이야-, 내 저기 닭이 먹고 싶어가, 닭이 장닭 댕기는 거 내가 잡아가 솥에 안쳐 놨다. 날 퍼주고 점심 해라." 카이(하니),

[손으로 둥근 모양을 그리고 손뼉을 치며] 솥뚜껑을 여이(여니) 아가 뚜부래('구부려져 누워있다'는 말임) 있다.

그래 가주고, 고마(그만) 아를 고마 참 건져 가주고, 남편 안 올 적에 [오른손을 어깨위로 들어 앞을 가르치며] 뒷산에 갖다 묻어 부고(버리고), 닭을 한 마리 잡아가 안쳐 놓고. 그래 남편이 오이께, [오른손을 내저으며] 안즉(아직) 점심을 안했어. 그래가,

"왜 점심을 이때끈(지금까지) 안했노?" 카이,

"그래 이만 저만 하고, 그래 아버님······."

그래 이야길 하이, 그래가 절로 자꾸 하니. 그래가 이제 나라, 머식해가 ('무엇을 해서'라는 말인데, '효성을 높이 샀다'는 뜻으로 볼 수 있음.) 효부상 태우드라니더('태우더래요'라는 말인데, 상을 주었다는 말임).

그럴 사람 있니껴? 그럴 사람 없제. 효부상 태우드라니더.

어머니를 죽인 딸네 부부

자료코드 : 05_20_FOT_20090117_LJH_JYS_0003
조사장소 : 경상북도 청송군 청송읍 교리 노인정
조사일시 : 2009.1.17
조 사 자 : 임재해, 조정현, 편해문, 박혜영, 김원구, 임주, 황진현
제 보 자 : 조용술, 여, 83세
청   중 : 11인
구연상황 : 앞의 이야기에 이어 구연했다.
줄 거 리 : 한 노부부가 집에서 기르던 소를 팔았다. 그 집에는 시집간 외동딸이 있었다. 소를 팔았다는 소식을 들은 사위는 돈에 욕심이 나서 그 날 밤 돈을 훔치러 장인의 집을 찾았다. 사위가 문을 열려고 하니 안에서 문고리를 걸어 문을 열 수 없었다. 그래서 손을 문구멍으로 집어넣어 문을 열려고 했다. 그때 장모는 겁에 질려서 머리맡에 두었던 장도칼로 그 손을 쪼아버렸다. 다음 날 노부부는 큰돈을 집에 두면 안 되겠다 싶어서 딸네 집에 돈을 맡겨야겠다고 생각했다. 그 길로 부인이 그 돈을 들고 딸네 집을 찾았다. 딸네 집에 가니 사위는 누군가에게 손을 쪼여서 앓아누웠고, 딸은 부엌에서 가마솥에 물을 끓이고 있었다. 딸에게 무슨 일로 이른 아침에 물을 끓이느냐고 묻자, 딸은 다짜고짜 뜨거운 물을 퍼부어 어머니를 죽였다. 딸네 집에 갔던 부인이 집에 돌아오지 않자, 걱정이 된 장인은 겁이나 순경과 함께 딸네 집으로 갔다. 딸네 집에 가니 딸과 사위는 보이지 않고 외손자만 보였다. 외손자에게 딸의 행방을 알아내어 뒷산으로 가니, 딸은 자신이 죽인 어머니를 묻고 있었다. 딸과 사위는 그 길로 순경에게 잡혀 코를 꿰어서, 방방곡곡을 끌려 다니며 고초를 당했다.

옛날에 저-게, 우리 클 때, 클 때 저-게, 머시기 참 영감 할마이 사는

데. 딸이 [오른손을 들어 먼 곳을 가리키며] 저 재 넘애(너머) 있는데.

영감이 인제, 소를, 소를 한 마리 팔아 가주고, 영감, 할마이 사는데 외딸인데, 인제 사다가(살다가). 그래 소를 한 마리 팔아다 놓고, 그래 밤에 저- 있는데, 이놈의 사우가(사위가) 처가, 돈 머시기, 저저 소 팔아 놓은 줄 알고, 와 가주고. 문을 열다, 문을 열라카이, 문을 인제 겁이나가 문을 잠가놓고, [오른손으로 마이크를 만지며] 도과 쪽에는 잠가놓고 자는데, 문을 떨걱 떨걱 여이께,(여니까,) 안 열어져. [오른손을 주먹을 쥐고 쑥 내밀며] 그래가 손을 쑥- 들이미니, 문이 쑥 들러 빠진다.

[주먹 쥔 오른손을 왼손으로 치는 흉내를 내며] 그며, 정, 뭐로 칼로, 장도칼을 머리맡에 놔두고 잤거든? 그거 뭐, 팔로 쫏아(쪼아) 버렸다. 손을 쑥-들어가 쫏아. 그래 쫏았는데, 그래 팔만 쫏게고(쪼이고) 집에 왔다. 왔는데, 영감이 할마이를,

"아무래도 이 소 팔았는 돈, 이거 좀 놔둬가 안 될다. 그래 저-게, 딸네 집 좀 갖다 줘라." 카머.

(청중 : 상도둑놈이따.)

[왼손을 어깨 위로 들어 멀리 가르치며] 그래 저, 재넘애, 재넘애 있는데, 그래 할마이 돈을 좀 가주고 딸네 집에 오이께네. [왼손가락으로 셈하듯이] 그래, 그 사우는(사위는) 인제 거, 팔, 팔 쫏게 가주고 눕었고. 여자, 딸으는 가매솥에(가마솥에) 물을 자꾸 팔 여코,(넣고, 제보자가 앞에서 '팔을 쪼였다'는 것과 혼동한 듯하다.) 불 넣어 싸서 때린다.('달이다'는 의미임) 그래,

"야이야-, 뭐하는데 하미(벌써) 불로, 물로 이래노?" 카이.

[양손을 모아 물을 퍼붓는 시늉을 하며] 고마 다짜고짜 없이 물로 막, 저 엄마, 어마이한테 퍼버.('퍼붓다'라는 의미임) 퍼버 죽였부랬다.

죽여 가주고, 죽여야, 그거 어옐(어떻게 할) 수 있나? [왼손으로 먼 곳을 가르치며] 뒷산에 끄고가(끌고가) 치채한다고(처치한다고, '처치'를 잘

못 말한 것임) 가고.

그래 인제 영감이 암만 할마이를 바래도 안 와. 이 할마이가,

"왜 여내(이때까지) 안 오노, 글쎄"

해 가주골랑. 그래 인제, 참, 겁이 나가, 순경을 데리고, 순경을 데리고 갔다. 가이께네, 사우는 방에 누웠고, [왼손을 어깨너머로 올려 손사래를 치며] 딸은 인제 저-게, 거 어마이 물길에 붓는 거 치채하러 가고. 그래 손자가 요-만한 게 있는데,

"야이야-, 느그(너희) 엄마 어디 갔노?" 카이,

"우리 엄마요? 우리 아빠는- 어디가이 팔 쫒게가 눕었고,(누웠고,) 엄마는 외할매 물길 버가 주고……."

안 갈채 주는 거라.

"[오른손으로 무엇을 주는 시늉을 하며] 갈채 주거들랑 돈, 돈을 주마."

순경이, 아를 돈을 주며,

"갈채 달라." 카이께, 그래,

"우리 엄마는 외할머니 물길에 버가, [왼손을 들어 먼 곳을 가르치며] 뒷산에, 뒷산에 묻으러 갔다." 카이,

그래 순경이 하고 갔다. 가이께네,(가니까,) [두 손으로 땅을 파는 시늉을 하며] 막- 흙을 파고 으제, 그게 영장 치채할라고 그래 하는데.

"[목소리를 크게 하여] 뭐 하노!"

카고 고함을 질러주이 [양 팔을 벌려 뒤로 넘어지는 시늉을 하며] 뒤로 히떡- 자빠졌부래.

그래 가주고, 그래 가주, 인제 끄고 내려와 가 [오른손으로 코를 가르치며] 코 뀌고, 남자도 코 뀌고, 이래 가주고. [두 손을 번갈아 올리며] 그래 가 온 방방곡곡을 끄고댕기마(끌고다니며),

"왜 이래 된 게로(것이냐), 왜 이랬노!" 카이.

그래 묻는 말 안하면 [오른손으로 때리는 시늉을 하며] 순경이 뚜드래 (두드러) 패고 이래놓이, 대답 안하면, 그래,

"[왼손으로 손가락질을 하며] 어마이(어머니) 물길에 번(부은) 죄다." 카고.

우리 클 때 그 이야기를 하더라.

봉사 삼형제 덕분에 목숨건진 진사

자료코드 : 05_20_FOT_20090117_LJH_JYS_0004
조사장소 : 경상북도 청송군 청송읍 교리 노인정
조사일시 : 2009.1.17
조 사 자 : 임재해, 조정현, 편해문, 박혜영, 김원구, 임주, 황진현
제 보 자 : 조용술, 여, 83세
청   중 : 11인
구연상황 : 앞의 이야기에 이어 구연했다.
줄 거 리 : 어떤 사람이 삼형제를 낳았는데 모두 눈이 먼 봉사였다. 아버지는 형제들을 10년 동안 봉사들을 가르치는 학교에서 공부를 시켰다. 10년 뒤에 삼형제를 데리러 가니, 삼형제는 알아서 길을 찾아갈 수 있다며 아버지를 먼저 집으로 보냈다. 삼형제끼리 길을 가다가 날이 저물어 가까운 곳의 한 진사 집에서 머물고 가기로 했다. 원래 진사는 집에 손님을 모시지 않지만 눈이 먼 봉사 삼형제가 집을 찾아오니, 불쌍한 마음에 하룻밤 묵어가도록 허락했다. 진사는 밀가루를 내어주며 저녁을 차리라고 하면서, 삼형제에게 저녁 음식으로 무엇이 나오는지 알아맞혀 보라고 했다. 셋째가 호박전이 나온다고 알아 맞추자 진사는 자신의 사주를 봐달라고 했다. 셋째가 사주를 보다말고 형님들에게 이 집을 당장 떠나야한다고 했다. 진사는 삼형제에게 당신들 말을 들을 테니, 그 연유를 말해달라고 했다. 셋째는 진사에게 매와 말, 첩, 이렇게 세 가지 보물이 있는데, 이 세 가지 중에 하나를 없애지 않으면 진사가 죽을 것이라고 말했다. 진사는 그 길로 활을 들고 세 가지 보물을 살폈다. 매와 말은 주인이 오면 반기는 짐승인데 자신을 죽이겠느냐 싶어서 죽이지 않고, 마지막으로 첩을 살피러 방문을 열려고 하는 순간 삼형제가 고함을 쳤다. 놀란 진사는 당기

고 있던 화살을 놓아버렸고 첩의 방 안에 큰 궤짝에 꽂혔다. 알고 보니 그 궤짝 안에는 첩의 내연남이 숨어있었고, 진사의 첩과 함께 오늘 밤 진사를 해치고 살림을 훔쳐 달아나려고 했던 것이다. 진사는 첩을 죽이려고 했지만 삼형제가 죽이지 말고 보내주라고 했다. 목숨을 건진 진사는 삼형제에게 재산의 반을 나누어 주었다.

옛날에 저게……

[조사자가 마이크를 제보자 앞으로 옮긴다.]

[앞에 있는 마이크를 만지며] 이걸 뭐 하러 보내노.(왜 마이크를 자기 앞으로 가져다 놓았느냐는 뜻임)

(청중 : 이거 있어야 된다. 가만히 놔두고 하소.)

아들을 놓, 놓이께네(낳으니까), 아들이 다 삼형제 봉-사래. [오른손을 몇 번씩 내저으며] 봉사래 가주고 인제, 저 봉사학교(맹인들을 가르치는 학교), 아바이가(아버지가) 데루가이(데려가니), 봉사학교 카는(라는). 그러니 인제 십 년만 있다가 데릴러(데리러) 오라 카거든(하거든). 봉사학교 저게, 십 년만 있다가 데릴러 오라 카이(하니).

그래 십년 있다 인제 참, 데릴러 갔다. 가이께네(가니까), 그래, 데루(데려) 가는데,

"[왼손을 몇 번씩 내저으며] 아부지(아버지) 가소(가세요). 아부지 가면 우리 찾아가니더." 카이,

"느그(너희) 야들아, 눈도 어둡고 어야노(어떻게 하니)?" 카이,

"이제껏 십년 공부했는 거 그거 못 찾아갈까봐요? 가소."

카머 아바시를(아버지를) 보냈부고(보내버리고), 서이(셋이), [왼손으로 입을 가리며] 봉사 서이 쭈적-쭈적(걸어가는 모습을 나타내는 의태어) 오, 가('오다'는 말을 하려다가 갑자기 간다는 말로 바꾸어한 것임) 참 옛날이사(옛날이야), 차가 있나-, 걸어가야…….

가다가 인제, 맏이 있다가, 맏이 있다.

"야들아, 아무래도 해가 빠지는 겉다(같다). 저 돌을 던져가 덤불에 던져봐라."

[오른손을 내저으며] 돌을 던지이께네, 새가 푸르르- 날아가거든?

"해가 빠졌다. 해가 빠졌으이, 언제 누집에('누구 집에'라는 의미임) 자고가자." 카이,

[오른팔을 올려 먼 곳을 가리키며] "저-기, 저 복판에 저, 큰 기와집에 그 집에 자고 가자." 그라이(그러니),

"그래 그 집에 가면 재아(재워) 줄 게라." 카머 카이,

그래 찾아갔다. 가 가주고, 봉사가 뜰 밑에 가여, 진사댁에 가가(가서) 절을 하이께네, 그래 그 집에 손님이라고 우에가(어떻게 해서) 손님이라고 안치는데,(손님을 받지 않는다는 말임) 봉사가 서이 와놓이(오니) 불쌍해 가주고. 그래,

"들어오라." 카거든. 그래,

"들어오라." 케가, 그래,

너그 저-게, 안에 드가 이제, 저녁을 시겠는데(시키는데),

"그래 귀한 손님이 왔으이, 저녁을 잘 하라." 이카이께네(이렇게 하니까),

생전에 손님, 과객 손님이라고 [오른손으로 손사래를 치며]안치는데, '어뜬(어떤) 손님이 왔는가.' 싶어. 그래 밀가루를 내가 와 가주고 인제, 뭐 참, 뭐, 뭐 국시를 한다고 밀가루를 내가(내어서) 오는 걸 보골랑 와 가주고. 그래제사('그제서야'를 잘못 말한 듯함),

"너그 야들아, 오늘 참 저녁을 뭐하는동(뭐하는지) 좀 맞춰라." 이카이 께네,

그래 이제 맏이가 [오른손을 귀 옆에 대고 무언가를 흔들 듯이] 산통을 쩔렁 쩔렁(산통이 흔들리는 소리를 나타내는 의성어.) 흔들디만은(흔들더니 만은),

"그래 거 국시라-, 수제비라-?" 이카거든?

그래 그카이께네, 그래 끝에 께('끝에 것'이라는 말인데, 여기에서는 '막내가'라는 뜻임)있다, [오른손을 귀 옆에 대고 무언가를 흔들 듯이] 또 쩔렁 쩔렁 흔들디만은,

"에이고-, 형님 국시 아니시더(아닙니다), 밤에는 [손가락으로 바닥에 사자를 쓰는 듯이] 사(巳)자가 나오면은 뱀이가 옹치기(뭉치기) 때문에, 따배를(똬리를) 치기 때문에, 그래서 호박적(호박전) 꾸가(구워가지고) 온다." 이카거든.

그래가 그카거든, 그래 그카다 인제, 저녁을 해가 나왔는데, [손가락으로 바닥을 치며]참 호박전을 때려 꾸버가(구워가지고) 채려와 먹골랑, 인제,

"너그(너희) 그래, 저녁도 해놓거(해놓은 것) 맞챘는(맞추는) 거(것을) 보이(보니), 나를 평생 사주를 좀 봐도고(봐다오)." 이카거든.

"그래 봐드리지요." 카머,

그래 참, [오른손을 귀 옆에 대고 무언가를 흔들 듯이] 산통을 쩔렁 쩔렁 흔드디만은.

"형님 가시더." 이카거든.

"가자." 카거든.

"[손사래를 치며] 자지 마고(말고) 가자." 카거든.

"그래 왜, 너그 무슨 소리를 그런 소리를 하노? 저, 왜 거 가노, 가자카노(가자고 하니)."

"[오른손을 몇 번씩 내저으며] 진사는 우리 저게, 그케봐야(그렇게 해봐야), 우리말 듣지도 않을게고(않을 것이고), 우리 여(여기) 있다 모함 쓸 모양이, 우리 가는 기(게) 옳으이더(옳습니다)."

"아이, 너그 시게는 대로 내 할거마(하겠다)."

"그래 꼭 하시지요?"

"그래 한다." 카이,

"진사 어르이(어른이) 세 가지 보물이 있는데, [손으로 셈을 하며]매 한 마리, 말 한 필, 호강 첩 하나."

호강 첩하고 [손가락 세 개를 펴들며] 서이 있거든.

"그래 서이 죽어야……, [말을 잘못하여 머뭇거리며] 하나, 한, 하나를 죽여야 진사어른 사니더(삽니다)." 이카거든.

"그래 죽이지."

그래 활로 매아('당겨서'라는 뜻임) 가주고, 매판에('매가 있는 곳'을 말함) 갔다. 매판에 가이(가니), [양손을 들어 손사래를 치며] 주인 온다고 마구 꽁지를 날개를 치고 마구.

"[손가락질을 하며] 저 미물(微物) 짐승이 날 죽일라."

싫어가, 또 말, 말 있는 데 갔다. 말 있는 데 가이, 말이 또 주인 온다고 마구 꽁지를 치고 이래. 그래가 활로 매아가 겨루다가 마 안 죽이고. 그래 이 아들이 인제, 진사어른 나가는, 어디 누구, 뭐를 죽이는 공-, 내다보고 있거든? 그래, 참 첩의 바-(방에) 간다.

첩의 바- 가이, 첩의 바에 가이, [양손으로 옷을 벗는 시늉을 하며] 첩이 웃통을 떡- 벗어놓고, 침장질(바느질) 하는데, 그래 유리창 문을 뭐시(무엇이) 그르이.(문에 그림자가 어리는 것을 말하는 것임)

그래 이래- 보이께, 막 드가고(들어가고) 접거든(싶거든)? 드가고 접어가, [손으로 발을 가르치고 벗는 시늉을 하면서] 한 짝 신을 벗고, 두 짝 신을 벗으이,

"[손사래를 치며] 진사어른 거 드가면 죽습니다!"

카며, 고함을 쳐. 고함을 지른다. 아-들이,

"죽습니다!" 카거든.

그러마, 엉겁결에 활로 막, 활 미운 거를 [오른손 끝을 모아 왼손을 치면서] 활로 꽉 쐈부이(쏴버리니). [맞은편에 앉은 청중을 쳐다보며] 저런

새댁이매로(새댁처럼) 저래 앉았는데, 뒤에, 궤짝이 [양손으로 큰 네모를 그리며] 이래 크-다한 궤짝이 하나 있는데, 거 그 안에 남자가 하나 들었어.

그날 저녁에 인제, 그 진사를 죽이고, 살림 떨어가,(여기에서는 살림을 훔치는 것을 말한다.) 첩이, 가자 카는. [오른손 끝을 모아 왼손을 치면서] 그래 활로 매아갔고 콱 밑지 너이.(활시위를 당겨서 궤짝 밑을 쏘았다는 말임) 거 저게, 궤짝에 가 탁- 부딪히이(부딪히니), 벌벌 떨거든. 그래놓고 나왔다.

"그래, 진사를 올(오늘), 올 저녀(저녁) 그래 그 속에 참 그거 한 놈이 들었는데, [손사래를 크게 치며] 올 저녁에 진사 어른 죽이고 살림 떨어가, 도주해가, 갈라고 오늘 저녁에 벼르고 있다." 카이,

"그머(그러면) 어예서(어떻게 하면) 될로(되겠느냐)?"

"그래 궤짝일랑- 강물에 갖다 여부고, 그래 첩일랑 보냈부라(보내버려라)." 카거든.

"보냈부라." 카이,

[급하게 손사래를 치고] 죽였불라 가거든.(봉사 형제가 첩을 보내라고 하자, 진사가 첩을 죽이려고 했다는 말임) 대개 쏴가,(화살을 쏴서 죽이려고 한다는 말임)

"지- 나를 죽일라 카이, 나도 죽인다." 꼬 죽일라 카이,

"죽이지 마고, 보냈부라." 카네.

그래가 거 살림, 진사 살림을 반 갈라가(갈라서) 주드란다(주더란다). 그 봉사가.

반 갈라 줘도 뭐뭐, 안 그랬으면 죽었는 뭐시긴데.(봉사가 아니었으면 죽을 목숨이었으니, 봉사에게 재산을 나누어 주는 게 당연하다는 말임)

이야기주머니 이야기

자료코드 : 05_20_FOT_20090117_LJH_JYS_0005
조사장소 : 경상북도 청송군 청송읍 교리 노인정
조사일시 : 2009.1.17
조 사 자 : 임재해, 조정현, 편해문, 박혜영, 김원구, 임주, 황진현
제 보 자 : 조용술, 여, 83세
청   중 : 11인
구연상황 : 조사자가 이야기를 하나 더 해달라고 요청하자 구연을 했다. 청중들은 조용술
이 구연하는 중간에 이야기를 잘 한다며 이야기판의 흥을 돋우었다.
줄 거 리 : 한 총각이 이야기를 듣고 이야기를 주머니에 넣어서 도망가지 못하게 끈으로
묶어 시렁 끝에 매달아두었다. 그 총각이 장가가기 전날 밤, 총각의 형이 시
렁 끝에 매달린 주머니 속에서 들리는 소리를 들었다. 주머니 속 이야기들은
자신들을 가두어둔 총각이 내일 장가를 가니, 장가가는 길에 총각을 죽이자고
했다. 이야기들은 총각이 첫 번째 고개를 넘을 때 흐르는 냇물을 마시면 죽
고, 다음 고개에서 딸기를 따 먹으면 죽고, 마지막 고개에서 배를 따 먹으면
죽는다고 했다. 그래도 죽지 않으면 화살을 쏘아 죽이자고 했다. 이 이야기를
엿들은 총각의 형은 다음 날 동생이 장가가는 길을 따라나섰다. 형은 첫 번째
고개에서 목이 마른 동생이 물을 마시자고 해도 그냥 지나가고, 다음 고개에
서 딸기를 따 먹자고 해도 그냥 지나가고, 다음 고개에서 배를 따 먹자고 해
도 그냥 지나왔다. 또 형은 처가에 도착해서 행례청에 서서는 동생을 넘어뜨
려서 동생을 살리게 된다.

[자리를 고쳐 앉으며] 옛날에 저게, 초당(草堂)방에 모여 가주고 어루-
(여러-), 이얘기를 뺑- 돌려가 하며, 이얘기를 하며.

한자리 하마.23)

[손으로 무엇을 쥐고 주머니에 넣는 시늉을 하며] 보겟또(주머니, ポ
ケット)에 좌였다(주어 넣었다).

또 한자리 하마,

[손으로 무엇을 쥐고 주머니에 넣는 시늉을 하며]내 이 보겟또에 좌였

---

23) 이야기를 하나 한다는 말임.

다.

이래 가주, 자-꾸 그래 좌였다 카머(하며), 그런 머식해가.('그렇게 해서'라는 말임) 그래가 ○○○○를 뭐 해 가주고, [양 손을 머리 위로 올려 무언가를 매는 시늉을 하며] 새깔 끝에다, 시렁 끝에다, 이래, 추막(처마) 끝에다 달아놔. 달아 놔뒀다.

[두 손으로 무엇을 묶는 시늉을 하며] 뽀-끈(무엇을 꼭 묶는 형상을 나타내는 의태어.) 매 가주 달아놔. 장개(장가) 갈라고 날을 받아놨는데, 내일 장개간다 카고(하고).

장개간다 카고, 밤에 자는데, 형이, [위쪽을 손가락질 하며] 거 뭐가 마래(말이야) 자꾸 주껬는(이야기하는) 소리나, 추막 끝에, 가만-히 들으이(들으니).

"저놈의 자슥, 우리를 마카(모두) 이래 마카 가다놨는데(가둬놨는데), 낼 장가갈 때, 낼 없애부자(없애 버리자)." 이카거든(이러거든).

"없애부자." 이카이(이러니),

"그래, 가다가 어예(어떻게) 없애노?" 카이께네,

"[한 손을 좌우로 왔다 갔다 하며] 가다가 인제 술출(무슨 뜻인지 정확히 알 수 없으나, 시원스럽게 흘러내려가는 냇물을 가르키는 듯함) 같은 물이 내려가거든? [손가락질을 하며 아래위로 흔들며] 그 물 먹으면 지(자기) 죽는다." 그래.

"그것 또 안 되거들랑, 또 한 고개 넘어가거든, [한 손을 앞으로 내어 흔들며] 딸기 두렁두렁(주렁주렁) 하거든, 딸기 따 먹으면, 따 먹으면 죽는다. 그것도 안 따 먹거들랑, 또 한 고개 넘어 가이께, 또 배를, [한 손을 앞으로 내어 휘저으며] 배가 막 디르디르(열매가 열려있는 모습을 나타내는 의태어.) 열었는 거 그걸 따먹으면 죽는다." 카이,

"그거 안 따먹거들랑, 그래 행례청(行禮廳)에 서거들랑, [한 손으로 하늘을 손가락질하여 휘저으며] 활, 화살을 내라 가주고, 쨍배기('이마'를

일컫는 경상도 방언) 찔러 죽이자.”

그래 인제 아침에 참, 길을 떠나는데, 아바시가(아버지가), 장가를 갈라 카이,(아들이 장가가는 데 따라가려고 했다는 말이다.) 형이, 죽기 살기로,

“[한 손으로 사래를 치며] 내 간다.” 칸다.

그 동생 살릴라고.

(청중 : 이얘기를 들어 놓이께네.)

그래,

“내 간다.” 카이께,

구차 없이(어떻게 할 도리가 없이) 아바시가 못 이겨 가주고 또 그 아들을 보냈다.

[한 손을 내저으며] 그래 참 가다, 맹, 그거 이얘기 주께났는 거, 맹 그렇거든. 그래, 막, 말로, 말로 태아(태워), 동생을 말로 태아 가주고 거(그) [한 손으로 자신의 멱살을 쥐며] 말 머시기를(‘고삐’를 뜻함) 뽀근 거머쥐고 끄고 가는데,

“형님요, 물 먹고 접은데(싶은데), 물 먹고 가시더(갑시다).” 카이,

[한 손으로 사래를 치며] 들은동 만동하고(들었는지 말았는지 하고) 또 [한 손을 앞으로 내밀며] 끌고 간다.

또, 또 한 골을(한 고개를) 넘어가다이, 딸기가 그래 열어 나가이,

“형님요, 딸기, 저 따먹고 쉬다 가시더.” 카이,

들은동(들었는지) 만동(마는지) 한다. 또 끄고(끌고) 간다. 또 한 골 넘어가이(넘어가니), 또 배가 그래 있으이, 그래 또

“배 따먹고 가자.” 카이,

“[한 손으로 사래를 치며] 안 된다.” 카머

[한 손을 앞으로 내밀며] 끄고 간다. 그르이 인제, 행례청에 섰는데, 새 신랑 곁에, [옆의 청중을 보고 한 손으로 끌어당기는 시늉을 하며] 딱 붙어 서 가주골랑, 그래 인제, 참 머시기, 홀기를 불러, 절을 씨낄라(시키려

고) 카는데.

　[한 손으로 하늘에서 화살이 내려오는 시늉을 내며] 그래 하늘을 빙빙빙(화살이 내려오는 모습을 나타내는 의태어.) 화살이 내려오거든? 내려오이, [몸을 옆으로 기울여 한 쪽 다리로 옆의 청중을 차는 시늉을 하며] 고마 막 다리 척 걸어가주(걸어가지고) 동상을 자빠잤부랬다(넘어뜨려버렸다).

　자빠잤부이, [자리를 고쳐 않으며] 그래, 마카, [한 손을 앞으로 내밀어 사래를 치며] 저기 마 잔치곳에,

　"저 어떤 사람 저런 사람이 있노(있느냐), 왜 저래, 왜 저러노(저러느냐)."

카고 마구 막 카드거든(그러거든).

　"그래 형님, 형님은 왜 그래이껴(그럽니까)?"

　일라 가주고(일어나 가지고),

　"내, 저게, 내 뭐 따 먹자 카는 것도 안 먹고, 거 왜 그래노?" 카이,

　"암말도 마라."

　그래서 동생 살리더라니더(살리더래요).

고려장이 사라진 이유

자료코드 : 05_20_FOT_20090117_LJH_JYS_0006
조사장소 : 경상북도 청송군 청송읍 교리 노인정
조사일시 : 2009.1.17
조 사 자 : 임재해, 조정현, 편해문, 박혜영, 김원구, 임주, 황진현
제 보 자 : 조용술
청　　중 : 11명
구연상황 : 다른 구연자가 이야기를 마치자, 제보자가 자발적으로 구연을 했다.
줄 거 리 : 할머니 나이가 칠십이 되자, 아버지는 할머니를 지게에 짊어지고 고려장을 하

러 갔다. 아버지가 할머니를 내려두고 지게를 버리려고 하자, 아들은 지게를 되가져가자고 했다. 이 지게를 왜 다시 가져가느냐고 묻자, 아들은 나중에 아버지를 고려장 할 때 쓸 것이라고 대답했다. 그 이후로 고려장 풍습이 사라졌다고 한다.

옛날에는 인간 칠십 고려장이라 카는데, 아-(아이) 하나 때문에, 머시마(사내아이) 하나 때문에 고려장 시대가 없어졌어.

[손을 몇 번씩 내저으며] 우리들 하마 벌써 고려장 시켜가, 아-, 할마이가, 할마이가, 인제 칠십 되놓이(되어 놓으니), 아바시(아버지) 짊어지고 고려장하러 갔거든요.

고려장, 고려장 해놓고, 지게를 놔두고 나온다. 오이(오니),

"아버지, 지게 가지고 가시더(갑시다) 왜요?" 카이(하니),

"[목소리를 높여] 야이야! 거 지게를 뭐 할라고 가주 가노."

"아부지 또 칠십 되면, 또, 고려장하러 와야 되제요(되지요)." 카이께,

"아이고, 이거 안 될다(되겠다)." 싶어.

[한 손으로 땅을 파는 시늉을 하며] 아바시 다부(다시) 파내가 왔드란다.(왔더란다, '아버지가 다시 할머니를 모시고 왔다'는 말임)

그래가 고려장 시대 없어졌어.

허사가

자료코드 : 05_20_FOS_20090221_LJH_KSC_0021
조사장소 : 경상북도 청송군 청송읍 교리 노인정
조사일시 : 2009.2.21
조 사 자 : 임재해, 조정현, 편해문, 박혜영, 임주, 황진현, 김원구
제 보 자 : 권삼춘, 여, 76세
구연상황 : 노인정에서 구연하였다. 여럿이 지켜보는 가운데 가사의 일종인 허사가를 불
렀다. 따로 적어 놓을 정도로 아끼는 노래가 분명했다. 모든 것이 헛된 일이
라는 내용을 담고 있어 나이 많으신 할머니들께서 고개를 끄덕이셨다.

세상만사 살피니 참 헛되구나 부귀공명 장수는 무엇하리요
고대광실 높은 집 문전옥에도 우리 한번 죽으면 일장의 춘몽
주초중에 망월대 영웅의 자취 ○○○○ ○○○ 회고의 눈물
반월산성 무너져 여우 집 되고 자고새가 울 줄은 뉘 알았던고
인생 백년 산대도 슬픈 탄식뿐 우리 생명 무엔가 운무로구나
그 헛됨은 그림자 ○○ 같으니 무생낭자 헛되고 또 헛되구나
홍안소년 미인들아 자랑치 말고 영웅호걸 열사들아 뽐내지 마라
유수 같은 세월은 널 재촉하고 저 적막한 공동묘지 널 기다린다
한강수는 흘러서 쉬지 않건만 무정하다 이 인생 가면 못 오네
서시라도 고소대 한번 간 후에 소식조차 적막해 물거품이라

베틀 노래

자료코드 : 05_20_FOS_20090219_LJH_KDH_0011
조사장소 : 경상북도 청송군 청송읍 월막2리 경로당

조사일시 : 2009.2.19

조 사 자 : 임재해, 조정현, 편해문, 박혜영, 임주, 황진현, 김원구

제 보 자 : 김동희, 여, 87세

구연상황 : 마을 경로당에서 구연하였다. 청송은 경상북도의 대부분 지역이 그런 것처럼
길쌈을 많이 하는 고장답게 경로당에 가면 듣기 쉬운 노래 가운데 하나가 베
틀 노래였다. 그러나 이제는 베틀 노래도 듣기 어려운 노래가 되어가고 있다.
다행히 김동희 할머니가 옛날에 붓으로 적어 놓은 두루마리 베틀가가 있어
녹음하는데 큰 도움이 되었다.

바람 솔솔 부는 날

구름 둥실 뜨는 날

월궁에 노던 선녀

옥황님에 죄를 짓고

인간으로 귀양 와서

좌우산천 둘러보니

하실 일이 전혀 없어

금사 한 필 짜자하고

월궁으로 치치 달아

달 가운데 계수나무

동편으로 뻗은 가지

은도끼로 찍어 내어

앞집이라 김 대목아

뒷집이라 이 대목아

이네 집에 돌아와서

술도 묵고 밥도 묵고

양철강죽 백통대로

담배 한 대 먹은 후에

배를 한 채 지어주게

먹줄로 탱과(튕겨) 내어

잦은 나무 굽다듬고

굽은 나무 잦다듬어(굽은 나무를 곧게 다듬는 다는 말이다.)

금대패로 밀어내어

얼른 뚝닥 지어내어

베틀은 좋다마는

베틀 놓을 데 전혀 없어

좌우를 둘러보니

옥난강에 비었고나

베틀 놓세 베틀 놓세

옥난강에 베틀 놓세

앞다릴랑 도두 놓고

뒷다릴랑 낮게 놓고

구름에 잉아('잉앗대'가 표준말이다.) 걸고

안개 속에 구리 삶아

앉은개에 앉은 선녀

양귀비의 넋이로다

새아기를 숙이시고

나삼을 밟아 차고

부태('부티'가 표준말이다.)허리 두른 양은

만첩산중 높은 봉에

허리 안개 두른 듯이

북이라 나는 양은

청학이 알을 품고

백운강에 나드는 듯

바디집 치는 양은

아양군사 절질 적에
○○거는 소리로다
눈썹노리 잠긴 양은
강태공의 낚시대가
위수강에 잠겨논 듯
사침이라 잠긴 양은
칠월이라 칠석날에
견우직녀 갈리는 듯
옥경잇대 치는 양은
섧은 임을 이별하고
잉앗대는 삼 형제요
눌림대는 홀아비라
세모졌다 비게미는
올올이 갈라놓고
가리새라 저는 양은
청룡 황룡 굽이는 듯
용두머리 우는 양은
새벽서리 찬 바람에
외기러기 짝을 잃고
벗 부르는 소리로다
도토마리('도투마리'가 표준말이다.) 노는 양은
늙으신네 병일런가
앉았으라 누웠으라
절로 굽은 신나무는
헌신짝에 목을 매고
댕겼으라 물렀으라

꼬박꼬박 늙어간다
한 날 두 날 뱁댕이는
도수원의 ○○○가
이리지고 저리진다
궁더리꿍 도투마리
정저러꿍 뒤넘어서
장장춘일 ○○○○
명주분주 짜내어서
은장두 드는 칼로
○○○○ 끊어 내여
앞내 물에 빨아다가
뒷내 물에 헹궈다가
담장 울에 널어 말려
옥 같은 풀을 해서
홍두깨에 옷을 입혀
아당타당 두드려서
임의 직령 지어내어
금 가새(가위)로 비어내어
은 바늘로 옥을 붙여
은 대리미에(다리미에) 대려내서
횟대 걸면 몬지(먼지) 앉고
걸어두면 살짝 피고
방바닥에 던져놓니(던져놓으니)
조고만한 시누이가
들맨 날맨 다 밟는다
점첨점첨 곱게 개어

자개함농 반닫이에
맵시 있게 넣어 놓고
대문 밖에 내달으며
저기 가는 저 선비님
우리 선비 오시든가
오기야 오데마는
칠성판에 누어오데
웬 말인가 웬 말인가
칠성판이 웬 말인가
원수로다 원수로다
서울길이 원수로다
서울길이 아니더면
우리 낭군 살았을 걸
쌍오독교 어디 두고
칠성판이 웬 일인가
임아 임아 서방님아
무슨 일로 죽었는가
배가 고파 죽었거든
밥을 보고 일어나소
목이 말아 죽었거든
물을 보고 일어나오
임을 그려 죽었거든
나를 보고 일어나소
아강아강 우지 마라
느 아버지 죽었단다
수물 두 명 유대군에

상여 소리 웬 말인가

저승길이 멀다더니

죽고 나니 저승일세

저승길이 길 같으며

오며가며 보련마는

저승 문이 문 같으면

열고 닫고 보련만은

사장사장 옥사장아

옥문 잠깐 따다 주오

보고지고 보고지고

우리 낭군 보고지고

사위 노래

자료코드 : 05_20_FOS_20090219_LJH_KPH_0007
조사장소 : 경상북도 청송군 청송읍 월막2리 경로당
조사일시 : 2009.2.19
조 사 자 : 임재해, 조정현, 편해문, 박혜영, 임주, 황진현, 김원구
제 보 자 : 김필한, 여, 77세
구연상황 : 마을 경로당에서 구연하였다. 참 특이한 노래도 다 있구나 싶을 정도로 남다
른 노래였다. 특히나 모이신 동네 분들이 모두 경청할 만한 노래인지라 즐겁
게 부르고 듣는 분위기였다.

이청 저청 청마루 끝에 빙빙 도는 저 장모요

국화 같은 딸을 길러 범나비 같은 저를 주어

잡으시오 잡으시오 이 술 한잔을 잡으소서

이 술은 술 아니오 만첩산중 인삼 썩은 녹용주요

많이 많이 잡수시고 만수무강을 하옵소서

장모 노래

자료코드 : 05_20_FOS_20090219_LJH_KPH_0008
조사장소 : 경상북도 청송군 청송읍 월막2리 경로당
조사일시 : 2009.2.19
조 사 자 : 임재해, 조정현, 박혜영, 임주, 황진현, 김원구
제 보 자 : 김필한, 여, 77세
구연상황 : 마을 경로당에서 구연하였다. 참 특이한 노래도 다 있구나 싶을 정도로 남다
른 노래였다. 특히나 모이신 동네 분들이 모두 경청할 만한 노래인지라 즐겁
게 부르고 듣는 분위기였다.

찹쌀 백미 삼백 석을 액미[24] 같이도 받은 사위

진주 남강 버들잎에 이 술마저 어이 받소

초가삼칸 이 내 집에 청실홍실 걸어 놓고

옥쟁반에 구슬 담아 구슬 같은 이내 사위

자네 사랑 내 딸 주소 부귀영화 이루소서

진주 낭군

자료코드 : 05_20_FOS_20090219_LJH_PTJ_0004
조사장소 : 경상북도 청송군 청송읍 월막2리 경로당
조사일시 : 2009.2.19
조 사 자 : 임재해, 조정현, 편해문, 박혜영, 임주, 황진현, 김원구
제 보 자 : 박태조, 여, 72세
구연상황 : 마을 경로당에서 구연하였다. 옛날에는 이런 서사민요가 많이 있었고 부르는
이도 많았다고 하는데 이제는 기억을 못 한다고 한다. 그래도 이 노래를 하나
기억하는 분이 계셔서 여럿이 함께 들으며 노래가 끝난 다음에 노래에 대한
이런 저런 이야기를 나누셨다. 특히 시집살이의 경험이 다 있으신 분들이라
공감하는 부분이 큰 노래인 것 같았다.

---

24) 옛날에 쌀을 타작해서 낱알을 보면 그 중에 흔하지 않게 붉은 쌀이 있는데 이 쌀을
'액미'라고 한다.

울도 담도 없느나 집이
시집이라꼬 와였더니
시집 삼 년을 살고 나니
시어님이 하시는 말씀
애야 아가 며늘아가
진주 낭군을 볼라거든
진주 남강에 빨래 가라
진주남강에 빨래를 가니
물도 좋고 돌도 좋은데
오동토동 뚜디리니
하늘같이도 높으신 가장
태산 같은 갓을 씨고
구름 같은 말로 타고
본처만처(본체만체) 지나가네
흰 빨래는 희게 씻고
검은 빨래 검게 빨아
집이라꼬 돌아오니
시어머님이 하시는 말씀
예야 아가 며늘아가
진주에 낭군을 볼라거든
사랑방 문을 열고 봐라
사랑방 문을 열고 보니
기상에 첩을 옆에다 두고
오색 가지 술을 놓고
싱글벙글 웃는구나
자기 방을 들어와서

명지 석자 석자 수건

목을 매어서 죽었구나

죽은 뒤에 들어와서

기상의 첩은 석달이요

본디 당신은 백 년인데

신통망통 한 말 없이

너 그리 죽을 줄 내 몰랐다

해방가

자료코드 : 05_20_FOS_20090219_LJH_PTJ_0010
조사장소 : 경상북도 청송군 청송읍 월막2리 경로당
조사일시 : 2009.2.19
조 사 자 : 임재해, 조정현, 편해문, 박혜영, 임주, 황진현, 김원구
제 보 자 : 박태조, 여, 72세
구연상황 : 마을 경로당에서 구연하였다. 청중들이 많은 가운데 노래를 불렀는데 여러 마을 사람들이 귀를 기울여 들었다. 해방이 되었지만 남편은 돌아오지 못하는 상황이 청중의 가슴에 와 닿는 듯 했다.

얼씨구나 절씨구나 태평성대가 여기로다

십년 보국대 끌려 갈 적에 다시는 몬 살아 오실 줄 알았는데

일천구백사십오년에 8월 15일 해방 돼서

연락선에 몸을 싣고 부산 항구에 당도하니

문전 문전에다 태극기 달고

방방곡곡 만세 소리에 삼천만 동포가 춤을 춘다

○○○ 꼭대기 태극기 바람에 펄펄 휘날릴 적에

남의 집 서방은 다 살아올 줄 알았는데

우리 집에 돌이 아빠는 왜 못 왔나
원자폭탄에 상처를 당했나 무정하게도 소식 없네
해방이 되었다고 좋다고만 하였는데
지긋지긋지긋한 육이오가 웬 말이든가
어린 자식을 등에다 업고 작은 자식을 손목 잡고
머리에는 보따리를 이고 늙은 부모 앞에 모시고
한강 철도를 건너 갈 적에 공중에서는 폭격을 하니
모든 ○○들이 불에 다 탈제 이런 분함은 또 있겠소

연애 노래

자료코드 : 05_20_FOS_20090219_LJH_SSN_0009
조사장소 : 경상북도 청송군 청송읍 월막2리 경로당
조사일시 : 2009.2.19
조 사 자 : 임재해, 조정현, 편해문, 박혜영, 임주, 황진현, 김원구
제 보 자 : 손순년, 여, 66세
구연상황 : 마을 경로당에서 구연하였다. 참 특이한 노래도 다 있구나 싶을 정도로 남다른 노래였다. 특히나 모이신 동네 분들이 모두 경청할 만한 노래인지라 즐겁게 부르고 듣는 분위기였다.

날 오라네 날 오라네
모시골 총각이 날 오라네
소주 양주 막 받어 놓고
단둘이 먹자꼬 날 오라네

환갑 노래

자료코드 : 05_20_FOS_20090219_LJH_INI_0005
조사장소 : 경상북도 청송군 청송읍 월막2리 경로당
조사일시 : 2009.2.19
조 사 자 : 임재해, 조정현, 편해문, 박혜영, 임주, 황진현, 김원구
제 보 자 : 이노이, 여, 82세
구연상황 : 마을 경로당에서 구연하였다. 참 특이한 노래도 다 있구나 싶을 정도로 남다른 노래였다. 특히나 모이신 동네 분들이 모두 경청할 만한 노래인지라 즐겁게 부르고 듣는 분위기였다.

백년 효자 내 아들아 요조숙녀 내 며늘아

일월요지 내 손자야 망월(달) 겉은 내 손녀야

만고일색 내 딸이야 백년화초 내 사외야

동해 동창 돋는 달은 계수나무 후려잡고

서해 서산 지는 해는 양조장을 둘러싸고

소주 강에 못을 모아 탁주 강에 배를 띄워

주찬(여러 안주)을 차려놓고 은잔 놋잔 벌여 놓고

문중 문중 모인 친구 그럭저럭 살았으나 오늘날이 영광일세

동자야 술 부어라 이 술은 술 아니라

만첩산중 깊은 골에 인삼 썩은 녹용주요

많이 많이 잡수시고 원만하게 놀아 주소

청송가

자료코드 : 05_20_FOS_20090219_LJH_INI_0006
조사장소 : 경상북도 청송군 청송읍 월막2리 경로당
조사일시 : 2009.2.19
조 사 자 : 임재해, 조정현, 편해문, 박혜영, 임주, 황진현, 김원구

제 보 자 : 이노이, 여, 82세
구연상황 : 경로당에서 여러 동네 분들이 있는 가운데 구연하였다. 살고 있는 청송을 다른 노래라 그런지 귀 기울여 듣는 분이 많았다.

청송은 참 좋은 곳 산 높고 물 맑아 에 좋아
반공산 제일봉에 고량 낙락장송이요 얼씨구 절씨구
현비암 참나무는 서낭당에 서 있고
그 아래 깊은 소에 ○○고기떼 뛰논다 얼씨구 절씨구
망미정 빨리 올라 청화동에 오를 때
그 바위 그늘 밑에 ○○구렁이 잠잔다 얼씨구 절씨구
산을 넘고 골을 지나 굽이굽이 들어가 경치 좋고
역사 깊은 보광산 절이요 얼씨구 절씨구
석양을 등에 지고야 북호를 찾아가
물 한잔 트림 한번 만병을 곤쳐요(고쳐요) 얼씨구 절씨구
동남간 삼 십리를 휘돌아 들어가
경치 좋고 역사 깊은 ○○ 주왕산 절이요 얼씨구 절씨구
기암괴석이 서 있는데 물도야 부딪쳐 옥으로 변한다 얼씨구 절씨구
강호에 유람 겸해 또 한 번 놉시다

풀 써는 소리

자료코드 : 05_20_FOS_20090221_LJH_YNH_0001
조사장소 : 경상북도 청송군 청송읍 송생리 마을회관
조사일시 : 2009.2.21
조 사 자 : 임재해, 조정현, 편해문, 박혜영, 임주, 황진현, 김원구
제 보 자 : 이능호, 남, 72세
구연상황 : 마을회관에 들렀더니 할아버지 한 분이 들어오셔서서 혹시 모심기 노래를 할 줄 아시냐고 했더니 안다고 하셔 안으로 모셔 술을 대접하며 노래를 들을 수

있었다. 술을 좋아하시는 듯 했다. 목소리가 조금 탁해지셔서 그렇지 옛날에
는 참 소리가 듣기 좋았다고 할머니들이 말씀하셨다.

드간다
호박덤불이다 조심해라
개미 한단지다
곤칡기다
쪼가사리다
어느리25)다
조심해라

모심기 노래

자료코드 : 05_20_FOS_20090221_LJH_YNH_0002
조사장소 : 경북 청송군 송생리 마을회관
조사일시 : 2009.2.21
조 사 자 : 임재해, 조정현, 편해문, 박혜영, 임주, 황진현, 신정아
제 보 자 : 이능호, 남, 72세
청   중 : 다수
구연상황 : 마을회관에 들렀더니 할아버지 한분이 들어오셔서 혹시 모심기 노래를 할 줄
          아시냐고 했더니 안다고 해서 안으로 모셔 술을 대접하며 노래를 들을 수 있
          었다. 술을 좋아하시는 듯 했다. 목소리가 조금 탁해지셔서 그렇지 옛날에는
          참 소리가 듣기 좋았다고 할머니들이 말씀하셨다.

이 물꼬 저 물꼬 다 헐어놓고 쥔네 양반은 어딜 갔노
문어 전복 양손에 들고 첩의 방에도 놀로 갔네

---

25) '어너리'풀을 말한다. 어느리(어너리)를 포함해서 이 노래에 나오는 호박덤불, 곤칡기,
   쪼가사리는 다 산에 잇는 풀이나 줄기 이름이다. 그 중에서 가장 질겨 잘리지 않는
   것이 곤칡이고 쪼가사리는 그 대신 아주 단단하다.

첩의야 집은 꽃밭일레 나의 집은 연못이라

꽃과 나비는 봄 한철일래

모시야 적삼 안에 분통 같으나 저 젖 보소

많이야 보면은 병 될께고(병이 될 것이고) 손톱 반틈만(반만) 보고
마소

모야 모야 노랑모야 너 언지(언제) 자라서 열매 맺노

이 달 가고 저 달 가면은 열매 맺지

○○○○ 찬이슬 맞아도 우거졌네

머리야 길고 잘난 처녀

바다야 같으나 이 논배미 장기판이 다 되가네

이것이 무슨야 장길래든고

초롱 초롱아 양사초롱 임의 방에도 불 밝혀라

임도 눕고 나도 눕고 나니 불은 누가 끄리

동해 동산아 돋은 해는 못 다 보고도 해 다 지네

방실방실 못 다 보고도 해 지네

○○○○○○○○○○○○○○○○

머리야 길고도 잘난 처녀 총각 둘이서 뒤 따르네

석자 수건을 목에 걸고 ○○○○○ 뒤따르네

금비둘기 알을 놓고도 담네

그 알 저 알을 나를 주면은 금년 과거는 내가 함세

칭칭이 노래

자료코드 : 05_20_FOS_20090221_LJH_YNH_0003
조사장소 : 경북 청송군 송생리 마을회관
조사일시 : 2009.2.21

조 사 자 : 임재해, 조정현, 편해문, 박혜영, 임주, 황진현, 신정아
제 보 자 : 이능호, 남, 72세
청　　중 : 다수
구연상황 : 마을회관에 들렸더니 할아버지 한분이 들어오셔서 혹시 모심기 노래를 할 줄
　　　　　아시냐고 했더니 안다고 하셔 안으로 모셔 술을 대접하며 노래를 들을 수 있
　　　　　었다. 술을 좋아하시는 듯 했다. 목소리가 조금 탁해지셔서 그렇지 옛날에는
　　　　　참 소리가 듣기 좋았다고 할머니들이 말씀하셨다.

쾌지나 칭칭 나네	늙어지면 못 노니라
쾌지나 칭칭 나네	놀자 놀자 젊어서 놀자
쾌지나 칭칭 나네	놀자 놀자 젊어서 놀자
쾌지나 칭칭 나네	잘도 하네 잘도 하네
쾌지나 칭칭 나네	○○하기는 오늘 날이다
쾌지나 칭칭 나네	정월이라 대보름날
쾌지나 칭칭 나네	달도 좋고 놀기도 좋네
쾌지나 칭칭 나네	동리 사람들도 잘 노네
쾌지나 칭칭 나네	동리 사람들도 다같이 놀자

망깨 노래

자료코드 : 05_20_FOS_20090221_LJH_YNH_0004
조사장소 : 경북 청송군 송생리 마을회관
조사일시 : 2009.2.21
조 사 자 : 임재해, 조정현, 편해문, 박혜영, 임주, 황진현, 신정아
제 보 자 : 이능호, 남, 72세
청　　중 : 다수
구연상황 : 마을회관에 들렸더니 할아버지 한분이 들어오셔서 혹시 모심기 노래를 할 줄
　　　　　아시냐고 했더니 안다고 하셔 안으로 모셔 술을 대접하며 노래를 들을 수 있
　　　　　었다. 술을 좋아하시는 듯 했다. 목소리가 조금 탁해지셔서 그렇지 옛날에는

참 소리가 듣기 좋았다고 할머니들이 말씀하셨다.

다지자 다지자 천근 망깨 돌으는 천근이요
덜렁 들어서 쿵덩 놓자
에히려 쳐
열두 자 말목은 용왕국 가고(들어가고)
에히려 쳐
덜렁 들어서 공중에 놓자
○○○○ ○○○○ 재미도 좋다
덜렁 들어서 공중에 놓자
목마르거든 한참 쉬어서 술도 먹고 쉬어 하자
어히려 쳐
천근 망깨는 짜개돌걸이(공기돌) 놓네
어히려 쳐

베틀가

자료코드 : 05_20_FOS_20090221_LJH_YMS_0020
조사장소 : 경상북도 청송군 청송읍 교리 노인정
조사일시 : 2009.2.21
조 사 자 : 임재해, 조정현, 편해문, 박혜영, 임주, 황진현, 김원구
제 보 자 : 이말순, 여, 74세
구연상황 : 노인정에서 구연하였다. 여럿이 지켜보는 가운데 오랫동안 부르지 않았던 베틀가를 끊어질 듯 끊어질 듯 이어가며 불러 큰 박수를 받았다.

베틀 놓세 베틀 놓세 옹난강('옥난간'이 표준말임)에 베틀 놓세
베틀 다리 니 다리요 이 내 다리 두 다리요
앉을 때는 돋이 놓고 그 위에 앉은 양은

우리나라 금성님이 용상좌우 한 듯하다

허리 부태('부티'가 표준말이다.) 두른 양은 북두칠성 둘린 같고

두 귀 가진 일자 말코 폭폭이도 감겼더라

치활('최활'이 표준말이다.)은 저진 양은 남에 서산 선 무지개

북○산을 이은 같고 저질게 다닌 양은

강태공에 낚시 땡겨 우주강에 잼겼더라

북 나드는 지상은 청용부에 알을 물고

배 옥난강 넘나드는 바디집 치는 소리

상사 땅 늙은 중이 죽백(죽비) 치는 소리로다

억만 군사 가는 길에 백만 군사 거느렸다

잉애대('잉앗대'가 표준말임)는 삼형제요 눌림대는 호부래비

사침이 올라 가는 냥은 호효문장

자주칼춤 산태봉에 ○○ 같고

백용백때 드는 양은 삼에삼태 조자로다

용두머리 우는 소리 깊은 산중 치치 달려

쌍지레기 외지레기 벌 달라든(달려드는) 소리로다

쿵절구 도투마리 저지절구 뒤 눕는다

절로 굽은 신나무는 애기 헌신 목을 메여

기도방에 ○○ 듯 항복하는 거동이라

동창문을 반만 열고 어허야 베 다 짰네

진주 낭군

자료코드 : 05_20_FOS_20090221_LJH_YMS_0022
조사장소 : 경상북도 청송군 청송읍 교리 노인정
조사일시 : 2009.2.21

조 사 자 : 임재해, 조정현, 편해문, 박혜영, 임주, 황진현, 김원구
제 보 자 : 이말순, 여, 74세
구연상황 : 노인정에서 구연하였다. 함께 노래를 듣던 할머니들도 크게 관심을 보였다. 그런데 노래를 부른 지 너무 오래되어 잘 이어나 가지 못했다. 그렇지만 잘 마무리를 지어 큰 박수를 받았다.

울도(울타리도) 담도 없는 집에 시집 삼 년을 살고 나니

시어머님 하시는 말씀 아가 아가 메늘 아가

진주 남강에 빨래를 가라

　빨래를 하러 가노이 신랑이 떠돌아다니는 신랑이라

하늘 같은 갓을 쓰고 구름 같은 말을 타고

보고도 못 본체 가는구나 애고 답답 내 죽겠네

명주 수건 석자 수건 목을 메여 죽었도다

모심기 소리

자료코드 : 05_20_FOS_20090221_LJH_YMS_0023
조사장소 : 경상북도 청송군 청송읍 교리 노인정
조사일시 : 2009.2.21
조 사 자 : 임재해, 조정현, 편해문, 박혜영, 임주, 황진현, 김원구
제 보 자 : 이말순, 여, 74세
구연상황 : 노인정에서 구연하였다. 조용히 앉아 계시던 할머니가 모심기 노래를 길게 부르자 모두 놀라워했다.

사래 길고야 장찬밭에 목화 따는 큰 애기야

목화 줄이야 내 따줌세 백년가약을 나캉 맺세

목화 줄이야 어렵지 않지만 백년가약을 못 맺겠네

모야 모야 노랑모야 니 언제 커서 열매 맺노

달이 가고야 해가 가면 칠팔월에 열매 맺지

도리납작 초가집에 얼배기('곰보'의 사투리) 처녀가 들락날락

총각총각 엄두리(털털하다는 뜻임) 총각 얼배기 처녀를 낚아 보게

해는 지고야 저저문 날에 어뜨나 아해가 울고 가노

부모동기를 다 잃고서 서러워서 울고 간다

찔레야 꽃으는 장가를 가고 석류야 꽃으는 요객 간다

만인간들이 웃지 마소 영화 볼라고 장가 가지

징개망개아(김제만경) 넓은 들에 점심참이가 늦어간다

아홉 아홉 아홉칸 정재('부엌'의 사투리) 돌고 돌다가 늦었구나

두껍이집 짓는 노래

자료코드 : 05_20_FOS_20090221_LJH_YMS_0024
조사장소 : 경상북도 청송군 청송읍 교리 노인정
조사일시 : 2009.2.21
조 사 자 : 임재해, 조정현, 편해문, 박혜영, 임주, 황진현, 김원구
제 보 자 : 이말순, 여, 74세
구연상황 : 노인정에서 구연하였다. 흔한 노래라 기억하는 분들이 많았다.

까치야 까치야

헌집을랑 버리고

새집 지어 줄게

방아깨비 노래

자료코드 : 05_20_FOS_20090221_LJH_YMS_0025
조사장소 : 경상북도 청송군 청송읍 교리 노인정

조사일시 : 2009.2.21

조 사 자 : 임재해, 조정현, 편해문, 박혜영, 임주, 황진현, 김원구

제 보 자 : 이말순, 여, 74세

구연상황 : 노인정에서 구연하였다. 흔한 노래라 기억하는 분들이 많았다.

　　　　항굴래야 방아 쩌라

시집살이 노래

자료코드 : 05_20_FOS_20090118_LJH_JYY_0001

조사장소 : 경상북도 청송군 청송읍 교리 노인정

조사일시 : 2009.1.17

조 사 자 : 임재해, 조정현, 박혜영, 임주, 황진현, 김원구

제 보 자 : 정영, 여, 82세

구연상황 : 한참동안 이야기판을 벌이다 분위기를 바꾸기 위해 조사자가 노래를 권하자,
　　　　　제보자가 시집살이 노래를 하겠다며 구송했다. 사설이 길지 않지만 교리에서
　　　　　유일하게 수집한 시집살이 노래이다. 제보자는 구송을 마치고 예전 시집살이
　　　　　는 많이 힘들었고 그때에 비하면 지금은 호강으로 산다는 말을 했다.

　　　[몸을 앞뒤로 흔들거리며]

　　　　　형님 형님 사촌 형님

　　　　　시집살이 어떻든고

　　　　　애야야야 그 말 마라

　　　　　고추가 맵다 해도

　　　　　거기에다 비하리까

백발가

자료코드 : 05_20_FOS_20090117_LJH_JYS_0001
조사장소 : 경상북도 청송군 청송읍 교리 노인정
조사일시 : 2009.1.17
조 사 자 : 임재해, 조정현, 편해문, 박혜영, 임주, 황진현, 김원구
제 보 자 : 조용술, 여, 83세
구연상황 : 앞의 제보자가 노래를 부르자, 제보자도 나서서 노래를 하나 불러야겠다며 구
연했다. 젊은이들에게 늙은이를 괄대하지 말라고 하면서 나이 드는 것을 서러
워하는 마음이 담긴 노래이다.

[손뼉을 치며]

이팔청춘 소년들아
백발 보고 과대 마라(괄대마라)
어제 청춘 오늘 청춘
오늘 청춘 가는 백발

[가사가 틀린 듯 흠칫하며]

오는 백발 막을소냐
가는 청춘 붙들소냐
섧고도 가엽다
샘물에 꽃을 꺾고
아해들이 놀러가니
거거우는 뭐슥(무엇)
섧고도 가여워라
이팔청춘 소년들아
백발 보고 반대 마소

첩의 노래

자료코드 : 05_20_FOS_20090117_LJH_JYS_0002
조사장소 : 경상북도 청송군 청송읍 교리 노인정
조사일시 : 2009.1.17
조 사 자 : 임재해, 조정현, 편해문, 박혜영, 임주, 황진현, 김원구
제 보 자 : 조용술, 여, 83세
구연상황 : 조사자가 첩의 노래를 아느냐고 묻자 앞의 노래에 이어서 구송했다. 첩의 집
에 가는 임을 그리는 여인의 심정을 담고 있다. 제보자는 평소에 이야기와 노
래를 할 기회가 거의 없었던 탓인지 구송하는 내내 어깨를 들썩이며 흥겨워
했다. 청중들 또한 즐거워하며 함께 손뼉을 쳤다.

[손뼉을 치며]

> 해는 져서 저저문 날에
> 옷을 입고서 어디를 가오
> 첩의 집이야 놀러나 가오
> 첩의 집이 갈라는그든
> 나 죽는 거동을 보고 나가소
> 첩의 집은 꽃밭이요

[팔을 크게 벌려 손뼉을 치며]

> 나의 집은 연못이라
> 꽃과 나비는 봄 한철이요
> 연못에 고기는 사시장철이야

5. 파천면

▌조사마을

경상북도 청송군 파천면 덕천2리

조사일시 : 2009.1.21~23
조 사 자 : 임재해, 조정현, 편해문, 박혜영, 임주, 황진현, 신정아

　덕천2리는 청송 심부자집으로 유명한 덕천1리와 붙어있는 마을이다. 이 마을을 선택하게 된 이유는 전통적인 동성마을은 아니면서도 유가적 기풍에 영향을 받았고, 상민 중심으로 구성된 마을이기 때문이다. 또한 자연스레 청송 심씨 동성마을인 덕천1리까지도 조사할 수 있어 다양한 구비문학의 양상을 살펴볼 수 있었다. 조사는 2009년 1월 21일부터 시작되었는데, 바로 그 전주부터 진보면 진안2리, 청송읍 교리 등에 대한 조사를 했기 때문에 어느 정도 조사가 익숙해지기 시작할 때였다. 주요 제보자를 이끌어 내고 보다 질 높은 설화작품을 조사할 수 있었다. 특히 권오동 어른은 이야기뿐만 아니라 민요도 꽤 잘 하셔서 좋은 자료들을 많이 얻을 수 있었다.

　덕천2리는 상리라고도 하는데 전에는 상덕천 하덕천으로 나뉘었다. 상촌은 아산 장씨들이 살았고 하촌은 청송 심씨들이 살았다. 덕천의 웃마를 일컬어 상리라 했고 아랫마를 하리라 했다. 덕천1리가 거목이다. 덕천1리에도 심씨들이 많이 사는데 하덕천이라고도 부른다. 덕천2리는 상덕천으로 웃마와 서당마라고도 부른다. 두 마을 모두 각각 현재 50 가구가 모여 살고 있다.

　입향시조는 의성에서 들어온 순천 장씨 할매와 유복자이다. 덕천 1리 심씨에서는 심홍부가 입향했다고 한다. 고려조에 들어온 분이다. 보광사뒤에 묘지가 있다. 입향하게 된 유래는 구전되지 않는다. 후손이 지금까지 살고 있으면서 현재 청송 심씨들이 사과 담배 고추 등을 재배하고 있다. 덕천2

덕천2리 효자각 전경

리에 심원부의 후손들이 살고 있다. 경희재라고 설당이 있다. 덕천2리는 심씨보다 타성이 많이 산다. 아산 장씨는 의성에서 들어와 10대조부터 입향해서 살게 되었다. '상촌은 장가고 아래는 심촌'이라고 여긴다.

전에는 정월 열나흘에 저녁에 동제를 지냈는데, 요즘은 팔월 십오일에 동제를 지낸다. 동제는 '고사', '당제', '당고사' 등으로 부르며 간단하지만 정성을 다해 모신다. 잔 한잔 붓고 정성 드리고 아침에 간단하게 성의껏 지낸다. 전에는 깨끗한 사람으로 제관도 정했다. 마을의 동신은 당집이 있는 것은 아니고 돌을 모아 놓고 금줄을 두르고 제를 지내는 곳을 정해 놓았다. 작은 당나무가 옆에 있다. 특별한 신격은 없고 동네가 생길 때부터 내려온 동신이라고 믿는다. 당제 지내면서 풍물을 치지 않았다. 초연을 먹을 때 풍물 치고 놀았다. 정월에 지신밟기도 예전에는 했지만 지금은 하지 않는다. 예전에는 4-5일 정도로 풋구날 크게 놀았다.

덕천2리 할아버지 방 조사 현장

덕천2리 할머니 방 조사 현장

단오는 그다지 크게 놀지 않았다. 설에는 정월 보름날 쌍줄당기기를 했다. 심촌, 아랫마하고 같이 줄을 당겼다. 암줄과 숫줄로 나누어 줄을 메고 마을 주위를 돌면서 풍물을 울렸다. 동네가 시끄러울수록 좋다고 하는데 매구형국이기 때문이다. 상촌은 조리형국이라고도 한다. 객지에서 들어와서 있으면 10년 안쪽으로는 돈을 버는데 10년 넘으면 조리가 떨어져서 형편이 좋아지지 않는다는 말도 전한다. 2~3대 이어 살아오는 주민들이 별로 없다. 마을 주위에 성주봉이 둘러져 있는데 성주봉에서는 봉화불을 올려 신호를 보내던 곳으로 성스럽게 여기기도 한다.

용마가 날아올랐다는 말바우가 있고 권택만 씨의 효성을 기념한 효자각이 자리잡고 있다. 주요 생업은 농업이며 최근 고가 체험 등을 위해 찾는 관광객이 늘어 민박도 하고 있다. 처음에는 이야기가 잘 나오지 않았지만 시간이 지날수록 재미있는 이야기들이 많이 구연되었다. 또한 파천면 지역 이웃마을에서 조사된 자료도 포함시켰음을 밝힌다.

권오동, 남, 1930년생

주 소 지 : 경상북도 청송군 파천면 덕천2리
제보일시 : 2009.1.22
조 사 자 : 임재해, 조정현, 편해문, 박혜영, 임주, 황진현, 신정아

　권오동 어른은 본래 나이 보다 호적상에
실린 나이가 2년 늦다. 열병으로 죽는 아이
가 많아 홍역을 앓고 난 뒤에 출생신고를
했기에 조금 늦었다고 한다. 고향은 경상북
도 안동시 길안면 대사리이다. 열세 살 무렵
초등학교 3학년 때부터 신흥2리에서 살았
다. 이 마을은 현재 모두 수몰되어 양수발전
소가 건설되었다. 워낙 덕천2리 마을회관에
자주 드나들면서 함께 어울려 지내기 때문에 덕천2리 마을 사람들은 그
를 한 마을 사람이나 다름없이 여긴다. 현장조사팀이 덕천2리에서 소리꾼
을 수소문하니 신흥2리의 권오동 어른을 소개해 줄 정도였다.

　처음 뵈었을 때부터 국가유공자 마크가 있는 모자를 쓰고 계셨고, 답사
를 마치고 마지막 인사를 나눌 때에도 전쟁 통에 입대를 해서 국가유공자
가 되었다고 이야기했다. 스스로를 '왜정시절'을 보낸 세대라고 했다.
1952년 입대를 했는데, 군대에 가보니 오백 명 정도 모인 사람 중에 소학
교를 졸업한 이가 단 세 명뿐이었다. 그 셋 중에 어르신이 속했다며 어려
운 시절에도 글을 배워 안다는 사실을 내심 자랑스러워했다. 그가 최전방
에 있을 때 땅굴 속에서 휴전이 됐다. 지금도 '전쟁 끝나고 전쟁이 50년
도 6월 25일날 시작해 가지고 53년 7월 27일 밤 10시에 휴전이 됐다.'고

생생히 기억하고 있다. 휴전이 된 이후로도 5년 간이나 군대 생활을 계속해야 했다. 입대한 사이 부모님은 모두 세상을 떴다.

1951년 혼인을 하고, 슬하에 딸 둘 아들 셋을 두었다. 칠십 평생을 농사를 지으며 살았다. 고추, 벼 등을 경작했으나 팔순을 넘긴 뒤로는 일이 힘에 겨워서 밭은 대부분 팔아 버리고 벼농사도 짓지 않는다. 그의 집 앞에 사과나무 밭이 있는데 전에는 모두 본인 소유였지만 지금은 거의 다 팔아 버렸다. 콩밭을 매거나 할 정도로 혼자 먹고 살 정도만 농사를 짓는다고 했다. 2008년 10월 부인과 사별했다. 그 이후로 자연스레 추석이며 설 명절이면 으레 아들 내외는 물론 자식들의 발길이 뜸해졌고 요즘은 전화를 걸면 아들이 집까지 모시러 온다고 한다. 어르신은 부인과 사별한 이후로는 집 밖을 나서는 일이 뜸해져서 요즈음은 덕천2리 마을회관에서 쉽게 만날 수 없다. 그래서 본 댁으로 직접 찾아뵈러 갔는데, 조사팀이 방문했을 때에도 병원에 갈 일이 있어 아들이 오기로 약속이 되어 있어서 여유 있게 조사하지는 못 했다.

권오동 어른은 거의 매일같이 혼자서 생활하는 데 익숙해진 듯 손수 불을 때고 밥을 짓고 끼니를 해결하는 등 살림을 도맡아 하는 것이 자연스럽게 몸에 배어 있었다. 답사 중에 정오를 넘기자 손님 대접할 것이 마땅치 않다면서 난감해하셨다. 그래서 조사팀이 어른을 모시고 단골 식당에 찾아갔다. 식당주인이 매일같이 1시쯤이면 오시더니 오늘은 제 시간에 오지 않았다고 하였다. 어르신은 식당에서 남은 음식 찌꺼기를 얻어서 개 사료로 쓸 만큼 알뜰했다. 점심을 먹은 이후에 다시 권오동 어른 댁에서 답사가 이루어졌다. 어르신은 사과를 깎거나 주스를 권하거나 즐겨먹던 뻥튀기를 내어놓는 등 손님대접을 할 거리를 찾느라 여러모로 신경을 쓰셨다.

권오동 어른은 조사팀에게는 명심보감을 직접 보여주거나 서간문 또는 불경 등을 직접 보여주었다. 그런데 막상 구연한 이야기는 주로 짧고 우스운 내용을 담고 있는 것이 대부분이었다. 그래서 이야기가 끝나면 자연히 웃음이 나왔고, 조사자나 제보자 모두 즐겁고 화기애애한 분위기를 만끽할 수 있었다. 답사 도중에 본래 아는 이야기가 없다거나, 아까 다 말해 주었다고 하면서 아들 오기만을 기다렸다. 또 중간에 방에 불을 때야 한다거나 화장실을 자주 가신다면서 한 자리에 한 시간 이상 앉아계시지 않았다.

그러면서도 막상 이렇게 찾아오니 살맛이 난다면서 특히 민요를 부를 때는 오랜만에 참 잘 논다면서 흥겨워하셨다. 스스로 자신 있고 즐겨 부르던 노래는 적극적으로 먼저 불러 주었다. 그는 젊어서는 강원도에 가서 일을 하기도 했으며, 그래서 아라리를 부를 줄 안다고 했다. 워낙 재주 있는 선소리꾼으로 소문이 자자해 이 마을 저 마을 불려 다니기도 했다. 구연능력이 뛰어난 편이었는데 성음이 구성지고 가사에 능한 편이었다. 그러나 건강이 좋지 않아서 구연 도중에 기침을 자주 했으며, 노래를 조금만 불러도 목이 잠기기 일쑤였다. 말 하고자 하는 내용이 머릿속에서 생각이 나도 막상 말문이 막힐 때가 잦아서 말을 더듬는 습관이 있다.

제공 자료 목록
05_20_FOT_20090122_LJH_GOD_0012 방학중과 담배 장수
05_20_FOT_20090123_LJH_GOD_0001 지네와 싸워 처녀를 구한 두꺼비
05_20_FOT_20090123_LJH_GOD_0002 고삼백을 저승에 잡아간 진사
05_20_FOT_20090123_LJH_GOD_0004 남의 복은 끌로 파도 못 판다
05_20_FOT_20090123_LJH_GOD_0005 공짜로 잣을 먹은 방학중
05_20_FOT_20090123_LJH_GOD_0008 바닷물이 짠 까닭
05_20_FOT_20090123_LJH_GOD_0009 말고삐 쥐고 눈감고 있던 방학중
05_20_FOT_20090123_LJH_GOD_0011 처자 구한 박문수와 고시네 풍속
05_20_FOT_20090123_LJH_GOD_0012 아무 서방 뭐 낳는 공
05_20_FOS_20090122_LJH_GOD_0002 모심기 소리
05_20_FOS_20090122_LJH_GOD_0003 노랫가락
05_20_FOS_20090122_LJH_GOD_0004 한양가

05_20_FOS_20090122_LJH_GOD_0005 춘향이가 이도령에게 보낸 편지
05_20_FOS_20090122_LJH_GOD_0007 양산도
05_20_FOS_20090122_LJH_GOD_0008 어상요
05_20_FOS_20090123_LJH_GOD_0001 한글 뒤풀이
05_20_FOS_20090220_LJH_GOD_0012 언문 뒤풀이
05_20_FOS_20090220_LJH_GOD_0013 회심곡
05_20_FOS_20090225_LJH_GOD_0040 객구 물리기 소리
05_20_FOS_20090225_LJH_GOD_0041 정선 아리랑
05_20_FOS_20090225_LJH_GOD_0042 덜구 소리
05_20_FOS_20090225_LJH_GOD_0043 망깨 소리

권점준, 여, 1926년생

주 소 지 : 경상북도 청송군 파천면 중평리
제보일시 : 2009.2.20
조 사 자 : 임재해, 조정현, 편해문, 박혜영, 임주, 황진현, 신정아

권점준은 1926년 병인생이다. 올해 나이
가 84세이다. 권점준은 경북 안동시 용계에
서 경북 청송군 파천면 중평리 499번지로
시집와 지금껏 살고 있다. 젊어서 삼삼는 일
을 많이 하셨다고 하는데 그래서 그런지 삼
삼기 노래를 조금 기억하고 계셨다. 노인정
에서 구연하였다. 아이들이 어렸을 때 뭔가
를 잃어버리면 점을 해서 찾는 놀이가 있었
지 않느냐고 했더니 서로 서로 나서며 앞 다투어 경험들을 이야기해주는
과정에서 나온 노래이다. '삼삼기 노래', '방망이점 노래'를 구연하였다.

제공 자료 목록
05_20_FOS_20090220_LJH_KJJ_0015 삼 삼기 노래
05_20_FOS_20090220_LJH_KJJ_0018 방망이 점 노래

권태환, 남, 1938년생

주 소 지 : 경상북도 청송군 파천면 지경리
제보일시 : 2009.2.25
조 사 자 : 임재해, 조정현, 편해문, 박혜영, 임주, 황진현, 신정아

권태환은 1938년 무인생이다. 올해 나이가 72세이다. 권태환은 고향이 경북 안동인데 더러 앞소리꾼으로 나서기도 한다. 이번 청송 민요를 조사하는 가운데 현장에서 채록한 유일한 민요가 덜구 소리인데 이 덜구 소리를 불러주신 창자이다. 연세를 생각하면 목소리가 아직 카랑카랑하게 전달이 잘 될 정도로 앞소리꾼으로 조금도 손색이 없었다. 경북 청송군 파천면 지경동

한 야산에서 실제 상황을 녹음한 자료이다. 망인은 김하기(여, 91세) 였는데 호상이라 그런지 녹음해도 좋다는 상주들의 허락을 흔쾌히 받았다. 현장에서 녹음한 것이라 생동감은 넘치지만 다소 소리가 다른 잡소리와 겹쳐 채록하기 어려운 말들이 있는 흠이 있다.

제공 자료 목록
05_20_FOS_20090225_LJH_KTH_0039 덜구 소리

김정수, 여, 1926년생

주 소 지 : 경상북도 청송군 파천면 중평리
제보일시 : 2009.2.20
조 사 자 : 임재해, 조정현, 편해문, 박혜영, 임주, 황진현, 신정아

　김정수는 1936년 병인생이다. 올해 연세
가 74세이다. 김정수는 경상북도 청송군 파
천면 중평리에서 나고 자랐다. 긴 노래는 못
부르고 짤막한 새 쫓는 노래, 새야새야 노래
를 불렀다. 노인정에서 구연하였다. 청중이
끼어들어 몇 번을 다시 불렀다.

제공 자료 목록
05_20_FOS_20090220_LJH_KJS_0014 자장가
05_20_FOS_20090220_LJH_KJS_0016 새야 새야 파랑새야
05_20_FOS_20090220_LJH_KJS_0017 새 보는 노래

신용범, 남, 1937년생

주 소 지 : 경상북도 청송군 파천면 중평리
제보일시 : 2009.2.20
조 사 자 : 임재해, 조정현, 편해문, 박혜영, 임주, 황진현, 신정아

　신용범은 1937년 정축생이다. 올해 나이
가 73세이다. 신용범은 경상북도 청송군 파
천면 중평리에서 나고 자랐다. 특히 모심기
노래를 기억하고 있어 불러달라고 했더니
뒷소리를 누가 받아야 한다고 해서 조사자
가 함께 거들며 노래를 녹음했다. 논 매는
노래도 있었다고 하나 잘 기억해 내지는 못

해 아쉬웠다. 조금만 더 일찍 왔더라면 다 불러주었을 것이라고 했다. 노인정에서 구연하였다. 모심기 노래를 아시는 분이 없으신지 할아버지 방에서 두루 여쭈었더니 아무도 나서는 분이 없었다. 난감해하고 있는 사이 할아버지 한 분이 오셔서 잘은 못한다고 하시며 이 노래는 뒷소리를 누가 받아야 한다고 해서 제가 받아들인다고 했더니 부른 노래이다. 막상 노래를 부르니 관심 없어 하던 다른 할아버지들도 귀 담아 들었다.

제공 자료 목록
05_20_FOS_20090220_LJH_SYB_0019 모심기 노래

장운찬, 남, 1927년생

주 소 지 : 경상북도 청송군 파천면 덕천리
제보일시 : 2009.1.21
조 사 자 : 임재해, 조정현, 편해문, 박혜영, 임주, 황진현, 신정아

청송군 파천면 덕천리의 장운찬은 1927
년생으로 올해 83세이며, 이 마을이 안태고
향이다. 아산장씨인 장운찬은 마을에서 이
름난 이야기꾼으로 알려져 있으며 부드러운
인상과 학식을 갖추고 있다. 마을의 역사와
유래, 인물전설, 다양한 민담 등을 두루 알
고 있어 이야기판을 이끌어갈 정도였다. 퇴
계 선조가 명당 잡은 이야기, 마을의 효자각

이야기 등 다양하고 재미있는 구연목록을 가지고 있었고, 이야기를 침착하고 조용하게 구연하는 편이지만 재미있는 대목이나 절정인 부분에서는 목소리를 크게 하거나 웃는 등 이야기판의 청중들과 함께 하는 묘미를 잘 살리고 있었다.

제공 자료 목록

05_20_FOT_20090121_LJH_JUC_0001 말바우와 아기장수
05_20_FOT_20090121_LJH_JUC_0002 효자각의 유래
05_20_FOT_20090121_LJH_JUC_0003 퇴계 선조의 명당 차지하기
05_20_FOT_20090121_LJH_JUC_0004 남편의 나병 고친 열녀 며느리
05_20_FOT_20090121_LJH_JUC_0005 진정한 친구로 아들 버릇 고친 아버지
05_20_FOT_20090121_LJH_JUC_0006 연안 차씨의 효행

천순조, 여, 1936년생

주 소 지 : 경상북도 청송군 파천면 덕천리
제보일시 : 2009.2.19
조 사 자 : 임재해, 조정현, 편해문, 박혜영, 임주, 황진현, 신정아

천순조는 1936년 병자생으로 올해 연세
가 74세이다. 천순조는 경상북도 청송군 청
송읍 월야동에서 태어나고 자랐다. 그 뒤로
지금 살고 있는 경상북도 청송군 파천면 덕
천 1동 271번지로 시집을 와서 아들 내외와
손자와 지금껏 살고 있다. 천순조는 살아오
면서 청송을 떠나본 적이 없는 토박이라고
할 수 있다. 그렇기 때문에 천순조가 부른
모심기 노래는 그 가락이나 사설에 있어 지역성을 고스란히 간직하고 있
다고 할 수 있다. 시집와서 이 동네에서 모심기 노래를 하는 것을 보고
배웠다고 하는데 특히 여성 창자가 모심기를 하는 현장에서도 앞소리를
메겨보았다는 것은 주목할 만한 일이다. 읍내 노래자랑 대회에 우연하게
나가 부른 모심기 노래가 상을 받은 적이 있는데, 그때 일이 계기가 되어
노래 잘 한다는 소문이 여기 저기 난 것이라고 했다. 제보자의 집에서 구
연하였다. 제보자가 모심기 소리를 잘한다고 해서 찾아 왔다고 하니 웃으

시며 차분히 노래를 불러 주셨다. 언젠가 마을에서 노래 자랑 대회가 있었는데 그때 한번 부른 것이 알려지고 알려져 노래를 잘 한다는 소문이 난 것이라고 했다.

제공 자료 목록
05_20_FOS_20090219_LJH_CSJ_0001 모심기 소리
05_20_FOS_20090219_LJH_CSJ_0002 베틀 노래
05_20_FOS_20090219_LJH_CSJ_0003 언문 뒤풀이

방학중과 담배 장수

자료코드 : 05_20_FOT_20090122_LJH_GOD_0012
조사장소 : 경상북도 청송군 파천면 신홍2리 76번지
조사일시 : 2009.1.22
조 사 자 : 임재해, 조정현, 편해문, 박혜영, 임주, 황진현, 신정아
제 보 자 : 권오동, 남, 80세
구연상황 : 조사자가 전날 들려주신 이야기 중에서 서울 가서 풀 사먹은 양반에 대한 이
　　　　　야기가 매우 흥미로웠다고 말하자, 그 사람이 방학중이라면서 방학중에 관한
　　　　　이야기 중 하나를 구연했다.
줄 거 리 : 방학중이 담배장수에게 자신이 가진 담배 잎사귀가 젖어서 필 수가 없어 한
　　　　　대만 달라고 하지만 담배장수는 부서진 담배가 없어서 못 준다고 한다. 그러
　　　　　자 방학중이 꾀를 내어, 길을 가다가 논둑에 올라서서 모심는 아녀자들 중에
　　　　　서 제일 젊은 색시를 오라고 한다. 색시가 다가가자 방학중이 입을 맞추고는
　　　　　바닥에 패대기치고는 달아나 버린다. 방학중이 도망가면서 담배장수에게 형
　　　　　님이라고 부르며 얼른 피하라고 소리친다. 사람들이 담배장수가 방학중의 형
　　　　　인 줄 알고 마구 때렸다. 그리고는 다시 담배장수가 담뱃짐을 지고 가고, 그
　　　　　와중에 방학중이 멀리서 기다리고 있었다. 방학중은 담배장수에게 아끼는 부
　　　　　서진 게 없다고 했지만 지금은 담배가 부서졌으니 한 대 달라고 했다.

　　방학중이 영덕 잡부(잡스러운 사람) 아니라. 그건 이 사람아 요새는 궐
련(얇은 종이로 길게 말아넣은 담배)이지만 옛날에는 이파리(잎사귀) 담배
피왔거든(피웠거든). [웃으면서] 그 어데가노카만(어디 가냐 하면) 저 사람
이 오만(오면) 담배를 이파리를 물에다 다부(바로) 적셔 가지고 갓에다 얹
어 간다. 갓머리 곁에 가 가지고,

　　"나는 담배 잎사귀가 젖어 녹아 못 풀다(핀다). 한 대 달라."

　　그러고. 그래 서울 갔다 오다가 모심기를 쭉, 아 모심기를 죽 하는데
담배쟁이가 담배를 그 때 발 담배 지고 가며 팔을 땐데, [목소리를 높이

며] 담배를 지고 오거든.

"여보게 날 담배 한 대 주오."

카니, 부사진(부서진) 게 없어 안 준다는, 못 준다는 거라. 부사진 게 없어 모, 모, 못 얻어, 못 피우고 오다보이(오다보니) 모심기를 하는데 젊은 아주머니네들 나(나이) 많은 사람들 하는데, 그 논둑에 벌떡 올라서서 뭐라카냐 카면은(하며는) 젤(제일) 젊은 색시 보고들랑,

"저 아주머니 여 좀 오라."

고 하거든. 그러니 그 아주머니가,

'친정에서 뭐 부고가 왔는지 급한 거 왔나?'

싶어골랑(싶어서) 물에다 손을 터득터득 씻고 인제 [웃으면서] 논둑 밑에 갔어. 입을 맞춰 떠밀어 가지고 논바닥에 패댕이('패대기'라는 뜻) 처불거든(처버리거든). 그래 막 달아나 버린다. [웃으면서] 이 놈이 말이다. 방학중이가, 달아나뿌는데(달아나버리는데), 그 때쯤 되가 달아나다가 담배쟁이가 오거든. 길 옆에 모 숨구는데. 뭐라 그러냐면 말이래. 거 가서 어데 높은 데 서 가지고, [점점 커지는 목소리로 다급하다는 듯이]

"형님요! 형님요! 거 오지 말라고 그 놈들한테 맞아 죽으이."

[웃으면서] 그리 담배쟁이가 뭐도(뭐가 뭔 지도) 모른다. 담배 짊어지고 가는데 모 숨구던 사람들이 이놈에 자슥(자식) 동생을 데려다 때려야 되는데 저 마를(놈을) 때린다고 마구 두드리거든. (방학중이 형님이라고 했던 '담배장수를' 때렸다는 말인데, '담배장수를'이 생략되었다). 담배쟁이는 뭐 얻어맞고 [웃으면서] 그래 가지고 [입을 축이면서] 실컷 앉아있다 저는 빈 걸로 가고 저 놈 담뱃짐 지고 가이 뭐[웃으면서 헛기침을 하다가] 그래 가지고 머리는 정신없는데 가만 앉았다가,

"그 인제 담배 부샀으이(부쉈으니) 담배 한 대 달라."

하드라. [장면을 상상하듯 웃다가]. 아까는 달라카이 부사진 게 없다 카디(하더니). 방학중이가 똘갱이래(똘갱이란 다른 사람과 화합하지 못하고

엉뚱한 짓을 하는 사람 을 일컫는 말).

지네와 싸워 처녀를 구한 두꺼비

자료코드 : 05_20_FOT_20090123_LJH_GOD_0001
조사장소 : 경상북도 청송군 파천면 신흥2리 76번지
조사일시 : 2009.1.23
조 사 자 : 임재해, 조정현, 편해문, 박혜영, 임주, 황진현, 신정아
제 보 자 : 권오동, 남, 80세
구연상황 : 덕천리 마을 사람들의 소개로 제보자를 만나 덕천2리 권오동 씨를 소개받았
다. 22일에 이어 이 날도 자택에서 구연이 이뤄졌다. 먼저 국문 뒤풀이를 노
래하고, 이어서 조사자의 질문에 따라 옛날이야기를 하였다. 제보자가 천식이
있어 구연 도중에 기침이 잦았다. 기억은 나는데 말이 제대로 나오지 않아 중
간에 말을 잠시 더듬기도 한다.
줄 거 리 : 한 처녀가 어릴 때부터 따라다니던 두꺼비를 귀여워하여 밥을 먹여가며 돌보
았다. 그 처녀가 시집을 가니 두꺼비도 따라갔다. 삼 년에 한 번식 당에 사람
을 바치고 제사를 지내야 마을이 편하다고 하여, 이 처녀가 제물로 바쳐졌다.
당 안에는 천장에 지네가 있었는데 처녀를 따라다니던 두꺼비가 지네와 싸움
을 하였다. 끝내 두꺼비가 이겨 처녀를 구했다.

　(조사자 : 혹시 저기 뭐 두꺼비하고 지네하고 막 싸우던 얘기 있어요?)
그래 있어. (조사자 : 그거 한 번 해주세요 그거.) 두꺼비 싸우는 얘기 참
그거는 기억이 난다. 두꺼비하고 지네하고. (조사자 : 예 그것 좀 해주세
요.) [헛기침 하면서] 허, 그 이제 처 처 처 처녀가 어릴 때부터 처녀가 두
꺼비가 이만하다고 따라댕긴다고 따라 댕기니 그 이제 밥 먹을 때도 만날
보니 말이래 귀엽다이, 두꺼비가 오돌도돌 해도 이 놈으(놈이) 어디 가도
따라오거덩 두꺼비가.
　그면 두꺼비가 뭐 그 한 이십년 글고노니(그러고나니) 이만하다 마 말
하자면 으잉? 그 시집가는데 그 가마 타고 옛날에 시집가는데 어디로 왔

는동 왔거든. 두꺼비가 처자 가는 데는 이 어디든 따라가는데 나 참 그런 얘기 있다 참말로 예전 얘기. [헛기침 하듯이] 컥, 그래 이제 그 첫날 저녁에 방에 들어갔는데 앉아있으니 이 뚜꺼비가 어디로 들어와도 또 또 또 또 들어왔다. 그런 뭐 뭐 이 처자는 색시는 맹 두꺼비를 사랑하는데 그래 그래니(보통 '그러니'라고 풀이할 수 있지만 이야기 전개상으로 여기서는 '그런데'라는 의미로 쓰임.) 그 뭐가 그 집에 지네가 몇 십년 묵은 지네가 있었던 모양이라. 그래 이제 처자가 두꺼비가 가만히 그 여 우예 그 이제 지네가 말이라 독을 처자 쪽으로 옇거든(쏘았거든) 그래 이제 두꺼비가 이제 그 뭐로 저걸 치받고(아래에서 위쪽을 향하여 세차게 받다.) 소란해 가지고, 결국은 내중에 이제 두꺼비가 못 이겨 그 돌이 그래 지네가 그 맷방석 같은데 이제 마 자빠지거든. 그래 이제 그 처 그 처자가 살았잖나 색시가 두꺼비를 맥여 가지고(먹여서 돌봐 가지고). (조사자 : 아 두꺼비가.)

얘기가 그래 돼. 아 그래 됐구나. 맞다. 그 동네 인제 시집을 가노니 삼년에, 헥, [목을 가다듬듯이 마른 입을 축이며] 쩝 [헛기침 하면서] 켁 삼년 만에 한 번씩 그 당이라 하는데 느그(너희) 아는동(아는지) 몰라 당사(堂社), (조사자 : 알아요.) 고사 지내는 당집이 있다 그 집에 삼 년 만에(문맥상 '마다'라는 의미) 하미('벌써'라는 의미의 경상도 방언이며 고어로는 '이제 곧', '머지않아'라는 뜻도 있다. 여기서는 문맥상 '늘'이라는 뜻으로 쓰였다.). 사람을 갖다 여야(넣어야) 돼. 그래야 동네가 몇 천 년 돼도 편코(편하고) 그렇다고 그 해당이 이 시집간 이 집이가 해당이 됐거든. 그래 이제 당집에 뭐 뭐 드가(들어가) 있었다.

이 처자가 색시가 가만히 두꺼비 따라와 앉았거든 그래 앉아 가지고 두꺼비를 슬슬 만지고 있자니, 그래 그 즉시 버적버적(물기가 아주 적은 물건이 잇따라 타들어 가는 소리. 또는 그 모양) 뭐 소리가 나드니(나더니) 당집에 들어와. 그게 이제 막 불이 뭐 시퍼래져 가지고 딱 내려오는기라 처자한테, 그래 내려올라카니 두꺼비가 또 독을 쏴 가지고 마구. 그래 한(같은) 시간대 그랬다 그면(+그러면) 그 지네가 두꺼비한테 못 이겨. 그래 방바닥에 떨어져 자빠지는데 그마 초석받이 같은 게 마 두 마리 잡아 옇고(넣고). 그 얘기 그런 얘기 있대. (조사자 : 초석받이요?) 초석받이라고 자리치는 옛날에 마디 우리집 낭게(낭게는 나무를 이르는 경상도 방언) [창밖을 손으로 가리키며] 이 이 이거 있다 기다란 거 한 발 되는 거.

고삼백을 저승에 잡아간 진사

자료코드 : 05_20_FOT_20090123_LJH_GOD_0002
조사장소 : 경상북도 청송군 파천면 신흥2리 76번지
조사일시 : 2009.1.23
조 사 자 : 임재해, 조정현, 편해문, 박혜영, 임주, 황진현, 신정아
제 보 자 : 권오동, 남, 80세
구연상황 : 앞의 동방삭 이야기에 이어서 저승 다녀온 사람이 있느냐는 질문에 고삼백을 저승에 잡아간 진사를 구연하였다.
줄 거 리 : 안동 도목에 진사급제를 한 사람이 사흘 연속 같은 꿈을 꾸었다. 꿈에서 제주도에 가면 삼백 년 산 고삼백이라는 사람이 있는데, 저승사자가 잡아오지 못하는 까닭에 그를 잡아오라는 명을 받았다. 고삼백이는 가족회의를 하면서 만약에 자신이 죽으면 한 달만 방에 놔두라고 하였다. 그 이튿날 저승에서 온 집행관이 데리고 가더니 망치를 하나 주었다. 진사가 망치를 들고 고삼백이네 집에 갔는데, 집에 낮으로 창살이 쳐져서 갈 수 없고, 집 주위에는 탱자나무를 심어 놓아서 귀신이 갈 수 없기에 개구멍으로 들어갔다. 방문에 귀신 머리를 깬다는 사서삼경이 쓰여 있었는데 마침 글자 획이 하나 틀려 진사가 그곳으로 주먹을 넣고 때려서 고삼백을 죽였다.
고삼백이 잡혀가는 길에 전라도 무등산 넘어서 무당의 굿판에서 '고삼백이도 먹고가라.'면서 떡을 던지기에 주워 먹으며 갔다. 진사는 보름째 되는 날 집에 돌아와 되살아났다. 날짜를 헤아려 제삿날을 적어 놓았다가 고삼백이 살던 집으로 배를 타고 들어갔다. 집으로 찾아가니 제삿집에 심으면 안 된다고 하는 탱자나무가 주위에 심어져 있었다. 진사가 자신이 들어갔던 자리를 보니

그 곳에는 복숭아나무가 있었다. 진사가 그 자리를 손으로 쳐서 방에 들어가더니 제사를 지내는 것이 아니라, 글자 한 자 틀린 곳으로 자기가 손을 넣었던 것을 떠올려 '아 내가 이리 손을 넣었구나.'라고 했다.

안동 도목(일 년에 네 번 도목정(都目政)을 행(行)하던 일. 잡직(雜織)·아전(衙前)같은 하급(下級) 벼슬아치에게 준용하던 것을 사도목(四都目)이라 한다.)이라고 있제? 도목 벼슬이가 있다. 도목 벼슬인데 이 분이 스물네 살에 진사('進士'는 소과(小科)의 첫시험(試驗)에 급제(及第)한 사람을 일컫는다.) 급달(급제)을 했어. 진사. 진사라는 건 글을 많이 아는 선비한테 주는 벼슬이거든. 진사가. 진사를 했는데. 그 때는 대개 결혼을 일찍이 한다고 옛날에는. 그래 인제 한 날 저녁 꿈을 꿔었는데 저승 처사란 말이래. 진사한테 꿈을 꾸는데 꾸이는데, 니가(네가) 아다시피(알다시피) 제주도 고씨가 제주 고씨다. 높을 고자(高) 고씨가 본이. 제주도 가만(가면) 고삼백이라고 있다.

"삼백 년 산 사람이 있는데 이승에서는 도저히 못 잡아 오이, 참 저승 사자가 못 잡아오이 니가 가서 잡아온나."

카거든. 이카는데, 도목 벼슬이한테 꿈에. 처음에 꿀 때는 그런가부다(그런가보다) 했더니 그 이튿날 또 그런 꿈이 꾸이거든. 그 희한하다. 꿈이라는 게 거 휘향한(허무맹랑한) 일 아이가? 그제? 그래서 사흘 거푸(연속) 꾸네 꿈을. 맹 저승처사가 와서 염라대왕이 와 가지고,

"고삼백이를 니가 좀 와서 잡아오라."

카거든. 그래 사흘 거푸 꿈을 꾸이는데 일나 아침을 먹고 가족회의를 한다. 마누라도 있고 아부지(아버지) 어머니 다 있는데,

"내가 꿈을 사흘 연거푸 같은 꿈을 꿨다. 내가 죽을지도 모르이(모르니) 만약에 내가 죽거든 한 달만 방에 다가 놔둬보라"

는 게라.

"가만 건들어 보지 말고."

그카거든(그러거든). 그래 그 이튿날 참말로 저승에서 델로(데리러) 집행관이 왔다. 집행관이 전부 정리하거든. 집행관이 문도 잡고 정리하는 사람이다. 귀신이다. 그래 저승을 가는데, 가이(가니) 아주 주찬을 대접하고 그래 망치를 하나 주더란다. 망치, 제주도를 그쪽에서는 고삼백이네 집에 갔거든. 가이 기치창살이 낫으로 뱅 둘러서 들어갈 구녕(구멍)이 없거든 집에. 그래 빙빙 돌아댕기다가(돌아다니다가) 개가 댕기는(다니는)데 전부 탱구 낭구(나무)를 심어 놨는데 어데 귀신이 침범을 못하는 거야. 개가 댕기는 구녕(구멍)으로 기(기어) 들어갔거든. 들어가 이래보이 고삼백이가 삼백 년 살았다고 고삼백이래. 누워 있거든. 문을 닫아 놨는데 방망이를 들봐야 대가리를 때리던가 하제. 거 머가 붙어 있었느냐 하면 사서삼경이 말이야 귀신 대가리를 친다 카거든.

'사서삼경을 외우만 귀신 대가리가 깨진다.'

그러는데 문에 벼구빡에(벽에) 쭉 붙어 놨다. 귀신이 볼 때는 도저히 들어갈 수가 없다는 거야 귀신 쫓아내는 거기 때문에. 사서삼경이. 그래 한 군데를 들다보이 겨우 주먹 들어갈만 한 구녕이 있거든. 한문자(漢文子)라는 게 획하나 없어도 글자 주제가 안 된다 말하자면 국문도 그렇지만 글체(그렇지)? 글자 획자 하나 틀려 가지고 주먹을 거따(거기에다) 넣었는데 딱 때리니께네(때리니까) 어깨 들썩들썩 거리더니 막 죽는다고 고함을 지르거든. 그래 증손, 소손 삼백 년 살았으니 얼마나 많겠노? 지손들이. 와아 이래와. 귀신들은 보이지도 않는단 말이야 말하자면. 그래 마 곡소리 나고 또 하매 세 방을 때려 가지골랑(때려 가지고는) 혼을 빼 가지고 귀신이라는 게 있거든 혼을 빼야 되거든. 그래 가지고 타골랑 넘어 온나 강을 건너요 고삼백이 잡아 가지고 허허허허허. 그래오이 그래 고삼백이 잡아 가지고 오는데 저 어데로 저 저 저 저 저 전라도 무등산('無等山'으로 광주광역시 및 전라남도 화순군과 담양군에 걸쳐 있는 산이다. 북쪽은 나주평야, 남쪽은 남령산지의 경계에 있다.) 넘어서 그리 오이(오니) 무당이 굿을 하는데 말이래 죽을 지경이거든. 그래 인제 굿을 하고 던진다고. 떡쪼가리만 그리 던지거든. 그래 귀신도 알어. 무당도. 안동 있는 벼슬 있는 사람 먹고 가라 그러면서 떡도 고기도 빼가 던지거든. 뭐.

"제주도 있는 고삼백이도 먹고 가라!"

그래 주와 먹고 왔다. 집에 와보이 꼭 보름째 나는 게라. 그래 가만 놔 뒀거든. 그 시체를. 보름 째 살아났다. 살아나고 보름이란 날짜를 이래보이 명년 이맘 때 제주도 고삼백이 집이 어딨는동(어디있는지) 가볼라꼬(가보려고) 진사니께(진사니까) 안 그래? 그래 날짜를 딱 적어 났다가 자기 죽은 날짜 치고(포함해서 헤아리고) 그러면 제삿날을 알거든. 그래 배를 타고 제주도로 드갔다(들어갔다). 드가이(들어가니) 제주도는 뭐냐카면(어떤 곳인가 하면) 죄인들 옛날에 갔다 키우모지거든 귀향하던 지래 옛날에. 섬에 그게(거기서) 못 나오거든. 그래 인제,

"안동 도목 벼슬이 온다."

카이. 제주도 요새 말하자면 환영을 하러 나오거든. 양반이 온다카이(온다고 하니). 그래 가지고 고삼백이네 집에 찾아 갔어. 찾아가이(찾아가니) 수위대로 비는(뵈는) 건 지키는 거는 글케 인제 조상 제사 지내는 집은 탱자나무 숨구지(심지) 말라카거든(말라고 하거든). 귀신이 못 들어온다고. 그래 고삼백 집에 가보이께(가보니까) 탱자나무 삥 둘러 탱자나무 가시가 막 크다 그래. 그래 인제 가만 보이(보니) 내가 드간(들어갔던) 자리를 가만 보이 거게(거기) 인제 뭐가 있노카만(있냐하면) 까치 복숭아낭기(복숭아나무) 있거든. 까치 복숭아낭기. 산에만 복숭아 요런 게 달린 게 그게 거 있었는데 그 산간에 개가 댕겼거든. 귀신 쫓는데 복숭아나무 작대기 줬거든. 왜 그러냐면 여자로 보인다는 거야 귀신 눈은. 그 손을 쳐 가지고 거 들어갔는데 그 들어 가지골랑 제사 지내러간 게 아니라 지 갔던 이래 본다고 들어 가 가지고는, 방에는 내가 손을 여가 때렸는데 글을 많이 아니까 진사를 했거든. 선비란 말이다.

'아 내가 이리 손을 넣었구나.'

글자가 한 자 틀려 가지고 그랬단 그 얘기다. (조사자 : 고삼백이는 어떻게 됐습니까?) 죽었잖나. 그래서 망치로 막 때려가 안 갔나?

남의 복은 끌로 파도 못 판다

자료코드 : 05_20_FOT_20090123_LJH_GOD_0004
조사장소 : 경상북도 청송군 파천면 신흥2리 76번지
조사일시 : 2009.1.23
조 사 자 : 임재해, 조정현, 편해문, 박혜영, 임주, 황진현, 신정아
제 보 자 : 권오동, 남, 80세
구연상황 : 보조 조사자가 산삼이 사람으로 변해서 내려왔다는 전설이 있느냐고 묻자, 그것이 전설이라면서 천년을 묵어야 동삼이 된다고 대답했다. 그러면서 '남에 복은 끌로 파도 못 판다'는 말이 있다고 했다. 제보자가 자기 복은 타고나는 것이라며 이야기를 구연했다.
줄 거 리 : 세 딸을 둔 집이 하는 일마다 잘 되었다. 그것이 희한하다고 여겨 하루는 며느리가 개를 한 마리 데려갔다. 아버지가 딸네 집에 가서 딸에게 몸이 허약하니 개를 삶아 달라고 했다. 딸이 개를 삶는 중에 누렇게 뜬 덩어리가 먹고 싶어 그것을 건져 먹어버렸다. 아버지가 개장국을 먹으려고 보니 개 속에 든 '복덩어리'로 여기는 누런 덩어리가 없었다. 아버지가 딸에게 위에 누런 덩어리가 없다고 하자, 딸이 구미에 당겨 자신이 먹었다고 대답했다. 그 말을 들은 아버지가 남의 복은 끌로 파도 못 판다고 여겼다.

(조사자 : 산삼이 사람으로 변해 가지고 내려왔다는 얘기 들으신 적 있으세요?) 매케(맨) 그게 그 그 그 전설이지 머. 산삼이라는 게 동삼에 살거든. 한 해 두 해가 아니라 천년을 묵어야 동삼이 된다는 게라. 천년을. 그래 남에 복은 끌로 파도 못 판다는 말이 있다. 전설이 그제?

'남에 복은 니 복은 내가 끌로 파도 못 파낸다.'

이 말이래.

'지 복 지가 가지고 있다.'

는 그 뜻인데. 그리 인제 딸을 세 번 놓았는데 그전엔 몰랬는데(몰랐는데), 그 집이 참 잘 되거든. 그 희한 뭐 뭐.

'며느리 잘 봐논(보아놓은) 집이 잘 되는데 희한하다 어예(어찌) 해 가지고 저리 잘 되는고?'

싶어서 그래 인제 그 집 뭐로 이게 개를 한 마리 데려 갔는데 며느리가, 데려 갔는데 개가 복이 그리 많이 있다는 거야 이 집에 있는 개가. 그리 시아바이(시아버지)가 아바이는 친정을 갔어. 아니 저 저 저 저 딸네 집에 갔어.

"내가 야 몸이 허약하니 개를 좀 잡아 다오."

개 속에 복덩어리 들었다는 거야. 그거 먹으면 지 영감이 될 챔인데(참인데). 그래 개를 아바이 왔으니 잡아 가지고 개장국 삶는데 위에 뭐 덩거리(덩어리)가 누런 덩거리가 빙빙빙빙 도는 게 딸이 가만히 보이 먹고 싶단 말이야. 그래 먹어 버렸어. 건져 먹어 버렸어. 아바이한테 개 삶았는 거 잡아 가져다주이,

"야, 위에 누런 거 없다?"

카이.

"그래 있데, 내가 먹고 싶어 먹어버렸다."

카이. 그래 아바시가(아버지가),

'남에 복은 끌로 파도 못 파는구나!'

전설 말이지 왜. 그런 말 안 있나? 왜.

공짜로 잣을 먹은 방학중

자료코드 : 05_20_FOT_20090123_LJH_GOD_0005

조사장소 : 경상북도 청송군 파천면 신흥2리 76번지

조사일시 : 2009.1.23

조 사 자 : 임재해, 조정현, 편해문, 박혜영, 임주, 황진현, 신정아

제 보 자 : 권오동, 남, 80세

구연상황 : 거짓말 잘해서 덕 보고 술 얻어 먹던 사람 이야기를 아느냐고 질문했지만 제
보자가 모른다고 하였다. 비슷한 유형의 이야기를 앞서 구연한 적이 있기에
방학중에 대해 언급하자 그와 관련한 이야기를 구연했다.

줄 거 리 : 어떤 영감이 한 쪽에서는 잣을 팔고 한 쪽에서는 갓을 팔고 있었다. 방학중이
주인에게 이것이 무어냐고 묻자 '잣이라'고 대답하였다. 방학중은 잣을 '자시
라'고 들은 것처럼 행세하며 잣을 먹는다. 또 다른 쪽에서 이것이 무어냐고
묻자 주인이 '갓이라'고 대답하여 방학중은 '가시라'는 말로 들은 셈치고 그
만 가버린다. 주인이 화를 내자 방학중은 '잣이라'해서 '자시고', '갓이라'해
서 갔는데 어쩌란 말이냐며 배짱을 부린다.

　(조사자 : 거짓말 잘해서 득보고 술도 얻어먹고 밥도 얻어먹고 뭐 그런
사람 얘기 있어요?) 몰래. 그런 건 몰래. (조사자 : 방학중이 그런 걸 많이
했다 하던데요?) 방학중이 영덕 사람이래. (조사자 : 술 먹고 머 내빼고 그
런 거 많이 했다 하던데요?) 그래. 맞아 죽고. (조사자 : 맞아 죽어요?) 글
케 맞고 그랬어. 영덕서 돈 십 원 하나 안 가지고 서울 갔다 오는 놈인데
그래. (조사자 : 어예 그래요?) 거 가보이 영감이 잣을 팔거든. 뻔히 알면
서,

　"뭐로?"

　그카는 거야.

　"잣이라."

　카니. 아나! 주와 먹었다.

　'자시라'

　칸다고(한다고). 그래 그 짝(쪽)으로는 갓을 팔고 있다. 맹 [호기심 어린
표정을 지으면서]

　"저건 뭔가요?"

438　증편 한국구비문학대계 7-20

이카이(이러니).

"갓이라."

카이. 그래 실컷 주와 먹고

'가시라'

칸다고(한다고) 갔다. [크게 나무라듯이 목소리를 높이면서] 주인이,

"이 놈으 자슥(자식) 남에 잣을 먹고 왜 가노?"

"아니, 이 양반아 당신이 자시라 안 캤나(했나)? 그래 먹으라니까 먹어. 가시라 카니(가시라 하니) 가. 뭐 어야란(어이 하란) 말이라!"

바닷물이 짠 까닭

자료코드 : 05_20_FOT_20090123_LJH_GOD_0008
조사장소 : 경상북도 청송군 파천면 신흥2리 76번지
조사일시 : 2009.1.23
조 사 자 : 임재해, 조정현, 편해문, 박혜영, 임주, 황진현, 신정아
제 보 자 : 권오동, 남, 80세
구연상황 : 제보자가 한글 뒤풀이를 부르고 난 뒤 이어서 조사자가 여러 가지 이야기를 질문 했으나 제보자가 모르는 이야기가 대부분이었다. 그러다가 그 중에서 바닷물이 짠 이유를 아느냐고 질문하자 당연하다는 듯이 맷돌이 돌아서 그렇다고 이야기했다.
줄 거 리 : 어떤 사람이 소금이 없어서 도깨비가 갖다 준 맷돌을 돌리니 소금이 나왔다. 그런데 이 맷돌은 멈추지 않고 계속 돌았다. 결국 맷돌을 바다에다 던졌는데, 그 후로도 맷돌이 쉼 없이 돌아 바닷물이 짜게 되었다. 아직도 바다 속에서 맷돌이 계속 돌고 있다.

(조사자 : 바닷물이 짜잖아요? 왜 짜요?) 도깨비 저 저 저 맷돌이 돌아가 가지고, 소금이 나와 가지고 그렇다 카지(그렇다 하지) 왜? 맷돌이 그 얘기가 있어. 맹 그 흥부 놀부 얘기지. 도깨비가 갖다 준 맷돌인데, 소금이 없어 가지고,

'소금을 좀 달라.'

카이. 맷돌을 돌리니 소금이 부부부부 나오거든. 이런 망할 놈 끌(멈출) 줄을 모르고 나둬(그대로 두어) 계속해서 돌아 가지고. 그래 짊어져다가 바다가 갖다 던져부니(던져버리니) 이제 바다에 돈다 이거라. 그래,

'바닷물이 짜다.'

이카대. 그카더라(그렇다고 하더라). 돈단다(돌아간다고 한다.) 아죽(아직).

말고삐 쥐고 눈감고 있던 방학중

자료코드 : 05_20_FOT_20090123_LJH_GOD_0009
조사장소 : 경상북도 청송군 파천면 신흥2리 76번지
조사일시 : 2009.1.23
조 사 자 : 임재해, 조정현, 편해문, 박혜영, 임주, 황진현, 신정아
제 보 자 : 권오동, 남, 80세
구연상황 : 전날 제보자가 들려준 이야기 중에서 촌놈이 서울가서 풀 사먹었던 구절이 흥미로웠다며 조사자가 이야기 했다. 그러자 제보자가 그 사람이 바로 방학중 이라고 말하였다. 방학중에 관한 재미난 이야기가 또 있다며 웃으면서 구연하 였다.
줄 거 리 : 방학중이 과거를 보러 말을 타고 서울로 갔다. 가는 길에 한 선비가 서울은 눈 떼 먹는 곳이라고 하였다. 그 말을 들은 방학중이 말을 팔고 나서 말고삐 를 쥐고 눈을 감고 서 있었다. 왜 그렇게 있으냐고 묻자 방학중이 눈 빼갈까 봐서 눈 감고 있다고 대답한다.

서울에 갔는데 방학중이가 그 인제 뭐로 선비 과거보러 갔는데 말을 몰고 갔어. 그 뭐라 그런 게 아니라 그 선비가 하는 말 과거 보러 가는 사람이,

"여기 서울 눈 떼 먹는 데대이."

그카거든.

"말 조심해라."

방학중이가 말을 팔아먹어불고(팔아 버리고) 말고삐를 쥐고, 눈을 뻑뻐끔(뻐금뻐끔) 서 있거든. 그래 오이(오니) 말은 팔아먹었는데 말고삐를 쥐고 눈을 뻐끔하니 그래. [목소리를 높이면서]

"야 이놈아 ! 왜 눈을 뻐끔하고 말고삐 쥐고 있나?"

카이.

"아이고! 저 저 저 서울에 눈 뺀다!"

카거든. 눈 뺄까봐 눈 감고 있드라(있더라) 카드란다(하더란다).

처자 구한 박문수와 고시네 풍속

자료코드 : 05_20_FOT_20090123_LJH_GOD_0011
조사장소 : 경상북도 청송군 파천면 신흥2리 76번지
조사일시 : 2009.1.23
조 사 자 : 임재해, 조정현, 편해문, 박혜영, 임주, 황진현, 신정아
제 보 자 : 권오동, 남, 80세
구연상황 : 앞의 이야기에 이어서 구연하였다. 제보자가 장시간 이야기한 탓에 숨이 좀
차고 지쳐 있었는데, 마지막으로 들려주는 한 마디 더 일러주겠다며 기억해
낸 이야기이다. 제보자는 조사자에게 고씨례가 무엇인지 아느냐고 물어보면
서 말문을 열었다.
줄 거 리 : 박문수가 가다보니 천하 대명산에 구덩이를 파고 묘를 쓰려는 사람이 있었다.
오두막집에 함께 살던 자기 모친이 죽어 구덩이를 파고 있노라고 했다. 그러
는 중에 어떤 처자가 쫓아 나오며 살려 달라고 애원했다. 박문수가 꾀를 내어
어머니 죽은 곳에 상복을 입고 상주 노릇을 하도록 시켰다. 그 뒤로 네다섯
명이 몽둥이를 들고 처자를 뒤쫓아와 찾았다. 박문수가 등 너머로 가보라하여
처자는 위기를 모면했다. 그 처자는 등 너머에 살고 있는 부잣집 딸이었는데
가족을 모두 사별하고 홀로 살고 있었다. 알고 보니 처자를 죽이려 달려들던
놈들이 바로 그 집 하인들이었는데, 그녀가 집에 들어오지 않자 죽은 줄 알고
하인이 부자 노릇을 하고 있던 것이었다. 박문수가 이것을 보고 어사출두를

할 참으로 원에 쪽지를 보냈다. 그리하여 나졸을 불러 동네사람들을 집결시키고 하인들을 묶어 놓고 벌하였다. 그런 뒤 그 이튿날 처자하고 결혼식을 시켰다. 그러자 처자가 하는 말이 자신이 가진 것은 재산뿐이고 호남평야 고시내 뜰이 모두 자신의 땅이라며 토지문서를 박문수에게 주었다. 박문수는 벼락부자가 되었고 호남평야 복판에다 돌과 흙을 실어다 삼백 평이나 되는 골을 만들어 놓았다. 모친이 돌아가시면 묘를 쓸 참이었다. 후손도 없기에 농사를 지으면 곡식은 다 남을 주고 삼백 평은 묘자리를 만들어 놓았다. 박문수는 고씨 모친이 죽은 뒤에 그 곳에 묘를 썼다. 하는 일마다 잘 되라고 '고씨네' 하면서 밥을 먹을 때 한 술 떠서 던지는 풍습이 있다. 아직도 그 뜰과 박문수 모친의 묘가 남아있다고 한다.

숙종이 말이래. 그래 인제 거 숙종이 아니고 박문수인 모양이라. 그래 가다보이 길 위에 인제 여자를 갖다놓고 구디(구덩이)를 파고 있거든. 박문수가 가만 가보이 천하 대명산(天下 大名山)이래. 그래 그 그 그 일하는 놈한테 물었다.

"이 터를 누가 봤노?"

카이.

"누가 보기는요."

"저 오두막집이 우리 모친하고 혼자 살다가 엄마가 죽어 가지고 이래 파는 거다."

그래 알았다. 그래 어옜나(어쨌나) 카만 이 사람 풍수지 삼아 그 그 저 저 저 박문수는 그 사람 일꾼 미(묘)를 파 가지고 미를 쓰다나이(써놓으니). 어떤 처자가 머리 풀고 쫓아 나오며,

"사람 살려 달라!"

카거든. 그래 박문수가 불렀다. 그 그 저 저 저 어마이 죽었는 상복을 갖다놓고 고마 그 놈을 입혀서 상주를 시킨다. 처자를. 그 상주를 시켰는데(시켰는데) 한다 박문수 시킨대로. 하다가 몽댕이(몽둥이) 들고 한 너댓 놈이 막 넘어오거든. 치안상 버릇은 아니래.

"여기 어데 지집아(계집아) 하나 못 봤나?"

카거든. 그래 박문수는,

"저 저 저 등 너머로 넘어 가드라."

캤어. 그래 이놈들 가면 때려 죽인다카고 갔거든. 그래 장사를 지내골 랑 여자는 면했다. 여자가 면했는데 그래 인제 집에 왔어. 오두막집에 떳 집(떼로 만든 집, 허름한 집)을 져(지어) 놓고 사는데 처자하고 박문수하고 방에 들어가 있고 총각은 정지에 있다. 방에는 처자 있다고 안 드가고. 그 래 인제 좁쌀 한 줌 있는 걸로 저녁을 끓여 먹골랑 나섰는 날 그날 눈이 자박자박 왔어. 박문수가 아 처자가 뭐라 그러냐면,

"내가 여 등 너매(등 너머에) 사는데 여기서 한 2키로 한 이십리 된다."

는 거야. 만석꾼이라카거든.

"참 우리가 그래 가지고 만석꾼 재산인데 아버지, 어머니, 친척, 다 돌 아가시고 내 혼자 뿐인데 이 놈들이 종이라."

카거든. 종놈들이 그리 잘 살어. 그래 인제 그렇다카거든. 그래 그 밥해 먹고 말고 인제 이놈 데리고 처자하고 같이 넘어갔다. 그 집에 들어가이 큰 기와집에 들갔더니 참 한경없이(한정없이) 잘살거든. 그래 가만 생각해 보니께네, 이놈아들 처자를 때려죽인 줄 알골랑(알고는) 즈그들(저희들) 저 세상이라 종놈들이. 마당도 쓸지도 안 하고 머 이놈들이 진바삼아 그 래 살거든. 그래 박문수가 떡 큰 집에 처자 집에 갔다. 그래 쪽지를 적어 주면서,

"여기 관가이 얼매(얼마) 드노(드나)? 관청을 얼매드노?"

카이. 얼매 된다 카거든. 빠르면 세 시간 내로 갈수 있다 카거든. 적어 줬다 박문수가 어사출두(暗行御史 出頭, 암행어사 출두, 신분을 감추고 담 당한 지역을 두루 다니면서 지방관의 비리를 탐문한 후, 혐의가 있는 군 현에 수행원을 거느리고 공개적으로 모습을 드러내는 것) 할라고. 원한테 (원님에게) 쪽지를 보냈다. 이거 머 종놈들 글을 아나 기억자도 모르거든.

"갖다주만 벼슬하나 시켜주마."

그러이 이놈이 좋다고 갔다. 그 제압을 시켜야 저게 되거든. 그래 인제 원이,

'근방에 어사가 박문수, 박어사가 여 와 있구나.'

출두할 참인데 그래 머 나졸을 불러 가지고 마구마구 그 동네를 마구 집결한다. 집결해 가지고 마구 동네 사람들 나오라고 해 가지골랑 끌어 묶았어(묶었어). 묶아놓고,

"너 죄를 이 적지 이 집 녹을 먹고 산 놈들이 처자 하나 있다고 만만타고(만만하다고) 너와 결혼한다고 될 일이라!"

막 뚜드려(두드려) 패라 카니까 앞에 엎드린 놈은 일나가(일어서서) 두 찰 때리고 서로 두 찰씩 이놈들 식겁을('뜻밖에 놀라 겁을 먹다'는 의미) 하거든. 어사가 왔느, 출도했는데 그래 가지골랑 그 이튿날 처자하고 결혼식을 시켰어. 박문수가 결혼을 시켜 가지고 처자가 한 말이,

"저가 가진 거는 재산뿐이라."

는 거라. 호남평야 그 고시내들이라 그랬어 고시내들. 호남에. 그게 전부 그 집 토지래. 처자 토진데. 그 문서를 꺼내 주거든.

"댕기다가 필요하시거든 들려보라."

고. 이건 뭐 벼락부자 됐다. 안 그러면 그만한 재산 글케(그렇게) 미터(묘터)에도 저게 있다 카는거라. 그래 가지골랑 박문수가 호남에 가보이 인제 박문수 방 이따만(이만) 하잖나? 문서를 가지고 가이, 거다 평야 복판에다 삼백 평을 돌을 져다 흙을 져다 인제 골을 만들어 놨어. 어마이 죽으만 거다 미(묘)를 쓸라고. 그래 인제 해 노콜랑 그래 집 지 놓고 농사 지(지어) 놓고 이 집에는 아무 후손도 없고 그리 농사 지노만(지어 놓으면) 줄라고 섬에다 무지 났거든. 그래 박문수가 가 가지고,

"이 곡식들 당신네들 다 먹어라 먹고 여기다 삼백 평은 지주들이 흙을 져다가 요새는 기계 좋지만은 무져라('무더기로 모아 쌓다'는 의미이다.)."

그래 이만치 무져놓고. 그래 모(어머니)가 죽었어. 죽은 뒤에 거다 미 (묘)를 썼다. 그래 인제 그 큰 들에 정자도 없고 쉴 때도 없거든. 만날(맨날) 그 다 끌어모인 거라. 미 뻘에(갯바닥이나 늪 바닥에 있는 거무스름하고 미끈미끈한 고운 흙으로 개흙이 표준어이나 방언으로 '뻘'이라고도 한다.) 모심기할 때는 그래 모심기 할 때 인제 그,

'고시네('고수레'를 경상도 방언으로 '고시레'라 하며 제보자는 '고씨네'라 하였다.)'

카는 게 있다. 밥을 떠 가지고 던져 마구 농촌 사는 사람들은 다 안다. 우리는 들에 가 밥만 먹으면

"고씨네(고씨례'高氏禮', 고시래·고시례·고시네·고시내·고씨네 등으로도 불렀다. 첫숟가락의 음식을 신에게 바치는 주술적인 행위이다.)"

카면서 던진다.

"고씨네"

카는 게 뭐냐 카면(뭐냐 하면) 박문수 모(母)가 고씨거든. 거 던지만(던지면) 그리 잘 돼. 내가 잘 되자고 하는 소리야 고씨네가. 그래 들에 일하다 점심 같은 거 가져와 가지고 박문수 모친 미(墓)라 칸다. 그러만 밥을 떠가 절을 하는 사람도 있고 가져온 밥을. 이 사람이 뭐 뭐 뭐 곡식도 잘 되고 그래 그 들 이름이 고씨네들이래. 지금도 가면 있어. 박문수 모(母) 미(墓)가 있어.

아무 서방 뭐 낳는공

자료코드 : 05_20_FOT_20090123_LJH_GOD_0012
조사장소 : 경상북도 청송군 파천면 신흥2리 76번지
조사일시 : 2009.1.23
조 사 자 : 임재해, 조정현, 편해문, 박혜영, 임주, 황진현, 신정아

제 보 자 : 권오동, 남, 80세
구연상황 : 조사자가 계속 이야기를 해달라고 청하자 잠시 고심하다가 곧 우스운 이야기
가 있다면서 말문을 열었다.
줄 거 리 : 비가 오던 날 친정 어머니가 출산을 한 딸을 바라지 하러 딸네 집으로 왔다.
사위를 보고 "아무 서방 뭐 낳는공?" 하며 묻자 사위가 대답이 없었다. 금줄
이 있어서 딸인 줄 알면서도 장모가 사위를 앞에서 "보지가 서이라!" 하며 스
스럼없이 말했다.

우스운 일이 있다. (조사자 : 뭐요?) 비가 찰찰 오는데 친정 여자가 몸을 풀었는데 딸을 낳았거든. 딸 낳았는데 친정 어마이가 바라지(음식이나 옷을 대어 주거나 온갖 일을 돌보아 주는 일.)하러 온다고 딸네 집에 왔어. 비가 찰찰 오는데 오이, 사우가 퇴비 거름을 디비고(경상도 방언으로, 헤집다라는 의미) 있거든. 그래 장모가 들어오더니 머라 그러냐면 사우(사위) 보고,

"아무 서방 뭐 낳는공?"

카이. 금색(금줄) 있으니까 뭐 낳는지 알거든. 아무 소리 안 해. 또,

"아무 서방 뭐 낳는공?"

카이, 뭐라 카냐면(뭐라 하냐면) 장모가 마,

"보지가 서이라!"

칸다. 자기 딸 낳는 것도 여식, 장모 그캤다 카이. (조사자 : 뭐라고 했는데요?) 그캤다 카이. 장모가.

"보지가 서이가 모였다!"

그런다.

말바우와 아기장수

자료코드 : 05_20_FOT_20090121_LJH_JUC_0001
조사장소 : 경상북도 청송군 파천면 덕천2리 252번지

조사일시 : 2009.1.21
조 사 자 : 임재해, 조정현, 편해문, 박혜영, 임주, 황진현, 신정아
제 보 자 : 장운찬, 남, 83세
구연상황 : 덕천2리 마을 회관에 들어서니 아침부터 어르신들께서 조사자들을 맞이하려
고 마을회관에 모여 기다리고 계셨다. 어르신들께 인사를 드리고 조사자 소개
를 한 뒤에 덕천2리 마을개관에 대한 질문을 하였다. 그러는 중에 마을 근처
에 있는 말바우에 관한 이야기를 들을 수 있었다.

줄 거 리 : 거목이라는 마을에 귕마 은씨가 살고 있었다. 아이가 태어나자마자 벌떡벌떡 일
어서 다녔다고 한다. 그 아이를 낳은 부모가 이상히 여기고 겁을 내어 그만 아
이를 죽여 버렸다. 아이가 죽고나니 말바위가 무너지면서 그 자리에서 용마가
나타나 강변을 뛰어다니며 울었다고 한다. 그 말은 은장군의 말로 죽은 아이가
바로 은장군이었고, 그의 죽음으로 인하여 용마도 허황하게 사라져 버렸다.

(조사자 : 이름 있는 바위나?) 아 저 말바우 있는데. (조사자 : 말바우. 말
바우. 말바우는 왜 말바웁니까?) 말처럼 생겼다고 말바우. 전설이지. 전설
의 고향 한 가지지. (조사자 : 맞습니다.) 근데 그 좀 나도 그런 건 확실힌
모르고 어른들 있는데 얘기로 들었는데 옛날에 여 은씨라고 살았답니다.
사는데 조금 아까 전에 얘기했는데, 거목이라고 캤는 데. 바로 이 덕천 이
마을이 아니고 요기 한 1km 조금 떨어져 가지고 마을이 있었답니다. 고
려시대 때 있었는데, 글 때 고 건너편에 그 머시기 뭐로? [청중들이 '말바
우', '은씨' 등을 언급하면서 웅성웅성 거린다.] 그 건너가 음씨 아 은씨.
저 이런데 아니 아니 귕마. (청중 : 귕마, 뀡터.) 귕마 거게 은씨가 살았답
니다.

은씨가, 귕마 은씨가 살았는데 거게서 [막힌 목을 가다듬듯이 '켁'] 아
가 참 출생했는데 대번 나디미로(낳자마자) 벌떡벌떡 일어나 섰디답니다.
(섰드랍니다) 그 삼일 전에 일라서고(일어서고) 하니께네, 이 고마 마 부모
네들이 고마 마 소실(사라질까봐) 홍겁(겁을)을 내 가지골랑 고마 저게 죽
여 버렸답니다. 죽여불고 나니께네 이 말바우 더 산이 무너지고 용마가
나 가지고 이 바로 갱변(강변)에 이게 뛰댕기며 울었다고마 이런 소리가

나요. 나는데, 요는 어이됐는고 하면, 그 은장군이 나 가지고 말은 들리는 거는, 그 사람은 말인데 사람이 죽어부니 말이 허황하다 말이지. 그래가 고마 지대로 사그라졌다 말이야. 임자가 없으니께 사그라졌다 이런 말이 있어. 그게 전설이라.

(조사자 : 그 바위의 모양에 그 뭐 말 같은 게 있습니까?) 말, 말, 말머리 같애. (조사자 : 아, 말머리처럼 되어 있습니까?) 저 현재 봐도 나서면 뷔여(보여). (청중 : 바위는 어설프지.) 아주 어설프지 이렇게 돼 가지고 말이 이래 돌아죽었는 식으로 돼있어요. (조사자 : 아 재밌네요. 그런 얘기 해주시면 됩니다. 그런 얘기.) 돌아다보는 식으로 되어 있으니 여 현재 봐도. (청중 : 아 요 그 그 그 얼라가 나 가지고 여 그날 낳든 날 그런데 그것 참 그냥 뒀으면 괜않은데(괜찮은데).) 이 놈 아가 금방 놔도(낳아도) 뛰댕기니 뭐 빨래돌로 찡가(찧어) 죽여 버렸는기라. 죽이놓으니 말이 튀어나 가지고 고함을 지르고 돌아댕기다 말도 슬슬 자빠져서 말이. 그게 우리 전설에 그렇지.

효자각의 유래

자료코드 : 05_20_FOT_20090121_LJH_JUC_0002
조사장소 : 경상북도 청송군 파천면 덕천2리 252번지
조사일시 : 2009.1.21
조 사 자 : 임재해, 조정현, 편해문, 박혜영, 임주, 황진현, 신정아
제 보 자 : 장운찬, 남, 83세
구연상황 : 조사자가 마을의 지명 유래에 대하여 질문하다가 근처에 있는 효자각에 대하여 묻자 제보자가 곧바로 구연하였다.
줄 거 리 : 어른을 모시고 살던 권택만이라는 사람이 살았다. 흉년이 들던 해에 그 집에 불이 났는데, 어른을 모시고 나오다가 처마가 떨어져 죽었다. 그리하여 나라에서 효자비를 세워 주었다.

(조사자 : 어르신 효자각 얘기 한 번 해주세요.) 아 각, 효자각 얘기할게. 효자각으는 내가 듣기는 참 어른들 있는데 전설로 듣기는 어떻노 하면은, 이 상촌이라고 있을 때에 권씨가 살았어요. 권씨가 살았는데 잘 살았답니다. 잘 살았는데 그 흉, 흉년이 들었는데, 그리니께 그 때 즈슴은(즈음엔) 뭐 흉년이 들다보니, 이래저래 하이튼 참 식량에 곤란을 많이 받, 저 겪었던 모양이래. 겪었는데. 그 요새로 말하면 빈민구제 하듯이 말이지. 없는 사람은 조석을 나눠주고 이래. 오래 하다보니께네 입이 짜차르고(많다는 의미) 하니께네 사람이 워낙 많으니께 감당을 못하니께, 그 중에 앙심 참 감정을 품은 사람이 있었든 모양이래요. 그 불을 놔 부렀어요. 그 집에다가.

불을 놔 부렀는데 그 때 이제 여 권택만씨라고 그 분 그 집이가 어른이 살았는데, 그 택만씨가 자기 어른 저 쫓겨나와 보니 불이 탔는데 나와 보니 자기 어른이 집에 있고 안 나왔다 말이라. 다부(바로) 데릴러 들어 가 가지고 어른을 모시고 나오다가 처막이 떨어져 가지고 죽었다고. 이런 말이 참 전설이 있어요. 그래 가주고 그 택만씨 효자비를 그 때 옛날 시대에 나라에서 돈이 내려 와 가지고 비를 이제 세워 놨는게 있어요. 현재 있어요. (조사자 : 그 비를 세우고 비각을 또 따로 만들었구나.) 있어요. 예 예 비각 짓고. (청중 : 효자 얘기하니께 그 저 종이, 옛날로 말하면 종이.) 아니 아니 그니께 원 뭐시기는 그래가 죽었는데, 죽었는데 그 다음에 우예 또 하며는 상전이 죽고 나니 옛날엔 그랬답니다. 상전이 죽고 나니께네 종이 몸종이라고 있었답니다. 있었는데 이거 옛날 식으로는 상전이 죽으면 종도 죽어야 된다네. 예. 생목숨을 죽어야 된답니다.

그래가주고 종도 따라서 죽었어. 죽어 가지고. 에 두 칸인데. 한 칸은 상전의 비고 한 칸은 종의 비고. (청중 : 종의 비.) 고래 두 개 있어. (조사자 : 아 두 개나 세워졌구나.) 예 있었는데 한 개는 부러졌어. 부러졌는 동가리가 안죽(아직) 있어요. 안직도(아직도) 있어요. (청중 : 효비는 부러진

지가 하마 오래됐어.) [목청을 높이며] 오랩니더. 이 너무 오래라. (조사자 : 아직도 좀 글씨도 보이고 막 이럽니까?) 어. 상여비는 원비는 그냥 있어요. [청중이 이야기를 듣다가 맞장구치며 호응한다.] 요 중년에 요 중년에 중수를 했어요. 중수한 지가 한 한 사십 년 될게요. 한 사십 년. 한 삼십 년 남짓 한 사십 년 될게래. 그래고는.

퇴계 선조의 명당 차지하기

자료코드 : 05_20_FOT_20090121_LJH_JUC_0003
조사장소 : 경상북도 청송군 파천면 덕천2리 252번지
조사일시 : 2009.1.21
조 사 자 : 임재해, 조정현, 편해문, 박혜영, 임주, 황진현, 신정아
제 보 자 : 장운찬, 남, 83세
구연상황 : 앞의 이야기에 이어서 구연하였다.
줄 거 리 : 진성이씨 가문의 호장군이 진보 현감에 재직하던 시절에 아전을 시켜 계란 두 개를 청송에 있는 좋은 터에 묻도록 시켰다. 둘 중 하나는 썩은 계란이었다. 이후에 캐보니 멀쩡한 계란은 부화되어 닭이 되었고, 썩은 계란도 병아리가 되어 있었다. 호장군이 병아리가 미숙하니 터가 자기와 아직 안 맞는다고 생각했다. 이후에 호장군 어른이 고른 터를 제관이 보고는 대인이 묻힐 자리에 소인이 묻혔다고 하였다. 시신에 관복을 입혀 묻으면 된다고 하여, 그대로 따랐다. 그 자리를 호장군의 묘로 썼는데, 칠대 자손 중에 퇴계 선생이 나왔다.

[어르신들끼리 진성 이씨에 대한 이야기를 하다가 장운찬 어르신께서 말문을 열었다.] 그거는 거기에 대해 가지고는 내가 얘기 한 마디 할게. (조사자 : [청중을 향해서] 들어주시죠.) 진성이씨네들 말이죠. 가 그 여 여 호장군이라고 그 묻혀있는 그 어른인데. 여 진보 현감으로 와 있을 적에 그 때 진보 아전에 요 있었답니다. 있었는데, 그 진보 현감으로 있는 그 분이가 자기 어른이 계셨는데. 그리 여 청송으로 와 댕기며 보니 자리가

그리 조 조 좋아했어. 좋아해 놔노니 그 진보 현감으로 있을 때에 아전을 찌이기로(시키기로) 가가주고,

"니가 아무데 가가주고 그 가주고 계란을 하나 묻어 봐라."

가니께네 이 그 아전에 있던 그 인제 머시기 가가 이제 상전 저 저 현감의 소리를 듣고 갈 때 계란을 두 낱을(개를) 가오(갖고) 갔대요. 하나는 썩계란을 가갖고(가지고)가고 하나는 참계란을 가갖고 가가가 묻었다는기라. 묻어 놓고 보니께네 시간이 되니께네 회를 치고 안 오는 기라. 그리 있다보니까 소리가 난다는기라. 그래 가지골랑 캐 보이 온 말짱한 계란은 닭이 돼야 나 나 나가부렸고, 썩 계란은 캐니께네 병아리가 돼 있다는기래. 이리니까네 그 계란을 가주고 그 부상인는데(부사한테) 갖다 뵀어. 이래갖고 뵀다. 뷔서 부사가 보니께 자기는 생각할 때 이 자리에는 계란이 말이지 닭이 돼 날아갈 줄 알았는데. 닭이 안주(아직) 미숙하기 땜시 아주 자리가 자기 생각하고는 안 맞는다는 기라.

"안 맞으니께 알았다."

그래 허고 그 부사님이가 딴 데로 저 경남 어디로 일영인가 어디로 전근을 가부렀어. 갔는 사이에 이 호장군 그 어른의 시조가 말이지 이, [헛기침하면서 '케헥'] 진성 이씨네 시조 이 어른이 말이지. 어른이 작고하셨어. 하셔 가지골랑 이제 현지 강남이라는 데 갔다가 산소를 써 드릴라고. 그리고 산일을 해 가지고는 양묘를 치니께네 도통 묻어놔노니께네. 난데없는 저거 말이지 제밤(밤중)에 신들이 말이지 와가,

"음 여 대인 묻힐 자리 소인이 가당하나?"

하카만 덜목 들어내불고, 그 전설이 그래요. 들어내부고. 이래가주고 한참 이 사람 참 실력을 해보니 안 돼. 그래 가지고 어떤 지사한테 물으니 그게 아니고 큰 대인을 묻을 자리에 소인을 묻으니께네, 그 지(地) 하곤 안 맞는다는 게라. 그러니 과거 있던 그 현감을 와 있던 그 어른인데(한테) 가야 사과를 하라. 하며는 거기서 무슨 말이 있을 거다. 그래가 찾아

갔답니다. 가니께네 그 사실대로 얘끼 똑바로 해야 되거든 이제. 그 즉시는 똑바로 해야 된다고. 똑바로 하니께 그 얘기는, [한 숨을 쉬듯이] 허쩝,

"그 허면 그렇지 그 자리가 아닌데 응 알았다."

말이라.

"그러믄 참 자네네 자리니께네 내 갈쳐주는 대로 해라." 그래 명령을 받고는 뭐를 했냐 하면 인제 금강조복이라고 노랑 금강조가 옛날 임금 입는 그 참 저 조정에 입는 옷이 있답니다. 있는데 그래 가지고 밀짚을 가지고 저게 꽈가 맨들어 가지고 옷을 형체를 맨들었는기라. 관복을 형체를 맨들은기라(만들은거라). 그래가주고 그 시체를 싸 가주고 묻으믄 되리라. 그래가주고 그래 듣고는 잘 알았다. 와 가지고 이제 밀짚을 꽈 가지골랑 금관조복이라드니, 인제 옛날 그 관 입는 복을 그 맨들어 가지고 그 시체를 싸가 묻으니께. 묻어놔 놓골랑 제관이 이제 수직을 하니께네 뭐 없어, 이거 뭐 오더니,

"아 그렇죠. 이제 대인이 묻으져 그렇죠."

카 본다고 돌아갑디다. 크헛. [웃으면서] 그래가 묻은 자리에 가 아직까지 있는데 퇴계 선생은 7대손이라. (조사자 : 칠대손) 칠대손. 칠대손에 칠형제 막내이래, 퇴계가. 칠형제도 막내이래. 그래가 칠대손이 났다. 그 어른이가 호장군이라. 묻힌 어른이. 그래 욕심을 내가 그래 썼는데 그래 퇴계가 나. 칠대손이 퇴계 선생이 났다 이런 전설이 있어요. (조사자 : 예, 아 재밌습니다.) 있어. (조사자 : 아 그니까 명당에다가 쓰게 돼서 퇴계와 같은 인물이 나게 됐다.) 그렇죠. 동양은 뭐시가 뭐시긴데. 동양의 성현인데.

남편의 나병 고친 열녀 며느리

자료코드 : 05_20_FOT_20090121_LJH_JUC_0004
조사장소 : 경상북도 청송군 파천면 덕천2리 252번지
조사일시 : 2009.1.21
조 사 자 : 임재해, 조정현, 박혜영, 임주, 황진현
제 보 자 : 장운찬, 남, 83세
구연상황 : 조사자가 효자나 효부에 대한 이야기가 있냐고 묻자 제보자가 구연하였다.
줄 거 리 : 김정승의 외동아들이 나병 환자였다. 하루는 이씨 집안의 어떤 사람이 관가에
        잡혔다. 풀려나려면 돈 백 냥이 필요했으나 돈을 구할 길이 없었다. 이 소식
        을 들은 김정승이 돈 백 냥을 줄 테니 자식을 데려오라고 하였다. 그리하여
        그 댁 처자와 김정승 아들이 혼인을 하였다. 이씨 집안의 딸이 막상 시집을
        와서 보니 남편이 나병 환자였다. 새댁이 병을 고치기 위해 남편에게 술상을
        차려 대접하고 자신의 허벅지 살을 베어 구워 먹였다. 그러자 정승 아들의 몸
        에서 벌레가 쏟아져 나오더니 병이 나았다.

　　그 저게 이전 어른한테 들은 얘기로는 머시기가 있는 거 약간에 기억
이 나는데, 옛날에 그 김정승이 살았답니다. 살았는데 그 정승 아들이 바
램(바람) 병이 있어요. 풍병이. 풍병이 있어요. 이래 가지고 며느리를, 외
동인데 김정승 아들이 외동인데, 이 장가를 보내야 손주를 볼참인데 장가
보낼 길이 없는기라. 병신이래가. 그래가 아무리 해도 재산도 있고 해도
딸 줄 양반이 없는게라. 시집올 사람이 없어요. 그래 가주고 참 고민 고민
이래하다가 그래다 보니께네, 딸가진 사람이 저 이씨에 사람이가, 아들이
가 여는 외동인데 법에 저촉을 받았단 모양이라. 그래가주고 옛날 말로
요샌 참 경찰서지만, 관가를 갔어. 가 가지고 징역을 살게 된다니라. 그렇
게 해가. 그래 살게 되는데 이 글 때 돈으로 벌금을 뭐 백냥이라든가 뭐
얼매 하면 풀려나올 판인데, 백냥을 구할 길이 없는기라. 이 남매가 컸는
데. 그래 길이 없는기라. 그래가주고 구걸도 못하고 이 돈을 수집할 길이
없는기라. 고심 고심 하는 중에 김정승이 그 소식을 들었어. 들골랑 그 집
그 아들을 물어, 인제 인제 그 집 소실을 불렀어. 불러 가지고 인제

"고민이 뭐냐? 대강은 들었지마는."

그래 그렇고 그렇다.

"아 그러면 걱정하지 마라."

고 말이지. 그 내가 돈을 줄 챔(참)인게. 응? 갔달랑 자식을 말이지 참 고생을 안 하도록 데리고 오라. 그래가 데리왔다 말이지. 돈을 또 뭐 백 냥인가 줬으니 나오는 건 사실이지 말이라. 나오니 그 여동상(여동생)이 말이라 가만히 생각하니 그런 은인 은공이 없는기라. 그래 김정승 아들이 말이 이상이 있다는 걸 듣도 보도 못 했는데. 그리고 그 애들이 뭐 혼인만 그 착 하니께네 이제 이씨네 집이 규절이 있다 소리 듣고, 그리 김승 집에서 이제 중신자를 세워 옇지. 뭐 혼 어떤 각시 연분이 있는가 싶어 옇지. 여니께네 그 이 참 이씨네 부모가 된 이가 말이래 들으니께 아죽 그 사람 병을 뭐 뭔 병인지 모르고, 불러 참 서울 사람은 아니라거는거는 김정승이 아죽 얘기하고 그래 금 그 당사자가 시집을 가졌다는기래. 불구자라 저저 병이 있어도 가겠다는거라. 그래 부모가,

"야 그게 아니다. 맞나 느그. 니 오래비 사정은 그는 고맙기는 고마우나 니 몸을 말이지 함부로 그래 할 수 없다"

말이지. [목청을 높이면서] 아니 아니래는기야. 아무리 내 몸은 어디 뭐 염려하지 말고 우리 이 참 오라비를 그 때 뭐 요즘은 오빠지만 옛날 오라비란 말일세. 생각해도 나는 관계없다 그마. 아무리 아버지 어예든동 승낙해라. 그리 뭐 시집을 보내 달라기라. 그래 가지골랑 내가 그 참 혼사가 됐어. 혼사가 됐는데 그 혼사를 지내는데 이 참 그 요새로 말하면 그 중 저게 문디 풍병 환자라. 풍병 환자. 풍병 환잔데 가요 뭐 큰일을 치고 나니께네 막상 말짱한 처녀가 과연 결혼을 해 놓고 보니 보한(보안) 백문디라드니 아하 뭐 형편이 없는게라. 이래가주고 참 정승 집이 못살다 정승의 집에 갔으니 뭐 그 집 가산은 그 말할 것도 없고 이런데 문제는 뭐냐. 저 남자를 살리고 고쳐야 내가 일평생을 참 호그랍게(호사스럽게) 지낼

판인데 지금 노심초사 하는 길이라. 길인데 그래 뭐 그럭저럭 이제 하다가 그 예 잉 예전에 옛날에 어른들이 하는 소리를 이제 깨우쳤던 모양이라.

'나병 환자는 인(人)고기를 먹으면 고친단다.'

소리를 들었던 모양이라. 그래 가지고는 이걸 결심을 했어. 이 이씨에 딸 결혼 했던 사람이. 그 인제 별당, 별당 방에 앉아가주고 그 인제 몸 종이 있거든 그 때 저저 종을 불렀어. 불러 가지고 종이한테 시키기를 뭐라 하며는, 찹쌀을 서너되 하고 누룩 좋은 누룩을 해 가지고 술을 담어라. 술을 어 아주 독히(독하게) 담어라. 담아 가지고는 그 왜 뭐,

"그 왠 말입니까?"

물었지 물으니,

"아 뭐 내 시키는대로만 하라."

그래. 그래 가지고 술을 담았답니다. 담아가 해가오니께 그 뭐 오늘같이 일 리터(ℓ) 술을 가져왔다. 가져오니께 저녁에 또 화로에 불을 많이 담으라는기라.

"아주 이글 이글하게 많이 담어라. 그래 담아 가지고 가오라."

그 즉시는 자기가 말이지 준비를 했는 거 칼을 준비했던 모양이라. 요 맛뵈기 칼을 말이지 준비 했던 모양이라. 그래 명주 하고는 자기가 주 그건 자기가 준비를 했는기라. 해 가지고는 해놓고는 그 이제 술 들여놔놓고 화로 들여놔놓고 칼 명주는 자기가 그 함 준비해 놨는거고. 그래가주고 별당 자기가 앉아있는데 신랑 모시와 가지고는 맞이했는기라. 맞이해 가지고는 칼로 가지고 자기 흰 허벅지를 삐졌어. 자기손으로. 삐져 가지골랑 삐져가 가지고는 이래 명주로 감고 탱탱 감고 그걸 궈(구어) 가지고 술하고 자기 가장으로 나병자를 줬는가. 안 먹다가 뭐 뭐 고기가 뭔 고긴지. 술을 안 먹다가 먹으니 맛이 좋고 취하거든 고기 먹으니 나빠뵈는기라. 또 마지 한 짝 다리를 마지(마저) 뗐다는기래. 띠(떼) 가지고는 궈 줬

다는기라. 이 먹었다. 그러니께 다리 띠 낸 사람도 아프니 저 정신이 없어졌고 저 나병자는 술 먹었으니, 안 먹던 술 먹어놨으니 고기 먹으며 곤하게 나게있다. 그래 그 이튿날 안 일이 되 가지고, 그 참 그 종이 말이지 아침에 보니까 부르니 뭐 문은 꼭 잠겨있는데 소식이 없는게라. 부르니 대답이 있나 뭐 있나 말이라. 그래 쫓아가 뱄에(밖에) 그 상전이라고 그 참 어른이 아까 시아버지지 노인한테 부르르 쫓아가 가지고 종이가,

"하이 나으님요 말이지 우리 애기씨 서방님 말이지 문을 걸어 놔놓고 열도 안하고 기침도 매침도 없고 한데 클났습니다."

"어 그래냐?"

고. 쫓아 인제 나갔다. 나가니 문이 잠겼어. 여게 잠겼는기라. 사복을 띠고 말이 문 고 옛날 뭐 문 말이지 사복을 띠골랑(떼고는) 문을 열고 보니 둘이가 다 쓰러져 있는게라. 쓰러져 있는게 이게 참 뭐 오예 된 지 모르고. 뭐 뭐 어른인들 알 일이 뭐로 그게. 그 곁에 보니 화로가 있고 칼도 있고 그 짝에 피자국도 물론 있는가 사실이. 그래 가지고 이 참 시아바시 된 이가 그 아들보담도 며느리가 그 속 뭐시기해가 안타까버 가지고. 자식을 잡아쥐고 왜 이런고 싶어야 참 건들고 이 하니 이 옷에 피가 있고 하니 뭐 [무릎을 탁탁탁 치면서] 참 황당하지. 그리다가 어짜노 이러다보니 아들이가 정신을 차렸는기라. 그러다 시간이 좀 흐르다보니 정신이 채린거라. 채리고 나서.

그러자 이제 이 뭐 어른도 보니 참 뭐한데. 그러다보니 이 옆에 보니께 뭐 허물을 홀떡 벗어난 것 같이 말이지 뭐 의복을 말이지 벗어놨는데. 거게 이제 벗아놨네 보니께네 그 밍 자기 입었던 평소에 입었던 나병자가 평소에 입었던 의복이라. 의복인데 벗어놨네 보니 충이 말이지. 충이 뭐 불그므리하고 늘주그리 한 거 말이 충이(벌레가) 막 옷에 수북히 나왔드라는기라. 그러니께 이젠 인고기를 먹어봐 노니께네 충이 인제 가죽을 뚫고 나왔다칼까 뭐 이래가 나왔던 모양이라. 그래가주고 보고 참 충이 있

는 걸 보고 인제 치우고. 그래 차차 차차 그 사람은 병이 완쾌돼 드가고. 며느리는 참 효성이 효부가 뻗쳐 가지고 말이지.

그 뭐고 별 탈 없이 나아 가지고 응, 나아 가지고 그 집이가 김정승 집이 그 나병자 고쳐 가지고 아들 삼형제 나아가 잘 살드라고. 아하하. 이런 소리를 들었어. (조사자 : 아 재밌습니다.) (청중 : 얘기 잘 하니더.) 잘 하나? 어허허. 근데 들은대로 하지 뭐. (조사자 : 그 그런 얘기들을 언제 들으셨습니까?) 네? (조사자 : 언제 들으셨습니까?) 뭐 한 팔십 년 지내다 보니까 들었지 뭐. 하하하. (조사자 : 뭐 그 전에 원래 여기 안태고향이시구요?) 예. 예. (조사자 : 그러면 뭐 그런 얘기들은 뭐 할아버지한테 들으셨습니까?) 크흣. 나는 친조부님들 돌아가셔서 못 들고. 뭐 돌아가셔서 못 들고. 딴 참 어른들 집안 어른들한테. (조사자 : 예. 예.) 그래 가지고, 그래 가지고 말이,

"인고기 먹으믄 나병 환자들 인고기 먹으믄 낫는다."

카는 게 그게 유래가, 전설이 퍼져 가지고 그래 인고기 먹는다고 그래가 어른들 말이 그 말이 뻗, 열렬히 뻗쳐가 그런지 모르고.

"애 먹으니 하하 문딩이가 생아(살아있는 아이) 잡아먹어 부러가 [허허 웃으면서] 잡아먹는다."

고 이런 말도 있지 왜. 허허. 말로 카지(말로 그렇게 하지) 왜. (조사자 : 아 재밌습니다. 재밌습니다. 짧은 것도 괜찮습니다. 상관없습니다.) 그 참 전설이라는 게 참 드세죠. 그래 지도 고칠까봐 아 잡아먹는다 어른들이 염려를 했어. 그 나병 환자가 많았거든. 그래 가지고 의심을 많이 했어.

진정한 친구로 아들 버릇 고친 아버지

자료코드 : 05_20_FOT_20090121_LJH_JUC_0005

조사장소 : 경상북도 청송군 파천면 덕천2리 252번지
조사일시 : 2009.1.21
조 사 자 : 임재해, 조정현, 편해문, 박혜영, 임주, 황진현, 신정아
제 보 자 : 장운찬, 남, 83세
구연상황 : 앞의 이야기에 이어서 구연하였다.
줄 거 리 : 부모 말을 듣지 않는 집 밖으로만 나도는 자식이 있었다. 아버지가 자식에게 살 궁리를 하지 않는다고 나무라면 자식은 아버지는 친구도 없다고 투덜대었다. 하루는 아버지가 자식 버릇을 고치기 위해 꾀를 내어 내기를 하였다. 아버지와 자식 간에 누구 친구가 더 영글은지 알기 위해서, 각각 친구를 찾아가 사람을 죽였노라고 거짓말을 하고 도움을 요청하자는 것이었다. 두 명이나 찾아갔지만 자식의 친구는 번번히 거절하였다. 그러나 아버지의 친구를 찾아가자마자 아버지의 뜻을 선뜻 따라 도움을 주고자 하였다. 이를 본 자식은 후에 부모 말을 거스르지 않고 잘 따르게 되었다.

부자 간에 저 옛날에 자식을 길을 '들였다 들였다' 안 되 가지고, 아들 잘 길들인 거 한 번 얘기 딱 짤그마게(짤막하게) 한 번 해볼까요. 허허. 옛날에 부자 간에 살았는데 한 집이 물론 살았죠. 자식이 어떻게 부모 말을 안 듣고 자꾸 외(집 밖에서) 노는지 한정이 없는거라. [목청을 가다듬으며 기침하듯이 허크헛] 이래가 가만 보니 자식 있는데 뭔 소리를 했느냐.

"니는 도대체 어예 나서면 참 친구도 많고 아는 사람이 그렇게 많고 한데 니 살 도리는 별로 안 하고 어째 그러냐."

"허이쿠 참, 아부진 참 많으믄 살려줄 사람도 있고 해 줄 사람도 있는 거지 아부지는 친구도 없이 뭐 버성버성하게 그래 일생을 어예 사니껴."

"야 이놈아 나는 친구가 적어도 영근 친구다."

"친구는, 영근 친구는 어떻습니까 아부지요."

"말을 서로가 믿고 서로 통하는게 믿어 영근 친구지. 금방 얘기하고 금방 돌아서믄 잊어불 친구는 그건 영근 친구가 아니. 그 니는 그러믄 부자간에 이제 뭐 영근 친구를 한 번 가려보자. 니는 친구가 그렇기(그렇게)

내 보기도 많고 한데 나는 참 적고 그 니 가장 친구 중에도 가장 영근 친구 셋만 택해라.”

“그래요. 그 뭐 아부지보다 뭐 내가⋯⋯.”

“그 서이를 택하는게라.”

“아부지도 거 택하소.”

“그래 뭐 내가 그 둘만 택할거이. 컬 가지를 거 뭐 두 놈 가지고 뭐 뭐 뭐 있냐고.”

“야 이놈아 기록 적은 건 대봐야 알 일이고 금 시험을 함 보자.”

“합시더.”

(청중 : 돼지 잡다.) 어어어. 허헛. 그래가 인제 시험을 인제 날을 턱 받았다 받아 가지고는 그래 연구를 내는 게라 영감이,

“그래 자 급한 일이 생겼다 그고 아주 급한 일이 생겼다 그고(그러고) 니 구해 달라고 애걸 한 번 해봐라. 애걸 한 번 해 봐라 하며는 니 친구가 무슨 말이 있을 거 아니라?”

“그럼 뭐라 하노?”

“사는 중에 제일 우중하고 겁나는 일이 뭐로 사람 죽었다는 사형 죽인 게 제일 뭐 아니라.”

그 여름쯤 좀 됐든 모양이라.

“용무를 보러 갔다가 말이지 놈을 때릴라 글다가 한 사람을 떠밀어 버렸드니 죽었다. 죽었는데 저걸 남 모르게 처치를 해야될 판인데 자네 이 사람아 내랑 같이 오늘 밤에 처치하러 가자.”

카이, [목청을 높이면서]

“허이고 뭐 이런 소리를 하노. 택도 없다 말이지. 택도 없다.”

[청중 옆에서 경청하며 웃는다.] 아 그른 실패한기라. 아바이는 담 밖(밖)에서 듣고 있다. 실패했다. 나왔다.

“또 갈 데 있나?”

"하 아부지요 가시더."

또 한 군데 갔다. 가 가지고는,

"아무것이 아나? 자나?"

"으 누구로?"

"어 그래만(그러면) 어디 놀러 갈라나?"

"언제?"

"내 뭐 부탁이 있다."

"뭐로?"

[목소리를 작게 속삭이듯이] "이보래 가만히. 내 다른 이 들으면 안 된 디 뭐 단(다른) 이 여 없다마는."

"내가 이 사람아 남을 거 갖다 영감을 자빠져 가지고 디 고마 죽어 부렀다. 저거를 남모르게 저걸 치처를(처치를) 해야 되는데 연장 좀 가지고 내랑 같이 가자."

그카니(그렇게 하니) [목청을 높이면서 소리지르듯이]

"이것이 쓸데없는 소리 하지마 당장 나가라!"

이카는기라 하하하. 당장 친한 이가 또 반대를 해. 그래 또 또 어예노.

"또 한 번 더 하나?"

카이, [숨을 들이마시면서] 그것 참 인제 아들이 인제 [코를 훌쩍 들이마시면서] 가만 생각하니 두 번 실패 다 했으니 하나 있긴 있으나,

'아 이거 어예 될꼬(어떻게 될까)?'

싶은 게라. 그래가다글랑(그래 가지고는),

"하이고 뭐 됐다. 흐, [입을 축이면서] 쩝, 하나는 놔 두고 아부지 함 날도 함 밤도 하마 됐고 아부지 친구 분 집 가보시더."

이 이 이 지는 마 포기한게라 말이지 두 번 실패 봤으니. 그래 아바이 친구 집에 가는데, 아니 그 저저 저 곁에 담 벽에 섰고, 아바이 인제 그 집 들어가는 판이라. (청중 : 짊어지기는 짊어지고.) 으, 들고. [입을 축이

면서] 그래 이제 가,

"아무 것이 자네 있는가?"

그카니, 불뚝(불쑥) 들어가,

"자는가?"

그카니(그러니). [반갑게 맞이하는 듯한 목소리로]

"아 이게 누구로(누군가)?"

"낼세(날세)."

그니까(그러니까),

"하이구 여는 자네가 웬일인가? 들어오게."

뭐 뭐 덮어놓고 방으로 들어오란다. [목소리를 낮추면서]

"하, 이 사람아 드가고말고. 이 사람아 참 급해가 왔네. 왔는데."

"뭐 이 사람아 급하드래도(급하더라도) 들어와가 뭐 얘기 좀 해."

이래.

"아니 그게 아니고 들어오게"

그래 [목청을 가다듬으면서] 게헥 [입을 축이면서] 그제 얘기한다.

"아 이 사람아 이만 저만 하고 놈을 보다가 이래 이래 해가 됐는데, 지금 말이지 죽은 사람을 뭐시 처치를 해야 되는데 연장을 가지고 아무데 있는데, 가지고 가야 처치하게 되는데 어예는고 협조 좀 해 주게."

카니,

"하이 그래, 이 사람 그 큰 일 났다. 남이 알믄(알면) 안 되지."

어 그 고마 일라 나오는기라. 고마. (청중 : 그게 옳은 친구지.) 그 어 옳은 친군게라. 고마 일나서(일어서서) 나오는기라. 나와 가지고는 그 맨 담 밖에(밖에) 말이지. 이제 가자는기라. 가자마자 우쩜(어쩜) 그키(그렇게) 딱 나오네. 아들이 가만 보니께네 아 따라나오는 이 지 친구는 말도 못 하게 하든 게, 아이 이 어른들이 아바이 친구는 가 따라 나오는기라 캄캄한데, 따라 나오는데 나오니 그 때 문 밖에 조끔 나왔던 모양이지.

"나가(내가) 사실 이만하자. 그게 아니고 우리 부자 간에, 부자 간에 니 친구가 정 친구고 내 친구가 정 친군가, 하도 아들이 말을 안 듣고 아바이 소릴 안 들어 지가 옳다해. 그래가 하다하다 했는데 허언일세. 걱정말고 가야 안심하고 자게. 참 쉽지가 않을세."

"그래 금 됐네. 금 가게."

(청중 : 돼지 잡으러 갈라 그랬는데. 짊어지고. 아하하하.) 응. 그래가. 허허허허. 그래 가지골랑 아들 질을(길을) 들이고 그 즉시는 아바이 말을 잘 들드라는(듣더라는) 게. 굽실굽실 듣드라. 인제 아부지 말을 그렇게 불순하든 게. (청중 : 그 많이 주와 봤다. 하하하하.) 그래. 친구가 정 친구가 있어. 에헤. 사람이 많다고 친구 여럿이라고 다 친구가 아니라. 그 인제 말은 그 말이라. 열이면 열 다 친구라도 다정한 친구는 별도로 있다는게라.

연안 차씨의 효행

자료코드 : 05_20_FOT_20090121_LJH_JUC_0006
조사장소 : 경상북도 청송군 파천면 덕천2리 252번지
조사일시 : 2009.1.21
조 사 자 : 임재해, 조정현, 편해문, 박혜영, 임주, 황진현, 신정아
제 보 자 : 장운찬, 남, 83세
구연상황 : 제보자는 효자, 효부에 관한 이야기를 하다가 또 다른 이야기를 기억해낸 듯 말문을 열었다. 옛날부터 딸은 아무것도 아니라고 하는 말이 있는데, 그런 얘기는 여자가 듣기에 거북한 이야기라며 짐짓 걱정스런 표정을 띠었다. 조사자가 괜찮다며 이야기를 청해 들었다.
줄 거 리 : 옛날 어느 가난한 집에 딸 세 자매가 살았다. 대를 이을 사람이 없어 아버지가 양자를 들였고 세 자매는 모두 출가를 했다. 딸네들은 친정에서 살던 것보다 더욱 가난하게 살았다. 친정 재산이 탐이 난 자식들은 양자를 흉보았고, 이 말을 믿은 아버지가 양자를 쫓아내었다. 맏딸의 제안으로 아버지가 재산을

딸네들에게 넘겨주면 세 딸은 해마다 번갈아가면서 아버지를 모시겠노라고 하였다. 그 말대로 아버지가 딸네 집에 머무르게 되었는데, 세 딸 모두 으레 반 년쯤 지나면 처음과 대우가 달랐다. 양자와 며느리에게도 인심을 잃고, 재산도 딸들에게 물려주고 없는 아버지는 한탄하며 가출을 하였다. 길을 가다 술을 먹고 물에 빠져 죽을 각오를 하고 서있었다. 주위에서 신세 한탄 하는 소리를 들은 아낙네가 이상히 여겨 훑어보니 시아버지가 분명했다. 결국 집으로 모시고 와 양자 내외와 아버지가 함께 살게 되었다. 하루는 내외가 일을 나간 사이에 아버지가 술을 먹고 낮잠을 자다가 그만 실수로 손자를 죽이고 말았다. 이것을 안 내외는 아무런 말도 없이 아이를 묻고, 동네 사람들에게는 아이를 외가에 맡겼노라고 했다. 세월이 흘러 시아버지가 딸자식은 아무 소용 없다면서 며느리 자랑을 하게 되니 차츰 그 간의 사연을 사람들이 알게 되었다. 이후에 이 소문이 퍼져, 고을 원에서도 연안 차씨를 효자로 알아주었다고 한다.

옛날 예 옛날 딸은 아무것도 아니라 그는 거 그 원인을 잘, 헤헤 난 헤 그 대략 내 얘기하지. 짤두막하그로. 옛날에 한 집에 딸을 삼 형제를 길렀어요. 길렀는데 살림은 좀 있고 이런데 아들은 없고 이래 살았어요. 살았는데 그러니께 옛날에는 양자법이 참 굉장히 심했고 또 안 하면 안 되는 줄 알고 뒤 후손 떨어지면 안 된다고. 그래 양자를 저게 이제 가까운 양자도 아니고 먼 참 양자를 성 같은 양자를 귀동냥 저기 양자를 해서 그 딸을 공교롭게도 서이를 키우다 보니께, 잘 살았으면 문제가 없는데 그리 못 살았던 모양이라. 이 삼 형제가 다 출가를 했는데 그리 양자 맞는 사람이 딸이 출가할 때는 본집이 밥 먹을 거는 됐단 말이라. 자기들 시집을 가보니께네 못 살았단 말이라. 이러니 친정 그 양자를 해 놨으니 동상이 이리 되는 사람들이 말이래 가만 보니 재산이 탐이 났는지 뭐 어옜는지 뭐 요는 저런 탐이지. 그래 가지고 누 양자했는 거 봐 가지고 양자 양자 분 거 양자가 와 가지고 양가 부모를 모시고 있는데 이 딸네들이 댕기며 유인질을 하네. 딴 생각을 두고. 와 가지고는 만날 그 친정 동상이들 흉봤는 기. 아바이한테.

"어 언니는 마 우리 형님은 말이지 큰 집의 큰 형님은 뭐 어뜨니, 뭐 저그는 뭐 어뜨니."

적은 것도 아유 그러지. 또 큰 거는 말이라 또

"니는 손 아래 된다고, 니는 뭐 어떠니……."

이카고 압력을 더러 주고. 아 이 모양이라. 이런데 아바이도 그 온 첨엔 곧이 안 들어는기라. 뭐 이미 옛날 전에 내놓은 자식은 아니라도 뭐 양자 내외 지 자식이라고 인정하는데 이 딸네들이 와가 이 딸 때 외 가지고 솔곳하게(솔깃하게) 이 양자했는 며느리를 나무래고 아들을 나무래는 기라. 뭐 열 번 찍어 안 남어가는 낭기(나무) 없다고. 그 들어 보니께 그 맞는 말도 있고 좀 안 그런 거도 있고 이렇다 말이라. 이런데 차차 차차 이렇다보니 듣고는 이 영감조차 말이지 며느리가 움직이고 아들 움직이는 거 보니 눈에 걸리는 게 더러 있단 말이라 뭐라 그러고 하이. 아 딸네들이 오니,

"야야 뭐 어떻드라."

타. 영 이 딸네한테는 그 약점을 잡아 가지고 점점 더 하네. 뭐가 어떻다믄 말이지 우리 아들이 아부지 있는데 뭐 우리 아들 있는 데는 옛날말로 아비 있는 데는 뭐 어예 하고 뭐 어떻다 뭐 그래 되나 저래 막 후지지는 판이라. 그게 가만 보니 참 억울한 일이라 말이지. 이 며늘(며느리) 되는 이나 아들이 절대 그런 일이 없는데, 이 와가주구 돌개바람 줄기같이 지 시집은 저 시집가서 친정 와 가지고 아바이 밑에 턱 밑에 앉아 가지고 참 요래 불친한 판이래. 그리 그리 햇수가 얼마 가다가 보니께 아바이도 고마 쏠리는 판이라 딸 이르는 데 내 혈육 가가운 데로 쏠리는 판이래. 뭐 한 번 뭐라 그러고 두 번 뭐라 그러니 아들이고 딸이고 저저 며느리고 정이 자식한테 벌어진단 말이라. 그래도 본능대로 일 했는대로 안 되는 게라.

안 되고 헤 이래 가지고 그까 그러니까 딸 맏이가 뭐라 그러는가 아이라.

"아버지 아베요 아베요. 이리 안 으 아무것이하고 내한테 자식보담도

고마 저기 아분 저저 전지는 고마 아부지 저 아베가 가지고 우리를 고마 삼 형제 넘그고, 아베는 돌아가실 때 한 해까지 내 집에 와야 일 년 있다가 다음 내 동상한테 일 년 있다가 막내이한테 일 년 있다가, 그래 그래 하면서 하나에 한 삼 년씩 지내면 아베 나 연세가 얼매 되니께 세상 드시고 우리 제사도 번걸러 지내고 할꺼이께 마 마음에 안 드는 자슥 데리고 있을 필요 가당이 없고 속 썩일 필요가 없다."

하이 가만 들어보니 요 며느리 조 속을 썩여놨으니께 즈그 시아바이한테 공식이 그 택이 없거든. 아들도 가만 보니게 말이지 글찮은데(그렇지 않은데) 자꾸 맘에도 없는 소리 자꾸 한단 말이라. 하니께네 이 어른이 한다는 말,

"그래 야."

가만 영감이 맘이 돌렸단 말야. 아 이런데 얘끼 놈 딸 있는데 마카 요새는 마카 이전하는 식으로 말여. 옛날엔 뭐 뭐 이전도 없겠지 뭐 뭐 구두로 니 어든(어떤) 건 니 해라 어는 건 니 해라 뭐 이런 식으로 갈라버렸어. 갈라불고는 영감이 고마 이제 딸 있는데 맏딸 있는 데를 갔다. 가야 처음에는 그양 대접도 잘 하고 잘 하는 게라.

'야 그 참 내 놓은 자식이 암 내 자식인가 보다. 양자 자식보담은 며느리 복은 난 음 있다 싶어.'

그래가 살아보니 도 그 뭐 처음엔 일 년 간은 게 한 반 년쯤 가니께 아니 처음하곤 영 틀리는 게라. 아아 하마 틀리는 게라. 그래 가지고 이 아바이가 왜 약속하곤 뭐 틀려가나 뭐 그 보른 말은 못하고 그럭저럭 한 일 년은 지냈다. 그래 다음 집이 두 이제 뭐라고 다음 집이 이제 둘째 딸년한테 갔다. 가니께네 여간 한 가지라 맏이 있는 데나 여기오나 한 가지라. 그래 뭐 참 이럭저럭 세월이 흘러 셋 집이 댕겨봤단 말이라. 댕겨보니 아이라. [입을 축이며] 자 이래 가지고 이래 뭐 부모 심정이 딸 줬던 거 다 보 뺐을 수도 없고, 하모 이미 아들하고 며느리하고 있는데 아 뭐 인심은

잃어놨고. 하면 같이 안 간다 그는 건 하면 뭐하고 하면 참 저 원하는 거 맹으로 하머는 삽적거리 떠났으니 자꾸 가기는 또 자존심에 또 못가고 며느리 있는데 안 뭐 못가고.

옛날 사람이나 요새 사람이나 원칙에 마음은 똑같단 말이라. 못가고 에유 까짓 거 뭐 남부여대 한다드니 동서팔방 밥을 걸어놓고 까짓 따다따다따다 과거를 지내다 죽으면 죽고 살면 살고 허허허 이래하고 참 정처없이 떠나는 판이라. 그 뭐 그 뭐 뭐 딸이 뭐 하나 같으면 볼 거 없고 이 내대로 객사한다고 고마 떠나는 판이라. 그래 뭐 얼 얼마 간 이제 뭐 참 갔는데 그 봄날 이랬던 모양이라. 그 늦은 봄쯤 됐다. 그래 뭐 얻어먹으며 참 과객이 되가 인제 참 얻어먹으며 댕기다가 참 뭐 입성도 초조하지 그래되니, 그러니 뭐 이 덕천 같은 뭐 큰 동네가 하나 있는데 앞 그랑이 흐리고 앞 덤이 이래 있고 이런 그가 아주 이래가 얻어먹고 가만히 이래 보니 말이지 그 봄날에 말이지. 엥 참 내 며늘 같은 딸 같은 왔다 갔다 하는 걸 보니 그 부럽기도 하고 보기 좋기도 하고 이런데 그 댕기면서 구걸했든 돈이 몇 푼 있었던 모양이라.

'에헤라 세상만사가 귀찮다 까짓거 내 자슥도 귀찮고 양자 한자도 귀찮아 내 죽어불믄 그만이지 뭐.'

술을 받아 가지골랑 죽는다고 물에 빠져 죽는다고 그 건너다보니 그 그랑가 덤이 이래 있는데 보니 물이 흐리고(흐르고) 있단 말야. 저 덤에 가 가지고 술 먹고 콕 처박아 물에 빠지면 죽는다고 [웃으면서] 이럴 각오를 하고 이제 갔는기라. 가가주골랑 그 인제 참 술을 팔 들고 먹고 갔다. 가다 보니께네 고 덤 옆에 이게 댐(덤)이라 그면 저저 옆에 그 뭐 좀 근방 가까이 채진 밭이 하나 쪼만한 거 있는데, 그 보니 뭐 봄이라고 파하고 뭐 여러 가지가 해 놔 놓고 한 부녀가 여게 나물을 여게 김을 매고 있었어. 있는 거 보고 이 노인은 꾸부러져 가지고 술병을 들고 그리 뭐 죽는 걸 각오하고 그리 갔으니께. 거 가 가지고는 인제 올라가는 판이라.

그 덤에 빠지러. 올라가며 군소리하고 올라가는 판이라. 군소리하고 올라가는데 그 뭐라 하노하믄 다 내 속으로 난 내 자속도 필요 없고 딸 자식이란 건 전부 도둑년이고 핫핫하 [청중 모두 웃는다]

"도둑년이고 양자 자식 이라는 건 말이지 잉 진실했는데 말이지 며느리는 들어온 게 또 말이지 뭐하고."

"마 세상에 믿을 일이 없고 나는 죽는 길 뺴에 없는 데 저 덤에 가야 나는 일생을 마친다 말이지."

카면서 혼자 궁정궁정(궁시렁궁시렁) 거리고 올라가는기라. 그것 참 희한한 노인이 올라가며 군소리한다 싶어 뭐 그래도 뭐 밭에 밭만 매고 있는게라. 그 올라가는데 그 머느리가 그 여자가 가만 보니께 그 이상하게 그 올라가 가주고도 군소리만 하는데 여게 꼭 그 소리만 한다. 어 마 반울음에다가 뭐 반 군소리에다 그 뭐 술이 취해 갖고 꺼덕꺼덕 글고 말이지. 가만 들여다보는데 뭐뭐 딸자식 세 명이 있던동 뭐 어떻다 카는 거 보이 똑 자기 말이 저게 양자같든 그 집 걌던 자기 소리 같은 게라. 며늘도 또 어떻다 아들이란 놈도 양자해노니 뭐 글코 뭐 가만 보니 아무래도 여 집 사람 같은 게. 그러니 이 아바이가 인제 해 가지고 딸년들 가뿌니 못 사니께 이이 남자도 둘 내외가 말이라 그 객지를 나가 가지고 사는데 그 동네래든 모양이라.

그 동네. 아 내외가 양자 갔든 아들 내외가. 그 동네가 여 못 살다 보니께네 그 덤 밑에 그랑가 그 이제 짚풀 같은 데 뭐 이래 쫘가 처자를 붙였던 모양이라. 그 동네 하루 품팔이 살고 있는데. 그러고 하는 기 암만 들어봐도 자기 참 시어른 소리라. 하는 이력이 자기 얘기고 자기 시어른소리라. 그래하다가 그 참 나물 바구니 놔 두고 그래 그 올라갔다. 올라가 가지골랑 이래 꾸부러져 가지고 있는데

"아유 아버님 아니껴?"

카니께 뭐 기침도 메침도 없다. 여녁(여태) 울면서 군소리만 한다. 그래

여메 찔찔이고(울고) 카니께 그래 이제 눈물 딱고 응 인제 눈물 딱고 날 보고 아버지라 카는 사람도 없고 아무 나는 무자식한 사람이고 뭐 어떻고 뭐 이렇고 절대 그런 사람 ○○○ 아이 누가 아베요 그래. 그제서 눈물을 자꾸 닦고 정신을 이래 채려보니 아 그 여 며느리라. [청중 웃으면서 '양부 며느리'라며 호응한다.] 어. 여 며느리라.

"하유 니가 왠 일로?"

하니까.

"아이고! 아버님 아이껴(아니십니까?)!"

"내가 이래 이래 하고 이래 됐는데 아유 아버님 어인 일인껴 어예 왔습니껴?"

그래 뭐 약간에 얘기 하다보이 그 이제 참 점심 때가 이제 됐단 모양이라. [입맛을 다시면서] 그래 가지골랑,

"가시더!"

그러고.

"아바이 저희 집으로 가시더!"

그 뭐 안 갈라 그러는 걸 억지로 데리고 그 내 맘이랑 갈 턱이 있는가? 양심이 다쳐가. [제보자와 청중 함께 웃는다. 청중은 제보자에게 주인공인 아버가 양자 집에 가는 것은 안 되는 일이라면서 웃으며 맞장구친다.] 그래가 억지로 데리고 이 집에 갔어. 집이 가가지고 점심 저저 점심을 인제 해야 놓고 인제 대접을 하고 이래 났다. 점심 먹고 이제 쉴 참 즈음 되니 말이라 아들이 이제 들에 갔다 이제 낭그(나무)를 해가 오거든. 쉴 참 즈음 머이 되니 온다. 낭글 특 제끼니께(젖히니까) 영감 상 봐가 술기가 있어가 인제 구부져 가지(구부러져 가지고) 안죽 군소리하고 있고. 그래 되고 한다. 가니께 이 며늘 되는 사람이 말이 데리고 갔으니 이래 자기 가장이 오니께네 '퍼뜩' 가니께 가만 보니 뭐 쿵떡 소리가 나니 영감이 정신을 차리고 이래 보니, 그 남루한 문에다 문구 창호지 문구멍 이래 보니

남자가 하마 오는 걸 보니 뭐 아들 왠 사람인고 했드니 가만 보니 두 내외라. 가만 들어보니 얘기를 하는게라.

"하유 우리 아버지가 오셨는데 당신은 말이지 으잉 참 저를 보고 빨리 들어가 인사를 드리라고."

"흐응? 우리 아버지가 아베가 어째 왔어? 요 어딘데?"

아이 그렇지 않고 저녁 때 들어가 인사 인사를 드리라고. 그러니 이제 그 아내 말 듣고 그래 이제 드갔는게라. 드가가 인사를 하는 하니께 그 참 받았단 말야. 그런 뭐 이라니께 영감은 뭐 할 말이 없는게라 자기 한 짓이 있으니께. 그래 참 반가워하걸랑 그래 이제 참 밤을 인제 새우고 그 이틀날 예(이제) 일을 갈 판인데 인제 그 그 며느리가 아들이 또 벌이 하러 가야 되는기라. 그 인제 시아바진데 그 인제 말이라 술 한 자실만침 (드실만큼) 하고 아가 하나 딸려 있었는동 모양이라. 아가 젖멕이 저저 쪼맨 아가 하나 있는데 그래 인제 업고 댕기며 일 하고 했는데, 그 갈 때 그양,

"아버님요 요 얼라 좀 보소 내가 갔다걸랑 점심때 되믄 옴시더. 갔다 올테니께 좀 봐주소."

카이

"오 그래."

하고 아바인. [목청을 높이면서] 술을 하나 한 되 받아다 놔놔 놓고 아하고 맽겨놓고(맡겨놓고) 갔거든. 갔다 며느리는 그 대번에 맡기고 갔다말야. 갔는데 그래가 아가 어때 이 영감이 술이 좋아했든 모양이라. 하루 먹을 술을 갔다 다 먹어 부렸다. 그러자 이 아가 울었단 말이야. 우니께 이 아를 감당을 뭐 어이 하노? 이놈을 앉고 뭐 해가 하는데 무르팍 얹어 놔 놔 놓고 달랬단 말이야. 달래도 술이 취해가 으 머 이래 떡. [마치 주인공처럼 다리 밑으로 아이를 깔아뭉개는 시늉을 하자 청중이 이를 보고 웃는다.] 뭐 잠이 들어 부렸다. 이 아는 이거 [목을 탁 구부려 가슴을 수구리

는 몸짓을 하자 청중이 웃는다.] 영감님 가슴에 눌려가 말도 안 되게 죽어부렸단 말이라. [청중이 웅성웅성 거리자 제보자가 큰 소리로 웃는다.] 하하하하. 이 참혹한 일이 어딨노 말이지. 그리 이래 가지고 여그 눌려놨으니 그 애가 어린 애가 어이 사노? 그 뭐 죽었다. 죽어버렸다. 그래 이제 여자가 와 보니께 며느리가 와 보니께 이 뭐 시아버지가 그 자드란 말야. 아 어디 보소 말이지. 이거 일이 큰 일이란 말야. 이어 그래도 그 침착한 택이지. 이 들어보믄 그래가 속은 뭐 애타지마는 그래도 요상시리 있었지. 그 남자가 인제 왔다. 일하고 저녁 때가 되가고 왔지.

"사실 이만저만 하고 이런 사실이 되 있는데 어예니껴? 말 나면 큰 일 나고 하니께 당신만 알고 내만 알고 없애 부립시더."

"저 갖다 묻어버리라 말이라. 처치해 불자." [청중이 주위에서 '아유' 탄식소리를 낸다. 제보자가 거기에 호응하며 다시 말한다.]

"응. 처치해 불자."

그 그 아들도 가만 생각해보니 그거 응 같잖거든. 뭐 소문 내봐야 별 응 신고할 일도 없고 이 여자 말 들을 수밖에 없단 말야. 그래가 여자 소리 듣고는 마 어떠든지 그 마 아 데리고 가 동네 사람들 모르게 마 묻어버렸단 말야. 묻어불고 이제 그래 살고 있는게라. [목청을 높이면서] 이웃 마을 사람들이 아를 놓은 건 분명하게 이 집인 건 분명한데 아는 없고 귀경을(구경을) 못 하는게라.

"아무 댁이 저게 아는 어옜노?"

"아 외가 보냈다."

[청중과 함께 일제히 웃는다.] 허허허허.

"외가 길을 보냈다."

그믄 뭐 그런 줄 알았다 말야. 그것도 뭐 오래 있어봐야 뭐 안 오는게라. 그래그래 세월은 참 흘렀는게라. 세월은 흐르고 그래 이제 그 영감을 데리고 그 어른하고 그 마을에 사는게라. 그래 세월이 흐른 뒤에 그래 뭐 이런저런 하다 영감이 이제 이 무 궁금한데 새 다니거든. 그 손년데. 손자는 아니고 손년데. 그리고 세월은 흐르고 말이지 그런데 그러니께 그 마을에 사람들하고 그 인제 겹해 가지고 사람들이 노나. 그 노다가 세월이 흘렀고 하니께. 그 뭔 얘기를 오늘같이 이래 하다가 그런 얘기 하다가 그 인제 며느리 자랑을 했어 아들하고. 모 영변에 언제 내 형편에 이래 이래 하고 이래 됐는데, 그래 됐는데 그런 아 내 손녀가 이래 내 안고 있다가 이러드니 이래 됐는데, 참 내 며느리도 말이지 으잉 내 며느리 말이지 아무 머시기 없이 티기 없이 마 하고 아들도 글코 한데 그런 머시기가 없으니 양자 자식이 필요하고 딸 자슥은 아무 필요가 없드라. 참 아까 말 따나 고 년들 전부 다 도둑년들이다. 하하. 허허허. [청중 일제히 웃는다.]

아 참 그래도 부모 자식 입장을 그 말하지. 그래 이제 했단 말이라. 했는데 이 마을에 얘기 삼아 했는 게 이 마을에 이제 요새로 말하면 이장이나 인제 뭐 그럴 법한 사람이 있었어. 세월이 흘렀으니 인제 옛날 법에도 이제 새로는 면할 연수가 됐던 모양이라. 그리 가만 들어보니 그 영감이 고의로 한 것도 아니고 그 술을 먹고 하다 보니 술김에사 했는 건데 그 뒤 처리 한 것도 보니 참 효부 효자 노리(노릇)래. 효부 효자 노리라. 그래 가지고 그 마을에서 상지를 했어. 관가에다가. 요새 저 옛날로 말 하믄 고을 고을 원, 원 있는데 그 인의(仁義)로 이러이러하다. 그 언제 언제 한데 무슨 성이 여그 인제부터 살고 있는데 이래 이래하다 카니께 그 글 때 원이 들어보니 하만 그 뭐 사람, 사람 죽인 연수는 지나가 부렀고, 또 하는 일을 보니 일부러 죽인 것도 아이고. 참 그래 실수로 그래 됐고. 연수가 갔으니 법은 면했고. 그래 가지골랑 그 며느리하고 아들하고 효자 발탁이 되 가지고 그 성씨는 차씨라드라. 연안 차씬데. 차씨는 연안 차씬데. 그 연안 차씨에도 그 효자 집이라그면 좀 낫게 알아줘. 연안 차씬데 좀 낫게 알아줘요. 뭐 차씨는 뭐 연안 연안씨는 다 연안인데 연안씨 중에도 차씨 집이라그면 조금 더 낫게 알아줘.

모심기 소리

자료코드 : 05_20_FOS_20090122_LJH_GOD_0002
조사장소 : 경상북도 청송군 파천면 신흥2리 76번지
조사일시 : 2009.1.22
조 사 자 : 임재해, 조정현, 박혜영, 임주, 황진현, 김원구
제 보 자 : 권오동, 남, 80세
구연상황 : 제보자가 목이 잠기고 가래가 차서 소리가 안 나온다며 푸념하듯 이야기 하자 조사자가 목소리가 조금 작은 거라며 괜찮다고 안심시킨다. 모심기 소리를 다시 청하자 모심기 소리를 잘한다며 요새는 기계로 다 하기 때문에 모심기 소리가 없다고 말한다. 이윽고 노래를 부른다.

　내 모심기 소리 겉은(같은) 거 잘한다 왜? 아니 그께(그러니께) 잘 하는데 여여여여 요새 모심기 소리 어디 있나? 전부 기계로 다 하는데, 전부 기계 모로 다 해 뿌는데 (버리는데)뭐 있노(있나)? 그, 여, 그치만 여는 그고(그리고) 우리들 모내기 할 때는 전부 손으로 심었기 때문에 많이 했는데, 요새는 기계로 하니 아들 그 할 줄도 모르고. 그 하나는 메기고 모심기 소리를 여럿이 하면 뒤에 따라서 메기는 사람 있고 선소리꾼이 있고 그 숨구는 사람은 또 여 따로 하나 받아서 또 한다. 켁. (조사자 : 어르신 그 모심기 소리요, 그 왜 아침에 부르는 소리 따로 있고 참 오기 전에 부르는 소리 따로 있고 해 지고 가기 전에 부르는 소리 따로 있잖아요? 그것 좀 알 수 있게 쭉 해주실 수 있으세요?) 그제. 허허. (조사자 : 몇 개 이렇게 딱 해 갖고.) [헛기침 하듯이] 크음. 그 메기는 건 인제 저녁 때 쯤 되면 이제. (조사자 : 처음에, 해 떴을 때.)

　　반달 같은 점심 바굴(점심 바구니) 샛별같이 떠들어오네

점심 미고(이고) 이제 샛별같이 떠들어 인제 그 메기면 또 하는 사람 또 따라 들어온다.

['개야'라고 첫 음을 내다가 다시 가사를 바꾼다.]

모시야 적삼 반적삼에 [에헤이 하면서 소리를 길게 뺀다.]
분통(粉桶, 반죽을 넣는 국수틀의 한 부분. 밑에 구멍이 뚫린 쇳조각이 있어서 국수 가닥이 빠져 나온다.)같은 저 젖 봐라

[손을 위로 올리면서] 이래 이고 오면 젖이 안 뵈나. 허허 그렇지 뭐.

많이 보면 병이 되고 손톱만치만(손톱만큼만) 보고 가소

모심기 소리 그리 해.

서울이라 험다라개(정확한 뜻을 알 수 없음) 금비둘기가 알을 낳네
그알 내 먼저 줘었으면 금년 과개(올해 과거)를 내가 먼저 하고

그 그 소리 자체가 구절이 다 있지 뭐.
[조사자가 해 질 때 쯤 하는 모심기 소리를 질문하자 제보자가 너털웃음을 짓는다. 잠시 고민하다가 앞소리에 이어 생각나는 대목을 부르기 시작한다.]

서울 갔든 과개(과거) 선비 우리집 선비는 안 오든가
오기사야 오데마는(오더니마는) 칠성판26)에 누워서 오데

그 그 그거 모심기 메기는 사람 선소리하면 그 그 숨은 사람도 뒤에 따라서 그걸 받아한다카이. 그거 듣기 참 좋았다. 천천히. 요세사 들믄(들으면) 어웅 할 줄도 모르고 없고 전부 기계화 돼 가지고 이? 그 우리들 농

---

26) 관 속 바닥에 까는 얇은 널조각. 북두칠성을 본떠서 일곱 개의 구멍을 뚫어 놓는다.

사 질 때는 그리 했어.

　　　삼천궁녀 나인들은 망국한을 슬퍼하야
　　　대동강 절벽에서 아주 펄펄 떨어지니
　　　천년 지낸 오늘까지 낙화암(落花岩)이 이름났다

　그 삼천궁녀 거 낙화암 떨어져 죽었다고 지금 거 낙화암(충청남도 부여
군 부여읍 부소산(扶蘇山)에 있는 바위. 서기 660년 백제가 나당연합군(羅
唐聯合軍)의 침공으로 함락되자 궁녀 3,000여 명이 백마강(白馬江) 바위
위에서 투신하여 죽었다고 한다.) 이라 하잖나. 삼천궁녀가 떨어져죽었어.
그 그 그 때가 언제로카면(언제냐 하면) 단종 때지. 단종이 열세 살에 그
여 뭐 청령포 그 그 뭐 세조한테 뭐 참 삼촌한테 쫓겨 가지고 죽어 가지
고 그 안 했나? 그 그 그 삼천궁녀 그 때 난 게라. 하마 오래래.

노랫가락

자료코드 : 05_20_FOS_20090122_LJH_GOD_0003
조사장소 : 경상북도 청송군 파천면 신흥2리 76번지
조사일시 : 2009.1.22
조 사 자 : 임재해, 조정현, 박혜영, 임주, 황진현, 김원구
제 보 자 : 권오동, 남, 80세
구연상황 : 노랫가락을 불러달라고 요청하자 그 노래는 자신이 본디 잘 부르는 노래라
　　　　　면서 자신있게 구연하였다. 기침을 하면서 잠긴 목을 가다듬고 음료수를 한
　　　　　컵 마시고 노래를 시작했다.

　　　내 사랑 남 주지 말고 남에 님 사랑을 탐내지 마라['쩝' 하고 입을
축인다.]
　　　알뜰한 내 사랑에도 과연 참사랑 듣길세라

우리도 이 사랑 가지고 백년이 진토록 잘살어 보세

['쩝'하고 입을 축인다.] 그 노랫가락은 소리 하기는 인제 저저 우리 모이면 나 많은 사람들 에 대단히 나(나이) 많거든 그 모여 그런 소리한다. 켁. 또 할까? (조사자 : 문서가 또 여러 가지잖아요. 예.) 켁. 많고 말고. 켁

　　팔공산 달이 돋아서 달성공원에 두견이 울어
　　낙동강에 임을 실고

이것도 봐라 소리 잊어부러 아께 했는. (조사자 : 낙동강에 임을 실고.) [제보자가 다시 한 번 제보자가 선율을 얹어 부르다가 이내 끊는다.]

　　낙동강에 임을 실고

[한 숨 쉬면서] 후 아이고 뭐 뭐 소리도 뭐 잊어부러. 아께는(아까는) 소리 다 했는데. (조사자 : 또 뭐 생각해서 하시면 됩니다. 또 다른 거.) 갑자기 생각하고 이래 놔 노니 그 지대로 가만 놔두면 소리 나오는데 그지? 허. 학생들 앉아가 있으니 뭐. 소리가 콱콱 맥헨다(막힌다).

　　완평생(한평생) 걸오온 길이 번민과 고통뿐이로다
　　안타까이(안타깝게) 애태우며 몸부름치기(몸부림치기) 그 얼만고
　　(그 얼마나 되는가)
　　나머지 반평생을 또 어이 울면서 걸어가리.
　　공자님 심으신 남게(나무) 아연 정성27)을 물을 주어
　　자사28)로 뻗으나 가지(뻗은 가지) 맹자꽃이 피었구나

_____

27) '아연'은 기가 막혀서 입을 딱 벌리고 말을 못하는 모양으로 '아연 정성'은 기막힐 정
　　로 깊은 정성'을 뜻한다.
28) 자사(子史). 옛 서적을 경(經), 사(史), 자(子), 집(集)의 사부(四部)로 나눌 때 제자(諸子)
　　의 책과 역사책 등을 말한다.

아마도 그 꽃 이름은 천추만대²⁹⁾에 무궁화라

이 소리도 자꾸 해놔야 소리가 돼지. 소리 안 하다 하면 고장(높낮이와 박자를 뜻함)도 올라가는 것도 없고 내려가는 것도 모르고 고마 염불 겉이(같이) 그래 되지(그렇게 되지) 않나? 소리라는 게 박력이 있어야 되거든. 그리고 인제 우린 인제 그런 것도 할 줄을 모르고. 옛날에 그래도 어디 친구들 놀믄 그 소리도 판 치고 했는데 인제 아, 허 허 허 헛 파이라 ('나쁘다'의 경상북도 방언). [조사자가 다른 가사로 노래를 청하자 제보자가 그 노래를 청춘가라고 일러준다. 굿거리장단에 하는 소리들이 참 좋지만 갑자기 하려니 생각이 안 난다며 고심한다.]

한양가

자료코드 : 05_20_FOS_20090122_LJH_GOD_0004
조사장소 : 경상북도 청송군 파천면 신흥2리 76번지
조사일시 : 2009.1.22
조 사 자 : 임재해, 조정현, 박혜영, 임주, 황진현, 김원구
제 보 자 : 권오동, 남, 80세
구연상황 : 조사자가 혹시 한양가를 아시냐고 물었더니 포은 (圃隱)선생을 아느냐며 제보자가 다시 말을 건넸다. 포은 선생이 철퇴를 맞아 죽었는데, 포은 선생과 관련한 노래가 있다며 들려주었다. 내용이 많지만 다 기억하지 못하고 '토막토막' 부를 뿐이라고 하였다.

(조사자 : 한양가를 한 번 그러면?) 백대여운 사람들에. 아 거 한양가(漢陽歌, 조선 헌종 10년(1844)에 한산 거사가 지은 가사. 당시 한양의 승경과 임금의 행차, 과거 급제의 영화 따위를 읊은 것으로, 1600여 구의 장

---

29) 천추만대(千秋萬代). 긴 세월과 끊임없이 이어지는 대라는 뜻으로, 후손 만대에 이르기까지의 긴 시간을 이르는 말.

편으로 되어 있다.)라. 에 그 뭐로? 그 뭔동 모르겠다.

　　　백대여운30) 사람들아

그 이제 각설이 각설이 비슷해 각설이 타령 그게 그 어이?

　　　초한(楚漢, 초나라와 한나라) 성부31) 들어 보소
　　　저 어른이 부질없이
　　　수가산이(기술이 산처럼) 으뜸이라
　　　한태조(漢太祖) 십만대병(十萬大兵)
　　　구리산 십사연(十四年)에
　　　초패왕32)을 잡으려고
　　　매호백마(白馬) 폭은수라
　　　천하기상(天下氣像) 상천(上天)할때
　　　오리,

어이구 그것도 또 멕히는데. 그 그 많이 읽었는데 그 안 해 봐노니(안
해 보았더니) 그마 잊어분다(잊어버린다).

---

30) ‘百代如雲’’인 듯 하나 정확한 의미는 알 수 없음.
31) 성부(城府). 마음속에 담을 쌓고 다른 사람에게 터놓지 않는 것을 비유적으로 이르는
　　말.
32) 초패왕(楚霸王). 중국 진(秦)나라 말기 군사를 일으켜 진나라를 멸망시키고 스스로 서
　　초‘西楚’의 패왕‘霸王’이 되었다. 그 후 유방과 패권을 다투다가 해하‘垓下’에서 포위
　　되어 자살하였다.

춘향이가 이도령에게 보낸 편지

자료코드 : 05_20_FOS_20090122_LJH_GOD_0005
조사장소 : 경상북도 청송군 파천면 신흥2리 76번지
조사일시 : 2009.1.22
조 사 자 : 임재해, 조정현, 박혜영, 임주, 황진현, 김원구
제 보 자 : 권오동, 남, 80세
구연상황 : 제보자는 춘향가에 나오는 '국문 뒤풀이'를 즐겨불렀는데, 이 외에 옥중화를
         읽고 그 중에 춘향이가 이도령에게 편지 쓴 내용이 참 좋다면서 그 내용을
         노래로 불러 주었다.

그 뭐로? 그 춘향이 옥에 갖혔는거 편지 쓴 것도 그런 것도 내 참, 춘
향이 왜 춘향이 옥에 갖혔을 때 이, 이도령한테 편지 써 보낸 거 또, 그것
도 이렇게 잘 읽는데 그것도 다 잊어부렸다 이제. [가래침을 삼키듯이
'켁'하고 목을 다듬는다.] 그 춘향이 편지는 아주 그 사연이 참 좋은기다
그 응?

> 별후(離別後) 광음(廣音)이 울고 산새아 척석아 단절하야
> 약수(弱手) 삼천리(三千里)에 정조(貞操)가 끊어지고
> 북회만리(北回萬里)에 봉황(鳳凰)이 없으매
> 북천(北天)을 바라보니 만만히 욕천(欲天)이요
> 군산(群山)이 원격(遠隔)이라 신장(身長)이 구열(口熱)이요
> 이화(梨花)에 두견(杜鵑)울고 오동(烏東)에 밤배 올 때
> 적막히 홀로 누워 상사일념(相思一念)은
> 지황절로(地皇絕路)라도 자하(自下)는 난절(難絕)이라
> 무심한 호접몽(胡蝶夢)은 천리(千里)에 오락가락
> 호읍장단(號泣長短)으로 화조월색(花朝月色)을 허네
> 왔더니 신관 사또 또인후(因後)에 인사수청(人事隨廳) 거행(擧行)하
라기에 인사 못피하고

장하지혼(裝荷之婚)이 미후(糜侯)에 될듯하니 서방님은 길이 만족
녹(滿足錄)을 누루시었다가(누리시었다가)

천추만대(千秋萬代) 후후생(後後生)에 나 다시 만나 이별 없이 살
아지다

그 저저저 옥에서 춘향이가 이도령한테 보낸 편지 사연이지. 그 그 그
뜻이 굉장이 깊은 건데 그게. (조사자 : 어르신 이건 어디서 들으신거에
요?) 으이? (조사자 : 이건 어디서 들으셨어요?) 옛날 요새는 춘향전이랬지
만 예전에 옥중화라는 책이 있었어. 옥중화(獄中花, 이해조가 지은 신소설
로 판소리 명창 박기홍(朴起洪)의 춘향가 사설을 바탕으로 개작한 것이
다.). 그 책에 보면 기록이 되어 있다.

양산도

자료코드 : 05_20_FOS_20090122_LJH_GOD_0007
조사장소 : 경상북도 청송군 파천면 신흥2리 76번지
조사일시 : 2009.1.22
조 사 자 : 임재해, 조정현, 박혜영, 임주, 황진현, 김원구
제 보 자 : 권오동, 남, 80세
구연상황 : 제보자가 조사 상황을 인식하고 녹음하는 거라서 제대로 불러주어야 한다면
서, 노래 곡목을 고심하면서 생각해냈다. 굿거리로 창부 타령을 부른 후 뒤이
어 양산도를 불렀다. 노래를 부를 동안에도 제보자는 노래 제목이 마땅히 생
각나지 않아서 계속 고민하고 있었다.

[녹음을 한다면서, 곁에서 그의 노래를 듣던 친구와 이야기를 나누다
가]

에라마 당당당 카는 거.
에라마 당당당 두둥어 디어라 못노니어라

그 그 그 그건 뭐라카노?

> 에헤헤요
> 니적 내적 모지랑 볏자리로
> 싹싹 쓸어다 한강수에 넣고
> 에라마 당당당 두둥어 디어라
> 그래도 못노니어라
> 능지를 하여도 못노니라

또 거 그거 1절 아이?

> 에헤에요
> 니적 내적 모지랑 빗자리로 싹싹 쓸어다 한강수에 넣고
> 새로 새정을 한번 들었다가 보자
> 에라마 당당당 두둥어 디어라 그래도 못노니

그 참 우리 못해도 그런 소리 많이 한다. 내가 그런 소리 많이 한다 어이? (조사자 : 이게 한강수 타령인가? 어르신 혹시 이거 양산도라 그러셨어요?) (청중 : 양산도.) (조사자 : 양산도. 에라마 당당당 두두엉 디어라?) 그래.

> 에헤에에 에헤오 국화꽃이 고와도 천추단절(千秋斷絶)이고

[그제서 노래 곡목이 떠오른 듯 말한다.] 양산도 모양일타.

어사용

자료코드 : 05_20_FOS_20090122_LJH_GOD_0008

조사장소 : 경상북도 청송군 파천면 덕천2리 76번지

조사일시 : 2009.1.22

조 사 자 : 임재해, 조정현, 박혜영, 임주, 황진현, 김원구

제 보 자 : 권오동, 남, 80세

구연상황 : 제보자가 목이 자꾸 쉬고 잠겨서 노래가 안 된다고 하였으나 조사자가 음료
수를 대접한 뒤 '지게목발 소리'를 해 달라며 질문을 했다. 그랬더니 대번 그
소리는 '길게 빼는' 소리라면서 정선 아라리처럼 길게 불러야 한다고 강조하
였다. 어르신이 몇 번 첫 소절을 내어서 불러 보다가 이내 기억나는대로 부른
뒤에 이것이 신세자탄 소리라면서 직접 노래에 대한 설명을 하였다.

[조사자가 어사용 가사의 앞 부분을 읊으면서 제보자에게 노래를 청한
다.] (조사자 : 네. 길게 빼는 거 해주셔야죠?)

　　구야구야

그거는 그래 나가는데 그 저 정선 아리랑 같이. (조사자 : 네 그래 하시
면 됩니다.) 정선 정선 아라리 그래나가는데. 정선 아라리 안 그렇노(그런
가)? 왜? 그 뭐라 카노? 아이구 또 잊어부렀다.

　　구야청산 [잠시 가사가 기억나지 않는 듯이 멈추자 곁에서 듣던
　　청중이 웃는다.] 늙은

아이구 보래 그 말이 그거 맥혀(막혀).

　　구야청산(靑山) 늙은 중이
　　백판염주(百八念珠) 목에 걸구(걸고)
　　지게삭갓(지게와 삿갓) 숙여 쓰고
　　극락세계(極樂世界) 찾어간다(찾아간다)

(청중 : 철쭉단지.) 어이? 그래. (청중 : 철쭉단지 들은 님은 만첩산중 찾
아간다) 그런 소리도 그러니까 봐라 뭐 소리가 뭐 하는 게 그게 그게래.

양산도나 그게나 똑같애. 내가 제일 잘하는 거 그런 거 하지 뭐. 그 인제 하든 거 뭐로? 팔공산 달이 돋았다 하는 거. [보조 조사자가 다시 노래를 청한다. 오랜 만에 나무하러 가서 여남은 사람이 주고받던 소리여서 한 사람이 죽 하기 어렵다고 한다. 신세자탄 소리라고 설명한다.]

청산(靑山)도 절로 절로 [오~ 하고 소리를 길게 뺀다.]
녹두(綠豆)라도 절로 절로
산 절로 수 절로 하니 어이 갈꼬

그거 인제 타 신세 타령이라 말여. 말하자면. 신세 타령. [이 노래는 염불인 것 같은데 정확히 무슨 노래인지 제보자 본인도 모르겠다고 한다.]

한글 뒤풀이

자료코드 : 05_20_FOS_20090123_LJH_GOD_0001
조사장소 : 경상북도 청송군 파천면 신흥2리 76번지
조사일시 : 2009.1.23
조 사 자 : 임재해, 조정현, 박혜영, 임주, 황진현, 김원구
제 보 자 : 권오동, 남, 80세
구연상황 : 전날 구연했던 국문 뒤풀이에는 '사샤서셔'로 시작하는 부분이 빠져있어 이
날 다시 구연하였다. 순서가 뒤바뀌었지만 언문을 순서대로 온전히 다 기억해
내었다. 구연 도중에 순서를 짚어가면서 빠진 부분을 다시 불렀는데, 노래를
부르는 도중에도 기침이 잦았다.

(청중 : 기역니은 디근리을 미음자로 집을짓고)

지그덕지그덕33) 사자더니(살자더니) 아차 잠깐 잊었구나
가갸거겨 가이업는34) 이내 몸이 거이없이35) 되었구나

---

33) 계속하여 조용히 참고 견디는 모양으로 지긋지긋과 같은 의미로 파악됨.

고교구규 고생하신 우리 낭군 구관(舊官, 옛 관직)하기가 짝이 없다(비할 데 없이 대단하다.)

나냐 너녀 날어가는 원앙새야 너와 나와 짝을 짓자

노뇨누뉴 노세 노세 젊어 놀아 늙어지면 못 노나니

다댜더뎌 다닥다닥 붙은 정이 덧없이도 떨어졌네

도됴두듀 도덕지형[36] 먹은 마음 그 뉘라서 몰라주네

아 좀 쉬고 하자 숨이 차 [길게 한숨 쉬듯이]하, 이거 못 하겠다 내가 가수도 아니고 하 하 하 할라카니. (조사자 : 도덕지형이요?) 다댜다 다 해 보라고, 이제 뭐 사라하나? (조사자 : 다까지 했어요. 도덕지형까지) (청중 : 가나다라) 아, 마 하잖아 마오마오. (조사자 : 다댜도됴까지 했어요.) 다닥다닥 붙인 정이 그건 했지

다댜도됴 다닥다닥 붙은 정이 덧없이도 떨어졌네

도됴두듀 도덕지형 먹은 마음 그 뉘라서 몰라주나

사샤서셔 사시장금[37] 바쁜 길에 중간참[38]이 늦어간다

소쇼수슈 소슬단풍(蕭瑟丹楓) 찬바람에 울고 가는 저 기러기 너와 나와 짝을 짓자

마먀머며 마오 마오 그리 마오 사람 괄세를 그리마 오

모묘무뮤 모지도다 모지도다 한양 낭군 모지도다

자쟈아야 도모를 따 아자 허지?

---

34) 가없이 넓다는 의미보다는 가엾다는 의미로 쓰임

35) 거지같이. 아무 것도 없는 신세를 말함.

36) 도덕지형(道德紙型). 사람으로서 도리를 종이에 활자의 자국이 나도록 하듯이.

37) 사시장금(四時長今). 사철 중 아무 때 중에서도 지금이라는 의미로 쓰임.

38) 중간에 일을 시작하여서 일정하게 쉬는 때까지의 사이 또는 일을 하다가 아침과 점심 또는 점심과 저녁 사이의 끼니 때.

아야어여 아송닷분39) 먹은 마음 그 뉘라서 몰라주나

오요우유 오동복판(梧桐腹板) 거문고를 새 줄 미워(새 줄은 얹어) 타노라니

자쟈저져

[헛기침 하면서] 자, 봐래 잊어불잖아 마.

자주종 자주종 자주종종 오신 낭군 편지조차 돈잘하다(돈절하다)

조죠주쥬 조별 낭군 내 낭군인데 한번 가시더니 못 오시네

차챠처쳐 차라리 죽었으면 오늘 고생 아니할걸

초쵸추츄 초당(草堂)안에 깊이든 잠 학에 소리 놀라 깨니 그 학 소리는 간 곳 없네

[마른 입을 축이면서] 허 어허 또 글자가 뭐로 응? (조사자 : 타파하 파 파?)

파요 파요 보고시파요 한양 낭군 보고시파요

포, 포표푸퓨 폭포수 흐른 물에 풍기둥실40) 빠져 볼까

차 또 뭐가 뭐 하 하 하 하 하 하가 맞어. 하 타 뭐로? (청중 : 타파하) 파 하지? 파요파요 인제 안 했나. 하자 순이구나 그지?

하늘 아래 우리 낭군 간 곳 없이 소식 없네

소쇼수슈 소슬 단풍 찬바람에 어디 가고 못 오시나

그 하 하 하 그 하 그 줄이 여 운문이 열두 줄이제? 가나다라마바사아

---

39) 우아하고 조상의 공덕을 기리는 마음을 한지의 반만큼이나 먹었다는 의미이다. 아송 (雅頌)의 아(雅)는 정악을 말하고 송(頌)은 조상의 공덕을 기리는 내용의 노래를 가리 킨다.

40) 풍덩 빠져서 두둥실 뜬다는 의미.

자차카타파하 열넉 줄이구나. (조사자 : 할아버지 근데 하하허혀 하고요 호효후휴 이렇게 하는 거 아니에요?) 호효후휴 그래. (조사자 : 근데 마지막에 호효후휴를 안 했어요.) 그래 하하하하 하가. 아이구나. (조사자 : 하늘 아래 그거하고) 호효후휴 하늘 아래 첫 동네 하고 뭐고 그 그 뭐 그건 사전에 그 맨들어야지. 다 게 맨든 거거든. 맨든 게. (조사자 : 호효후휴는 뭐에요?) 으잉? 호걸낭자, 호걸낭자. (조사자 : 그거 한 번 해주세요.)

[숨을 들이마시고]

호걸(豪傑, 지혜와 용기가 뛰어나고 기개와 풍모가 있는 사람)낭자(豪傑) 버려두고 우리 임은 어디 갔노

그 그 그 그. (조사자 : 아~ 이제 다 했다.) 다 했지 뭐. [노래가 끝나자 웃으며 청중이 박수치며 호응한다.]

언문 뒤풀이

자료코드 : 05_20_FOS_20090220_LJH_GOD_0012
조사장소 : 경상북도 청송군 파천면 덕천2리 76번지
조사일시 : 2009.2.20
조 사 자 : 임재해, 조정현, 편해문, 박혜영, 임주, 황진현, 신정아
제 보 자 : 권오동, 남, 80세
청   중 : 3명
구연상황 : 제보자의 집에서 구연하였다. 할머니를 먼저 보내시고 혼자 사시는 분이었다. 기억력이 아주 좋아 언문뒤풀이를 거의 알고 계셨다.

ㄱㄴㄷㄹㅁ 자로 집을 짓고 지그덕 지그덕 사자더니 아차 잠깐 잊었구나
가갸거겨 가이 없는 이내 몸이 거이 없이 되었구나

고교구규 고생하신 우리 낭군 구관하기가(불쌍하기가) 짝이 없다

나냐너녀 날어 가는 원앙새야 너와 나와 짝을 짓자

노뇨누뉴 노세 노세 젊어 놀아 늙어지면 못 노나니

다댜더뎌 다닥다닥 붙은 정이 덧없이도 떨어졌네

도됴두듀 도덕지형 먹은 마음 ○○라서 몰라주나

바뱌버벼 밥을 먹다도 님 생각에 목이 매네

보뵤부뷰 보고지고 보고지고 한양 낭군 보고지고

사샤서셔 사신아 행차 바쁜 길에 중간 참이 늦어가네

소쇼수슈 소설 단풍 찬바람에 울고 가는 저 기럭아 너와 나와 짝을 짓자

아야어여 아송 답봉 먹은 마음 그 뉘라서 몰라주나

오요우유 오동 목판 거문고를 새 줄 미워 타느니

자쟈저져 자주종 자주종 자주종종 오신 낭군 편지조차 돈절하다

조죠주쥬 조별 낭군 내 낭군인데 한번 가시니 못 오시네

차챠처쳐 차라리 죽었으면 오늘고생 안할 걸

초쵸추츄 초당 안에 깊이 든 잠 학의 소리 놀라 깨니

그 학 소리는 간 곳 없고 흐르나니 눈물이라

파퍄퍼펴 파요 파요 보고 싶어요 한양 낭군 보고 싶어요

포표푸퓨 폭포수 흐른 물에 풍기등실 빠져 보자

타탸터텨 타도타도 월타도에 이내 몸이 어니 왔노

토툐투튜 토지지신 몇몇 인고 간 곳마다 일반이다(같다)

회심곡

자료코드 : 05_20_FOS_20090220_LJH_GOD_0013

조사장소 : 경상북도 청송군 파천면 덕천2리 76번지

조사일시 : 2009.2.20

조 사 자 : 임재해, 조정현, 편해문, 박혜영, 임주, 황진현, 신정아

제 보 자 : 권오동, 남, 80세

청   중 : 3명

구연상황 : 제보자의 집에서 구연하였다. 할머니를 먼저 보내시고 혼자 사시는 분이었다.
기억력이 좋기는 하시지만 회심곡을 부른 지 오래되어 써놓은 회심곡을 보며
구연하였다.

세상천지 만물 중에 사람밖에 또 있는가

여보시오 시주님네 이내 말쌈 들어 보소

이 세상에 나온 사람 뉘 덕으로 나왔던가

석가여래 공덕으로 아버님 전 뼈를 빌고

어머님 전 살을 빌어 칠성님 전 명을 빌고

제석님 전 복을 빌어 이내일신 탄생하니

한두 살에 철을 몰라 부모 은덕 알을 손가

이삼십이 당하여도 부모 은공 못 다 갚아

어이없고 애달고나 무정세월 여류하야

원수 백발 돌아오니 없던 망령 절로난다

망령이라 흉을 보고 구석구석 웃은 모양

애달고도 설운지고 절통하고 분통하다

할 수 없다 할 수 없다 홍안 백발 늙어가며

인간에 이 공도를 뉘가 능히 막을손가

춘초는 년년록이나 왕손은 귀불귀라

우리 인생 늙어지면 다시 젊지 못하리라

인간 백년 다 살아도 병든 날과 잠든 날과

걱정 근심 다 제하면 단사십도 못 살 인생

어제 오늘 성튼 몸이 저녁나절 병이 드니

섬섬약질 가는 몸에 태산 같은 병이드니
부르나니 어머니요 찾는 것은 냉수로다
인삼 녹용 약을 쓴들 약효염이나 있을소냐
판수 불러 경 읽은들 경덕이나 있을소냐
무녀 불러 굿을 한들 굿덕이나 있을손가
재미 쌀을 쓸고 쓸어 명산대천 찾어 가서
상탕에 메를 짓고 중탕에 목욕하고
하탕에 수족 씻고 촛대 한 쌍 벌려놓고
향료 향합 불 갖추어 소지 한 장 든 연후에
비나니다 비나니다 부처님전 비나니다
칠성님전 발원하고 신장님전 공양한들
어느 성년 알음 있어 감응이나 할까보나
제 일전에 진광대왕 제 이전에 초광대왕
제 삼전에 송제대왕 제 사전에 오광대왕
제 오전에 염라대왕 제 육전에 변성대왕
제 칠전에 태산대왕 제 팔전에 평등대왕
제 구전에 도시대왕 제 십전에 전륜대왕
열시왕의 부린 사자
열시왕의 명을 받아 한손에는 철봉 들고
또 한 손에 창검 들며 쇠사슬을 비겨차고
활등같이 굽은 길로 살대같이 달려와서
닫은 문을 박차면서 뇌성같이 소리하고
성명 삼 자 불러내어 어서 가자 바삐 가자
뉘 분부라 거역하며 뉘 영이라 지체할까
실낱같은 이 내목에 팔뚝 같은 쇠사슬로
결박하야 끌어내니 혼비백산 내죽겠네

여보시오 사자님네 노자돈 갖고가게
만단설로 애걸한들 어느 사자 들을 손가
애고답답 설운지고 이를 어이 하잔 말고
불쌍하다 이내일신 인간 하직 망극하다
명사십리 해당화야 꽃 진다고 설워마라
명년 삼월 봄이 오면 너는 다시 피련마는
우리 인생 한번 가면 다시 오기 어려워라
북망산 돌아갈제 어찌 갈꼬 심삼험로
한정 없는 길이로다 언제 다시 돌아올꼬
이 세상을 하직하니 불쌍하고 가련하다
처자의 손을 잡고 만단설화 다 몬하고
정신 차려 살펴보니 약탕관 버려놓고
지성 구호 극진한들 죽을 목숨 살릴소냐
옛 늙으니 말 들으니 저승길이 머다드니
오늘 내게 당해서 대문 밖이 저승이라
친구 벗이 많다한들 어느 누가 동행할까
구사당에 하직하고 신사당에 헌배하고
대문 밖을 썩 나서니 적삼 내어 손에 쥐고
혼백불어 초혼하니 없던 곡성 낭자하다
일직 사자 손을 잡고 월직 사자 등을 밀어
풍우같이 재촉하여 천방지방 ○○갈제
높은 데는 낮아지고 낮은 데는 높아진다
악의악식 모은 재산 먹고 가며 쓰고 가랴
사자님아 사자님아 이 내 말쌈 들어 보소
시장한데 점심하고 신발이나 고쳐 신고
쉬어 가자 애걸한들 들은 체도 아니 하고

쇠뭉치로 등을 치며 어서 가자 바삐 가자
이렁저렁 여러 날에 저승원문 다달으니
우두나찰 마두나찰 소리치며 달려들어
인정 달라 비는 구나 인정 쓸 돈 반 푼 없다
담배 긇고 모은 재산 인정 한 푼 ○○○○
환전부지 가져올까 의복 벗어 인정 쓰며
열두 대문 들어가니 무섭기도 끝이 없고
두렵기도 측량없다 대명하고 기다리니
옥사정이 분부 들고 남녀 죄인 등대할 제
정신 차려 살펴보니 열 시왕이 좌개하고
최판관이 문서 잡고 남녀 죄인 잡아들려
다짐받고도 문초할 제 어두귀면 나찰들은
전후좌후 벌여서고 기지창검 삼열한데
형벌 기구 차려놓고 대상호령 기다리니
엄숙하기 측량없다 남자 죄인 잡아들여
형벌하여 묻는 말이 바른대로 알외여라
나라는 충성하며 부모님께 효도하고
헐벗은 이 옷을 주어 구란 공덕하였는가
좋은 곳에 집을 지어 행인 공덕하였는가
깊은 물에 다리 놓아 월천 공덕하였는가
목마른 이 물을 주어 급수 공덕하였는가
병든 사람 약을 주어 활인 공덕하였는가
높은 산에 불당 지어 중생 공덕하였는가
좋은 밭에 원두 심어 행인 해갈하였는가
부처님께 공양 들어 마음 닦고 선심하야 염불 공덕하였는가
어진 사람 모해하고 불의행사 많이 하여

탐재함이 극심하니 너의 죄목 어찌할꼬
죄악이 심중하니 풍토옥에 가두리라
착한사람 불러들여 위로하고 대접하며 못쓸 놈들 구경하라
이 사람은 선심으로 극락세계가 올지니
이 아니 좋을 손가 소원대로 물을 적에
네 원대로 하여 주마 극락으로 가려느냐
연화대로 가려느냐 선경으로 가려느냐
장생불사 하려느냐 서왕모의 사환되어
반도소임 하려느냐 네 소원을 아뢰어라
옥제에게 주품하사 남중전생 되어나서
요지연에 가려느냐 백만군중 도덕되어
장수 몸이 되려느냐 어서 바삐 아뢰어라
옥제전에 주문하며 석가여래 아미타불
제도하게 이문하사 사신 불러 의론하여
어서 바삐 시행하라 저런 사람 선심으로
귀이 되어 가나니라 대웅전에 초대하야
다과 올려 대접하며 못쓸 놈들 남자 죄인 처결한 후
여자 죄인 잡아들려 엄형 국문 하는 말이
동생 항렬 우애하며 친척 화목 하였느냐
괴악하고 간특한 년 부모 말씀 거역하고
동기간에 이간하고 형제불목 하게하며
세상 간악 다부리며 열두 시로 마음 변해
못 듣는데 욕을 하고 마주앉자 웃음 낙담
군말하고 성 내는 년 남의 말을 일삼는 년
시기하기 좋아한 년 풍토옥에 가두리라
죄목을 물은 후에 온갖 형벌 하는구나

죄지경중 가리어서 차례대로 처결하고
도산 지옥 화산 지옥 한빙 지옥 검수 지옥
발선 지옥 독사 지옥 아침 지옥 거해 지옥
각처 지옥 분부하야 모든 죄인 처결한 후
대연을 배설하고 착한 여자 불러들여
공경하며 하는 말이 소원대로 다 일러라
선녀 되어 가려느냐 요지연에 가려느냐
남자 되어 가랴느냐 재상 부인 되려느냐
제실왕후 되려느냐 제후 왕비 되려느냐
부귀공명 하려느냐 네 원대로 하여주마
소원대로 다 일러라 선녀 불러 분부하야
극락으로 가게 하니 그 아니 좋을손가
선심하고 마음 닦아 불의행사 하지마소
회심곡을 업신여겨 선심공덕 아니하며
우마 형상 못 면하고 구렁 배암 못 면하네
조심하여 수신하라 수신제가 능히 하면
치국평민 하오리니 아무쪼록 힘을 쓰오
적덕을 아니 하면 신후사가 참옥하니
바라나니 우리 형제 자선 사업 많이 하여
내 생길을 잘 닦아서 극락으로 나아가세
나무아미타불 나무 관세음보살

객구 물리기 소리

자료코드 : 05_20_FOS_20090225_LJH_GOD_0040
조사장소 : 경상북도 청송군 파천면 덕천2리 76번지
조사일시 : 2009.2.25
조 사 자 : 임재해, 조정현, 박혜영, 임주, 황진현, 김원구
제 보 자 : 권오동, 남, 80세
구연상황 : 제보자의 집에서 구연했다. 두 번째 제보자의 집을 찾은 날이었는데 첫날에는
목이 아파 더는 물을 수 없는 상황이었기 때문이다. 다행이 목이 나았다고 해
서 찾아뵙고 첫날 물어보지 못했던 노래들을 몇 개 여쭙고 녹음할 수 있었다.

어허 귀신아 들거라……

한발 내딛었다 한발 들어 딛어

남의 음식을 본 듯도 하고 먹은 듯도 한데

아무 생이…… 이놈의 귀신아 오늘……

고두 약밥에 염창 채소에 해주는 것을 니가 먹고

저 거리 문전에 퇴송을 해야 우리 집 귀신인지 명신인지

그렇지 않으면 은장도 드는 칼로 목을……

엄낭(엄나무) 발을 두루루 말아

무쇠가매를 덮어 씌서 쉰 길 소에 넣게 되면

너 놈의 귀신은 세상에 용납지 못하고

남의 가문에 궁내(국냄새) 장내도(장냄새도) 못 맡을 챔이니

그렇잖으면 저 거리 썩 나가거라

김가 귀신아 박가 귀신아 신가 귀신아……

갑자(甲子), 을축(乙丑), 병인(丙寅), 정묘(丁卯), 무진(戊辰),

기사(己巳), 경오(庚午), 신미(辛未), 임신(壬申), 계유(癸酉),

갑술(甲戌), 을해(乙亥), 병자(丙子), 정축(丁丑), 무인(戊寅),

기묘(己卯), 경진(庚辰), 신사(辛巳), 임오(壬午), 계미(癸未),

갑신(甲申), 을유(乙酉), 병술(丙戌), 정해(丁亥), 무자(戊子),

기축(己丑), 경인(庚寅), 신묘(辛卯), 임진(壬辰), 계사(癸巳),

갑오(甲午), 을미(乙未), 병신(丙申), 정유(丁酉), 무술(戊戌),

기해(己亥), 경자(庚子), 신축(辛丑), 임인(壬寅), 계묘(癸卯),

갑진(甲辰), 을사(乙巳), 병오(丙午), 정미(丁未), 무신(戊申),

기유(己酉), 경술(庚戌), 신해(辛亥), 임자(壬子), 계축(癸丑),

갑인(甲寅), 을묘(乙卯), 병진(丙辰), 정사(丁巳), 무오(戊午),

기미(己未), 경신(庚申), 신유(辛酉), 임술(壬戌), 계해(癸亥) 허쐐이

그래도 안 나간다 귀신이 안 나간다 축귀경이 또 있다

귀도라재 귀도라재 천생만물 필수규칙 천위야 지위야 일월모시

금일출행 좌청룡 우백호 남주작 북현무 재질병 금당대 옥당대

금대천축 사길만사 아도비상지도 옴 급급 여열영 사바리 쐐

갑(甲), 을(乙), 병(丙), 정(丁), 무(戊), 기(己), 경(庚), 신(辛), 임(壬),
계(癸)

정선 아리랑

자료코드 : 05_20_FOS_20090225_LJH_GOD_0041

조사장소 : 경상북도 청송군 파천면 덕천2리 76번지

조사일시 : 2009.2.25

조 사 자 : 임재해, 조정현, 박혜영, 임주, 황진현, 김원구

제 보 자 : 권오동, 남, 80세

구연상황 : 제보자의 집에서 구연했다. 두 번째 제보자의 집을 찾은 날이었는데 첫날에는
목이 아파 더는 물을 수 없는 상황이었기 때문이다. 다행이 목이 나았다고 해
서 찾아뵙고 첫날 물어보지 못했던 노래들을 몇 개 여쭙고 녹음할 수 있었다.

비가 올랜동 눈이 올란동 억수 장마 질란동
금수산 먹구름이 마구 모여 든다

아리랑 아리랑 아라리요 아리랑 고개고개로 단 둘이 넘자

정선 읍내 물레방아 사구 삼십육 서른여섯 바쿠 물을 안고 돌고
우리 집이 저 문둥이는 나를 안고 도네
아리랑 아리랑 아라리요 아리랑 고개고개로 단 둘이 넘자

한질 두질 석질 넉질 다서 여서 일고 여덟 아호 열질 되는
층암절벽에 곤달걀을 붙쳤지 이웃집에 저 처녀에 말 못 붙일레라

덜구 소리

자료코드 : 05_20_FOS_20090225_LJH_GOD_0042
조사장소 : 경상북도 청송군 파천면 덕천2리 76번지
조사일시 : 2009.2.25
조 사 자 : 임재해, 조정현, 박혜영, 임주, 황진현, 김원구
제 보 자 : 권오동, 남, 80세
구연상황 : 제보자의 집에서 구연했다. 두 번째 제보자의 집을 찾은 날이었는데 첫날에는
목이 아파 더는 물을 수 없는 상황이었기 때문이다. 다행이 목이 나았다고 해
서 찾아뵙고 첫날 물어보지 못했던 노래들을 몇 개 여쭙고 녹음할 수 있었다.

백대 영웅 사람들아	오호 덜구야
초한 성부 들어 보소	오호 덜구야
저러히 부질없이	오호 덜구야
하나둘이 하더래도	오호 덜구야
열십물이(열 스물 사람이) 하는 듯이	오호 덜구야
먼 데 사람 듣기 좋게	오호 덜구야
곁에 사람 보기 좋게	오호 덜구야
쿵덕쿵덕 밟아주소	오호 덜구야

초가삼간 집을지도	오호 덜구야
대목 시공 있건만은	오호 덜구야
천년 집을 짓는 데는	오호 덜구야
대목 시공 없을 소냐	오호 덜구야
아이고지고 통곡마래이	오호 덜구야
죽은 부모 다시 오나	오호 덜구야
맏상주는 왔다만은	오호 덜구야
둘째 상주 어디 갔노	오호 덜구야
생전에도 그립더니	오호 덜구야
사후에도 아니 오네	오호 덜구야

망깨 소리

자료코드 : 05_20_FOS_20090225_LJH_GOD_0043
조사장소 : 경상북도 청송군 파천면 덕천2리 76번지
조사일시 : 2009.2.25
조 사 자 : 임재해, 조정현, 박혜영, 임주, 황진현, 김원구
제 보 자 : 권오동, 남, 80세
구연상황 : 제보자의 집에서 구연했다. 두 번째 제보자의 집을 찾은 날이었는데 첫날에는
목이 아파 더는 물을 수 없는 상황이었기 때문이다. 다행이 목이 나았다고 해
서 찾아뵙고 첫날 물어보지 못했던 노래들을 몇 개 여쭙고 녹음할 수 있었다.

단군 천년 기자 천년	에헤 망깨야
이때가 어느 때요	에헤 망깨야
당묘 이십오 년이요	에헤 망깨야
무진 시월 삼일일레	에헤 망깨야
이때가 어느 때요	에헤 망깨야

당묘 이십오 년이요	에헤 망깨야
무진 시월 삼월일레	에헤 망깨야
해마다 이 날짜를	에헤 망깨야
개천절로 정했구나	에헤 망깨야
이때 마침 토굴 속에	에헤 망깨야
호랑이와 곰이 살어	에헤 망깨야
신시 천황 하오시꽤	에헤 망깨야
인간 되기 원하므로	에헤 망깨야
각기 약을 주었는데	에헤 망깨야
삼십칠일 지낸 후에	에헤 망깨야
곰은 그만 사람 되고	에헤 망깨야
정성이 부족하야	에헤 망깨야
호랑이는 못 되었네	에헤 망깨야
그 곰이 신흥씨라	에헤 망깨야
여자 몸이 되었음에	에헤 망깨야
하우씨와 결혼하야	에헤 망깨야
아들을 낳았으니	에헤 망깨야
이가 곧 단군이라	에헤 망깨야
돌아오네 돌아오네	에헤 망깨야
해외 지사 돌아오네	에헤 망깨야
태극기를 손에 들고	에헤 망깨야
국가를 합창하면	에헤 망깨야
청춘시절 다 보내고	에헤 망깨야
백발 되어 돌아오네	에헤 망깨야
삼십 육년 긴긴 동안	에헤 망깨야
학살타가 투옥타가	에헤 망깨야

○○○○ 추방타가	에혜 망깨야
그 얼마나 오래된고	에혜 망깨야
사천 이백 칠십 팔년	에혜 망깨야
십이월 십이일에	에혜 망깨야
이승만 씨 돌아오고	에혜 망깨야
같은 해 십이월에	에혜 망깨야
김구 선생 앞세우고	에혜 망깨야
상해 임시 정부 요인	에혜 망깨야
김포에 도착하니	에혜 망깨야
우리의 지도자라	에혜 망깨야

삼 삼기 노래

자료코드 : 05_20_FOS_20090220_LJH_KJJ_0015
조사장소 : 경상북도 청송군 파천면 중평리 노인정
조사일시 : 2009.2.20
조 사 자 : 임재해, 조정현, 박혜영, 임주, 황진현, 김원구
제 보 자 : 권점준, 여, 84세
구연상황 : 노인정에서 구연하였다. 삼 삼기 노래 가사에 청송이 늘 나와서인지 둘러앉은
할머니 대부분이 조금씩은 알고 있어 귀 기울여 듣는 분위기였다.

진보 청송 긴 삼가리
영해 영덕 뻗쳐 놓고
비비치고 나리치고
밤새도록 삼은 삼이
한 발이고 두 발일레

방망이 점 노래

자료코드 : 05_20_FOS_20090220_LJH_KJJ_0018
조사장소 : 경상북도 청송군 파천면 중평리 노인정
조사일시 : 2009.2.20
조 사 자 : 임재해, 조정현, 박혜영, 임주, 황진현, 김원구
제 보 자 : 권점준, 여, 84세
구연상황 : 노인정에서 구연하였다. 아이들이 어렸을 때 뭔가를 잃어버리면 점을 해서 찾는 놀이가 있었지 않느냐고 했더니 서로 서로 나서며 앞 다투어 경험들을 이야기해 주는 과정에서 나온 노래이다.

남원골 춘향 아가씨

어깨 짚고 소매 짚고

어리 설설 내리주소

덜구 소리

자료코드 : 05_20_FOS_20090225_LJH_KTH_0039
조사장소 : 경상북도 청송군 파천면 지경동 김하기(여, 91세) 장지 현장
조사일시 : 2009.2.25
조 사 자 : 임재해, 조정현, 박혜영, 임주, 황진현, 김원구
제 보 자 : 권태환, 남, 72세
구연상황 : 경상북도 청송군 파천면 지경동 한 야산에서 실제 상황을 녹음한 자료이다. 망인은 김하기(여, 91세) 였는데 호상이라 그런지 녹음해도 좋다는 상주들의 허락을 흔쾌히 받았다. 현장에서 녹음한 것이라 생동감은 넘치지만 다소 소리가 다른 잡소리와 겹쳐 채록하기 어려운 말들이 있는 흠이 있다.

삼천갑자 동방석도	오호 덜구야
○○○○ 못 막았고	오호 덜구야
천하일색 양귀비도	오호 덜구야
오는 백발 못 막았네	오호 덜구야

오호 덜구야 　　　　오호 덜구야

억만장자 석숭이도 　　　오호 덜구야

황금으로 못 막았고 　　　오호 덜구야

권세 좋은 진시황도 　　　오호 덜구야

북망산천 ○○○○ 　　　오호 덜구야

삼대 독자 귀동이도 　　　오호 덜구야

북망산천 던져놓고 　　　오호 덜구야

덧없이도 오는 백발 　　　오호 덜구야

무엇으로 막을손고 　　　오호 덜구야

만단진수 차려놓고 　　　오호 덜구야

빌어본들 막을손가 　　　오호 덜구야

○○○○ ○○○○ 　　　오호 덜구야

황금으로 막을손가 　　　오호 덜구야

슬프도다 슬프도다 　　　오호 덜구야

인생살이 슬프도다 　　　오호 덜구야

팔구십을 다아도 　　　오호 덜구야

잠든 날과 병든 날과 　　　오호 덜구야

걱정 근심 다 제하고 　　　오호 덜구야

단사십도 못살인생 　　　오호 덜구야

○○○○ ○○○○ 　　　오호 덜구야

이팔청춘 소년들아 　　　오호 덜구야

○○○○ ○○○○ 　　　오호 덜구야

노지 말고 노력○○ 　　　오호 덜구야

부모 효도 잘해 주소 　　　오호 덜구야

○○○○ 지는 꽃은 　　　오호 덜구야

명년 삼월 돌아보면 　　　오호 덜구야

움도 피고 싹 트는데	오호 덜구야
우리 인생 한번 가면	오호 덜구야
○○○○ ○○○○	오호 덜구야
○○○○ 인생인데	오호 덜구야
권력 많은 진시황도	오호 덜구야
장생불사 못 다하고	오호 덜구야
○○○○ ○○○○	오호 덜구야
○○○○ ○○○○	오호 덜구야
○○○○ ○○○○	오호 덜구야
○○○○ 다하소서	오호 덜구야
고마워요 고마워요	오호 덜구야
○○○○ ○○○○	오호 덜구야
이번 철두41) 네 철인데	오호 덜구야
○○○○ 빌어보세	오호 덜구야
우리 인생 태어날 때	오호 덜구야
뉘(누구) 덕으로 ○○○○	오호 덜구야
하나님 전 ○○○○	오호 덜구야
석가여래 공덕으로	오호 덜구야
아버님 전 뼈를 빌고	오호 덜구야
어머님의 살을 받어	오호 덜구야
칠성님 전 명을 받고	오호 덜구야
제석님 전 복을 받어	오호 덜구야
우리 인생 탄생하여	오호 덜구야

---

41) 봉분을 만들려고 하면 흙을 한 켜 한켜 쌓아올려야 한다. 이 때마다 덜구를 찧는데 보통은 홀수로 3번이나 5번 아주 많이 하면 9번을 하기도 하는데 그 단위가 '채' 또는 '철'이다.

한두 살에 글을 몰라	오호 덜구야
○○○○ 다할손가	오호 덜구야
이번 철도 이만하고	오호 덜구야
다음 막철 넘어간대이	오호 덜구야
에히용아	에히용아
오리도 돌고	에히용아
○○○ 했니더	에히용

자 마지막 철입니다. 올라오세요. 자 칠 남매가 쭉 오세 가지고(오셔서) ○○○○○○○ 이제는 덜구 소리 끝나면 할매는 극락으로 가십니다. 근심걱정 툭툭 털어놓고 노잣돈을 완전 털어놓고 가세요. 돈 아끼지 마고 자 덜구하시대이.

	워어 덜구야
이번 철이 막철인데(마지막 채인데)	워어 덜구야
덜구 소리 끝나○○	워어 덜구야
이내 나는 혼신 되어	워어 덜구야
사람 간 데[42] 내 못○○	워어 덜구야
○○○○ ○○○○	워어 덜구야
혼신 따라 내가 간다	워어 덜구야
칠 남매가 ○○○○	워어 덜구야
○○○○ ○○○○	워어 덜구야
친손녀야 외손주야	워어 덜구야
구슬 같은 내 손주야	워어 덜구야
친손녀야 외손주야	워어 덜구야
내가 가고 없더라도	워어 덜구야

---

42) 살아있는 사람 곁으로는 이제 못 온다는 말이다.

다닌 직장 잘 다니고	워어 덜구야
하던 공부 ○○○○	워어 덜구야
명문대학 나오거들랑	워어 덜구야
대한민국 ○○○○	워어 덜구야
○○○○ 빛내다고	워어 덜구야
슬프도다 슬프도다	워어 덜구야
인생살이 슬프도다	워어 덜구야
맏사위야 ○○○○	워어 덜구야
둘째 사위 ○○○○	워어 덜구야
셋째 사위 ○○○○	워어 덜구야
박서방아 잘 들어래이	워어 덜구야
내가 가고 없드래도	워어 덜구야
○○ 걸음 자주하고	워어 덜구야
친정 걸음 자주하고	워어 덜구야
칠 남매가 자주 모여	워어 덜구야
만수무강 잘 지내래이	워어 덜구야
워어 덜구야	워어 덜구야
이 산소 터 잡을 적에	워어 덜구야
어느 누가 잡았던고	워어 덜구야
도선○○ ○○○○	워어 덜구야
○○○○ ○○○○	워어 덜구야
이 산 정맥 밟아 보니	워어 덜구야
천하 명당 여기로다	워어 덜구야
좌청룡이 ○○○○	워어 덜구야
○○○○ ○○○○	워어 덜구야
우백호가 감았으니	워어 덜구야

외손 번성 할 것이요	워어 덜구야
앞에 주춤 노적봉은	워어 덜구야
거부 장자 날 것인데	워어 덜구야
맏사위야 ○○○○	워어 덜구야
돈 좀 써라 돈 좀 써라	워어 덜구야
돈 나뒀다 언제 쓰나	워어 덜구야
수표 한 장 써나 봐라	워어 덜구야
뒤에 주춤 문필봉은	워어 덜구야
○○○○ 날 것이고	워어 덜구야
○○○○ ○○○○	워어 덜구야
수령 방백 날 것이고	워어 덜구야
○○○○ ○○○○	워어 덜구야
○○○○ ○○○○	워어 덜구야
간다 간다 나는 간다	워어 덜구야
오늘 해가 넘어가면	워어 덜구야
우리 영감 만내가주	워어 덜구야
○○○○ ○○○○	워어 덜구야
○○○○ 내가 하고	워어 덜구야
우리 아들 ○○○○	워어 덜구야
○○○○ ○○○○	워어 덜구야
우리 사우 주는 돈은	워어 덜구야
이 돈 받어 손에 들고	워어 덜구야
살아 생전 못 가본데	워어 덜구야
죽어서나 영혼 되어	워어 덜구야
팔도강산 구경 간대이	워어 덜구야
조선 팔도 어디 좋은고	워어 덜구야

경기도라 삼각산은	워어 덜구야
임진강이 둘러 있고	워어 덜구야
충청도라 계룡산은	워어 덜구야
백마강이 감아 돌고	워어 덜구야
함경도라 백두산은	워어 덜구야
두만강이 둘리치고(두르고)	워어 덜구야
황해도라 구월산일랑	워어 덜구야
○○○○ 감아 돌고	워어 덜구야
황해도라 구월산은	워어 덜구야
○○금강 감아 돌고	워어 덜구야
전라도라 내려간다	워어 덜구야
전라도라 지리산은	워어 덜구야
공주 금강 감아 돌고	워어 덜구야
경상도라 태백산은	워어 덜구야
낙동강이 감아 돌고	워어 덜구야
○○○○ 주왕산은	워어 덜구야
주왕산에 정기 받아	워어 덜구야
○○○○ ○○○○	워어 덜구야
강원도로 들어간다	워어 덜구야
강원도라 금강산은	워어 덜구야
○○○○ ○○○○	워어 덜구야
팔도○○ 다 돌아서	워어 덜구야
○○○○ 하건마는	워어 덜구야
우리 사위 들어봐래이	워어 덜구야
칠 남매가 다 들어오래	워어 덜구야
모지랜다 모지랜다	워어 덜구야

아무리야 시어 봐도	워어 덜구야
일만 원이 모지랜다	워어 덜구야
○○○○ ○○○○	워어 덜구야
○○○○ ○○○○	워어 덜구야
이 서방야 찾아 봐라	워어 덜구야
○○○○ 찾아 봐라	워어 덜구야
아무리야 시어 봐도	워어 덜구야
일만 원이 모자란다	워어 덜구야
○○○○ ○○○○	워어 덜구야
없거들랑 빌려 봐라	워어 덜구야
처남한테 빌려 봐라	워어 덜구야
처남한테 없거들랑	워어 덜구야
○○○○ 빌려 봐라	워어 덜구야
그래도야 안 되거들랑	워어 덜구야
간다 간다 그냥 간다	워어 덜구야
이번 철이 막철인데	워어 덜구야
○○○○ 진시황도	워어 덜구야
장생불사 갈래해도	워어 덜구야
○○○○ ○○○○	워어 덜구야
○○○○ ○○○○	워어 덜구야
○○○○ ○○○○	워어 덜구야
불사약이 아니 와서	워어 덜구야
○○○○ 살아실 적에	워어 덜구야
○○○○ 장사○○	워어 덜구야
○○○○ ○○○○	워어 덜구야
○○○○ 남았으니	워어 덜구야

부모한데 ○○○○	워어 덜구야
알뜰살뜰 잘 지내세	워어 덜구야
이번 철이 막철인데	워어 덜구야
망인 어른 ○○○○	워어 덜구야
에히용아	에히용아
오리도 돌고	에히용아
○○○ ○○	에히용

자장가

자료코드 : 05_20_FOS_20090220_LJH_KJS_0014
조사장소 : 경상북도 청송군 파천면 중평리 노인정
조사일시 : 2009.2.20
조 사 자 : 임재해, 조정현, 박혜영, 임주, 황진현, 김원구
제 보 자 : 김정수, 여, 74세
구연상황 : 노인정에서 구연하였다. 청중이 끼어들어 몇 번을 다시 불렀다.

자장자장 자장
우리 아기 잘도 잔다
금을 주면 너를 살까
옥을 주면 너를 살까
우리 아기 잘도 잔다

새야 새야 파랑새야

자료코드 : 05_20_FOS_20090220_LJH_KJS_0016
조사장소 : 경상북도 청송군 파천면 중평리 노인정

조사일시 : 2009.2.20
조 사 자 : 임재해, 조정현, 박혜영, 임주, 황진현, 김원구
제 보 자 : 김정수, 여, 74세
구연상황 : 노인정에서 여러 사람들이 둘러앉은 가운데 구연하였다.

　　　새야 새야 파랑새야

　　　녹두 낭게 앉지 마라

　　　녹두꽃이 떨어지면

　　　청포 장수 울고 가고

　　　두부 장수 웃고 간다

새 보는 노래

자료코드 : 05_20_FOS_20090220_LJH_KJS_0017
조사장소 : 경상북도 청송군 파천면 중평리 노인정
조사일시 : 2009.2.20
조 사 자 : 임재해, 조정현, 박혜영, 임주, 황진현, 김원구
제 보 자 : 김정수, 여, 74세
구연상황 : 노인정에서 구연하였다. 옛날에 논에 참새들이 날아오면 어떻게 하냐고 했더
　　　　　니 이 노래를 불렀다.

　　　후여 후여

　　　오늘 먹고 딴 밭에 가거라

모심기 노래

자료코드 : 05_20_FOS_20090220_LJH_SYB_0019
조사장소 : 경상북도 청송군 파천면 중평리 노인정
조사일시 : 2009.2.20

조 사 자 : 임재해, 조정현, 박혜영, 임주, 황진현, 김원구
제 보 자 : 신용범, 남, 73세
구연상황 : 노인정에서 구연하였다. 모심기 노래를 아시는 분이 없으신지 할아버지 방에
서 두루 여쭈었더니 아무도 나서는 분이 없었다. 난감해하고 있는 사이 할아
버지 한분이 오셔서 잘은 못한다고 하시며 이 노래는 뒷소리를 누가 받아야
한다고 해서 제가 받아들인다고 했더니 부른 노래이다. 막상 노래를 부르니
관심 없어 하던 다른 할아버지들도 귀 담아 들었다.

어리랑 어리랑 어라리요 어리랑 어데서 어러리야
해는 빠져서 저 저문 날에 어떤 행상에 떠나가네
어리랑 어리랑 어라리요 어리랑 어데서 어러리야
이 물꼬 저 물꼬 다 헐어 놓고 쥔네(주인네) 양반은 어데 갔노
어리랑 어리랑 어라리요 어리랑 어데서 어러리야
모시야 적삼아 반적삼에 분통 같은 아 저 젖 보소
아리랑 아리랑 어라리요 어리랑 어데서 어러리야
잘도 한다야 잘도 한대이 우리 군정은(일꾼은) 참 잘 한다
아리랑 아리랑 아라리요 아리랑 어데서 아러리야

모심기 소리

자료코드 : 05_20_FOS_20090219_LJH_CSJ_0001
조사장소 : 경상북도 청송군 파천면 덕천 1동 271번지
조사일시 : 2009.2.19
조 사 자 : 임재해, 조정현, 박혜영, 임주, 황진현, 김원구
제 보 자 : 천순조, 여, 74세
구연상황 : 제보자의 집에서 구연하였다. 제보자가 모심기 소리를 잘한다고 해서 찾아 왔
다고 하니 웃으시며 차분히 노래를 불러 주셨다. 언젠가 마을에서 노래 자랑
대회가 있었는데 그 때 한번 부른 것이 알려지고 알려져 노래를 잘 한다는
소문이 난 것이라고 했다.

모시야 적삼아 반 적삼에 분통 같으나 저 젖 보소
많이 보면은 병이 되고 손톱 만춤만(만큼만) 보고 가소
아리랑 아리랑 아라리요 아리랑 고개로 넘겨주소
이 물꼬 저 물꼬 다 헐어 놓고 쥔네 양반은 어델 갔노
아리랑 아리랑 아라리요 아리랑 고개로 넘겨주소
바다 겉은 이 논자리 장개판(장기판) 만춤만 남아있네
아리랑 아리랑 아라리요 아리랑 고개로 넝거나주소
찔레야 꽃으는 장가가고 석류꽃으는 요객 가네
아리랑 아리랑 아라리요 아리랑 고개로 넘겨주소
만인간요 웃지 마소 귀동자 볼라고 장가가네
아리랑 아리랑 아라리요 아리랑 고개로 넝거주소
바다 겉으나 이 논자리 장개판 만춤만 남아있네
아리랑 아리랑 아라리요 아리랑 고개로 넘겨주소

베틀 노래

자료코드 : 05_20_FOS_20090219_LJH_CSJ_0002
조사장소 : 경상북도 청송군 파천면 덕천 1동 271번지
조사일시 : 2009.2.19
조 사 자 : 임재해, 조정현, 박혜영, 임주, 황진현, 김원구
제 보 자 : 천순조, 여, 74세
구연상황 : 제보자의 집에서 구연하였다. 제보자가 모심기 소리를 잘한다고 해서 찾아 왔
다고 하니 웃으시며 차분히 노래를 불러 주셨다. 언젠가 마을에서 노래 자랑
대회가 있었는데 그 때 한번 부른 것이 알려지고 알려져 노래를 잘 한다는
소문이 난 것이라고 했다.

바람 솔솔 부는 날에
구름 둥실 뜨는 날

월궁에 노던 선녀

옥황님께 죄를 지어

인간으로 태어나서

달 가운데 계수나무

동쪽으로 뻗은 가지

옥도끼를 찍어다가

금도끼를 따듬어서

얼른 뚝딱 지어내니

베틀이사 좋다마는

베틀 놓을 데 전혀 없네

좌우 산천 둘러보니

옥난간이 비었고나

베틀 놓세 베틀 놓세

옥난간에 베틀 놓세

앞다릴랑 도데(올려) 놓고

뒷다릴랑 낮게 놓고

안채마리 앉은 처녀

강태공에 넋일런가

부태('부티'가 표준말이다.) 허리 두린 양은

만첩 산중 높은 봉에

허리 안개 두린듯이

청학에 알을 품고

동서 사방 ○○○○

잉앳대(잉앗대)야 삼 형제야

눌름대야 호부래비

살짝살짝 사침이는

오사틀로 갈려 놓고
용두머리 우는 양은
새벽 소리 찬바람에
외기러기 짝을 잃고
○○○○ 소리로다
절로 굽은 신나무는
헌 신짝에 목을 매어
물러서라 땡겨 서라
소실 많은 도투마리
늙으신네 병일런가
누웠으라 앉으서라
금사 한 필 다 차다가
압록강에 빨어다가
뒷내 물에 헤어다가(헹궈다가)
담장 우에 널어 말려
옥 같이 풀을 해서
홍두깨에 옷을 입혀
아당탕탕 뚜드려셔
은가위를 ○○○○
은바늘로 지어내서
자개 함농 반닫이에
맵시 있게 여여놓고(넣어놓고)
대문 밖에 나서 보니
저기 가는 저 선비님
우리 선비 안 오드냐
오기야 오제마는

칠성판에 누어 와요

아이고 답답 웬 말이로

은오독교 어데 두고

칠성판이 웬 말이뇨

원수로다 원수로다

서울길이 원수로다

서울길만 아니였더면

낭군님이 살았을 겐데

목이 말러 죽었느냐

물을 보고 일어나오

배가 고퍼 죽었느냐

밥을 보고 일어나소

언문 뒤풀이

자료코드 : 05_20_FOS_20090219_LJH_CSJ_0003
조사장소 : 경상북도 청송군 파천면 덕천 1동 271번지
조사일시 : 2009.2.19
조 사 자 : 임재해, 조정현, 박혜영, 임주, 황진현, 김원구
제 보 자 : 천순조, 여, 74세
구연상황 : 제보자의 집에서 구연하였다. 제보자가 모심기 소리를 잘한다고 해서 찾아 왔
다고 하니 웃으시며 차분히 노래를 불러 주셨다. 언젠가 마을에서 노래 자랑
대회가 있었는데 그 때 한번 부른 것이 알려지고 알려져 노래를 잘 한다는
소문이 난 것이라고 했다.

가갸거겨 하니 가련하다 인 이별이 거연 금년 돈절(끊어졌다는 말
임) 하다

고교구규 하니 고운 인물 걸어 두고 구정(옛정)을 잊을소냐

나냐너녀 하니 나 죽어도 너 못 살고

로료루류 하니 노류장화 꺾어지고 ○○○을 떨어졌다

다댜더뎌 하니 다정하신 임의 방에 다시 한번 들고 지고

나냐너녀 하니 날아가는 저 기러가 너를 보니 상서로다

로료루류 하니 노상 행인 다 보내고

마먀머며 하니 마철량 ○○양은 머다 하고 쉬어 가세

모묘무뮤 하니 모춘 삼월 다 보내고 구정 세월 새로워라

바뱌버벼 하니 바람 차고 눈 온 밤에 임 없어서 더욱 섧다

사샤서셔 하니 사사로 먹은 마음 술수로 풀어 볼까

도됴두듀 하니 도화월이 적막한데 두견새 뿐이로다

6. 현서면

증편 한국구비문학대계 • 경상북도 청송군

▋조사마을

경상북도 청송군 현서면 천천리

조사일시 : 2009.3.6~7
조 사 자 : 임재해, 조정현, 편해문, 박혜영, 임주, 김원구, 황진현

현서면은 청송군에서도 안동시, 영천시와 인접해 있는 오지에 속한다. 하지만 이번에 조사한 천천리는 안동, 청송과 영천을 잇는 주요 도로에 가까이 있기 때문에 그리 척박한 곳은 아니다. 이 마을을 선정한 이유는 각 읍면 별로 적어도 1개 마을 이상은 조사하겠다는 계획에 따른 것이며, 군청 문화계 직원과 상의하여 주요 제보자와 이야기 전승이 잘 되고 있는 마을을 미리 사전조사했기 때문이다.

천천리 구비문학 조사는 먼저 박장호 댁에서 시작되었다. 화목 장터 구산리 노인정에서 소개를 받아 찾아간 박장호 어른은 반갑게 조사팀 일행을 맞아주었고 조사를 시작할 수 있었다. 다음날 인근의 이야기 잘 하는 어른들이 함께 모여서 조사하면 수월하겠다는 제안을 해서 주변 마을 이야기꾼 어른들과 다음날 뵙기로 했다. 두 번째 날에는 화목 장터 순이식당에서 조사를 진행하였다. 따로 방을 얻어 이른 점심을 먹고나서부터 저녁 때까지 조사가 계속되었으며 워낙 이야기를 잘 하시는 분들이라 거의 막힘이 없이 다양한 설화자료를 수집할 수 있었다.

화목 장터를 인근에 두고 있는 천천리는 옛날 고려 때는 기전동이라고 불렸다. 터기(基)자 밭전(田)자 기전동이다. 기전동은 토지가 평탄하고 땅이 비옥하기 때문에 얻은 이름이다. 또다른 입향 유래로는 임진왜란 때 박송은이라는 선비가 마을을 개척했다고도 한다. 일제강점기부터 천천리로 개칭되었는데, 암반 위에 마르지 물이 넘쳐나서 샘이 걸 천(川) 자와 샘 천(泉) 자를 써서 천천리가 되었다고 전한다. 천천리는 동쪽으로는 두

현리, 서쪽으로는 면소재지인 구산리, 남쪽은 고모산을 경계로 모계리와 경계가 되며, 북쪽은 덕계리와 접하고 있는 마을이다. 소재지 남쪽 2km 지점에 위치하며 북으로 흐르는 길안천을 따라 안가부실, 신가부실, 거무실, 터밭, 샘내 등 5개 자연마을로 이루어져 있다.

천천리는 금곡산을 배경으로 하는데, 옛날 고려 시대에 금곡이라고 거문고 금(琴)자 골 곡(谷)자, 어느 지사가 볼 때에 그 산 모양새가 선녀가 거문고를 품에 안고 있는 형상이어서 금곡산이 되었다고 한다. 또한 고모산, 거미바위 등이 있다. 고모산은 돌아볼 고(顧) 자, 어미 모(母) 자를 써서 아들산이 어머니산을 돌아보는 형국이라고 지어진 이름이다. 거미바위는 마을의 김기장 어른이 밭 가장자리에 걸쳐져 있어서 들어낸 이후 손자가 죽고 화재가 나는 등 안 좋은 일이 계속 생겨서 다시 제자리에 두었다는 일화를 간직하고 있는 바위이다.

천천리는 현재 약 50여 가구가 거주하고 있으며 월성 박씨와 의성 김씨가 많이 살고 있다. 주된 생업은 벼농사와 사과 과수원이다. 다른 지역에 비해서 일교차가 커서 청송 인근에서도 가장 당도가 높고 맛이 좋다고 자랑한다. 음력 정월 대보름에 당나무에 당제를 지내고 있는데 20여 년 전까지만 해도 지신밟기도 하면서 성대하게 놀고 지극정성으로 당제를 지냈다고 한다. 천천리에서는 박장호, 최병문, 백동기 어른 등이 주요 제보자로 구연하였으며, '효자 이야기', '효부 만들기', '돌곡재 전설', '김삿갓 이야기' 등 풍부한 설화 작품을 수집할 수 있었다.

박장호 씨 댁에서 조사하는 모습

현서면 소재지 순이식당에서 조사하는 모습

▌제보자

박대규, 남, 1927년생

주 소 지 : 경상북도 청송군 현서면 두현2리
제보일시 : 2009.3.6
조 사 자 : 임재해, 조정현, 편해문, 박혜영, 임주, 황진현, 신정아

현서면 두현2리 박대규는 1927년 이 마
을에서 태어났다. 평생 농사를 짓고 이장 등
임원을 역임하며 지금까지 마을을 이끌어가
고 있다. 현재 노인회장을 맡고 있으며 마을
의 역사나 전설 등에 대해 가장 잘 아는 마
을원로로 알려져 있다. 많은 이야기를 구연
하진 않았지만 마을 관련 다양한 정보들을
자세히 알고 있었고, 이야기 구연에 있어서
도 하나를 얘기해도 제대로 알려줘야 한다며 신중을 기하는 제보자였다.

제공 자료 목록
05_20_FOT_20090306_LJH_PDK_0001 은효각(隱孝閣)의 유래

박장호, 남, 1928년생

주 소 지 : 경상북도 청송군 현서면 천천1리
제보일시 : 2009.3.6~2009.3.7
조 사 자 : 임재해, 조정현, 편해문, 박혜영, 임주, 황진현

청송군 현서면 천천리의 박장호는 1928년생으로 이 마을에서 태어나
현재까지 살아오고 있는 토박이이다. 마을에 대한 자부심이 높고 마을 노
인회장의 일을 맡아 봉사하고 있다. 밀양박씨인 박장호는 문중에 대한 관

심도 커서 선조들에 대한 다양한 이야기들을 기억하고 구연하였다. 조사자들을 맞이해서 이야기꾼들을 모아줄 정도로 적극적인 안내자 역할을 담당했고 이야기 구연에 있어서도 가장 많은 편수를 들려주었다. 목소리도 크고 호소력이 있어 좌중의 집중을 이끌어내며 이야기를 구연할 수 있었다.

제공 자료 목록

05_20_FOT_20090306_LJH_PJH_0001 돌곡재 유래
05_20_FOT_20090306_LJH_PJH_0002 퇴계 선조 명당 차지하기
05_20_FOT_20090306_LJH_PJH_0003 오성의 원놀음
05_20_FOT_20090306_LJH_PJH_0004 완고 어른의 장원급제
05_20_FOT_20090306_LJH_PJH_0005 효부각(孝婦閣)의 유래
05_20_FOT_20090307_LJH_PJH_0003 원효대사의 유언
05_20_FOT_20090307_LJH_PJH_0006 숙종대왕과 과거 운 없는 선비
05_20_FOT_20090307_LJH_PJH_0007 효부가 된 불효부

백동기, 남, 1934년생

주 소 지 : 경상북도 청송군 현서면 천천1리
제보일시 : 2009.3.6~2009.3.7
조 사 자 : 임재해, 조정현, 편해문, 박혜영, 임주,
　　　　　 황진현, 신정아

청송군 현서면 화목리의 백동기는 1934년생으로 76세이다. 화목리 출신으로 현재는 현서면 내에 거주하고 있으며, 면 경로회 등 다양한 사회활동에 참여하고 있다. 김시습, 숙종대왕, 퇴계 이황 등 역사적인 인물

에 대한 이야기부터 김삿갓 등의 재미있는 일화 등에 이르기까지 이야기 구연목록의 폭이 넓고, 이야기 하는 내내 본인 스스로 이야기를 즐기고 있음을 알 수 있었다.

제공 자료 목록
05_20_FOT_20090306_LJH_BDG_0001 봉이 김선달과 여자 뱃사공
05_20_FOT_20090306_LJH_BDG_0002 김정승의 사위 찾기
05_20_FOT_20090307_LJH_BDG_0003 공자가 유행시킨 두루마기
05_20_FOT_20090307_LJH_BDG_0004 매부의 장인
05_20_FOT_20090307_LJH_BDG_0005 고려장이 사라진 유래
05_20_FOT_20090307_LJH_BDG_0006 반쪽 양반 경주최씨

최병문, 남, 1929년생

주 소 지 : 경상북도 청송군 현서면 화목리
제보일시 : 2009.3.7
조 사 자 : 임재해, 조정현, 편해문, 박혜영, 임주, 황진현

청송군 현서면 화목리의 최병문은 1929년 9월 8일 생으로 의성 신흥리에서 3남 1녀 중 장남으로 태어났다. 경주최씨인 최병문은 14살에 화목으로 가족이 먹고 살기 위해 이사를 왔다. 20살에 결혼을 한 최병문은 올해로 결혼한 지 62년째가 된다. 처인 강순란은 현재 78세로 19살에 시집을 왔다. 슬하에는 아들 다섯과 딸 둘이 있다. 농사를 주로 지으며 살아 온 최병문은 논농사와 사과를 주로 경작했다. 현재는 마을의 경로회장을 맡아 마을을 위해 여러 봉사를 하고 있다.

현서에서 이름난 이야기꾼인 최병문은 한학에도 학식이 깊어 집에는

여러 가지 책을 두고 시간 날 때마다 다양한 독서를 한다. 이러한 독서를 바탕으로 이야기도 문자를 섞어가며 구연하고, 예절과 효도가 중요하다는 이야기를 많이 했다. 현서의 어느 동네에 있든 화목에 최병문 어른이 옛 이야기를 많이 알고 있다는 이야기를 한다. 때문에 현서로 옛 이야기나 노래, 지역 문화재 등을 조사하러 온 사람들도 최병문을 찾아오는 경우가 많다.

이야기 구연에 있어서도 적극적으로 참여하였으며, 예전에는 더 많은 이야기를 알고 있었으나 지금은 잘 생각나지 않는다며 아쉬워하는 모습을 볼 수 있었다. 또한 현재는 귀가 잘 들리지 않아 대화를 나누는 데 있어서도 조금의 어려움이 있었다.

제공 자료 목록
05_20_FOT_20090307_LJH_CBM_0001 처녀의 묘안
05_20_FOT_20090307_LJH_CBM_0002 불효한 효자
05_20_FOT_20090307_LJH_CBM_0003 어린 아이의 언변에 무색해진 손님
05_20_FOT_20090307_LJH_CBM_0005 주나라 왕이 도망온 주왕산
05_20_FOT_20090307_LJH_CBM_0006 참을성 없는 퇴계의 처
05_20_FOT_20090307_LJH_CBM_0007 숙종대왕과 갈처사의 풍수
05_20_FOT_20090307_LJH_CBM_0008 묵계 김계행의 청백리
05_20_FOT_20090307_LJH_CBM_0009 학졸이 글사장 장가 보내기
05_20_FOT_20090307_LJH_CBM_0010 김삿갓과 평양 기생
05_20_FOT_20090307_LJH_CBM_0011 김시습의 글재주

은효각(隱孝閣)의 유래

자료코드 : 05_20_FOT_20090306_LJH_PDK_0001
조사장소 : 경상북도 청송군 현서면 두현2리 대거리마을
조사일시 : 2009.3.6
조 사 자 : 임재해, 조정현, 편해문, 박혜영, 임주, 황진현, 신정아
제 보 자 : 박대규, 남, 83세
구연상황 : 동네 이장의 소개로 제보자를 만나 마을회관에서 구연이 이뤄졌다. 처음에는
          아는 이야기가 없다고 하다가 마을 입구에 있는 은효각에 대하여 질문하자
          그에 대한 이야기를 구연했다.
줄 거 리 : 이 이야기는 박대규 씨 7대조 어른의 일화이다. 박수기 씨가 편찮으신 모친을
          위하여 명약을 구하러 충청도 괴산까지 갔다가 돌아오는 길이었다. 돌곡재에
          서 연기가 나는 것을 보았다. 동네에 다다라서 보니 연기가 나는 곳이 바로
          박수기 씨의 집이었다. 병석에 누워있는 어머니를 구하기 위해 불길 속에 뛰
          어들었다가 둘 다 목숨을 잃고 말았다. 그 효성을 기리기 위하여 '숨은 효자'
          라는 뜻으로 '은효각'을 세웠다.

　우리 칠대조 어른 참 얘기를 또 해야 될따. 요 내려가다 보면 비가 이
래 만들어 놨어. 저 어른이 맹 이 어른 아랫대이지만은 내한테 7대조 어
른이라. 7대조 어른인데 이 어른이 참 모친이 편찮애(아) 가지고 모친이
편찮애 가지골랑, 각처에 댕기며 말이지 약을 해도 명약이 없고 곧 죽을
이 단겐데, 그래가질골랑 누구한테 소문을 들어보이 저 충청도 괴산 가면
은 충청도 괴산 가면은 아무데 가면은 괴산 괴산면이던가 머머머 동이든
가 충청도 괴산이라고 있어. 있는데, 저 어른이 말이지, 충청도 갈라카
면 봉화로 갈라카면 말이지 며칠 걸렸지. 그래 가지고 약을 지 가지고 그
래 가지골랑 지 가지고 오는데, 여 돌곡재 재가 여 높으구만은. 그 내가
아께(아까) 애기하던 돌곡재. 오니말이지 막 연기가 나고 말이지 머머 불

이 이 동네 우리집이 이 집이라. 그 연기가 나 가지골랑 말이지.

'그 이상하다! 마을에 불인지 어예(어찌) 댔는고(됐는고)?'

싫어 가지골랑(싫어 가지고는) 거서 막 달음박질 해 가지골랑 집에 오이 우리집이 말이지 산불이 밀어 가지골랑 고마 불이 붙어 가지골랑 한참 타는 찰나에 병석에 눕은 할머니는 병석에 안죽(아직) 병석에 말이지 아직 못 일나고 하이, 이 어른이 와 가지골랑 말이지. 고마 그 불꽃에 달라들어 가지골랑 어무이(어머니) 살린다골랑 묘실에 들어갔다골랑 두 어른들이 다 말이지 소실해 가지골랑 그 유래로 해 가지고 비가 세와 났네. 수자 기자 어른인데. (조사자 : 수자 기자.) 수는 이래 가지골랑 첫 받침하고 기자는 터기(基)자. 수자 기자 어른 우리 7대조 어른인데. (조사자 : 그래 가지고 효자비를 내려 준 겁니까 나라에서?) 그런데 간판은 숨은 효자라고 은효각이라고. 숨을 은(隱)자 효도 효(孝)자. 은효각이라 해놓고 비가 효자지 효자고. 그래 가지골랑 열녀도 참 마이 멋하고 했는 어른인데 그때도. 부가 간에 한 날 제사 지내이 저저 모자 간에 한 날 제사 모시고 이랬다카더만.

돌곡재 유래

자료코드 : 05_20_FOT_20090306_LJH_PJH_0001
조사장소 : 경상북도 청송군 현서면 천천1리
조사일시 : 2009.3.6
조 사 자 : 임재해, 조정현, 편해문, 박혜영, 임주, 황진현, 신정아
제 보 자 : 박장호, 남, 82세
구연상황 : 조사자가 마을의 유래와 지명을 묻자 돌곡재에 대하여 제보자가 구연하였다.
줄 거 리 : 삼 대째 불씨를 꺼뜨리지 않은 집에서 새 며느리를 들였는데, 새댁이 그만 불을 꺼뜨려 버렸다. 화가 난 시어른이 가마에 태워 며느리를 쫓아내었다. 며느리가 원통해 하면서 명주 저고리를 시댁 정지에 벗어 두고 떠났다. 시어른들

도 마음이 편치 않았는데, 마침 쫓겨난 며느리의 가마가 돌곡재를 지날 때 시댁의 부엌에서 불씨가 살아나 연기가 났다. 가마를 타고 친정으로 가는 길에 시댁 하인들이 쫓아와 가마를 멈추었고, 며느리는 다시 돌아와 시어른들을 모시고 잘 살았다.

요게 두현동 보면 현서면입니다. 두현동 여게 돌곡이라카는 말이 있는데. 신라 땐지 고려 땐지는 그건 미상이고 거게가 돌아갔다고 돌곡인데. 속칭 그 두현동 대거리가 박씨도 좀 살고 영주현 씨도 좀 살고 하는데. 그 두 곳에서 어느 쪽에서 그래 됐는지 그것도 미상이고 엄청 오래 돼 노니까 전설에 그게 테레비에도 방송에 한 번 나왔다고 카는데. 거 삼대를 불을 안 꺼잤는데(꺼뜨렸는데) 어떤 며느리를 보고 불을 그 부적에다가 만날 뚱거리 동가리 하나쓱 꼽아 놓게나 또 노인들 화로에 대꾸바리 화토불에다가 뚱가리를 하나씩 동갈라가(동강내어) 뱎에(밖에) 놔두고 그걸 가지고 댕기거나, 또는 들에 일하러 댕기매 담배 불 갖고. 요새 매로 라이타가 있나? 뭐 그럴 때 담배 피울라고 가지고도 댕기고 삼대를 불을 안 끼았던데(꺼뜨렸는데) 불을 한 번 꺼자 부렀다고요. 불을 꺼자 부렀으니까네 그래 시댁에서,

"여봐라!"

카디만은(하더니마는)

"여 가매(가마) 갖다 대라!"

카는 거라. 가매를 갖다 대니까네,

"새로 그하는 손부며느리가 불을 꺼잤는데 삼대 내려오는 불을 꺼잤으니께네 시집 살 자격이 못 된다. 어데 요망하게 이럴 수가 있으냐?"

말이지. 그래 가매를 태워 가지고 가니 신부가,

'사실은 내 행동이 딴 게 부족해가 쫓겨 가는 거는 당연하지만, 삼대를 내려오매 안 꺼졌는 불을 조상에 얼을 무시하고 이랬는 것을, 내 게으른 탓이가 있지만은 너무나 원통하다.'

그래서 시집갈 때 그 어떤 제일 비단카먼은 그때에 멩지(명주)가 비단이라 봐야 되지. 그 저고리를 부정에다 묻어 놔부고 가버렸어. 묻어놔뿌고. 그래 그 돌고개카는데, 거 가매를 타고 넘어오이 그래 뒤에 하인들이 고함을 지르면서,

"가매 멈추라!"

고 쫓아와. 그래 갖구 뒤에 보냈는 시댁에서도 사람을 천연 이성지 베필을 맺어서 이래 놓고 사람을 이래 쫓아 보낼 때는 보내는 사람인들 마음이 안 편체(편하제). 그래서 그 주방에 옛날엔 정지라 캤어요(했어요) 그거. 요샌 주방이지만도 거 연기가 풀풀 나는 거에요. 그러니께네 눈에도 안 보이던 그 불구디가(불구덩이가) 하나 있어 가지고 비단 옷에 인제 벌겋게 피가 연기가 뭉텅뭉텅 났다. 그래서 하인들로 황 황급히 보내 가지고 가매 돌려라 캐가 돌아와가 시집살았다 카는 그 돌고개, 이 말이 있어요. (조사자 : 그래서 돌고개다?) 돌고개다 카는 그런 거.

퇴계 선조 명당 차지하기

자료코드 : 05_20_FOT_20090306_LJH_PJH_0002
조사장소 : 경상북도 청송군 현서면 천천1리
조사일시 : 2009.3.6
조 사 자 : 임재해, 조정현, 편혜문, 박혜영, 임주, 황진현, 신정아
제 보 자 : 박장호, 남, 82세
구연상황 : 앞의 이야기에 이어서 구연했다.
줄 거 리 : 원님이 고을을 지나다 한 곳을 가리키며 계란을 하나 묻으라고 했다. 그 터는
          생계란을 묻으면 자정이 되면 장닭이 되어 운다는 형상이었다. 심부름을 하게
          된 어른이 이 터가 욕심이 나서 생계란 대신 썩은 계란을 묻었다. 며칠 지나
          도 아무런 반응이 없자 원님은 자신이 터를 좀 보는 줄 알았더니 아직 미숙
          하다고 하였다. 이후에 원님은 승진하여 서울로 떠났다. 원님의 심부름을 하
          던 어른이 서울로 찾아가 진실을 밝히고 거짓됨을 고하여 죽여 달라고 하니,

원님은 그 말을 듣고 본래 자기 터가 아니니 그런 마음을 감히 먹을 수 있던 것이라며 벌을 내리지 않았다. 그 터는 대인이 묻혀야 하는 곳이라며 예조판서인 자신의 헌 관복을 주고는 소인이더라도 시신에 이 관복을 입히면 괜찮다고 하니 어른이 그대로 따랐다. 그리하여 명당을 얻은 덕에 5대째 퇴계 선생이 태어났다.

그래서 그 원님이 안고을 짝(쪽) 지나치다 지리를 좀 공부를 했는가 봐요. 이래서 저 위에 올라가서 저 산 시호통신을 손가락으로 가르치면서,

"저게 가서 계란을 하나 묻어라."

"예."

카고니(하니). 그래서 바로 그 어른이 누고카면(누구인고 하면) 심부름 했던 어른이 퇴계 선생 오대조 되는 어른이라 캐요(해요). 그리 이 어른이 갈 때 좀 마음을 달리 잡았어요. 시키는 대로 안 하고 그 마을에 올라가면서,

"계란이 있어요?"

카니께네, 계란 있다 카거든. 생계란을 갖다 묻으면은 자정이 되면은 장닭이 되가 회를 치고 운다카는 이 형상으로 그 원님이 갈쳤는데, 그렇게 되는 내가 마 숭게 말로,

'아이고 우리 아버지 갖다 써봤으면.'

싶은 마음이 있었나 봐요. 그래 썩계란은 없어. 썩계란은 머고 카면 계란을 안가노면 다 되는 거 백프로 된다카는 건 없고 안 까지는 계란이 썩계란이라 썩계란이라 카자나.

"썪은 계란도 있나?"

카이,

"있다."

카거든. 그것도 전설입니다. 그래가 갖다 묻었어요. 묻어 놓고 그 이튿날 가 가지고 자정에 그 원님이,

"니 이거 한 번 들어봐라."

카니까네.

"예."

하고 들어보이. 닭이 썩계란 갖다 묻었는데, 뭐 그게 되겠어요?

"이리십디다."

카이까네,

"아 내가 지리를 조금 보는 줄 알았더니 아직도 내가 점 미숙하구나."

그런가보다 그래 인제 이 원님은 차차 세오연심 하야 세월이 지나고 상경 서울로 이제 예조판서를 승진해 올라가시고 그래 자기 어른을 그 자리에 갖다가 광종을 하고 썼어요. 써 놓고 구십천 할라카니까네 시신이 탁 튀어 올라와 있는 거라. 그래서 다시 어얄(어찌할) 도리도 없고 그래 인제 예조판서 있는데 서울로 찾아 올라갔어요. 상경 몇날 며칠로 가서 거 맹 경호원이 안 있습니까? 옛날에도 맹 문질금이 일차, 이차 거쳐야 되는데 거 온다카니까 통과할 수 없는 거라 거.

"대감님 있는데 예조판서 있는데 사실 이 영남 아무데에서 그런 연고로 왔는데 어쩌면 좋겠습니까?"

"아 이 들여보내라."

과거 이야기 들어보이 자기 데리고 있던 부한데 들여보내라. 그래 문앞에 와서 문을 열고,

"대감님 죽여주십사."

카거든.

"무슨 말이냐."

카니,

"죽여주십사."

카이.

"거 일리(이리로) 들라."

카거든. 또 한 번 더,

"죽여주십사."

"그러지 말고 들와."

그래서 사실대로 꾑니다 이제. 그래서,

"원님이 그 대감님이 그때 계란을 갖다 묻으라 카는 걸 썩은 계란을 갖다 묻었습니다."

그러니 저를 죽여 주시사 그래 탁 무릎을 치디만은(치더니만),

"그게 내 터가 아니구나. 내 터가 아니니 느그가 그런 맘을 먹었지. 감히 어데라고 너거가(너희가) 그런 맘을 먹을 수 있으며 그래 거긴 소인이 묻힐 터는 아니다. 대인이 묻혀야 되는데 소인이 시신이 더럽다고 쫓아내는데 내 관복 입던 걸 아직 입을만 하니라. 이걸 벗어 놓고 새 관복은 자기가 입고 헌 관복을 내주면서 이걸 갖다가 입혀가 묻으면 알아볼기다."

그래 사실대로 하등에 니 그래 가지고 죄를 받고 나에 명령을 거역해서 되겠나하고 나무래는 법도 없고 내 복이 아니다카는 게라. 맞죠? 내 복이 아니다 카는게라. 그래서 참 와 가지고 염 해놓은 위에다가 그 옷을 입혀가 묻어노이까(묻어놓으니까) 까딱 없는기라. 그래 오대 만에 퇴계 선생이 낳았답니다. (조사자 : 명당을 차지해서 발복을 한 거네요?) 네. 그렇지요.

오성의 원놀음

자료코드 : 05_20_FOT_20090306_LJH_PJH_0003
조사장소 : 경상북도 청송군 현서면 천천1리
조사일시 : 2009.3.6
조 사 자 : 임재해, 조정현, 편해문, 박혜영, 임주, 황진현, 신정아
제 보 자 : 박장호, 남, 82세

구연상황 : 마을과 관련된 지명 유래 등에 이어 인물과 관련한 이야기를 구연하기 시작
하였다.
줄 거 리 : 길 가던 원님이 어린 아이들이 원놀음 하는 것을 보게 되었다. 가지고 놀던
새가 죽자 모래에 묻었다. 원님 역할을 맡은 이오성이 축문을 읽었다. 새가
죽었는데 사람이 우는 것은 예의에 어긋나지만, 아이들이 새를 죽인 까닭에
'조사인곡(鳥死人哭)'에 '나아(我)'자를 붙여서 읊었다.

오성, 이오성 카는(하는) 그 어른이 굉장히 어릴시절부터 놀음을 좋아
하고 노는 걸 좋아하고. 그 어떤 잿막 목재매로 저런데, 원님이 가시다가
말을 멈춰 쉬어가 이래보니, 그 애들이 옛날에는 원놀이를 많이했답니다
어데가도. 요새는 머 축구 공차는 거고 이런 거를 거지고 마이 낙을 삼는
데 그때는 어데 미수름한데 놀 때도 없고 그런데 가 가지고 원놀이 놀음
을 이래 잘 하는데. 가만 앉아 담배를 한대 피우면서 보이까네, 그 아기가
놀음놀새 노는 걸 보이까네, 자기 노는 현직에 있는 원질하는 것보다 못
하자이 처리를 하는 거 같애 뚜듯한기라(뿌듯한 것이라). 그래 가만 보이
까네 새로 한 마리 새 새끼를 붙잡아 가지고 노다가 죽어 버렸어. 그래
여러 아이들이 자꾸 만치고(만지고) 나이께 손독 올라 죽어 버렸는거라.
그걸 갖다가 장사를 하는데 한다카는걸랑 모래마실에 장사를 하는데 어
옌동(어쨌든) 오성 그 분은 대장인기라. 뭘 해도 대장인데 그래 인제 모래
마실에 묻어 놓고,

'축을 읽는다.'

카거든. 축을 읽는다 카는데 축을 머 어예 읽는공 싶어가 보이, 귀담아
가만 담배를 풋고 들으이,

"느그 다 엎드려라."

축 읽는다 카는데,

"전부 엎드려라."

카니께네 아들이(애들이) 엎드는 거야 아들이. 그 분 명령 하에 움직이

는 거야.

"조사인곡(鳥死人哭)에 새조자 죽을 사자 새가 죽었는데 사람이 우는 것은 예의부당이다. 예의부당이나 오살(吾殺)이지고로 나오자는 우리가 느 그를 니를 죽인고로 나 아(我)자를 붙여 가지고 아이곡지하노라."

이거 원이라도 그 고유 퍼뜩 그게 안 생길 듯 싶어.

'저거 커 가지고 머 될라고?'

저카노 싶으거든. 그래 너 줄토분소해라 그카고(그러고) 이래. 그분이 커 가지고 이 오성 대감이라. 대감이 아주 놀음놀새가 크게 놀았어. 어릴 때부터.

완고 어른의 장원급제

자료코드 : 05_20_FOT_20090306_LJH_PJH_0004
조사장소 : 경상북도 청송군 현서면 천천1리
조사일시 : 2009.3.6
조 사 자 : 임재해, 조정현, 편해문, 박혜영, 임주, 황진현, 신정아
제 보 자 : 박장호, 남, 82세
구연상황 : 두현1리 박대교 씨의 소개로 백동기 씨를 만날 수 있었다. 그 분과 함께 천천 1리 박장호 씨의 자택에서 이야기를 청해 들었다. 청송에 대한 것이면 뭐든지 이야기해 줄 수 있다고 호언장담하였다. 조사자의 질문에 따라 마을 유래를 이야기하다가 집안 어른의 이야기라며 구연했다.
줄 거 리 : 박장호 씨의 고조부가 과거를 보러갔는데, 길을 떠날 때는 지필묵과 도포 보 따리를 들고 보름이 걸려갔지만 내려올 때는 스무날이 걸렸다. 고조부 슬하에 사 형제를 두었는데 집에 도착하기도 전에 '급제났다'하면서 터밭에 하객과 함께 마중을 나와 있었다. 그러나 고조부는 과거를 보러 가서 호명할 때에 대 답하지 못하여 그 길로 집으로 돌아왔다. 일 년 그 후에 관찰사로부터 교지가 전해졌다. 그러나 고조부의 막내 동생이 교지로 붓 쌈지에 넣는 것을 만들고 증조모가 그것을 문종이로 삼아 흔적도 남아있지 않다.

그것도 안 될라 카이 어쩔 수 없어. 저 완고 어른이 5형제 분인데. 저 완고 카면 고조부를 완고라 안 캅니까? 예? 고조부를 완고라 카는데 5형제에서 사실이 그 때 의성김씨네보다도 과거보러 댕기는 숫자가 몇 집 안 되도 더 많았다는 말이 있는데, 그 때 과거 보러 가면은 문경, 문경, 문경이 들을 문(聞)자 경사 경(慶)자. 문경을 넘어야 경사 소리를 듣는다고 문경그랬는데. 새재, 새재. (청중 : 문경새재.) 갈 때는 보름을 가고 그 지필묵하고 도포 보따리 하고 보름을 가고 낙과해 가지고 갈 때는 용기도 있어 가지고 보름을 갔는데 내려올 때는 여비도 떨어지고. 그 때 짚신도 여 대커리 달았드만. 달아야 안 되겠나 그래? 달고. 노비도 떨어지고. 밥 사 자시고 다리 아프만 술도 한 잔 받아 자셔야 되고. (청중 : 그 땐 여비가 엽전이기 때문에 무거버가 다 먹었다.) 내려올 때는 스무날 걸렸는데, 그래 가지고 오형제 분이 우리 고조부 어른이 밑에 형제 사형제가 여 있어 가지고, 일찍 온 사람들은 여 위에 김씨네 가길 이게 가세길이라고 도면상에 있는데 터밭에,

"급제났다!"

카메 축하객이 일로 몇 분이나 왔었다 캐. 터밭에 급제 났다면서. 아직 이 어른 오시지도 않았는데 뭐. (청중 : 그래 뭐 소식을 어예 요새매로 핸드폰도 그땐 없고 한데? 오도 안 했는데 어예?) 아니 저 어른들은 같이 과거를 보러 가 가지고 그때는 호명할 때에,

"경상도 청송 기절리 박아무것!"

이 한 번 불러 두 번 불러 세 번 불러, 이 어른이 과거 봐 올려놓고는 갈 때는 힘내 가 놓고는 올려놓고는 아이 참 과거 운이 없으니 안 되는 거야. 식사하러 가셨단다 식사하러. 호명할 때에. 한 번 불러.

"경상도 청송 서면 기전리!"

서면은 현서면 기절리 박아무것이 부르는 소리를 같이 갔는 이행이 의성김씨는 들었단 말이라. 장원급제 캐봐야 그걸 밑에 여뿌고(넣어버리고)

이 어른 냉제(나중에) 식사하고 오니 다 이미 끝나 뿌렸는데(버렸는데). 그래 그 동생들은 하이고 오기만 하만은(하며는) 저 가매위로 저리 해 가지고. (청중 : 그 어른이 배가 엄청 시장기가 있었는가부다?) 운이 없으니 그래. (청중 : 시장기가 있어가 못 참어가 운이 없어노이 그래.) 그래서 그 동생들 너이 오늘이 오실까 내일이 오실까 삼가매 도가매 잡히고 무신 참 꼬부랑 나발 불고 이래 오실랑가 암만 바래봐야 없고. 요새매로 핸드폰이 있나 차가 있나 앉을뱅이 용식이매로 암만캐야 소용이 없고. 그래 이래 있어가 도저히 될 일이 아니다. 소식이 무소식이고 하니께니 오시다가 무슨 낙매나 봤는지 무슨 일이 있는지 마중이가 사형제가 나서가 가보자. 횃불로 들고 저저저저 저기 가무이 말이라. 글로(그리로) 가면 질러 간단다 저 서울로 가는데. 거 가이께네 까만 보따리 하나지고 기진맥진 하나 와.

"형님 와 이제 오시니껴?"

이래 물어보니,

"이제 오지 으야란 말이고?"

"형님 급제했다는데 와이카니껴?"

"내가 무슨 급제해?"

"여기 서면 김씨네들 같이 갔던 일행들이 형님 축하해 준다 카매 몇 분이나 댕겨 가셨는데 무슨 일로?"

카는기야(이러는거야).

"별소리 다하고 있다."

(청중 : 그래 관운이 없어.) 관운이 없어. 그래서 집에 와 가지고 일 년 그 후에 관찰사로부터 부사로부터 이게 전해, 전해 내려 와 가지고 명지장이 그 니려왔는 그거라도 봐 됐드라면 그래도 증거가 되고, 그 후에 가서 사실이 그 전부 교지에 찍혔는 거하고 종이만 봐도 알 수 있고 이럴 건데 대체 집이 쇠진해지이. 우리 그 저기 증조할매는 천치 겉은 어른이

뻐덕뻐덕 한 종이에 큰방에서 새문으로 정지 카는 데가 있어요. 주방. 그 밥상 받는 문이 쪼매난 거 조지게 문종이가 있는데 거 바르이 안 붙는 거래 뻐덕뻐덕 해 가지고. 뻐덕뻐덕해가 안 붙는기라. 그래 가지고 가락꼬지 카는 거 명 잡는 그게 있어요. 그 민속관에 그런 거 있지요? (조사자 : 네.) 그 명잡고 하는 그걸 가지고 노나께니 삼을 꽈 가지고 뚫버 가지고 거 자(잡아) 매 가지고 그래 가지고. 일부 한 쪼가리는 띠 가지고 막내이 그 완고 할배 막내이 할배 되는 어른은 딴 장사는 다 상놈 취급을 하는데 붓장사 만큼은 서당 출입을 하니 양반 대우를 받는다고. 붓 여가 댕기매 안 꾸갠다고(구긴다고) 붓 쌈지에 넣가 붓여가 댕기는 맨들어가 다 떨어뜨려 버렸어. (청중 : 교지를?) 그래. (청중 : 그 때 내가 있었으면은 데모를 하러 올라갔을 건데.) 그래.

그래 가지고 이것이 참말이냐 거짓말이냐 장목이 조부 되는 어른이 이 문에 끄스름이 묻어여 한치나 앉아 가지고 털만(털면) 털리지도 안 하고. 옛날에 그 일제시대는 청결조사나 있었지만 그게 있나? 사실이 참말로 그런가 이게 어떤공 싶어 가지고 쓸고 닦고 이래가 보이 종이가 하마 낡어 썩어 종이가 폭신폭신하게 꿍쪼가리 떨어져 있는 거 같아. 이런 말은 전설이라 칼까(할까) 이런 말은 듣고 있었는데. 우리 고조부가 재수가 참 운이 없으니 과거를 했다가도 못 하고. 그래가 내가 아들이 있는데 이런 소리를 했다카이. 국립도서관에 황감록 카는거 보면 있는데, 거 가 가지고 몇 페이지에 어는 어는 태정태세문단세 쭉 내려오매 그 했는 연도별로.

"그걸 한 번 찾아보자."

카이께네,

"그거 찾아보면 머 할란교? 이제."

(청중 : 교지 그거를 간수만 잘해놨으만 요새 진품명품 거게가) 그거도 할 수 있는데 이 참말로. 마 그래 가지고 집안어른들 영공하신 어른들 그런 소리해. 영 엉터리 없는 말은 그래 안 샌다고 거. (청중 : 그렇지. 엉터

리 없는 말은 안 되지.)

효부각(孝婦閣)의 유래

자료코드 : 05_20_FOT_20090306_LJH_PJH_0005
조사장소 : 경상북도 청송군 현서면 천천1리
조사일시 : 2009.3.6
조 사 자 : 임재해, 조정현, 편해문, 박혜영, 임주, 황진현, 신정아
제 보 자 : 박장호, 남, 82세
구연상황 : 지명 유래와 인물 전설에 이어 효도와 관련한 이야기를 부탁드렸더니 효부각
이 있다면서 구연을 시작하였다.
줄 거 리 : 편찮으신 시어른의 약을 짓기 위해서 며느리가 상두재를 넘어 먼 도동골까지
다다랐다. 약을 짓고 나서 돌아갈 길을 걱정하던 찰나 큰 호랑이가 나타났다.
호랑이는 순식간에 며느리를 집 앞으로 데려다 주었다. 이 이야기가 효부각
비문에 적혀 있다.

이 위에 의성김씨에 요 위에 가만 여데미 앞에 당나무 앞에 효부각이
서가 있는데 그 머 우리들 어릴 때라. 어릴 땐데. 그 시어른이 편찮애가
(편찮아서) 환후에 그 때는 차야 오가다카는 거. 일본말로 버스를 오가다
라 캤어요(했어요). 그 일본말로 오가다 아니가? 버스를 오가다라 캤는데.
그 어른이 상두재 거게서 상두재 저 너메 어디 약국이 있는데 아주 무인
지경을 가서 약국이 있는데 시어른이 편찮애 가지고, 그 도동골에서 거
넘을라카면 그 산이 굉장히 험준한 곳인데, 무섭지도 안 하고 밤에 약을
지어 가지고 약 지어 주는 분은,
"이걸 어떻게 하야 그 꺼정(까지) 가겠소?"
카니까네.
"그래 어른이 편찮애 있는데 시간이 두고 다투는데 그래 가야지요."
그래 주인이 배께 주인한테 하직을 하고 배께 나오이 큰 대호가 (큰 호

랑이가) 큰 대호가 꽁지를 자기 앞으로 대면서 털럭털럭 치며 낯을 이래 하이, 낯이 스무스무스하게 선풍기 같이 치고 타라 카는 그런 신호 통신을 해 줬는거여. 그래 약을 지어 가지고 말인즉 배를 끌어안고 약을 등에 걸머지고 순식간에 고마 그 집 환자 문 앞에 왔다는. 그 사유 비문이 안 죽(아직) 거기에 있다니까네. 의성김씨라.

원효대사의 유언

자료코드 : 05_20_FOT_20090307_LJH_PJH_0003
조사장소 : 경상북도 청송군 현서면 구산리 119-6 순이식당
조사일시 : 2009.3.7
조 사 자 : 임재해, 조정현, 편해문, 박혜영, 임주, 황진현, 신정아
제 보 자 : 박장호, 남, 82세
구연상황 : 첫날 백동기의 소개로 박장호의 집을 찾아가 이야기를 들었다. 시간이 부족해 많은 이야기를 듣지 못해 다음 날 이야기를 잘 하시는 분들을 더 모시고 식당에서 이야기를 들었다.
줄 거 리 : 선조가 아끼던 원효대사는 과거 시험에 떨어지고 성균관에서 3년 간 공부를 하고 나서 붙을 수 있다. 무과에 급제한 후에는 선조의 총애를 받았다. 원효대사의 유언은 의복과 칼은 대흥사에 비치하고 유골은 금강산에 비치하라는 것이었다.

두륜산 대흥사에 원효대사, 원효, 원효대사 죽을 때에 유언을 뭐라고 했냐 하면은,

"나는 죽거들랑 인휴는(정확한 뜻은 알 수 없음), 옷, 신발."

신발이 여 저기 쓰리빠(슬리퍼) 비슷하게 말이지, 그런 신발이 아직 고 (거기에) 비치되가 있고, 칼,

"이거는 대흥사에 비치하고,"

그래서 이거를 보이, 그게 자기가 중이라고 해 가지고 과거 못 보는 것

도 아니고, 무과 시험을 쳤는데, 과거를 봤는데 떨어져 부랬어. 일차에. 떨어져 뿌고, 서울 성균관 명륜당에서 공부를 삼년 해 가지고 무과 급제를 땄어요. 무술로 해 가지고, 어떻게 왜적을 물리치고 하는,

"그라고 죽은 뒤에는 해골은 봉래산 제일 봉 그 암자에 갔다 비치해라."

하는 명이 떨어지는데, 그 뭐야 금강산이 사기 절에 따라 가지고 이름이 각각 있다네요. 봄에는 금강산, 여름에는 봉래산, 가을에는 풍악산, 겨울에는 개골산. 절로마다 따라 가지고 사계절로에, (청중 : 사계절로지.) 이래 하는데, 그래 실지(실제) 유골은 금강산, 금강산 봉래산이 맹 금강산 아닌교? 봉래산 제일 암자에 비치하고 이래 있는, 있다 하는데 그 연도는 선조대왕 때 난이 많이 와 가지고, 선조대왕이 고마 원효대사를 사무(계속) 끌어안고 살았드만. 이쪽으로 오면,

"아이고 원효대사―"

마 이리 가까, 저리 가까 고마(그만), 사무 고마 전용 고마 경호원이라. (청중 : 참 대단해.) 참 대단했지 뭐. (조사자 : 예.)

숙종대왕과 과거 운 없는 선비

자료코드 : 05_20_FOT_20090307_LJH_PJH_0006
조사장소 : 경상북도 청송군 현서면 구산리 119-6번지
조사일시 : 2009.3.7
조 사 자 : 임재해, 조정현, 편해문, 박혜영, 임주, 황진현
제 보 자 : 박장호, 남, 82세
청   중 : 3인
구연상황 : 앞에서 박장호 어른이 높은 벼슬을 하지 말라는 조상의 말을 어기고 사법고
         시에 합격한 지인의 손자에 대해 이야기했다. 그 이야기를 듣는 동안 다른 이
         야기를 생각했는지, 박장호 어른의 이야기가 끝나자마자 먼저 다른 이야기를

해도 되냐며 구연을 했다.

줄 거 리 : 숙종대왕이 암행을 하다 한 유림촌에 다다랐다. 마을 풍경을 감상하던 숙종대
왕은 나이가 육십 정도 되어 보이는 유생이 머리를 숙이고 울고 있는 것을
보았다. 그 유생에게 무슨 일인지 물으니, 자신의 제자들은 몇 명이나 과거에
합격했는데 정작 자신은 과거를 보기만 하면 떨어진다는 것이었다. 게다가 나
이까지 많아서 앞으로 과거를 볼 수 있는 기회도 적고 한양에 다녀올 기력마
저 없으니 우는 것이라고 했다. 숙종대왕은 제자들을 과거에 합격시킨 스승이
과거에 떨어지는 것은 분명 과거운이 없어서 그런 것이라고 생각했다. 숙종은
유생에게 자신이 숙종대왕이라는 것을 말하며 한 달 내에 과거가 있을 것이
라고 했다. 또 긴 장대 위에 소래기 연자를 써둘 것인데 그것이 바로 과거 문
제라고 유생에게 가르쳐 주었다. 말을 하자마자 사라진 숙종의 말처럼 한 달
이 되지 않아 과거가 있다는 방이 붙었다. 유생은 그 길로 과거를 보러 한양
으로 올라갔다. 과거를 치루는 날, 숙종은 유생에게 미리 문제를 알려주었으
니 쉽게 합격할 것으로 생각했다. 하지만 유생은 답을 말하려는 순간에 중치
가 막혀 말이 나오지 않아 "삑삑이 연자"라고 대답해버렸다. 그리고 그 유생
의 다음 사람이 소래기 연자라고 정답을 말했다. 그 사람은 이전에 숙종과 유
생의 대화를 엿듣고 답을 알고 있었던 것이다. 그 사람은 그 길로 관청에 끌
려가 문책을 당했다. 그 사람은 상황을 파악하고 "시골에는 속칭에 따라가 삑
삑이 연자라고 한다."고 대답했다. 결국에 과거운 없는 유생과 대화를 엿들은
사람 모두 과거에 합격했다고 한다.

숙종대왕이, 삼천리강산, 부사(府使)나 관찰사(觀察使)나, 치민치정(治民
治定)을 옳게 하는강(하는지) 모하는강(못하는지).

이 어른이 참, 소앞(小畜), 대축(大畜)을 했다는데, 야행(夜行)도 암행(暗
行)을 하시고, 낮에도 암행을 하시고, 가장(假裝)을 해서. 어떠한 곳에 턱-
그 문전에, 마을에, 발을 딛으니까, 자연히 떡시루 같이 훈기가 나고, 서
당에 글소리가 축-축- 나는데, 보이께네. 참, 과연, 양반에 사는 유림촌
(儒林村)이 분명하고.

그래 한 쪽을 실- 지나치이(지나치니). 참 얼굴은 융준용안(隆準龍眼)이
요, 선풍도골(仙風道骨)로 생긴, 그 좋은, 인물 좋은 한 육십 좌우간 되는
분이, 통곡을 하고 있어.

"그래, 보아하니, 참 좋은 유생 같은데, 어찌 그래 낭두(囊頭)를 하고 울고 있소?"

"지나가는 과객이면은 길이나 가시지, 나의 소관을 알 바가 없잖소?"

"아이, 지나가는 과객이지만도, 도움을 줄라면은(주려고 하면은) 주고, 해칠라면은(해치려고 하면은) 해칠 수도 있고. 좀 알고 접습니다(싶습니다)." 카이(하니).

그래 서당에 글소리 나는 거 보이께네, 굉장히 처량하게도 좋고. 마을이 보이, 참 백여 대촌에 굉장히 훈기가 나고 이래서, 하는 말이 자기가 탄복을 하는 거예요.

"저가 명색이 학장질을(학장 짓을, 훈장을 하고 있다는 말임) 하고 있는데, 저에게 글 배아가(배워서) 나간 사람이, 문과급제가 몇 이가(명이) 났다." 고,

"몇 이가 났는데, 무슨 운수로 나는, 상경하여 과거만 보면은 낙과(落科, 낙방한다는 말임)이 되고, 낙과가 되니."

거 과거는 매년 안보는 모양이라. 삼 년마다 한 번 본다는 말이 있는데, 참말인지, 거짓말인지 모르겠어요.

"내가 나이 지금 육십이 되, 삼년 있다 보면은, 예를 들어서 육십서이(63) 되면은, 내가 아무리 가고 접어도 왕복(往復)을 못하니,(나이가 많아 다녀오지 못한다는 말임) 나는 이로써 끝이니, 원통해 가주고 내가 웁니다."

가마(가만히) 생각하니, 후배가 문생이 하마 문과 급제를 매출, 몇 사람 배출해 났다면은. 이건 틀림없이 과거 운이 없는 사람이라. 과거 복이 없는 사람이야. 그거는 말할 것도 없고, 이러니, '과거 복이 없어 이러니, 임금이 직접 갈채주면 이건 틀림없이 최소한 문과급제는 문제없는 거 아이가(아닌가).' 그래, 거기서 뭐라켔는(뭐라고 하는) 말씀이,

"내가 숙종이요." 카거든(하거든).

숙종이라 카이,

"그래, 요번에는 올라가여('올라가서'를 잘못 말한 것임) 3년 있다 그 과거를 시행해야 되는데, 요번에는 급히, 한 달 이내에 과거를 본다. 과거를 보면은, 그 장대 요새 국기대(국기 계양대) 겉이(같이), 아-주 높이 달아 가주고, 거기에 내가 소래기('솔개'의 경상도 방언이.) 연(鳶)자를 써 가주고. 그 밑에서 보고, 저거 무슨 자고? 아는 사람, 장원급제 준다. 고거만 명심해, 입만 다물어라."

그래 인제 하직할 여개도(여가도) 없이, 휘딱 그다 보이께네, 사람이 인후불경(人後不經)이라.(잠깐 사이에 사람이 사라지고 없다는 말임) 축지를 했는지 뭐 어옛는지(어떻게 했는지),) 멀-리 사람 편에 두루막 자락이가 한번 펄떡그다(거리다) 가 부렀는데(버렸는데).

그래 얼마 있다 나이께네(나니까), 한 달 이내에,

"과거 본다."

말이, 말이, 소문이 듣게(들려). 참 상경(上京)을 했어요. 상경을 해 가주고, 일문일답(一問一答)을 하는 거야. 줄로 서아(세워) 놓고, 줄만 주-욱, 일렬종대(一列縱隊)로 서아 놓고,

"저거 무슨 자고?"

카이, 전부 모르는 거라. 전부, 전부 모르는 거라. 이 양반이 거 드가 가주고, 소래기 연자라 카는 거는 깊이 생각했는데.

(청중 : 거 깊이 게릴라고(가리려고) 켔다(했다).)

어, 거 딱 들가이께네(들어가니까), 거 또 이거 과거 운이 없어 가주고, 중치(명치, 사람의 가슴뼈 아래 한가운데의 오목하게 들어간 곳)가 콱 맥힌데이[43]. 문정명필(文正名筆)이 하늘 천(天)자 맥해가 과거 몬본다(못 본다) 카듯이(하듯이), 중치가 켁 맥해가 말이 안 나온다, 이거.

---

[43] '막힌다'는 뜻으로, 말을 하다가 더 이상 말을 할 수 없는 상황을 말하는 것임.

"저거 무슨 자고?"

카이께네, 말이 안 나오는 게래(거야).

"삑삑이 연자."

캤부랬는(해 버렸는) 기라(거야).

[청중 웃는다.]

소래기 연자를 삑삑이 연자 캤는 게라. [한숨을 내쉬며] 하-.

하마(벌써) 짜났는데 말은, 참 같잖지도 않애.(이미 말을 맞추어 놓았는데 대답을 하지 못 하는 것을 보고 안타까워하는 말임) 뒤에 사람 물으니께네,

"소래기 연자." 카거든.

요놈은 어데(어디) 가이(가서) 들었단 말이지. ○○해가 들었으니, 대번에(단번에) 영창갔다.

"니 바른 말 해라."

조서를 받으이께네,

"한양, 서울에는 속칭에 따라 소래기 연자, 카기도 하고. 시골, 시골에는 속칭에 따라가 삑삑이 연자 카기도 합니다."

그래. [박수를 치며] 박수를 치고, 둘이 다, 문과 급제를 받았답니다. 속칭에, 중치가 맥헤는 사람은 임금님이 [박수를 치며] 갈채 줘도(가르쳐 주어도). 그 뒤에 사람은 소래기 연자캤는 것이, 그건 과운(科運)이 터진 사람이고. 이 어른은 과거를 볼 운이 없는 어른이야.

(청중 : 운이 없는 사람이야, 관운이 없는 사람이야.)

없는 사람이야.

효부가 된 불효부

자료코드 : 05_20_FOT_20090307_LJH_PJH_0007

조사장소 : 경상북도 청송군 현서면 구산리 119-6번지

조사일시 : 2009.3.7

조 사 자 : 임재해, 조정현, 편해문, 박혜영, 임주, 황진현

제 보 자 : 박장호, 남, 82세

청   중 : 3인

구연상황 : 백동기 어른의 주선으로 박장호, 최병문, 조명제 어른을 화목장터의 한 식당
에 모시고 이야기판을 벌였다. 박장호 어른은 자신이 농사만 지으며 살았기
때문에 유식한 소리는 못하고 들은 이야기를 해주겠다며 구연했다.

줄 거 리 : 못된 며느리가 홀시아버지를 모시고 살았다. 하루는 시아버지의 강 건너 친구
집에서 잔치한다는 소식을 듣고 그곳에 가려고 했다. 그 소식을 엿들은 며느
리는 시아버지의 두루마기를 빨아버렸고, 시아버지는 아들의 두루마기를 입
고 잔칫집에 갔다. 남편의 두루마기를 입고 가는 시아버지를 본 며느리는 시
아버지 뒤를 쫓아갔다. 며느리가 잔칫집에 도착하자 시아버지는 사람들에게
며느리가 자신이 술에 취해 강을 건너다 다리에서 떨어질까 걱정되어서 찾아
온 것이라고 말한다. 그것을 들은 사람들은 며느리가 효부라며 칭찬하고 며느
리는 시아버지를 업고 강을 건넌다. 그 이후 못된 며느리는 효부가 되었다.

옛날 어떤 선보집(제보자는 선비를 선보, 또는 선배라고 말함)에, 선배
라 케 가주고(해 가지고) 다 잘사는 건 아닙니다.

선배를 해가, 선배 글을 해가, 과거를 해야, 상놈의 매를 치고 돈을 뺏
어 와야 잘 사지(살지). 만날(매일) 글만 보고 앉아 가주고, 어예(어떻게)
가주고 거 멀게(먹을 것이) 나옵니까?[44] 멀게 안 나오고 그르기(그렇기)
때문에, 거 선보집이라고 해 가주고 다 잘사는 것도 아니고. 잘 사는 집에
도 때로는 있지만은, 못 사는 집도 많습니다. 아주, 못 사는 집도 많은데.

한 번은 아침식사를 하고 선보 집이 있다 놓이(놓으니),

"어른 계십니까?" 카거든(하거든).

"누구고?" 하니께(하니까),

---

44) 글만 보면 먹을 것이 나오지 않는다는 말임.

"건너 마(마을) 아무시기 아들입니다."

"이 사람, 들게."

들어가 인사를 하고,

"거 왠일이고?"

그리하아(그리하여),

"오늘이 아버님 생신일인데, 아침에 일찍 오시면 손님도 없고 와서 노시다가, 점심이나 한끼 자시고 가라고, 아무것도 준비는 없으, 없으나 오이소(오세요)."

"그 좋은 말씀이세."

그런데 없어가 뭐 이 어른이 ○○.

그래 그 주모가(며느리) 정재가(부엌에 가서) 가만 생각하이께네(생각하니까), 시아버지하고는 아주 이래.(사이가 좋지 못하다는 뜻임) 일도 이래 안 맞채고(맞히고).

(청중 : 생각이 다르나.)

어, ○○○가 아주 이래.

"저 어르이(어른이) 또 고마 저 가실라 칸다(한다). 저 가실라 카이(하니)……."

아주 가는 것도 여, 거 며느리 되는 분이 아주 좋지 못하게 생각한다. [목소리에 힘을 실어] 아주 못됐어.

"내 힘으로 못 가그러(가도록) 할 재주는 없고, 에-이, 고만 빨래를 해야 되겠다."

옛날에 요새는 농이(장롱이) 있지만 옛날에는 여 보통시리(보통은) 여게(여기), 뭐 치고, 저게 치고, 그 낭그를(나무를) 이래 해 가주고 줄 대가(정확한 의미는 알 수 없으나 긴 막대로 볼 수 있음.) 있어요.(옛날에 옷걸이를 어떻게 사용했는지 설명하는 것임)

거 옷 이래(이렇게) 거는 거. 줄 대에다가, 쫓아 시아바이 방에 들어 가주고, 시아버지 두루막을(두루마기를) 갖다 물에 떡 담가(담궈) 부랬다(버렸다) 말이다.

시아바이 두루막을 이래부면 못 가지 뭐. 두루막 입고 양반의 도리에 선보(선비) 어른이라 카고 큰 옷을 입고, 큰 옷은 도포지만도, 두루막 없이 어딜 출입하시겠노.[45] 이걸 물에 좌(주어) 담가 씻어 부랬다(버렸다).

이유없이 가 갔는데 점잖은 어른이 또 잘 했니, 못 했니 칼(할) 수는 없고. [힘이 풀린 목소리로] 가만-히 담배를 꾸우며(구우며, 담배를 피운다는 말임) 생각허이(생각하니) 인지(이제) 하만(벌써) 권리는 다 넘어 갔는 입장에, 내가 이리저리 할 도리도 없고, 담배를 품으면서 한 숨을 수룻이('조용히' 또는 '나직이') 쉬며. 어떻게 해야 되겠나 가고 접게는(싶기는), 하마 한도 없이 가고 접다(싶다).

아무 것이, 아무 것이, 친구들은 번하고(훤하고) 생각허이. 그 어른이 참 모해 가주고 하마 남의 생신에 와 가주고, 글 운자 내 가주고 그리고 운 내가 한 수 축하를, 글 한마디 쓱 짓는 게 눈에, 귀에 쟁쟁 듣게는 거 겉고(같고).

그래 며느리는 고마(그만) 담가 가주고 거래 고마 빨래하러 가부랬다(가버렸다). 요새야 수도가 있으이(있으니) 집에서 씻지만, 그 때는 냇물에 안 가면 없거든. 가버린 뒤에 가만히 거 시아바이가 생각하이, 이게 참, 뭐라고 말할 도리도 없고. 며느리 없고 아들도 없고 하는데, [웃으며] 큰 방을 한 번 살그시(살며시) 문 열어 보이께네, 아들 두루마기 있는 거라(거야).

(청중 : 훔쳐 입는다.)

아들 두루마기 있으이, 꿩보다 닭이라고. 가고 접게는 한데, 그 두루막을 좌(주어) 입었으이, 좌 입고. 저 며느리는 빨래를 하면서, 마 '시아바

---

45) 의관을 갖추지 못해서 돌아다니지 못할 것이라는 말임.

이' 카기(하기), '시어른' 카기도 싫고, 호칭이 고마.(시아버지 또는 시어른이라고 부르기 싫다는 말임) '영감쟁이 못 갔을 게라' 카는, 이기(이게) 호칭이라, 고마 염두에.46)

(청중 : 지 까짓 게 두루마기 없으면 못가지 싶어서.)

'못 갔을 게라.' 카는 이 호칭인 거야('이건 거야'라는 말을 해야 적절한데, 앞에서 시아버지 호칭을 설명하던 것과 뒤섞였다).

그래 가마(가만히) 보이께네 갓을 쓰고, 여 냇물에서 빨래를 하다가 치받아(쳐다) 보이께네, 갓 쓰고 가는 폼이, 자기 시어른, 영감쟁이, 그만, 방망이 가주(가지고) 가만히 보이께네 가는 태도가 그런데. '틀림없이 저거 두루막은 자기 남편 두루마기다.' 하는 걸. 두루막을 씻자마자, 우- 싸가지고 참말로 갔는가 안 갔는가 싶어 집에 쫓아오니. 신랑 두루막을 빗겨(벗겨) 입고 가 뿌랬는(버렸는) 거야.

그 어예야(어떻게 해야) 되겠어요?

그래가 빨래 버지기를 내려놓고, [힘있는 목소리로] 성질이 대단했는 모양이래. 누가 거 남의 집에 옛날에 그 하물며, 선보집에 어데 여자가 남의 큰 일하는데, 생일잔치 하는데 그래 갈라고 맘이나 어데 누가 내겠어요? 남자 같아도 우리 같다 케도 안 날 낀데(갈 건데). 고마 두 주먹을 불끈 거머쥐고 마 쎅- 그래면서(그러면서), 이 걷었는 거 내리지도 않고, 쎅거리며 그 집 쫓아갔어.

쫓아 가이께네 하마 사람이 딸, 뭐 대소가에 전부 그 집 가차운(가까운) 유복네에, 대소가에 다 모이고, 인근 노인 분들 다 청해 가주고, 하마 사랑에는 양반들이 쑥- 보이께네 하마 응 해쌌고(사람들이 흥에 겨워 즐거워하고 있다는 뜻임), 뭐 글 지어 가주고 뭐 잘했다 카고, 못했다 카고, 이 소리가 듣기는 중, 가니. 모두 좌우에 노인이 큰 손님, 거 어데(어디) 사돈

---

46) 며느리가 시아버지가 잔칫집에 못 갔을 것이라고 생각을 했다는 것인데, 앞에서 며느리가 시아버지를 부르는 호칭을 설명하는 부분이 뒤섞여 있음.

손이나(손님이나), 영빈 손이 오실 줄 알았지.

하물며 건너 동 아무 것이 자부가 여기 온다 하는 것은 이거는, 이 아주 몰상식하고도, 아주 본 데 없고, 팔을 둥둥 걷어가 쉑 들어 미는데. 기가 맥히는 거예요. 그러나 저러나 양반은 사람의 집 도리에, 사람의 집에 사람이 오는 것을 환영을 해야 되지. 속으로야 행동이 좋고 나쁘고 간에,

"들어오시오."

할 거 아니야. 안손님이, 응? 안손님이,

"들어오시오."

하이께네, 참, 사랑은(사랑방은) 못 드가고(들어가고).

당장 두루마기 벗으라는 소리가 고마 대번 주먹이 쑥 나오는데, 차마 가가 보이께네 가구에(집 분위기에) 눌래고(눌리고), 여기 손님에 이목(耳目)이 있으이 그 소리 안 나오지. 집에서야 때려 죽였부면(죽여 버리면) 싶으지만도(싶지만), 안 나오는 거야 그거.

그래, 가이, 고마(그만) 숙덕숙덕 근데(그러는데),

"건너집 아무 집 자부씨가(자부가) 여게 이 집에, 여게 왠일이고? 왠일이고?" 이카이.

그 말이 차차 차차 말이 전해져 가지고. 이 어른들은 인제 술 한 잔 자시고(잡수시고), 글 한수 운자 내 가주고 적어 가주고 참, 서로 바까보고(바꿔보고) 좋다 카고, 참 솜씨있다 카고. 이래 주께는(말하는) 찰나에, 거 또 중간에 번역한 사람이,

"[목소리를 낮추며] 이 사람아, 자네 자부씨가 여, 오늘 왠일인지 왔었단다."

카이, 거 뭐라케야(뭐라고 해야) 되겠어요? 그래 가만히 생각하이, 그 노인이 아주 짐작이 있어.

"아, 집에 새사람이, 내가 여기 남의 집, 좋은 일에 왔다가, 술잔이나 일배일배(一杯一杯)하고, 월천(越川)하다가 혹 낙매(落馬, 다리에서 떨어지

는 것을 낙마라고 잘못 말함)나 볼까봐 날 데릴러(데리러) 왔는 것다(것이다).” 이켔거든(이랬거든)?

“우리집 새사람이, 이 좋은 일에, 일배일배(一杯一杯) 부일배(復一杯) 마시고, 취한 끝에 월천하다가 낙매나 보까봐(볼까봐) 날 데릴러(데리러) 왔는 것다.”

답변이, 이 노인이 이켔단 말이라. 카이, 젊은 분이 들으이 참, 투까리(뚝배기) 보다 장맛이라 카디만도, 사람이 해가 오는 행장 보다가 고마, 시아바이 그 말씀이 대단하거든.(보이는 것보다 말하는 속마음이 대단하다는 말임)

(청중 : 행신[47]이 대단타.)

이 대단치. 그래 숙덕숙덕 그러맬랑(그러면서), 아이고, 집에 온 이상 그 음식 있는 거 한 상을 채려주이(차려주니). 그래 거서 인사도 고마, 그 소리가 안방까지 성이 뻗챘어요(뻗었어요).

“저 어른이 오다가, 혹시나 술을 좋아하시니, 한 잔 자시고 오다가 낙매를 볼까봐 모시러 왔다.”

이카이께네, 참 대단하다 카는 게라. 대단하이, 그르이 께네, ○○이 뜬다 카면, 뜬다 카디.

그래 한 상 채려 가주고, 인사가 점점, 중중(重重)하게 이래 카이. 이 떨려 가주고, 너무 치받아 보고 하이께네, 자시지도(드시지도) 못한다.

“[마른기침을 하며] 대접을 잘 받았습니다.”

그래 며느리가 그 집에 잘 대접 받았다고 나오고, 그런 마당에 사랑이 그 노인이 봐서, 친구 일행들 인데,

“새사람이 날 바래, 이래 왔으니, 내가 늦도록 있을 수가 있느냐? 자네들 놀다가, 그래, 만족하게 모두가 한참 놀다가, 그래 잘 쉬게.”

---

47) 행실(行實)을 잘못 말한 것으로 보임.

카고, 그래 머슴들이고 뭐고 따라가 봤어. 걸을(거랑을, '거랑'을 걸이라고 말한 것이다.) 건너는데, 참말로 뭐 어야는고(어떻게 하는가) 싶어 가주고, 가다 물에 꼴미(끌어매어) 쳤부는가(쳐버리는가), 업고 가는가.

"그 대단하다. 아이고, 새댁이요. 어예 하이 그로? 홀로 있는 시아버지를 이래 모시러 오신다 카이, 참 대단합니다."

하는 사람도 있고, 거 여자들이 나이 많으면, 정감이 불혼이라.(무슨 의미인지 정확히 알 수 없다.)

"나도 머지(멀지) 않해가, 저렇텐데(저렇게 할 텐데)."

이래 싫어 가지고.

"어예(어떻게) 하이(하니) 참 이런, 효부심(孝婦心)이 이래 있느냐?" 고 카이.

이게 그만 마음이 차차 차차 달라, 달라진데이.

(청중 : 그만 개과천선[48] 된다.)

개과천선이, 달라지는 거야.

물가에 가 가지고, 저 어떻게 하는가 싶어 가주고 가만히 보이께네. 그 때는 물가에 가 가주고, 뒤에 따라가가(따라가서) 엿보는 사람이 있었다. 엿보는 사람이 있었는데,

[볼멘소리로] "아버님요, 업해소(업히세요)." 그카거든?

"야-야, 내 그냥 건너가지."

"어여(어서) 업해이소."

참말로 업고 월천을 덜렁 해주이, 그 말할 수 없는 게라. 그 고을에는 보마, 차차 원님인데 까지 말이 다 나게 되고. 그 근동(近洞)에 고마, 전부 아무 것이는 며느리 잘 봐 가주고, 놀러왔었는데, 월천까지 해드리고, 그러한 호불아바이(홀아버지) 시아바이. 어떤 거는 호불아바이 시아바이 거

---

48) 개과천선(改過遷善).

느릴라 카먼은 그거 꼰조[49]가 있다 카는데. 할마이(할머니, 부인을 말함) 없이 거 며느리인데 부정(父情)이 많다 칸다. 좋은 말로. 뭐한 사람은 저 호불아바이, 옛날에 호불아바이 시아바이 있는 데는 딸 안 치울라 카는 사람도 있어요. 시집이 디다고(힘들다고).

그래 집에 가 가주고, 가만 생각하이. 내가 이만큼 인사를 받고, 여기서 시아버님 있는데 어떠한 잔소리나 어떠한 행동이 불행하다면 나는 이로서는 인생 막중이니까, 극진히 대접하고 ○○○○ 마뜩게(제법 마음에 들게) 해주고. 이 효부 소리를 듣고, 불효가 효자, 효부 소리를 듣더랍니다.

그 노인이 말씀을 잘해 주셨지, 노인이, 그만한 선비 자격이 있어요.

(조사자 : 예, 그러니까 또 어른하기 따라서 또 효자나 효부도 만들어지는 거네요.)

만들어 자연적이지, 글치.

(청중 : 효자라야 효자를 낳고, 틀림없는 이야기야.)

봉이 김선달과 여자 뱃사공

자료코드 : 05_20_FOT_20090306_LJH_BDG_0001
조사장소 : 경상북도 청송군 현서면 천천1리
조사일시 : 2009.3.6
조 사 자 : 임재해, 조정현, 편해문, 박혜영, 임주, 황진현, 신정아
제 보 자 : 백동기, 남, 76세
구연상황 : 박장호 씨의 이야기를 듣다가 사회 생활하면서 여자를 깔보면 안 된다면서 우스운 이야기를 하나 하겠다고 나서서 백동기 씨가 구연하였다.
줄 거 리 : 봉이 김선달이 배를 타고 가다가 뱃사공 아주머니를 보고 당신의 배를 탔으니 자기 마누라라고 하였다. 그러자 뱃사공은 김선달이 배에서 내릴 때 아들

---

49) '꼰조'. 일본어(根性)에서 온 말로, 좋은 심성보다는 집요하고 고약한 성질을 말할 때 주로 씀.

아 잘가라고 말하였다. 자신의 배에서 나왔으니 자기 아들이라는 것이다.

'봉이 김선달 카는 사람이 한강물도 팔아먹고 그 참 노상꾼이다'

그런 애기를 들었는데, 어떤 데 배를 타로 쪼매난 부둣가에 갔는데 똑딱배 쪼매난 배에 뱃사공이 여자랬답니다. 여자. 여자랬는데 봉이 김선달이가 그 유머도 좋고 머리가 마 좋은데 딱 타골랑 첨보는 뱃사공 아주머니를 보고,

"봐라 이 사람아."

낯선 아주머니를 보고.

"봐라 이 사람아."

손 한 번 잡아 이러더니 그 뱃사공 아주머니 보니 기가 차거든 그,

"당신 왜 내한테?"

칼 거 아이라.

"당신 내 마누라다!"

이래 됐거든.

"당신 배를 탔으니까 내가 신랑이잖아. 배를 탔으니까."

그래 이 사회는 여자한테는 못 따라 간다는 바로 거게 있는데, 여자가 생각을 딱 했는 것이 배를 몰고 도착해 놓고 봉이 김선달이 가는데,

"아야 잘가라!"

이래 됐는 거라.

"아야 잘 가거라!"

봉이 김선달이가 깜짝 놀래가 돌아보고,

"어예가 아야 카냐?" "내 뱃속에서 나갔으니 니는 내 아들이다!"

이래 된 거지. 대번 보복된 거지. 여자는 이 사회는 여자 갈보만(깔보면) 안 된다 이러는 것이, 봉이 김선달이라 카는 것이 한강물도 팔아먹고 참 재치 있는 그 남자가 여자한테는 굴복했다.

"내 아들이다!"

"내 배를 타고 내 뱃속에서 나 갔으니 니는 내 아들이다! 야야 잘 가거라!"

이래 된 거라. (청중 : 임시수단은 여자가 더 있다 카더라.) 그래 이 사회생활 하는데 어떤 술집에 가더라도 여자가 뭐 어떻던지 하더라도 그 여자를 갈보만 자기가 손해본다 카는 거 꼭 알아야 된다 카는 거.

김정승의 사위 찾기

자료코드 : 05_20_FOT_20090306_LJH_BDG_0002
조사장소 : 경상북도 청송군 현서면 천천1리
조사일시 : 2009.3.6
조 사 자 : 임재해, 조정현, 편해문, 박혜영, 임주, 황진현, 신정아
제 보 자 : 백동기, 남, 76세
구연상황 : 제보자는 아무리 잘 살고 잘 배운 사람도 만족하려면 끝이 없다는 말을 하면서 옛날이야기를 구연하였다.
줄 거 리 : 김정승이 딸을 키워 혼인을 시키려 하는데 마땅한 사람이 없어 번번히 퇴짜를 놓았다. 좋은 사윗감을 봐도 하나씩은 모자란 점이 있었다. 그러자 하루는 딸이 '정자 좋고 물 좋고 방석 좋은데'가 어디 있느냐고 하였다. 모든 조건을 다 갖춘 사람은 찾기 어렵다는 말로 아버지를 설득시켰다고 한다.

이 사회는 만족하는 게 없죠. 아무리 잘 살고 아무리 잘 배운 박사님이고 만족이 없는데, 옛날에 어떤 정승이 딸을 아주 호강스럽게 키워 가지고 그 딸을 대상자를 삼기 위해 가지고 이 딸은 웬만하면 결혼을 하고 싶은데, 이 아버지가 그 딸에 대한 대상자를 구하기 위해가 말 귀에다가 엽전을 싣고 참 팔도강산을 다니면서 사윗감을 인제 찾았는데, 부잣집에 글좋고 부잣집에는 보니까 체구가 아주 적고 보기가 볼모가 없고 또 돈 없고 글도 많이 못 배운 사람은 허울이 좋고 키도 크고 쭉 빠지고. 그거를

얼마나 다니면서 곳곳에 거 인제 참 사윗감이 좋다 카는 데는 다 봐도 맘에 안 들어 가지고 그냥 기약을 했는데 딸이,

"아버지요 어떠십디까? 맘에 드는 사람이 있드십디까?"

카이 고개를 흔들거든요. 그 딸이 이야기가,

"정자 좋고 물 좋고 방석 좋은 데가 어디 있습니까?"

"물이 좋고 나무가 드는 정자가 그늘이 좋고, 방석하면 바위가 자리가 딱 돼 있는데 밑에 물이고, 정자 좋고 물 좋고 방석 좋은 데가 어디 있습니까?"

한 가진 다 빠진다 이겁니다. 그러면은 그 부잣집 사위감 될 사람이 돈도 많고 글도 많이 배우고 했는 건 보이 체구가 마음에 안 든다 이거야. 이 사회는 만족하는 건 느낄 수가 없어요. 아무리 잘 살고 많이 배우고 국회의원 하더라도 거울로 비차 보면은 거기 대한 뭔가 한 가지 두 가지는 문제가 전부다 있어요. 그러니까 사회 살더라도 완전한 만족하는 거는 있을 수 없다 이거라요. 있을 수 없다.

공자가 유행시킨 두루마기

자료코드 : 05_20_FOT_20090307_LJH_BDG_0003
조사장소 : 경상북도 청송군 현서면 구산리 119-6 순이식당
조사일시 : 2009.3.7
조 사 자 : 임재해, 조정현, 편해문, 박혜영, 임주, 황진현, 신정아
제 보 자 : 백동기, 남, 76세
구연상황 : 박장호와 최병문이 한학에 능하여 이야기 중간에 문자를 인용해 이야기를 많이 했다. 이를 듣던 백동기가 공자가 참 훌륭한 사람이었다며 이야기를 구연했다.
줄 거 리 : 공자, 예수, 석가모니 셋이서 노름을 했는데 공자가 돈을 모두 땄다. 예수와 석가모니가 공자에게 개평을 얻으려고 했으나 공자가 주지 않았다. 그래서 석가모니의 손 모양과 예수가 헌금하는 모습이 지금처럼 나타나게 되었다. 석가

모니와 예수는 공자에게 개평을 얻기 위해 매달려 공자의 옷을 찢었는데, 공
자의 처가 솜씨가 없어 엉망으로 옷을 기웠다. 하지만 오히려 그것이 유행하
게 되었다.

옛날에 저 공자님하고 예수님하고 석가모니하고 세 분이 노름을 했는
데, 돈은 공자님이 다 땄부랬어요(따버렸어요). 다 땄는데, 공자님 차림은
두루막을(두루마기를) 두루막 차림으로 노름을 해 가지고 돈을 싹 다 모
아 가지고 딱 일나서니까(일어서니까), 예수님하고 석가모니하고 경팽(개
평) 돌라고(달라고) 하는데, 석가모니는 경팽 돌라고 손을 [왼손 바닥이
위를 향하게 아래쪽에 놓고 오른손 엄지와 중지를 맞닿아 왼손 바닥 위에
놓아 수인을 맺으며] 이래 가지고 이래, 요새 절에 가면 부처 손 이래 안
있습니까? 그래 가지고 그 조각을 그래 만들었다고 하고. 예수님은 갱팽
돌라고 하는 것이, 그 교회 가면 검정 주머니 이래 가지고 면보(면보자기
로, 그로나 정확한 뜻은 알 수 없음) 거둘 때 이래 앞에다가 안 내밀미까
(내밉니까)? 그럼 거 빈손으로 넣어 가지고 돈 넣고 이러는데, 그래 가지
고 그 갱팽을 안 줬는 게 일나서 가지고 딱 뿌리치고 나오니까 두루막을
쥐고 땡겨뿌이까(당기니까) 두루막이 딱 째졌는데,

그래 집에 가니까 공자님 부인이 솜씨가 참 한심했던 모양이래요. 그래
가 거 공자님 부인이 솜씨가 없어 가지고 공자님 버선을, 이 뒤에 치거리
(버선의 뒤꿈치, 그러나 정확한 뜻은 알 수 없음) 없이, 자루 같이 집어
가지고 그걸로 막 꿰었다 하거든? 꿰고, 그 다음에 두루막 째졌는(째진)
거는 그 흰색 나는 쪼가리를 갖다 붙여 집어야(기워야) 되는데, 마 아무데
나 뻘건색(빨간색) 나는 헝겊을 갖다 찍어 붙였는데, 그걸 입고, 신고 나
오니까, 그 참 요새도 맹 유명한 사람이 배우나 어떤 가수나 그 옷차림이
유행하듯이 옛날에도 맹 마찬가지랬지. 공자님이 참 거 위인인데, 그 차
림을 그래 해 가지고 다니니까 그게 고마 유행이 되가, 어에됐동(어떻게
됐던지) 사람마다 마 사람은 마 버선은, 고마 남자 버선은 전부 자루 거치

집어 가삐고(버리고), 두루막 그때 옛날에는 뭐 장 볼 일보나 뭐 전부다 두루막 입고 다녔잖아? 안 그래? (청중 : 그렇지.) 두루마기는 전부다 뻘건 헝겊을 붙여가 입고 그래 다녔다는 게 있는데.

매부의 장인

자료코드 : 05_20_FOT_20090307_LJH_BDG_0004
조사장소 : 경상북도 청송군 현서면 구산리 119-6 순이식당
조사일시 : 2009.3.7
조 사 자 : 임재해, 조정현, 편해문, 박혜영, 임주, 황진현, 신정아
제 보 자 : 백동기, 남, 76세
구연상황 : 백동기가 공자가 유행시킨 두루마기 이야기를 하자 조사자와 청중 모두가 웃으며 즐거워했다. 재미있는 이야기를 청하자 이런 이야기도 있다며 구연했다.
줄 거 리 : 옛날 상주는 술과 고기를 금했다. 그런데 상복을 입은 채로 장에 나와 술과 고기를 먹는 사람이 있었다. 주변에서 보던 사람이 상복을 입고 술과 고기를 먹을 수 있냐고 따져 묻자 매부의 장인이 돌아가신 거라며 괜찮다고 대답했다.

옛날에 그저 상주가 되면은 부모의 명복을('상복'을 의미함), 뭐 상복이죠. 명복을 입고 장 출입을 하는데, 패리(패랭이) 카는 게 있었어요. (조사자 : 패리.) 패리 카는 거. 요즘은 그게 좀 드물더만은 요저 대나무로 해가지고 갓같이 요래 맨들어 가지고 쓰고 그래 다녔는데, 그런 시절이었는데, 그래 시장이 그때 그 상주가 되면은 고기를 못 먹었어요. 상주는, 명복을 입으면, 고기를 안 먹고 채식만하고 이런 그 시절이었는데, 시장에 가서 고기를 막 먹고 말이지, 막 술을 먹고 그 상주 행실은 안하고 뭐 그 장똘배기(장돌뱅이) 그런 행실을 했는데, 그래 그 옆에 보다 못해 가지고 어느 사람이,

"그래 멍복을 입고 그런 행동을 해도 되겠느냐?"

이카니, 치바다(쳐다) 보고는랑 답변이,

"매부 장인 그 명복을 입고 뭐 술 먹고 뭐 고기 먹으면 어따노(어떠냐)?"

그래 탁 그러니까 그 급작시리(급작스럽게) 이야기 들으니까 그게 이해가 안가 가지고, 머리가 안 돌아가 가지고,

"아이고 그럼 다부(전부) 인제(이제) 죄송하다."

고 그 사과를 하고, 집에 가 가만 눕어가, 가만 생각해 보이 생각이 나는 게라. (청중 : 저거 아베지(아버지지)?) 저거 아부지라. (청중 : [웃으며] 저거 아부지 아니가?) 저거 아밴거라. [웃음]

고려장이 사라진 유래

자료코드 : 05_20_FOT_20090307_LJH_BDG_0005
조사장소 : 경상북도 청송군 현서면 구산리 119-6번지
조사일시 : 2009.3.7
조 사 자 : 임재해, 조정현, 편해문, 박혜영, 임주, 황진현
제 보 자 : 백동기, 남, 76세
청   중 : 3인
구연상황 : 백동기가 고려장의 유래를 아느냐며 조사자에게 물었다. 조사자가 고려장에 대한 답변을 하자 박장호, 최병문이 효부와 효자에 관하여 대화를 나누었다. 대화가 끝나자 백동기는 자신이 고려장에 대한 이야기로 효부, 효자 이야기를 마무리해야겠다며 구연했다.
줄 거 리 : 나이 칠십이 되면 고려장을 해야 한다는 국법이 있었다. 한 사람의 아버지가 칠십 세가 되었는데, 차마 자기 아버지를 내다버릴 수 없어서 아버지를 굴방에 숨겨서 모셨다. 어느 날 임금은 재로 새끼를 꼬는 방법과 똑같이 생긴 말을 두고 어미와 새끼를 분별할 줄 아는 사람을 찾는다고 방을 내다 걸었다. 아들이 그 방을 보고 아버지에게 해답을 구했고, 아버지의 해답을 임금에게 아뢰었다. 임금은 아들을 불러들여 자초지종을 듣고서는 고려장을 폐지하라고 명했다.

옛날에는 칠십 되면은 국가법으로 정해 가주고 무조건 고려장을 해야되는데.

그래, 자기 아버지를 칠십이 됐는데, 고려장을 할라(하려고) 카이(하니), 이게 너무나 자식으로서 할 수 없어 가주고. 어떤 인제 그 방이 말하자면, 역사(驛舍)에 지하방 같은데, 거기다 모셔놓고 국가에서 모르게 봉양을 하는 기라.

요새로(요사이로) 요량하만(친다면) 광고겠지요. 광고. 옛날에는 '방' 카더라.

(청중 : 방, 방 붙인다.)

이래 보니까 똑같은 흑말(黑馬). 두 마리를 [강조하는 목소리로] 꼭 키도 같고 똑같은 색도 같고 두 마리를. 어는(어느) 기(게) 어미냐 새끼냐 분간하는 사람을, 정부에서 인제 그거를 발굴하는 기라(거야). 아는 사람을.

그 다음에는 또 잿새끼(재로 꼰 새끼줄을 말함)카는(하는) 거. 재로 가지고 새끼를 꽜는(꼰) 그거를 어떤 재주로 꼬느냐. 그래 가주고 그거를 모르는 기를 이걸, 방을 보고, 이 효자, 아들이 아버지 있는데 가 가주고.

"오늘 나가니까 방이 써 붙엤는데(붙어 있었는데), 그걸 보고 왔는데, 이걸 어예(어떻게) 하면 되느냐?"

하고 물으니까,

"잿새끼는 양철 쪼가리에다가(조각에다가) 새끼를 꽈가. 고다(거기에다) 딱 얹어놓고 불 질러 뿌만, 새끼 형이 고대로 있는 기라."

새끼가. 고대로 타-악 살았는 새끼매로(새끼처럼) 고대로(그대로) 있거든.

"이 말은 어떻게 분간하느냐?" 하니까,

"암놈, 저, 이 애미가(어미가), 새끼가 틀림없는데, 이걸 분간해야 되는데. 하루를 굶게 가주고. 하루를 굶게가, 풀을 많이 주면 안 되고 아주 적게 줘야 된다. 적게 주면은 먹는 놈이 새끼고 안 먹는 놈이 애미다." 이거라.

(청중 : 아하.)

모성애.

(청중 : 짐승도 그렇다. 짐승도.)

이거를 많이 주면 같이 먹는데, 그 말은 사촌까지 안 된답니다. 사촌까지, 사촌까지 접종이 안 된답, [말이 막힌 듯이 더듬으며] 안, 안 된답니다. 안 갑니다. 말은. 그만큼 예민하다 이겐데(이건데). 그 먹는 놈은 새끼고, 안 먹는 게 어미다.

이래 되가(이렇게 되어서), 이거를 인제 답을 했는데 인제. 그 나라 임금이 말이지 불러 가주고, 부르니까 국가법을, 법을 어겠으니까(어겼으니까) 벌 받은 줄 알고 이 호출하는 줄 알고, 떨고 갔는데, 상을 내려 가주고(가지고).

"그래 어예(어떻게) 알았느냐?" 하니까.

국가에서 법은 정해가 있고, 부모를 차마 고려장을 못하고, 이래 가주고.

"지금 굴방에 모시고 있다." 이라이(이러니).

그 길로 임금이, 인제 몇 대, 고려시대 때 몇 대 임금인지는 모르겠습니다. 그 길로 고려장이라 카는 거를 해제했다. 이런……

반쪽 양반 경주최씨

자료코드 : 05_20_FOT_20090307_LJH_BDG_0006
조사장소 : 경상북도 청송군 현서면 구산리 119-6번지
조사일시 : 2009.3.7
조 사 자 : 임재해, 조정현, 편해문, 박혜영, 임주, 황진현
제 보 자 : 백동기, 남, 76세

청　　중 : 3인

구연상황 : 앞에서 박장호가 경주최씨에 대한 이야기를 하자 제보자는 친한 형님인 최병
　　　　　　 문씨를 장난스럽게 처다보며 경주최씨가 반쪽 양반이라며 이야기를 꺼냈다.
줄 거 리 : 경주 최부자 집안은 최정승이 나기 전까지 아주 가난했었다. 최정승이 어렸을
　　　　　　 때 가족들에게 가정을 지휘할 수 있는 권한을 얻어 가정을 꾸리게 되었다. 그
　　　　　　 때부터 경주최씨들이 잘 살게 되었다. 결국에 경주최씨는 처음부터 잘 살았던
　　　　　　 것도 아니고, 양반도 아니었다는 것이다.

경주최씨, 경주최씨 양반이라꼬 이제 뭐 또.

(청중 : 양반 아니다.)

아이래(아니야), 다 카는데(그러는데), 이거 어데서 내가, 기억이 조금
나는데. 지금 여(여기) 형님 계시고 하니까.

(청중 : 경주최씨 집성촌으로 사는 데가 바로 교촌(校村) 아니가.)

근데, 이 경주최씨, 확실한 내력은 모르는데. 원래 아주 최부자가 아주
못살았답니다. 아주 가난했는데, 거게(거기) 인제 정승했는 사람이 바로
그, 그 일을 인제, 어릴 때 일을 인제 시작해서, 꾸렸는데.(집안을 일으켰
다는 뜻임).

자기 삼촌들이 뭐 삼형제, 사형제가 있었다 카데요(하데요). 근데 그 분
삼촌이, 뭐 아버지도 그러고, 자기 모(母)만, 모가 남의 집, 뭐 방앗간에
가 방아 찌(찧어) 주고, 세 얻어와 죽 끓여 가주고, 먹고 이래 했는데.

그 삼촌들이, 자기 어머니가 카면은(하면은, 자기 어머니와 삼촌의 관계
를 이야기 하려고 말한 것임) 자기, 형수 되잖아. 그런데 그 길쌈, 방직하
는 것도 전부다 남의 해(것), 하고 이래 가주고 세를 받아 가주고, 시동생
들하고 먹고 살았는데. 이 아들이 나(낳아) 가주고 가마(가만히) 보니까,

"우리 집이 이래 가주고 도저히 안 되겠다."

이래 가주고 거기에 대한 가정 권리를, 인제 잡았답니다. 그래서 인제
자기 아버지하고 삼촌들하고 모아 놓고,

"이래 우리가 이래 가주고는 도-저히 먹고 살 수 없으니까, ○○○ 요

새 말하자면 혁신하자. 가정 혁신하자."

이런 뜻에서,

"이 권리를 내인데 다 도고(달라). 삼촌들이고 아버지고 전부 내인데(나한테) 도고(달라)."

그래서 인제 웃대(윗대) 조상들 있는데 제를 지내면서,

"이 권리를 조상님들 보기 죄송하지만은, 이 권리를 제가 맡습니다."

카고 제를 모시고 난 뒤에,

"점심을 죽을 하든지 밥을 하든지 간, 시간을 딱 정해 가주고, 고 시간에 안 오면은 음식을 못 준다."

인제 말하자면은 이 삼촌들은 여름이면 원두막에서 말이지, 장기, 바둑을 놓고. 한 사람, 두 사람쓱(사람씩) 오니까, 자기 모(母)가 고마 점심 먹는 시간도 두 시간, 세 시간 소모가 됐다 이기라(이거야). 그니까 첫째 군기를 그래 잡아. 시간을 딱 정해놓고.

그래 하는데, 그런데 올 때는 무조건 나무나 돌이나 이상한 거를, 좀 고상한 거를 좌(주어) 오너라. 인제 그래 가주고 이걸 끌어 모았는데, 이 돌 같은 거도, 뭐 경주 옥돌카고(옥돌이라고 하고), 안 있습니까? 그르이(그러니) 여러 개를 좌오면(주어오면) 그 중에 쓸모가 있는 게 있습니거.

그래 가주고 거 군기를 잡아 가주고 일을 시작을 했는 것이, 오늘날 최부자가 됐다 이래 가주고, 반쪽 양반이다. 이 별명이 경주최씨 반쪽 양반이라고 그래○.

처녀의 묘안

자료코드 : 05_20_FOT_20090307_LJH_CBM_0001

조사장소 : 경상북도 청송군 현서면 구산리 119-6번지
조사일시 : 2009.3.7
조 사 자 : 임재해, 조정현, 편혜문, 박혜영, 임주, 황진현
제 보 자 : 최병문, 남, 81세
청   중 : 3인
구연상황 : 요즘 농촌에서는 옛날처럼 가려가며 사람을 만날 수 없어서 서로가 좋다면
         결혼시켜야 한다고 박장호가 말하자, 최병문이 이런 이야기가 하나 있다며 구
         연을 시작했다.
줄 거 리 : 딸을 시집보내기 위해 동쪽 사람과 서쪽 사람을 두고 내외 사이에 싸움이 났
         다. 문 밖에서 그 소리를 들은 딸이 들어와 싸우지 말라며 "밥은 동쪽 집에가
         먹고, 잠은 서쪽 집에가 자면 안 됩니까."라고 말했다.

처자를 하나 놔두고 시집을 보낼라카이(보내려고 하니). 동쪽에 있는
집은 잘 살고 사람은 떠중이('멍청이'를 뜻하는 경상도 방언임) 같고. 서
쪽에 있는 집은 사람은 원만한데 살림이 없는 기라(거야).

이래 가주고 어머니는 잘 사는 집에 시집을 보낼라 하고, 아버지는,

"그렇지 않다. 사람이 원만해야 된다."

이래 한 날 처자가 가만히 들으니까, 그 어른들이, 양○분이 싸움을 하
는 기라.

뭣 때문에 싸우는가 싶으니, 가만히 들으니, 귀를 대고 들으니 지(딸)
때문에 걱정을 읏는(외우는) 기라. 그래 대번 노크(knock)하고, 요새 노크
카제(하지)? 그래 문을 툭툭 뚜드리(뚜드리니), 처자가 드가(들어가).

"아버지하고 엄마하고 싸우지 마소. 내 해결하면 안 됩니까."

"그래, 니 해결을 해라." 카이까(하니까).

"밥은 동쪽 집에가 먹고, 잠은 서쪽 집에가 자면 안 됩니까."

[청중 모두 웃음]

그거 다 여샀(예사) 이야기 아니다.

불효한 효자

자료코드 : 05_20_FOT_20090307_LJH_CBM_0002

조사장소 : 경상북도 청송군 현서면 구산리 119-6번지

조사일시 : 2009.3.7

조 사 자 : 임재해, 조정현, 편해문, 박혜영, 임주, 황진현

제 보 자 : 최병문, 남, 81세

청   중 : 3명

구연상황 : 앞에서 박장호가 효부가 된 불효부 이야기를 했다. 조사자가 효자 이야기가 없냐고 묻자, 자신이 이야기를 하나 하겠다며 구연을 시작했다.

줄 거 리 : 어느 고을에 홀아버지를 모시고 효자라고 소문난 사람이 있었다. 군에 새로운 군수가 부임할 때마다 그 사람을 불러 상을 주었다. 한 번은 새로운 군수가 부임하여 그 효자를 만나기를 원했다. 효자는 이번에도 상을 받겠다 싶어 기분 좋게 군수를 만나러 갔다. 그런데 새로운 군수는 상은커녕 불효자라며 볼기만 때리고 돌려보냈다. 십 오년동안 아버지를 모시면서 작은 어미를 구해주지 않았다는 이유에서였다. 효자는 집에 돌아가 아버지에게 자초지종을 이야기하자, 아버지는 이제야 제대로 된 군수가 왔다며 좋아했다.

그래 이 분이 어른을 모시는데, 참 그 주위에 사람들은 인사를 많이 듣는 사람이라, 효자라고. 효자라 그런데, 그래 요새 청송 같으면, 청송, 군수한테 가서 상도 받고 몇 번 이랬는데.

그래 한 번은 군수가 재선(再選)되 가주고 딴 군으로 왔는데.[50] 그래 그날도 역시, '전에 있는 군수가 효자라고 발청('發闡'을 발청으로 말한 듯함)을 해가 상을 줬으니, 나도 그 효자를 만나봐야 된다(되겠다).' 싶어서, 군수가, 그 효자를 청해니(청하니), 청하이(청하니). 그래 효자가 가서, 갈 때는 기대가 컸지. '오늘 가마(가면) 한 상 받고, 상도 받니라(받는다).' 싶어서, 거들거리고(거들먹거리고) 갔는데.

그래 군수가 묻기를,

"그대는 그래, 효자라고 전임 군수들이 인사를 하고 그래했다 하니, 나

---

50) 다른 군수가 새로 부임되어 왔다는 말임.

도, 이 고을에 왔다가, 그대 어떻게 효성을 하는가? 그걸 내가 듣고 싶으다."

그래, 자기가 어른이,

"거 ○○시아바이, 양친을 다 모시고 있나, 혼자 계시나?" 카이(하니),

"아이고, 집에 아버지는 혼자 계신지가 하마 십 오 년 됐다."

그르이(그러니), 군수가 가만히 있으이.

"이런 불효막심한 놈이 있나? 저 놈 저거 저 볼기 까 가주(벗겨 가지고) 형틀에 달아라."

케 가주고(해 가지고), 볼기를 세찰(세 차례)로 거들빼이(거듭해서), 패주는 거야. 그래 맞고 오머(오면서), 상도 주지도 않고, 고만 술도 한 잔 아주 못 얻어먹고, 뿔룩하게(뾰로통하게) 집에 오이(오니).

집에 어른이 그래도,

"그 넘이, 이노무(이 놈의) 자슥, 지 애비가 황혼방 호독으로 십오년 세월하는데 적은 어마이를 구해 줘야지.(십오 년 동안 홀로 지내는데 새 부인을 만나게 해주어야 한다는 말임) 어른 마음 편케 안 해주고. 너는 불효막심한 놈이다. 가거라." 카메(하며),

볼기만 세찰 얻어 맞골랑 집에 왔는데. 집에 와서, 뿔룩하게 아주, 그 전에는 만날 기분 좋게 들어오디. 고마 기색이 좋지 안 해.

"야-야, 이번 군수는 어떻드노? 그래 니 상(償)하고 주드나?"

"상은 카이(커녕) 볼기만 시찰 맞고 왔습니다."

"그래, 왜 그카드노(그러더냐)?" 카이까(하니까),

"그래 ○○○하고 묻기 때문에, 지금 어머니 없이 아버지가 호독으로 한 십 오년 지내고 있다 하니까, 이 놈 불효막심한 놈이라 카면서, 볼기만 시찰 때리드라(때리더라)."

그 아버지가 하는 이야기가,

"그 놈들, 인제 인간 같은 게 왔는 모양이다." 카드라이더(하더래요).

그르이 할마시(새 부인)를,

(청중 : 좌(주어) 돌라카는(달라고 하는) 기다.)

좌 돌라, 좌 돌라하는 그 이야기라. 그이(그러니) 그 불효막심한 놈이라.

어린 아이의 언변에 무색해진 손님

자료코드 : 05_20_FOT_20090307_LJH_CBM_0003
조사장소 : 경상북도 청송군 현서면 구산리 119-6번지
조사일시 : 2009.3.7
조 사 자 : 임재해, 조정현, 편해문, 박혜영, 임주, 황진현
제 보 자 : 최병문, 남, 81세
청   중 : 3인
구연상황 : 처녀의 묘안 이야기에 이어서, 하는 김에 하나 더 하겠다며 바로 구연을 시작
         했다.
줄 거 리 : 가난한 친구 집을 찾아갔더니, 친구는 나가고 없고 부인과 어린 아들 둘이 있
         었다. 없는 살림에 밥상을 차려 방에 들였더니, 배고픈 아이들이 밥상 앞에
         앉아 손님이 밥 먹는 것을 빤히 쳐다보았다. 손님은 마음이 불편했지만 자기
         도 배가 고픈 터라 고춧가루를 국에 타서 마셔버렸다. 그리고 아이들에게 국
         이 매워서 줄 수가 없다고 하자, 어린 아이가 옆방에서 고추나 구워먹자며 손
         님을 무색하게 했다. 다시 손님이 아이의 성과 아버지의 성을 연거푸 물으니,
         어린 아이는 손님은 두 아버지 밑에서 자랐느냐며 대꾸한다. 어린 아이의 답
         변에 무색해진 손님은 옆방에서 아기 우는 소리가 들리자, 너희들을 부르는
         것이라고 하며 아이들을 방으로 보내려고 하자, 어린 아이는 동생이 똥을 싸
         서 개를 부르는 소리라고 답한다. 결국에는 어린 아이의 언변이 어른을 능가
         한다는 이야기이다.

다섯 살 먹은 아들아이 하고, 세 살 먹은 아들아이 하고, 아들이 둘 있
는데.

바깥주인은 나가시고, 안 계시고, 안어른 혼자 있는데. 바깥주인이 친구
가 참말로 그럴 수 없는 친구가 하내이(하나가) 찾아왔는데, 그래 안으로

있는 거, 요새 뭐 식량이 ○○○ 있어 가주고 해드리지만은.

있는 거 없는 거 끓어 모아 가주고 밥상을 채려서(차려서) 손님한테 들라(들여다) 놓이, 요놈들이 다섯 살 먹었는 놈, 세 살 먹었는 놈, 잣에(곁에) 앉아서 손님 밥 자시는데(잡수시는데).

올라 가이(가니), 숟가락 올라 가이 치받아(쳐올려) 보고, 내려 가이 늘바다(내려다) 보고, 자꾸 해. 손님은 음식을 먹는데, 음식 먹는 정황이 없는 기라. 가만히 생각하이(생각하니), 그래 인제 곧 먹는데, 지도, 인제 뭐 손님도 배가 고파 놓이, '걸을 꺼야 된다.'('시장기를 꺼뜨려야 겠다'는 말임) 싫어 퍼먹다가. 고마(그만) 고춧가루 놓은 국을 갖다 밥그릇에 붓는 기라(거야).

요놈들 잣에 앉아가 요걸 남가주까(남겨줄까) 싶어 바라보이(바라보니).

"[애절한 목소리로] 에이고 어야꼬이(어떻게 하지), 국물 붓는데이(붓는다)." 카거든(하거든).

그 소리를 들으이(들으니) 고마 손님 가슴이,

(청중 : 가슴이 '쩡'하다[51].)

"그래 야들아(얘들아), 내 이거를 주마(주면) 좋겠다. 너그를(너희를) 주면 좋으겠는데(좋을 텐데), 이게 매바(매워서) 너들 못 멀따(먹겠다)."

그래 놓이(놓으니), 세 살 먹은 놈이,

"형, 우린 저 방에, 저 방, 고추나 꾸먹고(구워먹고) 앉았자." 카거든(하거든).

매바도 주면 자-신다는(잡수신다는) 거거든 요놈들이.

(청중 : 머리 좋으네.)

(청중 : 그게 거짓말이 아니고 진담이다.)

그래, 싹 닦아, 먹어 부고(버리고) 다음에, 그래 인제,

---

51) 안타깝다는 뜻임.

"야-야, 니 성이 뭐고?" 카이(하니).

예를 들어서,

"내 성은 경주최가씨더(경주최가입니다)."

카이.

"너 아부지 성은?" 카이까.

적은 놈이 손님 낯을 빤히 치받아보고는,

"아저씨는 이부대부(二父代父) 밑에 컸지요?"

[청중 웃음]

"아-야, 요놈아, 왜 그러노(그러니)?" 카이까.

"내 성이 최가거든, 우리 아버지 성도 최가 아닙니까?"

(청중 : 최가지!)

"아버지 이부대부 밑에 큰 게 틀림없지요?"

요놈들한테 두 번 고 소리를 듣고 보이, 괘씸하기 짝이 없는 거야.

(청중 : 그 머리가 아주.)

그래, 그래 쪼매 있다이까, 큰 방에 어린애 우는 소리 나거든. 고 동생이 또 있었던 모양이래.

"저 야-야, 저거, 저 방에서 너그 어마이(어머니) 나를 부르는 걷다(것 같다)." 카이.

세 살 먹은 자식이,

"글치요? 내 동생이 똥을 싸 가주고 간-지(강아지) 부르는 모양이씨더."

그래 세 가지를 어른 욕을 비드랍니다(보이더랍니다).

(청중 : 그래가 나중에 커 가주고 뭐 큰 인물 됐지)

그 넘이 큰 인물 되지, 그거 사(야) 뭐 말할 게 어딨노?

(청중 : 그 넘은 아주 글 갈채면(가르치면) 일사천리(一瀉千里)로 나가는 거야 뭐……)

광대한 천지에 별일이 다 있지.

주나라 왕이 도망온 주왕산

자료코드 : 05_20_FOT_20090307_LJH_CBM_0005
조사장소 : 경상북도 청송군 현서면 구산리 119-6 순이식당
조사일시 : 2009.3.7
조 사 자 : 임재해, 조정현, 편해문, 박혜영, 임주, 황진현, 신정아
제 보 자 : 최병문, 남, 81세
구연상황 : 이야기를 하던 중 잠시 이야기가 끊겨 주변 지명 유래에 관해 물어보았다. 청
         송에 있는 주왕산은 실지로 주왕이 피신을 온 곳이라며 최병문이 이야기하고
         박장호 씨 옆에서 도왔다.
줄 거 리 : 주왕산은 주나라의 왕이 피신을 왔던 굴이 있어 주왕산이라는 이름을 갖게
         되었다. 주왕산 주변으로는 주왕이 피신을 왔다는 지명 전설들이 남아 있는
         곳이 있으며 주나라 왕의 딸도 주왕산 주변의 옥녀봉 암자에서 모셔지고 있
         다.

　여 우리 선배들 다 알지만은 주왕산에, 왕이 왔기 때문에, 주왕이 거
피난 했는 곳이 현재 그 구멍이 있어요. 피난하다가 거 뭐고, 저기 그 마
장군 하는 사람들이 삼 형제한테 소랑 같이 키워 피난을 못했데. 주왕이
저기서 세대가 언제인지 확실히 모르겠다. 거기서 치고, 지가 왕질(왕 노
릇을)할라 카다가(하다가) 쫓게(쫓겨) 왔어. 쫓게 온다는 게 이 해동으로
왔는 기라. 와 가지고 강원도 철원 저 집에 오니까 거서 중국에 어느 나
란동(나라인지) 한국은 여(여기) 인제(이제) 조선할 때 중국에 속국이 되가
있었데.

　"그래 아무것이 어떻게 도망갔으니 잡아 올리라(올려라)."

　하니까, 그래 거서(거기서) 추적을 하자, 그 주왕이 청송 진보로 해 가
지고 주왕 굴에 거 드갔는 거라. 그거도 아침에 세수 할라 하다가 소란해
가지고 쫓아 나와가. 여 요새 그 유래가 있다. 그저 청송 가면 청송읍 잩
에(곁에) 마평 하는 데(마평이라는 곳이) 안 있나? 마뜰 거기에 말을 매어
놓고, (청중 : 마뜰 거기에, 병자 춘자 그 어른인데 말씀을 들어보면, 마뜰
앞에 그 갱변에서 격전을 많이 했다해.) 그래가 피신을 주왕 굴에 거다가

(거기다가), (청중 : 그 피가 그 들에 삼일을 흘렀다는 말이 있는데.) 아침에 세수하는데 그래 소란해 가지고, 그래 그쪽이 무신(무슨) 봉이고, 뭐 옥녀봉이다. 뭐 주왕이 올 때 혼자 안 오고, 딸하고 데리고 와 가지고, 그 주왕에 딸을 옥녀봉 하는 데 그 암자에 모시고 그래. (청중 : 고(그) 밑에 바로 암자가 있어요.)

참을성 없는 퇴계의 처

자료코드 : 05_20_FOT_20090307_LJH_CBM_0006
조사장소 : 경상북도 청송군 현서면 구산리 119-6 순이식당
조사일시 : 2009.3.7
조 사 자 : 임재해, 조정현, 편해문, 박혜영, 임주, 황진현, 신정아
제 보 자 : 최병문, 남, 81세
구연상황 : 청송과 관련된 인물에 관한 이야기를 청하자 퇴계 선생이 청송과 아주 인연이 깊은 분이라 했다. 퇴계 선생에 관한 여러 이야기를 하던 중 퇴계 선생과 다르게 퇴계 선생의 처는 참을성이 없는 분이라며 이야기를 시작했다.
줄 거 리 : 퇴계의 안어른이 참을성이 없었다. 제사를 지낼 때 제사 음식을 상에 올리기도 전에 손을 댔다. 이 모습을 본 퇴계는 조상들께서 손자 손부들을 아끼시기 때문에 얼마든지 먹어도 괜찮다고 말하여 그 흉을 덮어 주었다.

그 어른 퇴계 선생님 안어른이 아주 참을성이 없었던 모양이래요. 쉽게 말하면 말이요. 깨끗이 할 줄을 모르고. 그래 그 퇴계 선생 웃대의(윗대의) 제사를 모신다면 그런 대갓집에 말이래, 뭐 이거 음식을 장만하는데, 퇴계 선생 안어른이 거와서 음식을 이것도 집어먹고 저것도 집어먹고 덜렁덜렁 손을 대는 거에요. 퇴계 선생이 자기 할마시가(퇴계의 부인) 그 짓을 하니, 그 일가들 보기에 말이지 집안사람들 보기에 말이 아인거라(아닌거야). 그래 퇴계 선생님이 말을 하시기를,

"우리 할아버지가 자손들이 귀하기 때문에 손자손부들, 할아버지 자시

기(잡수시기) 전에 얼마래도 먹어도 괜찮다."

하매(하면서) 이래(이렇게) 그 어른이 했거든. (청중 : 그래 점잖다.) 그
러니 그 만흉(萬凶)이 다 묻힌다. 참 그 어른이 참 원만해요. (조사자 : 예.)

숙종대왕과 갈처사의 풍수

자료코드 : 05_20_FOT_20090307_LJH_CBM_0007
조사장소 : 경상북도 청송군 현서면 구산리 119-6 순이식당
조사일시 : 2009.3.7
조 사 자 : 임재해, 조정현, 편해문, 박혜영, 임주, 황진현, 신정아
제 보 자 : 최병문, 남, 81세
구연상황 : 조사자가 과거 숙종대왕이 야행을 많이 다녀 이야기가 많더라고 운을 떼우니
　　　　　최병문이 숙종대왕이 야행을 나가 이런 적도 있다며 이야기를 시작했다.
줄 거 리 : 숙종이 야행할 때의 일이다. 길을 가는데 한 사람이 어머니의 묘를 쓴다며 바
　　　　　닷가에 땅을 파고 있었다. 그 연유를 물어보니 갈처사라는 풍수가가 잡아준
　　　　　터라고 했다. 숙종은 묘 터를 그리 잡아준 이유가 궁금해 갈처사를 찾아갔다.
　　　　　갈처사는 비록 물가이지만 그곳에 묘를 쓰면 관을 내리기도 전에 삼백 석이
　　　　　생길 자리라 했다. 또 갈처사는 산 위에 살고 있었다. 마을에 좋은 자리가 많
　　　　　은데 왜 이런 산 위에 살고 있냐고 묻자, 이곳이 대왕을 만날 자리라 했다.
　　　　　언제 만나느냐는 숙종의 질문에 갈처사는 예전에 적어둔 날을 뒤져보고 앞에
　　　　　있는 사람이 숙종임을 알았다. 갈처사가 훌륭한 풍수가임을 안 숙종은 바닷가
　　　　　에 묘를 쓰던 사람에게 쌀 삼백 석을 내리고 갈처사에게는 자신의 묘 터를
　　　　　잡도록 했다.

　근데, 아깨(아까) 숙종대왕 얘기를 했는데, 숙종대왕 그 어른이 참 뭐
축지(縮地)한다(한다고) 하디(하더니), 사실인지 거짓인지 우리가 안 봤으
니 누가 인정하겠습니까? 이 어른이 민심이 소란시럽고(소란스럽고) 국민
이 잘사나 못사나 거참 위민지부모(爲民之父母)거든. 우리 백성들 부모입
니다. 요새 이명박 대통령도 우리 부모입니다. 근데 민심이 잘사나 못사
나 수행원 델고(데리고), 암행어사 출신으로 이래가고 참 떨어진 갓에다가

떨어진 옷 입고, 배후에 인물을 데리고 나옵니다. 수원 한 곳에 지내다(지나다) 가니까 바닷가에 모래밭에 보이 영장을 적어 놓골랑(놓고는) 구댕이를(구덩이를) 파는데, 시 삽도(세 삽도) 못 파가(파서) 물이 출출(물이 솟아오르는 모습을 나타내는 의태어) 나는 기라. 그래 숙종대왕이 마침 그리 지내다가 보니 바닷가에 모래밭에다가 삽을 가지고 땅을 파고 있거든. 그거 이상타 싶어 가지고 그 어른이, 민심 살피로(살피러) 나온 어른이 그거 보고 그냥 지나갈 수 없는 기라. 내려가서,

"여기 어에 가지고(어떻해서) 이래(이렇게) 파노?"

"저 곽은 우리 어머니 시체고 우리 집 잦에(가까이에) 만국에 풍수 카는(라는) 사람이, 갈처사 하는 사람이 집에 저기 사는데 저 양반이 여 왔다가 묻으라 해. 갈처사가 풍순데 여갔다 묻으라 해가 여 왔습더. 그런데 시삽을 못 파가 물이 출출 나이."

이거 다 아실 겝니다(겁니다).

"무신 팔자가 이래(이렇게) 내 나이 사십(40)이 되도록 장개도(장가도) 못가고 이런 놈이 어머니 묘를 잘 들이면(쓰면) 내가 [웃으며] 장개도 가고, 먹고 살낀데(살텐데) 형편이 이렇니 이 일이 무슨 일이고."

그래 숙종대왕이 가만히 들어보니,

'안다 카는(하는) 놈이, 갈처사 카는 놈이 묘터를, 묘지를 이래 잡아줄 수 있나? 이 고얀 놈 욕을 좀 보일 밖에 없다.'

싶어, 수행원 뒤로,

"그 갈처사 집이 어디쯤이냐?"

"저 길 위에 오막살이. 저 집이 갈처사 집이다."

하거든. 그 집을 찾아갔다. 거 인제 수행은 못 따라오도록 하고. 그래 혼자 가 가지고,

"주인장 계십니까?"

하이, 방에 들어 앉아 대답을 삐아리(병아리) 소리 메로(처럼),

"뉘시오?"

하거든. [웃음]

"그래 지내가는 과객입니다."

하이까, 문을 빼시기(슬며시) 열고는 보이, 행색도 추리해가 매란없이 (엉망으로) 상투는 한 십 년 전에 빗었는지 안 빗었는지 이래 가지고는 ○ ○씨고 나오거든.

"그래 들으니 갈처사라 하는데, 처사는 어에 가지고(어떻게서) 그 지리를 안다 하면서 저 밑에 총각 저 어머니가 죽었는데, 묘지를 저래 잡아 줬노?"

하니,

"개코도(아무것도) 모르는 기(게) 뭐 모르면 가라 마."

하거든, 숙종대왕한테. 변복(變服)을 해 놓으니 누군지 모르고. 그이(그러니) 이게 고약한 거라.

"아이고 그 연고를 좀 알면 싶으다."

알가달라고(알려달라고).

"아따(아이고) 디게(정말) 성가시럽게(성가시게) 그네(그러네)."

하골랑(하고는), 그래 그 밑에 보니까 고래 등 같은 기와집이 거렇게 사는데, 그 만큼 아는 사람이 산대백에(산꼭대기에) 집을 동그라이(덩그러니) 지(지어) 놓고 혼자 갈처사가 거처하는 기라.

"당신이 묘지를 그렇게 잘 알면 왜 저 사람 묘지를 그 물가에 잡아줬노?"

하이까,

"쓸데없이 모르거든 가라 마. 거 그래도 저기 하관(下棺) 전에 삼백 석 부자 될 터인데 그래 그 시시한 소리를 하노. 가라."

그래 그 소리를 듣고 고마 숙종대왕하고 갈처사가 둘이 언어가 좋지 못하니, 뒤에 수행원들이 저거 대왕님 모시고 저거 대장이 ○○○○싶어

가 뭐라 할라 가이까(가니까), 손짓하고 오지마라 해. 그래 인제 갈처사하고 둘이 대화가 돼 가지고 주깨는데(말하는데),

"그래 당신이 그만침(그만큼) 지리를 알면은 물가에 뫼 터 잡아 가지고 하관하기 전에 삼백 석 생길 꺼 같으면 당신이 좋은 자리 잡아 가지고 좋은데 살지, 저 밑에 내려다 봐라. 전부 고래 등 같은 기와집이 수두룩인데(수두룩한데) 거 가(거기 가서) 안 살고 여(여기) 와서 왜 사노?"

하는데,

"여기는 이래도 대왕 만날 자리라."

하거든. 그 터가.

"대왕 만날 자린데 모르면 고마 가소."

하거든.

"그 대왕 언제 만나노?"

이래 물으니,

"아따 되게 귀찮게 군다. 찾아봐야 될따."

여기 두부래기라고 하면 압니까? (청중 : 두부래이.) 꼬드박(조롱박) 덜 여문 거 구멍 뚫어 가지고 거 속 비아뿌고(비워 버리고), 거 서류를 좌여(집어넣어) 담아 가지고 [벽면을 가리키며] 저런데 끼(끼워) 달아 놓습니다. 꼬드박 속에.

"그 양반 디게 성가시럽게 그네."

하고,

"보자 내가 언제 적어놨디(적어놨는데)."

하고, 그 대왕을 언제 만나냐고 물으니까 그걸 내가 적어놨는데 하고는, 주섬주섬 하디 몇 십 년 묵은 종이 쪼가리를 꺼내 가지고, 꺼내디만(내더니) 고만 나오디(나오더니) 굴복을 하는 기라.

"대왕님 몰라뵈서 송구시럽습니다(송구스럽습니다). 바로 이 시에 대왕님 여 올 시다."

(청중 : 시간이 됐다.) 시간이 됐으니, 그래 굴복을 하고 있으니,

"아무 소리도 마라."

이래가 인제 그 길로 숙종대왕이 수원 부사한테 통첩을 하여,

"양미, 어진 쌀 삼백 석을 보내주라."

이래 써주고 갔는데, 숙종대왕이 묘 자리를, 능 터를 갈처사한테 잡아 달라 한 거야. 그래 숙종대왕이 잡아 달라 하니까, 이 갈처사가 묘지를, 숙종대왕 묘지를 갈처사가 잡았어. 잡고, 숙종대왕 실록에 여 다 요새 신식 책에 장희빈 하는 그 첩년이 안 있었습니까? 그 이야기를 듣고 장희빈이 고걸(그) 내용을 알고, 묘지 잘 들고 하니까, 지도(자기도) 임금 질을 (노릇을) 한번 해 보고 싶어 가지고 뫼 터를 잡아달라고 하이, 장희빈이한테는 했는데 뫼터를 못 봐준다고. 묘지 카는 거는 아깨(아까) 풍수 얘기가 있었는데, 풍수 카는 거는 눈에 땅이 뚫어지고 보이고 하면은 석달이 지나야 이게 지기가 돌아가 내눈에 보이지, 안 그러기 전에는 못 보니 그래 압시다. 하고 그래 갈처사가 돌아오면서 장희빈이 나라 망후는 년인데, [웃으며] 저 여인 묘를 잡아줬다가 국가의 역적이 되겠다 싶어 가지고, 그 길로 와 가지고 갈처사는 행방불명됐다고 이야기 합니다. (조사자 : 아─ 예.)

묵계 김계행의 청백리

자료코드 : 05_20_FOT_20090307_LJH_CBM_0008
조사장소 : 경상북도 청송군 현서면 구산리 119-6 순이식당
조사일시 : 2009.3.7
조 사 자 : 임재해, 조정현, 편해문, 박혜영, 임주, 황진현, 신정아
제 보 자 : 최병문, 남, 81세
구연상황 : 조사자가 훌륭한 인물에 관한 이야기를 청하자 과거에는 훌륭한 선비가 많았
        다며 이야기를 시작했다. 최병문이 이야기를 시작하자 박장호가 이야기를 받

아 마무리 했다.

줄 거 리 : 안동 길안에 김계행이 살고 있었다. 청렴하기로 소문난 김계행이 관직에서 내려와 낙향하자 숙종은 김계행이 청렴하다는 것이 사실인지 알아보기 위해 사람을 내려 보냈다. 길안에 다녀온 사람이 숙종에게 고하기를 오두막집에 어렵게 살며 벽에 "吾家無寶物 寶物惟淸白"라는 유훈을 써 놓고 있다 했다. 숙종도 김계행의 청렴함을 알고 큰 상을 내렸다.

여기 대략 다 아시긴 아실 텐데, 안동 길안면 묵계서원 안 있나? (청중 : 묵계서원.) 묵계서원에 그 어른이 우리 집에는 보배가 없다 하는 기라. 청백이 보배다. (청중 : 그래 안동 김씨제?) 안동 김씨다. (청중 : 가훈이라.) 그래 가훈을 그래 맨들어(만들어) 놓고 돌아가시거든. 그 청백이 보배라고 이야기 했으니, 자식들한테 돈이 필요 없는 기라. 그래가꼬(그래가지고), 그 어른들도 그런 어른이 아직까지 명의가(명예가) 남지, 도둑질 해 자시고(드시고, 도둑질 해 가졌다는 것을 반어적으로 높여 말함) [웃으며] 헛소리나 하면은 명의가 안 남습니다. (조사자 : 그렇죠.) (청중 : 오가에 유 보물이라면('吾家無寶物'을 다르게 말한 것이다.), 그래. (청중 : 보물이 즉 청백리라(寶物惟淸白).) 청백리. (조사자 : 보백당.) 그래 김계행 보백당에.

(청중 : 그 전하께서 신하를 보내가,

"그 집에 가 조사를 해봐라. 여기 재직 동안에 얼마만침(얼마만큼) 뇌물을 받아먹고 잘 사느냐 못 사느냐 가보라."

갔다 와여(와서) 고하기를,

"어떻드냐?"

"가보니 참 오두막 집에 쇠까리가(서까래가) 전부 드러나 가지고 비가 새가(새서) 청룡황룡(靑龍黃龍)이 들리고, 방에 들어가 보니까 가훈이 붙었는데, 오가에 유보물이라면, 우리 집에 보물이 있다면은, 보물이 즉, 곧 그것이 청백리라. 이것만 뱅 돌아가면서 쓰여 있었습니다."

"아이고 그래야. 과연 이 사람이 양심적이고 우리 국가에 치민 치장을 옳게 했구나."

그래 막 돈을 내라보내고 이래 가지고 그 서원을 짓고, 전부 개축을 새로 하고 그 내 서원에 내 보니 써 붙여 놓은데 보니 숙종, 숙종 13년에 그 서원 짓고 했더라고.)

학졸이 글사장 장가 보내기

자료코드 : 05_20_FOT_20090307_LJH_CBM_0009
조사장소 : 경상북도 청송군 현서면 구산리 119-6 순이식당
조사일시 : 2009.3.7
조 사 자 : 임재해, 조정현, 편해문, 박혜영, 임주, 황진현, 신정아
제 보 자 : 최병문, 남, 81세
구연상황 : 최병문과 박장호에 의해 한학과 선비에 관한 여러 이야기를 들을 수 있었다. 이야기를 하던 중 예전에는 글을 배우러 가면 밥도 하고 빨래도 했다며 이야기를 시작했다.
줄 거 리 : 늙도록 장가를 가지 못한 가난한 선비가 아이들을 가르치며 살았다. 아이들은 선생님을 위해 돌아가며 밥을 하고 빨래를 했는데, 그 중 한 아이가 꾀를 내었다. 선생님을 장가보내면 자신들이 밥과 빨래를 하지 않아도 된다는 것이다. 마침 마을에는 과부가 있었고 아이는 매일 그 과부 집에 찾아가 선생님이 계시는지 물어보았다. 한 번, 두 번 없다고 하던 과부도 나중에는 역정을 냈다. 아이는 선생님에게 과부방에 몰래 들어가 옷을 벗고 있으라 시켰다. 아이가 과부의 집을 세 번째 찾아가서 방을 살펴보자고 말하고는 옷 벗은 선생님을 찾아냈다. 선생님은 아이 덕분에 장가를 갈 수 있었고 아이들은 더 이상 밥과 빨래를 하지 않을 수 있었다.

사장이 글 사장(師丈)인데, 글 사장 하면은 부고사회 빈천자라. 대저(대체로 보아서) 선비 하는 사람이 가난하고 천합니다. 천한데, 그래 학졸들 한 여나음씩(여덟아홉 명씩) 데리고 글을 가르치는데, 고중에(그중에) 알분시러운(이것저것 안다고 나서는) 놈이 있었던 모양이라. 저거 사장 옷을

빨아줄라 해도 돌아가면서 빨아줘야 되거든. 밥도 인제 폽밥을(정확한 뜻은 알 수 없음) 먹는 기라. 오늘 이 사람이 하면, 아침에 이 사람 하면 내가 점슴하고(점심하고), 명재씨(정확한 뜻은 알 수 없음)가 저녁을 하고 이래 돌아가면서 하이 귀찮은 거라. 학졸들이 여나음씩 되니, 어에 가지고(어떻게 해 가지고) 돈을 수금해 가지고 사장을 장개를(장가를) 보내면은, 우리 밥도 요놈 안 해도 되고 빨래도 우리 안 할 꺼 아니가? 장개를 보내자. 요래 한 놈이 연구를 됐는데. 그 마실에(마을에) 서당 근방에 과부 여자가 하나 있었어.

"사장 어른 내 말 들으소. 내 말 들으면 장가간다."

고. 요놈이 알분시럽그러 하는 기라.

"그렇노 야야(애야, 아이를 뜻하거나 혹은 말의 앞뒤로 의미 없이 붙기도 한다.)? 어야면(어떻하면) 되노(되겠냐)?"

"내 시게는(시키는) 대로 하지요? 내 시게는 대로 안 하면 안 되니더."

그러거든. 그래 처음에 요놈이 달랑달랑 과부 집에 가 가지고,

"아무게 집에 계시니껴?"

하는 거라.

"그래 왜 어예 왔노(어떻게 왔냐)? 공부 안하고 왜 왔노?"

하니까,

"우리 사장 여(여기) 안 왔습니까?"

"야 요놈이 너거(너희) 사장이 여 올 턱이 있나? 내 혼자 사는데 여 올 턱이 없다."

고. 이튿날 또 와가(와서) 하는 기라. 사흘 만에 사장이,

"빈방에 기(기어) 드가가(들어가) 이불 덮어 씨고(쓰고) 눕었거라."

두 번 가이(가니) 요놈이 막 찾아오니 과부댁이 막 뛰어 나와가 머라(뭐라) 칸다(한다). 세 번째,

"우리 사장 여 안 왔니껴?"

하니까,

"여 올 택이 요놈아 어딨노?"

하매(하면서) 고마(그만) 작대기 들고 나온다.

"내 문 한번 열어 보고 감시더."

[웃으며] 문을 이래 열어 제끼이(젖히니) 이불에 벌건 놈팽이 한 놈이 눕어 있는 기라. 사장이 거 눕어 있는 거라. 거 인제(이제) 학졸이 시게(시켜) 놓으니.

"이거 보래. 이렇다 하이. 아지매(아줌마) 맨날(매일) 거짓말만 하고 하마(벌써) 언제부터 우리 사장 여 오는 거를 말이지. 거짓말 한다."

그고, 이제 가지고 학졸이 자기 사장 장개 보내 가지고, 뗏밥(정확한 뜻은 알 수 없음) 대접 안하고, 빨래 안하고 지냈다니더.

김삿갓과 평양 기생

자료코드 : 05_20_FOT_20090307_LJH_CBM_0010
조사장소 : 경상북도 청송군 현서면 구산리 119-6 순이식당
조사일시 : 2009.3.7
조 사 자 : 임재해, 조정현, 편해문, 박혜영, 임주, 황진현, 신정아
제 보 자 : 최병문, 남, 81세
구연상황 : 조사자가 과거에 훌륭했던 인물들에 관한 이야기를 해 달라고 청했다. 한학에
        능한 최병문이 김삿갓이 참 지조 있는 사람이며 글을 참 잘 지었다며 이야기
        를 시작했다. 이야기 중간에 박장호도 끼어들어 이야기를 보탰다.
줄 거 리 : 김삿갓이 평양에 갔는데 기생들이 글을 지어 달라고 졸랐다. 김삿갓이 글을
        지어 읊자 기생들은 그것을 듣고 감동하여 눈물을 흘렸다.

김삿갓이가 평양을 턱 갔어. 김립입니더. 김병년이다. 평양을 턱 방문을 했는데, 기생들이 좋다고 김삿갓이 글 잘한다고 말이야 등쌀을 대는데, 오전에 글을 지라(지어라) 하고 등쌀을 대는데, 김삿갓이 거(그때) 하는 말

이,

　"평양 기생이 하소능(何所能')고?"

　뭣에 능하노? 하니까,

　"능가능이 무능시다('能歌能舞又能詩'을 말함)."

　노래도 능하고, 춤도 능하고 또한 글도 능하다. 하니, 이 기생년들이 좋다고 이래가 [손뼉을 치며] 낯이 빨가졌거든(붉어졌거든). 그래 한마디 걸치니,

　"능능지중 별무능(能能其中別無能')하나"

　능하고 능한데 별로 능한 게 없으나,

　"야원 삼경에 호불능(月夜三更呼夫能)이라"

　야월 삼경에 지애비 부르니 능하다. [웃으며] 서방 부르니 능하다. 이래가 지으니 울더랍니다. 그래 내 한 가지만 요약해서 이야기 드립니다. [웃음] (청중 : 글에는 참말로 역적을 몰래가(몰려서) 그치(그렇지) 김삿갓이가 참 만국(萬國) 문장(文章)이라.) 참 대단한 양반이라. (청중 : 김삿갓이가 안동김씨 후안동(後安東金氏, 新安東金氏)이라 선안동(先安東金氏, 上洛金氏)이가? 후안동이라고 하더라. 후안동 아니가?) 후안동. (청중 : 후안동이라.) 그래 그 양반도 대단체(대단하지). 한 평생을 해를 안 보겠다고. 하늘 안 보겠다고 그 삿갓을 쓰고 다녔으니께, 그 절개가.

김시습의 글재주

자료코드 : 05_20_FOT_20090307_LJH_CBM_0011
조사장소 : 경상북도 청송군 현서면 구산리 119-6 순이식당
조사일시 : 2009.3.7
조 사 자 : 임재해, 조정현, 편해문, 박혜영, 임주, 황진현, 신정아
제 보 자 : 최병문, 남, 81세

구연상황 : 김삿갓 이야기 후 누가 글에 능했는지 이야기했다. 최병문은 그 중에서도 조
선시대 김시습이 어릴 때부터 글을 참 잘 지었다며 이야기를 시작했다.
줄 거 리 : 어린 시절 김시습의 글재주가 뛰어나기로 유명했다. 하루는 숙종이 어린 김시
습을 불러 운을 띄우니 김시습이 능숙하게 대를 지었다.

여(여기) 글 잘하기는 그 생육신 아십니까? 김시습 하는 양반 있지요?
김시습 그 양반이 글을 그렇게 잘했답니다. 숙종대왕이 김시습 불러가,

"하도(너무) 동자(童子)의 글이 능하다."

이 소리를 듣고 불러다 놓고,

"동자에 글이 말이요."

숙종대왕이 부르기로,

"동자에 글이 백학(白鶴)이 푸른 하늘 춤추는 그때(같다)('童子之學白鶴
青空之末'을 말함)."

그래 숙종대왕이 불러놓고 그 대를 김시습이가 지어야 되는 거라. 이
어른이 지어야 되는데, 그래가,

"어진 임금의 성덕이 황룡(黃龍)이 물에서 꿈틀거리는 거 같다('聖主之
德黃龍暢碧海之中'을 말함)."

이래 대를 지었다는 것이, 그 재주가 말로 열세(13) 살 때라 해요. (청
중 : 그 대가 백학, 흰 학이 공중에 춤을 추는 것 같고, 황룡이 물에서 가
니 대는 된다.) 그래 인제 그 한문이라는 것이 대가 되어야 됩니다. (청
중 : 대가 마 숙계(정확한 뜻은 알 수 없음) 무식한 말로 하자면 글도 영감
할마이(할머니) 짝이 있어야지, 짝 없는 글이 없는 글은 못 쓴다. 암만(아
무리) 잘 지어도 한 가지만 지어 가지고는 못 쓴다.) 그래 딴 거는 다 안
맞아도 새하고 사람하고는 맞다 한다. 글 짓는데.

▌엮은이 소개

임재해 영남대학교 국어국문학과를 졸업하고 동 대학원에서 문학박사학위를 받았다. 현재 안동대학교 인문대학 민속학과 교수로 재직 중이다. 한국구비문학회장, 비교민속학회장, 문화재청 문화재위원을 역임하였다. 주요 저서로 『설화작품의 현장론적 분석』(지식산업사, 1991), 『민족신화와 건국영웅들』(민속원, 2006) 등이 있다.

조정현 건국대학교 무역학과를 졸업하고 안동대학교 민속학과에서 문학박사학위를 받았다. 현재 안동대학교 민속학연구소 연구교수로 재직 중이다. 주요 논문으로 「마을 성격에 따른 인물전설의 변이와 지역담론의 창출-안동지역 서애 류성룡 관련 설화를 중심으로」(2009), 「문경지역 민요전승의 기반과 아리랑의 재발견」(2013) 등이 있다.

편해문 안동대학교 민속학과에서 석사학위를 받았다. 창작과비평사 좋은 어린이책 대상, 공동육아와 공동체교육 전문위원, 수도권생태유아공동체 교육전문위원 등으로 있다. 그 동안 쓴 책으로 『옛 아이들의 노래와 놀이 읽기』, 『어린이 민속과 놀이문화』, 『아이들은 놀기 위해 세상에 온다』, 『아이를 주시는 삼신할머니』, 『가자 가자 감나무』, 『아이들은 놀이가 밥이다』 등이 있다.

박혜영 한국예술종합학교를 졸업하고 안동대학교 민속학과에서 박사학위를 받았다. 「조선족 '민간가요'의 사회적 생산과 태양촌 개척이주민의 수용」, 「마을 안팎의 풍물관과 유래담의 풍물사적 연맥」 등의 논문이 있다.

증편 한국구비문학대계 7-20
경상북도 청송군

초판 인쇄 2014년 12월 22일
초판 발행 2014년 12월 29일

엮 은 이 임재해 조정현 편해문 박혜영
엮 은 곳 한국학중앙연구원 어문생활사연구소
출판기획 장노현

펴 낸 이 이대현
펴 낸 곳 도서출판 역락
편　　집 권분옥
디 자 인 이홍주

주　　소 서울시 서초구 동광로46길 6-6(반포4동 577-25) 문창빌딩 2층
등　　록 1999년 4월 19일 제303-2002-000014호
전　　화 02-3409-2058, 2060
팩　　스 02-3409-2059
이 메 일 youkrack@hanmail.net

값 50,000원

ISBN 979-11-5686-124-9 94810
　　　978-89-5556-084-8(세트)